# ÊXODO ALIENÍGENA
OS ANJOS DO ÉDEN LIVRO 2

**GARY BEENE**

TRADUZIDO POR
**REBECA RODRIGUES VARGAS E SOUZA**

Copyright © 2023 Gary Beene

Design de layout e copyright © 2024 por Next Chapter

Publicado em 2024 por Next Chapter

Capa de CoverMint

Editado por Juliana Chiavagatti Grade

Este livro é uma obra de ficção. Nomes, personagens, lugares e incidentes são o produto da imaginação do autor ou são usados ficticiamente. Qualquer semelhança com eventos reais, locais, ou pessoas, vivas ou mortas, é pura coincidência.

Todos os direitos são reservados. Nenhuma parte deste livro pode ser reproduzida ou transmitida sob qualquer forma ou por qualquer meio, eletrónico ou mecânico, incluindo fotocópia, gravação ou por qualquer sistema de armazenamento e recuperação de informações, sem a permissão do autor.

*Êxodo Alienígena é dedicado aos nossos leitores.
Um livro não está terminado quando é escrito.
Só ganha vida quando é lido.*

# PRÓLOGO
## CASA DO ALMIRANTE JAMES CORTELL, LAGO NORMAN, CAROLINA DO NORTE – JANEIRO DE 2020

FRANK WILLIAMS COLOCOU um pesado estojo de acrílico no centro da mesa. O almirante Cortell, o capitão Roibal, Carla e Gary Beene olharam para o cubo transparente. Dentro havia três pedaços de uma mandíbula fossilizada. Frank agarrou a borda superior com os dedos longos e girou lentamente a caixa. Não era o fóssil que era tão hipnotizante, era o fato de a mandíbula conter dois parafusos de titânio com coroas dentárias de zircônio.

# UM
## O GAMBIT

*~Ramuell~*

— AS ARMAS, Ramuell!! — Vapula sussurrou com urgência. Ela bateu na caixa com os seis dedos. — **Precisamos destas armas...** Para sobreviver, devemos tê-las.

— Então precisamos de uma distração.

— Então eu vou criar uma distração. — Vapula colocou o capacete na testa, apertou o meu braço e cambaleou pelo corredor. Quando os dois sentinelas da Serefim Security se aproximaram, ela cambaleou para a esquerda, empurrou-se para fora da parede, tropeçaram vários passos para a direita, olhou para os policiais, agitou as pálpebras e caiu de cara no chão. Ela nem estendeu o braço para amortecer a queda. Ela encostou o queixo no peito, deixando o capacete bater com força no convés.

Despreparado para seu realismo teatral, engasguei e coloquei inutilmente as mãos sobre a boca milissegundos depois que o som escapou. Não importa, ambos os sentinelas corriam para ajudar Vapula.

Um deles se ajoelhou para verificar o pulso carotídeo. O

outro puxou seu comunicador e ligou para a enfermaria para enviar pessoal médico de emergência.

Quando Vapula começou a gemer e se debater, voltei para o arsenal e terminei de encher uma caixa de carga marcada "SUNDRIES" com armas de partículas carregadas. Aproveitando o rebuliço da chegada dos médicos técnicos, escorreguei despercebido pelo corredor de seis metros de largura. Acreditando que a fanfarronice era melhor do que a furtividade, corri em direção à multidão reunida em torno de Vapula, puxando a caixa montada no rodízio atrás de mim.

— Bons deuses! Esse é o oficial de ciências Vapula. Ela está na minha equipe no SWA-7. O que aconteceu?

— Não sei, — respondeu a mais baixa das duas sentinelas. — Ela teve uma convulsão ou algo assim e simplesmente caiu no chão.

Os médicos técnicos imobilizaram o pescoço de Vapula com uma cinta.

— Um, dois, três... — Com uma sincronicidade coreografada, eles a colocaram em uma maca e a amarraram.

Quando eles começaram a rolar em direção ao tubo de transporte de gravidade zero, eu disse às sentinelas de Serefim:

— Vou com ela. Minha nave que volta à superfície do planeta parte deste toro em cerca de uma hora. — Apontando para a caixa cheia de armas adquiridas ilegalmente, perguntei: — Seria bom deixar isso atrás do balcão de segurança?

O mais alto dos dois homens me olhou com desconfiança. Seu parceiro foi mais gentil.

— Claro, vamos ficar de olho nisso.

Por alguma razão, o homem alto tinha dúvidas.

— Tudo bem, mas quero obter suas informações de identificação caso você se atrase para pegar a nave. — Ele puxou um leitor digital portátil de um armário atrás do balcão e examinou meu crachá.

— Ah, não vou me atrasar. O pessoal do SWA-7 está precisando desses suprimentos.

— Sim, mas se a sua parceira piorar... É melhor termos suas informações de contato.

Borboletas percorreram meu estômago quando me virei para sair.

— Espero que sua parceira esteja bem – ela com certeza caiu muito forte, — gritou o policial mais sociável.

Olhei por cima do ombro e vi o rosto do homem mais alto marcado pela suspeita. Eu pensei: *""Merda, merda, merda... Espero não ter exagerado".*" Fiquei preocupado se eles abrissem a caixa, eu passaria pelo menos algumas noites na prisão da estação orbital. Uma gota de suor escorreu pelas minhas costas.

Tive que sair da gravidade artificial criada pela rotação do enorme Torus-5, entrar no tubo de transporte de gravidade zero e sair no raio que conduz ao Torus-3. Quando cheguei à enfermaria encontrei Vapula em uma minúscula sala de tratamento com porta corrediça de acrílico transparente. Ela ainda estava fingindo estar inconsciente. Uma das técnicas médicas estava afrouxando as correias que a prendiam à maca. Perguntei a ela:

— Então, qual é o plano?

— Primeiro, faremos um exame de cabeça e pescoço para ter certeza de que ela não tem fraturas ou hemorragia interna. Depois vamos conectá-la a um neurosscanner para ver se há alguma atividade convulsiva. — A mulher me estudou por alguns segundos. — Agora seja honesto, isso é importante. Você sabe se ela consumiu algum intoxicante?

— Vapula! — Eu ri. — Ela é tão certinha que chega a ser chata. Ela toma chá pela manhã e ocasionalmente pode ser coagida a ir a um café.

— Então, isso é um não.

— Definitivamente é um não.

— É possível que ela tenha consumido um intoxicante por engano? — Perguntou a técnica.

— Você quer dizer alguém colocando algo na comida dela? Por que alguém faria isso?

— Quem sabe? Faremos um exame toxicológico só para ter certeza.

Assim que a técnica saiu, Vapula abriu só uma fresta de um olho. Fui até a maca e me inclinei perto do rosto dela. Ela sussurrou:

— Chato... Sério?

— Ei, eu tive que pensar rápido.

— Falando nisso, não achei que você gostasse de apostar.

— Eu não gosto.

Vapula continuou a sussurrar:

— Esconder o caixote de armas à vista de todos – foi uma jogada de alto risco para quem não é um jogador.

— E você não sabe nem metade disso. Pedi aos sentinelas que o guardassem atrás do balcão do posto de segurança.

Os impressionantes olhos cor de âmbar de Vapula se abriram.

— Você tem um pau grande para um homem tão jovem! Mas você não quer deixar a caixa com eles por muito tempo.

— Sim, eu sei. O que **você** vai fazer?

— Neste ponto, não temos escolha a não ser resolver isso. Em alguns minutos, você poderá anunciar que recuperei a consciência. Eles ainda vão querer me examinar e me conectar a um neuromonitor por pelo menos um dia. Vou convencê-los a me dar alta mais tarde amanhã ou no mais cedo no dia seguinte, — respondeu Vapula.

— Ok, é melhor eu ir, você quer que eu diga a eles que você está acordada?

— Sim. — Em seguida, balançando a cabeça levemente: — Se der certo, ficará conhecido como o gambit de Ramuell.

— A jogada de **Vapula** e Ramuell, eu acho. Eu não pude acreditar o quão forte você bateu com o capacete no chão.

Sorrindo, ela respondeu:

— Bem, acho que sim.

---

Ambas os sentinelas olharam para mim quando saí do portal de acesso do tubo de transporte de gravidade zero. *""Oh não! Eles abriram a caixa"."* Mas quando me aproximei do balcão vi que a tampa ainda estava fechada. Eles não teriam fechado a tampa se encontrassem as armas. Tentando ser indiferente, eu disse:

— Dra. Vapula recuperou a consciência, mas eles vão mantê-la durante a noite para fazer alguns exames.

Eu esperava algum tipo de resposta, mas recebi apenas olhares duros. Ao me aproximar do balcão, eu disse:

— Não posso agradecer o suficiente pela ajuda. É melhor eu pegar nossos suprimentos e correr para a nave. Está programado para sair do Porto 4 em alguns minutos.

— Veja, Ramuell, — disse o homem mais alto, — queremos conversar com você sobre isso. — Ele apontou para o tablet que estava sobre o balcão.

Olhei para a tela e vi que meu arquivo de segurança estava aberto. Não olhei para cima com medo de que meus olhos me denunciassem.

Fazendo aspas aéreas, o sentinela continuou:

— Antes de você "**correr** para a nave", talvez devêssemos dar uma rápida olhada nos suprimentos que são tão desesperadamente necessários para o pessoal do SWA-7.

# DOIS
## NEFILIM

FORCAS E SAMAEL se esconderam atrás de ramos de mato com mais de um metro de altura e dois metros de largura. Eles estavam monitorando um clã de dezenove híbridos sapiens há dois dias. A única fêmea adulta nefilim tinha pelo menos metade do tamanho do maior macho do clã. A mutação do gigantismo também se manifestou em dois pré-adolescentes do clã. Suas mandíbulas longas e pesadas e olhos profundos com sobrancelhas salientes os diferenciam das outras crianças. E mesmo em tenra idade, já demonstravam tendências agressivas e violentas.

Forcas sussurrou:

— Acho que ou um grupo de machos está em uma incursão de caça ou vários deles foram mortos. A proporção de homens adultos para mulheres é muito diferente. — Ela continuou estudando o grupo no fundo da ravina, a cerca de trezentos metros de distância. Largando o binóculo, ela balançou a cabeça. — E não acredito que os dois jovens nefilim sejam descendentes da fêmea nefilim.

— Sim, — concordou Samael. — Talvez um deles, mas não

ambos. Eles não são gêmeos e têm idade muito próxima para serem irmãos.

— E se ela for mãe de um deles, quem é o pai? Ela estuprou um dos machos híbridos sapiens?

— Isso não é comum, mas também não é inédito. — Samael fez uma careta e perguntou: — O que devemos fazer?

Forcas soltou um grunhido.

— De acordo com nossas regras de engajamento, provavelmente deveríamos infectar.

— Mas?

— Mas se o retrovírus infectar qualquer membro do clã não nefilim, o grupo pode não ter números suficientes para sobreviver, — respondeu Forcas.

— Por outro lado, se não infectarmos e os machos nefilim retornarem com um grupo de caça, eles **continuarão** a procriar e a espalhar a mutação.

— Podemos nos esconder e observá-los por mais alguns dias? — Perguntou Forcas.

— Só conseguiremos manter os frascos de retrovírus resfriados por mais um dia, talvez um dia e meio, — respondeu Samael.

— Ok. Depois ficaremos vigiando por mais um dia, — decidiu Forcas.

---

Pop, pop, pop. Os relatos das armas de partículas carregadas eram altos o suficiente para serem ouvidos pelos membros do clã, mas eles não entendiam o que estavam ouvindo. A visão dos três membros do clã Nefilim caindo no chão assustou tanto os híbridos sapiens que eles mergulharam para se proteger nos arbustos próximos.

Forcas tinha como alvo a fêmea adulta nefilim. O golpe direto foi instantaneamente fatal. Samael havia atirado nos dois jovens nefilim, mas eles estavam se movendo e ele não tinha certeza se havia disparado tiros mortais. Ele continuou observando seus corpos. Quando um deles convulsionou, Samael disparou outro tiro.

— Agora eles estão todos mortos, — ele murmurou.

Lentamente, um dos adultos do clã saiu do mato onde estava escondido. Ele pegou um pedaço de pau e se aproximou da mulher nefilim caída de bruços no chão. Ele cutucou-a nas nádegas e saltou cerca de um metro para trás. Novamente ele se aproximou e cutucou e novamente pulou para trás. Ele fez isso mais algumas vezes, depois ficou de pé e olhou em volta. Seus companheiros de clã começaram a emergir cautelosamente de seus esconderijos.

Encorajado, o homem deu um passo à frente e bateu com força com a vara nas costas da mulher. Quando ela não se mexeu, ele levantou o bastão e gritou. Em seguida, demonstrou seu ódio primitivo pelos nefilim brutais e implacáveis, batendo o bastão na nuca e na cabeça da fêmea várias vezes.

Uma criança pequena pegou um pedaço de pau, não muito maior que um galho, cambaleou e começou a bater na bunda do nefilim morto. Isso fez com que os membros do clã começassem a rir, principalmente as mulheres adultas.

Ninguém fez nada para remover os cadáveres. Ninguém sequer tocou neles. Em vez disso, os sapiens começaram a arrumar seus pertences. Dentro de uma hora, os dezesseis membros restantes do clã percorreram um caminho bastante desgastado através da grama alta, deixando os cadáveres dos nefilim para alimentar os necrófagos que voavam acima ou rondavam pela tundra.

— Isso complica as coisas, — observou Samael. — Podemos esperar aqui para ver se um grupo de caça retorna ou podemos segui-los.

Forcas tirou o chapéu e coçou a nuca oval.

— Não, de qualquer forma, teremos que verificá-los dentro de um ano.

— Então precisamos marcá-los. —

— Sim. Vamos segui-los e quando encontrarmos um sozinho, atordoaremos e injetaremos um chip de rastreamento.

— Ok, isso é um plano, — respondeu Samael. — Se tivermos oportunidade, deveríamos chipar dois, talvez até três deles, sendo a mortalidade o que existe aqui.

— Certo, — concordou o Forcas. — É um clã pequeno e seus caçadores podem não retornar. Deveríamos colocar um animal onde eles possam encontrá-lo para se alimentar?

— Uau, garoto! Ramuell não vai ficar feliz com os contorcionismos desta missão do jeito que está. — Os pés de galinha nos cantos dos olhos de Samael se aprofundaram enquanto ele ria. — Fornecer comida para o clã o faria cuspir e xingar, com certeza.

— Sim você está certo. Depois ele escreveria um conjunto ainda mais rígido de regras sobre quando infectar e quando matar.

Samael exibiu sua típica expressão de diversão ao pegar a mochila da Forcas e estendê-la. Ela enrugou a pele sardenta do nariz estreito e reto e disse enquanto se virava para colocar a mochila:

—Você não é um cavalheiro?

# TRÊS
## MALDITA SORTE

*~Ramuell~*

MEU ESTÔMAGO EMBRULHOU quando pensei no que os agentes de segurança de Serefim poderiam ter visto em meu arquivo de segurança. Eles podem saber sobre meu envolvimento com o Clã Crow e a batalha da Autoridade Portuária. Eles poderiam saber que eu era suspeito de colaborar com Oprit Robia de Realta-Gorm 4. O Serefim Presidium designou Oprit Robia como organização terrorista.

Mas mesmo que eles soubessem de tudo isso, eu também imaginei que eles sabiam que eu era neto de Kadeya e desfrutava da proteção da Diretoria de Lei e Ordem no mundo natal. Uma proteção que foi estipulada no acordo que o Grão-Mestre Elyon havia negociado com Sean, o Assistente Especial da Diretoria de Lei e Ordem. Quando uma das sentinelas puxou minha caixa cheia de armas roubadas de debaixo do balcão e abriu a primeira das três travas, decidi ser ousado.

— Eu realmente não tenho tempo para você inspecionar o conteúdo da caixa. Esses suprimentos são necessários para a equipe do Projeto Nefilim, e não **devo** perder a nave que volta à superfície.

Agarrei a alça da caixa e me virei para sair. O homem maior agarrou meu ombro e me girou.

— Seus amigos lá embaixo talvez tenham que esperar um dia ou dois por seus preciosos suprimentos.

Quando a outra sentinela abriu a segunda trava, eu disse:— Devo lembrar-lhe que a missão de erradicação dos nefilim é um projeto autorizado. Um no qual o Presidium tem um interesse especial.

O sentinela fez uma pausa e ficou de pé. Ele olhou para o colega, cujo rosto assumira a inflexibilidade de um homem que precisa de poder e controle. O homem mais baixo encolheu os ombros, abaixou-se, abriu o terceiro trinco e levantou a tampa. Os dois homens espiaram dentro da caixa. Eles viram duas caixas de gel protetor UV para a pele, três recipientes de detergente para limpeza de equipamentos de laboratório, vários frascos de solução desinfetante tópica e duas caixas de luvas cirúrgicas estéreis.

Antes que qualquer sentinela tivesse tempo de pegar uma das caixas e expor o esconderijo de armas, bati a tampa com força, errando por pouco os dedos do homem mais baixo. Fechei as travas, virei-me e puxei a caixa embora. Por cima do ombro, gritei:

— Se eu perder o transporte, você **responderá** a uma reclamação formal do meu supervisor.

Tenho certeza de que eles sabiam que Azazel era meu supervisor. Eles provavelmente também sabiam que Azazel e Trace, o Administrador Chefe do Presidium, eram amigos íntimos. Olhei para trás e vi que a beligerância do sentinela mais alto havia se transformado em preocupação.

Assim que virei na esquina, me inclinei, colocando as duas mãos nos joelhos. Eu não tinha certeza se iria vomitar ou desmaiar. Respirei fundo várias vezes. Levantei-me lentamente, tirei a garrafa do bolso lateral da mochila e esguichei água no rosto. Tomei alguns goles, agarrei a alça da caixa e comecei a correr em direção ao Porto 4. Eu sabia que a nave auxiliar estava aguardando meu retorno e não partiria sem mim.

---

Enquanto ouvia a história de nossa desventura a bordo do orbitador, Azazel passou os dedos pelos grossos cabelos castanhos. Sua expressão parecia mais de preocupação do que de desaprovação.

— Isso não vai servir... Não vai servir de jeito nenhum. Você tem muita sorte de não estar no calabouço do orbitador ou ser dispensado do serviço e em uma nave 4-D de volta para Domhan Siol.

Fiquei surpreso com o comentário do diretor.

— Achei que fomos muito espertos ao sair de uma situação difícil.

Ele colocou as mãos na mesa do escritório e se inclinou para frente.

— Caramba, sim, você foi inteligente... e corajoso. — Balançando o dedo, ele acrescentou: — Porém **nós** não estamos sendo inteligentes.

Olhei e vi a expressão confusa de Vapula.

Azazel continuou:

— Olha, quando estávamos armazenando nosso estoque de suprimentos para o longo prazo, Kadeya não poderia ter previsto nossa necessidade de poder de fogo adicional. Dados os combates que eclodiram, não importa como se corta o pão, precisamos armazenar muitos itens que serão considerados contrabando pelo Presidium e pelos soldados da Segurança de Serefim.

Ele soltou um suspiro forte.

— Precisamos ser muito mais inteligentes. Enviar membros

da equipe do G-12 para invadir o arsenal, a farmácia ou qualquer outro lugar simplesmente não funciona. Precisamos nos reunir com Semyaza e desenvolver uma estratégia melhor. Se continuarmos neste caminho, será apenas uma questão de tempo até que um dos nossos seja apanhado.

Vapula olhou para seu colo e depois para o Diretor Azazel.

— Suponho que deveríamos ter abandonado a caixa no arsenal, corrido para a nave e trazido de volta para cá. Mas, na emoção do momento, tudo em que conseguia pensar era em cumprir a nossa missão. — Ela reprimiu um sorriso. — E nós cumprimos!

Azazel olhou para frente e para trás entre Vapula e eu.

— Sim, você cumpriu, mas...

— Mas, — interrompi, — nós colocamos você, você e toda a equipe do Projeto Nefilim em perigo.

— Senhor, eu sinto muito. E você está certo. Devemos reduzir os fatores de risco. Precisamos repensar como obtemos mais... Hum, mais suprimentos controversos. Você quer que eu marque uma reunião com Semyaza?

— Não, — respondeu Azazel. — Eu farei isso e avisarei você quando ele estiver disponível.

# QUATRO
## OS COLABORADORES

DR. ALTHEA e Professor Egan retornaram para Realta-Gorm 4. Eles estavam lá quando começaram a surgir informações sobre as novas abduções de híbridos sapiens. Os Serviços Secretos e de Operações Secretas de Oprit Robia prepararam um grande quadro de informantes e ativos entre os seus simpatizantes no Ghrain-3.

— Em um undecim, começaremos a reunir forças de ataque, — anunciou o major Anso do nada, uma noite, enquanto jantava na casa de Egan e Althea.

O casal olhou para o homem de quem se tornaram bons amigos desde a batalha pela Autoridade Portuária. A luz do sol poente entrava pela janela da cozinha e refletia nas lentes cinza-claros implantadas nos olhos de Anso.

Ele não esperava uma resposta entusiástica, mas o silêncio do casal o surpreendeu.

— Agora olhe, eu sei que você tem família em Ghrain-3, e entendo que você não é combatente por natureza ou treinamento. Mas também sei que você entende a imoralidade do comércio de escravos.

Egan respirou fundo.

Anso continuou:

— E o fato é que vamos precisar de você.

Pega de surpresa, Althea perguntou:

— O que podemos ter a oferecer?

— Seu conhecimento sobre o Beag-Liath ou talvez mais importante, o conhecimento deles sobre você, — respondeu Anso.

Egan reagiu:

—Então, você acredita que depois de uma década de tentativas fracassadas de Oprit Robia, de alguma forma nosso envolvimento resultará em uma aliança Beag-Oprit?

Anso deu uma mordida na salada de frutas e mastigou pensativamente.

— Talvez sim, talvez não. Pelo que sabemos, a sua história está repleta de alianças que espetacularmente falharam.

— Entãoooo, — Althea falou lentamente. — O que você está pensando?

— Achamos que a única vez que tivemos uma colaboração bem-sucedida com o Beag-Liath foi quando você estava presente. Você apareceu no Ghrain-3, e eles apareceram no Ghrain-3.

Althea e Egan trocaram um olhar conhecedor. Althea disse:

— Isso provavelmente não é exatamente verdade. Eles já estavam lá. Eles provavelmente desligaram seus dispositivos de camuflagem quando nos viram.

— Sim, é provável, — concordou Anso. — Agora veja, faremos o que pudermos para evitar o combate. Mas Oprit Robia não vai permitir que a retomada do comércio de escravos do Grão-Mestre Elyon permaneça incontestada. Por razões óbvias, precisamos nos aliar aos Beag-Liath. Como você disse, não conseguimos fazer contato há vários anos. Vocês dois são nossa única esperança real de acabar com esse hiato.

— E o que acontecerá com Kadeya e Ramuell se os Serefim

souberem de nossa colaboração? — Althea perguntou cautelosamente.

Anso estudou Althea por um momento e, embora seu rosto estivesse marcado pela preocupação, Anso não pôde deixar de pensar que, com suas feições esculpidas e olhos brilhantes de cor azul-petróleo, ela continuava sendo uma beleza impressionante. Ele se afastou da mesa e disse:

— Ok, vou lhe contar uma coisa, mas você não ouviu de mim. Kadeya anunciou sua aposentadoria. Ela planeja retornar para Domhan-Siol.

— O quê! Por que ela não nos contou?

Egan estendeu a mão e pegou a mão da esposa.

— Querida, ela não poderia nos contar. Não há como ela ter enviado uma mensagem para nós sem alertar o Serefim Presidium de que estamos em Realta-Gorm.

— Egan está certo. — Anso dobrou o guardanapo e colocou-o sobre a mesa de jantar de cor creme. — Pelo que entendi, a reinicialização do comércio de escravos finalmente quebrou seu espírito. Com Ramuell trabalhando na superfície e Lector, Evander e Durela deportados, sua mãe ficou praticamente sozinha no orbitador. Ela já está farta. Para sua saúde mental, ela precisa ir embora.

— E abandonar Ramuell para quê?! — Exclamou Althea.

Erguendo um dedo, Anso disse:

— Althea, Ramuell não é mais um menino. Ele é um jovem encarregado de um grande projeto. Ele está supervisionando uma série de pessoas encarregadas de remediar um dos maiores erros científicos da história da exploração espacial Domhaniana.

A bondade apareceu nos olhos de Anso quando ele olhou para Althea. Ela reconheceu a verdade de sua declaração com um meio aceno de cabeça.

— De qualquer forma, — continuou Anso, — pelo que entendi, Kadeya fez tudo menos abandonar Ramuell e os outros na superfície do planeta. Eles planejaram algum tipo de esquema para fornecer suprimentos para a equipe do Projeto Nefilim durar mais de uma década. Agora não sabemos os detalhes de como eles conseguiram fazer isso, sendo que fomos informados de que esconderam várias toneladas de suprimentos médicos, unidades de energia, veículos de superfície e outros consumíveis em algum lugar do SWA-7.

— Essa é uma notícia boa e má notícia, — observou Egan. Althea e Anso olharam para ele com curiosidade. — Boas notícias: eles têm suprimentos para durar muito tempo na superfície; más notícias: eles preveem ser abandonados pelo Presidium.

— Abandonado ou pior, — acrescentou Anso.

Althea enrijeceu momentaneamente e então disse:

— Suficiente para o dia é o mal disso.. — Quase com um sorriso, ela acrescentou: — Sabe, algum dia um desses sapiens provavelmente dará sentido a essa ideia.

Egan riu, estendeu a mão e esfregou afetuosamente o antebraço de Althea.

— E algum dia, num futuro muito mais distante, algum explorador galáctico sapien usará a citação apenas para parecer tão erudito.

# INTERLÚDIO 1
## CASA DO ALMIRANTE JAMES CORTELL, LAGO NORMAN, CAROLINA DO NORTE – FEVEREIRO 2020

AO LONGO de seu relacionamento de trinta anos, Frank Williams foi o único verdadeiro confidente do almirante Cortell. Ele conhecia os detalhes das memórias de cinquenta mil anos de Cortell da vida antiga do Dr. Kadeya. Por conhecer a história tão bem, Frank raramente participava das sessões em que Carla e eu gravávamos as lembranças do almirante. Frank, entretanto, leu cada palavra das transcrições e ajudou na edição de nossas volumosas notas.

Naquela manhã em particular, ele estava cuidando da iluminação e do equipamento de gravação e ouvindo a recitação do almirante.

— Sabe, — disse Frank, — posso entender perfeitamente o esgotamento de Kadeya.

Carla se inclinou para frente e colocou os antebraços sobre a mesa.

— Eu concordo, mas por que você diz isso?

— Bem, Kadeya foi para Ghrain-3 com a melhor das intenções. Seu propósito era... Hmm, suponho que você poderia dizer que era íntegro e virtuoso. Mas homem vivo! Ela e Ramuell ainda não tinham se acomodado no orbitador quando ela percebeu o que realmente estava acontecendo em Ghrain-3. Ela percebeu que a situação era, para dizer o mínimo, caótica. Os Domhanianos podem ter começado com a melhor das intenções, mas, bem... — Frank estendeu as duas mãos e encolheu os ombros.

— Ahh, a melhor das intenções... Pavimento na estrada para o inferno. — Cortell riu e virou-se para Carla. — Por que você diz que pode entender o esgotamento de Kadeya?

— Porque ela estava tão sozinha. Lembro-me de você nos contar sobre a primeira viagem de Kadeya e Ramuell na nave 4-D de Domhan Siol de Ghrain-3. Eles estavam tão entusiasmados e otimistas. Eles acreditavam no que estavam fazendo. Suponho que eles imaginaram tantas possibilidades promissoras. — Carla levou a mão à garganta e estreitou os olhos. — Mas...

Cortell assentiu:

— Mas as coisas em Ghrain-3 eram muito mais moralmente ambíguas do que eles esperavam.

— Certo, — continuou Carla. — E se bem me lembro, isso tirou o fôlego das velas de Kadeya antes mesmo de ela perder seu sistema de apoio. Depois que Ramuell foi designado para a superfície e todos os seus amigos foram deportados de volta para Domhan, Kadeya ficou sozinha, provavelmente frustrada, provavelmente com raiva. Então, sim, posso entender por que ela se esgotou.

— Eu não diria que Kadeya estava com raiva, mas ela estava frustrada e desanimada. Você está certo, ela estava sozinha... Até solitária. — Cortell cruzou as mãos sobre a mesa e olhou para elas por um momento. — Temos que lembrar que ela estava lidando com uma missão que estava muito distante do que ela havia imaginado quando ela e Ramuell deixaram Domhan Siol.

— Quando os Domhanianos dominaram as viagens interdimensionais, eles se aventuraram pela galáxia antecipando que a encontrariam repleta de formas de vida avançadas. No entanto, após séculos de exploração galáctica em 4D, eles encontraram apenas quatorze mundos com formas de vida sencientes e nenhum com civilizações tecnologicamente avançadas.

— Foi naquela viagem 4D para Ghrain-3 quando Kadeya compartilhou com Ramuell que os pensadores Domhanianos entenderam que em algum momento a sociedade Domhaniana entraria em colapso. Que algum dia sua espécie seria extinta. Eles acreditavam que seria uma perda incalculável e imperdoável se não conseguissem descobrir como transmitir as suas contribuições mais importantes para o cosmos – o seu amor pela arte, música, física, matemática, literatura – a sua autoconsciência – a sua senciência.

— Essa compreensão levou os teóricos Domhanianos a cunhar a frase, "A vida pertence à vida", que articulava a crença de que a principal diretriz da vida é reproduzir-se. Surgiu uma crença entre muitos Domhanianos de que o aprimoramento das formas de vida sencientes em evolução era um empreendimento nobre digno de uma grande espécie, e eles se consideravam uma grande espécie. Na verdade, eles eram.

— Agora lembre-se que a decisão de acelerar geneticamente a evolução de outras espécies foi tomada mais de mil anos antes do nascimento de Kadeya. Os seus cientistas até levantaram a hipótese, usando modelos científicos credíveis, de que a composição genética dos Domhanianos tinha sido manipulada por algumas espécies desconhecidas que viajavam pelo espaço no seu passado distante. A evidência foi suficientemente convincente para persuadir um número significativo de decisores daquela época de que o melhoramento genético não só era um empreendimento justificável, como também era uma obrigação para a vida senciente em todo o cosmos. Então, veja bem, Kadeya e

Ramuell chegaram a Ghrain-3 acreditando que estavam dando continuidade a uma nobre tradição galáctica.

— E em vez disso, o que eles encontraram foi um show real de merda.

Cortell sorriu.

— Isso é um pouco grosseiro, Gary, mas bastante preciso.

# CINCO
## ARMAS: PARA QUE FIM

*~Ramuell~*

QUANDO IPOS FOI FORÇADO A DEIXAR a Missão Expedicionária Ghrain-3 após a batalha da Autoridade Portuária, ele conseguiu um posto fora do radar na Diretoria de Lei e Ordem em Domhan-Siol. Mas ele era o tipo de pessoa que não ficava feliz a menos que estivesse no meio das coisas. Logo ele ficou entediado e ansiava pela emoção da perseguição.

Fazendo algo perigoso, provavelmente até estúpido, Ipos usou registros pessoais falsos para garantir uma missão no Projeto Nefilim. Embora estivesse na lista de persona non grata do Presidium, ele conseguiu escapar dos dedos do oprimido e confuso pessoal da Serefim Security durante os primeiros dias tumultuados após o retorno triunfante de Elyon ao Ghrain-3.

Quando vi a cabeleira com juba de leão emergir da nave auxiliar na plataforma de pouso do SWA-7, gaguejei e reprimi a vontade de gritar: "Ipos!" para não revelar seu disfarce. Corri e dei um abraço em meu amigo.

Ipos sorriu.

— Ramuell, parece que você subiu na vida. Na verdade,

você provavelmente está muito acima da sua capacidade sem a minha ajuda! — Nós rimos, mas levei a piada a sério. Por razões óbvias, não pude oficializar a nomeação, mas Ipos tornou-se o Chefe de Segurança do Projeto Nefilim de fato.

---

Vários dias depois, Ipos e eu viajamos cerca de duzentos quilômetros a nordeste da sede do SWA-7 para monitorar um clã sapien que nosso Projeto havia infectado com o retrovírus. Estávamos voltando para nosso acampamento por uma área densamente arborizada com altas coníferas quando nos deparamos com uma grande caixa no meio do caminho. Quando estendi a mão para abrir a caixa, Ipos agarrou meu braço e disse:

— Espere um segundo. Claramente, alguém deixou isto aqui para nós encontrarmos, mas por quê?

— Você acha que é uma armadilha? — Perguntei.

Ipos contornou a caixa estudando-a cuidadosamente.

— Na verdade não, mas é como sempre digo, se não sabemos o que é, não sabemos o que não é.

Ele deu um nó em uma das alças da caixa e depois enrolou cerca de cinquenta metros de corda leve que sempre carregava presa ao cinto de ferramentas. Nós nos escondemos atrás de uma árvore. Com ombros grossos e musculosos e pernas curtas, parecidas com tocos de árvore, Ipos tinha peso suficiente para puxar a caixa vários metros em nossa direção. Ele saiu de trás da árvore e disse:

— Tudo bem, não é um explosivo com gatilho de placa de pressão. Também não tem gatilho de vibração.

— Então é seguro?

— Não necessariamente, os mecanismos de gatilho podem estar nas dobradiças ou travas. Vamos levá-lo de volta ao acampamento. Podemos fixar uma roldana num galho de árvore e abrir o topo a uma distância segura, — respondeu Ipos.

Uma hora depois, estávamos olhando para a caixa aberta. Embaladas em espuma de celulose absorvente de choque havia seis esferas medindo cerca de oito centímetros de diâmetro. Também encontramos dois tubos de sessenta centímetros de comprimento. Aberto em uma extremidade e com algum tipo de dispositivo elétrico montado na outra.

— Ramuell, você está pensando o que eu estou pensando? — Ipos perguntou.

— Se você está pensando que vimos isso na batalha da Autoridade Portuária, então sim.

Ipos disse:

— Estes não foram deixados no meio da trilha por acidente.

— Não, não estavam, — concordei. — Mas não sabemos ao certo o que são ou como funcionam e não temos um manual de operação. O que devemos fazer com eles?

Ipos reuniu coragem para retirar um dos tubos da caixa.

— Não tenho certeza do que o Beag-Liath pode ter em mente, mas talvez tenhamos o manual de operação. — Ele apontou para vários painéis de pictogramas gravados na lateral do tubo.

---

No dia seguinte, voltando para SWA-7, vimos fumaça de fogueira subindo de uma ravina rasa não muito longe de nosso curso. Ipos pousou o quadricóptero a alguns quilômetros de distância, em uma colina gramada. Caminhamos até a beira de um penhasco de onde tínhamos uma boa visão do acampamento abaixo. Oito híbridos sapiens estavam todos de pé com lanças em punho. Três Domhanianos com uniformes paramilitares de Serefim tinham acabado de entrar na clareira. Não muito longe, podíamos ver a luz do sol brilhando no casco metálico da nave de transporte de pessoas.

Um dos Domhanianos parecia estar falando com o sapiens e gesticulando em direção à nave. Alguns sapiens baixaram as lanças, mas nenhum fez qualquer movimento indicando que davam as boas-vindas aos visitantes inesperados. Depois de três ou quatro minutos do que parecia ser uma persuasão, o soldado Serefim sacou seu blaster sônico e disparou um raio atordoante.

Vimos com horror os soldados algemarem as mãos e os tornozelos dos sapiens deficientes, arrastá-los para bordo da nave e partir. Tudo isso aconteceu em menos de um quarto de hora.

Ipos virou-se para mim e perguntou:

— Ram, o Beag-Liath sabia que isso iria acontecer? Eles nos deixaram o caixote de armas para que pudéssemos evitar isso?

— Eu... Eu acho que não. Duvido que eles possam viajar no tempo.

— Mas talvez eles tivessem alguma inteligência apontando para a possibilidade de um sequestro nesta área, — respondeu Ipos.

— Sim, isso é possível. Eles podem ter sabido, mas se sim, por que não teriam intervindo?

— Boa pergunta, — concordou Ipos. — Certamente eles entendem que nunca sonharíamos em usar um desses dispositivos sem testá-lo sob condições controladas.

— Você poderia pensar que sim, mas simplesmente não sabemos o que os Beag entendem sobre nós.

---

De volta ao SWA-7, uma equipe de cientistas estudou os pictogramas nas laterais dos tubos e passou dois dias projetando um experimento para disparar uma das armas.

Após três dias de análise dos dados, eles detonaram mais dois dispositivos em altitudes cada vez mais baixas. Eles não foram capazes de determinar como as explosões da esfera emitiam pulsos eletromagnéticos direcionados. As bombas não eram dispositivos nucleares e não produziam radiação gama. Os cientistas Domhanianos apenas postularam a possibilidade de EMPs artificiais provenientes de detonações nucleares em altitudes acima da atmosfera de um planeta. Nunca sonhamos em criar e detonar tal dispositivo.

As armas dos Beags eram precisas e eficazes. O cone de influência sempre foi proporcional à altitude. A detonação de cinquenta metros de altura produziu um efeito EMP em um círculo no solo com raio de 37,5 metros. A detonação a cem metros produziu um círculo de impacto EMP com um raio de 75 metros. O raio sempre foi igual a 0,75 da altura do vértice do cone. Todos os dispositivos eletrônicos dentro do círculo de impacto foram fritos, estivessem ou não ligados. No entanto, a flora e a fauna dentro da área de impacto não sofreram efeitos nocivos e pareciam não ter conhecimento da detonação, exceto pelo forte estalo acima.

Quando os relatórios do experimento foram apresentados ao Azazel, ele perguntou:

— O que diabos devemos fazer com essas coisas?

Ipos fez uma pergunta adicional:

— Talvez seja mais direto, o que os Beag-Liath **esperam** que façamos com eles?

As respostas para ambas às perguntas nos escaparam. Guardamos a maleta com os três dispositivos restantes e lançamos tubos no cofre à prova de fogo no escritório de Azazel.

# SEIS
## SURPRESAS

*~Ramuell~*

INNA É membro da equipe de segurança designada para o Projeto Nefilim. Esta noite recebi uma mensagem estranha dela. Ela não está dizendo nada e sua mensagem é enigmática demais para eu descobrir o que está faltando. Quando procurei esclarecimentos, ela permaneceu evasiva. Para ela, solicitar uma reunião individual em uma área remota da região SEE-1 é desconcertante. Vou executar isso por Azazel.

---

Depois de ler o texto de Inna, Azazel colocou meu comunicador em sua mesa. Massageando a nuca, ele estudou a mensagem como se tentasse adivinhar seu significado.

— Sim, Ram... Também não tenho certeza do que pensar disso.

— É possível que a Serefim Security tenha descoberto que fugimos com uma caixa de armas e eles querem me levar sozinho para interrogatório?

— É possível que tenham feito um inventário e descoberto que faltavam armas. — Ele franziu a testa. — Suponho que seja até possível que eles tenham descoberto que você foi à pessoa que pegou as armas, mas não há como Inna ser obrigada a ajudá-los a prendê-lo. Ela adora você e tem sérias dúvidas em relação ao Presidium.

— E você sabe disso?

— Inna e eu nos conhecemos há muito tempo, — respondeu Azazel. — Ela tem sido franca, mais do que sincera e direta comigo em relação aos seus sentimentos sobre o papel da Serefim Security no comércio de escravos.

— E ela disse que gosta de mim?

Azazel me lançou um sorriso de soslaio.

— Todo mundo gosta de você. Ela talvez mais do que a maioria. Isso é tão óbvio que ela não precisa dizer.

Senti meus ouvidos esquentarem, mas estava determinado a não deixar o chefe pensar que tinha me perturbado com a insinuação.

— Seu pedido misterioso deve ser importante. Acho que deveria ir vê-la. O que você acha?

— Com certeza, mas é muito longe para um quadricóptero. Verifique com Adair e veja quando ele pode levá-lo até lá na nave auxiliar.

---

No dia seguinte, Adair voou com o P-6 do NWA-1 e na manhã seguinte partimos para o SEE-1. As coordenadas enviadas por Inna estavam logo a nordeste da área de glaciação do sul. Era tudo tão misterioso que me senti muito ansioso.

Pairamos sobre a área por pelo menos um quarto de hora em busca do sinal de Inna. Na nossa terceira passagem, ele apareceu na tela. Adair disse:

— Ela deve ter nos escaneado para ter certeza de que a assinatura de energia era a da nave que ela esperava.

— Se for assim, ela está sendo extremamente cautelosa. Cara, eu me pergunto o que está acontecendo.

— Saberemos em alguns minutos. Ela está nos guiando para o vale logo ao norte daquela cordilheira, — observou Adair.

— Deveríamos fazer uma visita lenta só para ter certeza de que não há um comitê de boas-vindas de Serefim?

— Sim, deveríamos, — concordou Adair.

Ele pousou a nave auxiliar bem no meio da clareira coberta de grama. Fizemos uma panorâmica da campina com a câmera da nave e não vimos ninguém por perto.

Adair disse:

—Pegue um blaster sônico e uma pistola de partículas carregadas do armário de armas. Vou abrir a porta.

— Ok. E acho que deveríamos esperar no final da rampa.

— Vou deixar os motores do levitador em marcha lenta. Você desce e eu fico na porta. Dessa forma, se houver alguma surpresa, posso nos levar ao ar em questão de segundos. — Adair tirou o chapéu e acariciou o couro cabeludo quase careca. — Odeio duvidar da lealdade ou das intenções de Inna, mas isso parece muito estranho.

— Você está certo... É melhor jogar pelo seguro.

Desci a rampa tentando fingir um ar de calma que não sentia. Vi quatro pessoas emergirem de um bosque a algumas centenas de metros à minha esquerda. Quando eles deram quatro passos, eu sabia quem eles eram e saí correndo em sua direção.

Dois deles se separaram do grupo e começaram a trotar em minha direção. Nós nos conhecemos e juntei meus pais em um abraço coletivo. Lágrimas rolaram pelo rosto da mãe. Depois de alguns segundos, dei um passo para trás.

— Não sei o que esperava, mas certamente não era isso!

Olhei para cima e vi Inna e uma mulher atarracada com cabelo preto cortado curto se aproximando. Ambas estavam radiantes. Inna disse:

— Peço desculpas por todos os subterfúgios, mas você pode ver por que fui tão cautelosa.

Olhei para o estranho por um momento e depois voltei para mamãe e papai.

— O que diabos vocês estão fazendo aqui?!

Egan disse:

— Ramuell, esta é a nossa amiga Nanzy. Nós a conhecemos em nossa primeira viagem a Realta-Gorm.

— Prazer em conhecê-lo. — Ofereci-lhe minha mão.

— Imamiah e seus pais me contaram coisas maravilhosas sobre você, — disse Nanzy enquanto batia na minha palma virada para cima. — Vamos sentar no P-6 e explicaremos o que está acontecendo.

---

Adair reconheceu meus pais da batalha pela Autoridade Portuária. Ele deu uma pequena dança e riu quando nos aproximamos da nave auxiliar. Olhando de um lado para o outro entre Althea e Egan, ele disse:

— Eu esperava algum tipo de surpresa, mas não tão agradável.

Os olhos da mãe brilharam.

— É bom ver você, Adair.

Surpreendentemente, Inna deu um passo à frente, deu um tapa na mão estendida de Adair e deu-lhe um abraço. Adair não resistiu. Na verdade, ele retribuiu o abraço com entusiasmo. Mamãe olhou para mim com um sorriso de "isso é interessante" no rosto.

Eu apenas dei de ombros. Muitas pessoas provavelmente achavam a musculatura escultural de Inna um pouco intimidante, mas eu poderia facilmente imaginar Adair sendo atraído por sua aparência marcante e personalidade despreocupada.

Depois que todos se sentaram, esfreguei as mãos com entusiasmo e disse:

— Então, o que está acontecendo?

A mãe olhou para Nanzy e disse:

— Poderíamos lhe dar uma versão abreviada do motivo de estarmos aqui, mas Nanzy pode explicar melhor a missão.

— Ramuell, seus pais e eu fazemos parte de uma operação secreta de Oprit Robia. Vou lhe contar coisas sobre nossa missão que você precisa saber. Mas também há coisas que não vou compartilhar. — Ela ergueu as duas mãos, com as palmas voltadas para fora. — Agora eu entendo como isso pode soar e parecer sem sentido. Por favor, entenda, não é que não confiemos em você.

— Obviamente, confiamos em você o suficiente para ter organizado esta reunião. **Sendo** que se um dos elementos mais violentos do aparelho de Serefim Security souber da ligação dos seus pais com Oprit Robia, bem, isso pode ir mal. É melhor você não saber algumas coisas. Muita informação pode colocar você, seus pais e muitas outras pessoas envolvidas em nossa luta para acabar com o comércio de escravos em perigo.

Durante a hora seguinte, Nanzy explicou bastante sobre as operações de Oprit Robia em Ghrain-3. A maior parte de suas informações apenas confirmou o que a equipe do Projeto Nefilim já havia suposto. O que era novo e inesperado era o desejo de Oprit de forjar uma aliança com Beag-Liath. Francamente, pensei que a probabilidade de meus pais conseguirem organizar e facilitar tal encontro era uma possibilidade remota. Quando eu disse isso, mamãe e papai concordaram.

Papai acrescentou:

— Eu disse à liderança do Oprit que esta missão

provavelmente é como correr atrás do vento. — Ele estendeu a mão e bateu na mão da mãe. — Concordamos que isso pode ser uma tarefa tola, mas temos que tentar.

Inna ficou em silêncio durante todo o discurso de Nanzy. Virei-me para ela e perguntei:

— E qual é o seu papel nisso tudo?

Ela olhou para baixo por vários segundos. Inalando profundamente, ela levantou a cabeça e me olhou diretamente nos olhos.

— Ramuell, tenho facilitado os esforços do Oprit Robia. Não me envolvi em nenhum combate. Não tive nenhum envolvimento com as Forças de Segurança de Serefim e não estive envolvido na libertação de cativos sapiens.

Inna queria que eu dissesse alguma coisa, mas segurei seu olhar e permaneci em silêncio. Ela olhou para Nanzy, que disse:

— Você precisa contar a Ramuell exatamente o que tem feito pela causa.

—Tenho transportado armas.

Fiquei pasmo. Nossa desventura de roubo de armas no Orbiter ainda estava fresca em minha mente.

— Você tem o quê?!

— Não são nossas armas, Ramuell. Não é o que você pensa.

Eu não conseguia tirar os olhos dela e não conseguia pensar em nada para dizer.

Ela mordeu o lábio e continuou.

— Os Beag-Liath têm depositado caixas com suas armas de pulso eletromagnético em vários locais desta região. Tenho recolhido essas armas e entregue-as em cavernas nas montanhas a leste daqui. Tenho usado um quadricóptero SEE-1 e sempre voei sozinha.

Nanzy disse:

— Nossas tropas então recuperam as armas das cavernas. Como você provavelmente sabe, nós os usamos em diversas ocasiões. — Ela ergueu o dedo indicador e acrescentou: — Há uma coisa que você deve saber: Inna nunca viu ou interagiu diretamente com nenhuma tropa de Oprit Robia. Eles nunca estão presentes nas cavernas quando ela entrega as armas.

Eu não tinha certeza se estava com raiva, desapontado ou assustado. Talvez todos os três. Eu sabia que era melhor não dizer nada até ter clareza. Levantei-me, desci a rampa e me afastei da nave auxiliar. Eu não tinha andado mais de trinta metros quando mamãe correu ao meu lado e colocou a mão nas minhas costas. Ela acompanhou-me e caminhamos até a beira da campina em silêncio.

Chegamos a um afloramento de pedras de granito cinza e mamãe disse:

— Vamos sentar.

Ficamos sentados por vários minutos olhando a grama para a P-6. Papai, Adair, Inna e Nanzy tinham saído e estavam sentados na rampa da nave tomando banho de sol. Devo ter suspirado ou talvez gemido.

A mãe perguntou:

— O que você está pensando... Ou talvez mais importante, o que você está sentindo? Parece que você pode estar com raiva.

— Não, não acho que esteja com raiva, mas não tenho certeza do que sinto.

— Então você quer conversar sobre isso ou prefere ficar sozinho com seus pensamentos?

— Acho que preciso conversar e estou feliz que você esteja aqui. O problema é que não sei por onde começar. — Parei por um longo momento. — Ipos é um dos meus confidentes de maior confiança e é o supervisor de Inna. Mas até poucos minutos atrás eu não sabia nada sobre suas atividades extracurriculares.

— E você se sente traído?

— Mais uma vez, não tenho certeza se é isso que estou sentindo. Ela me manteve no escuro sobre o transporte de armas, e isso é ruim, muito ruim. Mas e se Ipos soubesse o que

35

ela está fazendo e também me mantivesse no escuro? Isso seria muito, muito pior.

— Isso seria uma traição, com certeza, — observou a mãe.

— Sim, seria, mas não estou muito preocupado com a sensação. Nossa situação é complicada. Ipos não deveria estar em Ghrain-3. Ele usou uma identidade falsa e registros pessoais para voltar de Domhan Siol para cá. Fiquei tão animado em vê-lo que o recebi de braços abertos e o nomeei supervisor da equipe de segurança do Projeto Nefilim. — Inclinei-me para frente e enterrei o rosto nas mãos.

Mamãe acariciou minhas costas e perguntou:

— Você está bem?

Sentei-me e disse:

— Não tenho certeza. Se Inna tivesse sido capturada pelas forças de segurança de Serefim, eles a teriam tratado como terrorista.

Agora foi a vez da mãe gemer.

— Ugh, o que significa interrogatório aprimorado.

— Um eufemismo para tortura, e todo mundo quebra mais cedo ou mais tarde.

— ... E ela daria a informação sobre a presença ilegal de Ipos em Ghrain.

— Não apenas isso. Vapula e eu roubamos uma caixa de armas do Orbiter!

— Você fez o quê?

— Roubamos uma caixa de armas do arsenal do Orbiter e quase fomos pegos. Se ela não fosse uma atriz tão boa, teríamos sido jogados na prisão. E se Inna fosse pega, ela desistiria de Ipos e ele também seria tratado como um terrorista.

A mãe passou os dedos pelos cabelos cor de cobre.

— E quando eles o quebrassem, ele divulgaria seus crimes.

— Claro que ele faria. E Ipos sabe muito. Muitos de nós acabaríamos em uma colônia penal em Time-4.

— Ramuell, que bando de demônios possuiu você para roubar armas?

Quando apenas olhei para ela sem responder, ela acenou com a mão e continuou.

— Não importa, tenho certeza que você teve seus motivos... Acho que minha mãe sabe disso?

— Sim.

Ela esfregou o rosto com as duas mãos como se estivesse lavando sem água.

— Ok, você quer minha sugestão?

— Eu quero.

— Você precisa ter uma conversa franca entre chefe e subordinado com Inna. Você precisa descobrir quem mais sabe sobre a colaboração dela com Oprit Robia. O que quer que você descubra, você vai querer discutir esse assunto com Azazel e talvez com Semyaza. Não se surpreenda se lhe disserem que terá de denunciar os perpetradores às autoridades de Serefim.

Eu engasguei e olhei para minha mãe.

Ela ergueu um dedo e disse:

—Se denunciarem, será para proteger você e todos os outros que trabalham no Projeto Nefilim.

— Mãe! Não há como eu fazer isso! O Presidium iria jogá-la em um buraco em algum lugar por muito, muito tempo... Ou pior, ela poderia ser executada como traidora.

— Filho, seu pai e eu já trabalhamos com Oprit Robia há algum tempo. Eles são sofisticados. Eles prepararam muitos agentes secretos neste planeta e em outros lugares do Império Domhaniano. Garanto-lhe que, quando recrutaram Inna, apresentaram argumentos tão convincentes que ela, em sã consciência, não poderia recusar-se a servir a causa deles. Se você tiver que denunciá-la, Oprit Robia a tirará deste planeta antes mesmo que a Serefim Security comece a busca.

— Como eles saberiam que eu a denunciei e como a tirariam de Ghrain-3?

— Não sei, mas eles têm seus caminhos.

Embora apaziguado com o conhecimento de que Inna não estava realmente em perigo, eu temia a conversa com ela mesmo assim.

---

— Mas eu não fui pega, Ramuell. Não há razão para denunciar minhas atividades às autoridades de Serefim.

Eu respirei fundo.

— Você tem razão. Tivemos sorte... até agora. Mas, como você sabe, não sou um jogador e não podemos permitir que você continue o seu serviço de entrega para Oprit Robia.

— Então suponho que ela terá que renunciar ao cargo no seu projeto e encontrar outro emprego, talvez no SEE-1, — sugeriu Nanzy.

— Não, ela não pode! — Eu deixei escapar. — Absolutamente não!

Papai disse:

—Talvez você queira explicar seu pensamento.

Eu sabia que ele já tinha descoberto. Dei-lhe um aceno de cabeça e me voltei para Inna.

—Se você for pega, mesmo enquanto trabalha para alguma outra operação, não demorará muito para a Serefim Security rastrear as origens de suas atividades até seu tempo com o Projeto Nefilim. Isso lançaria uma rede de suspeitas sobre todos nós. Eles começariam a farejar e logo encontrariam o esconderijo de suprimentos que contrabandeamos do Orbiter, incluindo armas. E lembre-se, também escondemos vários dispositivos EMP que Beag-Liath deixou misteriosamente para encontrarmos.

Virei-me para minha mãe e acrescentei:

— E depois que nos tiverem em suas garras, eles saberão que Kadeya participou de nosso pequeno projeto de armazenamento. Na verdade, toda a operação foi ideia dela

A mãe olhou para baixo e disse suavemente:

— Felizmente, ela está de volta a Domhan Siol e fora do alcance deles.

— Eu não teria tanta certeza de que ela está fora do alcance do Presidium.

Ela se virou e me lançou um olhar assustado. Voltei-me para Inna e disse:

— Se você for pego, será torturada e todos nós acabaremos em algum planeta colônia penal, muito fora do alcance da Diretoria de Lei e Ordem. O Presidium garantiria que nunca seríamos encontrados. Viveríamos o resto de nossas vidas miseráveis em algum campo de trabalhos forçados abandonado. Inna, você só tem duas opções. Primeiro, você cessa toda colaboração com Oprit Robia, ou segundo, você embarca em uma nave e deixa Ghrain-3 para sempre.

Nanzy não esperava minha inflexibilidade. Ela estreitou os olhos e disse:

— Há uma terceira opção.

Eu fingi uma expressão sem emoção e esperei que ela continuasse.

Ela olhou para todos nós sentados na cabine de passageiros da nave auxiliar.

— Você poderia participar conosco. Você sabe pelo que estamos lutando e suspeito que abomine o sequestro e a venda de sapiens tanto quanto nós. Aposto até que todos em sua equipe pensam da mesma maneira. A equipe do Projeto Nefilim poderia ser um aliado poderoso em nossa luta contra a abominação do comércio de escravos.

Quando não respondi, ela soltou um suspiro exasperado.

—Você ainda está preocupado em ser pego e exilado em algum mundo infernal, mas se estiver trabalhando conosco, você desfrutará da proteção de Oprit. De forma alguma permitiríamos que alguém de sua equipe fosse detido e exilado.

— E como você evitaria isso? — Adair perguntou.

— Nós chegaríamos até você antes que os bandidos de Serefim colocassem as mãos em você. Nós transferiríamos você para fora do mundo.

— O que então seria dos nefilim? — Perguntei.

Nanzy me olhou com os olhos marejados. Eu continuei.

— Em uma de nossas reuniões há vários kuuk, Semyaza disse melhor. "A nossa missão é uma missão que só nós podemos cumprir. Somos os únicos no planeta que têm as culturas virais congeladas. Somos os únicos que temos experiência para efetuar a propagação dos vírus RNA. E somos os únicos com a formação necessária para monitorizar a eficácia dos esforços de infertilidade. Só nós podemos ajustar o processo para garantir o sucesso".

Parei por um momento para absorver isso.

— Eu sei que Oprit Robia está lutando o bom combate, sendo que não é a nossa luta. Simplesmente não podemos deixar este planeta nas mãos de uma raça de gigantes brutais e impiedosos. Criamos os monstros Nefilim por engano. Agora é nosso dever corrigir esse erro. Colaborar com Oprit Robia coloca em risco... Não, colaborar pode condenar nosso esforço para erradicar os nefilim.

Os olhos do papai brilharam de orgulho. Ele se virou para Nanzy:

— Veja, Ramuell e sua equipe também estão do lado dos anjos, mas a batalha deles é diferente; nem mais importante, nem menos importante, apenas diferente.

Tive que engolir o nó na garganta antes de poder falar.

— Então, Inna, espero que você escolha continuar com nosso projeto e aceite minha liderança. Mas se não puder, você precisa embarcar em uma nave Oprit e sair deste planeta.

Inna olhou para baixo e fechou os olhos com força. Quando ela olhou para cima, uma lágrima rolava de seu rosto.

Na época, eu não poderia ter previsto que a decisão de Inna de continuar com o Projeto Nefilim não nos livraria de forma alguma da guerra que estava no nosso horizonte.

---

Na manhã seguinte, estávamos todos sentados na cabine da nave auxiliar comendo pão de nozes e saboreando xícaras de chá gourmet que Nanzy trouxera de Realta-Gorm 4. Dada à conversa da noite anterior, um tom desconfortável coloriu a conversa fiada do café da manhã.

Foi à mãe quem decidiu cutucar o tigre das montanhas na sala.

— Tivemos uma ideia sobre como poderíamos transformar esta situação embaraçosa em nosso favor. — Ela apontou para papai e disse: — Acreditamos que seja possível, talvez até provável, que os Beag-Liath estejam usando suas tecnologias de camuflagem para observar a coleta e entrega das armas EMP por Inna.

Nanzy olhou para frente e para trás entre mamãe e papai, parecendo entender onde isso estava indo.

Papai disse:

— Se eles estiverem observando, uma mudança de mensageiros pode nos dar a oportunidade de fazer contato com o Beag-Liath. Althea e eu tomaremos o lugar de Inna. Se eles nos virem, eles podem se mostrar.

Naturalmente, não fiquei entusiasmado com a ideia, mas entendi que meus pais não seriam dissuadidos de brigar com o Presidium. E quem pode culpá-los? Durante o tempo que passaram a bordo de uma nave Beag-Liath, eles conheceram os horrores da escravidão sapien. Eu sabia que não fazia sentido discutir com eles sobre os perigos inerentes à ideia de substituir Inna.

# SETE
## UMA E OUTRA EMBOSCADA

O MAJOR ANSO ENCONTROU EGAN, Althea e Nanzy na entrada de uma caverna escavada na base de um penhasco. Com o levitador antigravitacional ativado, eles empurraram sua minúscula nave 4-D para uma caverna de sal que os combatentes do Oprit Robia haviam escavado. Eles o estacionaram ao lado de uma nave 4-D muito maior e de uma pequena nave para seis passageiros.

Anso conduziu o grupo para fora do hangar e para um corredor que dava para uma única sala de teto baixo, com cerca de cem metros de profundidade e cinquenta metros de largura. A caverna foi equipada com numerosas paredes divisórias de celulose com dois metros de altura. Apenas meia dúzia de combatentes do Oprit surgiram para saudar os recém-chegados.

Nanzy disse:

— Eu esperava ver uma força maior.

— Ahh, barreiras logísticas nos esconderam como esquilos, — respondeu Anso com uma risada e um aceno para sua fortaleza sob a montanha.

— Como assim? — Egan perguntou.

— Parece que o Presidium descobriu como rastrear a assinatura energética de nossas naves 4-D, mesmo quando estamos apenas usando o sistema de propulsão antigravitacional, — explicou o Major Anso. — Não temos certeza de como eles estão fazendo isso, então não sabemos quais modificações precisamos fazer.

— Parece que você precisa de alguns quadricópteros, — observou Egan.

— Sim, isso funcionaria para nossas surtidas mais curtas, mas nosso alcance seria bastante limitado.

Nanzy franziu a testa.

— Nosso voo para cá levou a Serefim Security até você?

— Oh, sua nave é tão pequena que nem é provável que eles tenham notado. E se o fizessem, não os preocuparia porque é pequeno demais para carregar qualquer um dos seus escravos sapiens.

— Alguma das operações de mineração usa pequenas naves 4-D? — Althea perguntou.

— Sim, essa é a outra razão pela qual não estamos preocupados, — respondeu o major. — Mesmo se eles vissem você, pensariam que você era apenas uma nave corporativa coletando amostras de minerais.

— Então, onde estão todos? — perguntou Nanzy.

— Até descobrirmos como proceder, achei que o hiato seria um bom momento para nossos pais fazerem uma viagem de volta para casa. Muitos dos nossos combatentes não viam as suas famílias há alguns anos ou mais.

— Claro, isso faz sentido. — Nanzy voltou-se para Althea e Egan e disse: — Esta situação torna a necessidade de uma aliança com Beag-Liath ainda mais urgente.

— Porque você precisa de acesso à tecnologia de camuflagem deles, — supôs Althea.

— Exatamente, — respondeu Anso. — Se pudéssemos ocultar as assinaturas de energia de nossas naves, não precisaríamos modificá-las para enganar qualquer sistema de rastreamento que a Serefim Security tenha implantado.

Nanzy disse:

— Egan e Althea talvez possam ajudar com isso. — Ela passou a explicar o plano deles para coletar e entregar o armamento EMP, esperando que Beag-Liath reconhecesse o casal e fizesse contato.

Inna nunca soube a origem das coordenadas de posicionamento global que recebeu para onde o Beag-Liath depositou as armas. As localidades sempre estiveram dentro da região SEE-1. Não havia nenhum padrão discernível quanto ao local onde as armas EMP estavam sendo deixadas. O mesmo não acontece com os locais de entrega. Ela sempre era instruída a deixar as caixas em meia dúzia de aglomerados de cavernas em uma área de pouco mais de cem quilômetros quadrados. Inna continuou a receber as coordenadas de embarque e desembarque por meio de uma mensagem criptografada. Ela transmitiu essa informação a Ramuell, que por sua vez a repassou aos seus pais.

Após a terceira entrega de armas, Egan, Althea e Nanzy retornaram ao esconderijo de Oprit e encontraram Anso sentado em uma pequena pedra na entrada da caverna.

Ele bateu o cachimbo no calcanhar da bota e se levantou.

— Dadas às caras tristes, não presumo sucesso.

A expressão quase perpétua de diversão de Egan se transformou em uma carranca.

— Não. Três tentativas, três falhas.

Nanzy disse:

— Sabe, é possível que os Beag-Liath não se importem com quem está pegando e entregando suas armas. Também é possível que eles estejam chateados por não estarmos usando as armas que eles forneceram.

Althea estreitou os olhos pensativamente.

— Você pode estar certo. Mas, como já discutimos antes, não temos uma compreensão clara da percepção Beag-Liath da passagem do tempo.

— E seu ponto é? — Anso perguntou.

— A questão é que não sabemos se um hiato de três kuuk em nossas atividades de interdição é apenas um breve momento no Beag-Liath ou se parece uma eternidade.

Egan disse:

— Ou pode ser algo totalmente diferente. É possível que a passagem do tempo não seja um problema para o Beag-Liath. Pelo contrário, o número de sapiens capturados sem os nossos esforços para intervir pode ser a sua principal preocupação. Pode ser mais uma questão de aritmética do que de passagem do tempo.

— Então continuamos tentando fazer contato? — Althea perguntou.

Anso soltou um suspiro tempestuoso.

— Pelo menos mais uma viagem.

Althea disse:

— Obviamente, você tem algumas preocupações.

— Sim, eu tenho. Quando Inna estava usando o quadricóptero, os olhos no céu não tinham uma maneira confiável de monitorar suas idas e vindas. Seus voos frequentes deste local em uma nave antigravitacional **pode** chamar a atenção deles.

— Você acha que eles estão nos observando? — Egan perguntou.

— Não... Sendo que não sabemos qual algoritmo é aplicado aos dados gerados pelos seus satélites de posicionamento global, — explicou Anso.

— Também não sabemos qual é o limite para seus

computadores transmitirem os dados para um dos Vigilantes, — observou Nanzy.

Althea disse:

— Não estou te entendendo.

—Ok, o sistema deles está escaneando assinaturas de energia na maior parte do planeta na maior parte do tempo. Agora, devido à localização dos satélites, nenhum lugar do planeta é vigiado o dia todo, todos os dias. Devido à localização dos satélites e à rotação do planeta, ocorrem falhas diárias na cobertura.

— Os satélites monitoram a maior parte do planeta, na maior parte do tempo. Seus algoritmos de processamento de informações provavelmente se concentram em atividades anômalas. Mas a maioria das assinaturas de energia anômalas são apenas isso, anômalas. O que não sabemos é quando o algoritmo reconhece um padrão de atividade que aciona um alerta enviado a um observador em tempo real.

Anso disse:

— Considerando tudo isso e voltando à sua pergunta, Althea, não acho que estamos abusando da sorte para tentar mais uma viagem.

Acontece que sim, mas a sorte não foi de todo ruim.

---

A palete antigravitacional da nave tinha dois metros quadrados. Quando seu mecanismo foi acionado, produziu um campo magnético oposto, que elevou o palete vários centímetros acima do solo.

Althea retirou o palete, posicionou-o na parte inferior da rampa da nave e depois voltou para dentro para ajudar Egan e Nanzy a arrastar as caixas de celulose contendo as armas EMP Beag-Liath. Eles então caminharam em círculo ao redor da nave, apreciando a paisagem.

Eles haviam pousado no meio de uma drenagem ampla e de fundo plano, coberta com cascalho grosso e areia e salpicada com arbustos baixos. Uma longa encosta suave subia para sudoeste. Algumas árvores coníferas de clima árido e numerosas manchas de neve gelada salpicavam a encosta. Um penhasco calcário de trinta metros de altura erguia-se no lado oposto da drenagem. Na base do penhasco havia meia dúzia de cavernas rasas.

Althea disse:

— Se equilibrarmos todas as quatro caixas no estrado, poderemos transportá-las para as cavernas numa só viagem.

Egan disse:

— Ok, vamos lá.

Assim que ele acionou o mecanismo antigravitacional, três pequenas naves auxiliares de alta velocidade desceram de trás da borda do penhasco e cercaram o trio. Quatro soldados vestindo macacões de combate, botas de cano alto e capacetes paramilitares brancos Serefim saíram correndo de cada uma das naves.

Egan correu para pegar a arma de partículas carregadas que havia deixado na rampa da nave. Vendo que os soldados já haviam empunhado as armas, Nanzy agarrou o cotovelo do professor e o fez parar. Ela murmurou baixinho:

— Estamos em menor número e com menos armas. Não temos chance em um tiroteio. Nós nos rendemos e vivemos para lutar outro dia.

Pensando que não seriam alvejados, Egan, Althea e Nanzy levantaram as mãos. Eles pensaram errado. O comandante da tropa os surpreendeu com uma explosão sônica. Todos os três agarraram as laterais da cabeça e caíram de joelhos.

Vários soldados correram e chutaram o trio no chão. Não muito gentilmente, eles prenderam seus prisioneiros com algemas de pulso com algemas de plástico. Quando os soldados começaram a arrastar Egan em direção a uma das naves auxiliares, vários seres cinza com torsos pequenos e braços longos se materializaram, como se surgissem do nada. No instante seguinte, todos os soldados Serefim parecem congelar no lugar. Um por um, eles tombaram, conscientes, mas completamente imobilizados.

Nanzy se recuperou o suficiente da explosão sônica para gaguejar:

— O que é isso?

Althea e Egan entenderam exatamente o que estavam testemunhando, mas ainda não conseguiam falar.

Um dos Beag-Liath se aproximou e cortou a algema de Egan. Ele levou as duas mãos às têmporas, esperando que a pressão aliviasse a dor de cabeça latejante resultante da explosão sônica. E aconteceu. Depois de cerca de um minuto, ele se endireitou da posição fetal, apoiou-se nas mãos e nos joelhos e rastejou até Althea. Ela não estava se recuperando rapidamente.

Quando Althea começou a engasgar, dois Beag a rolaram de lado e ela vomitou. Egan limpou a boca dela com a manga e ela respirou fundo.

— Ei! Nunca fui atingida por uma explosão sônica. Eu não fazia ideia.

Nanzy se levantou e cambaleou até seus companheiros. Vendo a poça de vômito, Nanzy caiu de joelhos, inclinou-se para perto de Althea e perguntou:

— Você está bem?

Althea respirou fundo, zombou e disse:

— Ainda não.

Ao ouvir a piada de sua esposa, Egan deu a Nanzy um sorriso de lábios cerrados.

— Acho que ela vai ficar bem.

— Parece que sim. — Nanzy se levantou e girou 360 graus observando a cena. Dois dos Beag-Liath continuaram agachados perto de Althea. Outros se moviam com seus

49

peculiares passos curtos e rápidos, atendendo aos soldados Serefim derrubados.

Os Domhanianos foram surpreendidos por um estrondo repentino diretamente acima de suas cabeças. Nanzy olhou para cima e viu uma grande nave Beag-Liath de formato triangular pousando como uma pena a cerca de cem metros de distância. Dois dos Beag-Liath usaram o palete antigravitacional para mover as caixas de armas EMP para sua nave, enquanto o outro Beag corria de um lado para outro arrastando os soldados Serefim imobilizados a bordo.

Quando Egan viu o que os Beag-Liath estavam fazendo, ele perguntou:

— O que você acha disso?

Althea rolou para a posição sentada, mas estava muito instável para tentar ficar de pé. Ela observou a cena e respondeu à pergunta do marido.

— Eu não faço ideia.

Nanzy disse:

— Até onde sabemos os Beag-Liath nunca fizeram prisioneiros. — Ela fez uma pausa e acrescentou: — Na verdade, além da batalha da Autoridade Portuária, nunca testemunhamos seu envolvimento direto em qualquer tipo de situação de combate.

— Portanto, isso é incomum, — observou Eagan.

— Eu deveria dizer isso!

Um dos Beag bateu no ombro de Althea. Parecia estar perguntando sobre como ela estava se sentindo. Ela respondeu fazendo um pequeno movimento circular com a mão aberta, um gesto Beag-Liath que aprendera durante a jornada que fizeram juntos, vários anos atrás. O Beag curvou-se ligeiramente e levantou-se para ajudar seus companheiros.

— Eles parecem estar com pressa, — observou Nanzy.

— Eles parecem estar sempre com pressa, — respondeu Althea. — É apenas a maneira como eles se movem. O que você está vendo é muito típico. Se eles não estivessem em movimentação, isso poderia ser motivo de preocupação.

— O que você acha que devemos fazer? — perguntou Nanzy Nanzy.

— Acredito que eles nos deixariam subir a bordo da nossa nave e voar para longe, — respondeu Althea. — Mas acho que isso seria um erro. Eles podem não saber que é nossa missão aliar-nos, ou talvez saibam. Independentemente disso, esta é a primeira oportunidade que nos deram para ter essa discussão.

Egan estendeu a mão e ofereceu a mão a Althea. Ao se levantar, ela disse:

— E é óbvio que eles estiveram nos observando o tempo todo.

— Como assim? — perguntou Nanzy.

— Eles apareceram para nos resgatar quando estávamos em apuros.

— E para evitar que suas armas EMP caiam nas mãos de Serefim, — interrompeu Egan.

Althea ergueu as sobrancelhas.

— Só... não tinha pensado nisso! É simplesmente implausível que a intervenção deles seja uma coincidência.

— Não, eles têm monitorado todas as coletas e entregas de nossas armas, — concordou Egan.

Nanzy franziu a testa.

— Portanto, esta pode ser nossa única chance de iniciar um diálogo.

— Sim, — Egan falou lentamente. — Pode ser. Se pudermos comunicar o por quê não estamos usando suas armas, talvez, apenas talvez, eles nos forneçam um dispositivo de camuflagem. — Ele coçou o queixo quadrado: — Qual é a nossa jogada?

— Agora vamos esperar, — respondeu Althea. — Talvez até fique andando por aí e observe o que eles fazem com seus prisioneiros. Esperançosamente, eles se aproximarão de nós em vez de simplesmente pularem em sua nave e voarem para longe.

---

Depois que os soldados Serefim imobilizados foram transportados a bordo da nave dos Beag-Liath, vários Beag inspecionaram as três naves auxiliares Serefim. Eles passaram pelo menos meia hora reunidos em linguagem de sinais, conversação vocal e provavelmente telepática. Alguns tripulantes embarcaram em sua nave e retornaram carregando vários dispositivos. Dois Beag entraram em cada uma das naves Serefim. Quando emergiram, acenaram para Nanzy, Althea e Egan segui-los até a nave.

— Estamos bem? — perguntou Nanzy.
— Acho que sim, — respondeu Althea.
— E, de qualquer forma, a cooperação é a nossa única opção, — observou Egan.

Sem saber ao certo o que Egan quis dizer, Nanzy franziu a testa e lançou ao professor um olhar nervoso.

Um membro da tripulação saiu da nave Beag carregando um dispositivo apenas um pouco maior do que uma arma portátil de partículas carregadas. Ele apontou para uma das naves e ligou remotamente o levitador antigravitacional. Lentamente, a nave levantou-se do chão e subiu numa linha perfeitamente vertical, afastando-se do local de lançamento. Parecia não ser mais do que uma mancha prateada no céu quando explodiu em um flash de luz branca brilhante.

Três segundos depois, a onda sonora explodiu. Egan se engasgou e disse:

— Não esperava por isso!

Nanzy foi mais analítica.

— Claramente, os Beag-Liath decidiram intervir diretamente.

Eles continuaram aquela "intervenção" usando o mesmo método para destruir as outras duas naves auxiliares Serefim. Após a terceira explosão, a alguns milhares de metros de altura, os movimentos de Beag-Liath aceleraram de apressados para quase frenéticos. Enquanto os outros subiam correndo a escada para entrar na nave, um dos Beag se aproximou dos Domhanianos. Apontou para Nanzy e fez um movimento de enxotamento em direção à nave Oprit Robia, depois virou-se para Althea e Egan e fez-lhes sinal para subirem a bordo da nave Beag.

Nanzy lançou um olhar preocupado para seus companheiros. Althea disse:

— Parece que eles querem que nos juntemos a eles e que você retorne em nossa nave.

— Mas é seguro?

— Passamos muito tempo com eles e eles nunca nos machucaram intencionalmente, — respondeu Egan. Encolhendo os ombros, ele acrescentou: — E é nossa missão cultivar uma aliança.

Os ombros de Nanzy caíram enquanto ela olhava para o chão por alguns segundos. Inalando e mantendo a postura ereta, ela disse:

— Ok, então, faça o que for preciso e entre em contato conosco assim que puder.

Egan e Althea trocaram palmas com Nanzy, viraram-se e subiram a escada para a nave Beag-Liath. O indivíduo Beag novamente pareceu enxotar Nanzy em direção à sua nave.

— Parece que você acredita que sua pequena exibição de fogos de artifício atrairá a atenção indesejada de Serefim. — O Beag olhou nos olhos de Nanzy e ela teve a nítida sensação de que entendia o que ele havia dito. Ela se virou e correu para sua nave de aparência estranha.

# OITO
## UMA QUESTÃO DE CONFIANÇA

*~Ramuell~*

IPOS OLHOU para mim sem piscar.
— Ramuell, eu não tinha ideia de que Inna estava transportando armas.

Fiquei sentado em silêncio, esperando que ele continuasse.

— Eu sabia que ela tinha acesso ao quadricóptero SEE-1. Eu também sabia que ela estava aproveitando ao máximo a generosidade deles, mas presumi que ela gostava de voar e já que eles estavam deixando, que diabos... Mas você tem que acreditar que eu não sabia sobre a ligação dela com a Oprit Robia.

Ele estava claramente preocupado com minha confiança.

— Ipos, você e eu passamos por muita coisa juntos. Se você me disser que algo é verdade, então na minha cabeça, é verdade.

Um sorriso de boca fechada iluminou seu rosto. Ele se inclinou para a frente na cadeira de escritório sem braços e disse em tom conspiratório:

— Nesse caso, você deveria saber que Vapula acha que você cresceu muito bem. Acho que ela gostaria de lhe dar uma chance.

— Deixe-me reafirmar minha posição sobre sua integridade. Acredito que qualquer coisa que você me diga não é absolutamente absurda.

Seus olhos brilharam.

— Uhm... Talvez não seja tão absurdo.

— Humph. O que mais você tem para mim?

— Vapula e eu voltamos ontem à tarde do quadrante sudoeste do SWE-2. Não estou feliz em informar que encontramos um bando agressivo de nefilim bem mais a oeste do que seu alcance conhecido. — Ipos hesitou e esfregou a testa. — Nunca vi nada parecido. Eu sei que você viu o ataque em Blue Rock Canyon Canyon, mas esta foi a primeira vez para mim. Testemunhamos os nefilim atacando um grupo de caça de neandertalis.

— Uh oh, — eu disse me endireitando na cadeira. — Quão ruim foi?

— Foi feio. Mas, surpreendentemente, os neandertalis deram quase tanto quanto receberam.

— Realmente!

— Sim, — continuou Ipos. — Pelo que você me contou sobre o incidente de Blue Rock, parece que os neandertais estão mais dispostos a intervir e lutar do que seus primos sapiens.

— Como eles se saíram?

— Nos primeiros minutos não foi tão bom. Mas os neandertalis rapidamente descobriram como formar pares em um único nefilim. Assim que um nefilim atacasse um neandertalis, outro atacaria e lançaria uma lança nas costas do gigante. Eles conseguiram tirar alguns.

— Um pouco? Quantos Nefilim havia?

Ipos chupou os dentes.

— Contamos vinte e dois.

— Ah, merda! Mostre-me.

Ipos levantou-se e empurrou meu microscópio para o lado na bancada retangular. Ele abriu seu foliopad, acessou um mapa do SWE-2 e me mostrou onde eles haviam testemunhado o ataque.

— Bem, merda dupla. Eles migraram para um **longo** caminho para o oeste. Quantas mulheres estavam no bando?

— Não descrevi tão bem o que presenciamos. Os vinte e dois nefilim que atacaram os neandertalis eram todos homens.

— O quê!?

— Sim, todos os homens. Optamos por não intervir. Em vez disso, nós os seguimos até o acampamento e vimos várias mulheres. Quatro deles eram nefilim. Não conseguimos uma contagem precisa, mas estimo que houvesse dezoito a vinte mulheres no total.

— Algum homem sapien?

— Nenhum.

— Isso é estranho. Nunca vimos uma formação como essa entre clãs com nefilim.

Ipos disse:

— Essa é a razão pela qual decidimos não erradicar todos eles. — Ele juntou as sobrancelhas e acrescentou: — Na verdade, eu queria, mas a Vapula rejeitou isso. Ela disse que precisávamos conversar com você primeiro. Ficamos mais um dia e marcamos um homem e uma mulher com dispositivos de rastreamento de microchip.

— Acredito que você tomou a decisão certa, mas talvez não pelo motivo que pensa. Eu testemunhei os bastardos atacando um Clã Crow e francamente, admiro sua moderação. Eu provavelmente não teria mantido minhas armas no coldre. — Senti uma onda de tristeza tomar conta de mim.

Vendo minha compostura diminuindo, Ipos desviou o olhar por um momento, depois se virou e disse:

— Só posso imaginar a tristeza que você ainda deve sentir pela morte de Alicia.

Olhei para meu amigo e não disse nada.

Ele fungou e esfregou o nariz.

— Então, por que você concorda com nossa decisão de não intervir?

— Porque precisamos descobrir de onde vieram os nefilim. Eles provavelmente estupraram ao longo de muitos quilômetros, deixando um rastro de DNA nefilim em seu rastro. Eles sequestraram alguma das fêmeas neandertalis?

— Presumimos que fosse um grupo de caça porque não havia mulheres entre os neandertais. Talvez seja por isso que eles lutaram tão destemidamente, o que pareceu chocar os nefilim. Quando interromperam o ataque, os neandertais restantes escaparam para a floresta.

— Então, qual foi o número de mortos?

— Contamos seis neandertais mortos, — respondeu Ipos.

— Mas eles conseguiram derrubar pelo menos o mesmo número de nefilim.

— Realmente!

— Sim. A maioria dos gigantes se levantou e cambaleou, mas dois deles pareciam estar mortos.

— Droga! Vocês dois testemunharam uma dinâmica totalmente nova. Vamos marcar uma reunião com Azazel para discutir como devemos proceder.

Ipos acenou com a cabeça:

— Sim, foi exatamente isso que Vapula disse que você gostaria de fazer.

— E ela estava certa. Vou verificar com o chefe esta manhã e enviar uma mensagem de texto para vocês avisando quando ele poderá se encontrar conosco.

Assim que Ipos saiu do meu pequeno laboratório, uma comporta de memórias sobre Alicia se abriu. Ela foi meu primeiro amor e seu assassinato por saqueadores nefilim ainda dói. Sentei-me, coloquei a cabeça entre as mãos e lutei contra as lágrimas.

# NOVE
## DIPLOMACIA DE TRANSPORTE

QUANDO ALTHEA e Egan subiram pela escotilha da nave Beag-Liath, foram recebidos por um membro da tripulação, que administrou uma vacina em spray nasal em cada narina e retirou uma seringa de sangue dos dois Domhanianos.

O Beag então conduziu o casal a uma cabana mobiliada apenas com uma cadeira e uma cama. Um momento depois, outro tripulante entrou na cabine com uma grande panela e fez mímica, de uma forma que não deixava nada à imaginação. Era para ser usado para ir ao banheiro. Os dois Beag saíram da sala austera e a porta se fechou atrás deles.

Althea e Egan olharam para a porta de metal sem maçaneta quando ouviram o mecanismo de travamento clicar no lugar. Egan disse:

— Parece que somos prisioneiros e não convidados.

Althea levantou uma sobrancelha.

— É o que parece.

Eles sentiram a nave balançar levemente quando foi lançada, mas não sentiram nada de seu voo supersônico. Eles não foram alimentados nem receberam água.

Cerca de três horas depois, quando a porta finalmente se abriu, um Beag entrou carregando um grande dispositivo tipo foliopad. Althea ficou de pé e fingiu beber água. O Beag abriu ainda mais os olhos do que o normal e os ombros estreitos caíram. Deixando cair o foliopad na cama, ele saiu correndo do quarto deixando a porta aberta.

Egan bufou:

— Parece que este aqui não nos considera uma grande ameaça.

Eles ouviram sons estridentes no corredor e alguns segundos depois o Beag voltou com duas garrafas de metal tampadas. Entregou-as a Egan e Althea, depois se abaixou e pegou o foliopad.

Egan tirou a tampa com os polegares e cheirou. O Beag fez mímica para beber. Egan hesitou, tomou um pequeno gole e relaxou.

— É água.

Enquanto isso, o Beag havia visualizado a imagem de um riacho na montanha e virado o foliopad para Althea. Ela sorriu com o esforço para se comunicar, tirou a tampa e tomou vários goles longos. Ela estava seca há mais de uma hora e entendeu que a desidratação já era problema suficiente para os Domhanianos na atmosfera seca de Ghrain-3.

— Ah, isso é bom. Obrigada!

O Beag entendeu claramente e quase pareceu envergonhado da gafe de seus companheiros. Esperou até que Egan e Althea recolocassem as tampas nas garrafas e então fez sinal para que se sentassem na cama. Quando terminaram, colocou o foliopad no colo de Althea e tocou em alguns ícones na tela.

O casal assistiu a um vídeo de animação de uma nave Beag-Liath entrando na água e descendo uma profundidade considerável. No fundo do corpo d'água, ele atracou em uma enorme instalação submarina. Personagens de Beag com aparência de desenho animado, sem qualquer tipo de aparelho respiratório subaquático, saíram da nave e entraram nos prédios.

Quando o vídeo terminou, Althea e Egan se entreolharam com os olhos arregalados. Com um tremor na voz, Althea perguntou:

— Eles estão planejando nos levar para um mergulho em alto mar?

Sentindo o medo deles, o Beag pegou o foliopad e abriu outro arquivo. Esta animação mostrou gases dissolvidos emergindo dentro dos tecidos do corpo como bolhas microscópicas. Quando o vídeo terminou, o Beag apontou para o casal e balançou o punho. Althea e Egan compreenderam o gesto de negação de Beag-Liath. Com isso, o Beag virou-se e saiu apressado da sala, deixando novamente a porta aberta.

Perplexo, Egan franziu a testa, balançou a cabeça e olhou para Althea.

Althea explicou:

— O vídeo mostra que eles entendem nossa fisiologia bem o suficiente para saber como a doença descompressiva nos afetaria.

— Então, o que eles pretendem? — Egan perguntou.

— Não tenho certeza, mas eles não nos teriam mostrado se não quisessem tomar algum tipo de medida preventiva. Só não tenho ideia de que tecnologia eles podem usar para evitar curvas, além de nos colocar em câmaras de descompressão.

— Espero que não seja isso que eles planejam!

Althea puxou o lóbulo de uma orelha e encolheu os ombros.

Poucos minutos depois, um membro da tripulação veio até a porta da cabine e fez um gesto para que o seguíssemos. Isso conduziu o casal por uma escada até a cabine. Quando eles entraram, o piloto apertou um botão que abriu um escudo solar expondo uma janela transparente de oxinitreto de alumínio.

Egan e Althea correram para a janela e viram que estavam voando alguns milhares de metros acima de uma ilha verdejante. A nave estava em uma descida rasa e sua trajetória de voo contornou a longa costa norte por vários minutos. O piloto guiou a nave em um movimento baixo por toda a ponta oeste da ilha antes de pousar suavemente em uma praia ampla.

Althea e Egan foram conduzidos para fora da nave Beag, recebendo duas garrafas de água e meia dúzia de barras de proteína insípidas que Beag-Liath lhes dera todos aqueles anos atrás.

— Que delícia, mal posso esperar pelo jantar, — brincou Egan.

Althea lançou um olhar duvidoso ao alimento embalado.

— Sim, ah.

A nave Beag-Liath subiu silenciosamente cerca de cem metros, fez um arco sobre o mar e depois mergulhou abruptamente nas ondas.

— Essa foi uma partida sem cerimônia, — observou Egan.

Althea franziu a testa.

— Eu simplesmente não sei o que fazer com nada disso. Estou perplexo.

— Com o quê?

— Eles nos deixaram acima da superfície em solo seco, mas onde estão os doze prisioneiros de Serefim? Nós os vimos sendo levados a bordo da nave.

Egan tirou o boné e massageou o couro cabeludo.

— Bem... Você sabe, o Beag-Liath demoliu completamente as instalações de atracação na Batalha da Autoridade Portuária, mas evitou meticulosamente ferir até mesmo um único Domhanian... Eu simplesmente não consigo imaginar que eles machucariam intencionalmente seus prisioneiros.

— O que significa que provavelmente **serão** colocados em uma câmara de descompressão ao voltarem à superfície, — observou Althea. — Mas por que eles querem prisioneiros?

— Por que de fato? A menos que os Beag tenham descoberto uma forma de usar os órgãos do lobo frontal para interrogar telepaticamente os Domhanianos.

Os olhos de Althea se arregalaram.

— Oh meu Deus! Se eles encontrarem uma maneira de ler nossos pensamentos com segurança, isso tornaria nossas negociações com eles muito mais fáceis.

— Você tem razão. Suponho que tudo o que podemos fazer agora é ter esperança.

— E esperar, — acrescentou Althea.

Egan esticou os braços, respirou fundo e se virou, observando toda a cena.

— Sabe, esta é a primeira vez que sinto calor neste globo congelado.

Althea se assustou ligeiramente e percebeu que isso era verdade.

— Sim, talvez um pouco quente demais. — Ela tirou a jaqueta. — Vamos ficar na sombra dessas árvores.

Céu azul claro, água azul escura, praia de areia branca, árvores verdes brilhantes – era um lugar lindo. Estava quente, eles estavam sozinhos e sem muitas roupas. Depois de alguns minutos, Althea rastejou pela areia fofa até os pés de Egan. Ela se colocou entre os joelhos dele e puxou suas calças. Ele levantou ligeiramente os quadris para ajudá-la a tirar a roupa, o que quase instantaneamente produziu uma ereção.

— Bem, **olá**, meu velho amigo. — Ela arrancou as próprias calças, montou nos quadris de Egan e deslizou sua suavidade sedosa exatamente na posição certa...

Depois de nadar nas ondas leves da água fria, eles secaram ao sol no topo de uma pedra calcária próxima. Eles voltaram para o bosque e ficaram sentados, sem palavras, mastigando sua comida insípida, quando uma embarcação Beag-Liath saiu do mar carregando uma coluna de água em seu rastro.

Egan disse:

— Parece que eles não se esqueceram de nós.

Aconchegando o nariz em seu pescoço, Althea respondeu:

— E eles não voltaram tão cedo.

Ele riu, levantou-se e estendeu a mão para puxar Althea para ela.

A nave se acomodou com pouco mais que um sopro de areia quando os pés de pouso tocaram o solo. Vários Beag surgiram carregando uma caixa e arrastando o que parecia ser uma grande sacola de lona. Eles colocaram a bolsa na caixa que era um dispositivo antigravitacional. Quando um dos tripulantes acionou o mecanismo com um dispositivo de controle remoto, a caixa elevou-se cerca de quinze centímetros.

Dois dos Beag empurraram a caixa até a borda da linha das árvores. Ao encontrarem o ponto mais plano, quatro indivíduos arrancaram o saco e desdobraram-no na areia. Um deles prendeu um dispositivo cilíndrico a um bico da bolsa. Era uma bomba de ar. Minutos depois, Egan e Althea estavam olhando para um abrigo com paredes duplas infladas e um telhado inclinado na parte traseira do abrigo. A porta era uma folha de tecido sintético com fecho de velcro tipo zíper. A mesma tecnologia foi usada para janelas que podem ser fechadas em cada parede. A área ocupada pelo abrigo era de aproximadamente cinco metros por quatro metros.

Percebendo que esta era a morada pretendida, Althea sorriu e disse:

— Podemos fazer isso funcionar.

— Não tenho certeza de quanto tempo ficaremos aqui, mas os alojamentos são muito mais atraentes do que a ideia de uma dieta de barras de proteínas por vários dias, — comentou Egan ironicamente.

— Vários dias ou vários indecisos, não temos ideia do que eles têm em mente, — observou Althea.

Egan disse:

— Posso fazer alguns colchões com folhas. Aposto que podemos convencer nossos amigos a fornecerem roupas de cama.

Althea gesticulou em direção a nave.

— Não pense que isso será necessário.

Egan se virou e viu um grupo se aproximando com dois grandes colchões inflados e trouxas do que se passava por lençóis e cobertores Beag-Liath. Ele riu quando viu mais duas Beag carregando uma pequena mesa e dois bancos.

Depois que todos os tripulantes retornaram a nave, um Beag saiu e correu pela praia carregando um baú robusto. Ele entregou a Althea. Ela olhou para dentro e exclamou:

— Louvado seja o céu!

Egan olhou e viu vários pacotes embrulhados de peixe cozido e algum tipo de verdura, provavelmente uma alga comestível. Jogando a cabeça para trás, ele disse:

— Aleluia! — E riu alto.

Até o rosto quase sem emoção do Beag sugeria diversão, mas apenas por um instante. Em seguida, ele tocou na tela do foliopad exibindo uma foto do nascer do sol. Egan e Althea trocaram um olhar queixoso. O Beag então gesticulou para que a nave emergisse da água e pousasse novamente na praia.

— Ahh, então você retornará amanhã de manhã, — disse Althea.

O Beag piscou algumas vezes, virou-se e deslizou de volta a nave. Assim que o triângulo voador mergulhou de volta na água, Egan olhou para suas novas escavações. Com um brilho nos olhos, ele disse:

— Isso foi interessante.

— Interessante? Humph, eu acho. — Com uma cotovelada, Althea cutucou Egan de brincadeira. — Ei, antes que escureça, vamos descer a linha das árvores e ver se encontramos algum tipo de fruta para acompanhar os peixes.

# DEZ
## FOGO NO BURACO

UM PT-24 POUSOU em frente ao aglomerado de cavernas exatamente setenta e oito minutos após a partida da nave Beag-Liath. O esquadrão das tropas de Segurança de Serefim saiu da nave auxiliar e assumiu posições defensivas, com as armas apontadas em todas as direções. Depois de um momento, eles se levantaram cautelosamente e começaram a vasculhar a área. Eles não encontraram nada além de rastros.

Os explosivos Beag tinham molecularizado as três pequenas naves Serefim, a alguns milhares de metros de altura. Nem um único fragmento caiu de volta à terra. Nenhum vestígio das naves permaneceu, exceto as marcas deixadas pelos pés de pouso.

Os soldados estudaram o terreno, tirando fotos de cada pegada. As faixas contaram uma história e tanto. Pelo menos quinze Domhanianos estiveram presentes, bem como outras espécies bípedes. Uma grande nave havia desembarcado e saído da ampla drenagem. Os rastros daquela nave não eram nada parecidos com os que os soldados de Serefim já tinham visto.

As cavernas estavam vazias. Ninguém estivera lá dentro

recentemente, embora marcas de botas antigas fossem visíveis na poeira fina que cobria o chão da caverna.

O mais preocupante para o comandante do esquadrão foi que uma quarta nave de design Domhaniano também estava presente.

---

O major Anso e um punhado de combatentes do Oprit Robia reuniram-se em torno de Nanzy quando ela saiu da nave que pousou em frente à caverna de sal. A testa do major franziu-se ao ouvir a história de Nanzy. Quando ela terminou, ele disse:

— Precisamos evacuar imediatamente.

Nanzy tinha acabado de tomar um gole de sua garrafa de água. Ela vomitou a água no chão com uma tosse estrangulada.

— O quê?!

— Os olhos no céu sabem exatamente onde suas três naves auxiliares pousaram. Sem dúvida, a tripulação da nave almirante comunicou-se com o orbitador antes que os soldados fossem imobilizados pelo Beag-Liath.

— Minha nossa! — Nanzy balançou a cabeça lentamente. — Estive muito perto da parede para ver o mural.

— Nossos pilotos dizem "você não consegue ver uma nuvem quando está voando através dela". De qualquer forma, a esta altura os soldados de Serefim estão fervilhando por todo o cenário de batalha.

— Eu não chamaria isso de batalha exatamente.

Anso bufou:

— Acho que os soldados capturados podem discordar. Não importa como lhe chamemos, o SIS já está ocupado juntando as peças do que aconteceu.

— SIS? — Nanzy interrompeu.

— Serviço de Inteligência Serefim, o grupo de espiões do Grão-mestre Elyon. De qualquer forma, dentro de uma hora eles terão rastreado a assinatura energética de sua pequena nave 4-D até nossa caverna.

Vários combatentes do Oprit correram para a caverna para empacotar material e equipamento essencial. Outros começaram a armar as cargas explosivas predefinidas, estrategicamente colocadas em torno do perímetro da caverna.

— Se eles me rastrearam até aqui, rastrearão nossas três naves, não importa para onde formos.

— Não importa para onde vamos neste planeta, — respondeu Anso. — Mas não vamos ficar no Ghrain-3. Estamos fazendo o salto 4-D de volta para Realta-Gorm.

— Não podemos simplesmente deixar Althea e Egan!

— Nanzy, não temos escolha. — Apontando para o céu, Anso continuou: — Nos próximos minutos eles terão descoberto exatamente onde estamos. Eles treinarão todos os olhos do céu neste local, mas não poderão nos rastrear quando saltarmos através das dimensões.

Nanzy sentiu-se tonta. Ela se inclinou e colocou as mãos nos joelhos. Anso deu um tapinha nas costas dela e disse:

— Reserve um momento para se recompor, mas só um momento. Você precisa pegar seu equipamento e jogá-lo em uma de nossas naves. Devemos estar no ar em meia hora.

Nanzy se virou e olhou de soslaio para Anso.

— Precisamos ligar para Ramuell.

Anso caminhou em um pequeno círculo por alguns segundos.

— Você tem razão. Precisamos avisá-lo. — Ele gritou para dentro da caverna: — Trey.

— Sim, senhor, — veio uma resposta ecoada.

— Venha aqui por um segundo.

Trey subiu a rampa vindo das profundezas da caverna.

— Quase armamos todas as cargas explosivas, senhor.

— Bom! Temos uma pergunta. — Anso explicou a

necessidade de entrar em contato com Ramuell e perguntou se isso poderia ser feito sem que a mensagem fosse rastreável.

— Sim, senhor, podemos enviar um sinal de alguns satélites e de vários relés terrestres e ninguém poderia rastreá-lo até Ramuell, a menos que soubessem exatamente o que procurar.

— Tudo bem, vamos fazer isso acontecer.

Trey inclinou a cabeça para o lado.

— Major, levarei cerca de uma hora para programar tantos saltos de sinal.

A excitação desapareceu do rosto de Anso.

— Não... Não temos tanto tempo.

— Há outra opção que **pode** funcionar.

Anso olhou para Trey com uma expressão que combinava expectativa e impaciência.

— Depois de ultrapassarmos dez quilômetros de altitude, podemos avistar uma de nossas naves diretamente sobre o SWA-7. Se dispararmos um sinal de comunicação vertical diretamente para baixo, é simplesmente implausível que o Orbiter esteja escaneando aquele local preciso naquele exato momento. — Trey olhou para Nanzy. — Você poderia ter uma conversa curta com segurança... Ênfase no resumo.

— Obrigado, Trey. — Anso olhou para Nanzy, que havia recuperado a compostura. — Vou acompanhá-la em sua pequena nave para o salto 4-D de volta para casa.

— Volte para casa depois de **fazer** a ligação, — acrescentou Nanzy.

— Sim, depois da ligação. Agora vá pegar suas coisas. Faltam vinte minutos.

Enquanto Nanzy entrava na caverna, ela passou por quatro caças que empurravam uma nave com seus levitadores antigravitacionais acionados para fora do hangar e subindo a rampa.

As tripulações do Oprit embarcaram em suas três naves à cerca de quatrocentos metros da caverna de sal. Todos se levantaram e observaram Trey apertar o botão de detonação remota. Uma série de estalos altos foi seguida por um estrondo baixo. Por um momento, o grupo trocou olhares temendo que as cargas de demolição não tivessem conseguido derrubar a caverna.

— Droga, — disse Anso. — Podemos ter feito um trabalho muito bom escavando...

De repente, uma lufada de sal em pó saiu da boca da caverna, seguida por uma língua de fogo e um rugido estrondoso. Ninguém aplaudiu. Entre os espectadores, havia uma sensação palpável de tristeza resignada. Tinha sido um bom esconderijo.

*~Ramuell~*

— O que diabos você quer dizer com eles se foram?

Nanzy disse:

— Ramuell, acalme-se. Eu estava lá. O Beag-Liath não arrastou seus pais a bordo da nave. Eles foram de boa vontade. Não temos motivos para acreditar que eles estejam em perigo.

A advertência de Nanzy para me acalmar teve exatamente esse efeito. Eu respirei fundo.

— Sinto muito, Nanzy. Eu sei que eles estão aqui para negociar com os Beag-Liath, mas nunca pensei em como isso aconteceria.

— Sim. Não tenho certeza do que esperávamos, mas com certeza não imaginamos essa reviravolta.

— Diga-me.

Ela me deu uma versão resumida do encontro com o esquadrão de segurança de Serefim e o Beag-Liath. Ela também explicou que eles destruíram a caverna de sal e estavam voltando para Realta-Gorm 4.

— E o que acontece com mamãe e papai?

— Não podemos ter certeza, mas lembre-se que eles passaram quase um ano viajando com o Beag-Liath. Eles se conhecem.

— Sim, e depois de sessenta e dois anos do nosso ano, meus pais foram jogados nus ao lado de um riacho em Domhan Siol – meio mortos!

Nanzy franziu a testa.

— Eu sei. Mas temos que acreditar que os Beag-Liath aprenderam com essa experiência. — Ela verificou o cronômetro no topo da tela de vídeo. — Ramuell, só temos um minuto. Vamos encerrar isso.

— Então, o que vem a seguir?

— Eu gostaria de saber. Acreditamos que quando Althea e Egan não conseguirem entrar em contato conosco, eles encontrarão uma maneira de entrar em contato com você. — Ela pareceu notar minha expressão duvidosa. — Agora lembre-se, eles têm acesso a todos os tipos de tecnologias Beag. Eles podem entrar em contato com você sem que os olhos do céu percebam. Por enquanto, tudo o que você pode fazer é esperar para ouvi-los.

— Não posso deixar de me preocupar com quanto tempo essa espera pode durar.

No final das contas, a espera não foi tão curta quanto eu esperava, nem tão longa quanto temia.

# ONZE
## TEMPO DE ESPERA

NÃO MUITO LONGE DA PRAIA, Althea e Egan encontraram um tesouro de frutas com grossas cascas verdes e carne doce e dourada. Egan cortou os saborosos pedaços e os jogou na salada de algas enquanto Althea abria os sacos de peixe.

Sentados na areia em frente ao abrigo inflável, o casal comia em silêncio. Amassando os sacos que continham o jantar, Althea disse:

— Essa foi a melhor refeição que o Beag-Liath já ofereceu.

— Concordo, e podemos comer uma deliciosa barra de proteína como sobremesa, — brincou Egan.

Enquanto ela se aproximava entre as pernas do marido, Althea respondeu:

— Sim... acho que vou dar uma olhada.

Egan passou os braços ao redor dela e puxou-a de volta para seu peito, embora a noite estivesse quente e eles não tivessem necessidade de compartilhar o calor corporal.

— Aí está.

— O que é isso? — Althea perguntou.

Apontando cerca de 60 graus acima do horizonte nordeste, Egan disse:

— Esse é o orbitador.

A partícula brilhante de luz parecia muito maior do que os planetas do sistema solar.

— Ah, sim. Está avançando.

— Mais de oito quilômetros por segundo.

Nesse momento, um respingo explodiu na água, a cerca de duzentos metros da praia.

— O que é que foi isso?! — Exclamou Egan.

— Isso, — respondeu Althea, — era uma nave Beag camuflada chegando... Ou talvez partindo.

— E se estiver partindo, provavelmente estão realocando os prisioneiros de Serefim.

— Talvez. — Ela semicerrou os olhos para o mar que escurecia. — Eles estão em minha mente.

— Preocupado sobre como eles estão lidando com a pressão do fundo do mar? — Egan perguntou.

— Na verdade. Tenho certeza de que os Beag-Liath possuem algum tipo de tecnologia para protegê-los. Não, estive me perguntando que tipo de tecnologia os imobilizou nas cavernas.

— Você acha que foi a mesma tecnologia que o Beag usou em nós quando acordamos deitados nas mesas da enfermaria, há tantos anos?

Althea se livrou do abraço de Egan e se virou encará-lo.

— Possivelmente. Não tivemos nenhum tipo de restrição. Acredito que eles tenham uma tecnologia que bloqueia as vias neurais eferentes, mas não consigo descobrir como ela é implantada.

Egan disse:

— Se o Beag usou um bloqueador de vias neurais nos soldados Serefim, me pergunto se eles transformaram uma tecnologia médica em arma ou vice-versa. — Depois de um momento, ele riu de si mesmo. — Suponho que o que veio primeiro não importa muito, não é?

Estava escuro demais para Egan ver o sorriso de Althea. Ela se levantou, pegou suas mãos e o colocou de pé.

— Não temos ideia do que nos espera amanhã. Devíamos dormir um pouco.

---

Eles acordaram na manhã seguinte esperando um dia agitado. Quando nenhuma nave Beag-Liath emergiu das profundezas ao meio-dia, eles ficaram perplexos. Ao pôr do sol, eles estavam totalmente perplexos.

Althea disse:

— Eu tinha certeza de que a foto do nascer do sol significava que eles voltariam esta manhã.

— Eu pensei a mesma coisa. Na verdade, quando você disse "então você volta amanhã de manhã", o Beag pareceu entender e indicar que seria esse o caso. Parece que ainda temos muito que aprender sobre como nos comunicar com eles.

— Sim, na verdade, estou tendo dúvidas sobre nossa capacidade de explicar nossa necessidade de formar uma aliança, — respondeu Althea. — Como podemos determinar se eles entendem o conceito de confederação?

As preocupações de Althea transformaram-se em pessimismo no final do quarto dia. Considerando que a preocupação de Egan mudou na direção da sobrevivência. Ele havia encontrado uma nascente borbulhando em um penhasco em uma rocha a apenas algumas centenas de metros para o interior. A água doce não era um problema, mas eles não tinham mais refeições ensacadas e comeram suas últimas barras de proteína ao meio-dia.

Eles haviam colhido grandes quantidades de pequenas frutas doces, sendo que como não tinham equipamento de pesca ou caça, Egan se preocupava com as proteínas. Enquanto ponderava sobre esse dilema, Althea subiu a praia vindo da direção de um afloramento rochoso a algumas centenas de metros de distância. Ela havia tirado a camisa e a estava usando como bolsa.

— Eu estava cavando na areia ao redor daquelas pedras e encontrei isso. — Ela jogou uma pilha de criaturas envoltas em duras conchas ovais aos pés de Egan.

Egan pegou uma e virou-a várias vezes, examinando-a minuciosamente. Ele puxou a multiferramenta do bolso de carga e com uma chave de fenda tentou abrir a carcaça, sem sucesso.

— Eu acho que não. Achei que valia a pena tentar, mas não vamos desistir ainda.

Ele se levantou e caminhou para trás do abrigo e voltou com duas pedras, uma plana e a outra parecida com um tubarão-martelo. Ele colocou um dos mariscos na pedra plana e bateu com força com o porrete. Um mingau de pedaços de concha e carne espalhou-se entre os dois.

Althea caiu na gargalhada e disse:

— Querido, talvez não seja tão difícil assim. — Ela limpou um pouco da gosma da barriga nua e cheirou. — Acho que talvez precisemos de um banho antes de dormir esta noite.

Egan sorriu, embora não achasse o assunto tão engraçado. Ele bateu na próxima criatura várias vezes mais levemente. Quando apareceram rachaduras, ele pegou a chave de fenda e abriu a carcaça com bastante facilidade. Apontando, ele disse:

— Parece um pedaço considerável de músculo aqui que deveria ser comestível e rico em proteínas.

Ele cortou uma pequena lasca e colocou na boca.

— É borrachudo, mas saboroso... Eu me sentiria mais seguro em comer cozido. — Ele olhou para Althea e encolheu os ombros. — Se eu fumasse cachimbo, teria um isqueiro.

Sorrindo, Althea disse:

— Não, prefiro que você não cheire a erva queimada. E de qualquer forma, tenho um isqueiro.

— Você tem! Onde você conseguiu isso?

— Ramuell estava procurando algo no bolso e puxou-o com o punho cheio de miscelânea. Ele perguntou se eu tinha isqueiro e eu disse que não e que também não tinha cachimbo. Ele me entregou e disse que neste mundo frio nunca se deve ir a lugar nenhum sem um isqueiro. Vou acender o fogo. Basta quebrar as cascas e elas podem cozinhar em seus próprios sucos.

Egan olhou para a pequena pilha de moluscos e perguntou:

— Você acha que isso vai ser suficiente?

— Provavelmente não. Vamos cavar um pouco mais.

Egan fungou dramaticamente.

— E talvez tomar um banho quando terminarmos.

Althea torceu o nariz e assentiu.

Na manhã seguinte, a ansiedade substituiu a excitação de ter encontrado uma fonte de alimento. Althea disse:

— Simplesmente não podemos saber por quanto tempo eles nos deixarão aqui nesta praia.

Coçando a têmpora, Egan disse:

— Você está certa, e é melhor começarmos a fazer planos a longo prazo.

Assim que os ombros de Althea caíram, uma nave explodiu no mar, parecendo subir no topo de um gêiser. A coluna de água voltou à superfície assim que a nave Beag-Liath se nivelou e começou a deslizar em direção à praia.

Quando a porta da nave se abriu, dois Beag-Liath emergiram. Egan e Althea permaneceram em frente ao abrigo. O Beag hesitou apenas alguns segundos antes de sair correndo pela praia. Eles pararam alguns metros à frente do casal. Um deu um passo à frente e gentilmente colocou a longa mão no peito de Althea, logo acima do coração.

— Nós conhecemos você, — disse Althea suavemente.

O que poderia passar por simpatia Beag-Liath brilhou no rosto da criatura. Ele deu um passo para a direita e repetiu a mão no peito cumprimentando Egan. Como havia feito na batalha da Autoridade Portuária, Egan estendeu a mão e colocou a mão no peito do Beag. Não me assustei com a ousadia de Egan como aconteceu há todos aqueles anos.

Egan virou-se para Althea e disse:

— Acho que você está certa. Esse sujeito estava na batalha.

Reconhecendo a suposição de Egan, o Beag inclinou a cabeça numa saudação graciosa. O outro Beag deu um passo à frente, pegou Althea e Egan pelas mãos e conduziu-os em direção da nave.

Subiram a escada e foram guiados para um compartimento grande e bastante escuro. Quando seus olhos se ajustaram, eles conseguiram distinguir uma fileira de cápsulas oblongas com pouco mais de dois metros de comprimento. O tripulante do Beag indicou-lhes a primeira cápsula da fila e iluminou o topo transparente da embarcação selada.

Como esperava, Althea viu o corpo de um Domhanian.

— Estas são câmaras de êxtase. Provavelmente semelhantes àquelas em que fomos colocados quando o Beag nos devolveu a Domhan Siol.

— E há doze deles, — observou Egan. — Estes devem ser os soldados Serefim. Você acha que as cápsulas também são câmaras de descompressão?

Althea passou a mão pelos cabelos. — Não sei. Elas podem ser. Mas é igualmente possível que os Beag tenham uma tecnologia que lhes permita manter a pressão barométrica ao nível do mar nas suas instalações submarinas.

— Se for esse o caso, por que eles teriam seus cativos em êxtase?

Althea balançou a cabeça e encolheu os ombros.

Talvez sentindo a preocupação do casal, ou talvez compreendendo telepaticamente a conversa, o Beag fez sinal para que seguissem ele (ela?) até o que os Domhanianos chamariam de sala de conferências. O indivíduo Beag que Althea e Egan pareciam conhecer estava sentado aguardando sua chegada em uma mesa retangular. Ele gesticulou em direção às cadeiras de cada lado. Quando Althea e Eagan se sentaram, o Beag abriu uma tela embutida no tampo da mesa. A primeira imagem era uma fotografia dos doze prisioneiros de Serefim sentados sem restrições numa das cabines da nave. Em seguida, uma série de fotos dos prisioneiros sendo colocados nas câmaras de êxtase rolava pela tela.

O Beag virou-se para Althea e apontou para doze caixas que exibiam dados biométricos na tela.

— O que você acha que isso significa? — Egan perguntou.

— Não consigo ler seus símbolos ou gráficos. Não podemos nem ter certeza de quais são os sinais de vida da medida Beag-Liath. Mas a única razão pela qual compartilhariam isso conosco seria para mostrar que os soldados em êxtase estão vivos e saudáveis.

— Isso faz sentido, — concordou Egan.

Em seguida, o Beag examinou um mapa de posicionamento global do planeta.

— Uau, isso é bastante impressionante, — comentou Egan.

— A imagem é tão detalhada que quase parece um holograma.

— Mas o que ele está tentando comunicar? — Althea se perguntou.

— É interessante que o mapa deles tenha postos avançados Domhanianos fixados. Parece que eles incluíram todas as instalações de ancoragem de superfície, operações de mineração e áreas de estudo científico.

Althea se aproximou da tela e semicerrou os olhos:

— Eles até fixaram nossos locais de escavação.

Egan deu um tapinha de leve no braço do indivíduo Beag e disse:

— Não entendemos?

O Beag estudou Egan por alguns segundos e depois voltou para a tela. Ele tocou em um ícone que abriu uma tela dividida. A metade superior mostrava as fotografias dos doze prisioneiros e a metade inferior era o mapa de Ghrain-3. O Beag miniaturizou as imagens dos soldados e as transferiu para diferentes locais ao redor do globo. Em cada local, ele parava e olhava para frente e para trás entre Althea e Egan, esperava alguns segundos e deslizava a imagem para outra posição.

Depois de mover as imagens dos soldados algumas vezes, Egan disse:

— Eles querem que lhes digamos onde devem libertar os seus prisioneiros.

— Eu acho que você está certo. Mas se eles vão apenas libertá-los, isso levanta a questão de por que eles fizeram prisioneiros em primeiro lugar?

Sentindo que o casal entendia o que perguntava, o Beag apontou para o local das cavernas onde os prisioneiros haviam sido capturados e balançou o punho fechado.

— Tudo bem, então eles não querem devolvê-los às cavernas, mas por que não? — Althea se perguntou.

Egan disse:

— Não sei. Eu me pergunto quais questões eles estão considerando e por quê estão pedindo nossa opinião.

Althea franziu as sobrancelhas.

— Acho que é porque eles não se sentem confiantes quanto à sua compreensão dos processos de pensamento Domhanianos. Talvez eles estejam nos pedindo para considerarmos como o Presidium de Serefim reagirá ao retorno dos prisioneiros e se a localização é motivo de preocupação.

— Parece-me que a principal preocupação é que a Serefim Security invada todos os lugares onde colocar os prisioneiros.

— Você está certo, e Ramuell está no SWA-7. — Althea apontou para o quartel-general do SWA-7 e fez o Beag balançar o punho negativo.

O Beag tocou na tela e um asterisco de oito pontas apareceu naquele lugar.

— Dado que eles estão roubando e armazenando suprimentos, seria melhor manter os soldados da segurança longe do Projeto Nefilim.

— Sim, — Althea concordou. Ela apontou para locais em todo SWA-7, SEE-1, NWA-1 e SWE-2 e balançou o punho. Cada vez que ela apontava, o Beag tocava na tela e marcava o local.

Ela se virou para Egan e disse:

— Tudo bem, então sabemos onde não queremos os prisioneiros, mas onde eles deveriam ser libertados?

— Existe alguma maneira do local de seu lançamento nos dar alguma vantagem estratégica? — Egan se perguntou. Ele se inclinou para frente e começou a tamborilar os dedos na mesa. O Beag ficou fascinado com a batida na mesa. Colocou a mão sobre a mesa e tentou replicar o ritmo. Com apenas três dedos longos, um polegar oposto e absolutamente nenhuma prática, ele falhou terrivelmente. Depois de algumas tentativas, o Beag levantou a mão e soprou. Então jogou a cabeça para trás e, pela primeira vez, Althea e Egan viram diversão genuína no rosto de Beag-Liath.

O casal olhou para o amigo Beag por um segundo e depois gargalhou. De repente, a risada deles parou. Eles se entreolharam e disseram simultaneamente:

— A Autoridade Portuária.

Novamente eles riram, desta vez de si mesmos. Egan disse:

— O local da batalha da Autoridade Portuária seria perfeito. Isso lembrará Elyon e Migael de sua derrota humilhante e do poder tecnológico que Beag-Liath pode exercer.

— A possível desvantagem é que Ramuell, Semyaza, Ipos e vários outros estavam na batalha. Lembrar Elyon pode despertar algum desejo de vingança.

— Essa é uma possibilidade, — concordou Egan. — Sendo

que eles não têm motivos para conectar Ramuell ou qualquer membro do pessoal do Projeto Nefilim com a tomada desses prisioneiros. A Serefim Security está nos procurando, e por "nós" quero dizer Oprit Robia.

Althea sorriu.

— E a imagem de Elyon sendo lembrado de sua humilhação é deliciosa demais.

Ela apontou para a localização da Autoridade Portuária nas terras altas ocidentais do continente menor do hemisfério sul e tocou na tela.

O anfitrião Beag parecia lembrar-se da destruição da plataforma de desembarque no local da Autoridade Portuária. Sua boca se abriu e a pele enrugada nos cantos dos olhos amendoados. Ele colocou um círculo amarelo no mapa sobre o local da doca em ruínas.

# DOZE
## ÁRBITROS MORAIS

*~Ramuell~*

ESTOU LUTANDO para manter o foco em nossa missão. Até agora, consegui compartimentar as hostilidades entre o Presidium e Oprit Robia. Nunca fui um observador desinteressado, mas não permiti que o conflito interferisse na missão do Projeto Nefilim. Isso mudou quando soube do envolvimento de Inna. Agora sinto que preciso ficar de olho em todo o pessoal do Projeto. Eu não me importo nem um pouco com esse papel. Como se isso não fosse distração suficiente, saber que mamãe e papai estão desaparecidos em algum lugar de Ghrain-3 me deixa sem saber o que fazer.

No entanto, o nosso trabalho deve ter precedência. No topo da nossa lista de prioridades está o clã dos nefilim de Vapula e Ipos encontrado no SWE-2. Marcarei uma reunião com Azazel, Vapula e Ipos para discutir como proceder.

— Almoço no escritório de Azazel amanhã. Entendi. — Ipos hesitou e depois acrescentou: — Uhm, gostaria de convidar Forcas para se juntar a nós.

— O que você está pensando?

— A situação Beag-Liath com Inna tem estado muito em minha mente. Forcas e eu estávamos conversando sobre...

— Espero que você não tenha dito nada sobre Inna!

— Claro que não. Respire fundo, Ram. Me deixe terminar.

— Desculpe, Ipos! Estou tão distraído. Não estou pensando com clareza. Por favor, prossiga.

— Ei, entendi... Dada a situação com seus pais e tudo o mais que você tem em mãos. — Ele estendeu a mão e apertou meu ombro. — De qualquer forma, Forcas tem algumas ideias sobre o Beag-Liath que precisamos considerar.

— A respeito do quê?

— Nossas regras de engajamento com os nefilim.

— Hmm, nunca considerei o que o Beag poderia pensar sobre os métodos do Projeto Nefilim. Temos algo com que nos preocupar?

— Preocupado sobre? Não, acho que não... Mas temos algo em que pensar.

---

Vapula, Ipos, Forcas e eu levamos lanches embalados da cozinha para o bangalô com cúpula geodésica que servia de escritório de Azazel. Enquanto colocamos nossa comida na mesa oval ao lado da sala, Azazel saiu de trás de sua mesa, esfregando as mãos com entusiasmo.

— Estou com fome. Vamos comer antes de começar.

Vinte minutos depois, Azazel tirou os recipientes de comida da mesa e os colocou no balcão da cozinha. Quando ele voltou ao seu lugar, fez um gesto para que eu prosseguisse.

— Ram, esta é a sua reunião.

— Ok, como todos sabem, Vapula e Ipos encontraram um bando agressivo de nefilim muito a oeste de seu alcance normal. Não importa se eles estão apenas viajando ou realmente migrando, temos que lidar com eles.

— O DNA que eles estão deixando é da sua conta? — Azazel perguntou.

— Primeiramente, sim. Também estou preocupado com os clãs que eles atacam e massacram.

Azazel olhou para baixo e apertou a ponta do nariz. Eu sabia o que ele estava pensando. O ataque nefilim do Clã Crow em Blue Rock Canyon, quando eles assassinaram sua neta, ficaria para sempre gravado em nossas memórias.

— Hoje gostaria de falar sobre o que precisamos fazer e quem deve assumir a liderança. Mas antes de entrarmos nesses detalhes, Ipos convidou Forcas para se juntar a nós porque ela tinha algumas ideias sobre o Beag-Liath que precisamos discutir.

Forcas se inclinou para frente e colocou as mãos entrelaçadas sobre a mesa à sua frente.

— Para começar, não quero ser alarmista, sendo que alguns pensamentos têm me incomodado sobre como o Beag-Liath pode perceber o Projeto Nefilim. Eles estão obviamente indignados com o comércio de escravos, assim como nós. Devemos presumir que os Beag sabem que os híbridos sapiens são produto de nossas manipulações genéticas. Certamente eles também sabem que os nefilim também são o resultado de nossos ajustes no DNA sapien. — Ela olhou ao redor da mesa e viu que apenas Ipos seguia sua linha de pensamento.

Recostando-se na cadeira, Forcas franziu os lábios e estreitou os olhos.

— Tudo bem, se os Beag estão preocupados o suficiente com a escravização de uma espécie híbrida para intervir com força militar, como eles poderiam perceber a missão do Projeto Nefilim? É possível que eles considerem a nossa implantação de retrovírus para causar a infertilidade dos nefilim uma forma de genocídio? O que eles poderiam pensar das nossas regras de combate, especialmente quando matamos nefilim?

— Os Beag-Liath se consideram os árbitros morais da galáxia? — Eu bufei.

Os olhos da Forcas se arregalaram com o aborrecimento que ela ouviu em minha voz. Azazel pigarreou e disse:

— Ramuell, essa é a questão que a Forcas está colocando na mesa. Não sabemos se eles se consideram ou não "árbitros morais", para usar a sua expressão. — Ele olhou para Forcas e disse: — Deixe-me acrescentar mais uma pergunta à sua. Temos alguma compreensão do senso de moralidade dos Beag-Liath... Ou mesmo se eles veem a vida através das lentes de um código moral?

— Claro que não sei senhor, — respondeu Forcas.

Vapula olhou para mim e disse:

— Acho que seus pais têm uma noção melhor dessas questões do que qualquer outro Domhaniano vivo.

Olhei para Ipos e soube que estávamos compartilhando um pensamento não dito. A última vez que alguém viu meus pais, eles estavam subindo à bordo de uma nave Beag-Liath.

A nossa discussão sobre a logística de uma intervenção com o bando de nefilim no SWE-2 foi influenciada por uma nova consciência de que as sensibilidades de Beag-Liath poderiam estar em jogo. No final, eu só poderia me comprometer a tentar aprender como os Beag-Liath viam a missão do Projeto Nefilim. Sendo que como eles nunca interferiram conosco, na verdade, eles nos forneceram armamento não solicitado, decidi que não tínhamos escolha a não ser manter o rumo. Caçaríamos e mataríamos o clã Nefilim.

Quando nos levantamos para sair de seu escritório, Azazel disse:

— Ramuell, gostaria de dar uma palavrinha. — Vapula apertou meu antebraço ao passar e fechou a porta atrás dela.

— Você não está bem, está?

Deixei-me cair na cadeira ao lado de sua mesa. Eu não contei a ninguém além de Azazel e Ipos sobre a ligação que Nanzy fez quando ela e o contingente de soldados do Oprit Robia partiram para Realta-Gorm 4.

— Não, não estou.

— Sua mãe e seu pai?

— Sim, essa é a principal razão pela qual estou tão abalado... estou pensando que não deveria liderar esta viagem para SWE-2.

— Não, você não deveria. Você está muito distraído e isso pode ser perigoso, meu amigo. Basta dizer ao seu pessoal que lhe dei uma missão especial e que você precisa permanecer no SWA-7.

— Escolha o grupo com cuidado. Esta conversa sobre Beag-Liath e nossas regras de combate vai se espalhar. E tudo bem. É uma conversa que precisamos ter. Mas você não quer que as pessoas na área se questionem diante de um ataque nefilim.

— Ninguém sabe disso melhor do que você e eu, — respondi.

Azazel fez uma careta.

— Sim, infelizmente é assim. Olha, vou ligar para Semyaza e perguntar se ele pode dispensar Adair para levar sua equipe por aí. Retroceder na rota do clã Nefilim pode ser uma jornada e tanto.

— Você tem razão. Nossa equipe coletará muitas amostras de DNA em uma área enorme.

— E o P-6 será muito mais rápido e silencioso que os quadricópteros. Você escolhe sua equipe e monta um plano. Eu providenciarei o transporte.

Enquanto eu tentava me levantar da cadeira, Azazel disse:

— Ram, seus pais vão ficar bem. Eles passaram muito

tempo com o Beag-Liath. Não temos motivos para acreditar que o relacionamento tenha mudado.

— Espero que você esteja certo, mas não posso deixar de me preocupar que você não esteja.

# TREZE
## LANÇAMENTO

A NAVE BEAG-LIATH pousou a menos de um quilômetro da enorme instalação de atracação que havia destruído durante a batalha da Autoridade Portuária, vários anos antes. A tripulação removeu seus Serefim cativos das câmaras de estase e os colocou fora da nave. Eles receberam estimulantes e alguns recuperaram o suficiente para se sentarem. Um dos Beag-Liath abriu caminho entre os doze soldados, oferecendo-lhes pequenos copos de água.

— Parece que eles não estão sendo descartados tão sem cerimônia como fomos a Domhan Siol, — observou Egan ironicamente.

— Duvido que estejam infectados com um patógeno potencialmente letal.

— Então você acha que isso faz diferença?

— Oh, marido, você é tão engraçado, — Althea respondeu em um tom monótono.

Egan escondeu um sorriso atrás de um gole de sua garrafa de água. Ele tirou binóculos do bolso lateral da mochila. Ele olhou para o nordeste, através do planalto árido que ficava entre a enorme cordilheira a leste e o maior oceano do planeta, a oeste.

— Há muita atividade no espaço porto ao sul do lago.

Egan entregou o binóculo a Althea. Ela disse:

— Parece que uma nave de transporte está sendo carregado com lingotes neste momento.

— Há rebuliço mais que suficiente aqui para eles nos verem. Caramba, a nave Beag é muito maior do que aquele transporte.

Althea disse:

— O que significa que os Beag ativaram seus dispositivos de camuflagem. O pessoal do porto espacial não consegue nos ver.

— O que ilustra nossa necessidade de adquirir as camuflagens. — Egan esfregou a parte inferior do nariz com os nós dos dedos. — Eu gostaria que eles apenas nos ensinassem como a tecnologia funciona. Poderíamos fabricar nossos próprios dispositivos.

— Você sabe que isso não vai acontecer, — observou Althea. — Eles estão em guerra com o Serefim Presidium. Não há como os Beag-Liath compartilharem seus segredos militares com os Domhanianos.

Egan disse:

— E parece que eles não acreditam que somos avançados o suficiente para fazer engenharia reversa em sua tecnologia. Eles nos deram um monte de armas EMP.

— Essa percepção da nossa espécie pode ser imprecisa... desenvolvemos a tecnologia 4-D apenas observando os Natharians.

— Provavelmente é sensato deixar os Beag manterem suas noções de superioridade, — observou Egan.

— Concordo, — disse Althea enquanto enganchava o braço no de Egan e o conduzia na direção da nave. Ela parou e apontou para dois Beag cravando uma estaca no chão. — Do que você acha que se trata?

— Não sei.

Eles vagaram para assistir. Quando a estaca foi firmemente colocada, um dos Beag quebrou uma engenhoca esférica em cima. Egan disse:

— Aposto que é algum tipo de antena de sinalização de rádio.

Quando os soldados Serefim começaram a ficar mais conscientes do que os rodeava, um dos Beag se aproximou de Althea e Egan e os enxotou em direção a nave. Ao subirem na escotilha, Althea disse:

— Acho que eles querem nos manter escondidos.

— Alguns dos soldados nos viram.

— Sim, mas lembra do nosso estado de espírito quando acordamos perto do riacho em Nexo de Mando?

— Na verdade não, não me lembro. Oh! Suponho que esse seja o seu ponto.

Althea riu.

— Eu continuo com você há mais de um século, meu amor, porque você é muito inteligente.

— E doce! — Egan acrescentou.

Althea revirou os olhos.

— Sim, suponho que isso também.

---

O Beag pulou com a sua nave camuflada até o outro extremo do cais destruído. Eles então transmitiram algum tipo de sinal de socorro através da antena que montaram. Em poucos minutos, o pessoal da Autoridade Portuária estava aglomerando-se em torno dos doze soldados Serefim libertados. Os médicos estavam verificando os sinais vitais e fornecendo fluidos. Logo todo o grupo foi transportado para um abrigo no outro espaço porto.

Depois que os prisioneiros foram levados, Althea e Egan

contornaram as ruínas da plataforma de desembarque. Lajes gigantescas de pedra de sílica foram derrubadas e lançadas como dados.

— Lembro-me do Major Anso descrevendo a demolição da instalação, mas nunca imaginei uma destruição nesta escala. — Eles vagaram pensando no que estavam vendo. Egan disse: — Podemos ter certeza de que este foi trabalho do Beag-Liath – mas como foi feito?

— Não há sinais reveladores de explosão, — observou Althea. — Isso deve ser o resultado de uma tecnologia armada antigravitacional.

— Provavelmente, mas muitas dessas placas devem pesar mais de cinquenta mil quilos, algumas delas provavelmente muito mais. — Egan apertou sua nuca. — Se eles estão usando tecnologia antigravidade, estão usando-a de uma forma que nunca imaginamos.

— O que levanta a questão, com este tipo de capacidade, por que eles precisam de Oprit Robia para travar uma guerra por procuração contra os comerciantes de escravos do Presidium?

— Leve essa questão um passo adiante, por que eles nos transportaram por toda a galáxia, mostrando-nos a abominação da escravidão, e depois nos deixaram com a diretiva não tão sutil para consertar isso?

— Talvez haja algo em seu código de ética que exija que quem faça a bagunça a limpe, mas... — Althea respirou fundo o ar seco e rarefeito.

— Mas o quê? — Egan perguntou.

— Mas eles estão dispostos a ajudar nesse esforço. Na batalha da Autoridade Portuária, eles intervieram destruindo esta instalação. Eles nos resgataram quando fomos atordoados com um blaster sônico há alguns dias nas cavernas. Eles até nos deram armas EMP. Se eles querem que limpemos a nossa própria bagunça, as suas múltiplas intervenções simplesmente não fazem sentido.

— Não, não fazem, — concordou Egan. — Ou pelo menos não para nós, Domhanianos, o que implica a dificuldade inerente à comunicação entre espécies. A **comunicação** pode ser muito mais complexa do que começamos a perceber.

— É possível que nossos cérebros tenham conexões tão diferentes que... — Althea encolheu os ombros. — Suponho que a boa notícia é que eles estão dispostos a ajudar.

— Então você tem esperança de que possamos aproveitar essa disposição para convencê-los a fornecer dispositivos de camuflagem?

— Esperançosa... não confiante.

# CATORZE
## PROCURA

ADAIR GIROU o assento do piloto e disse:
— Tudo bem, estamos acima das coordenadas que você me deu. Você quer dar uma olhada?

Vapula pousou a mão de cartas na mesinha da cabine de passageiros do P-6 e desafivelou o cinto do assento.

Ruth bateu as cartas na mesa com a face voltada para cima e riu.

— Ah com certeza! Vamos desistir quando eu finalmente ganhar uma mão!

Hovard riu.

— Ah, o dever é um bovino inchado, hein!

Ao caminhar em direção à cabine, Vapula lançou a Hovard uma olhada divertida.

Ipos estendeu a mão por cima da mesa e virou as cartas de Vapula.

— Bem, bem, bem. Podemos ver por que ela estava tão ansiosa para terminar este jogo.

Por cima do ombro, Vapula disse:

— O quê? Você não acha que aquela mão foi vencedora?

Ela se inclinou sobre Adair para ver melhor o terreno abaixo.

— Sim, esta área parece familiar.

Adair disse:

— **Podemos** ser capazes de captar do ar um dos sinais do dispositivo de rastreamento de microchip.

— O que você sugere? — Vapula perguntou.

— Devíamos voar em espiral a partir daqui e ver o que encontramos. Se não encontrarmos sinal dentro de algumas dezenas de quilômetros, encontraremos um lugar para passar a noite.

— Ok. Se não os encontrarmos hoje, estudaremos os mapas esta noite. Esperançosamente, podemos descobrir para onde o clã teria ido depois que os vimos pela última vez, — sugeriu Vapula.

— Sim, isso é o que eu estava pensando também. Por enquanto, vou colocar os sensores da nave na potência máxima e começar a voar em círculos.

O plano de voo em espiral do capitão Adair não deu frutos. Ele encontrou um local de pouso no cume e acomodou a nave para passar a noite.

Depois que as bandejas de jantar foram retiradas, Vapula abriu os mapas topográficos em seu foliopad e colocou-os na mesa da nave.

— É possível que tenhamos sobrevoado eles, mas nossos sensores não detectaram os dispositivos de rastreamento? — Ruth perguntou.

Adair franziu a testa.

— Se Ipos e Vapula tivessem marcado apenas um dos nefilim, poderíamos facilmente ter perdido eles...

Hovard disse:

— Ouço um mas não dito.

— Sim, tem... **Mas** dado que deveria haver dois dispositivos transmitindo, eu estimaria que temos mais de oitenta por cento de chance de captar um sinal dada esta topografia.

— É possível que ambos os indivíduos tenham sido mortos ou tenham morrido? — Hovard perguntou.

— Claro, isso é possível, — respondeu Vapula. — Mas os rastreadores que usamos são tão duráveis que continuariam enviando um sinal mesmo do estômago de um predador ou de uma pilha de excrementos. Ambos os indivíduos que marcamos podem estar mortos agora, mas isso não é provável, a menos que todo o clã tenha sido exterminado.

Hovard disse:

— Nesse caso, suponho que nosso trabalho aqui estaria concluído.

— Não, na verdade isso tornaria nosso trabalho mais difícil. — Vapula explicou: — Temos que retroceder no caminho deste clã para testar o DNA de recém-nascidos e fetos em gestação. Para fazer isso, precisamos que os membros sapiens do clã nos deem uma ideia de onde foram sequestrados. Caso contrário, a extensão do território que teremos de cobrir é enorme.

Ruth coçou a bochecha distraidamente.

— E se for esse o caso, nunca encontraremos todos eles carregando a mutação.

Ipos acessou um mapa de 1:250.000 no foliopad de Vapula.

— Tudo bem, supondo que o clã não esteja na área que cobrimos hoje, vamos pensar para onde eles podem ter ido.

―――――

Quando o grupo se deitou, um pouco depois da meia-noite, já haviam identificado três rotas prováveis para o clã.

Enquanto tomavam o café da manhã na manhã seguinte, Adair disse:

— Vapula, recomendo que façamos sobrevoos. Vou voar em zigue-zague por cerca de trinta quilômetros ao longo de cada rota. Temos algum motivo para nos preocupar em sermos vistos no ar?

— Não, neste caso, isso não é uma preocupação. No entanto, se por alguma razão o clã estivesse se movendo rápido...

— Lembre-se, esses nefilim estão muito além do seu alcance normal, — interrompeu Ipos. — Eles podem estar fugindo de alguma coisa.

— Esse era o ponto que eu ia enfatizar.

Ipos mordeu a língua e depois murmurou "desculpe" para Vapula.

Ela deu-lhe uma piscadela rápida e continuou:

— Pelo que sabemos, este clã pode estar lutando com outro clã nefilim. De qualquer forma, caso eles estejam se movendo rapidamente, deveríamos aumentar o alcance da nossa busca em cerca de vinte quilômetros.

— Isso é possível, — disse Adair. — Planejaremos percorrer pelo menos cinquenta quilômetros ao longo de cada uma das rotas que vocês identificaram. Como não estamos preocupados em sermos avistados, manterei nossa altitude baixa, entre trezentos e quatrocentos metros.

Vapula deu um tapa nas coxas e se levantou.

— Ok pessoal, vamos encontrar alguns nefilim para nós.

---

O entusiasmo matinal de Vapula dissipou-se no meio da tarde. Adair voltou ao patamar que usaram na noite anterior. Depois de flutuar o P-6 para um pouso leve, ele se levantou e ficou de frente para a cabine de passageiros.

— Parece-me que uma coisa que não consideramos ontem à noite é a possibilidade de o clã ter retornado por onde veio.

Ipos disse:

— Pensei nisso, mas não achei provável. — Olhando para

Vapula, ele perguntou: — Você acha que é possível que eles tenham perseguido o grupo de caça dos neandertalis?

Ela franziu a testa.

— Suponho que isso seja possível.

Ruth bufou:

— Se não sabemos onde eles estão, não sabemos onde eles não estão.

Adair disse:

— Podemos ter certeza razoável de que eles não estão ao sul e a oeste daqui. Suponho que seja possível que tenhamos sobrevoado eles e não tenhamos captado sinal, mas...

— Como poderíamos ter perdido eles? — Ruth perguntou.

— Acho que não. Mas se eles estivessem escondidos em uma caverna profunda, os microchips poderiam ter sido silenciados, estariam longe demais para captarmos os sinais.

— Então vamos supor que o clã retrocedeu em direção ao seu alcance tradicional, — disse Vapula, — ou eles decidiram perseguir o grupo de neandertalis Ipos e eu os vi lutando.

— Isso é possível, — disse Ipos. — Não entendemos como os nefilim pensam.

Novamente Ruth bufou.

— Caramba, nem sabemos se os nefilim pensam.

Vapula sorriu.

— Eles pensam, mas seus processos de pensamento não parecem racionais.

Ipos ergueu as sobrancelhas.

— Eu sei que você está meio brincando, sendo que você tem razão. O comportamento e a racionalidade dos Nefilim não cabem tão bem em uma frase. Eles são criaturas emotivas. Temos que lembrar que os neandertais conseguiram sangrar alguns narizes e isso afastou os nefilim. Mas talvez depois de se reagruparem, eles ficaram furiosos com a audácia do Neandertalis.

— Agora que penso nisso, os dois que marcamos estavam a

apenas alguns quilômetros do local da luta. — Vapula levantou-se e deu algumas voltas ao redor da pequena cabine da nave. — Nunca pensei nos nefilim como sendo estratégicos, mas é possível que sejam vingativos.

— Tenho uma ideia, — Hovard interrompeu. — E se esperarmos aqui até escurecer e depois partirmos para uma altitude maior do que voamos esta manhã e procurarmos por fogueiras? Eles cozinham, não é?

— Sim, eles fazem, e é uma ótima ideia, — respondeu Vapula.

— Nesse caso, vamos preparar um jantar mais cedo, — sugeriu Ruth.

— Eu gosto disso, — disse Adair. — No escuro, posso não encontrar um bom pouso, mas tudo o que precisamos fazer é fixar as coordenadas do acampamento. Podemos voltar aqui para passar a noite e amanhã de manhã encontrarei um local de pouso o mais próximo possível da localização deles.

Apenas ter um plano levantou o ânimo da equipe.

---

Logo após o pôr do sol, Adair pilotou o P-6 para o nordeste. Vapula e Ipos tinham quase certeza de que essa era a direção de onde o bando de nefilim tinha vindo. Depois de meia hora, ele voltou na direção da floresta para onde Ipos e Vapula tinham visto o grupo de caçadores de neandertalis recuar.

Voando a pouco mais de quinhentos metros de altitude, Adair fez longos arcos para frente e para trás pela densa floresta. Em trinta minutos eles avistaram o brilho de duas fogueiras bem grandes.

— Acho que esses são os nossos caras.

Hovard ergueu o punho.

— Sim!

Vapula, que estava curvada tentando ver pela janela, gemeu

enquanto se levantava. Esfregando a região lombar com uma mão, ela deu um tapinha no ombro de Adair com a outra.

— Ótimo trabalho, capitão. Vamos continuar com seu plano original e voltar ao local que usamos ontem à noite. Voltaremos aqui amanhã de manhã.

— Dito e feito, — disse Adair enquanto inclinava a nave de volta para o leste.

Ruth sorriu.

— Afinal, este foi um dia de sorte. Vamos jogar algumas cartas para que eu possa ganhar algumas mãos.

Todos olharam para ela e gemeram. Ela riu, sentou-se e amarrou o cinto.

# QUINZE
## CABEÇAS MAIS FRIAS

COLOCAR os prisioneiros de Serefim no local da sua humilhante derrota durante a batalha da Autoridade Portuária pode ter sido tão "delicioso" como Althea previra, sendo que pode não ter sido um golpe de mestre estratégico. O Grão-Mestre Elyon era um rio de lava derretida quando soube onde as tropas cativas haviam sido recuperadas.

Ele invadiu os escritórios do Presidium exigindo informações e explicações que os espiões do Serviço de Inteligência de Serefim estavam longe de estarem prontos para fornecer. Eles haviam terminado a análise das fotos das pegadas tiradas nas cavernas onde o esquadrão de segurança havia sido capturado, sendo que a única coisa que podiam informar com certeza era que Beag-Liath estivera presente. Eles não conseguiram juntar as peças do que havia acontecido. Os analistas de inteligência não tinham ideia do que aconteceu às três naves auxiliares de alta velocidade Serefim, que tinham feito prisioneiros os seus soldados, ou para onde tinham sido levados.

O SIS tinha, como Anso previu, encontrado o local do esconderijo da caverna de sal de Oprit Robia, sendo que a caverna tinha sido tão completamente destruída que não foi possível reunir informações significativas. Eles não sabiam quantos combatentes Oprit Robia estavam estacionados lá, nem para onde esses combatentes haviam ido quando partiram.

Os doze soldados que foram feitos prisioneiros foram informados quando retornaram ao orbitador. Os interrogadores do SIS estavam convencidos de que as suas memórias tinham sido alteradas, não apagadas, sendo que realmente alteradas. Cada um dos prisioneiros libertados relatou ter tido experiências diferentes durante o tempo em cativeiro. O fato de cada um dos soldados ter sido levado e mantido em locais diferentes parecia absurdo, ainda mais porque nenhum dos soldados que retornaram relatou ter tido qualquer contato com os Beag-Liath.

O relatório preliminar do SIS postulava a implantação de falsas memórias. Nunca ocorreu a ninguém que todos os relatórios dos doze soldados eram um relato preciso de suas experiências pessoais enquanto eram mantidos em cativeiro. Nem um único oficial de inteligência de Serefim contemplou a possibilidade de uma câmara de realidade virtual com estado alterado de consciência. Simplificando, o SIS não conseguia imaginar o conjunto sofisticado de tecnologia que o Beag-Liath tinha à sua disposição.

Elyon ficou tão irritado que ordenou uma reunião de emergência do Presidium de Serefim com apenas um relatório preliminar do SIS em mãos. Um relatório que continha informações imprecisas e tirava conclusões erradas.

Trace, o administrador-chefe do Presidium e talvez alguns outros membros do Presidium, entenderam que a reunião seria um fórum para tomadas de decisão emocionais, em vez de fundamentadas. Eles também entenderam que, dada à força das forças de Elyon alojadas no enorme toro T-Taxiarch do orbitador, o ponto de vista do Grão-Mestre prevaleceria. Era uma receita para o desastre.

---

Mesmo em seu estado de ressentimento, Elyon sabia que enfrentar o Beag-Liath não era uma opção militar. O mesmo não acontece com sua consideração por Oprit Robia.

— Eles não passam de um bando de terroristas e é hora de eliminá-los.

Neste ponto, o Brigadeiro Migael pareceu apoiar totalmente. Na verdade, o Brigadeiro quase parecia estar ansioso por outra tentativa de atacar as caças do Oprit. Ele agora tinha sob seu comando uma força paramilitar maior e mais poderosa do que as forças de segurança de Serefim, que Oprit Robia havia derrotado uma década antes.

Mas quando o Grão-Mestre Elyon sugeriu:

— Poderíamos até atacá-los em Realta-Gorm, — Migael tossiu alto. Todos na sala se viraram para olhar para ele.

Ele disse:

— Essa ação pode prender Oprit Robia em sua base de operações, sendo que não sabemos sobre sua força de reserva. E atacar Realta-Gorm provavelmente trará a Diretoria de Lei e Ordem e Anotas-Deithe sobre nós. Por enquanto, eles estão enfrentando muitos problemas em Domhan Siol. Mas se nos envolvermos em ações militares fora da nossa área de autoridade, eles não teriam outra escolha senão responder.

Elyon bateu com a mão na longa mesa de conferência amarelada. Seu toque pesado fez um barulho alto na madeira, o que fez com que a maioria dos membros do Presidium se assustassem e se recostassem em suas poltronas vermelhas estofadas. Ele se levantou e, fazendo beicinho, andou pela frente da sala. Os quatro seguranças estacionados nas saídas ficaram em posição de sentido. Ninguém presente ousou dizer uma palavra.

Um dos garçons do Torus-1 abriu uma porta e começou a puxar um carrinho com salgadinhos e bebidas. Elyon gritou:

— Saia! — O servidor saltou vários centímetros, olhou por cima do ombro e empurrou o carrinho de volta para o corredor com pressa intimidadora.

Trace aproveitou a interrupção.

— Se me permite, Grão-Mestre.

Elyon agarrou-se às costas da cadeira e permaneceu de pé. Ele acenou com a cabeça para Trace.

— Talvez devêssemos considerar a criação de uma Unidade de Operações Especiais para erradicar qualquer insurgência. — Trace olhou ao redor da mesa de conferência e sentiu que muitos dos membros do Presidium estavam aliviados por ele estar participando. Eles provavelmente acreditavam que ele era a única pessoa na sala capaz de neutralizar a fúria de Elyon.

Trace respirou fundo e continuou.

— Eu recomendaria que estudássemos que tipo de força e táticas é necessário para colocar Oprit Robia sob controle. Penso que tem razão quando afirma que não conseguiremos reagir. Precisamos partir para a ofensiva, mas.., — Trace ergueu um dedo para deixar claro, — O Brigadeiro Migael está correto, devemos nos concentrar em nossa área de autoridade – Ghrain-3. Transformar isso em um conflito interplanetário quase certamente colocará em ação forças do mundo natal.

Trace fez uma pausa e estudou o Grão-Mestre por um momento. Os músculos faciais de Elyon relaxaram um pouco e a cor de sua pele passou de vermelho para rosa. Quando Elyon deslizou a cadeira e sentou-se novamente, Trace continuou:

— Eu sugeriria que o Brigadeiro Migael montasse uma força-tarefa para estudar como podemos usar de forma mais eficaz nosso poderio militar para eliminar a insurgência em Ghrain-3.

Aurela era o mais novo membro do Serefim Presidium. Após o retorno triunfante de Elyon, a Rare Earth Minerals Corporation expandiu suas operações interplanetárias para incluir a mineração em Ghrain-3 e no cinturão de asteroides do sistema solar. Aurela foi nomeada Diretora de Operações da Rare Earth para o sistema solar Ghrain. Ela era mais esperta do que a maioria dos membros do Presidium e, por ser uma recém-chegada, menos intimidada pelas explosões de Elyon. Ela entendeu onde Trace estava tentando liderar o grupo.

— Quero falar em apoio à recomendação do Administrador Trace. — Aurela inclinou-se para frente e olhou para cima e para baixo na longa mesa. — Vamos encarar os fatos. Se pudermos controlar a ameaça Oprit neste sistema solar, o que acontece em outros lugares dentro do império corporativo Domhaniano não é da nossa conta. — Ela franziu a testa e balançou a cabeça. — Deixe-me reafirmar isso. O que acontece em outras partes do império não é nossa preocupação **imediata**. Neste ponto, é mais seguro e inteligente concentrar a nossa energia e o nosso poderio militar no Ghrain-3.

Elyon voltou a respirar normalmente. O Brigadeiro Migael disse:

— Grão-Mestre, com sua permissão nomearei um grupo para estudar como projetar nossas forças militares de forma mais eficaz.

Elyon levantou-se novamente, deslizando a cadeira para trás com as pernas.

— Relate suas recomendações ao Presidium dentro de dois undecim. — Ele pegou seu foliopad e saiu da sala pela porta atrás de seu assento.

Trace olhou para Aurela do outro lado da mesa e murmurou: "Obrigado". Seus lábios permaneceram retos, embora seus olhos respondessem com um sorriso.

# DEZESSEIS
## CAÇAR

DEITADO no topo de uma rocha plana na borda do cume, Ipos espiou o acampamento nefilim. Ele abaixou o binóculo e sussurrou:
— Conto vinte e três nefilim. Dezoito deles são homens.
— Não contamos vinte e dois homens há alguns dias atrás? — Vapula perguntou.
— Está correto.
Vapula se aproximou de Ipos e gesticulou para o binóculo.
— O que significa que o clã perdeu cinco machos ou eles estão em busca de alimento. — Ela apertou o botão de foco automático do binóculo e estudou o clã na clareira, a cerca de quatrocentos metros abaixo de uma encosta densamente arborizada.
— Quantos não nefilim existem? — Hovard perguntou.
Vapula e Ipos recuaram e agacharam-se atrás da pedra.
— Quando os vimos antes, havia talvez vinte fêmeas sapiens e nenhum macho sapiens. Agora também há um punhado de neandertais adultos e alguns jovens neandertais.
Ruth disse:

— Então parece que eles encontraram o clã neandertalis que você os viu lutando. —

Vapula fez uma careta.

— É o que parece.

— O que significa que os rastros dos machos em fuga levaram os nefilim ao acampamento neandertalis, — observou Hovard.

— Acho que sim, — concordou Ipos.

— Você viu algum macho neandertalis lá embaixo? — Hovard perguntou.

— Não. Os nefilim devem ter matado todos eles.

— A menos que... — Ruth interveio, — os machos neandertalis tenham fugido.

Vapula disse:

— Suponho que seja possível que alguns deles tenham fugido, mas parece improvável que tivessem abandonado em massa as suas mulheres e crianças.

Os olhos de Ipos se arregalaram.

— Espere um minuto. Vimos apenas machos no grupo de caça. É possível que apenas machos neandertais cacem.

— Você está pensando que os nefilim esperaram a saída dos homens e então atacaram o acampamento neandertalis? — Vapula perguntou.

Ipos respondeu:

— É uma possibilidade que...

Seu pensamento foi interrompido no meio da frase por um grito medonho. Eles se levantaram e subiram no topo da pedra para testemunhar uma cena de pesadelo se desenrolando. Um dos machos nefilim decapitou quase completamente uma fêmea neandertalis com um único golpe estupendo de sua clava de madeira.

Duas das mulheres nefilim caíram sobre o cadáver. Com lâminas de pedra ásperas, eles começaram a cortar pedaços de carne das coxas, enquanto o sangue continuava jorrando do pescoço decepado.

A maioria dos nefilim clamando com entusiasmo, reunidos em torno da mulher massacrada. As fêmeas sapiens e neandertalis ou haviam desmoronado em pequenos grupos ou fugiram e estavam correndo para fora da clareira em direção ao mato próximo.

Vendo a tentativa de fuga, um punhado de homens nefilim agarraram suas lanças e porretes e começaram a persegui-las. Vapula e a sua equipe assistiram horrorizados enquanto os nefilim pegavam as mulheres em fuga, uma por uma, e as derrubavam brutalmente no chão, espancavam-nas e arrastavam seus corpos ensanguentados ou carcaças mortas de volta ao acampamento. Quando os possíveis fugitivos foram amontoados em uma pilha gemendo, os machos que os haviam caçado juntaram-se aos seus companheiros, banqueteando-se com a carne crua da mulher neandertalis massacrada.

Hovard rolou da parte de trás da pedra, caiu de quatro e se sentindo péssimo.

Um dos nefilim esmagou a tíbia da morta com uma pedra e arrancou a parte inferior da perna do corpo. Quando ele o segurou acima da cabeça e gritou, os outros nefilim se juntaram a eles com gritos de aplausos. Aqueles aplausos transformaram-se nos ganidos frenéticos de soldados caninos quando o homem levou a extremidade aberta da tíbia à boca e sugou a medula.

Vapula fechou os olhos e deitou-se no chão atrás da pedra.

— Vamos voltar para a nave. — Ela deu alguns passos, e depois ela se inclinou e vomitou.

---

Enquanto o grupo subia a rampa para o transporte P-6, Ipos chamou Adair de lado e deu-lhe uma versão resumida do que haviam testemunhado. Adair balançou a cabeça, cuspiu e entrou em sua nave.

Ele preparou para os seus camaradas traumatizados um chá fraco adoçado com suco de frutas e misturado com um antiemético suave de fenotiazina. Depois da segunda xícara, o estômago de Vapula se acalmou.

— Sei que ninguém quer pensar em comer, mas devemos. Amanhã será um dia difícil e precisamos de sustento.

— Ohhh... não sei se consigo, — Hovard gemeu. — O chá funcionou. Meu estômago está calmo, mas não consigo tirar da cabeça as imagens daquelas feras canibalizando aquela pobre criatura.

— Suponho que, estritamente falando, não foi canibalismo... A fêmea era de uma espécie diferente, — disse Ruth sem convicção.

Hovard olhou para ela e gemeu novamente. Ele pressionou os olhos fechados com o polegar e os dedos.

— Você entenderá se eu não for capaz de fazer essa distinção.

Ipos estendeu a mão e deu um tapinha na perna de Hovard.

— Eu também não, meu amigo. Eu também.

Vapula levantou-se e disse:

— Vou fazer uma sopa de leguminosas para nós. Como eu disse, precisamos comer.

Ipos sabia que dormir ao ar livre sob as estrelas de Ghrain-3 produziria a experiência extrassensorial conhecida entre os Domhanianos como *sen*. Todos os seus companheiros de equipe já haviam experimentado a sensibilidade inúmeras vezes e quase sempre apreciavam a estranha consciência noturna. No entanto, sob circunstâncias emocionalmente carregadas, os sentidos podem ser aterrorizantes.

— Esta noite dormiremos na nave auxiliar, não sob as estrelas, — anunciou Ipos de uma forma que não admitia objeções.

— Ipos está certo. — Adair estudou lentamente o rosto de cada um de seus camaradas. — E se você precisar deles, tenho soníferos na caixa de mantimentos da nave. — Ele não disse isso, mas ficou aliviado por ter ficado em sua nave e não ter testemunhado a cena horrível.

---

Enquanto sua equipe estava sentada do lado de fora da nave, tomando chá e comendo pão de nozes, Vapula conversou com Ramuell pelo comunicador de voz. Após a conversa, ela saiu na rampa da nave e esticou os ombros e as costas.

Protegendo os olhos do brilho do sol nascente, Ipos semicerrou os olhos para Vapula e disse:

— E então?

Ela fungou e olhou para a floresta por um segundo.

— Ramuell concorda.

— Então nós os eliminamos.

— Sim. Devemos eliminar os membros nefilim do clã... Todos eles, — respondeu Vapula.

Uma hora depois, Ipos e Vapula estavam novamente empoleirados na rocha plana com vista para o acampamento nefilim.

— Droga! — Ipos entregou o binóculo a Vapula. — Eles foram embora.

Vapula nem se preocupou em pegar o binóculo oferecido.

— Besteira! Isso está começando a parecer um empreendimento amaldiçoado. — Ela ficou de pé no topo da pedra e olhou para cima e para baixo no cânion raso. Depois de um momento, ela disse: — Tudo bem, Ipos, quero que você e Ruth vão até lá e vejam se conseguem determinar para que lado o clã está indo. Hovard e eu ficaremos aqui e lhe daremos cobertura com armas de partículas carregadas. — Ela olhou para Hovard. — Atiraremos em qualquer coisa que vermos se aproximando.

— Sim, senhora. Deve levar apenas alguns minutos.

Vinte minutos depois, Ipos e Ruth emergiram de um bosque de árvores com folhas cerosas. Ele tirou o chapéu e acenou para Vapula e depois apontou para o cânion. Ela fez um sinal de positivo com o polegar e acenou para que eles voltassem.

Ela ligou para Adair.

— Ipos acabou de sinalizar que o clã desceu pelo cânion.

— Isso fica a nordeste, certo? — Adair perguntou.

— Sim.

— Ok, vou usar um padrão de pesquisa alto e tentar identificá-los. Se eu fizer isso, também procurarei um local de pouso próximo.

— Excelente. Assim que Ruth e Ipos retornarem, voltaremos para sua localização atual.

— Estarei de volta aqui dentro de meia hora.

— Vai ficar bem. Levaremos pelo menos esse tempo para chegar lá. Vejo você lá, então.

---

Adair pousou o P-6 em uma ampla clareira arenosa no fundo do cânion raso, cerca de três quilômetros à frente do clã em movimento.

Em questões de estratégia, os Ipos assumiram geralmente a liderança.

— Ok, Adair permanecerá na nave. O resto de nós precisa voltar rapidamente pelo cânion em direção ao clã. Vamos nos esconder na primeira boa cobertura que encontrarmos. Vapula e eu vamos atordoá-los com explosões sônicas. É importante que coloquemos todos eles para baixo. Hovard, quero que você suba o cume e encontre um bom ponto de vista. Se você vir algum deles escapando, você precisa colocá-lo no chão. Esperançosamente, eles estarão ao alcance do blaster sônico, mas se não... — Ipos pegou uma arma de partículas carregadas do armário de armas e entregou-a a Hovard. — Eu vi você no campo de treino. Eu sei que você pode acertar.

Hovard ergueu uma sobrancelha.

— Espero que não precise.

— Concordo, — disse Vapula. — Tentaremos nos posicionar de forma que possamos atingir todos com três ou quatro tiros.

As situações de combate conseguem frustrar até mesmo os planos mais bem elaborados. Um homem e uma mulher nefilim estavam atrás do grupo quando Ipos e Vapula lançaram sua saraivada de explosões sônicas. Árvores e arbustos os protegiam da força total das ondas de energia. Hovard os viu cambalear, sendo que não caíram. Em poucos segundos, eles recuperaram os sentidos e correram de volta por onde vieram.

Não tendo chance, Hovard levantou-se de seu esconderijo e avançou colina acima. Depois de correr muito por cerca de meio minuto, ele viu o nefilim e colocou a arma de partículas carregadas no ombro. Ele estava respirando com dificuldade e incapaz de firmar sua mira. Ele errou dois tiros e os dois nefilim continuaram correndo até o empate. Quando ficaram sem fôlego, diminuíram o ritmo. Hovard não era soldado e nem caçador e não previu isso. Ele saiu do cume e começou a correr pela drenagem coberta de cascalho.

Ele correu ao redor de um matagal de seis metros de largura e assustou os nefilim. Ambos uivaram. Em vez de fugir, eles ergueram as lanças para atacar. Hovard saltou para o lado, prendeu a bota numa pequena raiz e tropeçou. Ele bateu com força no chão e a arma de partículas carregadas saltou de suas mãos. A fêmea nefilim avançou, conseguindo deixar um arranhão profundo com a lança no quadril de Hovard. Quando ele instintivamente estendeu a mão para o ferimento, sua mão pousou no cabo de seu blaster sônico. Deitado de costas, ele puxou o blaster do coldre quando o homem nefilim empurrou a mulher para o lado e ergueu a lança com as duas mãos.

Boom, boom, boom.

Os dois nefilim jaziam no chão se contorcendo, embora já estivessem mortos.

Hovard rolou e, trêmulo, ficou de joelhos e depois de pé. Ao tirar a calça cargo para verificar o ferimento, ele ouviu o tamborilar de botas subindo o cânion.

— Não atire! Sou eu!

Ipos contornou o denso arbusto em uma corrida mortal. Ele observou a cena, então se inclinou, colocou as mãos nos joelhos e respirou fundo várias vezes. Depois de alguns segundos, ele se endireitou e tirou o comunicador do bolso.

— Adair, vamos precisar do kit médico.

Vapula respondeu primeiro.

— O que aconteceu?

— Hovard foi ferido. Precisamos estancar o sangramento antes que ele volte.

— Mas ele está andando? — Vapula pergunta.

Ipos ajoelhou-se ao lado de Hovard para inspecionar o quadril machucado.

— Oh, sim. Não é ruim e ele está bem. Mas precisa de um curativo.

Adair interrompeu:

— Todos os membros do clã caíram?

— Eles estão todos atordoados aqui, — respondeu Vapula.

Ipos olhou para os dois nefilim mortos caídos a poucos metros de distância e de volta para Hovard, que disse:

— Havia apenas esses dois.

Ipos digitou seu comunicador.

— Dois tentaram escapar do cânion. Hovard os pegou. Adair, você poderia nos trazer alguns kits de amostras de DNA?

— Vou levar. Estou a caminho. Onde exatamente você está?

— Basta caminhar até o fundo do cânion. Estamos bem no meio, você não nos notar.

No momento em que os três homens retornaram para onde o clã havia ficado atordoado, Vapula e Ruth já haviam quase terminado a terrível tarefa de despachar os nefilim. Vendo a tensão no rosto das mulheres, Ipos disse:

— Façam uma pausa. Volte para a nave e tome uma xícara de chá. Vou terminar aqui.

Ruth foi até um dos nefilim que estava começando a se recuperar.

— Não, as mulheres sapiens e neandertalis vão se recuperar das explosões sônicas em breve. Precisaremos sedá-los e tratar suas feridas. — Ela colocou sua arma de partículas carregadas na têmpora do nefilim e apertou o gatilho. O homem estremeceu uma vez. Quando ele morreu, sua língua pendeu para fora da boca aberta.

— Ainda posso ajudar, — anunciou Hovard.

Vapula viu Adair balançar a cabeça. Ela disse:

— Não. Você precisa voltar para a nave e limpar e desinfetar esse ferimento.

— Eu posso suturar, — Adair ofereceu.

Vapula disse:

— Se você se sentir confortável fazendo isso, seria ótimo. Certifique-se de deixá-lo completamente esterilizado.

— Podemos fazer... Temos uma luz ultravioleta na nave. Vou fritar os micróbios antes de costurá-lo.

Hovard estava começando a sentir muita dor.

— Estou pronto para isso se nosso piloto que virou técnico médico tiver algum analgésico.

— Eu posso fazer você feliz, — disse Adair enquanto deslizava o ombro sob a axila de Hovard e o guiava, mancando, de volta a nave.

# DEZESSETE
## RESGATAR

ADAIR ERGUEU AS MÃOS.

— É muito perigoso!

Ele entendeu que o ferimento de Hovard exigia atenção médica. Ele também sabia que as amostras de DNA deveriam ser entregues ao laboratório do SWA-7 o mais rápido possível. No entanto, ele não conseguiu conciliar essas necessidades com a ideia de deixar Vapula, Ipos e Ruth sem transporte no coração da região selvagem do SWE-2.

Vapula respondeu:

— Sendo que não podemos deixar as fêmeas sapiens e neandertalis sozinhas. Aquelas que não morrem devido aos ferimentos simplesmente irão embora quando o efeito dos sedativos passar. Nunca seremos capazes de rastrear todas elas.

— Eu entendo isso, mas deixar você é uma quebra de protocolo. Não estou autorizado nem disposto a tomar essa decisão.

— Você não está tomando essa decisão, — rebateu Vapula.

— Eu estou!

Adair respirou fundo para se acalmar. Ele olhou nos olhos da colega.

— Vapula, você é a oficial da missão. Eu respeito isso. E eu sou o capitão da nave.

A tensão foi drenada do corpo de Vapula. Sua cabeça caiu e os ombros caíram.

— Você tem razão. — Ela olhou para sua amiga. — E de acordo com os protocolos que você mencionou, quando os cooficiais discordam...

— Nós saltamos pela corrente, — completou Adair. Ele estendeu a mão e fez a ligação para Ramuell no vídeocom da nave.

*~Ramuell~*

Vapula e Adair explicaram a situação e as razões pelas quais não puderam concordar.

— Ok, você está querendo meu conselho?

— Ramuell, não queremos conselhos, — respondeu Vapula. — Queremos instruções.

— Não vamos por esse caminho. Vamos pensar nisso juntos. Onde estão Ruth e Hovard?

— Eles estão lá fora cuidando das mulheres feridas. A ferida de Hovard não é grave. Adair fez um ótimo trabalho costurando tudo, mas ainda precisa ser examinado por um médico, — respondeu Vapula.

— E quantas mulheres sobraram no que resta do clã?

— Doze sapiens e cinco neandertalis, — respondeu Ipos. — Dois dos sapiens são pré-púberes. Mas elas não são um clã, Ram. Elas nem parecem falar a mesma língua.

— Realmente! Se for esse o caso, significa que os nefilim as roubaram de clãs que não tinham contato entre si... O que levanta a questão: de onde diabos vieram esses nefilim?

— Isso é o que temos que descobrir. É por isso que **devemos** manter essas mulheres vivas e analisar as amostras de DNA o mais rápido possível, — respondeu Vapula.

— Quão gravemente as mulheres estão feridas?

— Várias delas foram espancadas quando tentaram escapar ontem à noite. Algumas delas foram espancadas gravemente, — respondeu Ipos. — Três delas foram espancadas até a morte. Outras duas não vão andar tão cedo. Por enquanto, seus ferimentos não parecem ameaçar a vida.

— Presumo que elas não sobreviverão sem alguém cuidando delas?

— Oh, não. Elas não conseguiam afastar um predador, — respondeu Vapula.

— Como grupo, elas podem se defender?

Ipos disse:

— Acho que não, Ram. Elas estão muito traumatizadas, muito maltratadas.

— E agora, elas estão muito sedadas, — acrescentou Adair.

— Talvez a grande questão seja: elas **defenderiam** uma à outra? — Vapula estreitou os olhos e olhou para Ipos. — Você tem a sensação de que elas têm uma conexão de clã entre si?

— Não, elas não têm. As fêmeas neandertalis são consideradas "outras" pelos sapiens. Mas mesmo entre as sapiens, apenas algumas cuidavam dos ferimentos uma das outras depois de serem espancadas pelos machos nefilim.

— Hmm, então a única coisa que elas têm em comum é o cativeiro, — conjecturei.

Vapula disse:

— Sim, você pode estar certo. Mas não sabemos muito sobre elas porque não podemos nos comunicar.

— Ok, você tem dezessete fêmeas de duas espécies diferentes. Muitas estão feridas. Todas estão traumatizadas. Todas estão sedadas. Você não acredita que elas possam se defender, mesmo que estivessem dispostos a trabalhar juntas para isso. Precisamos de amostras de DNA de cada uma delas e precisamos fazer um teste de gravidez em todos elas. Isso resume tudo? — Perguntei.

— E todas elas precisam ser microchipadas com dispositivos de rastreamento, — acrescentou Vapula.

— Quanto tempo você levará para fazer tudo isso?

— Ram, sem maiores complicações, eu estimaria cinco ou seis horas.

— Que tipo de complicações graves podemos esperar?

— Feridas mais graves do que prevemos, como hemorragia interna. — Vapula parou por um segundo. — Uma complicação que não esperamos, mas para a qual devemos nos preparar, seria um ataque de outro grupo de nefilim ou de um bando de predadores.

— Sim, predadores me preocupam mais do que nefilim. Eles vão **sentir** o cheiro do sangue... Ok, se algum dos ferimentos das mulheres for fatal, você não deve tentar salvá-las. Você já está administrando tratamentos médicos que nunca consideraríamos em outras circunstâncias. Mas como você disse, precisamos manter a maioria delas vivas para determinar de onde vieram.

— Ruth está examinando as duas feridas mais gravemente. Se elas tiverem ferimentos com risco de vida, deveríamos abatê-las? — Vapula perguntou.

— Ugh... Elas estão em idade fértil?

Ipos e Vapula se entreolharam por um segundo. Ipos encolheu os ombros e disse:

— Acho que sim. Não podemos ter certeza.

— Também é possível que os seus órgãos reprodutivos tenham sido danificados no ataque, — acrescentou Vapula.

— Ok, por mais cruel que pareça, precisamos deixar a natureza seguir seu curso. Não tente salvá-las, mas também não as sacrifique. Se sobreviverem, poderão transmitir alguns genes resistentes como a pele do rinoceronte.

Olhei para a tela e estudei os rostos da equipe. Embora eles discordassem sobre como proceder, não vi animosidade entre os três.

— Então, se você fizer uma pausa para comer e descansar um pouco, você conseguiria trabalhar a noite toda e sair ao amanhecer?

— Podemos fazer isso, — respondeu Vapula.

— Você seria capaz de fazer tudo o que precisa ser feito sem a ajuda de Ipos?

Ipos me lançou um olhar queixoso. Vapula respondeu hesitante:

— Eu... suponho que sim. Pode levar uma ou duas horas extras.

— Pergunta final, você tem sedativo suficiente para deixar desacordadas por oito a dez horas depois de terminar os procedimentos?

— Uhm... sim. Tenho certeza que sim, — respondeu Vapula. — As sapiens tem uma tolerância muito baixa. Agora não temos certeza de quanto tempo dura o sedativo com as neandertalis... O que você está pensando?

— Acho que Ipos precisa dormir um pouco. Você vai deixá-lo com as mulheres, e ele não pode lutar contra o sono enquanto estiver de guarda. Ipos, eu recomendaria uma noite sem *sen*. É melhor você dormir dentro da nave.

— Concordo, esta não é uma noite sob as estrelas para mim.

— Ok, você vai ficar e proteger as mulheres adormecidas. Vapula, o resto da sua equipe retornará ao SWA-7. Vocês podem trazer as amostras de DNA, descansar um pouco e voltar com a Dra. Lilith amanhã à tarde.

Vendo a preocupação estampada no rosto de Adair, continuei:

— Entendo suas dúvidas, Adair, mas esta não será a

primeira vez que Ipos fica sozinho no sertão. Ele passou pelo menos dois dias escondido de um esquadrão de Serefim Security em Blue Rock Canyon.

— Sim, não vou esquecer disso. Aqueles foram os dias antes de travarmos a batalha da Autoridade Portuária... Do outro lado do mundo. Foi quando você e eu nos conhecemos.

— Sim... Isso é algo que nenhum de nós jamais esquecerá. Adair, a questão é que Ipos pode cuidar de si mesmo e com as armas adequadas ele será capaz de proteger as mulheres sedadas de um bando de nefilim ou de uma matilha de lobos.

Ipos olhou para Adair.

— Eu posso fazer isso. — Ele se virou para Vapula. — Na verdade, me sinto mais confortável ficando aqui sozinho do que com o grupo.

Vapula bufou e fingiu insulto. Ipos ergueu as duas mãos e acenou.

— Espere um minuto! Isso não foi o que eu quis dizer. — Vapula sorriu. Ipos continuou: — Até onde sei, Hovard e Ruth nunca estiveram ou sequer viram um combate. Eles podem cometer um erro que pode machucá-los ou algo pior. Você é a única pessoa aqui que eu gostaria de ter em uma briga.

— Então talvez eu deva ficar com você, — disse Vapula séria.

— Não, — respondi antes que Ipos pudesse. — Você precisa trazer sua equipe de volta aqui. Então você precisa escolher a equipe adequada para retornar com você e a Lilith.

— Tudo bem, — Vapula falou lentamente. — Obviamente, Hovard precisa permanecer no SWA-7 para tratamentos rápidos de cura. Você está pensando que Ruth também não deveria voltar?

— Não sei. Você pode decidir que precisa de um técnico médico ou de outro segurança, ou pode até querer que alguém saia em seu caminho em um quadricóptero. Vocês terão uma noção melhor do que vem a seguir depois que terminarem de tratar as feridas.

Vapula e Adair trocaram um olhar e um aceno de cabeça em concordância.

— Tudo bem, Ramuel. Isso vai funcionar. A maioria de nós verá você pela manhã.

Ao estender a mão para desligar o videocom, Adair disse:

— Obrigado, Ram.

# DEZOITO
## REUNIÃO

DEPOIS DE DEPOSITAR os doze cativos Serefim nas instalações da Autoridade Portuária, a nave Beag Liath retornou ao hemisfério norte do planeta. Entrou numa órbita geossíncrona cerca de dois mil quilômetros acima do SEE-1 e iniciou uma busca meticulosa por assinaturas de energia de Oprit Robia. Inicialmente, Althea e Egan ficaram surpresos com a dificuldade de localizar Nanzy e Anso. Após quase vinte horas de fracasso, o casal começou a temer o pior.

Egan estava andando pela cabana e Althea estava deitada na cama tentando ler. O amigo Beag chegou à porta aberta e ficou esperando um convite para entrar. Althea levantou-se de um salto e indicou ao visitante que entrasse.

Ao entrar, puxou um banquinho e sentou-se, o que era incomum para um Beag-Liath. Com alguns toques, ele deu vida ao seu grande dispositivo tipo foliopad. Egan e Althea se aproximaram e ficaram atrás do banco para ver a tela. O Beag acessou o que parecia ser algum tipo de planilha, sendo que os símbolos e seus significados eram desconhecidos pelos Domhanianos.

O Beag passou o longo dedo indicador para cima e para

baixo nas colunas da tela. Virou-se para olhar para Althea. Vendo que ela não entendia, apontou para o foliopad que estava na cama. Althea o pegou e ofereceu ao visitante, mas ele acenou com a mão indicando que ela deveria ativar o dispositivo. Quando a tela se acendeu, o Beag apontou para o cronômetro no canto superior esquerdo e depois para a primeira coluna da tela do foliopad do Beag-Liath.

Egan disse:

— Tudo bem, a primeira coluna é uma indicação de tempo.

— Provavelmente uma lista de vários momentos ou eventos, — adivinhou Althea.

Em seguida, o Beag apontou para outra coluna e depois para o comunicador de Egan.

— Ahhh, então esses foram os momentos em que você tentou entrar em contato com Oprit Robia, — disse Egan ao Beag.

Fez um chiado suave. Em seguida, apontou para outra coluna e passou um dedo por toda a extensão da tela e balançou o punho, o gesto de negação de Beag.

Egan estendeu a mão e contou as linhas da planilha.

— Acredito que isso significa que eles tentaram entrar em contato com Nanzy e Anso quatorze vezes.

O Beag fez sinal para que Egan e Althea se sentassem na cama. Ele os estudou de perto por vários segundos.

— Nossos pensamentos estão sendo lidos, — observou Althea.

O Beag olhou para baixo e bateu na tela. Seus dedos se movendo com uma velocidade incrível. Quando virou a tela para Egan e Althea, eles viram uma animação de uma nave Beag-Liath pousando em frente à caverna de sal extraída.

Althea disse:

— Eles desistiram de tentar fazer contato. Vamos ao esconderijo do Oprit.

— Acho que você está certa, — concordou Egan.

Desta vez o Beag estudou o casal apenas por um segundo. Vendo que Althea e Egan entenderam, levantou-se, curvou-se ligeiramente e saiu correndo da sala.

Egan disse:

— Gostaria de saber quando isso vai acontecer?

— Eu acho que nos próximos minutos. Desde que os conhecemos, os Beag-Liath nunca se mostraram inclinados a avisar com muita antecedência.

Althea estava certa. Quarenta e cinco minutos depois, o piloto pousou suavemente a nave do Beag no terreno plano em frente ao que havia sido o esconderijo de Oprit Robia.

Egan deu alguns passos para longe da escada da nave e deu uma volta de 360 graus, absorvendo tudo o que podia ver e ouvir. Althea saiu da nave e ficou ao seu lado. Egan disse:

— O mecanismo de camuflagem da nave está ativado.

— Por que você acha isso?

Com o nariz, ele apontou para a entrada desabada da caverna.

— Foi demolido, o que significa que a Serefim Security o encontrou e está vigiando este lugar como uma caldeira de raptores.

— Olhe para isso. — Althea apontou para a terra chamuscada. — Este lugar foi destruído com explosivos convencionais.

— A pergunta é: por quem? — Egan se perguntou.

Eles andaram em busca de sinais de batalha e não encontraram nenhuma.

A tripulação do Beag-Liath corria com todo tipo de equipamento. Eles analisaram os detritos expelidos da caverna pela explosão e fizeram leituras de ultrassom e amostras dos detritos que agora preenchiam a entrada.

— O que você acha que eles estão procurando? — Althea perguntou.

— Acho que eles querem determinar que tipo de explosivo

foi usado e se algum equipamento ou corpo permaneceu lá dentro.

Althea disse:

— Não acho que eles vão encontrar nada lá. Acredito que foi uma demolição e não um ataque.

— Se você estiver certa, isso significa que nossos amigos do Oprit escaparam ilesos.

— Se for esse o caso, para onde eles foram?

— E como podemos contatá-los? — Egan se perguntou.

O casal sentou-se com as costas encostadas no penhasco, perto do que havia sido à entrada da caverna. Quando o amigo Beag saiu da nave e se aproximou, Egan disse:

— Parece que vamos conversar.

— Sim, o grande foliopad é uma espécie de oferta. — Althea tirou o boné e coçou a testa. — Você sabe, ele merece crédito por descobrir uma maneira de se comunicar.

— Ele? Explique-me a questão do gênero Beag-Liath, — brincou Egan.

Althea riu.

O Beag sentou-se ao lado deles e apareceu na tela a fotografia de um Domhaniano. Apontou para a abertura da caverna desabada e balançou o punho.

— Então, não há ninguém lá dentro, — observou Egan.

O Beag encontrou fotos de uma nave Domhaniana, um foliopad e um comunicador. Apontou para a caverna e novamente balançou o punho.

— Eles também retiraram as navio e o equipamento.

Estreitando os olhos, Althea disse:

— O que confirma minha crença de que esta foi uma partida e demolição ordenada.

— Sim, — concordou Egan. — Eles tiveram que sair porque os olhos no céu rastrearam o retorno de Nanzy.

— Você se lembra de quão ansiosa a tripulação do Beag-Liath ficou depois de destruir as três mini naves Serefim?

— Eu sei, agora que você mencionou isso. Eles deviam saber que a Serefim Security detectaria as explosões atmosféricas.

— Certo, e assim que Nanzy contou sua história para Anzo ele presumiu exatamente isso.

O Beag levantou-se e gesticulou para que o casal o seguisse. Ele se virou e correu de volta para a nave.

---

Menos de uma hora depois, Althea e Egan estavam na colina ao sul do acampamento do quartel-general do SWA-7. As pessoas que iam e vinham em suas diversas tarefas ignoravam a presença da nave Beag-Liath camuflada a apenas algumas centenas de metros de distância.

O amigo Beag saiu da escotilha da nave, colocou-se entre o casal e mostrou-lhes uma foto de Ramuell em seu foliopad. Em seguida, apontou para a movimentada área aberta no meio do acampamento.

— Ele quer que encontremos Ramuell! — Exclamou Althea.

O Beag estendeu a mão e agarrou seu pulso antes que ela desse um segundo passo. Girando Althea, ele balançou o punho enfaticamente.

Os pés de galinha nos olhos de Egan se aprofundaram. Ele disse com um tom provocativo:

— Querida, acho que a visão de um dos fugitivos mais procurados do Presidium aparecendo do nada... Bem, isso pode ser um empecilho.

— Mais procurados? Por que você acha que estou entre os mais procurados?

Egan ergueu uma sobrancelha.

Com os lábios posicionados em algum lugar entre o riso e o

silêncio, Althea olhou para a área de jantar ao ar livre do acampamento. Ela se virou para Egan e disse:

— Suponho que estava sendo um pouco obtusa.

Egan sorriu, mas teve o bom senso de não dizer nada.

O companheiro deles apontou novamente para a foto de Ramuell na tela do foliopad. Em seguida, apontou para o olho de Althea e daí para o acampamento.

— Você quer que fiquemos atentos a Ramuell.

O Beag bateu no comunicador que estava no bolso de Egan.

— Ahh, você quer que o vejamos antes de ligar.

O Beag fingiu segurar um comunicador e bater nele.

— Não ligar, enviar uma mensagem. Entendi. — Egan virou-se para Althea e acrescentou: — Provavelmente não quer que Ramuell seja ouvido conversando conosco.

— Se for esse o caso, é uma coisa boa... Significa que eles querem protegê-lo.

Era início da tarde quando ela avistou seu filho e Vapula saindo de uma das cúpulas geodésicas.

— Ali está ele!

Egan olhou na direção que Althea apontava.

— Sim! Esse é ele. Estou enviando uma mensagem de texto para ele agora.

O Beag emitiu um som estridente e acenou para que o casal o seguisse. Parando logo atrás da nave, estudou a área circundante por um momento. Não vendo ninguém, o Beag fez sinal para que Egan desse mais alguns passos.

Egan disse:

— Claro, não é possível transmitir um sinal de dentro da barreira. — Ele se virou para Althea: — **Agora** vou enviar uma mensagem de texto para Ramuell.

— Discretamente, sem nomes, — alertou Althea. — Os observadores podem estar monitorando sua comunicação.

— Certo.

*Ramuel, estamos aqui. Não foi possível localizar nossos amigos. Vim ver você.*

---

### ~Ramuell~

Ao ouvir o trinado, tirei o comunicador do bolso e parei quando li a mensagem.

Vapula virou-se para ver por que é que eu tinha parado tão abruptamente.

— Ram, está tudo bem?

— Eu... Não tenho certeza.

— De quem é a mensagem?

— Eu também não tenho certeza sobre isso. — Na verdade, eu tinha certeza, mas não queria revelar o paradeiro dos meus pais. Levei alguns segundos para responder à mensagem do papai.

*Não estou sozinho. Preciso cuidar de uma coisa. Enviarei uma mensagem para você em alguns minutos.*

Depois de enviar a mensagem de texto, examinei a periferia do acampamento, dei de ombros e disse:

— Não sei, provavelmente uma mensagem enviada por engano.

Vapula estreitou os olhos e me estudou por um segundo. Eu não sou um bom mentiroso. Ela encolheu os ombros, olhou a hora e disse:

— Temos que voar. Os sedativos que demos às mulheres sapiens e neandertalis findará o efeito dentro de duas horas. Não quero deixar o Ipos lidando com isso sozinho.

— Definitivamente não. Sua equipe está na plataforma de lançamento?

— Sim. Estão guardando nossos equipamentos e suprimentos na P-6. Devemos estar prontos para voar.

Quando chegamos à nave auxiliar, compartilhei algumas palavras de encorajamento com a equipe reunida. Antes de Vapula subir a rampa, eu disse a ela que Inna chegaria ao SWA-7 com o quadricóptero no final do dia seguinte.

— Envie-nos as coordenadas de posicionamento global onde você deseja que ela o encontre. Você já decidiu se quer que Ruth se junte a ela ou não?

— Provavelmente irei, mas vamos ver quanta informação a Dra. Lilith pode obter sobre onde os clãs das mulheres podem estar localizados. Ram temo que possa ser uma área de pesquisa enorme. Talvez precisemos de Ruth, Inna e vários outros pesquisadores para avançarmos.

— Vamos ver esse registro quando chegarmos a esse ponto.

Fiquei surpreso quando Vapula me puxou para um abraço rápido, em vez de apenas um tapinha com a palma da mão. Sem dizer uma palavra, ela se virou e subiu correndo a rampa da nave.

No momento em que os mecanismos antigravitacionais levantaram o P-6 do chão, arranquei meu comunicador.

*Você está aqui! Onde?*

Papai respondeu:

*Caminhando pela trilha sul. Você pode não nos reconhecer usando as barreiras dos nossos amigos.*

Eu entendi o que ele quis dizer.

*Vejo você em alguns minutos.*

— Ah, ah, preciso tilintar, — disse Althea enquanto corria para a escada que subia para a nave Beag-Liath.

Egan riu quase silenciosamente da excitação de sua esposa. Seu amigo Beag-Liath se aproximou e apontou para a foto de Ramuell na tela do foliopad. Egan sorriu e acenou com a cabeça várias vezes. Sem nenhum sinal de expressão, o Beag se aproximou e ficou perto do professor. Em uníssono, eles se viraram para vigiar a aproximação de Ramuell.

Althea e Egan passaram a maior parte da tarde visitando o filho. Eles ficaram emocionados ao vê-lo e com o coração partido quando chegou a hora de partir. Depois que a nave Beag partiu do SWA-7, o casal se encontrou com quatro tripulantes do Beag-Liath na cabine da nave. Tomando emprestado o truque de comunicação do amigo Beag, Egan puxou uma imagem do Realta-Gorm 4 em seu foliopad. Ele então sobrepôs fotos de Anso e Nanzy na imagem do planeta. O Beag entendeu que os soldados de Oprit Robia haviam retornado ao seu mundo natal. Eles também pareciam compreender que o regresso de Oprit a Realta-Gorm era um hiato, não uma retirada permanente.

Quando Althea e Egan terminaram de compartilhar o que aprenderam com Ramuell, os quatro Beags ficaram de pé e andaram pela sala conversando em sua estranha combinação de vocalizações, cliques, uivos e gestos. Quando os três tripulantes partiram, só restou o amigo do casal. Usando o computador embutido na única mesa da sala, ele abriu o mapa de geolocalização Ghrain-3 e ampliou o local da caverna de sal destruída. Ele balançou o punho. Em seguida, eliminou SWA-7, NWA-1 e Escavação #421 com movimentos de punho. Por fim, abriu uma foto da barraca inflada na praia da ilha, a meio mundo de distância. Desta vez, o amigo fez um movimento circular com a mão aberta, o gesto afirmativo do Beag.

Althea disse:

— Eles acham que não é seguro nos levar para qualquer lugar que não seja o esconderijo da praia.

— E eles provavelmente estão certos, — concordou Egan.

Pouco mais de três horas depois, a nave Beag pousou na ponta oeste da longa ilha. O amigo de Egan e Althea os acompanhou até a escotilha da nave. Em seu bloco, mostrava ao casal a foto de uma caixa de provisões cheia de sacos de alimentos em conserva. Em seguida, levantou um único dedo.

— Você vai trazer comida para nós esta noite, — disse Egan, esperançoso.

O Beag fechou e abriu os dois olhos lentamente e depois enxotou o casal escada abaixo. Algumas horas depois, uma pequena nave Beag emergiu da água, pousou e depositou na praia uma caixa de comida e diversas provisões.

# INTERLÚDIO 2
## PORTO RICO – JULHO DE 2020

ESTAVA ABAFADO do nascer ao pôr do sol e a fazenda não tinha ar-condicionado central. Algumas salas foram reformadas com unidades montadas na parede. Saímos da biblioteca para o escritório com ar-condicionado para trabalhar, mas até a curta caminhada até o banheiro nos fazia suar.

Naquela noite, os ventiladores de teto da sala de jantar, girando com força total, ofereceram apenas um mínimo de alívio. Quando Frank Williams e eu voltamos depois de levar a louça do jantar para a cozinha, o almirante Cortell pigarreou.

— Nosso progresso tem sido bom... Não ótimo. O calor nos deixou um pouco letárgicos, mas o capitão Roibal chamou minha atenção para uma preocupação climática mais urgente.

— Acho que ninguém está muito feliz com nosso calor úmido, especialmente você. — Roibal olhou para Carla.

Ela revirou os olhos,

— Não!

— Eu sempre acompanho os relatórios do serviço meteorológico tropical, — continuou Chris. — Especialmente essa época do ano. Tecnicamente, a temporada de furacões começa em junho, mas geralmente não vemos muita atividade de tempestades tropicais até agosto e setembro.

Frank disse:

— Isso parece ameaçador.

Chris passou os dedos pelos cabelos grossos e grisalhos.

— Sim, pode ser. Nos últimos dias, três depressões tropicais surgiram ao largo da costa oeste de África e estão a abrir caminho através do Atlântico. Os ventos direcionais no alto têm um alvo no Caribe. Na maioria dos anos, podíamos estar razoavelmente certos de que estas tempestades não atingiriam a força de um furacão. No entanto, as temperaturas da superfície oceânica estão cerca de um grau acima do normal no início de julho... E já houve um poderoso tufão no Oceano Índico. Podemos estar em uma temporada difícil.

— Eu entendo que você está angustiado com seu progresso na escrita, — continuou Roibal. — E sei que voltar para o continente será uma perturbação, mas todos nos lembramos do que o furacão Maria fez com Porto Rico.

Frank olhou para a expressão ardente de Cortell. Com sua voz ressonante, ele disse:

— Uh, ah, aí vem.

— Droga, Frank, você sabe tão bem quanto eu que o fracasso do governo dos Estados Unidos foi tão perturbador quanto o próprio furacão.

Ele desviou o olhar e murmurou algo que não consegui entender. Então, bem alto:

— Eu sou um patriota. Passei minha vida a serviço dos Estados Unidos. Mas no dia em que vi o nosso presidente a atirar rolos de toalhas de papel às pessoas desesperadas de Porto Rico durante uma conferência de imprensa, senti vergonha da América.

Ficamos sentados em silêncio por um ou dois minutos. Ninguém se atreveu a dizer uma palavra até que o almirante recuperasse a compostura. Finalmente, ele falou.

— Bem, essas enchentes estão sob a ponte. Capitão, por favor, prossiga. Peço desculpas pela minha explosão.

— Ohhh, você não precisa se desculpar comigo. Eu sou porto-riquenho. De qualquer forma, recomendo que façamos as malas e sigamos para Charlotte nos próximos três ou quatro dias. Sinceramente, não creio que nenhuma destas depressões se transforme em supertempestades. Mas é provável que todos se tornem grandes fazedores de chuva. E se as inundações destruírem a estrada entre a fazenda e o aeroporto de Ponce, ficaremos presos.

— Como sempre, capitão, devemos confiar em sua experiência nestes assuntos. Frank, você pode tomar as providências para abrir a casa do Lago Norman.

— Uhm, espere um minuto, — Carla interrompeu. Ela raramente opinava sobre considerações logísticas. Quando ela fez isso, todos prestaram atenção. — Sabe, almirante, estamos na primeira semana de julho. — Ela balançou a cabeça. — Só não tenho tanta certeza sobre a Carolina do Norte em julho. Sei que a casa do lago tem ar-condicionado, mas Santa Fé seria muito mais confortável.

Cortell bateu com a mão enorme na mesa.

— Caramba! Você está absolutamente correta. O que diabos estou pensando... Lago Norman em julho? Minha nossa!

Frank estava sorrindo.

— E o Novo México está se saindo muito melhor no gerenciamento do COVID do que a Carolina do Norte. Vou começar a procurar um Airbnb. Devemos ser capazes de conectar algo muito rapidamente.

— Veja um bairro chamado La Pradera, — recomendei. — Casas muito bonitas e seu HOA permite aluguéis de curto prazo.

— E fica a menos de cinco quilômetros da nossa casa, — acrescentou Carla. Então ela franziu a testa ligeiramente, — Quanto tempo você está pensando em ficar?

— Não quero desgastar nossas boas-vindas. Digamos duas ou três semanas, — respondeu Cortell.

Ela torceu o nariz.

— Em duas ou três semanas ainda será julho. Uhm, que tal dois ou três meses?

Cortell e Frank ergueram as sobrancelhas em uníssono e se entreolharam.

— Suponho que poderíamos, — disse Frank.

O capitão Roibal disse:

— Uhm, pensando em COVID, várias pessoas nesta sala são de alto risco.

— Sim, como todos aqui, exceto você, — eu provoquei.

Roibal acenou com a mão como se estivesse afastando meu comentário do ar.

— Tanto faz... não acho que deveríamos fazer voos comerciais. Devíamos voar no Beechcraft King Air para Santa Fé.

Cortell disse:

— Hmmm, isso será muito mais lento.

— E muito mais seguro, — acrescentou Frank.

— O que você está pensando, Chris? — Perguntou o almirante.

— Vai demorar alguns dias. Abastecemos em Key West e Baton Rouge. O Baton Rouge Signature Flight Support tem uma sala de descanso e vou precisar dormir um pouco. E chefe, você está certo, será muito mais lento do que um voo comercial, sendo que eu mandei consertar o avião completamente. É bom ir. Então... — Chris encolheu os ombros e olhou para o almirante.

Cortell disse:

— Caramba, vamos lá. Vai ser divertido! Depois pegamos o avião em Santa Fé para fazer alguns passeios turísticos. — Seus olhos brilharam quando ele olhou para o nosso grupo. — Ei, podemos alugar uma casa grande o suficiente para convidar Kelsey e sua ninhada para uma visita.

— Eles **adorariam** o verão de Santa Fé, — Carla disse. — Mas eles teriam que voar comercialmente e com exposição ao risco.

Frank apoiou a cautela de Carla.

— E então eles correriam o risco de nos expor, e não seríamos mais tão jovens.

O almirante franziu a testa.

— Ah, você está certa. Essa pandemia é um pé no saco!

---

Com xícaras de café nas mãos, nos sentamos no escritório de nossa casa em Santa Fé. O cão mestiço Pomerânia/Chihuahua saltou no colo do almirante. Cortell riu e disse:

— Bom dia, Cookie. — Ela se inclinou para seus golpes fortes. — Quer saber, Cookie? — Ela levantou as orelhas, inclinou ligeiramente a cabeça e lançou ao almirante um olhar arregalado. — Cerca de cinquenta mil anos atrás, o cara de quem estamos falando pode ter visto seus ancestrais... Seus tataravós, cinco mil vezes tataravós.

Ao ouvir Carla entrar na cozinha, Cookie pulou do colo de Cortell e correu para ver se havia algum lanche por perto. Observando seu minúsculo corpo correr pela sala de estar, o almirante disse:

— É difícil imaginar que todos os cães domésticos do planeta tenham evoluído a partir de algumas matilhas de uma subespécie de lobos agora extinta na Eurásia.

Eu bufei.

— Quando olho para algumas raças de cães, fico feliz que os Domhanianos fossem melhores em design inteligente do que nós, Homo sapiens.

Cortell riu:

— Eu sei o que você quer dizer com o buldogue inglês sendo um exemplo disso... Sendo que eu não tenho tanta certeza de que os Domhanianos fossem tão astutos em relação à criação de senciência quanto imaginavam ser.

Com isso, o almirante recostou-se na cadeira, entrelaçou os dedos atrás da cabeça e continuou sua história.

# DEZENOVE
## VESTÍGIOS

AS TECNOLOGIAS médicas tornaram os óculos praticamente obsoletos entre os Domhanianos. A dependência contínua de Trace em pequenos óculos redondos que se ajustavam perfeitamente ao seu nariz aumentava sua personalidade estudiosa. A pele quase perfeita que desmentia a sua idade e a sua aparência juvenil faziam dele uma pessoa facilmente subestimada. O Brigadeiro Migael não. O Brigadeiro também não compartilhava da grande consideração que o Grão-Mestre tinha pelo Administrador Chefe do Presidium.

Trace foi um dos poucos administradores contratados pelo Serefim Presidium após o retorno do Grão-Mestre Elyon do exílio em Froitas. Elyon era teimoso, sendo que não era estúpido. Trace era um tecnocrata que sabia como as coisas funcionavam, como fazer as coisas funcionarem bem e onde os esqueletos estavam enterrados. Ele teve um desempenho impecável durante o mandato anterior de Elyon como Grão-Mestre da Missão Expedicionária Ghrain-3.

Trace era popular entre as bases. Ele era inteligente e tinha uma coragem silenciosa. A combinação dessas características fazia dele uma pessoa extremamente perigosa na opinião do

Brigadeiro Migael. Embora apreciasse que o Administrador Chefe tivesse instado à formação de uma força-tarefa tendo o Brigadeiro como presidente, Migael suspeitava dos motivos de Trace.

Verdade seja dita, os motivos de Trace nunca foram tão complexos. Ele só queria manter a paz. Ele queria que as missões Ghrain-3 tivessem sucesso. Ele queria que as empresas que faziam negócios no sistema solar obtivessem lucro ético. Ele queria que as equipes científicas hibridizassem com sucesso uma espécie senciente que desenvolveria culturas tecnológicas avançadas. Ele queria que o Projeto Nefilim erradicasse com sucesso a mutação do gigantismo. Ele queria que a Missão Expedicionária Ghrain-3 promovesse a compreensão Domhaniana do cosmos. Ele queria que todos os designados para a Missão ganhassem algum dinheiro e encontrassem satisfação no trabalho que faziam. Curiosamente, mesmo que esta longa lista de aspirações de Trace tivesse sido tornada pública, teria produzido mais, e não menos, suspeitas entre muitos dos bajuladores de Elyon.

Durante seu primeiro mandato como Grão-Mestre, Elyon foi espinhoso e imprevisível. Trace viu um Elyon diferente retornar ao trono de Ghrain, após sua expatriação de uma década. Esta iteração do Grão-Mestre era mais volátil, paranoica e sedenta de poder. Trace percebeu que absolutamente nenhuma dissidência seria tolerada entre os muitos milhares de Domhanianos alocados em Ghrain-3. Se Elyon acreditasse que cabeças tinham que rolar, eles o fariam. Essa perspectiva gelou profundamente Trace.

Compreendendo, talvez melhor do que ninguém, que informação é poder, Trace programou uma missão de investigação à superfície do planeta antes mesmo do Brigadeiro Migael ter convocado a primeira reunião da sua força-tarefa. Aparentemente, o grupo de Migael foi encarregado de recomendar a forma mais eficaz de mobilizar as forças paramilitares do Presidium. Trace entendeu que isso significava usar o aparato de Serefim Security para eliminar Oprit Robia, eliminar a dissidência e banir qualquer um que pudesse menosprezar o governo do Grão-Mestre sobre Ghrain-3.

Embora fossem amigos, Azazel ficou perplexo com o fato de Trace ter conseguido encontrar uma zona de conforto trabalhando com Elyon e entre o alto escalão do Serefim Presidium. Assim, quando Trace chegou ao SWA-7, Azazel procedeu com cautela. Ele permaneceu cauteloso enquanto ouvia Trace explicar o propósito de sua "missão de apuração de fatos". Assim que Azazel entendeu que Trace queria reprimir os instintos mais agressivos entre os líderes de segurança e paramilitares, ele tornou-se cautelosamente mais acessível.

Azazel estava ansioso durante as primeiras horas de conversa. Ele finalmente relaxou e respirou fundo quando Trace disse:

— O que você e eu sabemos é que a insurgência continuará enquanto a abominação do comércio de escravos continuar.

— O que pode ser feito? — Azazel perguntou.

Trace fungou e disse:

— Em última análise, a única coisa que terá impacto neste lote é que a venda de sapiens híbridos se torne não lucrativa.

— Significa que os argumentos morais não têm influência?

Trace não se virou para olhar para o amigo nem respondeu à pergunta. Ele se levantou de repente e espiou pela janela triangular que dava para o pátio central do acampamento.

— Ei, esse é o Ramuell, não é?

*~Ramuell~*

Fiquei pasmo com a chegada de Trace ao quartel-general do SWA-7 enquanto meus pais estavam escondidos na nave Beag-

Liath, a apenas algumas centenas de metros de distância. Parecia uma coincidência implausível.

— Antes de começarmos, Trace, devo dizer que Ramuell tem sido inflexível em manter o Projeto Nefilim fora do conflito do comércio de escravos. — Azazel não ressaltou que muitos de nossos funcionários não compartilhavam do meu ponto de vista sobre a necessidade de permanecermos neutros.

Trace olhou para mim. Eu disse simplesmente:

— Não é nossa luta.

— Esse é um ponto que Semyaza enfatiza sempre que nos reunimos com a equipe do Projeto, — acrescentou Azazel.

— Você teve notícias de seus pais? — Trace perguntou. Parecia que ele tinha um pressentimento.

— Eu falei com eles. — Eu não pretendia divulgar onde e quando essa conversa ocorreu.

— E...

— E, depois de demolirem o esconderijo da caverna de sal, as tropas de Oprit Robia recuaram para Realta-Gorm.

— Seus pais também estão no Realta-Gorm? — Trace perguntou.

*Talvez Trace não saiba que eles estiveram aqui... Talvez a visita simultânea ao SWA-7 seja apenas uma coincidência.*

— Não sei onde eles estão. — Isso não era mentira. Dado que a nave Beag tinha acabado de ser lançado, eu não sabia exatamente **onde** eles estavam.

Trace sabia que eu não estava lhe contando toda a verdade. Ele olhou para mim e pude ver as engrenagens girando em seu cérebro notável. Decidindo não me pressionar mais, ele concordou com um pequeno encolher de ombros.

— Saber que Oprit Robia não está atualmente ativo no planeta diminuirá as tendências mais agressivas da força-tarefa de Migael? — Azazel perguntou.

Trace pensou por um momento.

— Com alguns deles isso acontecerá, com outros

provavelmente não. Na última reunião do Serefim Presidium, o Grão-Mestre sugeriu que talvez a luta devesse ser levada para Oprit Robia.

— Isso significa o quê? — Azazel perguntou.

Trace limpou a garganta.

— Atacando Realta-Gorm.

— Isso é loucura! — Azazel exclamou.

— Sim, **devo** convencê-los de que isso seria o mesmo que entrar no sétimo nível de algum inferno.

— Depois de se envolver com aquele tigre das montanhas, as forças de Serefim voltariam mancando para cá com o rabo entre as pernas.

Trace pareceu chocado.

— Parece que você sabe bastante sobre Oprit Robia.

— Só o que mamãe e papai me contaram.

— O suficiente para saber que as forças do Presidium estariam em desvantagem, — observou Trace.

— Está acima de suas cabeças... Muito acima de suas cabeças. — Mordi a língua desejando ter mantido a boca fechada.

Mais uma vez, Trace me lançou um olhar que dizia que sabia que eu não estava compartilhando tudo. Ele estava certo.

# VINTE
## INFERNOS PARA PAGAR

QUANDO OUVIU o P-6 retornando do SWA-7, Ipos deixou seu covil e trotou em direção ao local de pouso. Ao ver Vapula parada na porta segurando duas xícaras de café, ele riu, subiu alguns metros pela rampa e sentou-se.
Vapula disse:
— Entendo como é. Você espera ser servido lá fora.
— Sim, eu espero. — Ipos deu um tapinha no deck de metal da rampa. Vapula riu, entregou-lhe as xícaras e sentou-se ao seu lado.
— Obrigado. Eu esperava que você tivesse alguns prontos. — Ele soprou o vapor e tomou um gole. — Ah, isso é bom.
— Então, presumo que você não teve problemas?
— Bem, talvez. Meia dúzia de neandertalis chegaram pouco antes do meio-dia e levaram suas fêmeas embora. As mulheres neandertais já haviam acordado e estavam todas sentadas, — explicou Ipos.
— O que significa que o sedativo não é tão potente com eles.
— Isso também significa que os neandertais estavam nos observando. Eles são bons. Nunca os vi ou ouvi. Eles esperaram

até terem certeza de que as mulheres do clã estavam vivas e então entraram e as reuniram.

— Eles eram agressivos? — Vapula perguntou.

— De jeito nenhum. Eles eram cautelosos, mas não temerosos. Não me mexi e até tentei não respirar. Eles não me viram. Pensei em atordoá-los com uma explosão sônica, mas desisti. Fora isso, não havia nada que eu pudesse ter feito. Eu não tentaria segui-los e deixar as fêmeas sapiens inconscientes e desprotegidas.

Vapula mordeu o lábio e disse:

— Você tomou a decisão certa. Suponho que tudo o que podemos fazer é torcer para que os nefilim não tenham engravidado nenhuma das mulheres neandertais.

— Elas estão microchipadas. Provavelmente poderemos encontrá-las em alguns meses e testar o DNA dos fetos de qualquer mulher grávida.

— Sim, planejaremos fazer exatamente isso, — concordou Vapula.

Lilith estava andando entre as mulheres Sapiens que começavam a se mexer. Ao se aproximar da rampa da nave, Vapula perguntou:

— O que você acha?

— Eu recomendo que apenas nos misturemos com elas, — respondeu Lilith. — Nossos movimentos devem ser lentos, gentis e deliberados. Podemos oferecer-lhes água, para começar. Mais tarde tentaremos alimentá-las.

Ipos esfregou o nó do dedo debaixo do nariz.

— A questão é que elas não reconhecerão nada do que comemos como alimento.

— Você acha que pode caçar um animal? — Lilith perguntou.

Ipos enviou.

— Tenho certeza que posso **caçar** um animal. Se posso encontrar e matar alguém é outra questão.

Vapula bateu em seu ombro com o dorso da mão.

— Vá fazer o seu melhor, meu amigo.

Ipos levantou-se, tirou o chapéu e fez uma reverência com um floreio. Ele piscou para Lilith, pegou sua arma de partículas carregadas e desceu o cânion.

---

Lilith tentou se comunicar com as fêmeas sapiens por três dias e só conseguiu amenizar o medo delas em relação aos Domhanianos. Nenhuma delas falava um dialeto familiar a Lilith, embora ela entendesse algumas de suas palavras. Isso a levou a acreditar que seus clãs provavelmente se situavam várias centenas de quilômetros a oeste dos sapiens SWA-7 que ela conhecia.

— Então, como vamos localizar seus clãs? — Vapula se perguntou.

— Tenho pensado muito sobre isso, — respondeu Lilith. — Ipos, você se lembra de quando pousou no cume fly-it-out com o Clã Crow após a batalha da Autoridade Portuária?

— Você pode apostar que sim.

— Lembro de você me dizer que os membros do clã olharam em volta assim que saíram do Anti-Grave XL, reconheceram pontos de referência e sabiam exatamente onde estavam.

— Sim, eles sabiam. Todos pareciam reconhecer o que os rodeava, exceto as crianças pequenas.

— Que tal tentar essa estratégia com essas mulheres? — Lilith sugeriu.

Vapula franziu a testa.

— Não estou seguindo seu pensamento.

— E se voarmos cerca de cinquenta quilômetros para o leste e pousarmos no topo de uma colina? Depois deixamos as fêmeas saírem para dar uma olhada. Ver se elas reconhecem algum ponto de referência.

— Isso pode funcionar, — disse Vapula pensativamente. — Se eles parecem não saber onde estão, vamos para outro lugar e fazemos de novo. Mais cedo ou mais tarde, eles verão algo que reconhecem.

Adair disse:

— Isso pode exigir muito esforço e muito tempo, mas...

— Mas não temos ideias melhores, — observou Ipos. Balançando um dedo, ele acrescentou: — Uma coisa que temos a nosso favor é que elas provavelmente pertencem a clãs nômades. O que significa que elas provavelmente conhecem uma grande parte do país.

Esfregando as palmas das mãos lentamente, Adair disse:

— Você está certo, o que aumenta as chances de pousarmos em algum lugar familiar para elas.

— Então, temos um plano? — Vapula perguntou.

— Melhor do que ficar aqui sentado tentando descobrir uma maneira de me comunicar com eles, — respondeu Lilith.

— Tudo bem, amanhã cedo. Precisaremos sedá-los? — Vapula perguntou a Lilith.

— Eu recomendo que coloquemos um sedativo leve na comida delas amanhã de manhã. Não queremos derrubá-las, apenas acalmá-las um pouco.

— Deveríamos ligar para Ramuell com nossas coordenadas de posicionamento global? — Ipos perguntou.

— Acredito que seria sensato ter mais algumas mãos no convés.

— Sim, deveríamos, — concordou Vapula. — Vou pedir para Ruth voltar com Inna. Eu também quero outra pessoa da segurança.

Ipos passou os dedos pela juba encaracolada.

— Seria ótimo trazer Samael aqui. Ele deve estar disponível.

Dois dias depois, na quinta parada, várias fêmeas sapiens reconheceram o que estava ao seu redor. Naquela noite, Inna e Ipos levaram o quadricóptero para uma missão de reconhecimento. Eles voaram em zigue-zague em busca de fogueiras. Eles estavam com sorte. Em menos de duas horas localizaram o que parecia ser um acampamento de tamanho considerável com três fogueiras acesas.

Na manhã seguinte, Adair pilotou a nave auxiliar para um pouso próximo às coordenadas que Ipos havia registrado. Inna e Samael seguiram a nave de transporte no quadricóptero, mas foi muito mais lento. Ao chegarem ao desembarque, Adair explicou que Ruth, Vapula, Ipos e o grupo de mulheres haviam caminhado em direção ao acampamento dos sapiens.

— Há quanto tempo eles partiram? — Samael perguntou.

Adair olhou para seu cronômetro.

— Cerca de meia hora.

— Bom. Devemos ser capazes de alcançá-las antes que cheguem ao acampamento, — disse Inna com otimismo.

Quarenta minutos depois, Samael e Inna contornaram um denso bosque e chegaram a tempo de ver Vapula confrontando o comandante de um esquadrão paramilitar Serefim. Inna agarrou o antebraço de Samael e puxou-o para o mato.

De seu esconderijo, eles ouviram Vapula perguntando:

— Que inferno congelado você pensa que está fazendo?

— Seguindo ordens... E por que isso é da sua conta?

— Estamos com o Projeto Nefilim. Este clã foi exposto ao nefilim e seu DNA **deve** ser testado.

— Isso parece problema seu, não meu. — Girando um dedo sobre a cabeça, o comandante gritou para seus soldados: — Peguem-os.

Ipos colocou a arma no ombro e disse:

— Não podemos deixar você fazer isso.

— E como você planeja nos impedir? — O comandante sorriu.

Um dos soldados Serefim havia se aproximado de Ipos. Tão rápido quanto uma cobra atacando, o soldado avançou e atingiu Ipos na garganta com a coronha de sua arma de partículas carregadas. Vapula e Ruth ofegaram quando Ipos caiu no chão.

Em todo o ano em que se conheciam, Samael nunca tinha visto ninguém pegar Ipos. Ele levantou a arma para atirar. Desta vez Inna agarrou o cano da arma de Samael e empurrou-a para baixo.

— Não podemos vencer esta luta, — ela sussurrou freneticamente. — E se lutarmos, eles podem começar a atirar para matar.

— Merda! Você tem razão. Os bandidos Serefim em Blue Rock Canyon tinham suas armas preparadas para matar.

— ... e eles **mataram** Rarus. — As mãos de Inna tremiam de raiva.

Felizmente, as tropas Serefim não tinham armas preparadas para matar. O comandante apontou para um de seus soldados, que ergueu a arma e acabou com a Vapula e Ruth com uma explosão sônica. Samael e Inna assistiram com horror impotente enquanto os soldados de Serefim corriam para algemar seus colegas atordoados.

Enquanto outros soldados maltratavam, algemavam e amarravam o sapiens aterrorizado a um cabo leve, o comandante postou-se sobre Vapula e anunciou em voz alta:

— Estou autorizado a deter qualquer pessoa que interfira nas nossas funções atribuídas.

— Você... não pode... fazer isso, — Vapula resmungou debilmente.

O oficial ergueu a mão aberta e disse:

— Guarde isso para o inquisidor do Orbiter.

Novamente Vapula tentou defender sua causa.

— Você não... entende. Você não pode fazer isso.
Ele a empurrou para o lado com a bota e zombou.
— Parece que posso. Na verdade, acabei de fazer.

---

*~Ramuell~*

Bati com o punho na bancada do escritório de Azazel. Minha raiva era recente, enquanto a de Samael, Inna e Adair havia começado a ferver. Com os cotovelos apoiados na mesa, Azazel cobriu o rosto com as duas mãos por um longo momento. Ele olhou para cima e disse:
— Ramuell, precisamos falar com Trace. Eu vou ligar pra ele. E suponho que precisaremos que Semyaza se junte a nós. É provável que ele seja mais sensato do que qualquer um de nós.
Bati na bancada novamente. Sei que os pensamentos mais calmos prevalecem, mas agora tenho vontade de arrancar suas cabeças e bater com o punho na bancada do escritório de Azazel. Minha raiva era recente, enquanto a de Samael, Inna e Adair havia começado a aumentar. Com os cotovelos apoiados na mesa, Azazel cobriu o rosto com as duas mãos por um longo momento. Ele olhou para cima e disse:
— Ramuell, precisamos falar com Trace. Eu vou ligar pra ele. E suponho que precisaremos que Semyaza se junte a nós. É provável que ele seja mais sensato do que qualquer um de nós.
Bati na bancada novamente.
— Sei que os pensamentos mais calmos prevalecem, mas neste momento sinto vontade de arrancar suas cabeças e mijar na garganta deles. — Olhando pela janela do escritório, acrescentei: — Vai demorar muito até que eu me acalme e precisamos fazer algo agora!
Inna foi até a bancada e ficou ao meu lado.
— Cometemos um erro, Ram?

Não entendi a pergunta dela.

— Deveríamos ter atacado... Impedido que eles levassem nosso povo?

— Oh, não. Sua restrição salvou vidas. Vamos tirá-los da prisão, mas eles não são o nosso único problema. — Olhei para Azazel, que terminou meu pensamento.

— Você disse que eles levaram uma dúzia de membros do clã com eles.

Inna assentiu.

— Então eles fugiram com sapiens que provavelmente são portadores da mutação do gigantismo... Ou carregam fetos com a mutação. Não temos ideia de para onde eles foram levados. Não temos ideia de com quem eles serão criados antes de podermos encontrá-los. A preocupação de Ramuell é que eles possam ter tornado o trabalho de erradicar os nefilim muito mais difícil.

— Não é só isso, — acrescentei. — Você provavelmente não tropeçou em um ataque único dos sequestradores. Eles sem dúvida estão caçando aquela região há algum tempo.

Inna franziu a testa interrogativamente e balançou a cabeça.

— Porque é remoto e eles acham que não é provável que interfiramos, — expliquei.

Azazel girou em sua cadeira. Ele gemeu, apoiou os cotovelos na mesa e novamente colocou o rosto nas mãos.

---

A veia pulsava na têmpora de Azazel.

— Não, droga! Seus soldados interferiram, e preciso lembrá-los de que nada em Ghrain-3 tem precedência sobre o Projeto Nefilim.

O brigadeiro Migael inclinou a cabeça alguns centímetros para trás e olhou por cima do nariz aquilino.

— Essa, Diretor Azazel, é a sua opinião.

Trace e Semyaza pigarrearam simultaneamente. Eles se entreolharam e Semyaza fez um gesto cedendo ao Administrador Chefe do Presidium.

— Todo mundo tem um trabalho a fazer. Às vezes, unidades diferentes podem ter atribuições conflitantes...

Murmurei:

— Que monte de...

— Ram!

Tenho certeza de que esta foi a primeira vez que irritei Azazel. Fechei a boca, mas olhei para Migael desafiadoramente.

Trace novamente limpou a garganta.

— Sim, bem... Conflitos irão ocorrer. Devemos garantir que esses conflitos não aumentem. — Ele se virou para olhar para o oficial que havia detido a equipe do Projeto Nefilim. — Pode, de vez em quando, ser necessário que o pessoal da Serefim Security detenha alguém. Mas você, senhor, não é a Serefim Security. Você não apenas deteve alguém, mas também permitiu que soldados sob seu comando disparassem uma arma contra outros Domhanianos. — Agora ele olhou para o Brigadeiro Migael. — Você e eu vimos onde isso leva e não podemos seguir esse caminho novamente.

Migael estreitou os olhos e olhou para Trace.

— Suponho que terei que buscar orientação do Grão-Mestre nesse ponto.

Semyaza soltou um suspiro forte.

— Talvez você devesse fazer exatamente isso. E quando você tiver essa discussão, explique a Elyon quais métodos seus soldados usaram para testar o sapiens sequestrado quanto à mutação do gigantismo.

Migael pareceu chocado.

— Ah, não! — Azazel explodiu. — Nunca lhe ocorreu que suas tropas estão espalhando a mutação sequestrando sapiens de áreas remotas e reunindo-os em suas chamadas instalações de treinamento?

Eu me senti enjoado.

— Você não os testou, não é? — Os olhos de Migael piscaram rapidamente. — Você pode ter espalhado a mutação por todo o maldito planeta... Por toda a porra da galáxia!

De repente, Trace pareceu perceber as dimensões potenciais do nosso problema. Ficou claro que Migael também fez o mesmo.

— Brigadeiro Migael, quão bons são nossos registros sobre a origem de nossos trabalhadores sapiens e para onde foram realocados? — Trace perguntou.

Migael endireitou-se na cadeira.

— Tenho certeza de que mantivemos registros excelentes de todos os sapiens que recrutamos para tarefas de trabalho.

— Recrutamos?! — Eu não podia acreditar que ele escolheu usar essa palavra.

Desta vez foi Semyaza quem me lançou uma expressão severa. Ele disse:

— Trace, a primeira coisa a fazer é libertar a equipe do Projeto Nefilim da prisão. Não há absolutamente nenhuma razão para mantê-los presos. Eles estavam apenas fazendo seu trabalho.

— E eles não dispararam armas contra ninguém. — Não consegui evitar o sarcasmo na minha voz.

Trace não olhou para mim nem reconheceu meu comentário. Ele gesticulou para Semyaza continuar.

— Em seguida, precisaremos de mais funcionários administrativos designados para o Projeto Nefilim para examinar os excelentes registros do Brigadeiro Migael. Precisamos descobrir onde estão agora localizados quaisquer sapiens que possam ser portadores da mutação do gigantismo.

Migael cruzou os braços e se irritou, mas ficou na defensiva e ficou de boca fechada.

Sem qualquer hesitação, Trace disse:

— Isso pode ser feito.

— Finalmente, — continuou Semyaza, — precisaremos de pessoal técnico médico adicional para realizar testes de DNA nesses sapiens.

Azazel esfregou a nuca.

— E quaisquer fetos que eles possam estar carregando.

Trace cerrou os dentes, estreitou os olhos para Migael e tamborilou seu foliopad.

Olhei para ele e disse:

— Senhor, isso também deve incluir testar qualquer sapiens enviado para fora do mundo, se houver alguma chance de eles estarem acasalando.

Ele fez uma careta e assentiu.

— ... E, — suspirei, — quero me desculpar por meus comentários inadequados anteriormente.

Trace rejeitou meu arrependimento com um aceno indiferente.

---

Quando pegamos o elevador para ir até o porto onde a nossa nave estava atracada, Semyaza olhou para mim e disse:

— Seu pedido de desculpas foi apropriado e provavelmente ajudou, mas...

— Eu entendo... Estou com muita raiva.

— Sua raiva com o que os soldados fizeram é compreensível, — respondeu Semyaza. — Mas Trace é nosso aliado mais importante entre os administradores do Presidium.

Mortificado por ter deixado meu ressentimento tomar conta de mim, eu disse:

— Senhores, sinto muito... De verdade.

Azazel deu um tapinha na parte de trás do meu ombro.

— Ficará tudo bem. Dado para quem Trace trabalha, é certo que ele é forte.

Depois de embarcarmos em nossa nave auxiliar, nós três

sentamos para beber uma xícara de chá enquanto esperávamos a liberação de nossa equipe do brigue do orbitador. Eu estava ruminando sobre meu comportamento arrependido. Achei que Azazel e Semyaza provavelmente também estavam, mas na verdade eles estavam pensando nos verdadeiros problemas em questão.

Azazel perguntou:

— Você acha que conseguiremos a equipe adicional que você solicitou?

— É provável. Você notou como a cor sumiu do rosto de Trace quando ele percebeu a possível extensão do problema... Que é quase certo que os portadores da mutação foram vendidos para fora do mundo? — Semyaza se virou para mim. — Embora sua linguagem fosse grosseira, você martelou aquele prego.

Com uma risada triste, Azazel disse:

— Sua raiva pode ter sido equivocada, mas sua linguagem contundente pode acabar nos servindo bem. Embora eu não recomende isso como uma estratégia de comunicação obrigatória.

— Eu prometo que não farei isso de novo. — Só então tive um pensamento horrível. — Eu digo isso, mas se nosso povo foi maltratado de alguma forma...

Os olhos de Azazel se abriram.

— Oh, bobagem! Eu nem tinha considerado essa possibilidade.

Semyaza desviou o olhar e gemeu.

— Se eles foram abusados, e se a notícia se espalhar, o que acontecerá, haverá uma série de infernos a pagar. E não sei como conseguiremos administrar esse cenário.

# VINTE E UM
## FIM DA TRANQUILIDADE

IMAMIAH, Anso e Nanzy desceram a rampa e pisaram na areia branca e fofa da praia. Eles acenaram em uníssono. Um sorriso animado tomou conta do rosto de Althea.

— Você voltou! Como você sabia onde nos encontrar?

A escultural Imamiah estendeu o longo braço para dar um tapinha na palma da mão.

— Surpresa em nos ver?

— Surpresa e emocionada! — Althea respondeu. — Não tínhamos ideia de como deveríamos fazer contato. Ramuell também não sabia.

Nanzy disse:

— Depois de demolirmos a caverna de sal, estávamos com pressa para partir. Conversamos com seu filho apenas por alguns minutos. Na época, não sabíamos quanto tempo ficaríamos fora.

— Então, novamente, como você nos encontrou?

— Primeiro o mais importante, — disse o major Anso olhando em volta. — Onde está Egan?

— Ele está na fonte enchendo nossas garrafas de água, — respondeu Althea. — Ele terá uma surpresa.

Só então Egan apareceu através do mato atrás do abrigo inflado. Ele parou. Olhou para seus camaradas e para a nave Oprit Robia 4-D Initiator. Deixando cair as garrafas, ele gritou e correu pela praia.

Quando ele chegou nem um pouco sem fôlego, Imamiah disse:

— Egan, você corre como um jovem.

— Bem, — ele disse lentamente com uma risada. — Eu não corro da mesma forma de quando era jovem. Naquela época eu tinha rodas. — Olhando para os músculos rígidos de suas pernas, ele acrescentou: — Agora tudo que tenho são pneus furados. Isso não está aqui nem ali... Não posso dizer o quanto estou feliz em ver você.

— Da mesma forma, meu amigo, — disse Anso, oferecendo a palma da mão voltada para cima.

Egan bateu com muito mais força do que era costume.

— Venha dar uma olhada em nossa casa na ilha, cortesia do Beag-Liath.

Os brilhantes olhos azul-petróleo de Althea se arregalaram.

— E também temos uma pequena surpresa para mostrar para você.

Enquanto caminhavam em direção ao abrigo, Anso estudou a praia que se estendia para leste. Ele disse:

— Este é o mesmo lugar que Beag-Liath nos levou após a batalha da Autoridade Portuária.

— Tínhamos nos perguntado sobre isso, — disse Althea.

Os pés de galinha nos cantos dos olhos de Anso se aprofundaram. Ele disse:

— Lembro-me daqueles dias com carinho. Foi um bom descanso. — Com uma gargalhada, ele acrescentou: — Exceto pela comida Beag-Liath.

Egan riu também.

— Ah, sim. Althea e eu certamente nos lembramos da

comida Beag. Você ficará agradavelmente surpreso com seus avanços culinários.

Anso entrou na estrutura inflada e observou os equipamentos esparsos, mas funcionais. Apontando para o pequeno fogão de duas bocas, ele perguntou:

— Quanto tempo dura a bateria?

— Não temos ideia, — respondeu Althea. — Usamos por vinte e sete dias no total e ainda está cozinhando.

— Camas, mesa, dois bancos... Vocês têm uma configuração muito boa aqui, — disse Anso apreciativamente.

— Nós concordamos, — Althea falou. — Eles nos fornecem rações que complementamos com frutas e mariscos. Temos um suprimento ilimitado de água doce. Caramba, nossa única preocupação era como entrar em contato com você.

— E aqui estamos!

— E aqui está você, — Althea riu.

— Major Anso, — Imamiah chamou de trás do abrigo. — Você precisa ver isso.

Anso e Althea saíram do abrigo e viram seus companheiros olhando para uma caixa aberta. Anso se inclinou para olhar para dentro. Quando viu a antena parabólica de um dispositivo portátil de camuflagem Beag-Liath, ele respirou surpreso. Olhando boquiaberto para Althea e Egan, Anso disse:

— Você conseguiu! Louvado seja sua estrela da sorte, você conseguiu! — Ele deu uma cotovelada em Nanzy, girou-a e cantou: — Eles conseguiram, eles conseguiram, eles conseguiram!

Eles pareciam tão cômicos que a hilaridade se seguiu. Imamiah riu tanto que agarrou a lateral do corpo e apertou.

— Pare... Você está me machucando!

Enxugando as lágrimas de riso dos olhos, Althea disse:

— Nós conseguimos. Não temos certeza de como, mas suponho que isso não importa muito.

Com o queixo, Egan apontou para outra caixa.

— E tem mais. — Ele abriu as travas e levantou a tampa para revelar um conjunto de dispositivos de aparência totalmente diferente.

Embora sem fôlego por causa de seu passeio com Anso, Nanzy conseguiu perguntar:

— O que é isso?

— É também um dispositivo de camuflagem. Eles os montam nos cascos das suas naves. Como eles não têm as hastes salientes que seus dispositivos parabólicos possuem, não há arrasto atmosférico, — explicou Egan.

— Interessante. Nunca inspecionei uma nave Beag-Liath de perto. — Anso enfiou a mão na caixa e levantou um lado do dispositivo. — Humph, pensei que seria mais pesado. Teremos que descobrir como montá-lo em uma de nossas naves.

Althea disse:

— Uhm, descubra uma maneira de montá-los em alguns de nossas naves. — Apontando para vários outros caixotes: — Eles forneceram dispositivos suficientes para encobrir quatro naves.

— Você sabe como eles funcionam?

— Tal como acontece com as armas de pulso eletromagnético, o Beag fornecia instruções pictográficas enigmáticas. Então, sabemos como operá-los, mas não, não sabemos como funcionam.— Althea explicou.

— Podemos fazer engenharia reversa deles? — Anso perguntou.

— Talvez. A tecnologia está além de nós... Sendo que descobrimos como construir naves 4-D, não foi?

— A engenharia reversa pode ser uma meta de longo prazo. Mas precisamos implantar imediatamente esses dispositivos. Mesmo para montá-los em nossas naves, precisaremos fazer alguns experimentos de tentativa e erro, — observou Imamiah.

Esfregando o queixo, Anso disse:

— Para fazer isso, precisaremos de engenheiros. Em vez de

trazê-los aqui, deveríamos levar este equipamento de volta para Realta-Gorm.

— Com certeza, — concordou Imamiah. — Os espiões do Presidium podem nos encontrar tentando descobrir como usar essas coisas. — Ela se virou para Egan e Althea. — Vocês dois trabalharam muito e o equipamento é valioso demais para correr o risco de serem descobertos.

Anso disse:

— Althea, anteriormente você disse que não tinha certeza de como conseguiu esses dispositivos. O que você quer dizer com isso?

— Oh, nós sabemos como os conseguimos. Uma nave Beag-Liath pousou bem ali, a tripulação descarregou as caixas, colocou-as em um estrado antigravitacional e empurrou-as para cá. O que eu quis dizer é que não sabemos exatamente como entendemos nossa necessidade de dispositivos de camuflagem.

— Passamos vários dias viajando pelo planeta com o Beag-Liath. Acreditamos que eles estavam fazendo um inventário de onde os híbridos estavam sendo sequestrados, onde estavam detidos e como estavam sendo tratados e treinados. Em cada parada, Egan fazia muito barulho por causa dos dispositivos de camuflagem, apontando para eles e para a área circundante.

— Eles pareciam entender que eu estava perguntando se os dispositivos estavam ativados e se estávamos camuflados. Talvez porque eu fizesse tanto barulho em cada parada, eles passaram a acreditar que Althea e eu estávamos paranoicos em sermos vistos, e estávamos! Então, três dias depois de nos devolverem ao nosso pequeno condomínio de praia aqui, eles apareceram com essas caixas.

Considerando sua próxima declaração, Althea estreitou os olhos.

— Isso pode parecer um pouco estranho, mas temos certeza

de que Beag-Liath, um em particular, melhorou em compreender nossos pensamentos telepaticamente.

Nanzy disse:

— Sim, isso pode parecer estranho para as pessoas em casa, mas vimos o Beag-Liath trabalhando. Entendemos.

Althea piscou várias vezes.

— O que me lembra, você nunca explicou como sabia onde nos encontrar. Como apenas os Beag-Liath sabem onde estamos, presumo...

— E você está presumindo certo, — respondeu Imamiah. — Há vários dias, o conjunto de satélites rastreadores de energia Realta-Gorm detectou uma nave de origem desconhecida entrando em órbita. Em cada uma das suas três passagens sobre a cidade de Saorsa, enviou uma mensagem na frequência de transmissão que Oprit Robia utiliza apenas para operações em Ghrain-3.

— Deixando poucas dúvidas sobre quem estava enviando a mensagem, — supôs Egan.

— Talvez, mas a mensagem em si não deixou dúvidas, — respondeu Anso. — Foi muito simples. Uma fotografia de uma pessoa de Beag-Liath, uma foto de vocês dois e um mapa de Ghrain-3 com as coordenadas de posicionamento global para este local... Escrito no padrão Domhaniano!

Althea sorriu levemente.

— Eles são geniais.

— E eles estão do nosso lado! — Anso exclamou com uma expressão divertida de olhos arregalados.

Imamiah disse:

— Ou mais precisamente, estamos no deles.

---

Althea conduziu Nanzy e Imamiah até o afloramento rochoso à beira da água.

— Com a maré baixando agora, podemos ter sorte e pegar alguns crustáceos. Eles são deliciosos! Mas se não encontrarmos nenhum, tenho certeza de que poderemos cavar alguns moluscos.

— Você tem recolhido a maior parte da sua comida desde que chegou aqui? — Perguntou Nanzy.

— Na verdade. Como Egan mencionou anteriormente, a comida selada a vácuo que os Beag-Liath têm fornecido é muito melhor do que aquelas barras de mau gosto que eles nos deram quando viajamos com eles há tantos anos. Temos complementado as suas rações com marisco fresco e fruta local. Na verdade, nossa dieta tem sido saborosa e saudável. Você terá uma surpresa no jantar esta noite.

---

Na manhã seguinte, uma pequena nave Beag saiu da água e pousou na praia, a cerca de quarenta metros da nave Oprit Robia 4-D. Quatro Beag surgiram para cumprimentar os Domhanianos.

Um deu um passo à frente e ofereceu a Anso, Imamiah e Nanzy sua longa mão para uma saudação Domhaniana.

Althea disse:

— Este é o Beag que mencionei ontem. Ele se tornou nosso amigo.

— Ele? Como vocês sabem seu gênero?

Sorrindo, Egan disse:

— Nós não sabemos. Mas Althea acha que ele exala uma aura masculina, então optamos pelo pronome "ele".

— Parece mais apropriado do que chamá-lo de "isso", — acrescentou Althea.

— Se foi isso que você decidiu, então é, — Imamias respondeu. — Trocadilho intencional.

Egan conduziu a tripulação do Beag-Liath para trás do

abrigo e com gestos explicou que eles carregariam as caixas de dispositivos de camuflagem na nave 4-D. Três dos Beag recuperaram seu catre antigravitacional e transportaram os caixotes para a nave Oprit. O major Anso conduziu-os pela rampa da nave e mostrou-lhes os compartimentos de arrumação.

Feito isso, os tripulantes do Beag retornaram ao acampamento e esvaziaram o abrigo. Enquanto o dobravam, Althea disse:

— Parece que eles já sabem que planejamos partir.

— Ou eles estão nos dizendo para ir embora, — respondeu Egan ironicamente. — De qualquer forma, nosso hiato tranquilo chegou ao fim.

Dentro de uma hora, Anso pilotou a nave em órbita e ativou o Iniciador 4-D. A nave saltou através das dimensões do multiverso com Imamiah, Nanzy, Althea, Egan e os recém-adquiridos dispositivos de camuflagem Beag a bordo. Em cerca de sessenta horas eles estariam saindo do fluxo de neutrinos criado artificialmente pelo Iniciador e pousando no espaço porto Saorsa em Realta-Gorm 4.

# VINTE E DOIS
## NÃO É NOSSA LUTA

*~Ramuell~*

ESPERÁVAMOS VER hematomas no local onde o soldado Serefim enfiou a coronha da sua arma de partículas carregadas na garganta de Ipos. Poderíamos ter conseguido esconder isso com maquiagem. Também poderíamos ter escondido o hematoma na maçã do rosto da Dra. Lilith. Mas os dois dedos enfaixados e com talas na mão direita de Vapula só poderiam ser escondidos mantendo-a fora de vista. Isso eu simplesmente me recusei a fazer.

Semyaza disse:

— Minhas fontes no orbitador me disseram que os guardas da prisão ficaram horrorizados porque os prisioneiros foram entregues a eles feridos.

— É um pequeno consolo que o abuso tenha acontecido nas mãos dos brutamontes paramilitares, e não dos oficiais de serviço na prisão, — observou Azazel.

— Eu sei que isso pode parecer loucura, mas poderia ter sido melhor se os ferimentos tivessem ocorrido na prisão. —

Meus mentores olharam para mim como se eu tivesse enlouquecido. — Deixe-me explicar. Nossa equipe saberá que seus agressores eram membros das forças paramilitares. Embora não estejamos propensos a cruzar o caminho das pessoas que trabalham no brigue do orbitador, **iremos** ocasionalmente encontrar com as unidades paramilitares aqui na superfície.

Azazel soltou um som labial.

— Sim, entendo para onde você está indo, Ram. Quando isso acontece, alguém pode decidir expressar seu descontentamento.

Semyaza disse:

— Pode ser pior do que isso. Bem, não conheço toda a equipe do Projeto Nefilim tão bem quanto vocês dois, mas conheço Vapula e Adair. Eles podem não estar esperando por um encontro casual. Eles podem estar conspirando para criar uma oportunidade para, como você diz, expressar seu descontentamento.

Azazel levantou-se e foi até o fogão da cozinha pegar um bule de chá. Nós três ficamos sentados em silêncio, bebendo nossos copos cheios por vários minutos.

Semyaza olhou para mim e disse:

— Você e eu temos sido inflexíveis em não deixar o projeto ser arrastado para a guerra do comércio de escravos. Sempre dissemos que "a luta não é nossa", sendo que parece que, ao movimentar prováveis portadores da mutação do gigantismo, os idiotas de Serefim estão fazendo disso a nossa luta.

Eu estava pensando a mesma coisa, mas fiquei aliviado por ter sido Semyaza, e não eu, quem colocou em palavras a ideia.

Azazel disse:

— E de nós três, eu fui o mais belicoso. Portanto, parece estranho que eu esteja no papel de aconselhar a contenção. Pelo menos até termos notícias dos médicos técnicos que estão realizando testes de DNA nos sapiens realocados.

— Eu entendo o que você está dizendo e concordo que não devemos agir de forma indiferente. — Semyaza fez uma pausa e acrescentou: — Mas sabemos o que eles vão encontrar.

— E o que fazemos sobre isso? — Perguntei.

— Ram, você tem alguma ideia do que o Oprit Robia planeja a seguir? — Azazel perguntou.

— Não, bem, sim e não. Eu sei que meus pais estavam tentando negociar uma aliança com Beag-Liath. Não sei se eles conseguiram. Caramba, eu nem sei onde eles estão agora. — Hesitei, me perguntando quanto compartilhar. Eu decidi ser próximo. — A última vez que falei com eles foi fora do acampamento, a não mais de quatrocentos metros da trilha sul.

— Realmente! — Azazel exclamou. — Como isso não foi percebido pela nossa equipe de segurança? — Não disse nada no momento em que foi necessária a compreensão. — Oh! Eles estavam com o Beag-Liath... Eles estavam camuflados.

— Sim, senhor, — eu confirmei. — Isso foi há vários dias.

Azazel fez uma careta e grunhiu.

— O que você está pensando? — Semyaza perguntou.

— Acho que você provavelmente está certo, — respondeu Azazel. — Por serem tolos, o Presidium pode ter transformado isso em nossa luta. Mas ainda é uma luta que não podemos travar, pelo menos não abertamente. Talvez tenhamos que travar uma guerra por procuração.

— Nossos representantes são Oprit Robia.

— Correto.

— Mas como podemos apoiá-los e como podemos fazer com que nos apoiem, sem cair na mira do Presidium? — Perguntei.

— Não sei. É por isso que precisamos conversar com seus pais ou com alguém da liderança de Oprit Robia.

— E como podemos fazer isso sem sermos descobertos?

— As naves Serefim 4-D não saltam diretamente daqui para Realta-Gorm, — observou Semyaza. — A única maneira de enviar uma mensagem a Oprit Robia é transmiti-la através de Domhan Siol.

— Liam e Sean? — Azazel perguntou.

Semyaza acenou com a cabeça.

— Liam e Sean.

# VINTE E TRÊS
## PLANO DE LUTA

EGAN E ALTHEA ficaram surpresos e encantados quando Imamiah apareceu em sua casa alugada perto do centro de Saorsa com Sean a seguindo. Depois de correr e abraçar a amiga, Althea recuou e exclamou:

— O que você está fazendo no Realta-Gorm?! — Então uma sombra passou por seu rosto. — Está tudo bem? A mãe está bem? Ramuel?

Ao oferecer a Egan a palma da mão voltada para cima, Sean riu e disse:

— Não, não, não estou trazendo más notícias. Todos estão bem. Estou aqui em uma missão glorificada de mensageiro. Nossos amigos em Ghrain-3 precisavam mandar uma mensagem para Oprit Robia, e eu precisava de um descanso. Liam concordou que alguns dias longe da rotina seria bom para mim. Além disso, nunca estive em Realta-Gorm.

— Como está Liam? — Egan perguntou.

— Acho que ele está se comportando melhor do que eu. Ainda sentimos muita falta de Melanka, mas felizmente, vários outros aliados surgiram dentro de Anotas-Deithe... Embora nem seja preciso dizer que Melanka era uma personagem única e não será substituída.

— Isso é verdade, com certeza. — Um sorriso melancólico passou pelo rosto de Althea. — Então, Sean, você não nos contou o que o traz aqui.

Imamiah apontou para a mesa da cozinha e disse:

— Talvez devêssemos sentar.

Sean explicou por que Azazel, Semyaza e Ramuell acreditavam que o Projeto Nefilim estava sendo arrastado, embora contra sua vontade, para a luta pela alforria.

— Uhm, eles também têm motivos para acreditar que alguns membros do Projeto e outros funcionários do SWA-7 e NWA-1 estão ansiosos por uma briga com os paramilitares de Serefim.

— Ohhh, isso pode ser ruim, — Egan gemeu.

Imamiah colocou sua xícara de café sobre a mesa e exalou alto.

— Ruim em vários níveis. Eles não têm treinamento militar. Eles não entendem as táticas militares ou a névoa da batalha. Pelo que vimos, as tropas de Serefim também não são gênios militares, mas certamente têm mais treinamento do que o pessoal dos postos científicos de Ghrain-3.

— E a equipe dos Projetos Científicos não possui dispositivos de camuflagem Beag, — observou Egan.

Imamiah ficou em sua altura imponente, colocou as mãos na parte inferior das costas e se espreguiçou. Ela sentou-se novamente.

— Isso é verdade, e em minha opinião, fornecer dispositivos de camuflagem para eles seria um erro. Mas concordo com Nanzy que existe um papel para a equipe do Projeto Nefilim. Precisamos falar com Anso e outros membros da nossa unidade de planejamento estratégico para descobrir qual poderá ser esse papel e como poderá ser executado.

Althea suspirou.

— Talvez ninguém em Ghrain-3 esteja em maior perigo do que Ramuell. Independentemente do que for decidido, devo insistir para que ele possa voar abaixo do radar de Elyon.

Imamiah fingiu uma expressão duvidosa.

Althea se inclinou para frente em seu assento.

— Agora olhe, cumprimos as ordens de Oprit com o Beag-Liath. Você nos deve.

Sean estendeu a mão e pousou a mão no ombro de Althea.

— Infelizmente, é o rapto do sapiens com a mutação por Serefim que está colocando Ramuell na mira do Grão-Mestre, e não de Oprit Robia.

Althea fez uma careta e virou-se para Egan, que estava olhando para o chão e balançando a cabeça.

---

Anso olhou ao redor da mesa para Althea, Egan, Sean e meia dúzia de agentes de Oprit Robia.

—Portanto, concordamos que a equipe do Projeto Nefilim deveria estar armada com dispositivos EMP, mas não deveria sair em busca de problemas. — Todos assentiram, alguns com mais entusiasmo do que outros. Ele continuou: — Eles só deveriam implantar os dispositivos se encontrarem um esquadrão Serefim tentando capturar sapiens que possam ser portadores da mutação do gigantismo.

— Somente se eles estiverem confiantes de que poderão escapar sem serem vistos pelas tropas de Serefim, — acrescentou Althea.

— Althea está certa, — disse Imamiah calmamente. Todos se viraram para ela. Ela fungou e falou mais alto. — Eles vão precisar de muito treinamento. Eles precisam aprender a avaliar o ambiente ao seu redor e certificar-se de que não estão sendo observados ao acionar um dispositivo. Se eles forem vistos, eles **serão** identificados.

— Nesse caso, todos no Projeto terão muito a pagar, — observou Egan.

— Em combate, não é tão simples quanto olhar em volta e presumir que ninguém está olhando. — Nanzy beliscou a ponta do nariz por um momento. — Mesmo com treinamento, erros serão cometidos. Inevitavelmente, mais cedo ou mais tarde, alguém será visto disparando um EMP.

— E o que a equipe do Projeto deve fazer quando for visto?! — Althea perguntou ansiosamente.

— Eles eliminaram todas as testemunhas, — respondeu Anso calmamente.

— Ahh... — Nanzy coçou a nuca. — A equipe do Projeto Nefilim vai precisar de treinamento em combate e armas. Eles não deveriam assumir isso até que tenhamos certeza de que estão prontos.

As bochechas de Sean incharam quando ele soltou um longo suspiro.

— Pode ser um grande truque fazê-los esperar até que estejam realmente prontos.

— Por que você acha isso? — Anso perguntou.

Sean estreitou os olhos.

— Eu não tenho certeza. Provavelmente estou lendo nas entrelinhas da mensagem que recebemos de Semyaza e Azazel. Sinto que, como Lilith, Ipos e Vapula foram abusados pelos hooligans de Serefim, alguns funcionários estão ansiosos para praticar alguma vingança.

Anso passou a mão pela boca e pelo queixo.

— Se for assim, isso não é nada bom... A vingança é um motivador perigoso. Muitas vezes torna a pessoa mais disposta a correr riscos, resultando em erros descuidados. — Ele recorreu a um dos engenheiros do Oprit. — Quando poderemos ter um dispositivo de camuflagem montado em uma nave 4-D?

— Descobrimos como operar o dispositivo. Sabemos quais

controles precisamos instalar dentro da nave. Neste ponto, é apenas uma questão de tempo para a instalação.

— E quanto tempo isso vai demorar? — Anso perguntou novamente.

— Podemos ter um pronto para voar em menos de um undecim.

---

Testemunhar o assassinato de Melanka pelo Grão-Mestre Elyon foi um momento de golpe de misericórdia para o Oficial de Segurança de Serefim, Davel. Ele conseguiu uma missão de superfície e forneceu segurança para o Projeto Nefilim na NWA-1. No entanto, ele não conseguiu se livrar do desânimo e, depois de alguns kuuk, renunciou à comissão de segurança de Serefim e voltou para Domhan Siol. Após uma breve estada em seu planeta natal, ele reservou passagem para Realta-Gorm 4 e se juntou a Oprit Robia. Dado o seu intelecto e vasta experiência, ele rapidamente subiu na hierarquia.

Anso olhou para ele e disse:

— Capitão Davel, assim que uma nave estiver equipada com um dispositivo de camuflagem, você precisará pular para Ghrian-3. Você trará despachos introdutórios para Semyaza, Azazel e Ramuell. Você explicará o papel que imaginamos para sua equipe e qual treinamento será necessário. Se conseguir a aprovação, você retornará ao Realta-Gorm e montará uma equipe de treinadores.

Anso olhou ao redor da sala.

— Como todos sabem, tivemos que demolir nosso esconderijo na caverna de sal. Então, assim que tivermos uma segunda nave equipada com um dispositivo de camuflagem, enviaremos uma equipe para explorar e estabelecer outra base para nossas operações.

— Isso pode não ser fácil, — disse Nanzy. — Deve estar bem escondido e pode levar algum tempo para ser configurado.

— Você está certa, — concordou Anso. — Seria um erro apenas nos contentarmos com um esconderijo quase bom o suficiente. Devemos estar confiantes de que não será descoberto.

Nanzy disse:

— Eu conduzi os soldados Serefim de volta às cavernas de sal por engano. Com os dispositivos de camuflagem Beag-Liath, isso não deverá ser um problema.

— E devemos agradecer a vocês dois por isso, — disse Imamiah, apontando para Egan e Althea. — Mas não podemos jogar a cautela ao vento. Devemos permanecer cautelosos.

# VINTE E QUATRO
## PIRA FUNERÁRIA

COMO GERALMENTE ACONTECIA, a leitura nas entrelinhas de Sean estava correta. A equipe do Projeto Nefilim ficou Irritada (com "I" maiúsculo) com o abuso em cima de Vapula, Lilith e Ipos pelos soldados Serefim. Muitos membros da equipe estavam ansiosos por um acerto de contas imediato, embora ainda não tivessem recebido o treinamento que o capitão Davel estava a caminho para ministrar.

Onoselis estava a apenas cerca de um quilômetro do quadricóptero quando chegou ao topo de uma colina baixa e viu um esquadrão paramilitar de Serefim cercando um grupo de sapiens de cinco pessoas em busca de alimentos. Ela se abaixou em uma fileira de grama alta. Depois de observar por apenas alguns minutos, ela correu de volta ao quadricóptero para recuperar a arma EMP.

Ao retornar, ela viu que o sapiens havia ficado atordoado e estava sendo transportado para a nave auxiliar Serefim. Estava silencioso e ela conseguia ouvir o zumbido dos motores antigravitacionais em marcha lenta da nave. Ela inclinou o tubo de lançamento sobre a vala e disparou. Quando o dispositivo

EMP apareceu no alto, o zumbido da nave morreu instantaneamente.

Ela soltou um grito e começou a voltar para o quadricóptero. Não tendo conseguido estudar os arredores, Onoselis não tinha visto o soldado Serefim a algumas centenas de metros da drenagem rasa. Ele estava bem fora do alcance do pulso eletromagnético e sua arma não havia sido desativada.

Enquanto Onoselis subia correndo a encosta suave que acabara de descer, o soldado disparou dois tiros rápidos de sua arma de partículas carregadas. Foi programado para a configuração de morte. Ela estava morta antes de cair no chão.

— O que ela fez? — Marc perguntou a Samael. Eles observaram toda a cena se desenrolar do topo de um penhasco rochoso baixo, cerca de quatrocentos metros ao sul.

— Merda! — Samael exclamou baixinho. — Temos que chegar até ela antes que eles façam.

Eles desceram pela parte de trás do afloramento e trotaram o mais silenciosamente possível em direção ao local onde Onoselis estava deitado. Quando chegaram a cem metros, ouviram as vozes dos soldados de Serefim. Samael caiu de bruços e acenou para Marc fazer o mesmo.

— Bom tiro, — disse um dos soldados ao homem que cometeu o assassinato.

Um sargento disse:

— Poderemos identificá-la quando voltarmos ao veículo orbital.

— E olha, ela tinha uma daquelas malditas armas EMP.

— Finalmente! — Exclamou o sargento.

— O que nós fazemos? — Marc sussurrou.

Sem qualquer traço de sua expressão divertida normal, Samael respondeu severamente:

— Nós os matamos. Todos eles.

Horrorizado, Marc se assustou e depois caiu e disse:

— Você está certo, mas a Onoselis ainda pode estar viva. Não podemos usar o blaster sônico.

Samael tirou a arma de partículas carregadas do ombro.

— Sim, temos que acabar com eles com isso.

Ele respirou fundo, soltou um suspiro calmante e disparou três tiros rápidos; cada um encontrou seu alvo. Os três soldados desmoronaram. Dois ficaram imóveis e o outro estava se debatendo em agonia.

Marc e Samael ficaram de pé e correram para frente. Sem dizer uma palavra, Samael colocou o cano da arma na nuca do sargento e apertou o gatilho. A partícula carregada a matou instantaneamente.

Marc agachou-se ao lado da Onoselis.

— Droga! — Ele se levantou e caminhou até as armas caídas dos soldados Serefim. Ele fez uma careta, olhou para Samael e disse: — Eles estão prontos para matar.

O rosto de Samael se contorceu de tristeza.

Marc se virou e olhou para a nave avariada.

— Ninguém está vindo para cá ainda, mas começarão a procurar seus companheiros em alguns minutos.

Samael forçou as palavras através do nó na garganta.

— Não podemos deixá-los levar a Onoselis ou a arma. Precisamos ir embora antes que eles encontrem essas pessoas.

Samael era bem maior que Marc. Não havia dúvidas sobre quem carregaria a Onoselis. Marc pendurou o cadáver sobre o ombro de Samael e pegou o tubo de lançamento do EMP. Eles trotaram, o melhor que puderam, de volta ao quadricóptero. Duas vezes Samael parou para que Marc equilibrasse o peso do cadáver.

Quando chegaram ao patamar, colocaram o corpo da Onoselis suavemente no chão. Samael estava com falta de ar. Marc pegou uma garrafa de água e entregou ao amigo.

— Você tem que beber um pouco de água... E então temos

que sair daqui. A esta altura, os soldados já sinalizaram para o orbitador. Não podemos deixar que eles nos rastreiem.

Samael desviou os olhos do corpo imóvel e olhou para Marc.

— Você está certo e não podemos voar diretamente de volta para o SWA-7. Encontraremos um lugar para nos escondermos a cerca de vinte quilômetros de distância. Então esperaremos e veremos se eles mandam alguém vir nos procurar.

— E se eles fizerem isso? — Marc perguntou.

— Se o fizerem, nós lutaremos.

Marc franziu a testa.

— Esperemos que não chegue a esse ponto.

— Amém!

Eles envolveram o corpo da Onoselis em um cobertor e a colocaram no compartimento de arrumação do quadricóptero. Sem dizer uma palavra, eles decolaram e voaram para uma clareira no fundo de um amplo vale, trinta e dois quilômetros ao sul. Depois de desligar os motores do rotor, Samael disse:

— Haverá sete bandos de demônios insanos para pagar quando relatarmos isso a Ramuell.

— Nós não ligamos para isso, não é?

— Não, — respondeu Samael. — Ficaremos no escuro pelos próximos dois dias.

— Ram não perceberá que algo está errado e enviará buscadores?

Samael apertou os lábios e olhou pela janela do piloto.

— Ele pode. Mas o pessoal do SWA-7 também pode ouvir rumores sobre uma nave auxiliar Serefim caída. Nesse caso, eles provavelmente decidirão apostar nas probabilidades e esperar que tenhamos escapado sem problemas.

Marc abriu a porta e saiu. Ele olhou para as nuvens cúmulos que pontilhavam o céu.

— É melhor cobrirmos este pássaro com a folha de camuflagem.

Samael se assustou e saltou do quadricóptero.

— Você tem razão! Precisamos fazer isso agora mesmo!

Nos dois dias seguintes, Samael e Marc voaram para um novo esconderijo. Eles saltavam apenas de vinte a trinta quilômetros em cada movimento e continuavam monitorando a área com o radar do quadricóptero. Quando decidiram que não estavam sendo rastreados pelas forças paramilitares de Serefim, fizeram um longo e tortuoso voo sinuoso de volta ao SWA-7.

---

*~Ramuell~*

Reunimo-nos no meu escritório para ouvir o relatório de Marc e Samael. Azazel começou:

— Ramuell, obrigado por nos reunir. Infelizmente, temo que as notícias não sejam boas.

Na verdade, era horrível. A notícia da morte da Onoselis foi comovente. Vapula e Onoselis eram muito próximas. Vi a cor sumir do rosto da Vapula e temi que ela pudesse desmaiar. Eu estava sentado ao lado dela e quando peguei sua mão ela jogou a cabeça em meu ombro e engoliu os soluços que lutavam para escapar. As lágrimas, ela não se permitiria, acumularam-se em seus cílios. Ela os enxugou com a manga.

— Não sabíamos que ela havia voltado ao quadricóptero para pegar a arma EMP. Nós a vimos carregando, mas estávamos longe demais para impedi-la, — explicou Samael.

Azazel estava perturbado, mas não com raiva. Ele perguntou:

— Por que você estava carregando a arma, afinal?

— Estamos assim desde o incidente com Vapula, Ipos e Lilith.

Azazel olhou para mim, mas não perguntou se eu sabia

disso. Embora não tenha feito isso, não tive dúvidas de que a equipe do Projeto entraria em combate caso encontrasse um esquadrão Serefim no meio de um sequestro.

Marc e Samael pareciam caninos repreendidos. Eu disse a eles:

— Olha, vocês não foram responsáveis pela decisão dela. É claro que a Onoselis não deveria ter gritado depois de disparar a arma, mas aposto que o soldado que a matou provavelmente já a tinha em vista.

— Pequeno consolo, — Marc disse miseravelmente.

— Não, não é nenhum consolo, — observou Azazel. — Mas suas ações evitaram que uma situação horrível se tornasse muito, muito pior. A Onoselis cometeu um erro. Foi um grande erro e ela pagou com a vida. Mas vocês dois fizeram o que era necessário. Você tinha que... Bem, você **não** podia permitir que eles identificassem o corpo dela nem colocassem as mãos na arma EMP.

— E vocês dois foram cautelosos e astutos, — acrescentei. — Vocês protegeram a todos nós cobrindo seus rastros, acampando em vários locais para ter certeza de que não seriam seguidos.

Ipos soltou um suspiro longo e alto.

— E você não deixou nosso camarada para trás.

Com isso, a Vapula se levantou e respirou fundo em uma série de respirações irregulares enquanto se apressava em direção à porta do escritório.

Duas horas depois, colocamos o corpo envolto da Onoselis na pira e eu ateei fogo.

---

A garoa deprimente que começou após o pôr do sol se transformou em neve. As pessoas do SWA-7 não dormiam sob as estrelas. Suspeitei que muitos de nós não estávamos dormindo. Fiquei deitado no beliche do meu pequeno escritório lendo por algumas horas. Quando meus olhos se cansaram, desliguei meu foliopad, mas não consegui desligar meu cérebro.

Por volta da meia-noite, ouvi a porta do escritório ranger ao abrir e fechar. Eu devia estar cochilando e antes que pudesse entender o que estava acontecendo, um dedo pousou suavemente em meus lábios. Uma pessoa deslizou para baixo das cobertas, colocou um braço sobre meu peito e passou uma perna sobre as minhas. Eu sabia que era uma mulher quando senti o calor do seu osso púbico pressionar contra a minha coxa e os seus seios ao meu lado. Vapula sussurrou:

— Só por esta noite, — e deitou a cabeça no meu ombro.

# VINTE E CINCO
## PLANO DO PRESIDIUM

A FORÇA-TAREFA de Migael não foi capaz de cumprir o cronograma de dois undecim que o Grão-Mestre Elyon havia estabelecido para relatar suas descobertas e recomendações. O fato de não ter sido ouvido um pio de Oprit Robia após a demolição de seu esconderijo na caverna de sal aliviou um pouco a pressão. A reunião do Presidium foi adiada por um kuuk. Todos os membros do Presidium receberam uma cópia do relatório da força-tarefa dois dias antes da reunião.

O Brigadeiro Migael começou:

— Tenho certeza de que todos tiveram a oportunidade de estudar as conclusões da força-tarefa. Hoje recomendo que usemos nosso tempo para revisar e discutir as recomendações.

— Ele olhou para Elyon, que fez um gesto impaciente para que o brigadeiro prosseguisse.

Houve muitas perguntas e muita discussão, mas nenhum conflito. No final do dia, o Presidium aprovou os seguintes cursos de ação:

1. A implantação de seis satélites adicionais de monitorização da superfície com capacidade para

rastrear as assinaturas energéticas de qualquer veículo que voe acima da superfície do planeta.
2. A nomeação de uma equipe para estudar e desenvolver as tecnologias necessárias para identificar explosões de pulsos microeletromagnéticos próximos à superfície. (Qualquer tecnologia de rastreamento recentemente desenvolvida seria implantada em satélites adicionais).
3. O envio de várias naves simultaneamente para colher sapiens em locais amplamente dispersos ao redor do globo. (A força-tarefa concluiu que seria impossível para Oprit Robia interferir em múltiplas operações simultâneas).
4. A implantação de embarcações de assalto para acompanhar e proteger as naves que transportam sapiens na superfície.
5. A designação de oficiais de Segurança de Serefim, estrategistas militares e agentes do Serviço de Inteligência de Serefim para colaborar em falsas operações de colheita. Estas operações seriam armadilhas para capturar e interrogar insurgentes do Oprit.

No que diz respeito à estratégia #5, Elyon permaneceu convencido de que os cabeças duras nas diversas áreas de estudo científico estavam profundamente envolvidos em colaborações com Oprit Robia e Beag-Liath. Ele insistiu que, além de tentar montar armadilhas para capturar traidores que interferissem no comércio de escravos, o Serviço de Inteligência de Serefim precisava incorporar agentes em cada um dos campos-sede das áreas de estudo. A maioria dos membros do Presidium achou que esta era uma excelente ideia. Razel, o Chefe do Serviço de Inteligência de Serefim, não pôde fazer nada além de sorrir e aceitar a missão, embora entendesse que era um absurdo. Dado o pequeno número de funcionários nas áreas de estudo científico, seria impossível inserir agentes secretos sem que fossem descobertos.

Eles tinham um plano de ação e os membros do Presidium estavam ansiosos para colocar esse plano em ação. O administrador Trace pode ter sido a única pessoa na sala de conferências naquele dia que considerou as consequências não intencionais e, mesmo com sua perspicácia astuta, ele não poderia ter imaginado o que estava por vir.

# VINTE E SEIS
## ELA SÓ TINHA UM PRESSENTIMENTO

*~Ramuell~*

SEMYAZA, Azazel e eu ficamos consternados, mas não surpresos, com o relatório que recebemos da equipe que testou a mutação do gigantismo entre os cativos híbridos sapiens. Todos os sapiens mantidos nos campos de prisioneiros que os traficantes de escravos eufemisticamente chamam de "centros de treinamento" foram testados. Os médicos técnicos encontraram quatro adultos portadores da mutação, onze pré-adolescentes e dezesseis crianças mais novas. Eles também identificaram uma dúzia de fetos com a mutação do gigantismo. Todas essas gestações foram interrompidas.

O Brigadeiro Migael disse a verdade sobre ter excelentes registros sobre a localização dos sapiens sequestrados em Ghrain-3. Esse não é o caso dos sapiens vendidos fora do mundo. Não existe nenhum banco de dados que rastreie vendas, mortes ou nascimentos subsequentes de sapiens após terem partido de Ghrain-3.

Testar escravos sapiens que agora trabalham em dezenas de locais por toda a galáxia é virtualmente impossível por dois motivos. Primeiro não existe uma autoridade centralizada que possa ordenar aos proprietários de escravos que testem a mutação do gigantismo. Anotas-Deithe simplesmente não tem alcance para fazer isso. Em segundo lugar, pessoas com experiência para fazer os testes de DNA necessários não estão disponíveis na maioria dos locais remotos.

No entanto, pelo menos setenta por cento de todos os híbridos sapiens que trabalham em locais fora de Ghrain estão em Froitas. Trace espremeu fundos dos traficantes de escravos do Presidium para contratar um quadro de médicos técnicos para começar a testar sapiens naquele planeta. A mutação do gigantismo está presente entre os escravos de Froitas, mas não parece muito difundida.

Poderíamos ter ficado encorajados com esse relatório preliminar se não fosse pelo fato de que algumas das mulheres do Centro de Reprodução da Ilha 9-K da Benestar Corporation testaram positivas. Como uma mutação de DNA apareceu em uma fazenda de criação de circuito fechado é, simplesmente, incompreensível. Parece que a sabotagem é a única maneira de isso acontecer.

Minha avó, Kadeya, disse mais de uma vez que o maldito comércio de escravos é um nascimento de culatra em toda a galáxia, e ela só tinha um pressentimento.

# VINTE E SETE
## REBELIÃO

A LONGO PRAZO, não existe segredo. Às vezes nem mesmo de curto prazo.

A confusão começou quando representantes da Benestar Corporation começaram a contatar famílias, fazendas e empresas sobre seus trabalhadores recentemente adquiridos do Centro de Reprodução da Ilha 9-K. Essa confusão tornou-se alarmante quando médicos técnicos apareceram para realizar testes de DNA nesses trabalhadores.

Teria sido sensato que a empresa fosse franca sobre a questão, especialmente tendo em conta que nenhum dos escravos de dez anos de idade recentemente adquiridos tinha testado positivo para a mutação do gigantismo. Embora a administração da Benestar Corporation não tenha optado pela franqueza, alguns, talvez muitos de seus funcionários, tinham a língua solta. Rumores ridículos surgiram e voaram em todas as direções. Quase sem conhecimento científico e com poucos fatos sobre a mutação, o que começou como confusão e alarme público, se transformou em medo e raiva. O medo e a raiva, quando misturados em partes iguais com a ignorância, tendem a se tornar incendiários.

As fazendas confiavam seu gado a esses trabalhadores. As empresas eram seus equipamentos e estoque. Os pais confiaram nos híbridos sapiens e seus filhos. Os bovinos seriam infectados com a mutação? A mutação poderia ser transmitida no leite? As crianças devem ser vacinadas? Será que os trabalhadores da Ilha 9-K se transformarão em gigantes e assassinarão seus senhores? Alguns políticos até sugeriram dosar alvejantes em escravos sapiens.

O absurdo dos rumores nas redes sociais convenceu os executivos da Benestar a se calarem em vez de se anteciparem à situação com fatos. Essa foi uma má decisão.

No início, apenas algumas dezenas de pessoas com cartazes caseiros apareceram nos portões do Centro de Reprodução da Ilha 9-K. Então as pessoas começaram a chegar ao centro com seus escravos sapiens a reboque. Eles estavam devolvendo suas compras e exigindo reembolso. Os administradores das instalações permaneceram em silêncio e aumentaram o número de pessoal de segurança estacionado na cerca do perímetro.

Em pouco tempo, cem, duzentos, trezentos manifestantes estavam se revezando para acampar do lado de fora dos portões. Eles cantavam, cantavam canções, assavam salsichas em grelhas e gritavam insultos aos funcionários quando entravam e saíam do local. O silêncio da corporação foi ensurdecedor e estúpido.

A maioria dos Domhanianos que viviam em Froitas eram elites expatriadas de Domhan Siol. No entanto, ao longo de várias décadas, uma parte considerável da população (quase 40 por cento) nasceu em Froitas. Embora esses Froitans fossem geneticamente Domhanianos, eles não cresceram sob a proteção de Anotas-Deithe e não foram inculcados nas tradições culturais de Domhan Siol. Suas respostas ao medo eram mais viscerais e mais voláteis do que as dos Domhanianos nativos.

— Bloqueie o portão! Bloqueie o portão! Bloqueie o portão! — Mais de quatrocentas pessoas, agitando os punhos no ritmo do canto, amontoavam-se na entrada que levava ao Centro de Reprodução. Os manifestantes deram os braços e bloquearam a entrada e a saída.

Um dos motoristas da van Benestar decidiu resolver o impasse. Ela direcionou o veículo para a multidão. A motorista e seus passageiros ficaram com medo quando os manifestantes começaram a bater com as mãos nas janelas. Ela não viu um dos manifestantes tropeçar e cair. Quando a van passou por cima da perna da mulher, os manifestantes começaram a gritar. Em questão de segundos, o medo deles explodiu em raiva.

Um jovem tirou um taco de paddleball da mochila e bateu-o na janela traseira da van. O plasti-vidro "inquebrável" não era inquebrável. No segundo golpe, uma rachadura percorreu a vidraça. Com o sexto golpe, a janela cedeu e saiu da moldura. Ela voou para o rosto de dois passageiros que observavam horrorizados a indisciplina do jovem. O sangue jorrou da testa de um passageiro e do nariz do outro.

O homem e a mulher no assento adjacente gritaram. Uma senhora idosa levantou-se de um salto e correu pelo corredor em direção ao motorista.

— Tire-nos daqui!

O motorista se virou e viu o homem empunhando o martelo tentando entrar pela janela quebrada. O homem com o nariz quebrado se recuperou o suficiente para perceber o perigo que corria. Ele pegou o guarda-chuva do chão e usou-o como espada para cutucar o olho do agressor. O homem gritou e caiu para trás, agarrando a órbita arrancada onde antes estava seu olho.

Nunca se saberá se o motorista planejou seu próximo movimento ou se foi um acidente. Ela empurrou a alavanca de direção da van para trás e deu ré no homem de um olho só. Ele caiu sob a van, seu corpo agindo como calço de roda. Sem impulso, as rodas motrizes não conseguiram tração suficiente para esbarrar no manifestante caído. Sair da multidão crescente não era uma opção. A motorista colocou a alavanca de direção na posição de avanço e acionou o interruptor de deslizamento para velocidade máxima.

Muitos dos manifestantes afastaram-se da frente da van para observar o esforço do jovem para arrombar o vidro traseiro. Quando a van avançou, tinha pelo menos quinze metros de terreno aberto para ganhar velocidade antes de atingir alguém. Abriu um sulco de carne ensanguentada no meio da multidão. Muitos gritavam de agonia, outros de angústia e ainda outros de raiva incandescente.

No momento em que a van bateu no portão trancado, um manifestante tirou uma pistola esportiva do bolso interno da jaqueta e atirou pela abertura onde antes ficava a janela traseira. Por puro acaso, um dos esferoides de quatro gramas atingiu a parte traseira direita do pescoço da motorista e saiu pela parte frontal direita, carregando consigo um pedaço considerável da artéria carótida. Os olhos da motorista se abriram em atordoada descrença. Ela caiu no banco enquanto seu sangue e sua vida escorriam no chão da van.

O impacto com o portão desacelerou o veículo, sendo que ele não parou até colidir com uma parede de tijolos de um metro de altura que margeava um canteiro elevado de flores. O pessoal de segurança no portão virou-se para observar a van que batia no meio fio e acelerava pelo gramado da frente.

O ar pesado e úmido da manhã exalava o cheiro metálico de sangue de dezenas de pessoas que haviam sido ceifadas. Talvez aquele cheiro tenha ativado algum artefato de barbárie há muito adormecido, enterrado profundamente na psique Domhaniana. O silêncio momentâneo e atordoado foi quebrado por centenas de gritos simultâneos. Quando os seguranças se recuperaram do choque de testemunhar o assassinato da motorista da van, já era tarde demais. Eles foram esmagados por um tsunami de manifestantes que se transformaram em desordeiros. Alguns guardas conseguiram disparar alguns tiros de choque com partículas carregadas, sendo que nem uma única explosão sônica foi disparada. As muralhas foram violadas e em poucos minutos todos os guardas de segurança foram desarmados. Surpreendentemente, apenas cinco sofreram ferimentos que exigiram hospitalização.

Armados com as armas dos seguranças, os manifestantes convergiram para as muitas portas do edifício. Se as portas trancadas não pudessem ser facilmente arrombadas, a multidão quebrava as janelas. Em duas horas, os proprietários de escravos, que se sentiram tão ofendidos e traídos pela Benestar Corporation, devastaram todo o Centro de Reprodução da Ilha 9-K.

Por mais feia e atípica das normas comportamentais Domhanianas que tenha sido a destruição de propriedades, um aspecto muito mais sombrio do motim emergiu no seu rescaldo. Enquanto a maioria dos desordeiros se ocupava em quebrar computadores, janelas e móveis, algumas dúzias de brutos dirigiram-se aos alojamentos dos sapiens e neutralizaram todos os funcionários com explosões sônicas. De outra forma, eles não feriram nenhum dos Domhanianos, sendo que mataram todos os híbridos sapiens: mulheres, crianças e bebês. A maioria das vítimas foi morta por facas afiadas de titânio enfiadas em suas gargantas. Numa sala, os investigadores encontraram mais de uma dúzia de gestações tardias que terminaram por evisceração. Úteros, fetos e órgãos pendurados nos torsos das mulheres. O fato de tantos manifestantes terem chegado portando estas lâminas especialmente afiadas deixou poucas dúvidas de que o assassinato em massa tinha sido planejado com antecedência.

A Benestar Corporation e a Autoridade de Execução da Lei de Froitas concordaram que seria melhor ocultar o incidente e guardar o relatório da investigação em um cofre em algum lugar.

A longo prazo, não existe segredo. Às vezes nem mesmo de curto prazo.

# VINTE E OITO
## É A NOSSA LUTA

*~Ramuell~*

— A BARBÁRIE ERA INACREDITÁVEL. Nunca imaginei que esse nível de crueldade fosse possível entre a nossa espécie.

Eu sabia exatamente do que Vapula estava falando. A notícia do motim na Ilha 9-K chegou em nosso despacho matinal vindo do orbitador. Quando ela se virou e viu que eu havia entrado no escritório de Azazel, ela rapidamente desviou o olhar. Apertei seu ombro enquanto me sentava ao lado dela.

— Está tudo bem.

Todos na sala provavelmente presumiram que eu estava me referindo aos sentimentos dela em relação ao motim de Froitas. Apenas Vapula e eu entendemos que meu comentário era sobre a noite que acabamos de passar juntos. Ela olhou para mim e sorriu timidamente.

— Ok, pessoal, vamos direto ao assunto em questão. — Azazel gesticulou em direção ao capitão Davel. — Ramuell, Semyaza e eu conversamos com o capitão. Ele está aqui para compartilhar ideias sobre como podemos lidar com futuros encontros com unidades paramilitares de Serefim.

Ipos pigarreou.

— Capitão, você pode não se lembrar, mas você e eu nos conhecemos quando você estava estacionado no orbitador.

— Sim, eu me lembro. Como você sabe, passei vários anos trabalhando com a Serefim Security. — Ele respirou fundo. — Mas depois de testemunhar o assassinato do chefe Melanka, renunciei ao meu cargo.

Ipos disse:

— Embora você não esteja usando uniforme, presumo que tenha assinado contrato com Oprit Robia.

— Eu assinei. Voltei ao mundo natal por alguns anos. Enquanto estava lá, estudei os detalhes do comércio de escravos.

Azazel disse:

— E presumo que você não gostou do que aprendeu.

— Humph, como você pode ver, agora sou capitão de Oprit Robia.

— Estamos felizes que você seja. E agradecemos sua oferta de nos ajudar.

Davel olhou para todos reunidos no escritório de Azazel.

— Em primeiro lugar, tenho certeza que é evidente, mas só para garantir, a minha presença aqui e a minha missão no Ghrain-3 devem permanecer secretas.

As sobrancelhas de Azazel se ergueram.

— Claro! Eu deveria ter começado com isso. O sigilo é de extrema importância, tanto para a segurança do Capitão Davel quanto para a nossa. Se a Serefim Security souber que estamos recebendo treinamento de um oficial do Oprit Robia, sem dúvida eles considerariam isso uma colaboração... Não, pior que isso, seria visto como traição.

O capitão Davel inclinou ligeiramente a cabeça.

— E você pode apostar que haveria aqueles clamando pela

punição máxima. — Ele olhou ao redor da sala para ter certeza de que sua observação havia acertado. — De qualquer forma, os diretores Semyaza e Azazel... e Ramuell também, concluíram corretamente que, embora você quisesse ficar fora da briga, o rapto de sapiens com a mutação do gigantismo pelos Serefim torna isso impossível.

— Oprit Robia tem uma equipe de especialistas da estratégia e eles não acreditam que seja sensato ou mesmo viável que o Projeto Nefilim leve a luta até o Serefim Presidium. E com exceção de alguns de vocês, — ele apontou para Inna, Ipos e Samael, — vocês não são especialistas em armas e não têm treinamento de combate. No entanto, há poucas dúvidas de que vocês continuarão a encontrar abduções de vez em quando.

O capitão fez uma pausa para tomar um gole de chá.

— Agora eu sei que você está de luto pela perda de um de seus camaradas. Não acreditamos que ela estivesse errada ao ativar um dispositivo EMP. Tragicamente, ela não sabia como fazer isso... Ou pelo menos não com segurança. Meus comandantes me enviaram para treiná-los sobre como enfrentar as forças de Serefim.

— Com algumas ressalvas, — Azazel interrompeu.

— Sim, de fato, com algumas ressalvas. Em primeiro lugar e mais importante, você nunca deve procurar briga. Na verdade, você deve evitar encontros, se possível.

— Mas nem sempre é possível, — observei.

— Ramuell está certo, — concordou o capitão Davel. — Os traficantes de escravos não apenas transferiram portadores da mutação para Ghrain-3, mas também venderam alguns para fora do mundo.

Os olhos âmbar de Vapula pareciam lançar faíscas de raiva.

— E de alguma forma eles infectaram suas éguas reprodutoras em um centro de reprodução da Benestar.

O capitão Davel respirou fundo.

— Sim, e vimos onde isso leva. Pensávamos que compreendíamos o quão imoral é o comércio de escravos, mas o motim na Ilha 9-K mostrou-nos um nível totalmente novo de depravação.

— Os líderes do Oprit concluíram que não podemos impedir a venda de sapiens simplesmente através de interdições. Em vez disso, devemos tornar o comércio de escravos não lucrativo. Para esse fim, levaremos a luta até Elyon e seus pistoleiros.

— Mas essa não é a sua luta. Seu trabalho é erradicar a mutação do gigantismo. Infelizmente, devido à estupidez dos paramilitares Serefim, isso significa que ocasionalmente você terá que impedir o sequestro de sapiens que você tem motivos para acreditar serem portadores da mutação.

Azazel disse:

— Eu não quero... Não, deixe-me reafirmar isso... Não posso suportar outro assassinato entre nossas fileiras. O capitão Davel e sua equipe fornecerão a todos os funcionários do Projeto Nefilim o treinamento e os equipamentos necessários para deter os bandidos de Serefim sem nos colocarmos em perigo. Ramuell coordenará os horários de treinamento para todos nesta sala e todos os seus subordinados.

— Faremos este treinamento em um local remoto, longe de olhares indiscretos, — disse Davel. — Mas esta operação não é isenta de riscos. Se o Brigadeiro Migael e seus tenentes souberem de nosso esforço, eles farão um inferno nos acampamentos da Sede da Área, o que faria a carnificina na Ilha 9-K parecer um jogo de paddleball.

# VINTE E NOVE
## OUTRA CAVERNA

*~Ramuell~*

AO ENTRAR NA CAVERNA, senti como se estivesse atravessando uma parede de gelo. Suponho que era exatamente isso que eu estava fazendo. A entrada tinha apenas sete metros de largura por cinco metros de altura. Uma passarela dividia a abertura com um riacho fumegante de três metros de largura que borbulhava de uma fonte termal no fundo da caverna. A entrada natural da caverna de gelo era bem mais larga, sendo que a guarnição de Oprit Robia cercou grande parte dela com blocos de gelo.

A iluminação pendurada nas paredes dava ao gelo uma tonalidade azul iridescente. As luzes se estendiam por cerca de cento e cinquenta metros até a enorme depressão na base da geleira. Um piso isolado foi colocado aproximadamente dez centímetros acima das rochas e do gelo. O chão, aliado às fontes termais que formavam a caverna, mantinham a temperatura interna surpreendentemente quente. Todos os soldados e funcionários usavam camisas de microfibra de manga comprida ou jaquetas leves. Mais roupas do que já usavam teria sido demais.

Tal como fizeram no esconderijo da caverna de sal, os soldados Oprit montaram divisórias de privacidade com dois metros de altura, feitas de material leve de celulose. Pelo menos quarenta pequenos alojamentos foram assim isolados. O terço frontal da caverna era um espaço comum aberto, que incluía cozinha e área de jantar.

Enquanto eu ficava boquiaberto com a inteligência das instalações, alguém se levantou na ponta dos pés e cutucou minhas costas, logo abaixo das costelas. Assustado, me virei e encontrei um enorme sorriso no rosto do meu pai. Ele me puxou para um abraço.

— É bom ver, Ramuell. Sua mãe está aqui em algum lugar. Acho que ela acabou de enxaguar algumas roupas no riacho.

Eu o puxei para outro abraço.

— É tão bom ver você também.

Agora sou um pouco mais alto que meu pai. Quando nos separamos, ele olhou para mim e pude ver que ele tinha o mesmo pensamento, mas não disse nada. Ele me deu um tapinha no ombro.

— Vamos encontrar sua mãe.

---

Passei a maior parte do tempo durante os próximos quatro undecim na caverna de gelo, enquanto a equipe do Projeto Nefilim fazia rodízio nos cursos de treinamento em armas e estratégia. Após receberem o treinamento, grupos de funcionários foram enviados para continuar a busca por clãs de híbridos sapiens no SEE-2. Eles encontraram vários grupos de nefilim que infectaram com vírus RNA causadores de hiperandrogenismo e hipogonadismo.

Felizmente, não encontraram nenhum esquadrão

paramilitar Serefim durante este período. Azazel, Semyaza e eu presumimos que isso provavelmente se devia ao aumento das incursões de Oprit Robia em outras partes do planeta. Acredito que a liderança do Oprit ficou tão horrorizada com os relatos do motim da Ilha 9-K em Froitas que decidiu visar instalações em Ghrain-3 onde os híbridos sapiens estavam detidos antes da venda.

Esta estratégia, embora eficaz, era complicada. Os líderes do Oprit compreenderam que libertar os pretensos escravos sapiens para regressarem aos seus clãs nativos não era uma opção. A sua contaminação tecnológica/cultural impediu a reintegração. A realocação dos sapiens libertados para áreas remotas em Ghrain-3 pode representar um problema ainda maior em longo prazo. Esses clãs recém-formados poderiam ter uma vantagem tecnológica intransponível sobre todos os outros grupos de hominídeos, incluindo as espécies neandertalis e denisova. Oprit calculou que a possibilidade de os clãs assim criados desenvolverem tecnologias para travar uma guerra genocida era inaceitavelmente elevada.

Embora ninguém tenha gostado, a única opção viável parecia ser a realocação dos híbridos sapiens libertados para reservas em regiões temperadas do hemisfério sul de Realta-Gorm. Esta foi uma solução que exigia muito trabalho e consumo de recursos e que apresentava uma série de problemas logísticos e éticos.

Como diria Vapula:

— Isso não é uma pilha fumegante de esterco de mamute.

# TRINTA
## AUTORIDADE PORTUÁRIA – DE NOVO!

JÁ SE PASSOU MAIS de uma década desde que o Major Anso avistou pela última vez o planalto na borda ocidental do continente menor do hemisfério sul de Ghrain-3. Ele estava olhando para a plataforma de pouso construída com enormes lajes de pedra de sílica, onde ele e um esquadrão de combatentes Oprit Robia resgataram o sequestrado Clã Crow, arrebatando uma nave Serefim Anti-Grav-XL. Naquela noite, há tantos anos, um ataque de Beag-Liath garantiu o sucesso do ataque. Mais uma vez, Anso confiava na tecnologia Beag, mas tinha certeza de que a intervenção direta deles não estava prevista nesta missão.

O major tirou o chapéu e bateu-o várias vezes na perna da calça antes de enrolá-lo e enfiá-lo na mochila. Ao afivelar a alça do capacete sob o queixo, ele disse:

— Acho que odeio esse maldito lugar!

Trey estudou o rosto de seu comandante por um momento antes de dizer:

— Ipos me disse que você perdeu alguns de seus caças aqui na batalha da Autoridade Portuária.

— Royan e Kadi... Eles não estavam apenas sob meu

comando, eles eram meus amigos. — Anso engoliu em seco e desviou o olhar. — Nós os levamos para casa e espalhamos suas cinzas nas terras altas de Realta-Gorm.

O major virou-se e olhou para o seu esquadrão de seis caças.

— Não vamos repetir isso hoje. Vamos entrar, pegar o sapiens e sair.

— Nós iremos, senhor. — Elana pegou o dispositivo de camuflagem portátil. — Com isso, nós iremos.

O esquadrão Oprit fez vários sobrevoos e fez um reconhecimento completo de sua nave camuflada antes de pousar. Pelo menos quarenta híbridos sapiens estavam detidos em estruturas temporárias, cerca de trezentos metros a oeste da plataforma de pouso. Sentinelas da Autoridade Portuária estavam presentes, mas os sapiens não pareciam estar bem guardados.

Trey disse:

— Acredito que os sapiens estão usando algemas nos tornozelos. Se for esse o caso, não só temos que eliminar os guardas, mas também libertar os sapiens.

Anso assentiu.

— Certo, e mesmo com o dispositivo de camuflagem, temos que agir rápido. Se demorarmos mais de três ou quatro minutos, alguém vai perceber que sua mercadoria está faltando.

Trey revirou os olhos.

— Mercadoria! Droga, eu odeio esses bastardos do comércio de escravos. — Ele peidou. Todos olharam para ele e riram. — Sim, é exatamente assim que me sinto... De qualquer forma, se eles estiverem algemados e conseguirmos libertá-los, espero que eles estejam dispostos a nos seguir de volta a nave.

Anso acrescentou:

— E nesse ponto, não somos suficientes para atordoar e arrastar qualquer um deles. Aqueles que vêm de boa vontade, que venham. Deixamos os outros. Simplesmente não temos tempo a perder fazendo um monte de coerção. — Ele olhou para cada um de seu esquadrão. — Entendido?

— Sim, senhor, — todos disseram quase em uníssono.

— Ok, vamos fazer isso acontecer.

---

As estruturas que abrigam os sapiens foram dispostas em quatro fileiras de edifícios brancos pré-fabricados. Cada conjunto de edifícios foi orientado a partir de um pátio central. Vista do ar, a instalação parecia um enorme símbolo zia.

A estratégia para conduzir um ataque usando dispositivos de camuflagem diferia de um ataque sem a proteção da invisibilidade. Em vez de se espalhar e correr ou rastejar de arbusto em arbusto, o esquadrão Oprit se amontoou atrás da pessoa que carregava o dispositivo. Atravessando terreno aberto, os soldados se sentiam nus. Era enervante andar ao ar livre, mesmo sabendo que não poderiam ser vistos ou ouvidos.

— Cara, eu não gosto disso! — Um dos soldados exclamou.

— Se a bateria falhar, seremos carne na grelha.

— Humph, nem sabemos como funcionam as baterias Beag, — sussurrou Anso. Com o dispositivo de camuflagem ativado, o sussurro não era necessário, mas velhos hábitos não se rendem facilmente.

Elana, que carregava o dispositivo, disse:

— Caramba, nem sabemos se eles usam baterias.

— O que não me deixa nem um pouco mais confortável, — respondeu um soldado preocupado.

Quando o esquadrão estava a cem metros dos abrigos, todos se sentaram em posições de tiro com os tornozelos cruzados. Embora tivessem feito reconhecimento aéreo, esta era à primeira oportunidade de estudar a instalação de perto. Após cerca de três minutos, o Major Anso disse:

— Tudo bem, quantas sentinelas temos?
— Cinco, — Trey respondeu.
— Sim, cinco.
— Isso também foi o que contei, — disse Anso. — Devemos nos aproximar para dar nossos tiros?
— Acho que deveríamos, senhor, — respondeu Elana. — Não que seja mais fácil. Os ângulos de tiro podem não ser tão bons, mas depois que eles caírem, nós precisamos entrar lá, libertar os sapiens de suas restrições e liderá-los em um grupo compactado.

Anso semicerrou os olhos para os abrigos.
— Ok, vamos reduzir a distância pela metade. Daremos nossos tiros a cerca de cinquenta metros.

Anso acenou duas vezes para que o esquadrão não disparasse suas armas. Ele simplesmente não se sentia confiante de que eles tinham tiros certeiros contra todas os cinco sentinelas que andavam sem qualquer padrão discernível. Finalmente, dois sentinelas pararam e conversavam entre si quando os outros três apareceram.

— Isso é o melhor que pode acontecer. Atirem.

Quatro deles caíram, mas um deles saiu de vista no pátio antes que Trey pudesse soltar sua partícula carregada.
— Droga! Já era! — Trey exclamou.
Todos ficaram de pé.
— Vamos! Vamos! — Anso exortou. — Temos que chegar até ele antes que encontre seus camaradas.
— Tenho certeza de que é uma mulher, — corrigiu Trey.
— Eu não me importo, — Anso retrucou.

O esquadrão correu entre dois dos abrigos, sem saber como os prédios poderiam ficar danificados com o dispositivo de camuflagem. Anso disse:
— Agora vamos à velha escola. Se espalhem. Usem os edifícios como cobertura. Precisamos encontrá-la antes mesmo de considerarmos libertar o sapiens.

A sentinela viu um de seus camaradas cair. Ela foi direto para a localização dele. Vendo que ele estava atordoado, ela presumiu que algum tipo de ataque estava em andamento. Quando Anso espiou pelo canto de um prédio de vinte metros de comprimento, ele a viu ajoelhada perto do guarda caído. Ela estava falando em seu comunicador.

— Droga, — ele murmurou enquanto se agachava e colocava a arma na varanda da residência.

A mulher estava olhando em volta nervosamente. Ela deve ter ouvido Anso ou sentido sua presença. Ela colocou a arma no ombro e apontou na direção dele. Ele respirou fundo e disparou uma partícula carregada no esterno da mulher. Ela caiu para frente em cima de sua arma.

Anso acionou seu comunicador e disse:

— Comecem.

Ao ouvir isso, todos os combatentes do Oprit correram para o pátio entre os edifícios.

— Eu a peguei, mas não antes de ela fazer uma chamada.

— Teremos companhia em minutos. O que nós fazemos? — Trey perguntou.

Anso virou-se para Elana.

— Ative o dispositivo de camuflagem. O resto de nós irá dar uma olhada em como os sapiens estão presos.

Trey estava certo. Os sapiens estão com as pernas presas. Quando Anso viu que as algemas das pernas estavam conectadas com cabos de aço de 15 milímetros, ele disse:

— Bem, merda! Isso está cada vez melhor!

— Não vamos cortar isso com nossas multiferramentas, — observou secamente um dos soldados.

— Isso é um fracasso, — disse Anso. — Vamos sair daqui.

Ao ouvir isso, uma dos soldados pegou o major pelo cotovelo e puxou-o para o lado.

— Senhor, nunca teremos outra chance de libertar essas pessoas. — Ela enfiou a mão na mochila e tirou um cartucho de tocha térmite de doze centímetros de comprimento. — Isso vai ajudar?

— Santo mijo de tigre! Onde você conseguiu isso?

— Quando não estou como soldada, trabalho em uma equipe de construção de pontes. Eu tenho dois cartuchos. — Ela estudou o cabo de um dos sapiens. — Acho que poderíamos reduzir de quinze para vinte se os alinhássemos e eu simplesmente pulasse de pessoa para pessoa.

— Eles não serão tão cooperativos. O flash vai assustá-los. Mas vamos tentar e ver quantos conseguimos libertar.

No final das contas, Anso estava errado. Muitos dos sapiens ficaram fascinados pelo clarão branco da tocha de 2.700 graus. Quando cortou o cabo em menos de um segundo, vários sapiens riram. Quando o segundo cartucho acabou, ela já havia cortado 23 cabos.

Uma coisa era divertir os sapiens cortando os cabos e outra coisa era convencê-los de que estavam livres para partir. Apenas catorze pareciam compreender e estavam dispostos a seguir os seus salvadores.

— Acredito que nossos seguidores são todos do mesmo clã, — disse Trey a Anso uma vez na quadra.

— Estamos camuflados? — Anso perguntou em voz alta.

— Sim, senhor, — respondeu Elana. — Mas precisamos reunir essas pessoas ainda mais.

O grupo seguiu Elana para fora do pátio e trotou entre dois edifícios. Quando chegaram ao fim do beco, Elana olhou cautelosamente para o terreno aberto. Ela se abaixou e disse:

— Temos companhia. Pelo menos dez soldados da Autoridade Portuária estão se aproximando do leste?

— Como eles estão dispostos? — Anso perguntou.

— Padrão de escaramuça, formação de ataque.

— Ok, você está certa... Precisamos reunir todos dentro da bolha do dispositivo de camuflagem. — Anso se virou e olhou para a multidão. Todos os soldados sapiens e Oprit tiveram que se espremer e depois caminhar por um trecho de terreno árido, desprovido de qualquer vestígio de cobertura natural. — Não há como eles entenderem que não podem ser vistos. Eles tendem a entrar em pânico e fugir. — Ele franziu os lábios e olhou para Trey. — Então você acha que eles são todos do mesmo clã.

— Acho que sim, senhor. Todos eles têm a mesma cor de pele e cabelos cacheados muito grossos.

— Eles têm um líder de clã?

Erguendo a cabeça, ele apontou o nariz para uma mulher baixa, cujos olhos negros e vivos estavam em constante movimento, verificando cada membro do grupo.

— Acho que ela pode ser a matriarca do clã.

Anso virou-se para Elana.

— Você tem certeza de que estamos camuflados?

— Nós estamos.

— Quanto tempo temos?

— Se os soldados vierem diretamente para este beco, não mais do que dois minutos. Se eles entrarem no pátio por outro beco... — Elana encolheu os ombros.

— Eles provavelmente vão se dividir e enviar pessoas entre cada conjunto de edifícios. — Anso voltou-se para Trey. — Ok, vamos torcer para que essa mulher seja a alfa do clã. Talvez possamos fazê-la entender que eles precisam ficar lado a lado em vez de andar em fila única.

A soldada que cortou cabos disse:

— Sou boa em mímica, senhor.

— Tente.

Ela era, de fato, boa em fazer mímica. Isso ou os sapiens a honraram como sua libertadora. De qualquer forma, os membros do clã permitiram ser amontoados em um grupo compacto. Parecia que a sorte estava do lado deles. Nenhum dos soldados da Autoridade Portuária entrou no complexo de edifícios pelo beco onde o esquadrão Oprit e os sapiens estavam saindo.

Enquanto Anso e seu grupo caminhavam rapidamente pelo terreno aberto em direção à nave 4-D camuflada, eles podiam ouvir vozes elevadas vindas do pátio. Embora os combatentes do Oprit não conseguissem entender tudo o que estava sendo dito, ficou claro que os soldados ficaram perplexos com o fato de que os cabos das algemas das pernas de vários sapiens haviam sido cortados.

De repente, vários dos sapiens libertados vieram correndo e gritando entre dois edifícios, com soldados em sua perseguição. Assim que saíram de um beco, dois policiais se ajoelharam e dispararam vários tiros de partículas carregadas. Três dos sapiens que escaparam lançaram os braços para o alto, gritaram e caíram no chão duro e seco.

Os membros do clã que acompanhava o esquadrão Oprit conheciam os sapiens abatidos. Vários começaram a correr de volta para ajudar seus amigos caídos. Trey e Anso tentaram forçar o grupo de volta à formação, sendo que dois conseguiram fugir do agrupamento. Quando emergiram além da camuflagem do dispositivo, pareciam materializar-se do nada. Os soldados da Autoridade Portuária ficaram tão surpresos que congelaram momentaneamente.

Um terceiro soldado emergiu entre os edifícios. Vendo os sapiens amontoados no chão aberto e os dois sapiens de pele escura avançando em direção a eles como loucos, ela colocou no ombro um blaster sônico. Naquele momento, mais meia dúzia de soldados se juntaram a ela. Três caças Oprit enfiaram os canos de suas armas a poucos centímetros da camuflagem e lançaram uma saraivada de partículas carregadas.

Os oficiais da Autoridade Portuária caíram à esquerda, à direita e ao centro, mas nem todos foram atingidos. Aqueles que permaneceram ficaram assustados e estúpidos. De onde vieram os tiros? De onde vieram os dois sapiens selvagens?

— Coloque-os no chão! — Gritou um oficial da Autoridade Portuária.

A sorte do time Oprit Robia piorou. Eles estavam na linha de fogo. Os soldados em pânico da Autoridade Portuária dispararam muito mais tiros do que o necessário para derrubar dois sapiens desarmados. Alguns desses tiros passaram pelos alvos pretendidos e encontraram dois soldados Oprit e cinco membros do clã sapiens escondidos dentro do campo de energia curvado do dispositivo de camuflagem Beag-Liath.

— Droga! — Anso gritou quando se ajoelhou e começou a atirar.

Não querendo largar o dispositivo de camuflagem e arriscar que ele fosse derrubado, Elana bateu no blaster sônico portátil no cinto de Trey.

— Idiota! — Trey repreendeu-se. Ele puxou a arma do coldre e disparou três tiros de campo amplo.

A cena da batalha ficou em silêncio por um instante.

Anso contou as pessoas atordoadas em seu grupo.

— Temos muitos para arrastar. Precisamos de extração.

— Como fazemos isso? — Elana perguntou. — Nossos sinais de comunicador estão bloqueados pela barreira.

— Quem é o nosso corredor mais rápido?

Um jovem magro chamado Alo deu um passo à frente.

— Sou eu, senhor. — Ele olhou para seus colegas soldados e com um leve sorriso acrescentou: — Um pouco.

Embora Anso achasse que a pequena ostentação nessas circunstâncias fosse meio engraçada, ele manteve a cara séria.

— Então você corre. Use qualquer camuflagem que encontrar. Traga a nave aqui para nos buscar... E Alo, precisávamos de extração há dez minutos.

— Senhor, você tem que ficar camuflado. Como veremos você e saberemos onde pousar?

— Uh... — Anso semicerrou os olhos, procurando por um ponto de referência. — Ok, você vê aquele arbusto ali? — Ele apontou para um pedaço de arbusto a cerca de sessenta metros de distância.

— Sim...

— Vou colocar fogo em dois minutos. Você diz ao piloto para pousar em cima da sarça ardente.

— Brilhante, — disse Alo. Ele largou sua mochila e saiu correndo em direção onde sabia que a nave 4-D camuflada estava atracada.

A confusão chamou a atenção dos trabalhadores da plataforma de atracação. Outro destacamento de segurança da Autoridade Portuária foi despachado. Enquanto trotavam em direção ao complexo de edifícios, olhavam com cautela para o incêndio, cerca de duzentos metros à sua esquerda. De repente, o fogo e os arbustos simplesmente desapareceram. O esquadrão de sentinelas parou e deitou. Depois de apenas alguns segundos, uma sargento levantou-se. Ela olhou em volta, aparentemente congelada pela indecisão.

A decisão sobre o que fazer foi tomada por ela por um gemido alto vindo de uma das pessoas que Trey havia atordoado com uma explosão sônica. Todos no esquadrão da Autoridade Portuária ficaram de pé e seguiram a sargento correndo em direção aos prédios.

Anso apontou para onde a nave camuflada Oprit Robia 4-D acabara de pousar e extinguiu a sarça ardente.

— Esse é o nosso passeio. Vamos pessoal. Precisamos entrar no ar.

Os sapiens não queriam deixar para trás os membros do seu clã abatidos, mas estavam confusos e assustados. Surpreendentemente, isso os tornou um pouco mais maleáveis. Eles se deixaram levar em direção à nave invisível. Quando os sapiens entraram na área camuflada, a nave apareceu como num passe de mágica. Todos os membros do clã, exceto dois, caíram de joelhos e cobriram as cabeças.

Elana disse a Anso:

— Ainda acho desorientador entrar em um campo de camuflagem – e sei o que o dispositivo está fazendo. Imagine como isso deve parecer para os sapiens.

Alo saiu da nave e desceu correndo a rampa. Uma ruga profunda se formou entre suas sobrancelhas enquanto ele examinava os encolhidos membros do clã.

— Foi uma corrida e tanto, Alo, — gritou Anso. — Agora você precisa colocar essas pessoas na nave. Arraste-os se necessário. Ei, atordoe-os se necessário. Basta levá-los para dentro. Trey, corra e busque o palete antigravitacional da nave.

Trey lançou um olhar estranho ao seu comandante.

Anso apontou para os cinco sapiens atordoados caídos a meio caminho dos prédios.

— Você, Elana e eu vamos voltar para resgatar essas pessoas.

Trey deu meia-volta e subiu a rampa correndo. Elana estreitou os olhos e lançou a Anso um aceno sutil e apreciativo.

Quando Elana, Trey e Anso chegaram com a palete antigravitacional, os cinco sapiens deficientes desapareceram instantaneamente atrás do campo de energia distorcido do dispositivo de camuflagem. Os soldados da Autoridade Portuária que se aproximavam se jogaram no chão.

A sargento semicerrou os olhos como se tentasse clarear a visão.

— O que acabou de acontecer?! — Não confiar em seus sentidos levou à confusão. A confusão levou a um momento de hesitação. Foi um momento longo demais. No momento em que ela gritou: — Dê-me uma fuzilaria, tiros mortais, — Trey já havia puxado seu blaster sônico e disparado dois tiros atordoantes.

— "Tiros mortais"... Eu ouvi certo?

— Sim, major, foi o que ela disse, — respondeu Elana.

Anso murmurou:

— Bastardos! — Enquanto ele e Elana colocavam um dos sapiens no palete antigravitacional.

Cerca de quinze minutos depois, Anso olhou para as instalações da Autoridade Portuária de mais de três mil metros de altura.

— Elana, você estava certa. Com os dispositivos de camuflagem, conseguimos... E não temos cadáveres no porão de carga. — Ele apontou para o blaster sônico de Trey e riu: — Agora vai haver algumas pessoas com uma dor de cabeça infernal, mas nenhuma vida foi perdida hoje.

— E libertamos um bando de sapiens, — acrescentou Elana.

Anso sorriu.

— ... E libertamos um bando de sapiens.

Alo estendeu a mão e deu um tapinha de "bom trabalho" no ombro de Elana.

# TRINTA E UM
## INTERCESSÃO CAMUFLADA

ENQUANTO ISSO, a meio mundo de distância, a guerra de alforria encontrou a equipe do Projeto Nefilim. Eles não tinham ido procurá-lo, mas mesmo assim, ele os encontrou.

Forcas, Hovard e Inna estavam no litoral no extremo sul do SWE-2. Eles estavam se preparando para infectar quatro nefilim adultos com vírus RNA quando uma nave auxiliar Serefim pousou a quatrocentos metros da praia. Os soldados não saíram furiosos como se estivessem atacando o clã. Eles saíram da nave com as armas penduradas nos ombros, carregando tigelas de frutas e carne crua.

Hovard disse:

— Isso é novo.

— Sim, — Inna concordou. — Nunca vimos traficantes de escravos em modo de persuasão antes.

Forcas franziu o nariz sardento.

— E isso fede.

Hovard lançou um olhar perplexo para o líder da equipe.

— Quer eles persuadam com gentileza ou intimidem com bastões, os pobres sapiens serão arrancados de seu clã e de seu modo de vida. Eles viverão vidas curtas e sem sentido de trabalho penoso. — Ela se inclinou em torno da pedra atrás da qual os três estavam se escondendo para avaliar melhor a situação. — É hora de colocar em prática o treinamento do Capitão Davel.

Inna sorriu.

— Eu já volto. — Ela se levantou e correu de volta para o quadricóptero que estava escondido em um matagal próximo de folhas cerosas. Poucos minutos depois ela voltou com um dispositivo de camuflagem Beag-Liath em forma de prato. — O que eu perdi?

— Fiel à tradição, os nefilim não aceitaram bem a intrusão, — respondeu Forcas. — Um deles pegou uma lança e começou a fazer gestos ameaçadores. Os outros nefilim agarraram porretes e rosnaram.

Inna levantou-se e espiou por cima da pedra. Ela viu que os soldados haviam largado os alimentos da oferta de paz e retirado às armas. Os membros não nefilim do clã recuaram alguns metros, mas não subiram a duna até sua caverna.

Inna se agachou e Forcas perguntou:

— O que você acha?

— A forma como estão posicionados nos oferece uma oportunidade perfeita. Podemos ativar o dispositivo de camuflagem Beag e eliminar os quatro nefilim.

— Ahh, — Forcas entendeu. — E quando os soldados virem os nefilim desmoronar, eles entrarão em uma formação defensiva, mas não serão capazes de nos ver.

Hovard tirou o dispositivo da maleta e colocou o tripé.

— Espero que eles fiquem tão surpresos com nosso ataque que desistam do plano de sequestrar o clã e o levem de volta a nave, — disse Inna.

— O que devemos fazer em relação aos nefilim? — Hovard perguntou.

Forcas estreitou os olhos e engoliu em seco.

— Eu odeio isso, mas deveríamos dar tiros mortais.

— Concordo, — disse Inna enquanto acionava o botão de configuração de energia de sua arma. — Ver os gigantes caírem mortos provavelmente assustará os soldados.

— E livrar o clã de seus valentões, — acrescentou Hovard.

— Mas ainda precisaremos infectar. É possível que uma ou ambas as mulheres grávidas estejam grávidas de nefilim e também é possível que algumas das crianças sejam nefilim.

Forcas disse:

— Ok, vamos fazer isso.

Hovard colocou o tripé no chão arenoso ao lado da pedra. Ele verificou novamente os ícones da tela na parte de trás do prato e disse:

— Estamos camuflados.

Inna disse:

— Por segurança, vamos ficar perto da pedra. Podemos procurar abrigo se por algum motivo o dispositivo não estiver funcionando... Afinal, esta é a primeira vez que usamos um em campo.

Ele estava funcionando. Eles estavam encapuzados. Hovard e Forcas deram um tiro cada. Inna pegou dois. Seu segundo tiro derrubou o gigante, mas não o matou, o que pode ter sido uma boa sorte. Os soldados Serefim ficaram em estado de choque por alguns segundos antes de se jogarem no chão e começarem a examinar os arredores em todas as direções. Os membros do clã que observavam pareciam mais confusos do que assustados. Os adultos pegaram as crianças e recuaram vários passos, mas ninguém saiu correndo em direção à caverna.

— O que está acontecendo?! — Um dos soldados Serefim gritou.

Outro gritou:

— Alguém vê alguma coisa?

O nefilim ferido estava se debatendo e gemendo alto. Inna disparou outro tiro que matou a mulher instantaneamente.

O líder do esquadrão Serefim estava completamente confuso.

— Que diabos está acontecendo?

— Eles estão tão confusos que nosso plano não está funcionando. — Os soldados não recuaram em pânico. Nenhum deles sequer se levantou. — Eu esperava que eles pulassem e corressem para a segurança da sua nave.

— O que nós fazemos? — Perguntou Forcas.

Hovard mudou a configuração de sua arma de volta para atordoamento.

— Como vocês dois se sentiriam ao atordoar um dos soldados?

Inna também reduziu a energia de sua arma de partículas carregadas.

— Você começa com um e se isso não funcionar, eu pego outro, e outro e outro, até que todos acabem ou se vão.

Um soldado ajoelhou-se e alguns outros seguiram cautelosamente o exemplo.

Inna disse a Hovard:

— Atire em um deles deitado de bruços. Não queremos que pensem que o soldado foi atingido porque se revoltou.

— Ufa! — O soldado gemeu ao ser atingido. Ele então começou a se contorcer.

Todos os possíveis sequestradores estavam de volta às posições deitadas e girando olhando em todas as direções. Um soldado correu até seu camarada atordoado.

— Acho que ele foi atingido por uma partícula carregada. — Um tom de pânico apareceu em sua voz. — Mas onde está o maldito atirador?

Vários sapiens começaram a trotar pela duna íngreme em direção à caverna. Um dos soldados levantou-se e apontou um blaster sônico contra o sapiens em retirada.

— Nem todos esses idiotas são idiotas.

Percebendo o que iria acontecer, Inna colocou a arma no

ombro e disparou dois tiros rápidos contra o soldado. Ela mirou na pélvis e ambos os fluxos de partículas carregadas encontraram o alvo. O homem largou o blaster sônico e uivou como se tivesse sido chamuscado por um ferro quente. Ele convulsionou momentaneamente, mas não perdeu a consciência.

Seus solavancos e gritos aterrorizaram os sapiens restantes. Eles já tinham visto o suficiente e tiveram o bom senso de saber que era hora de partir. Vários soldados Serefim concordaram. Quatro deles agarraram seus companheiros feridos pelas axilas e começaram a arrastá-los de volta para a nave auxiliar.

A soldado que pegou o blaster sônico caiu virou-se e começou a trotar para longe. Ela parecia ter dúvidas. Ela parou, girou e virou da esquerda para a direita e disparou repetidas vezes. Inna e Hovard perceberam que ela pretendia varrer a praia inteira com explosões sônicas. Eles atiraram simultaneamente. O choque duplo fez com que ela jogasse a arma para o alto e mordesse a língua. Sangue jorrou de sua boca.

Três soldados correram de volta para agarrá-la. Quando um deles se inclinou para pegar o blaster sônico, Inna acertou seu braço com uma partícula carregada. Foi um ótimo tiro! A despolarização dos nervos do lado direito do corpo fez com que o braço se sacudisse violentamente. Ela caiu de joelhos, inclinou-se e vomitou, depois se levantou e cambaleou em direção a nave. Em poucos minutos, a nave auxiliar Serefim saltou em direção ao céu com o zumbido alto dos levitadores antigravitacionais acionados com força total.

Hovard foi até o dispositivo de camuflagem. Quando ele se abaixou para desligá-lo, Forcas disse:

— Ainda não. Vamos ficar escondidos enquanto descobrimos o que fazer a respeito. — Ela apontou com o queixo levantado para os membros do clã atordoados rastejando e cambaleando em direção à caverna.

Inna apoiou a arma na pedra e abanou o rosto com as duas mãos.

— Não acredito que estou queimando neste planeta bola de gelo, mas estou.

Forcas e Hovard observavam distraidamente Inna enquanto ela tirava duas camadas de mangas compridas de microfibra. Seu torso sem camisa exibia os músculos que percorriam suas costas e ombros. Forcas olhou para Hovard e murmurou silenciosamente:

— Uau!

Inna vestiu a blusa leve que carregava na mochila e se virou para ver os olhares arregalados de seus companheiros.

— O quê?

Forcas sentiu os seus mamilos endurecerem e virou-se para esconder a sua excitação. Ela tossiu e disse:

— Certo... Uhm, o que fazemos com o sapiens? Deveríamos infectar, mas com todos os quatro Nefilim adultos mortos, como?

— Normalmente, eu sugeriria infectarmos um animal de caça, abatê-lo e deixá-lo para o clã vasculhar. — Hovard balançou a cabeça: — Mas não acredito que isso funcione.

— O que você está pensando? — Perguntou Forcas.

— Que eles são principalmente comedores de peixe. Vocês acharam que os membros do clã estavam entusiasmados com os pedaços de carne vermelha que os soldados estavam oferecendo?

— Corri de volta para pegar o dispositivo de camuflagem, então não vi.

— Eu estava observando, mas não percebi. — Forcas encolheu os ombros.

Hovard disse:

— Eles não pareciam interessados na carne e não podemos infectar um peixe. Apenas animais de sangue quente podem hospedar os vírus.

Inna olhou para baixo e chutou a areia.

— Não acho que seremos capazes de identificar e infectar uma criança Nefilim. Depois do que essas pessoas acabaram de passar, eles não deixarão seus filhos fora de vista por um bom tempo. — Ela olhou para as fileiras de ondas rolando na água azul e batendo na praia. — Acho que deveríamos apenas tentar a coisa dos mamíferos.

— Ok, vamos fazer isso, — disse Forcas decisivamente. — Se tivermos muita sorte, a mutação nem sequer está presente neste clã. Se não tivermos tanta sorte, está aqui e a carne eliminada infecta os transportadores. Se não tivermos sorte, a mutação está presente e eles não comem a carne. — Ela encolheu os ombros. — De qualquer forma, teremos que fazer uma viagem de volta para verificar este clã dentro de um ano ou mais. Só espero que eles não sejam sequestrados antes disso.

Inna riu:

— Oh, eles ainda estarão aqui. Depois da experiência de hoje, duvido que algum soldado Serefim fique tão entusiasmado com o retorno para enfrentar quaisquer demônios que vivam nesta faixa de terra.

# TRINTA E DOIS
## REGRAS DE NOIVADO

*~Ramuell~*

SEMYAZA ESTEVE CONOSCO no SWA-7 por alguns dias. Na segunda noite, ele e eu estávamos fazendo uma pequena caminhada quando ele parou e disse
— Ram, preciso perguntar a você sobre algo que está me incomodando.
Fiz um gesto para ele prosseguir.
— Li quase todas as palavras dos relatórios de campo da equipe do Projeto Nefilim. Parece-me que nossas regras de engajamento mudaram. Estamos matando diretamente mais nefilim?
— Se por "diretamente" você quer dizer com armas, sim, houve um aumento no número de mortes.
— Por que isso?
— Hmm... não há uma resposta simples. Acredito que a maioria das decisões de matar foram específicas da situação.
— O que quer dizer?
— Ou seja, as regras de engajamento, por si só, não mudaram. Pode ter havido algum desvio na missão, mas ainda

não reescrevemos as regras. Vários kuuk atrás, Forcas e Samael decidiram matar uma fêmea nefilim adulta, além dos dois nefilim pré-púberes de um clã. A rigor, essa morte não estava prevista nas nossas regras. Mas eles tomaram essa decisão porque o clã era pequeno e tinha menos homens adultos do que esperávamos.

— Os machos morreram ou estavam em busca de alimento? — Semyaza perguntou.

— Eles não sabiam, mas consideraram ambos os cenários. No final, temendo que infecções colaterais pudessem diminuir ainda mais o número do clã, eles decidiram matar os três nefilim em vez de infectar.

Semyaza estreitou os olhos e olhou para o cume ao norte do acampamento.

— E você concordou com essa decisão?

— Honestamente, achei que era uma decisão duvidosa. Sendo que eu não estava lá. Eles me procuraram assim que retornaram para discutir a decisão. Entre os dois não havia um pingo de culpa, mas queriam discutir a ética de sua decisão.

Semyaza disse:

— Tudo bem, eu entendo isso. Você não quer questionar os funcionários que trabalham no interior. E não queremos que nossa equipe se questione em uma situação difícil.

— Isso mesmo. E presumo que por "situação difícil" você esteja se referindo às mortes recentes de Forcas, Inna e Hovard no SWE-2.

— Sim. Ler o relatório deles foi o que me fez pensar que você e eu precisamos conversar.

— Essas mortes estavam **claramente** fora das nossas regras de combate. Mas, eles estavam em uma provável situação de combate e decidiram matar os nefilim em vez de entrar em um tiroteio com as tropas Serefim.

— Então a justificativa moral é que é melhor matar os Nefilim do que os Domhanianos?

— É sim.

Semyaza ergueu as sobrancelhas e olhou para mim de soslaio.

— Semyaza, não consigo imaginar um cenário em que seria mais aceitável matar um Domhaniano do que um Nefilim.

Ele parou de andar, virou-se para mim e disse:

— Ramuell, a vingança tem uma meia-vida longa... E tenho observado que os vingativos pagam um alto preço.

Caminhamos lado a lado em silêncio por vários minutos. Quando chegamos à pedra em que normalmente voltávamos em direção ao acampamento, estendi a mão e apertei o ombro do meu amigo.

Esperei que ele olhasse para mim antes de falar.

— Alicia foi o meu primeiro amor e sempre a amarei. Sempre sentirei falta dela. Mas minha atitude em relação a matar Nefilim não tem nada a ver com vingança. Os sapiens têm uma expectativa de vida tão curta que não há dúvida de que os nefilim que assassinaram Alicia já morreram há muito tempo.

Semyaza suspirou e acenou com a cabeça.

— Dito isso, talvez tenhamos que revisitar e flexibilizar nossas regras de engajamento. Como vocês sabem, Ipos e Vapula encontraram um grande clã de nefilim a mais de cem quilômetros a oeste da cordilheira que havíamos mapeado até então. Eles estavam envolvidos em combate com um grupo de caçadores de neandertalis.

— Sim, eu li aquele relatório – angustiante, para dizer o mínimo.

— Angustiante em muitos níveis, — continuei. — Os nefilim estão engravidando os neandertalis? Se sim, que monstros poderão ser o produto dessas uniões? Como eles chegaram tão longe do alcance conhecido?

Erguendo as mãos, Semyaza disse:

— Ram, entendi. Nossos vírus RNA não acompanham sua migração.

— Isso mesmo. Simplesmente não conseguimos espalhar os retrovírus com rapidez suficiente para nos mantermos à frente da mutação do gigantismo.

— Acho que é mais complicado do que isso. — Semyaza pigarreou. — Eu confio na ciência da sua avó. O hiperandrogenismo e o hipogonadismo provavelmente controlarão o nefilim a longo prazo, mas a infertilidade não produz resultados imediatos. Não temos uma intervenção eficaz a curto prazo.

Olhei para ele com o canto do olho.

— Na verdade, nós temos. Mas você não gosta disso. Eu não gosto disso... Não, ninguém gosta disso.

Semyaza pensou por um segundo, depois estremeceu.

— Oh! Nossa... para conter a propagação, você está falando sobre enviar equipes para a periferia da área de distribuição dos Nefilim e matá-los

Meu estômago de repente azedou.

— Só nos resta cerca de uma geração deles para absorver a mutação. Se falharmos, o Serefim Presidium enviará centenas, talvez milhares, de tropas para erradicar. Garanto que não serão tão discriminatórios como o nosso povo. Eles matarão todos os sapiens, híbridos de sapiens, neandertalis e nefilim que encontrarem... E não há como pegar todos eles. A menos que façamos um bom trabalho espalhando os retrovírus, a mutação do gigantismo ressurgirá.

Semyaza tinha um pouco mais de pelos faciais do que a maioria dos Domhanianos. Ele deixou crescer por vários dias e exibiu uma notável colheita de restolho. A barba não realçava nem diminuía seu rosto bonito, mas quando ele fechava os olhos e beliscava a ponta do nariz, parecia mais abatido do que eu jamais o vira.

— Droga! — Ele se virou para olhar para mim. — Portanto,

a única maneira de fazermos o seu "bom trabalho" espalhando os vírus RNA é conter a mutação do gigantismo dentro de uma área geográfica administrável.

— E como você disse, é ainda mais complicado do que isso. Em algum momento, quase todos os sapiens do planeta carregarão um pouco de DNA de neandertalis. É a combinação de neandertalis e DNA hibridizado de sapiens que ocasionalmente produz gigantismo. Vovó acredita que a mutação irá surgir de tempos em tempos entre os sapiens durante milhares, talvez dezenas de milhares de anos.

Ao retornarmos à periferia do acampamento base do SWA-7, Semyaza disse:

— Portanto, não apenas devemos exterminar os nefilim vivos, mas também devemos manter segredo dos nababos do Presidium que a Dra. Kadeya acha que a mutação do gigantismo nunca será completamente erradicada.

Pela janela do escritório, Azazel nos viu se aproximando. Ele saiu para a pequena varanda e brincou:

— E que tipo de problema vocês dois estão criando?

Sem nenhum traço de diversão, Semyaza respondeu:

— Você não tem ideia.

— Eu quero saber?

— Esta noite não, — respondi e pedi aos meus mentores que me seguissem até a cúpula da cozinha.

# TRINTA E TRÊS
## INCLINAÇÕES AGRESSIVAS

ELYON DEU um tapa na mesa e se irritou:
— Então as forças de segurança da Autoridade Portuária ainda são um bando de idiotas incompetentes!

O Brigadeiro Migael não concordou com essa avaliação, sendo que sabia que era melhor não contradizer o Grão-Mestre quando ele estava furioso.

Trace perguntou:
— Há alguma dúvida de que o ataque foi obra de Oprit Robia?

Migael respirou fundo e respirou fundo.
— Uma pessoa da Autoridade Portuária relatou ter visto um homem aparecer do nada, correr para um matagal, atear fogo e depois desaparecer novamente. Ele era Domhaniano.

— Agora, isso é apenas um enorme relatório de bosta de bisão. Aqueles idiotas lá embaixo esperam que acreditemos que a razão de seu fracasso é porque Oprit Robia agora pode sequestrar nossos sapiens materializando-se e desmaterializando-se do nada?!

Trace disse:

— Grão-Mestre, acho que é ao mesmo tempo mais e menos complicado do que isso.

— E o que essa merda quer dizer?

Trace olhou para o Brigadeiro Migael que tossiu e disse:

— Eles não estavam se materializando e desmaterializando. Essa tecnologia, pelo menos até onde sabemos, não existe. Em vez disso, acreditamos que os sequestradores estavam usando algum tipo de dispositivo de camuflagem.

Elyon deu novamente um tapa na mesa.

— Eu sabia! Eu sabia que aqueles diabinhos cinzentos estavam por trás disso.

Migael disse:

— Senhor, eles estavam usando a tecnologia Beag-Liath, mas os invasores eram Domhanianos.

— Certamente você não vai acreditar em uma única testemunha ocular incompetente que estava mentindo para encobrir um monte de bundas da Autoridade Portuária.

— Não, senhor, — respondeu Migael. — Eu não acreditaria em uma testemunha ocular não confiável. Mas as trilhas no local contam a história. Uma nave Domhaniana pousou à vista de todos, mas não pôde ser vista. Um esquadrão usando botas Domhanianas saiu da nave, invadiu o complexo residencial e partiu com um grupo de nossos sapiens. A nave decolou e pousou em cima da sarça ardente. Os Domhanianos e os sapiens embarcaram na nave e partiram. Eles não foram vistos, exceto pelo único relato de um homem provocando o incêndio.

Após um momento de silêncio, as palavras de Elyon pingavam ameaça e ódio.

— Encontre-os. Encontre meus sapiens e traga-os de volta. Mate qualquer um que estiver no seu caminho. Quero que lhes ensinem uma lição. Se eles acham que podem brincar comigo... Vou queimá-los até o chão!

Trace e Migael trocaram olhares ansiosos. Trace disse:

— Era uma nave P-33 4-D.

Elyon lançou-lhe um olhar vazio.

— A pegada da nave era a de um nave 4-D de trinta passageiros. Não há dúvida de que os sapiens e os Domhanianos já estão num planeta distante.

— Droga! Descubra onde. Eu os quero mortos.

---

Trace e Migael foram, por razões bem diferentes, aliados no esforço para dissuadir a inclinação agressiva de Elyon.

Migael disse:

— Perseguir dezoito sapiens até Realta-Gorm é uma noção de tiro na culatra.

Trace olhou de soslaio para Migael, que não criticava com frequência o Grão-Mestre.

— Você está certo e devemos dissuadi-lo desse curso de ação. — Ele soltou uma risada sem humor. — Mas não hoje.

Migael revirou os olhos.

— Eu deveria dizer que não, mas o que fazemos?

Trace ficou surpreso com o fato de Migael estar solicitando sua opinião, o que indica a situação difícil em que o Brigadeiro se encontrava.

— Tudo bem, começo apontando sutilmente como seria ineficaz em termos de custo a perseguição de um número tão pequeno de sapiens. Em seguida, aponto as questões que limitam a probabilidade de sucesso – dificuldade em localizar o grupo certo de sapiens, a rede de satélites de rastreamento de energia de Realta-Gorm – coisas assim.

— Trace, ele não vai se importar se encontrarmos o grupo certo de sapiens, contanto que retornemos ou matemos dezoito deles.

— Você tem razão. Não vou usar isso, mas vou deixar algumas dicas aqui e ali sobre os pesadelos logísticos envolvidos no envio de tropas para Realta-Gorm.

— Obrigado, — Migael disse sinceramente. — Enquanto isso, eu preciso organizar algum tipo de ação bem-sucedida contra Oprit Robia aqui.

— Sim, você tem, — Trace concordou. — Mas você precisa ter certeza de que o Grão-Mestre pensa que a ideia foi dele.

— Sendo que eu sou péssimo em jogar esse tipo de jogo.

— Não é o seu forte, hein? — Trace provocou.

Meio brincando, Migael respondeu:

—Cai fora.

Trace riu.

— Obviamente, essa conversa nunca aconteceu. E se precisar de ajuda para descobrir como abordar o Grão-Mestre com seus planos, venha até mim. Essa conversa também nunca terá acontecido.

Migael ofereceu a Trace a palma da mão voltada para cima, depois se virou e se afastou em direção ao tubo de transporte de gravidade zero, que o levaria até o toro militar T-Taxiarch, na extremidade oposta do colosso em órbita.

# TRINTA E QUATRO
## CLÃ DO RIO TK-2

A DISTÂNCIA da sede da NWA-1 até as cabeceiras do rio Tk-2 era grande demais para ser percorrida em quadricóptero. Adair pilotou Inna, Vapula e Ruth até um dos afluentes do rio na nave auxiliar P-6. As montanhas nesta área não eram tão altas como as da região SWA-7, mas eram acidentadas e densamente arborizadas.

Localizar o clã foi bastante fácil, visto que Inna e Ruth haviam marcado vários membros do clã com chips de rastreamento subcutâneos quatro anos antes. Adair fez uma careta enquanto ziguezagueava com a nave sobre o topo da cordilheira em busca de um lugar seguro para pousar.

— Há muitas áreas planas nas cristas e até algumas perto do riacho. É que tudo é tão complicado.

— E você não sente que pode simplesmente se acomodar e esmagar o pincel? — Vapula perguntou.

— Não sei. Parece muito difícil e esses pequenos transportes são extremamente leves. Se não chegarmos ao solo e ficarmos fora do nível, os levitadores provavelmente não produzirão repulsão magnética suficiente para uma decolagem segura.

— Quase todo o crescimento é de madeira decídua, — lembrou Ruth. — E muitas dessas pequenas árvores têm facilmente três metros de altura.

Virando-se para Vapula, Adair disse:

— Bem, isso responde à sua pergunta. — Ele pilotou o P-6 para uma altitude maior e começou a procurar a clareira mais próxima no lado sul do rio Tk-2.

---

Foi uma caminhada árdua por duas ravinas íngremes. Inna estava desempacotando o telescópio e o tripé quando Ruth e Vapula chegaram ao topo da cordilheira com vista para o acampamento do clã sapiens. Eles estavam respirando com dificuldade e Inna levou um dedo aos lábios, alertando seus companheiros para ficarem o mais quieto possível.

Enquanto Inna preparava e focava os binóculos, Vapula tirou da mochila os almoços ricos em proteínas que havia preparado antes de deixar a nave. Ela entregou uma sacola aos colegas e apontou para as garrafas de água. Ruth engoliu vários goles de água antes de morder a comida. Após a primeira degustação, ela sorriu e fez um sinal de positivo para Vapula.

Eles observaram o clã sapiens por mais de uma hora. Vapula gesticulou para que descessem até a ravina para discutir suas observações. Ruth embalou silenciosamente os binóculos e o tripé. Inna pegou os sacos de comida vazios e os enfiou no bolso da calça cargo.

Eles se amontoaram atrás de uma cerca viva de arbustos grossos com grandes folhas em forma de mão.

— Quantos você contou? — Vapula perguntou.

— Com certeza dois, talvez três, — respondeu Inna.

— Sim, foi isso que eu vi.

— Qual você estimaria a idade deles? — Ruth perguntou.

— Tenho certeza de que todos têm entre três e quatro anos, — respondeu Vapula.

Ruth disse:

— Espero que sim. Já se passaram quase quatro revoluções solares Ghrain-3 desde que infectamos o clã. Se os vírus castrassem os machos nefilim no próximo ano, não deveria haver crianças com a mutação do gigantismo com menos de três anos.

— Eu só vi um nefilim adolescente, uma mulher, — disse Inna. — E ela com certeza não parece saudável.

Vapula assentiu.

— Concordo. Duvido que ela seja capaz de produzir descendentes.

— O que você acha que aconteceu com os adolescentes nefilim que vimos da última vez? — Ruth se perguntou.

Inna bufou:

— Se eu tivesse que adivinhar, diria que, à medida que a testosterona atingiu o nível mais baixo, eles se tornaram fracos e menos agressivos.

— E provavelmente menos alerta, — acrescentou Ruth.

— Ahh, — Vapula disse ao entender. — Alvos fáceis para aqueles que podem ter rancor... E suponho que eles deram a cada adulto do clã motivos mais do que suficientes para serem vingativos.

— Sim, — Inna concordou. — Pelo que observamos há quatro anos, não há dúvida disso. Eles eram brutos.

— Mas também é possível que eles ainda estejam vivos e tenham saído com um grupo de caça, — supôs Vapula.

— Sim, isso é possível.

— Devíamos voltar para a nave para passar a noite, — sugeriu Inna. — Podemos voltar amanhã cedo e passar a maior parte do dia observando o clã.

— Isso faz sentido. Prefiro bufar durante a caminhada do que passar a noite aqui sem sacos de dormir. De qualquer forma, não sabemos o suficiente para propor um plano de ação ao Diretor Semyaza, — observou Ruth.

Inna ergueu-se até os quase dois metros de altura, limpou a terra e os ramos das nádegas e ofereceu uma mão amiga a Vapula e a Ruth.

Adair ficou aliviado ao ver seus colegas voltando para a nave poucos minutos antes do pôr do sol.

---

— Acho que é sensato observá-los por mais um ou dois dias, — disse Semyaza. — Espere um segundo. — Ele ajustou o foco na tela do seu comunicador. — Ok, isso é melhor... Acreditamos que o Clã do Rio Tk-2 tem a manifestação mais ao sul da mutação do gigantismo, então precisamos acertar.

— Com certeza, especialmente tendo em conta a dificuldade de acesso a este grupo, — concordou Vapula.

Esfregando o queixo, Semyaza disse:

— Ok, vou ligar para Ramuell, mas tenho quase certeza de que sei o que ele vai nos pedir.

Inna disse:

— E não vamos gostar muito, não é?

— Provavelmente não. Mas fique quieto por enquanto. Com sorte, posso pegar Ram em uma ligação via satélite esta noite. Entrarei em contato com vocês amanhã de manhã.

Vapula apertou os olhos cansados com as palmas das duas mãos.

— Tudo bem, tentaremos ter uma boa noite de sono e falaremos com você amanhã.

---

No final da noite do dia seguinte, nenhum adulto Nefilim apareceu no acampamento do clã. Ruth, Inna e Vapula haviam escondido seu equipamento de acampamento sob o matagal na ravina entre eles e a nave auxiliar. Eles rastejaram de volta pela encosta.

Enquanto Vapula montava a barraca e arrumava os sacos de dormir, Ruth quebrou alguns bastões químicos para aquecer água para o chá e reconstituir as refeições desidratadas.

Inna disse:

— Vou subir até o topo da próxima cordilheira para ligar para o Adair. Ele pode transmitir nossas observações a Semyaza. Eu não deveria demorar muito.

— Espere um minuto. Beba uma xícara de chá antes de ir para lá.

Ela agarrou o copo com as duas mãos e tomou um gole.

— Hmm, isso é bom. Obrigada.

Pouco mais de uma hora depois, Vapula e Ruth ouviram Inna descendo a colina. Vapula ligou a lanterna para que Inna não tivesse problemas em localizar o acampamento escondido. Ao deslizar pelo mato até a pequena clareira, Vapula iluminou o rosto de Inna com a luz. A expressão dela disse tudo.

Vapula exalou lentamente.

— Ok, não vamos nos preocupar com isso esta noite. Faremos o que temos que fazer amanhã de manhã.

---

Vapula saiu de trás de um afloramento rochoso a não mais de cem metros acima do acampamento do clã. Ela disparou três rajadas sônicas de atordoamento em um arco da direita para a esquerda. Todos os membros do clã caíram no chão. Ruth e Inna correram colina abaixo até o meio dos corpos inconscientes.

As instruções de Semyaza foram recuperar os corpos dos nefilim para autópsia. Inna sacou sua arma de partículas carregadas, caminhou até os três jovens nefilim e despachou cada um deles com um único tiro fatal. Ela lutou contra uma onda de náusea antes de se virar para olhar para suas amigas.

Vapula estava agachado ao lado de uma garota de aparência estranha.

— Venha dar uma olhada nisso.

A criança parecia ser um pouco mais velha que os dois meninos nefilim que Inna havia matado. Seu crânio tinha uma área parietal alongada. Os olhos de Ruth se arregalaram e ela disse calmamente:

— Essa criança é um cruzamento sapien/Domhaniana.

— Acho que sim, — respondeu Vapula enquanto tirava um kit de teste de DNA de sua mochila e limpava a boca da garota atordoada. — Mas como isso é possível entre um clã que vive em uma área tão remota? — Ela olhou para Ruth, cujas sobrancelhas estavam bem unidas. Ruth se virou sem responder, pegou uma das crianças nefilim mortas e jogou-o sobre o ombro direito.

Vapula levantou-se e foi até a outra criança morta. Ela suspirou alto, pegou-o no colo e disse a Inna:

— Precisamos ir embora. Não queremos ser vistos.

Inna deu uma volta de 360 graus, examinando os corpos inconscientes dos membros restantes do clã.

— Bem, merda! — Ela guardou a arma no coldre, pegou o esqueleto devastado pelo retrovírus do adolescente nefilim, virou-se e começou a escalar para fora da ravina.

# TRINTA E CINCO
## POR QUE E COMO

*~Ramuell~*

DEPOIS DE LER o relatório de Vapula, Azazel pediu para me ver.

— Ramuell, gostaria que seus pais dessem uma olhada no relatório da autópsia dos três nefilim do rio Tk-2. Também estou interessado na opinião deles sobre a amostra de DNA que Vapula colheu da garota híbrida. Você gostaria de ter a ajuda deles? E você pode contatá-los?

— Um "sim" definitivo à sua primeira pergunta; e "provavelmente" para a sua segunda, — respondi.

---

Vários dias depois, papai estava sentado em uma bancada no laboratório do Projeto Nefilim. Com os cotovelos apoiados na bancada, ele segurava a cabeça com as duas mãos e olhava para tabelas de dados e mapas da superfície do planeta. Na quarta vez que ele suspirou, mamãe riu. Papai ergueu os olhos da tela do foliopad e disse:

— Isso simplesmente não faz sentido, não é?

Nós dois olhamos para ele e mamãe perguntou:

— Você quer dizer a mutação do gigantismo ou o híbrido sapien/Domhaniano?

— Eu estava falando sobre os nefilim, mas...

— Mas nenhum dos dois faz muito sentido, — terminei o pensamento do meu pai.

A mãe recostou-se no encosto do banco, cruzou os braços e disse:

— Eu esperava que pudéssemos acompanhar a progressão geográfica da mutação através do ADN mitocondrial, mas simplesmente não temos dados suficientes. — Ela se levantou e se inclinou sobre a bancada. — E essa falta de dados significa alguma coisa.

— O que você está pensando? — Perguntei.

A mãe inclinou a cabeça para o lado:

— Ramuell, e se a mutação nem sempre for autossômica dominante? E se algumas populações estiverem geneticamente predispostas a não manifestar a mutação, mas ainda assim puderem transmiti-la aos seus descendentes?

— Suponho que isso seja possível. Não mapeamos o genoma de todas as subpopulações de humanoides do planeta.

A mãe abaixou a cabeça e cobriu o rosto com as duas mãos.

— O quê?! — Perguntei.

— Apenas híbridos de sapiens com DNA de neandertalis podem manifestar a mutação do gigantismo?

— Ah, inferno! Não há neandertalis conhecidos tão ao sul de NWA-1. Esses clãs sapiens nunca cruzaram com neandertalis. Eles não carregam nenhum DNA de neandertalis.

Nós três começamos a andar sem palavras pelo laboratório. Os únicos sons eram os nossos passos e os suspiros frequentes do meu pai. Por fim, a mãe disse:

— Acho que não... Não acho que um sapiens sem DNA de neandertalis possa carregar a mutação.

Papai torceu os lábios para o lado.

— O que pode significar que alguém modificou a mutação e introduziu intencionalmente o gigantismo entre o Clã do Rio Tk-2.

— Quem faria isso? E por que eles iriam querer isso? — Perguntei.

Esfregando a mão no queixo, papai respondeu:

— Não sei. Mas isso também pode explicar a criança híbrida sapien/Domhaniana.

A mãe torceu o nariz e disse:

— Talvez sim.

— Eu não entendo, — eu disse.

— Bem, — começou a mãe, — talvez tenha havido uma eclosão de mariposa quando o Domhanian estava visitando o clã para infectá-los com a mutação.

Eu me sentei em um banquinho e joguei a cabeça na bancada. Sem olhar para cima, murmurei:

— E o alucinógeno da escama da mariposa misturado com o miasma de feromônio do sapiens, produzindo ideação sexual, uma ereção e...

Mais uma vez a mãe riu:

— ... E uma coisa levou à outra.

---

Alguns dias depois, meus pais e eu nos encontramos com Azazel em seu escritório. Eu tinha trazido quatro jantares e estávamos sentados na cozinha comendo.

— Decidimos proceder como se a introdução da mutação gigantismo no Clã do Rio Tk-2 fosse intencional e não um acidente, — expliquei.

— O que pode ou não ser verdade, — acrescentou a mãe. Mas essa foi à suposição que fizemos para conduzir uma investigação forense.

Azazel ergueu as mãos e encolheu os ombros.

— E se você estiver errado... Se a introdução foi acidental, e daí?

— Certo. Se a propagação tivesse sido um acidente, a nossa investigação não teria levado a nada. Mas não levou a nada.

Azazel se inclinou para frente e olhou para mãe.

Ela continuou:

— Como os Domhanianos estão em Ghrain-3 há um milênio, o número de possíveis perpetradores é quase incalculável. Sendo esse o caso, nós meio que apoiamos a investigação considerando primeiro o motivo.

— Em outras palavras, por que alguém iria querer fazer algo assim? — Papai interrompeu.

— O que você está pensando? — Azazel perguntou.

— Não temos certeza. Inicialmente, não poderíamos imaginar ninguém querendo mais daquelas feras vagando pelo planeta. Então começamos a pensar, e se uma pessoa, ou um grupo, não se importasse com este planeta. — Papai franziu a testa. — E se eles quisessem que a Missão Expedicionária Ghrain-3 falhasse?

Azazel estreitou os olhos.

Papai refletiu sua expressão e continuou:

— Nós nos perguntamos: quem iria querer que falhássemos? Inicialmente, pensamos em cultistas excessivamente zelosos.

— Sim, claro, — disse Azazel.

A mãe limpou a boca e colocou o guardanapo na mesa ao lado do prato.

— Mas então pensei em outra possibilidade. E se algum grupo de Realta-Gorm 4 ficasse tão obcecado em acabar com o comércio de escravos que decidisse uma estratégia de espalhar a mutação do gigantismo?

— No começo eu não conseguia acreditar nisso. Mas papai ressaltou que aumentar o número de nefilim criaria clãs sapiens imprevisíveis e incontroláveis, e isso anularia a lucratividade do comércio de escravos.

Papai franziu a testa e olhou para Azazel.

— Por mais que odiemos sugerir isso, é possível que uma facção dentro de Oprit Robia tenha se tornado desonesta.

A cor sumiu do rosto de Azazel.

— Mas tudo isso são conjecturas, certo?

— Isso mesmo, — respondeu a mãe. — Você é a primeira pessoa com quem compartilhamos nossas suspeitas e estamos compartilhando isso com você por dois motivos. Primeiro, para avisar que algumas pessoas que consideramos aliadas podem não compartilhar o nosso objetivo de erradicar os nefilim. E segundo, você e sua equipe podem tropeçar em informações incidentais que nos apontarão os perpetradores. No futuro, você deverá ler os relatórios que receber no terreno tendo isso em mente.

Azazel olhou pela janela do escritório por um longo momento.

— Acredito que precisamos de informações mais confiáveis antes de discutir qualquer assunto com o Grupo dos 12.

Embora eu entendesse seu pensamento, temia que obter "informações mais confiáveis" fosse uma tarefa difícil. Somos cientistas, não detetives. Não envolver a equipe de segurança do G12 em nossa investigação pode ser um erro. No entanto, se Oprit Robia soubesse que suspeitávamos deles, isso poderia se tornar um problema ainda maior.

# TRINTA E SEIS
## MAIS UM TERROR

NANZY, Imamiah e o Major Anso foram convidados a reunir-se com meia dúzia de líderes de Oprit Robia numa ampla cabana no sopé do extremo norte das terras altas de Realta-Gorm 4. Uma cadeia de montanhas cobertas de coníferas projetava-se em direção ao céu, ao norte. O deque sul da cabana dava para uma extensão de colinas cobertas por centenas de espécies de grama e salpicadas de árvores raquíticas.

A vida selvagem visitava frequentemente o quintal da cabana, que estava coberto de agulhas e cones de coníferas. A "vida selvagem" não era tão selvagem assim. Animais com chifres muitas vezes enfiavam suas cabeças peludas na grade da varanda implorando por nozes ou pedaços de frutas. Pequenos roedores de árvores corriam pelo convés, vasculhando cada pedaço caído.

— Eles são tão fofos que não aguento! — Exclamou Imamiah.

— Tenho um amigo que uma vez domesticou uma ninhada órfã, — disse Anso. — Eles eram animais de estimação bons, mas travessos. Pelo que entendi, a única maneira de domesticá-los é criá-los com uma garrafa. Se forem capturados após o desmame, podem ser bastante amigáveis, mas sempre serão selvagens.

Imamiah riu.

— Suspeito que estou mais feliz com esses pequeninos correndo em volta dos meus pés do que com um deles se metendo em tudo que tenho em casa.

Só então Nanzy colocou a cabeça para fora da porta da frente.

— Eles estão prontos para nós.

Anso e Imamiah seguiram Nanzy até uma grande toca. Dedos da luz da estrela azul penetravam na sala através das claraboias de vidro fumê. Cinco dos líderes da velha guarda de Oprit Robia estavam sentados em sofás e cadeiras, bebendo café em vez de chá.

Marjean levantou-se.

— Entre, entre. Sente-se. Você gostaria de uma xícara?

O café tinha um cheiro maravilhoso. Todos os três recém-chegados aceitaram a oferta.

Quando todos estavam sentados e confortáveis, Marjean disse:

— Estávamos discutindo os últimos relatórios sobre a mutação do gigantismo entre os híbridos sapiens vendidos como escravos.

Anso disse:

— É muito horrível, hein?

— Você acredita que os proprietários de escravos de fora do mundo foram instruídos a acabar com os transportadores sapiens ou eles tiveram a opção de esterilizá-los? — Marjean perguntou.

Anso olhou de Nanzy para Imamiah. Ambos gesticularam para que ele respondesse.

— É de nosso entendimento que Trace impressionou Elyon e seus comparsas que todos os sapiens em todos os lugares tiveram que ser testados e todos os portadores da mutação do gigantismo tiveram que ser eliminados do pool genético. Nossas fontes na sonda nos dizem que consideraram tanto a esterilização química quanto a cirúrgica. — Ele respirou fundo. — Acreditamos que o Serefim Presidium determinou que seria mais barato sacrificar do que esterilizar... E foi isso que eles ordenaram.

Rael, que estava sentado do outro lado da sala de Anso, quase explodiu.

— É uma maldita abominação!

— Sim, sempre foi uma abominação, — concordou Marjean. — A questão que temos hoje é: o que fazemos em relação a este desenvolvimento?

Imamiah fungou e disse:

— Se me permite.

Marjean fez um gesto para que ela continuasse.

— Não fazemos nada.

Ela recebeu vários olhares arregalados do grupo.

— Provavelmente não há nada que possamos fazer neste momento. Mas mesmo se pudéssemos... — Imamiah fez uma pausa. — Olha, conheci Ramuell e vários membros da equipe do Projeto Nefilim. Eles foram acusados de matar um dragão cuspidor de fogo. Até agora, tudo o que conseguiram fazer foi agarrar-lhe a cauda.

— Tenho certeza de que a decisão de sacrificar sapiens saudáveis deixa Ramuell e seus pais doentes. — Ela ergueu um dedo como se estivesse colocando um asterisco em seu comentário. — Mas eles nos diriam que eliminar a propagação da mutação do gigantismo supera qualquer reticência ética em relação à eutanásia.

— Mesmo que isso signifique matar sapiens inocentes? — Rael perguntou incrédulo.

Imamiah respondeu calmamente:

— Mesmo que isso signifique matar sapiens inocentes.

— Ramuell diria especialmente se essas transportadoras estiverem fora do mundo, — acrescentou Nanzy. Ela olhou para Rael e continuou: — O que é mais um horror para adicionar à lista de horrores do comércio de escravos.

— A mutação do gigantismo é autossômica dominante, — explicou Imamiah. — Eu vi os nefilim. Eles são bestas impiedosas e implacáveis. O comércio de escravos poderia espalhá-los por toda a galáxia, e devemos fazer tudo o que pudermos para impedir que isso aconteça, o que significa eliminar todos os portadores do pool genético.

Marjean olhou para Imamiah.

— Parece-me que a melhor maneira de ajudarmos Ramuell com a propagação da mutação para fora do mundo é sufocar o comércio de escravos em sua origem. Você concordaria?

— Claro.

Anso levantou a mão no meio do caminho.

— Para fazer isso, precisaremos ajustar nossa estratégia.

Marjean disse:

— Major, com certeza você tem nossa atenção.

Enquanto Anso organizava seus pensamentos, Lauren entrou na cozinha e voltou com um bule de café fresco.

Anso explicou uma estratégia para realizar resgates de híbridos sapiens mantidos em instalações pequenas, em vez de grandes. Ele explicou:

— Aprendemos uma lição durante nossa recente missão de resgate no complexo da Autoridade Portuária. Invadir grandes instalações de detenção, mesmo utilizando a tecnologia de camuflagem Beag-Liath, não é sensato. Temos um mínimo de seis soldados designados para um esquadrão de ataque. Só podemos transportar cerca de vinte e cinco pessoas adicionais em nossas naves 4-D. Então, somos forçados a decidir quais sapiens levar e quais deixar para trás.

— Tivemos sorte na Autoridade Portuária porque um dos clãs estava ansioso para seguir nosso exemplo. Os outros estavam reticentes. Mas percebi que poderíamos ter lutado se muitos sapiens quisessem se juntar a nós.

Durante o resto do dia, os líderes do Oprit Robia ouviram Anso, Imamiah e Nanzy. Discutiram ideias, possíveis consequências e os recursos necessários. Quando encerraram naquela noite, o grupo havia definido uma estratégia.

Cinco dias depois, Anso retornou ao esconderijo da caverna de gelo em Ghrain-3. Ele e os vinte e sete combatentes estacionados lá desenvolveram planos para numerosos ataques para libertar grupos de vinte à vinte e cinco híbridos sapiens de locais por todo o planeta. Suas novas táticas provariam ser eficazes e desastrosas.

# TRINTA E SETE
## SABOTADORES

*~Ramuell~*

COM UM BRILHO meio provocador nos olhos, Semyaza disse:
— Imagino que vocês dois gostariam de ainda estar na companhia de Anso e suas tropas.
— Eu... acho... que não, — respondeu Althea.
— Tem certeza? Eles estão em uma sequência de vitórias.
— Eles estão, e não há absolutamente nada que possamos fazer para contribuir para o seu sucesso. — Egan riu: — Seríamos inúteis comendo tetas em um javali.
Mamãe olhou para mim e riu.
— Não que tenhamos ajudado muito Ramuell.
— Sua ajuda foi inestimável!
Ela me lançou um olhar de soslaio.
— Inestimável sendo um eufemismo para sem valor?
— Ah, vamos lá, mãe, — eu ri. — O fato de não termos resolvido o mistério não é por falta de esforço.
— Então, presumo que você não tenha boas notícias sobre a mutação do gigantismo entre o clã Tk-2, — supôs Semyaza.

— Nós temos e não temos, — respondeu papai. — Mas antes de irmos para lá, nós três estivemos praticamente enclausurados no laboratório. Só ouvimos o que corre o boato sobre os sucessos de Anso. Não sabemos nenhum detalhe.

Semyaza compartilhou conosco o que aprendeu com suas fontes a bordo do orbitador. O major Anso era realmente um homem ocupado. Ele coordenava as operações de mais de trinta caças Oprit Robia e quatro naves 4-D. Eles conduziram quinze ataques bem-sucedidos em instalações que mantinham sapiens na fila para vendas fora do mundo.

Semyaza estimou que eles haviam libertado de vinte à vinte e cinco sapiens em cada ataque. Desde o início desta última ofensiva, mais de trezentos indígenas de Ghrain-3 foram realocados para reservas selvagens no hemisfério sul de Realta-Gorm 4.

Houve um consenso quase universal entre os Domhanianos que viviam em Realta-Gorm de que a guerra de alforria era uma causa justa. Eles estavam orgulhosos de compartilhar seu planeta com seres libertados do mundo subjugado do Serefim Presidium.

— A magnanimidade deles pode ser um machado de lâmina dupla, — observou Azazel. — Pode chegar o dia em que haverá mais sapiens Ghrain-3 em Realta-Gorm do que Domhanianos.

A mãe disse:

— Isso pode ser difícil de entender, mas eles realmente discutiram isso. A liderança do Oprit até nomeou uma força-tarefa para desenvolver planos de longo prazo para a evacuação gradual dos Domhanianos do planeta.

O queixo de Semyaza caiu.

— Sim, — ela continuou. — Eles estão dispostos a considerar a entrega de todo o planeta aos imigrantes sapiens, caso isso se torne necessário.

Papai disse:

— Para crédito deles, Oprit Robia está disposto a respaldar seu fanatismo com ações.

— Talvez, mas convencer todos os Domhanianos de Realta-Gorm a abandonarem as suas casas será uma tarefa difícil, — observou Semyaza.

— Sim, de fato, — papai concordou.

Semyaza levantou-se e foi até um aparador nos fundos de seu escritório. Ele voltou e colocou uma tigela de nozes sobre a mesa. Ele sentou-se e disse:

— Os problemas de longo prazo de Realta-Gorm não cabem a nós resolver. Diga-me o que sabemos sobre os sapiens na região do rio Tk-2.

— Como papai disse, as notícias não são de todo boas e nem de todo ruins. É... — Olhei para meus pais.

— Semyaza, Azazel, — começou a mãe. — Há tanta coisa que não sabemos.

— Comece com o que você sabe, — sugeriu Azazel.

— Certo. Temos quase certeza de que a infecção foi intencional.

— Eca! — Semyaza gemeu. — Se isso for verdade, definitivamente não são boas notícias. O que você quer dizer com quase certo?

— Antes de responder a essa pergunta, deixe-me salientar que, mesmo que a infecção fosse natural, ter a mutação do gigantismo aparecendo tão ao sul ainda seria uma má notícia.

— Claro, — Semyaza concordou.

— Mas acreditamos que foi intencional porque todas as expressões naturais conhecidas da mutação estão acopladas ao DNA do neandertalis. Quase todos os sapiens no SWA-7, SEE-1 e SWE-2 já eram híbridos antes de começarmos a hibridizá-los artificialmente. Talvez dez por cento do seu DNA venha de ancestrais neandertais. Nas regiões SSA-3 e SEA-4, vemos aproximadamente a mesma coisa com o DNA de Denisova, em vez do DNA de Neandertalis. Enquanto aqui no hemisfério sul não vemos essa mistura de pools genéticos. Os sapiens do extremo norte deste continente carregam um pouquinho de DNA de neandertalis.

Semyaza disse:

— Não tenho certeza do que tudo isso significa.

— O problema é o seguinte, — interrompi. — Todos podemos concordar que a infecção intencional do clã Tk-2 River é uma coisa ruim. Mas não pelas razões que você pode supor. O fato dos sapiens no NWA-1 não carregarem o DNA do neandertalis torna a propagação espontânea da mutação do gigantismo praticamente impossível.

Semyaza deu um tapa na mesa.

— Isso é uma ótima notícia, não é?

— Que não precisamos nos preocupar com um bando de nefilim surgindo ao redor do rio Tk-2, sim, é uma ótima notícia. Mas... — Mais uma vez olhei para meus pais.

Desta vez foi papai quem continuou.

— Mas, a infecção intencional foi obra de um sabotador, ou mais provavelmente de um grupo de sabotadores. Tivemos sorte deles não saberem o suficiente sobre a genética da mutação para terem tido sucesso.

— Se a vovó ainda estivesse aqui, ela se inflamaria espontaneamente com a ideia de sabotadores tentando espalhar os nefilim para outras partes do globo.

Azazel riu:

— Talvez não acenda, mas haveria algumas faíscas com certeza.

Os olhos de Semyaza se arregalaram.

— Eu só vi Kadeya ficar com raiva uma vez, muitos anos atrás. Antes de você nascer, Ramuell. Digamos apenas que estou feliz que a raiva dela não tenha sido dirigida a mim. Ela era meio assustadora!

A mãe riu e bateu com os nós dos dedos no braço da cadeira.

— Ok, voltando ao assunto em questão, então são más notícias porque temos alguns canhões soltos em algum lugar.

— Sim, senhor, — respondi. — E não sabemos quem eles são, o que os motiva ou o que podem estar planejando fazer.

Semyaza olhou para seu colo por um longo momento. Ele suspirou e disse:

— Sugestões?

Eu estava preparado para isso e já havia discutido meus pensamentos com Azazel. Apontando para mamãe e papai, eu disse:

— Somos cientistas, não detetives. Precisamos trazer algumas pessoas que saibam como conduzir uma investigação forense.

— Você está pensando em Ipos? — Semyaza perguntou.

— Inicialmente estávamos, — respondeu Azazel. — Ipos e Davel, mas não podemos usá-los. Esta investigação será muito divulgada. — Ele puxou o lóbulo de uma orelha e olhou para mim.

— Ipos está aqui sob falsos pretextos. Caramba, ele não está oficialmente aqui. Ele usou documentos de identificação falsificados para voltar de Domhan Siol.

— Ahh. — Semyaza esfregou o queixo e desviou o olhar. — E Davel abandonou o Serefim Presidium para se juntar a seus arqui-inimigos.

Azazel disse:

— Exatamente.

— Não, isso não serve. Eles teriam problemas e nos causariam problemas. Então, Ramuell, presumo que você tenha outra pessoa em mente.

— Eu não, mas mamãe e papai sim.

— Sim, Althea e eu conhecemos um casal que se

encaixariam perfeitamente nesse perfil. Conhecemos os agentes Rebecca e Danel quando eles orquestraram nossa fuga do Hospital Nexo de Mando, logo após nosso retorno a Domhan Siol. Eles trabalham para a Diretoria de Lei e Ordem e são os confidentes de confiança do secretário Liam. Eles viajaram conosco em nossa primeira missão secreta a Realta-Gorm e dizemos que são investigadores magistrais.

— Você disse "casal". Eles são casados ou o quê? — Semyaza perguntou.

Mamãe e papai trocaram um sorriso rápido. A mãe disse:

— Ou o quê... É provavelmente a melhor maneira de descrever o relacionamento de Danel e Rebecca.

Papai tossiu.

— Sim, eles são, hum, muito íntimos um com o outro.

— Entendo, — Semyaza riu. — Então, como podemos trazê-los aqui?

— Não sabemos onde eles estão alocados agora, — respondeu papai. — Precisamos entrar em contato com a Diretoria de Lei e Ordem para ver se eles podem ser disponibilizados.

Semyaza disse:

— Eu topo. Suspeito que Liam e Sean ficarão felizes em nos ajudar, se puderem.

Azazel assentiu.

— Concordo e tenho certeza de que eles ficarão muito felizes em ouvir a Dra. Althea e o Professor Egan.

Olhando para mamãe e papai, Semyaza disse:

— Tudo bem. Lance a rede e veja o que você consegue.

— Nós avisaremos você, — disse papai.

Azazel se virou para olhar para Adair, que estava sentado em silêncio à mesa da sala de jantar ouvindo nossa conversa.

— Quando poderemos estar prontos para voltar para o norte?

— Dê-me dez minutos para fazer a verificação pré-voo e faremos o salto.

Quando Adair abriu a porta do escritório, uma rajada de ar refrescante entrou. Azazel gemeu e disse:

— Isso teria sido neve e gelo soprando na porta do meu escritório. Acho que vou me mudar para cá, para NWA-1, durante o inverno.

— Certo, — brincou Semyaza. — Você teria um ataque de apoplexia estando longe do SWA-7 por tanto tempo.

Semyaza piscou para mim. Eu disse:

— Sim, eu o vi se tornar um bebê chorão depois de quatro dias longe de sua mesa.

Mãe ficou boquiaberta. Enquanto meus pais estavam perdidos no espaço, eles perderam mais de sessenta anos da minha juventude. Ela ainda achava difícil me ver como adulto. E nenhum dos meus pais conhecia Semyaza, Azazel e eu o suficiente para compreender a natureza e a profundidade de nossa camaradagem.

Azazel agarrou os braços da cadeira e ficou de pé. Com um sorriso sutil, ele disse:

— E quero agradecer a vocês dois por suas opiniões perfeitamente impertinentes.

Papai parecia divertido e mamãe riu nervosamente. Ela disse:

— Tudo bem... Hum, acho que é hora de irmos.

Só então Adair voltou ao escritório e disse:

— Não vamos a lugar nenhum esta tarde. Um dos levitadores antigravitacionais mostra apenas sessenta por cento de potência.

Rugas profundas se formaram na testa de Azazel.

— Você não acha que conseguiríamos pousar com segurança no SWA-7?

— Provavelmente poderíamos, — respondeu Adair. — Mas eu certamente preferiria consertá-lo aqui com mãos quentes do que arriscar dedos congelados em seu acampamento base de cubos de gelo.

— Ah! Tenho muito trabalho a fazer, — reclamou Azazel.

Olhei para mamãe e papai e disse:

— Vejam o que queremos dizer.

O chefe riu e deu um tapa na minha nuca.

# TRINTA E OITO
## VELHOS AMIGOS

*~Ramuell~*

ENTENDEMOS que o Grão-Mestre Elyon está convencido de que quase todo o pessoal científico que trabalha no Ghrain-3 são colaboradores de Oprit Robia. Embora isso não seja verdade, devo admitir que o pessoal do Projeto Nefilim é, até certo ponto, solidário com aqueles que lutam para acabar com o comércio de escravos. Dadas as interdições mais frequentes e mais bem sucedidas por parte dos combatentes Oprit Robia do Major Anso, parece-me que o nosso dia de ajuste de contas poderá chegar mais cedo ou mais tarde. Estamos, portanto, continuando a armazenar suprimentos para o Projeto Nefilim.

Cerca de um ano atrás, escavamos um bunker no pouso do quadricóptero no cume fly-it-out acima da Escavação #421. Estamos usando o bunker para armazenar os suprimentos que secretamente retiramos do orbitador. Há vários dias, adquirimos três novos veículos para terrenos acidentados. Eles foram requisitados para SEE-1, NWA-1 e SWA-7. Tememos perder a posse dos veículos caso Elyon ordene às suas forças paramilitares que ocupem mais uma vez os campos dos quartéis generais de estudos científicos. Amanhã Adair e eu levaremos os RTVs e duas caixas de peças de reposição para o bunker. Ao contrário de quase tudo o que guardamos lá, estes foram obtidos através do processo de requisição padrão. Por razões óbvias, não compartilhamos com ninguém o local onde eles estão guardados.

---

— Owan, meu amigo! Não esperávamos ver você aqui.
— Ramuell, é bom ver você. Tem sido muito tempo. E como você está, Adair?
— Esta é uma surpresa agradável, — respondeu Adair. — Eu estou bem. E você?
— Ok, para um cara velho. — Owan virou-se para mim e disse: — Ouvi dizer que você estaria aqui e queria conversar com você sobre uma coisa.
— Deve ser importante ter caminhado desde a escavação até aqui. O que está acontecendo?
— É um assunto pessoal, — respondeu Owan.
— Vou começar a descarregar os RTVs, — disse Adair.
Owan acenou com a mão e disse:
— Não, não. Não é segredo. Mas eu não queria compartilhar isso em nosso sistema de comunicação. — Ele apontou para o céu. — Nunca se sabe quem está ouvindo.
Adair e eu assentimos.
— No último undecim, vários de nós tiramos alguns dias de folga e fomos explorar as bacias entre Dig 421 e Blue Rock Canyon. Acampamos lá por algumas noites. No início da tarde do nosso segundo dia, nos deparamos com um grupo de caça do Clã Crow. Eles mataram e esquartejaram um filhote de Auroque e estavam voltando para Blue Rock.
— Que sorte ter cruzado o caminho deles!
— Sorte total, — concordou Owan. — Você sabe como é lá

fora. Quatro bacias e centenas de quilômetros quadrados. Se houvesse uma única crista entre nós, nunca teríamos visto.

— Então, como eles estão?

— Os cinco caçadores que conhecemos estão bem. Mas, Ramuell, se entendi bem, e como você sabe que não sou fluente no dialeto deles, parece que Ru Ta envelheceu e provavelmente não está bem. Ele não pode mais sair para caçar. Tenho a impressão de que ele não terá muito mais tempo de vida.

— Ah, droga. Sinto muito, Owan. Eu sei que vocês dois são amigos.

— Nós somos... Bons amigos. Os sapiens não vivem muito, mas nós dois somos amigos há mais de duas décadas. — Ele fez uma pausa e limpou a garganta. — De qualquer forma, gostaria de ir vê-lo enquanto ainda há tempo e esperava que você quisesse me fazer companhia.

— Absolutamente! Vou precisar passar isso para Azazel, mas gostaria muito de me juntar a você.

Owan sorriu.

— Eu pensei que você poderia. Também pensei em perguntar ao Azazel, mas ele chama o Blue Rock Canyon de uma grande vala cheia de azar. — Owan riu, embora sua expressão fosse triste. — Com certeza, ele não vai querer se juntar a nós... Sendo que a Dra. Lilith pode. Seria bom tê-la junto.

— Ei! Aposto que ela gostaria de saber como está o Clã Crow.

— E tê-la junto certamente tornaria a comunicação mais simples. Ao contrário de mim, ela é fluente na língua deles.

— Eu poderia levar vocês na nave auxiliar até a borda sul, — ofereceu Adair.

— Essa é uma boa oferta, — respondi. — Isso reduzirá dois dias da nossa viagem e deixará Azazel muito mais confortável.

Owan bateu palmas e disse:

— Ok, isso é ótimo! Antes de voltar para a escavação, deixe-me ajudá-los, cavalheiros, a descarregar seu equipamento.

Adair disse:

— Não vou recusar essa oferta. Precisaríamos da sua ajuda para içar as caixas para o palete antigravitacional.

Depois de guardarmos os RTVs e as peças sobressalentes no bunker, nós três almoçamos sentados na rampa da nave auxiliar. Owan levantou-se, sacudiu a poeira do fundo das calças e disse:

— É hora de voltar pela trilha. Envie-me uma mensagem enigmática sobre quando você poderá visitar os Crows. Só não quero que ninguém lá em cima saiba que vamos para lá.

Adair bufou um pouco e disse:

— Isso é sensato. Dada a história Serefim com aquele clã, é melhor entrar e sair sem agitar bandeiras.

— Vou lhe enviar uma mensagem de texto com um dia e horário para nos encontrarmos aqui. Vamos planejar nossa viagem pela manhã, para que possamos voar até a borda e caminhar até o cânion, tudo em um dia.

— Sim, é assim que se faz, — respondeu Owan. — Se eu tiver um conflito de horário no dia que você propõe, responderei com outro dia e horário.

Bati na palma da mão de Owan e ele começou a caminhar os dois quilômetros de volta ao local da escavação.

---

O Beag-Liath tratou membros feridos do Clã Crow após o cruel ataque dos nefilim anos atrás. Vários de nós consideramos essa exposição a tecnologias médicas avançadas um erro bastante grave, sendo que não foi nada comparado à subsequente exposição do clã às viagens aéreas e ao armamento moderno durante a batalha da Autoridade Portuária.

Após nosso retorno da batalha, Azazel foi inflexível em

monitorar o clã de longe e evitar qualquer contato direto. Ele e eu compartilhamos uma considerável apreensão sobre como essas exposições poderiam alterar o curso da evolução do Clã Crow.

Assim como Owan, Azazel tinha uma conexão emocional com os sapiens do Clã Crow. Uma conexão que era um segredo cuidadosamente guardado entre alguns de seus confidentes mais próximos. Essa conexão foi tragicamente cortada na manhã em que invasores nefilim atacaram o acampamento fluvial dos Crow e assassinaram a neta de Azazel. Essa tragédia pairava em nossas mentes, mas eu tinha poucas dúvidas de que ele entenderia, talvez melhor do que qualquer outro Domhaniano em Ghrain-3, porque Owan queria visitar Ru Ta no Blue Rock Canyon.

A única estipulação do nosso Diretor de Área foi que levássemos um dos seguranças na viagem. Concordamos que o cânion provavelmente tinha fantasmas demais para Samael. Ipos não estava disponível porque estava trabalhando com Baur e Forcas no SEE-1. Escolhi Inna para acompanhar Owan, Lilith e eu.

---

Ru Ta estava sentado na saliência nivelada que servia como varanda natural da caverna. Seus pés estavam apoiados no chão e os joelhos estavam puxados perto do peito. Seus olhos vivos dançaram e ele gargalhou quando viu Owan subindo o caminho curto e íngreme que subia os cinco metros verticais do fundo do cânion até a ampla plataforma.

— Ho, — Owan gritou e acenou. Ele caiu de joelhos na frente de seu velho amigo.

Ru Ta pegou as duas mãos de Owan e apertou-as afetuosamente. Owen se inclinou e os dois homens tocaram as testas por vários segundos. Sendo um idiota piegas, tive que enxugar as lágrimas dos meus olhos.

Foi nesse momento que Shiya emergiu da caverna logo atrás de Ru Ta. Ela congelou e olhou por alguns segundos. Ela cobriu a boca com as duas mãos e caminhou rapidamente em minha direção. Ela havia crescido e agora estava na altura do peito. Sem dizer uma palavra, ela encostou a cabeça no meu torso e jogou os braços em volta das minhas costas.

— Oh, Shiya, já faz muito tempo.

Ela disse:

— Eo, Eo, — parecendo entender.

---

Na manhã seguinte, Lilith ficou nas cavernas enquanto Ru Ta, Owan, Inna e eu descíamos até o rio. Tínhamos acabado de colocar Ru Ta sentado em um tronco de árvore derrubado quando olhei para cima e vi Shiya trotando pela trilha. Com um sorriso malicioso, ela começou a apontar as coisas, esperando que eu as nomeasse. Ela estava testando minhas lembranças das aulas de idiomas que recebi dos membros do clã há quase uma dúzia de anos. Fiquei surpreso e animado com o quanto me lembrava. Acho que Shiya também estava.

Inna desceu cautelosamente da margem do rio até a água. Quando Owan tentou segui-la, escorregou e caiu desajeitadamente, causando um grande barulho. Shiya e Ru Ta se entreolharam e explodiram em gargalhadas.

Shiya acenou com a mão na frente do corpo e disse:

— Het, het. — Ela caminhou até a margem e deslizou na água tão graciosamente quanto uma lontra. A água chegou quase até seu quadril. Pegando Owan e Inna pela mão, Shiya conduziu-os cerca de vinte metros rio acima. Ela apontou para uma margem rebaixada e fez um movimento de cauda de peixe com a mão.

A margem estava coberta de grama alta que se curvava do solo úmido para a água. Shiya mergulhou na água fria até o pescoço e deslizou para baixo da cobertura de grama. Fui até o banco para ver melhor o que ela estava fazendo. Ela alcançou a borda do corte inferior e começou a se mover muito lentamente rio acima. Eu podia ver a língua dela em sua bochecha e seus olhos se estreitaram em fendas.

De repente, ela se lançou rio abaixo e gritou. Sua cabeça mergulhou na superfície da água por um momento. Ela saltou quase direto para cima e com as duas mãos tirou um peixe grande da água e jogou-o na margem, não muito longe dos meus pés. Dei um pulo para trás, surpreso, mas quando vi os movimentos frenéticos do peixe em direção à beira do rio, ataquei e prendi seu rabo no chão sob minha bota. Ru Ta estava rindo e batendo palmas. Peguei o peixe e levei-o até onde ele estava sentado no tronco.

Shiya chamou "Ramuell" e acenou para mim. Ela indicou que queria que eu lhe desse uma mão para sair do rio. Eu deveria saber melhor. Quando me abaixei, ela agarrou meu antebraço e se jogou para trás. Eu caí na água bem em cima dela.

Ela agilmente saiu de debaixo de mim e agarrou meu bíceps para me ajudar a ficar de pé no fundo do rio de cascalho. Quando apareci, estava cuspindo, vomitando e balançando o cabelo como um canino molhado. Todo mundo estava rindo. Suponho que minha queda desajeitada no rio foi uma visão absurda e engraçada. Shiya enxugou a água do meu rosto com as duas mãos. Quando ela olhou para mim, seus olhos ovais se estreitaram em meias-luas, ela balançou a cabeça e novamente riu alto.

Ela se virou e começou a voltar para seu buraco de pesca. Ela acenou para nós três até a margem rebaixada. Começando por Inna, ela ensinou a cada um de nós a arte de fazer pesca noodling com peixe com as próprias mãos. Cada um de nós pegou um casal e, quando os jogamos para fora da água, Shiya correu até a margem para pegar nossa pescaria, que empilhou no chão, aos pés de Ru Ta.

Inna decidiu tentar mais uma vez. Ela moveu-se lenta e cuidadosamente rio acima, com os dois braços estendidos o máximo que podia sob a margem. Ela parou e respirou fundo, agachou-se ainda mais fundo na água e depois explodiu para trás e para cima com um salto poderoso. Eu vi os músculos dos ombros dela flexionarem e ondularem enquanto ela girava e jogava um peixe enorme na margem.

Eu sabia que Inna tinha conseguido um grande problema quando vi a reação de Ru Ta. Seus olhos se arregalaram quando ele se levantou e caminhou em direção ao peixe que se contorcia em direção à beira da água. Shiya mergulhou na margem, agarrou punhados de grama do rio e saiu da água. Eles teriam chegado ao peixe agitado quase ao mesmo tempo se Ru Ta não tivesse prendido o pé em uma trepadeira parecida com uma corda. Ele caiu forte do lado direito e do ombro.

Shiya gritou e esqueceu tudo sobre o peixe grande. Ela caiu de joelhos ao lado do ancião do clã e virou a cabeça para olhar em seus olhos. Nós três corremos rio abaixo para sair da água na margem muito mais baixa por onde havíamos entrado. Estendi a mão para ajudar Owan a sair do rio. Inna já havia saído e corrido para Ru Ta. Ela verificou suas pupilas e depois tomou seu pulso.

Quando chegamos, Owan agachou-se e viu que seu velho amigo não havia perdido a consciência. Depois de trocarem algumas palavras, Owan se virou e me disse para correr e chamar a Dra. Lilith. Precisávamos de suas habilidades de interpretação para realizar um exame físico antes de levar Ru Ta de volta às cavernas.

O ombro direito de Ru Ta estava machucado e o cotovelo direito machucado, mas não de forma horrível. Estávamos preocupados que ele pudesse ter uma fratura no quadril ou na pelve, mas não tínhamos como determinar isso sem o equipamento de raios X. Pensei, mas não disse, que um raios-X não teria ajudado. Mesmo que ele tivesse uma fratura, não havia tratamento que pudéssemos oferecer.

Vários membros do clã se reuniram e quando Ru Ta se recuperou o suficiente, ele chamou alguns homens mais jovens para ajudá-lo a se levantar. Eles queriam levar o mais velho de volta para as cavernas, mas ele não aceitou. Em vez disso, eles se apoiaram sob suas axilas e Ru Ta começou a dar pequenos passos cautelosamente em direção às cavernas.

Ele parou de repente e falou, dizendo aos membros do seu clã para não esquecerem os peixes que havíamos pescado. Enquanto algumas pessoas coletavam nossa pescaria, Shiya começou a falar e gesticular com entusiasmo. Ela apontou para frente e para trás entre Inna e o rio e terminou seu discurso encolhendo os ombros.

Inna também encolheu os ombros e me disse:

— Suponho que essa tenha sido a história daquele que escapou.

Lilith riu.

— De fato foi! E se o peixe era tão grande quanto a história, você deve ter pescado uma mentira que caiu de volta no rio.

---

No final das contas, os medos do dia anterior se concretizaram. De manhã, Ru Ta não conseguiu ficar de pé sem ajuda devido a fortes dores. Os membros do clã o colocaram sentado e, estranhamente, ele parecia estar de muito bom humor. Shiya e algumas outras mulheres foram bastante obsequiosas. Trouxeram-lhe comida, encheram-lhe de peles as costas e cobriram-no com mantas de pele de animal. Um odre com água era colocado ao seu lado e abastecido com frequência.

Talvez por isso ele estivesse animado, ele apreciava toda a atenção.

Shiya, Inna e eu saímos para uma longa caminhada. Shiya e eu conversamos bastante e fiquei satisfeito com nossa capacidade de comunicação. Era rudimentar, com certeza, mas razoavelmente eficaz. Inna e eu aprendemos que um dos costumes do clã era nunca retornar às cavernas de mãos vazias. Reunimos um pacote de agrião e duas braçadas de lenha.

Quando voltamos vimos que Owan nunca havia saído do lado de Ru Ta. Lilith estava sentada por perto e interpretava quando necessário. Ao nos aproximarmos de onde eles estavam sentados na entrada de uma caverna, fiquei impressionado com seu comportamento descontraído e o afeto óbvio que compartilhavam.

Shiya e Ru Ta trocaram cumprimentos e tiveram uma breve conversa, que não consegui acompanhar. Quando terminaram de conversar, viraram-se para mim com sorrisos quase idênticos expressos apenas ao redor dos olhos. Eu disse a Lilith:

— Perguntarei mais tarde o que foi dito.

— Você não precisa perguntar. Você já sabe que eles te adoram.

---

No dia seguinte a lesão de Ru Ta não melhorou. O hematoma roxo escuro ao redor do quadril havia se espalhado pela parte externa da coxa. Sua dor provavelmente foi um pouco pior, o que ele parecia controlar com estoicismo.

Durante todo o dia, ficamos angustiados pensando se deveríamos ou não dar-lhe analgésicos. Inna tinha um kit de primeiros socorros bem abastecido em sua mochila. Tínhamos alguns analgésicos fortes, mas entendíamos que os remédios ofereceriam apenas um alívio temporário. Pode até haver um efeito rebote quando o efeito do analgésico passar. Não podíamos deixar as pílulas com o clã quando partimos, então no final não houve decisão a ser tomada. Não administramos os remédios, o que causou um impacto emocional em nós quatro.

Na manhã seguinte, ficou claro para onde isso iria levar. Ru Ta fez sua última caminhada até o rio. O clã iria alimentá-lo e cuidar dele. Eles tentariam mantê-lo o mais confortável possível, mas dada a probabilidade de um quadril quebrado, sua saúde pioraria rapidamente.

Lágrimas brotaram dos olhos de Owan quando ele se ajoelhou e encostou a testa na do amigo. Dra. Lilith não conseguiu interpretar... O nó em sua garganta sufocou sua voz. Até Inna parecia à beira das lágrimas. Parecia que nossas emoções confundiram Ru Ta. Ele não estava preocupado com sua situação e parecia estar de bom humor.

Depois de colocarmos nossas mochilas nos ombros, Shiya se aproximou e, por sua vez, ofereceu a Inna, Lilith e Owan uma palma virada para cima no estilo Domhaniano. Achamos isso divertido. Quando ela se aproximou de mim, ofereci-lhe a palma da mão, mas ela entrou na minha mão, encostou a cabeça no meu peito e me deu um abraço forte.

Quando chegamos ao vau do rio, nos viramos e acenamos para nossos amigos do Clã Crow, que estavam todos reunidos na plataforma rochosa em frente às suas cavernas. Owan soltou um suspiro longo e triste e sussurrou:

— Adeus, meu velho amigo.

Paramos para descansar e beber água a meio caminho da trilha que serpenteava cerca de seiscentos metros verticais pelo lado sul do cânion. Perguntei a Lilith o que ela achava da reação de Ru Ta à nossa partida emocional.

— Ele sabe que está morrendo. Talvez ele não tenha medo do esquecimento, ou talvez o clã tenha um forte senso de vida após a morte. De qualquer forma, ele simplesmente aceita que chegou a sua hora. — Ela fez uma pausa, olhou para o cânion e depois para mim. — Simplificando, Ru Ta não teme a própria morte.

# TRINTA E NOVE
## ACELERADOR DE EVOLUÇÃO

ALTHEA E EGAN encontraram-se com o Major Anso num amplo vale fluvial no extremo oeste da região SWA-7 e regressaram com ele ao esconderijo da caverna de gelo de Oprit Robia. Seis dias depois, eles pegaram carona em uma das naves 4-D de Oprit, fazendo o salto interdimensional para Realta-Gorm 4 com dezessete sapiens liberados.

Poucas horas depois de sua chegada, Imamiah acompanhou o casal até a sede da Oprit Robia em Saorsa. Marjean cumprimentou-os no hall de entrada.

— Dra. Althea, Professor Egan, obrigada por concordar em se encontrar comigo.

Althea abaixou ligeiramente a cabeça, mais que um aceno de cabeça, menos que uma reverência.

— É sempre um prazer e uma honra, Marjean.

— Senti o cheiro de café sendo preparado na cozinha há pouco e pensei, ei, quero isso em vez de chá. Você gostaria de um pouco? — Marjean perguntou.

Imamiah, Althea e Egan assentiram com entusiasmo. Depois de pegarem xícaras fumegantes da bebida escura, eles se retiraram para uma pequena sala de reuniões com uma janela panorâmica com vista para o bosque atrás do prédio. Ao observar a paisagem, pequenas rugas se formaram nos cantos dos olhos de Althea.

— Cada vez que volto a Realta-Gorm, fico impressionada com a forma como a vegetação cresce sob a luz da estrela azul.

— É muito lindo, — concordou Marjean. — É uma pena que, devido ao local onde evoluímos, tenhamos sempre de tomar muito cuidado para proteger os nossos olhos e a nossa pele da luz de comprimento de onda curto da estrela... Infelizmente, suponho que seja um pequeno preço a pagar para viver neste belo planeta.

Egan largou a xícara de café e esfregou as palmas das mãos.

— Então, você queria nos ver.

— Eu queria. Acho que podemos ajudar uns aos outros, — respondeu Marjean. — Eu entendo que você deseja rever aquele jovem casal simpático que o acompanhou pela primeira vez a Realta-Gorm há tantos anos.

Althea respondeu:

— Sim, precisamos da ajuda deles para investigar o que pensamos ter sido um ato de vandalismo genético em Ghrain-3. Parece que alguém infectou intencionalmente um clã no hemisfério sul com a mutação do gigantismo. Os agentes Rebecca e Danel são detetives de primeira linha.

Os olhos de Marjean se arregalaram.

— Infectou intencionalmente um clã?! Isso não é bom. O que eles estavam pensando?

— Isso é o que precisamos descobrir. Felizmente, os perpetradores não eram sofisticados em termos científicos, por isso não há ameaça real de contágio. — Althea fungou. — No entanto, precisamos saber o que motivou os perpetradores.

— Gostaríamos de pegá-los, — acrescentou Egan, — mas isso pode ser uma tarefa difícil.

— Uma das razões pelas quais pedi que você se encontrasse

comigo é porque queremos sua ajuda em um assunto relacionado.

Althea e Egan olharam para Marjean, esperando que ela explicasse.

— Identificamos três sapiens resgatados de campos de traficantes de escravos que carregam a mutação do gigantismo.

Egan inclinou a cabeça.

— Aww, droga!

— Na verdade, — continua Marjean, — um dos sapiens entre aqueles que chegaram com você é transportador.

— Acho que sei onde isso vai dar, — observou Althea.

Marjean inclinou a cabeça na direção de Althea.

— Tenho certeza que sim. As transportadoras provavelmente escaparam e agora vivem nas reservas do nosso hemisfério sul. Precisamos estabelecer um procedimento para testar sistematicamente todos os sapiens que já estão aqui. Também precisamos de criar um sistema mais infalível para testar os recém-chegados antes de serem transferidos para as reservas.

— Os testes não são tão complicados, — explicou Althea. — Mas requer recursos: pessoal treinado, materiais de teste, um laboratório bem equipado.

Marjean colocou as mãos no colo e olhou para o casal com expectativa.

Egan achou graça no fato de Marjean não ter simplesmente dito exatamente o que esperava. Ele disse:

— Podemos ajudá-la com isso. Aqui está o que eu recomendo. Vou ficar aqui e começar esse esforço. Não é algo que vai acontecer em um dia... Vai levar algum tempo.

Marjean inclinou ligeiramente a cabeça.

— Eu entendo.

Egan virou-se para Althea.

— E enquanto eu faço a bola rolar, você pode voltar para

Domhan Siol. Visite Kadeya, entre em contato com Liam e Sean e, com sorte, retorne com Rebecca e Danel a reboque.

— Eu adoraria! Seria ótimo passar algum tempo com a mamãe.

Imamiah pigarreou.

— Apenas uma falha nisso. Os agentes Rebecca e Danel não deveriam voltar aqui.

Marjean estreitou os olhos.

— Ah, você está certa.

Vendo as expressões perplexas de Egan e Althea, Imamiah explicou:

— Se eles vierem aqui, tornar-se-ão de fato persona non grata em Ghrain-3. Teríamos que contrabandeá-los para o planeta sob o radar.

— Claro, — disse Althea. — A investigação deles não pode ser uma missão secreta. Se eles chegarem de acordo com uma missão oficial, eles desfrutarão da proteção do Administrador Trace caso algo dê errado.

Uma pitada de diversão apareceu nos olhos de Imamiah.

— E em Ghrain-3, as coisas tendem a andar de lado.

---

— Esta é uma casa adorável, mãe.

Quando saíram da cozinha para o deque, Kadeya disse:

— É bom. — Ela acenou com a mão em direção ao pequeno lago atrás da propriedade. — O cenário é lindo, a casa é confortável e grande o suficiente para todos nós quando vocês dois puderem retornar ao mundo natal. Sendo que não muito maior para uma senhora idosa como eu manter.

Um olhar melancólico passou pelo rosto de Althea.

— Queremos voltar. Acho que estamos até prontos para voltar. Emocionalmente, isso é. Mas não podemos fazer isso acontecer, pelo menos não ainda.

— Não, suponho que você não pode. Goste ou não, o Beag-Liath escolheu você para esta missão. Eticamente, moralmente, espiritualmente, faça a sua escolha, você não tem escolha a não ser ir até o fim. — Kadeya apertou os lábios e balançou a cabeça levemente. — Talvez quando você terminar, Ramuell possa voltar com você.

— Eu sei que você deve sentir muita falta dele. — Althea olhou para a garrafa de cerveja verde que segurava. — Mãe, não sei se alguma vez realmente agradeci.

Kadeya juntou as sobrancelhas enquanto olhava para a filha.

Althea respirou fundo e olhou para a mãe.

— Você fez um trabalho notável criando-o em nossa ausência.

Kadeya começou a dizer algo, mas Althea a interrompeu.

— Não, mãe, deixe-me terminar. Quando você concordou em vigiar Ramuell para um undecim enquanto estávamos fora em uma rápida missão de pesquisa, você não negociou o que caiu em seu colo. Mas você nunca vacilou. Você não o colocou em um internato. Você o criou como teria criado seu próprio filho.

— Nem sempre foi fácil.

— Tenho certeza de que não foi...

Kadeya acenou com a mão.

— Não, agora deixe-me terminar. Ramuell e eu sempre nos demos muito bem. Simplesmente não tivemos conflitos importantes e não resolvidos. O que foi difícil, principalmente durante a primeira década após o desaparecimento de vocês dois, foi não saber. Estranhamente, tanto ele quanto eu tínhamos a sensação de que vocês ainda estavam vivos. Cerca de quinze anos depois, decidi que esse sentimento provavelmente era apenas uma ilusão. Não acredito que Ramuell tenha chegado à mesma conclusão.

— O que ele achou?

— Conversamos muito sobre vocês dois, mas raramente sobre os seus desaparecimentos. Pelas conversas que tivemos após sua ausência por quatro ou cinco décadas, acho que Ramuell acreditava que vocês provavelmente estavam vivos, mas deslocados em algum tipo de dimensão ou mudança temporal.

— Interessante... De certa forma ele estava certo.

— Sim, suponho que ele estava. Viajar através da tecnologia de dobra do Beag-Liath, em vez de saltar dimensões, colocou você e Egan em uma linha do tempo diferente.

Eles ficaram sentados em silêncio por vários minutos, bebendo os últimos goles de suas cervejas. Althea quebrou o silêncio.

— Eu adoraria levar Ramuell para casa conosco quando pudermos voltar.

---

Na manhã seguinte, quando Althea lavava a louça do café da manhã, percebeu que Kadeya parecia impaciente.

— Você está bem, mãe?

— Estou bem. — Então ela franziu a testa. — Mas precisamos conversar. Ou melhor, preciso lhe mostrar uma coisa... Algo que você precisa levar para Ghrain-3 e compartilhar com Ramuell.

Althea franziu a testa.

— Isso parece sério.

— É sério, mas não da maneira que você imagina. Tem a ver com a dinâmica de longo prazo dos retrovírus que usamos para hibridizar o sapiens do Ghrain-3. Ainda não compartilhei isso com ninguém. É... É só que... Bem, você verá.

Com a curiosidade despertada, Althea insistiu:

— Então, o que seria?

— Como eu disse, preciso mostrar a você e teremos que ir à Universidade para isso.

— Ah... Se vamos para Nexo de Mando, deixe-me ligar para Sean e Liam para ver se eles podem nos encontrar para almoçar.

— É melhor ser para o jantar, — disse Kadeya. — O que tenho para compartilhar vai demorar um pouco.

---

— Althea, esta é Carin. Ela tem sido minha assistente em tecnologia de dados nos últimos anos. O que quero mostrar a você não teria sido possível sem a ajuda de Carin.

Carin tinha sardas generosas no nariz e nas bochechas. Seu cabelo ruivo brilhante era impressionante e anômalo entre os Domhanianos. Ela bufou e disse:

— Sua mãe exagera no meu valor. — Ela então sorriu e acrescentou: — Dito isso, Dra. Althea, é uma honra conhecê-la.

Althea apontou para a mãe e disse:

— Eu cresci com essa mulher. Se ela oferecer muitos elogios, aceite!

Fingindo petulância, Kadeya disse:

— Ei, eu fui uma boa mãe... E você recebeu meu elogio quando o mereceu.

Althea brincou:

— Vê o que quero dizer?

Carin riu enquanto se virava para destrancar a porta do Laboratório de Computação de Inteligência Quântica.

Ao entrar no laboratório, Kadeya deixou a provocação de lado.

— O fato é que o que vou mostrar para vocês não poderia ter acontecido sem a ajuda da Carin. Mas deixe-me voltar para algum lugar mais próximo do início.

— Há mais de uma dúzia de anos, enquanto eu ainda

trabalhava na sonda Ghrain, tornou-se claro para mim que os nossos retrovírus hibridizantes estavam a manifestar-se de forma mais robusta do que imaginávamos ser possível. Passei a acreditar que isso não era uma função dos vírus RNA, mas sim da maleabilidade dos hospedeiros sapiens.

— Isso, por sua vez, me fez pensar sobre as implicações de longo prazo de sua maleabilidade. Perguntei-me se veríamos uma evolução muito mais rápida do que aquela que acreditamos ter ocorrido com a nossa própria espécie. Quando voltei para o mundo natal, comecei a executar alguns modelos no meu computador, mas não era nem de longe poderoso o suficiente...

Carin interrompeu:

— ... Ou bastante evocativo.

Althea disse:

— Evocativo? Eu não entendo.

— Eu também não tenho certeza, — comentou Kadeya. — Mas o importante é que Carin entenda a dinâmica quântica. De qualquer forma, mesmo com minhas limitadas habilidades computacionais, tornou-se óbvio que havíamos colocado o sapiens de Ghrain em um caminho evolutivo muito mais rápido do que esperávamos.

— Comecei a perguntar por aí e um dos meus ex-colegas aqui da Universidade me apresentou a Carin. Limpei meus dados e levei para ela. Quando ela executou os dados usando computação de inteligência quântica, ficamos surpresas.

— A partir dos registros arqueológicos, acreditamos que foram necessários cerca de duzentos mil anos para a nossa espécie evoluir da produção de ferramentas de pedra para a produção de microchips. Os modelos que executamos mostram os sapiens de Ghrain fazendo essa transição em menos de cinquenta mil anos.

— Isso é um problema? — Althea perguntou.

— Talvez, — Kadeya respondeu. — Deixe-me explicar por

que penso assim. Implantamos vírus de RNA projetados para produzir variações genéticas que aumentariam a produção de transportadores vesiculares de monoaminas em seus sistemas nervosos centrais.

— Essa única mutação melhorou dramaticamente o funcionamento intelectual entre a descendência de indivíduos infectados. Observamos resultados mensuráveis em apenas três gerações sapiens. As mudanças fisiológicas e comportamentais entre os sapiens hibridizados foram mais profundas e ocorreram muito mais rapidamente do que se previra.

— Vendo isso, nossos cientistas iniciaram um segundo conjunto de autópsias em espécimes preservados da primeira e segunda gerações hibridizadas. Quando comparados com os cérebros de sapiens não hibridizados, encontramos duas mudanças significativas que haviam sido negligenciadas em autópsias anteriores.

— Primeiro, encontramos mais que o dobro de neurônios fusiformes na porção ventral do córtex cingulado anterior.

Althea apertou os olhos como se isso pudesse ajudá-la a ver as implicações.

— Teorizamos que os neurônios fusiformes maiores e mais numerosos podem causar uma experiência emocional mais robusta, — continuou Kadeya. — As varreduras cerebrais de indivíduos vivos mostraram que esses aglomerados de neurônios foram ativados por estímulos que se acredita serem antecedentes de respostas emocionais.

— Além de intensificar as respostas emocionais, é provável que os neurônios fusiformes melhorem a resolução de problemas complexos. Alguns neurologistas especulam que eles também desempenham um papel significativo na motivação para agir, no reconhecimento de erros e no controle dos impulsos.

Althea disse:

— Não sou neurologista, mas concordo com essa especulação. Você disse que houve duas mudanças?

— Notamos um grande número de mudanças, mas a segunda grande mudança foi um aumento no tamanho do giro temporal superior e um aprofundamento da fissura lateral acima dessa área do córtex.

Althea disse:

— Agora não entendo as implicações disso.

— Não tenho certeza se alguém realmente entende, mas sabemos que o giro temporal superior é o centro de fala e linguagem do nível cortical do sapiens, — respondeu Kadeya. — Essa é a razão pela qual a expressividade e as habilidades linguísticas explodiram entre os híbridos de terceira e quarta geração. Também teorizamos que a área do cérebro é onde o sapiens processa as percepções emocionais. Isso nos traz de volta à questão da maleabilidade. Em apenas algumas gerações, os nossos retrovírus produziram grandes mudanças fisiológicas e comportamentais.

— Ahh, — Althea entendeu. — O que levantou a questão em sua mente: o que acontecerá com a taxa de evolução sapien.

— Sim, e é aí que a Carin entra. — Kadeya gesticulou em direção à jovem.

Carin respirou fundo.

— Certo, para começar, desenvolvemos modelos para prever vários cursos possíveis de evolução. Encontramos algo muito interessante, embora não uma surpresa completa. Os próprios retrovírus já sofreram, ou sofrerão em breve, mutação. Nossos modelos preveem que muitas dessas mutações permanecerão latentes como agentes inertes de mudança no DNA não codificante. Os modelos também sugerem que, ao longo de algumas dezenas de milênios, marcos ambientais e de desenvolvimento específicos irão atuar para catalisar essas ramificações retrovirais. Uma vez ativados, é provável que produzam mutações genéticas que irão avançar rapidamente e ultrapassar os processos evolutivos normais.

Althea disse:

— Dê-me um exemplo.

— Pensamento simbólico, — respondeu Kadeya. — À medida que os sapiens desenvolvem a linguagem escrita, o uso da escrita estimulará as áreas do cérebro que eles usam para interpretar símbolos. Os retrovírus serão ativados por essa estimulação e, se os nossos modelos estiverem corretos, produzirão uma mutação que aumenta significativamente a mielinização dessas vias neurais.

Althea assentiu:

— Então você acredita que o uso de símbolos irá realmente melhorar sua compreensão dos símbolos, o que por sua vez produzirá uma revolução no pensamento simbólico.

— E o pensamento simbólico produzirá uma explosão na criatividade, nas artes, nas ciências, na matemática, na agricultura... Você escolhe, — acrescentou Kadeya. — Suponho que isso nos traz de volta ao ponto do nosso exercício de modelagem de inteligência quântica. Quando trabalhávamos no laboratório orbital, Ramuell e eu estávamos tão concentrados na mutação do gigantismo que não tivemos tempo de estudar a possibilidade de outras mutações mais sutis entre nossos retrovírus. Essas mutações podem ser positivas; podem ter consequências negativas. Eles podem ser insignificantes, eles podem ser profundos.

— Mãe, você não está falando apenas sobre pensamento simbólico, está?

— Não, eu não estou. Carin executou modelos que sugerem algumas possibilidades intrigantes.

— Intrigante, com certeza, — concordou Carin. —Por exemplo, a longevidade dos híbridos provavelmente aumentará dramaticamente em cerca de mil e quinhentas gerações. Embora a elevada mortalidade infantil e as mortes no parto reduzam a idade média da espécie, os sapiens mais velhos viverão vidas muito mais longas e transmitirão o conhecimento a duas ou três gerações de descendentes. No entanto, é mais do que isso. Kadeya acredita que o conhecimento está sendo transmitido no nível celular em DNA não codificante.

— O quê?! — Exclamou Althea.

— Sim, — disse Kadeya, — fiz alguns experimentos com roedores hibridizados. Meus resultados não se correlacionam necessariamente perfeitamente com os híbridos sapiens de Ghrain, mas são fascinantes.

— O que você aprendeu?

— Em apenas meia dúzia de gerações, os roedores hibridizados estavam aprendendo tarefas...

— Tarefas? — Althea interrompeu.

— Principalmente correr em labirintos. Apertar botões ou barras em resposta a estímulos específicos, esse tipo de coisa. Usamos lanches para reforço. De qualquer forma, em seis gerações os animais hibridizados foram capazes de realizar as tarefas quase 38% mais rápido. Não houve diferença significativa nos testes de domínio para os grupos de controle não hibridizados.

— Trinta e oito por cento mais rápido! — Althea ficou atordoada.

— É incrível... agora, esses resultados certamente não provam uma transmissão genética de conhecimento, mas implicam uma predisposição genética para aprender as tarefas mais rapidamente do que as gerações anteriores.

— Uma coisa é certa: seus experimentos provam que algo significativo acontece com o funcionamento intelectual entre indivíduos hibridizados, — observou Althea.

— Parece que sim, — comentou Kadeya. — O que levanta outras questões. E se a melhoria da resolução de problemas entre os sapiens levar à capacidade de produzir ferramentas e armas mais complexas. E se isso der aos indivíduos hibridizados uma vantagem em termos de tomada de decisões estratégicas? Agora, combine isso com uma resposta emocional mais robusta. Se por algum motivo o mecanismo de controle de impulso não estiver totalmente desenvolvido ou apresentar falhas, o resultado poderá ser hiperagressividade.

Althea coçou distraidamente a ponta do nariz.

— Você está pensando que se houver anomalias nas áreas do córtex que você mencionou anteriormente, isso poderá dar origem a comportamentos mais violentos?

Kadeya olhou para baixo e massageou as têmporas.

— Isso entre outras coisas. O que pode acontecer quando o giro temporal superior é superestimulado? E se dentro da fissura anormalmente profunda houver neurônios que se autoestimulem? Poderia essa mutação criar um ciclo de feedback que produza alucinações auditivas e visuais? Experiências sensoriais patológicas? Doença mental?

Althea endireitou-se na cadeira.

— E quem sabe onde isso pode levar?

— O computador de inteligência quântica de Carin tenta responder a essa pergunta. — Kadeya encolheu os ombros. — E independentemente das variáveis com que começamos, as projeções sugerem que nos próximos milênios os indígenas do Ghrain-3 terão uma série de diabos para pagar.

# INTERLÚDIO 3
## SANTA FÉ, NOVO MÉXICO – JANEIRO DE 2021

NA MANHÃ de 7 de janeiro, o almirante Cortell, Frank Williams, Carla e eu dirigimos de Santa Fé à Albuquerque para tomar nossa primeira vacinação contra a COVID-19 no Recinto de Feiras do Estado do Novo México. A Guarda Nacional do estado fornecia as vacinas em tendas drive-thru. Nem precisávamos correr o risco de nos expor ao sair do carro.

É quase exatamente uma hora de carro de nossa casa até o recinto de feiras no sudeste de Albuquerque. Estávamos todos tão cansados de falar e pensar sobre a COVID que recorremos a um tema mais interessante e familiar.

Carla virou-se para o banco de trás.

— Almirante, ontem à noite eu estava lendo as notas sobre a modelagem computacional de Inteligência Quântica de Kadeya e Carin. Carin explicou que os retrovírus podem gerar suas próprias mutações.

— Certo, ela pensou que essas mutações estariam à espreita, por assim dizer, dentro do nosso DNA não codificante.

— Isso aconteceu? — Carla perguntou.

— Não podemos ter certeza. — Olhando pela janela para a paisagem devastada pela seca de Cochiti Pueblo, o almirante continuou: — Sim, não podemos ter certeza, mas acredito que sim. Na verdade, acredito que as memórias de Kadeya estão agitando minha cabeça porque esses retrovírus sofreram mutação em meu DNA lixo.

— Realmente?!

— Isso parece tão plausível quanto qualquer outra explicação. — Cortell estreitou os olhos e fez uma pausa. — Se Kadeya estivesse correto e de alguma forma as memórias fossem armazenadas no DNA não codificante das células mutantes, essas memórias provavelmente exigiriam um evento catalisador. Para mim, ou melhor, para as memórias de Kadeya, o catalisador foi minha luta contra a encefalite equina, sessenta e sete anos atrás.

Carla estreitou os olhos.

— Talvez todos nós tenhamos lembranças de um Domhaniano flutuando em nossas cabeças. Você acha que COVID em vez de encefalite pode funcionar?

Eu ri e olhei para o espelho retrovisor. O almirante não estava rindo.

— Ninguém pode saber disso, pelo menos ainda não.

Cortell pigarreou.

— Mas é possível que estejamos vendo surgir uma mudança comportamental significativa que acredito estar ligada a um desses retrovírus mutantes.

— Qual é? — Perguntei.

— Empatia. O surgimento da empatia humana tem ocorrido em ritmo acelerado há vários séculos. Você está familiarizado com a história antiga da Assíria?

— Anos atrás, fiz algumas pesquisas sobre os assírios quando estava escrevendo Avatares de Deus, mas não sou especialista, — respondi.

— Você se importa com uma breve aula de história?

Carla e eu balançamos a cabeça.

— Muito bem, deixe-me contar-lhe sobre a inscrição de

Tiglath-Pileser, — começou o almirante. — Foi gravado em oito colunas de pedra há mais de três mil anos. É um dos documentos históricos escritos mais antigos da humanidade. Em cerca de seis mil palavras, descreve as campanhas militares dos exércitos assírios.

— Ele continua com relatos repetitivos do cruel massacre em massa dos inimigos da Assíria, do roubo de todos os seus bens mundanos e dos engrandecimentos obsequiosos das divindades assírias e do rei Tiglate-Pileser.

— O que hoje mais chama a atenção na Inscrição é o seu teor. O sadismo e a absoluta falta de remorso são chocantes para as sensibilidades modernas. A Inscrição é impressionante em sua total falta de empatia e total desrespeito pelo valor da vida.

— Sem qualquer sinal de vergonha, a Inscrição se orgulha de conquistas e glorifica a natureza terrível de sua guerra. Tortura, massacre, destruição de edifícios e roubo de propriedades eram o que um povo conquistado poderia esperar.

— Também é fascinante que não haja nenhuma empatia expressa pelos plebeus da Assíria. Não há uma única palavra escrita sobre as perdas dos soldados assírios, nem qualquer menção aos ferimentos e outras privações que as tropas enfrentaram durante as suas muitas campanhas. Não há menção a viúvas de guerra, órfãos ou dificuldades no front doméstico.

Carla fez uma careta.

— Parece muito horrível.

— É, — respondeu Cortell. — Mas aqui está o meu ponto. A empatia pode finalmente estar emergindo plenamente entre os humanos. Por mais difícil que seja de acreditar, quando comparado com a crueldade dos antigos assírios, os humanos estão hoje se tornando mais gentis e delicado uns com os outros e com outras criaturas.

Carla disse:

— Você está certo, é difícil de acreditar.

— Eu entendo, — concordou Cortell. — Sendo que vamos olhar para isso do ponto de vista do modelo de inteligência quântica de Carin... um modelo que abrange dezenas de milhares de anos.

— Os assírios eram brutais e implacáveis, sem dúvida. Sendo que a partir de cerca de mil e quinhentos anos atrás, os heróis mitológicos que sofreram após o trauma do campo de batalha tornaram-se um tema literário quase onipresente.

— Há mais de quatrocentos anos, os médicos cunharam a frase "nostalgia" para descrever os soldados que sofriam do que descreveram como "desespero, insônia e ansiedade". Na Guerra Civil Americana, a nostalgia era um diagnóstico médico comum. — O almirante riu sem alegria. — Muitos médicos militares viam a doença como um sinal de fraqueza que só aflige os covardes. Frequentemente prescreviam o ridículo público como cura para a nostalgia.

— Quando começou a Primeira Guerra Mundial, vários outros sintomas foram identificados, incluindo um conjunto de anomalias cardiovasculares conhecidas como coração de soldado. Durante a Primeira Guerra Mundial, centenas de milhares de soldados aliados foram diagnosticados com "choque de guerra" e temporariamente removidos das trincheiras.

— Na Segunda Guerra Mundial, as respostas traumáticas ao combate foram chamadas de batalha ou fadiga de combate. Notoriamente, o General Pacto deu um tapa em um soldado que sofria de fadiga de batalha e o chamou de covarde. Agora sabemos melhor. A ciência é bastante clara ao afirmar que as questões fisiológicas e psicológicas decorrentes do trauma são bastante reais e raramente de curta duração. Hoje chamamos isso de transtorno de estresse pós-traumático.

O almirante balançou o dedo.

— Mas, se acreditarmos em Carin, o transtorno de estresse pós-traumático não é um **transtorno**. Pelo contrário, é uma **reação** codificada no nosso DNA por mutações retrovirais. Cada vez mais pessoas estão sendo incapacitadas pela exposição a eventos bárbaros. As pessoas finalmente começaram a questionar as ordens para cometer atrocidades.

Ele olhou para seu colo e disse baixinho:

— Empatia. — Ele olhou para Carla e disse com mais veemência: — Talvez a empatia esteja borbulhando em nosso DNA lixo... E grandes mudanças culturais estão por vir.

— O que será uma coisa boa, — disse Carla, esperançosa.

— Bem, — Frank falou lentamente, — **se** isso ocorrer, certamente será uma coisa boa. Mas muitos milhões de vidas foram danificadas, arruinadas e perdidas desde as previsões de Carin até onde estamos hoje.

Passamos pela linha de montagem de vacinação da Guarda Nacional e tomamos as primeiras injeções. Voltamos para Santa Fé animados, acreditando que estávamos no caminho certo para deixar para trás todas as preocupações com a COVID-19. Nossa ingenuidade era impressionante.

*O almirante Cortell continua a sua história:*

# QUARENTA
## DETETIVES

ALTHEA E KADEYA encontraram Liam e Sean para jantar e passaram a noite no quarto de hóspedes do condomínio masculino em Nexo de Mando. Embora a atenção de Liam estivesse durante vários anos focados nos problemas de Domhan Siol, ele ouviu com a mente aberta a proposta de Althea para enviar os agentes Rebecca e Danel para Ghrain-3.

Por sua vez, Liam compartilhou sua angústia sobre a resistência que havia e sobre a lentidão com que o Anotas-Deithe estava se endireitando. Ainda havia muitos dentro da antiga organização que acreditavam que o relacionamento dos Anotas com o Conselho de Negócios e Indústria havia sido adequado e justificado.

Não só a Direção de Lei e Ordem se encontrava na posição insustentável de ter de manter um olhar atento sobre Anotas-Deithe, mas a taxa global de criminalidade em Domhan Siol tinha disparado desde o início de uma estagnação econômica mundial. As pessoas que não têm abrigo, comida e roupas adequadas ficam desesperadas. O desespero gera ações desesperadas e muitas vezes essas ações foram prejudiciais, contraproducentes e ilegais.

Ao ouvir o secretário da Diretoria de Lei e Ordem, Althea teve a sensação de que ele não estava disposto a realocar dois de seus melhores detetives. No entanto, a defesa de Sean para designar Danel e Rebecca para trabalhar com Ramuell foi convincente. Liam entendeu o quão horrível à situação poderia se tornar se a mutação do gigantismo saltasse de Ghrain-3 e se propagasse entre os trabalhadores sapiens que trabalham em dezenas de mundos habitados por Domhanianos. Ele também sabia que os Agentes Rebecca e Danel trouxeram exatamente o conjunto de habilidades certas para a investigação.

---

Após a chegada ao orbitador Ghrain-3, Danel e Rebecca foram escoltados até seus alojamentos. Quando o quarto de Rebecca foi aberto, ela notou a porta contígua às duas cabines. Ela cutucou o colega e disse:

— Parece que alguém aqui fez a lição de casa.

Danel soltou uma risada tempestuosa. O comissário de bordo não pareceu entender a piada ou isso ou ela dominava a arte da discrição.

Uma hora depois de se acomodarem, Rebecca e Danel receberam um bilhete entregue em mão convidando-os para jantar com o Administrador Trace.

---

Na manhã seguinte, Rebecca deu um beijo prolongado com uma leve sucção no pescoço de Danel.

— Trace disse que passaria por aqui antes do café da manhã. Ele pode simplesmente aparecer na porta e eu preciso ir me limpar.

— Oh, tudo bem! — Danel reclamou em tom de

brincadeira. — Se você insistir, vou levantar e tomar banho também... Ou você quer ajuda?

— Se a pergunta é se **quero** ajuda, a resposta é sim. Se você está perguntando sobre minha **necessidade** de ajuda... — Rebecca deu uma risadinha: — Acho melhor nos prepararmos para nosso passeio pelo orbitador.

Danel fingiu fazer beicinho, encolheu os ombros e disse:

— Como quiser.

Acontece que Trace não pôde servir como guia turístico naquela manhã e enviou seu assistente administrativo em seu lugar. O jovem era experiente, articulado e cordial. Se ele já não estivesse tão bem-posicionado no emprego no Serefim Presidium, ele teria sido um talento natural na indústria hoteleira.

Após o passeio, Danel e Rebecca foram conduzidos ao pequeno bufê do Torus-1. Trace estava examinando a lista de ofertas de almoço quando viu seus convidados entrarem.

— Escolha o que quiser. A comida aqui é sempre fresca e boa. Levaremos nossos almoços ao meu escritório.

Danel disse:

— Sim, precisamos conversar com você em particular.

Trace enrijeceu e seus olhos examinaram a sala para ver quem poderia ter ouvido o comentário de Danel.

Danel olhou para os sapatos, inclinou-se na direção de Trace e disse suavemente:

— Desculpe, não percebi.

Trace respondeu em um tom de voz normal:

— Não se preocupe. — Segurando seu prato, Trace fez um gesto com a cabeça para que o casal o seguisse. Enquanto colocavam os pratos na mesa do escritório de Trace, Danel novamente se desculpou por seu comentário na fila do bufê.

— Estou em uma situação excepcionalmente delicada, — explicou Trace. — Por causa da posição que ocupei depois que o Grão-Mestre Elyon foi para o exílio e que mantive após seu retorno, há aqueles que têm certeza de que estou sempre tramando algum tipo de subterfúgio. Por esse motivo, quase sempre incluo em minhas reuniões meus detratores ou pessoas de sua equipe. Naturalmente, às vezes preciso me reunir com pessoas em particular, mas não faço propaganda dessas reuniões.

— Eu criei um problema para você? — Danel perguntou.

— Não. Não havia ninguém no bufê com quem precisássemos nos preocupar.

— Então você tem um contingente de aliados, — observou Rebecca.

— Com certeza, na verdade, há muito mais aliados do que antagonistas. — Trace bateu palmas e esfregou-as. — De qualquer forma, chega desse absurdo. O que você achou do seu passeio pelo orbitador?

— Ouvimos dizer que era enorme, — começou Rebecca, — mas não tinha ideia de que vocês tinham uma cidade inteira flutuando aqui em órbita. Os recursos para construir este lugar são insondáveis.

— Os Domhanianos começaram a construir o orbitador Ghrain-3 há quase mil anos. E ainda está sendo construído hoje.

Danel piscou várias vezes e depois disse:

— Então, o investimento é amortizado ao longo de várias gerações.

— Exatamente, — Trace concordou. — Mesmo tendo em conta a enorme riqueza produzida pela Missão Expedicionária Ghrain-3, foram necessários séculos para gerar os recursos necessários para construir esta monstruosidade.

Rebecca acenou com a mão.

— Eu certamente não chamaria isso de monstruosidade! É muito bonita.

Trace terminou de mastigar um pedaço de peixe antes de dizer:

— É mesmo, não é? Então, o que você descobriu, ou talvez uma pergunta melhor seja: o que você quer me perguntar?

— Os laboratórios são surpreendentes. Teremos acesso a eles? — Perguntou Rebecca. — E o mais importante, os cientistas e técnicos são confiáveis?

Trace hesitou antes de responder.

— Suponho que isso depende. Você sabe que o SWA-7 agora tem um laboratório moderno e bem equipado na superfície.

— Sim, Althea nos contou sobre o novo laboratório. O problema é o seguinte, — continuou Rebecca, — não sabemos onde nossa investigação levará. Membros das equipes SWA-7 e NWA-1 podem ser suspeitos.

— Ou até mesmo a equipe do Projeto Nefilim, — acrescentou Danel. — Em uma investigação como esta, um bom detetive começa mais próximo da cena e sai em espiral. As pessoas mais próximas quase sempre têm as melhores oportunidades e meios. Eles também costumam ter os motivos mais convincentes.

— Ahh, entendo, — Trace assentiu.

— Mas por falar em oportunidades e meios, — interveio Rebecca, — as pessoas na sonda não estão muito atrás das que estão na superfície. Então, quando você respondeu "isso depende" à pergunta sobre se os funcionários do laboratório são confiáveis, o que você quis dizer?

Trace cruzou as mãos sobre a mesa e se inclinou para frente.

— Eles são profissionais. Você pode confiar que eles farão um bom trabalho e relatarão resultados confiáveis... Sendo que se você estiver perguntando se eles manterão essas descobertas para si ou não, não necessariamente. — Ele levantou um dedo. — Deixe-me esclarecer. Há alguns a quem eu poderia pedir para manter a confidencialidade porque você está conduzindo uma investigação criminal. Mas muitos, talvez a maioria, ainda se sentiriam obrigados a relatar as suas descobertas à cadeia de comando.

— E não podemos permitir isso, — comentou Danel sem rodeios. — E se alguém dentro de sua estrutura de comando for o perpetrador? — Foi uma pergunta retórica, que ele respondeu. — Eles seriam alertados e provavelmente seriam capazes de encobrir seus rastros.

— O melhor que posso oferecer é ser seu intermediário. Se precisar utilizar os laboratórios do orbitador, traga-me seus pedidos. Analisarei as atribuições criteriosamente, mas isso não será infalível. Ainda podem ser divulgadas notícias sobre o que você está vendo.

Rebecca disse:

— Entendemos, o que levanta uma questão relacionada: teremos acesso irrestrito aos arquivos pessoais?

— Acesso irrestrito? Isso significa meu arquivo também? — Trace perguntou com um tom provocador. Ele riu e disse: — Sim, você terá acesso total. Mas a única maneira de garantir que o que você está vendo não será visto por outras pessoas é fazer com que você faça login no sistema usando meu código de acesso.

— Portanto, precisamos levar esses pedidos para você também.

— Está correto.

Danel disse:

— Só mais uma coisa e sairemos da sua frente. Como dissemos anteriormente, não tínhamos imaginado o tamanho deste lugar. O número de transportes que vimos indo e vindo dos vários portos do orbitador nos surpreendeu. Podemos ter acesso aos registros e gravadores de voo?

— Para começar, estaremos mais interessados em voos na região NWA-1, especialmente ao redor do rio Tk-2, — acrescentou Rebecca.

Trace respondeu:

— Claro. E sim, o acesso às informações de voo é fácil. Esses dados nunca foram considerados confidenciais. Qualquer pessoa pode acessar esses arquivos e você não precisará passar por mim para obter essas informações. Você entrará e sairá desses registros sem ser notado.

Rebecca dobrou o guardanapo e colocou-o sobre a mesa. Quando ela tentou se levantar da cadeira, Trace levantou a mão.

— Antes de você ir, preciso fazer uma pergunta.

Ela soltou os braços e recostou-se no assento.

— Ter uma investigação aqui conduzida pela Diretoria de Lei e Ordem, e não pela Serefim Security, é sem precedentes. Teria havido objeções entre os poderes constituídos, não fosse o fato de que, nesta matéria, a Direção e o Presidium partilham um interesse no seu sucesso. Mas a questão foi levantada e será empurrada: a quem você se reportará?

Sem hesitação, Rebecca respondeu:

— Estaremos reportando ao secretário Liam e Sean.

Trace perguntou:

— E a Serefim Security?

Rebecca olhou para seu colo e depois para Trace.

— Depende.

— Do quê?

— Suponha que tenhamos pistas que sugiram que os perpetradores estão entre as fileiras de Serefim? Ou mesmo pessoas tangencialmente ligadas ao Presidium?

— Você quer dizer talvez o pessoal de uma das instalações de mineração? — Trace perguntou.

— Sim, entre outras possibilidades.

Trace pegou seu copo e tomou um longo gole de água. Ele o largou e desviou o olhar entre seus dois convidados.

— Agora olhe. Vou sugerir algo e minha sugestão não deve ser compartilhada.

Ele esperou que Rebecca e Danel concordassem antes de continuar.

— Não acho que você deva se reportar a nenhum funcionário da Serefim, independentemente do que encontrar. Passe pela sua cadeia de comando e deixe-os autorizar quaisquer comunicações necessárias.

Os olhos de Rebecca se arregalaram.

— E você?

— Mesma coisa. Será melhor para todos nós se eu não ficar por dentro até que você esteja pronto para tornar públicas suas descobertas. — Com uma expressão gentil, Trace acrescentou: — Mas se vocês precisarem conversar, desabafar, fazer um brainstorming... estarei à disposição. Se vocês desejarem aceitar essa oferta, depende totalmente de vocês.

Trace empurrou a cadeira para trás da mesa.

— Ok, eu sei que vocês estão ansiosos para começar. Presumo que vocês tenham uma consulta marcada na clínica para obter autorização médica e quero conversar com vocês sobre sua saúde. Vocês entendem que sem passar pelo protocolo de aclimatação, vocês só poderão permanecer na superfície por um período não superior a um undecim. Normalmente a equipe médica autoriza esse tempo de passagem. Mas como vocês vão e voltam com frequência, seria melhor se vocês não ficassem mais do que seis ou sete dias em cada visita. Vários anos atrás, Kadeya ficou presa na superfície por muito mais tempo do que um undecim e foi difícil.

Rebecca olhou para Danel.

— Você se lembra de Althea nos contando sobre isso?

— Sim. Foi uma aventura e tanto. Esperançosamente, não ficaremos presos em uma batalha com a Autoridade Portuária.

— Não acho que isso seja provável, mas nunca se sabe quais emergências podem surgir. — Trace fungou. — E um último conselho, **beba água**! Quando você estiver na superfície, toda vez que pensar em água, beba um pouco... não, deixe-me repetir, beba muito!

# QUARENTA E UM
## NÃO IDENTIFICADO E ANÔMALO

A EQUIPE médica liberou Rebecca e Danel para uma estadia de dez dias na superfície do planeta. Eles passaram três dias com Ramuell no SWA-7, depois os três voaram para o sul, para NWA-1, para se encontrarem com Semyaza. Enquanto estavam lá, Adair os levou em um sobrevoo turístico na área do rio TK-2.

Os detetives retornaram ao orbitador com montanhas de dados e relatórios científicos sobre as manipulações genéticas do Clã do Rio TK-2. Eles converteram o quarto de Rebecca em área de trabalho e dormiram nos aposentos de Danel. Eles passavam quase todas as horas em sua suíte ou na biblioteca do orbitador fazendo pesquisas e repassando as informações que Ramuell e os cientistas do Projeto Nefilim haviam fornecido.

Dois undecimais depois, eles retornaram ao SWA-7.

*~Ramuell~*

— Ramuell, obtivemos o que pudemos com os relatórios da autópsia e sua pesquisa genética. — Danel parou por um momento pensando. — Agora, tenho certeza de que não será nenhuma surpresa para vocês que concluímos que a introdução da mutação do gigantismo foi intencional. Não foi, **não poderia** ser o resultado de transmissão natural. Também concordamos com a sua crença de que a intervenção genética foi quase certamente maliciosa.

— Você tem ideia de quem podem ser os perpetradores?

Rebecca disse:

— Ainda não temos nenhuma evidência que aponte para um suspeito específico ou grupo de suspeitos, mas temos algumas ideias.

— Realmente! O que você está pensando?

Com um tom provocador na voz, Rebecca disse:

— Ainda não estamos prontos para emitir um relatório, Ramuell.

Danel riu.

— Sim, ainda estamos na fase de coleta de evidências. Para esse fim, precisamos fazer um mergulho profundo em todo o pessoal do Projeto Nefilim, bem como em todo o pessoal do SWA-7 e NWA-1 que teve acesso ao transporte para a área Tk-2.

Eu assobiei.

— Quem teve acesso ao transporte para o Tk-2? Suponho que todos nós tivemos acesso a transporte, mas isso não significa que todos fizeram a viagem.

Rebecca coçou a nuca.

— Você tem registros da viagem dos veículos?

— Sim, todos os nossos veículos – transportes, quadricópteros, tudo – registram automaticamente coordenadas de posicionamento global para cada viagem.

— E onde essas informações são armazenadas? — Perguntou Rebecca.

— No sistema de gravador de voo do veículo durante toda a vida útil do veículo.
— Alguém poderia excluir uma viagem do registro de voo? — Danel perguntou.
— Como excluir uma única viagem para o Tk-2?
— Exatamente.
— Suponho que se uma pessoa fosse particularmente esclarecida sobre como o sistema registra, uma única viagem poderia ser excluída.
— Isso deixaria uma lacuna detectável nos dados? — Rebecca perguntou.
— Ah, claro. Os dados de posicionamento global são sincronizados com o cronômetro de horas de voo do veículo. Alguém **pode** excluir a rota de um voo específico, sendo que o tempo de voo é registrado desde a decolagem até o pouso. Sabemos exatamente, ao segundo, há quanto tempo cada veículo voou.
— Ok, isso é bom, — disse Rebecca. — Quão difícil será para nós obter essas informações?
Recostei-me demais na cadeira e bati a cabeça na bancada que ocupava toda a extensão da parede do laboratório.
— Ai! Droga.
Rebecca se assustou.
— Você está bem?
Esfregando minha cabeça.
— Sim, simplesmente estúpido!
Ambos os agentes riram.
— Qual foi a sua pergunta mesmo? — Perguntei.
— Quão difícil será obter os dados de voo de todos os veículos SWA-7 e NWA-1?
— Não é difícil, mas vocês não deveriam fazer isso. Se tivermos um perpetrador em nossas fileiras, e se essa pessoa souber que você está extraindo essa informação dos veículos...
— Encolhi os ombros.

— Você está certo, — Danel concordou. — Então, quando você pode pedir a alguém que nos forneça essa informação?

— Os veículos são atendidos a cada undecim. Se os Diretores Azazel e Semyaza solicitarem os dados do gravador de voo como parte do relatório de serviço de rotina, isso não levantará nenhuma sobrancelha.

Rebecca me deu dois polegares para cima.

— Amanhã de manhã retornaremos ao orbitador. Enquanto esperamos por esse relatório seu, trabalharemos para obter o mesmo tipo de informação de quaisquer naves de transporte estacionados lá que possam ter voado para Tk-2. E essa informação pode nos levar a certos arquivos pessoais.

— Oh meu Deus! Como vocês vão conseguir isso? — Perguntei.

— Não se preocupe. O Trace concordou em fornecer todos os registros pessoais que possamos precisar, — explicou Danel.

---

Rebecca e Danel passaram os dois kuuk seguintes vasculhando centenas de arquivos. Não foi emocionante. Era um trabalho de detetive forense em sua forma mais tediosa.

Para quebrar o tédio, eles fizeram algumas viagens de três dias à superfície. Como a maioria dos Domhanianos, eles ficaram impressionados com as vistas proporcionadas pela atmosfera seca de Ghrain-3. Em Domhan Siol, a visibilidade de cinco quilômetros era possível em dias claros. Nesta joia azul de planeta, era possível ver mais de cinquenta quilômetros de muitos cumes. Da mesma forma, a vibração das cores criou uma espécie de sobrecarga sensorial. Embora ambos adorassem a extraordinária beleza do lugar, descobriram que precisavam fechar os olhos de vez em quando apenas para dar ao córtex visual uma oportunidade de descansar.

Eles também perceberam algo que nem todos os

Domhanianos notaram. No ar seco de Ghrain-3, as ondas sonoras não se propagavam tão bem como na atmosfera muito úmida do planeta natal. Ghrain-3 era um lugar mais silencioso, o que tornava o canto dos pássaros e o barulho dos roedores ainda mais impressionantes.

Certa manhã, Ipos levou o casal para um passeio de RTV até uma ampla pradaria a leste da sede do SWA-7. Eles tiveram a sorte de encontrar um rebanho de Elephantidae de presas retas. Danel e Rebecca nunca tinham visto megafauna antes. Eles ficaram surpresos quando vários animais quebraram o silêncio com trombetas ensurdecedoras, claramente destinadas a alertar o veículo que se aproxima. Quando alguns touros avançaram na direção do RTV, Rebecca se assustou e sugeriu que eles se afastassem.

Ipos riu.

— Estamos seguros, sendo que eles são meio assustadores, né? Os adultos têm mais de quatro metros de altura na altura dos ombros.

— Você está brincando comigo? — Danel falou lentamente.

— Não, eu não estou. Eles são grandes. — Ipos apontou para o rebanho. — Ei, olhe isso!

Um bebê de alguns dias andou meio cambaleando para fora do campo. Um dos adultos enrolou uma tromba em volta da barriga do bebê e o rebocou de volta para dentro do círculo protetor de longas presas e corpos enormes. Rebecca colocou a mão no peito e disse:

— Isso é adorável.

— Sim, é, — concordou Ipos. — Ghrain-3 tem centenas de espécies de enormes herbívoros. A maioria deles são criaturas gentis e lindas... Isto é, se não estiverem em perigo. Mas se eles se sentirem ameaçados, defenderão a si mesmos e ao rebanho ferozmente.

Danel disse:

— E como eles são tão grandes, acho que a única coisa que podemos fazer é sair do caminho deles.

— Você está certo. Nossas armas de partículas carregadas seriam inúteis contra esses caras. Por terem uma audição tão aguçada, uma explosão sônica **pode** derrubá-los... Sendo que também pode causar uma debandada. Nossa melhor estratégia é nunca ameaçar esses gigantes e, se por acaso os encontrarmos em modo de defesa, mantenha-os afastados.

---

Azazel decidiu que era melhor discutir o assunto com os agentes da Lei e da Ordem. Depois de pensar sobre isso por um undecim, Rebecca e Danel concordaram que o *sen* parecia ser um fenômeno tão poderoso que poderia ter alguma influência em sua investigação. Embora ambos estivessem nervosos, decidiram que deveriam, pelo menos uma vez, dormir sob as estrelas de Ghrain-3. Como a maioria dos Domhanianos, eles acharam a experiência do primeiro *sen* confusa, mas não se arrependeram da decisão.

Depois de vivenciar o *sen* algumas vezes, Rebecca e Danel foram com Ramuell em uma viagem noturna para observar um clã com membros nefilim. Ambos os agentes usaram a palavra "intimidante" para descrever os gigantes em seus relatórios diários.

Ramuell achou interessante que os agentes tenham optado por dormir juntos sob as estrelas mais algumas vezes. Ele também achou interessante quando lhe contaram que haviam decidido não registrar suas aventuras noturnas no diário oficial de investigação.

---

Os detetives não encontraram lacunas nos dados do gravador de voo de nenhum dos veículos estacionados no SWA-7 ou NWA-1. Eles não foram capazes de comparar nenhum dado do gravador de voo com as viagens do orbitador até os pousos na área do rio Tk-2. Eles não combinaram o pessoal do orbitador em missões temporárias de superfície com viagens ao rio Tk-2. O seu "mergulho profundo" nos ficheiros pessoais do NWA-1, SWA-7 e do Projeto Nefilim não revelou nada que pudesse sugerir que os perpetradores do vandalismo genético estivessem entre esses funcionários.

Eles teriam levantado as mãos e dito:

— Não temos nada! — Exceto por um boato suspeito que Rebecca descobriu quase por acidente. Ela encontrou um arquivo no banco de dados do sistema de rastreamento planetário intitulado *Chegadas e partidas de superfície não identificadas/anômalas*. O arquivo era bastante grande porque muitas chegadas e partidas não eram registradas na estação orbital. Isso levantou todos os tipos de questões que os agentes levantaram com Trace.

— Veja, — explicou Trace, — o Presidium nunca exigiu que naves 4-D de outros planetas atracassem no Orbiter antes de seguirem para a superfície do planeta.

— Existe algum tipo de sistema de check-in? — Danel perguntou.

Trace suspirou:

— Na verdade, não.

Danel e Rebecca baixaram ligeiramente a cabeça e olharam para Trace sob sobrancelhas quase idênticas.

— Sim... Você não é o único que está intrigado com isso. — Trace apertou sua nuca. — Os oficiais da Serefim Security questionaram frequentemente a sabedoria da nossa falta de procedimentos de acesso e saída.

— E... — Rebecca questionou.

— E suas preocupações sempre foram ignoradas ou esquecidas.

Rebecca e Danel trocaram um olhar conhecedor. Ela disse:

— O que significa que o Presidium tem uma lucrativa operação de contrabando não oficial.

— Sim, — Trace suspirou. — Vocês são definitivamente os bons policiais de Liam... E muito mais rápidos de entender do que a maioria dos funcionários da Serefim Security.

Ele respirou lenta e profundamente enquanto decidia quanto adicionar.

— Deixe-me apenas dizer que acredito que há uma certa quantidade de lingotes de metais preciosos sendo exportados de Ghrain-3 e escondidos em esconderijos por toda a parte Domhaniana da galáxia.

— Se nunca for vendido, como é que alguém lucra com o contrabando? — Danel perguntou.

— Nunca é muito, muito tempo, — Rebecca disse suavemente.

Trace inclinou a cabeça e apontou um dedo para Rebecca.

— É sim. E vastas somas de riqueza são armazenadas fora dos registros das instituições de concurso. O metal pode ser vendido algum dia. Mas até então, ele fica guardado em cofres, aumentando de valor a cada ano, sem registro e sem impostos.

Os músculos do rosto de Danel relaxaram quando ele entendeu a estratégia.

— Grão-Mestre Elyon.

— E outros.

— Mas como isso é explicado aos comandantes da Serefim Security? — perguntou Rebecca. — Quer dizer, a ausência de verificações de segurança na chegada e partida das naves é o que permite que Oprit Robia entre e saia à vontade.

— Dizemos que ter um protocolo demorado de check-in e partida para naves corporativas que vão e voltam das minas na superfície seria muito oneroso, — explicou Trace.

— Isso é muito pouco, — Danel zombou. — E a Serefim Security compra isso?

— Claro que não. Mas depois de ver alguns oficiais de nível médio transferidos para planetas como Time-4, bem... As pessoas aprendem a seguir em frente e a se dar bem. — Trace inclinou a cabeça e olhou de soslaio para os dois agentes. — Pelas suas perguntas, presumo que você encontrou algo interessante nos dados de *chegada e partida não identificados e anômalos*.

— Podemos ter encontrado, — respondeu Rebecca. — Mas antes de cavarmos muito fundo naquele buraco, decidimos descobrir mais sobre o porquê desse sistema... — Ela acenou com a mão na frente do rosto. — Em vez disso, o porquê **não** existe um sistema para gerenciar chegadas e partidas.

— Você pode me dizer o que encontrou?

— Como você pode imaginar, há muitas idas e vindas não documentadas para que possamos analisar todo o arquivo de dados. Então, consultamos o banco de dados sobre chegadas e partidas na região NWA-1.

— E você encontrou algo voando para dentro e fora da área Tk-2, — Trace supôs.

— Achamos que sim, — respondeu Danel. — Em três ocasiões, naves 4-D de fora do mundo visitaram aquela área. A primeira vez foi há pouco mais de vinte anos. Depois, mais duas vezes, há menos de quatro anos.

Rebecca levantou um dedo.

— Agora lembre-se que o arquivo de *dados Não Identificados e Anômalos* não inclui os voos da equipe do Projeto Nefilim.

— E quando eles estavam lá? — Trace perguntou.

— Duas viagens. Um há pouco mais de quatro anos e recentemente, quando removeram a adolescente e as duas crianças nefilim.

— E as naves 4-D que foram para a área Tk-2, você sabe de onde elas vieram?

— Nós não sabemos, — respondeu Rebecca. — Mas como eram naves 4-D, em vez de transportes planetários, estamos inclinados a acreditar que os visitantes eram de fora do mundo.

— Entenda que não temos provas disso, — interveio Danel.

— E sendo detetives, vocês gostam de evidências. Mas seus instintos policiais estão lhe dizendo...

— Que os perpetradores não estão aqui, — Rebecca completou.

— E de onde seus instintos levam você a acreditar que eles estão? — Trace perguntou.

— Nós nos perguntamos se os sabotadores genéticos poderiam ser de Realta-Gorm, mas não conseguimos descobrir um motivo, — respondeu Rebecca. — Então, decidimos levar nossas suspeitas para Ramuell.

— Porque os pais dele têm acesso a informações privilegiadas, — observou Trace.

— Está correto. Quando falamos sobre isso com Ram, ele disse: "Eu me perguntei se você compartilharia minhas suspeitas".

— Realmente! Ele disse o quê?

— Sim, — Rebecca continuou. — Ele nos disse que foram seus pais os primeiros a sugerir a possibilidade.

Os olhos de Trace se arregalaram e ele se inclinou para frente.

— A Dra. Althea e o Professor Egan trabalharam com ele por alguns kuuk tentando juntar as peças das mutações anômalas do clã do Rio Tk-2. — Rebecca olhou para Danel e continuou.

— Mas ele nos disse que seus pais também suspeitavam que os perpetradores poderiam ser membros de um culto fanático de seu mundo natal.

Danel disse:

— Ramuell confirmou que nossas suspeitas não eram

malucas. Que não estávamos saindo pela tangente. O fato de Egan e Althea também terem contemplado a ideia de que pessoas em Domhan Siol poderiam estar envolvidas nos levou a considerar novamente o motivo. Quem iria querer que a Missão Expedicionária Ghrain-3 falhasse?

— E por que eles iriam querer que isso falhasse? — Acrescentou Rebecca.

— Oprit Robia deseja claramente que o comércio de escravos fracasse, — observou Trace.

— Certo, — Danel concordou. — Mas aumentar o número de nefilim seria uma ameaça ainda maior para a população que eles tentam proteger do que o comércio de escravos.

— Então você não acha que foi algum grupo de Oprit Robia que se tornou desonesto, — Trace supôs.

Rebecca abaixou ligeiramente a cabeça.

— Não estou pronta para descartá-los, mas... Você se lembra da nossa conversa há alguns dias atrás, antes de descermos à superfície pela primeira vez?

Trace assentiu.

— Conversamos sobre os três aspectos de todas as investigações forenses.

— Oportunidade, meios e motivo, — Trace os contou nos dedos.

Os lábios de Rebecca se separaram, mais que um sorriso, mas não uma risada.

— Que estudante! Você estava prestando atenção.

Trace refletiu sua expressão.

— Não é um ótimo aluno, são ótimos professores.

Agora ela riu.

— Ok, se é isso que você quer pensar.

— De qualquer forma, a "oportunidade" parece ser governada pelo acesso a uma nave 4-D Initiator. Ter os "meios" implica acesso ao DNA viável dos nefilim. Para uma pessoa estacionada no orbitador ou no SWA-7 e NWA-1, obter esse DNA seria relativamente fácil. Mas quem de outro mundo teria acesso ao DNA dos Nefilim?

O comunicador de Trace vibrou. Ele leu o texto e franziu a testa.

— Teremos que resumir a nossa discussão, sendo que antes de o fazermos, parece-me que Oprit Robia teria muitas oportunidades de adquirir DNA de gigantes na superfície. Eles também teriam os meios tecnológicos para inseminar artificialmente. — Ele encolheu os ombros. — Sendo que como você sabe, um grande número de cultistas se juntou à missão Ghrain-3 pouco antes e logo após o retono do Grão-Mestre Elyon.

— Isso mesmo, — disse Danel. — Oprit Robia, assim como muitos cultistas, teriam acesso ao DNA dos nefilim. Mas há outra coisa que devemos considerar.

Trace olhou de um lado para outro entre os dois agentes.

— O quê?

— Conhecimento e expertise científica. Acreditamos que os cientistas do Oprit Robia são sofisticados demais para errar ao infectar um clã que não possui DNA de neandertalis.

A boca de Trace caiu aberta.

— Oh, não! Eles infectaram um clã que não consegue transmitir a mutação do gigantismo aos seus descendentes.

— E eles infectaram o mesmo clã duas vezes em um período de duas décadas, — acrescentou Rebecca. — Oprit Robia não fez isso.

Trace se levantou e pegou seu comunicador da mesa.

— Você acredita que algum grupo de cultistas fez isso.

Rebecca disse:

— Não sabemos, mas estamos voltando para Domhan Siol para perseguir isso. — Ela ofereceu a palma da mão para dar um tapinha e sustentou o olhar de Trace por um momento. —

Trace, apreciamos muito seu apoio e conselho nos últimos kuuk.

Danel estreitou os olhos e acrescentou:

— Você, senhor, tem um trabalho muito, muito difícil. Não tenho certeza se alguém mais poderia fazer isso.

# QUARENTA E DOIS
## UM GRÃO-MESTRE VERTIGINOSO

TRACE CONSEGUIU CONVENCER o Grão-Mestre Elyon de que perseguir naves que transportavam sapiens "abduzidos" para Realta-Gorm 4 tinha o potencial de ampliar o conflito. Oprit Robia poderia se quisessem, trazer uma força militar potente. Uma força que poderia ameaçar o próprio Orbiter.

No entanto, a estratégia do Major Anso de invadir pequenas instalações revelou-se devastadoramente eficaz. Em dezesseis ocasiões, os combatentes do Oprit usaram dispositivos de camuflagem Beag para aparecer e arrebatar uma série de sapiens prontos para venda, bem debaixo do nariz dos superintendentes da Segurança de Serefim.

A cada ataque sucessivo, a raiva de Elyon passou de uma fervura lenta a um caldeirão de fúria crepitante. No dia em que a raiva do Grão-Mestre finalmente transbordou, foi uma sorte para o Brigadeiro Migael estar preparado para apresentar um plano detalhado para frustrar a campanha de Oprit Robia.

A série de sucessos de Oprit gerou um sentimento de confiança entre os combatentes. Em retrospecto, eles deveriam ter suspeitado que esse ataque foi fácil demais. A instalação de retenção dos sapiens ficava um pouco longe da guarita e uma clareira para pousar a nave 4-D era um pouco conveniente demais.

Com o dispositivo de camuflagem da nave ativado, eles pairaram sobre a instalação, vigiando o layout por vários minutos.

— Tudo bem, não há um grande contingente de guardas, — observou Alo. —Se pousarmos a nave na clareira a leste do quartel dos sapiens, deveremos entrar e sair antes que alguém perceba.

Ele deu um tapinha no ombro do piloto.

— Leve-nos para baixo.

Eles não conseguiam ver a grade de cabos leves enterrados sob cada metro quadrado do campus das instalações de detenção. Eles também não conseguiam ver os doze postos de guarda subterrâneos sob alçapões camuflados.

No instante em que a nave pousou, a rede elétrica indicou exatamente onde ela estava localizada em todos os foliopads dos guardas. Da mesma forma, quando os combatentes Oprit desembarcaram, os cabos ocultos detectaram cada passo.

— Espere por eles... Espere por eles, — sussurrou o comandante do Serefim em seu microfone. Quando os quatro combatentes do Oprit passaram da metade do caminho entre a nave e o prédio onde estavam os sapiens, o comandante gritou:

— Agora!

Escotilhas que escondiam os agentes de segurança do Serefim se abriram por todo o campo. Tal como haviam praticado, os agentes de segurança usaram os seus foliopads para atingir os seus adversários. Segurando seus blasters sônicos fora dos bunkers, eles dispararam uma saraivada de descargas sem nunca colocarem a cabeça acima do nível do solo. Como árvores serradas, os combatentes do Oprit caíram com força no chão. Quando largaram o dispositivo de camuflagem portátil, tornaram-se instantaneamente visíveis. Quatorze oficiais de segurança saíram dos alojamentos dos sapiens e começaram a amarrar os combatentes abatidos.

Cinco oficiais do Serefim usaram seus foliopads para continuar se movendo em direção a nave camuflada da Oprit Robia. O piloto havia deixado os levitadores antigravitacionais da nave parados e, quando viu a emboscada se desenrolar, disparou em direção ao céu. Como a tecnologia de camuflagem Beag-Liath obscurece todas as assinaturas de energia, a equipe de segurança que se aproximava não ouviu os levitadores serem ligados. Dois deles correram sob o campo magnético e desmoronaram imediatamente quando quase todos os ossos de seus corpos se quebraram.

O Grão-Mestre Elyon se juntou ao Brigadeiro Migael e sua equipe de comando para assistir ao vídeo da armadilha sendo acionada. Migael empalideceu ao ver seus dois soldados se contorcendo em agonia momentos antes de a morte ser reivindicada.

Elyon estava muito tonto com o sucesso da operação para sequer notar suas mortes. Ele estava quase quicando na ponta dos pés.

— Agora vamos finalmente obter algumas respostas.

Ele circulou pela sala batendo em cada uma das palmas das mãos do comandante. Quando ele se aproximou de Migael, seu sorriso se alargou a ponto de mostrar os dentes, o que somado ao olhar selvagem o fez parecer selvagem.

— Bom trabalho, Brigadeiro! Bom trabalho. Faça o que for preciso. Quero que toda a escória do Oprit neste planeta seja encontrada e esmagada.

Elyon se virou para sair. Na porta, ele se virou e desta vez gritou para a assembleia de comandantes.

— Bom trabalho!

Quando a porta se fechou com um silvo, um dos oficiais subalternos presentes na sala se inclinou e sussurrou para seu comandante:

— Uma batalha não faz uma guerra.

# QUARENTA E TRÊS
## TIROS MORTAIS

*~Ramuell~*

DADO que os nefilim haviam se espalhado tão a oeste de seu alcance anterior, Ipos, Inna e eu decidimos fazer o reconhecimento da extremidade oriental do SWA-7 e do SCA-3. Por estarmos em uma área tão remota, não recebemos notícias sobre a captura do grupo de ataque Oprit Robia e Azazel relutou em enviar um sinal de comunicação de nossos satélites com essa informação. Acredito que ele temia que a partilha dessas informações pudesse sinalizar o nosso interesse nas operações do Oprit e talvez implicar algum tipo de colaboração. Em vez disso, Semyaza despachou Adair da NWA-1 na nave auxiliar P-6. Adair concentrou-se no transponder do nosso quadricóptero e pousou a apenas algumas centenas de metros do acampamento da nossa quarta noite.

— Ramuell, não sabemos para onde a Serefim Security levou os prisioneiros Oprit, — explicou Adair. —As fontes de Semyaza lá em cima nos dizem que eles não estão na brigada do orbitador.

— Isso pode ser ruim, — disse Ipos. — Isso pode ser **realmente** muito ruim.

— Louvado seja o destino de mamãe e papai de volta a Realta-Gorm.

— Ohhh, — Ipos quase gemeu. — Eu nem tinha pensado nisso... Sim, é muito bom que eles estejam fora de perigo.

Adair disse:

— Mas nós não estamos. Semyaza mencionou para mim que há uma chance de os prisioneiros de Oprit Robia estarem detidos aqui em algum lugar.

— Essa é uma chance muito remota, mas conhecendo Semyaza, ele teme que possamos tropeçar neles.

— Então ele mandou você aqui para nos buscar, hein? — Inna perguntou a Adair.

— Sim.

— Ok, então aqui está o que eu sugiro, — continuou Inna. — Vocês três retornem no P-6 e eu pilotarei o quadricóptero de volta. Levarei o dia todo para chegar ao acampamento base do SWA-7.

— Bom plano, — concordei. — Mas não tente voar tantas horas sem descanso. Você deve voar por quatro ou cinco horas, depois parar e instalar os painéis solares. Você pode dormir enquanto as baterias do quadriciclo recarregam.

— Vamos fazer isso. — Ela se virou para Adair. — Devemos ter um bom sol amanhã?

— Vai ficar mais nublado à medida que você viaja para oeste.

— Então, vou parar por três horas, recarregar as baterias e depois avançar pelo resto do caminho, — disse Inna.

---

Adair, Ipos e eu chegamos ao SWA-7 no final da manhã e fomos direto para o escritório de Azazel. Ele explicou:

— Não ouvimos nada de novo sobre os prisioneiros de Oprit Robia, sendo que depois que Adair partiu ontem, soubemos que a captura deles foi uma operação sofisticada e bem planejada. Parece que a estratégia do Major Anso tornou-se demasiado previsível. As tropas do Brigadeiro Migael armaram uma armadilha e um grupo de ataque Oprit caiu direto. O Grão-Mestre Elyon está quase tonto de tão feliz.

Ipos fez uma careta e balançou a cabeça.

— O que pode não ser um bom presságio para os prisioneiros.

— De fato, — Azazel piscou os olhos várias vezes. — Tenho um mau pressentimento sobre isso.

— Um mau pressentimento? Não achei que você desse muita importância às premonições, — falei, apenas meio provocante.

— Acho que os videntes são divertidos nas festas do mundo natal, mas eu não mudaria nenhum plano com base em suas adivinhações. Com isso dito, não estamos no mundo natal. Quando uma premonição chega até nós em um *sen* em Ghrain-3, é aconselhável considerá-la seriamente.

— Você teve um *sen* clarividente? — Perguntei.

— Não sei. Nunca poderemos saber sobre a clarividência até que o *sen* aconteça ou não.

— Não nos deixe adivinhando, — insistiu Ipos.

Azazel acenou com a mão na frente do rosto.

— Oh, não tenho muito para compartilhar. Não consigo me lembrar bem do *sen*. Acabei de me lembrar que as coisas tomaram um rumo repentino e inesperado... Ou talvez escalada seja uma palavra melhor. De qualquer forma, me senti muito desconfortável depois de acordar.

— Hmm... Bem, voltando ao assunto em questão. Ipos, Inna e eu determinamos que não vamos ter sucesso com o gigantismo espalhado na periferia da área expandida dos nefilim.

— Presumo que você encontrou nefilim ao nosso leste, — Azazel supôs.

— Nós encontramos. Não é um clã grande como aquele que encontramos no SWE-2, mas encontramos alguns clãs com três gigantes cada.

— Então, o que você está pensando?

— Precisamos associar a eliminação à infecção, — respondi.

— Você quer dizer dar tiros mortais além de espalhar os vírus de RNA? — Azazel perguntou.

Olhei para Ipos. Ele respondeu:

— Sim, senhor. E teremos que colocar mais pessoas em campo. Conheço pessoas em Domhan Siol em quem podemos confiar. Precisamos recrutá-los.

— Como você irá fazer isso? — Azazel perguntou. — Você não pode sair de Ghrain-3 e retornar usando seus documentos de identificação falsos.

— Nãão, — Ipos riu sem alegria. — Se eu for embora, duvido que minha sorte se mantenha para um segundo retorno. Não, teríamos que enviar Inna ou Vapula.

— Ou talvez ambas, — eu disse.

Azazel puxou o lóbulo da orelha.

— Isso não pode acontecer rapidamente. Quem conseguirem recrutar terá que passar pelo processo de aclimatação.

Adair gemeu e disse:

— E tenho certeza de que vão adorar isso!

— É melhor ficar entediado no G3AST por cento e vinte dias do que ignorá-lo. — Ipos olhou para Azazel. — Por causa do meu retorno sorrateiro a Ghrain, não passei pelo processo. Agora, antes de deixar Domhan Siol, entrei no dia de 24 horas do Ghrain-3, mas não tive como me adaptar à atmosfera seca deste planeta.

Os olhos de Azazel se arregalaram.

— Eu não sabia que você fazia isso... Na verdade, nunca pensei nisso.

— Sim, ele fez. — Olhei para Ipos. — E foi difícil, não foi, meu amigo.

— Uau, garoto... E eu sabia o que esperar. Qualquer pessoa que pudermos trazer de Domhan **deverá** pagar suas taxas G3AST.

— Com isso em mente, — disse Azazel, — vou passar isso para Trace. Tê-lo a bordo limitará os obstáculos que nossos recrutas poderiam encontrar.

— Certo, — eu concordei. — Tanto em termos de status de imigração quanto de processo de aclimatação. Na verdade, acabei de pensar... Ter novatos se juntando à nossa equipe **pode** nos dar uma maneira de aumentar nosso arsenal de armas.

Azazel sorriu.

— Você quer dizer aumentar nosso arsenal sem o risco de sermos pegos roubando o arsenal do orbitador?

— Realmente! O que vou pensar a seguir?

# QUARENTA E QUATRO
## INTERROGATÓRIO APRIMORADO

ALO e sua equipe de três homens foram despidos, algemados e vendados por seus captores Serefim. Eles foram levados para um transporte Serefim e levados de nave a cerca de uma hora de distância. No minuto em que o transporte pousou, os prisioneiros foram arrastados para fora da nave e levados para algum tipo de abrigo com piso áspero de madeira. Alo podia sentir rajadas de ar frio atingindo seu corpo de diferentes direções e presumiu que o abrigo não era fechado.

Os homens foram amarrados, com as mãos atrás das costas, em argolas no chão. Amordaçados e sem comida ou água, eles foram amarrados em dolorosas contorções. Com frio, sede, fome e extremamente desconfortável, Alo não conseguia imaginar que dormir fosse possível. Mas nessas circunstâncias, o cérebro usa o sono como mecanismo de fuga. Por esse motivo, foi colocado um guarda para vigiar os presos. Cada vez que um deles cochilava, o guarda atirava neles com o que parecia ser uma agulha minúscula. A picada parecia uma picada de inseto que instantaneamente despertava o cativo que cochilava.

Além dos gemidos de seus companheiros, Alo não conseguia ouvir nada, o que não fazia sentido. Se estivessem num abrigo sem paredes, ele deveria ser capaz de ouvir rajadas de vento, ou o arranhar dos sempre presentes roedores de Ghrain, ou os chamados de mamíferos e pássaros noturnos. Mas ele não ouviu nada.

Na quarta vez que foi acordado pela picada irritante da agulha, Alo gritou através da mordaça. Não foi um grito de dor. Foi de raiva. O guarda não riu. Não falou. Não se moveu. A raiva exasperada de Alo foi recebida apenas com uma escuridão silenciosa.

O barulho das botas no chão de madeira despertou os prisioneiros do seu torpor alimentado pela fome e pela privação de sono. Os cabos que prendiam os homens aos olhais foram soltos e eles foram colocados de pé. As mordaças foram removidas e a água foi forçada a descer por suas gargantas em garrafas de esguicho. Embora cada célula de seus corpos ansiasse pelo líquido vital, a força da corrente fez com que os quatro homens engasgassem e sufocassem. A cruel ironia de tossir pelo menos metade da água que ele tanto desejava não passou despercebida por Alo.

No instante em que Alo começou a chamar os nomes de seus companheiros, um punho atingiu seu nariz e o derrubou no chão. Enquanto o sangue jorrava de suas narinas e escorria pela garganta através da nasofaringe, uma mordaça foi colocada de volta em sua boca e amarrada com ainda mais força do que antes. Alo entrou em pânico, certo de que morreria sufocado com o próprio sangue. Ao se debater, ele conseguiu rolar e apontar o rosto para o chão. Isso permitiu que o sangue jorrasse de suas narinas. O sangue escorrendo pelo fundo de sua garganta se acumulou em sua boca e ele se esforçou para engolir em vez de engasgar.

Duas pessoas arrancaram Alo do chão, mas ele não teve permissão para se levantar. Um capuz preto foi colocado sobre sua cabeça e ele foi arrastado para trás, com os calcanhares descalços ricocheteando nas tábuas cortadas e descendo dois degraus para fora do prédio. Ele sentiu o calor do sol caindo sobre sua pele e pensou, por um breve momento, que talvez algum tipo de alívio estivesse próximo.

Quando finalmente foi colocado em pé, ele ouviu o rangido de dobradiças enferrujadas. Um bastão foi atingido com força na parte de trás de seus joelhos e suas pernas dobraram-se sob ele. Ele foi arrastado por lascas de madeira e sua testa foi empurrada contra as tábuas. Alguém arrancou o capuz de sua cabeça e tirou a mordaça de sua boca. Antes que seus olhos tivessem tempo de se ajustar à luz ofuscante, ele ouviu novamente o rangido das dobradiças e o estalo de uma trava. Eles não haviam removido as algemas das pernas e suas mãos permaneciam algemadas atrás das costas.

Quando ele tentou se sentar, a parte de trás de sua cabeça bateu no topo do recinto. Uma onda de pânico percorreu-o. Ele empurrou para frente, para trás e para os lados. Ele tinha menos de quinze centímetros de espaço de manobra em cada lado do corpo. Seus joelhos estavam dobrados sob o tronco, sem possibilidade de endireitá-los. Com as mãos amarradas atrás das costas, sua única posição possível era ajoelhar-se em três pontos com a testa no chão.

Raios de luz filtravam-se pelas fendas entre as tábuas de madeira da caixa. Alo percebeu que ele estava do lado de fora, mas não sob a luz direta do sol. Sua temperatura central havia caído tanto durante a noite anterior que ele ansiava pelo calor do sol, mas sabia que uma hora de luz solar direta aqueceria a caixa a uma temperatura perigosamente alta.

A certa altura do dia, alguém derramou água em cima da caixa. À medida que o líquido escorria, Alo lambeu o máximo que pôde antes que o líquido escorresse entre as tábuas imundas do chão.

Enquanto entrava e saía de um sono atormentado, ele pensava irracionalmente como tinha sorte por ninguém o espetar com agulhas cada vez que ele cochilava.

Quando o sol já havia passado de seu ápice, alguém abriu uma ripa na frente da caixa. Uma tigela foi colocada sob seu rosto. Ela continha um mingau de cor amarronzada. Alo o lambeu vorazmente. Depois de comer cerca de metade do mingau, ele decidiu que provavelmente se tratava de partes iguais de pão e água misturadas em uma pasta que podia ser engolida.

Logo após o pôr do sol, outra tigela de mingau foi entregue em sua gaiola de madeira. Os isquiotibiais, quadríceps e região lombar de Alo estavam doendo tanto que ele só conseguia engolir alguns goles entre espasmos de dor entorpecentes. À medida que o frio agonizante da noite se instalava em suas articulações, ele caiu em um estupor misericordioso.

Ao amanhecer, ele recuperou a consciência quando um de seus algozes abriu a câmara de tortura apertada. Dois homens o agarraram pelas axilas e o colocaram em posição ereta. Não há palavras para descrever a dor que ele sentiu nos joelhos repentinamente endireitados. Ele ouviu um grito longo e agonizante e só depois de alguns segundos reconheceu sua própria voz.

Seus membros balançavam como galhos de salgueiro enquanto os torturadores de Serefim o arrastavam para uma cabana de madeira. Parecia que pregos de acabamento estavam sendo cravados em seus calcanhares e dedos dos pés enquanto a circulação retornava às extremidades inferiores.

— Água... — Alo resmungou.

Um guarda tirou uma caneca de água de um barril aberto sob o teto do barraco e jogou na cara de Alo. Ele lambeu cada gota que sua língua ressecada conseguiu alcançar ao redor de sua boca. Ainda assim, nenhum dos guardas disse uma palavra.

Ao entrar cambaleando no único cômodo do prédio, Alo olhou em volta na esperança de ver uma cama ou até mesmo uma cadeira. Não havia um único móvel. Suas algemas foram removidas. Raios de dor atingiram seus ombros enquanto ele movia os braços para a frente do corpo pela primeira vez em... Quanto tempo fazia? Um dia? Dois dias? Três?

Seus pulsos estavam algemados e ele estava virado para uma das paredes. Foi então que notou um cabo pendurado em uma pequena polia presa a uma viga do teto. Ele começou a gemer:

— Nããão! — Mas ele não teve forças para resistir.

Um de seus perseguidores quebrou o clipe do anel em D preso na extremidade do cabo nas algemas de Alo. Outro homem puxou o cabo pela polia, erguendo os braços de Alo acima da cabeça e finalmente levantando o corpo de Alo a ponto de apenas a planta dos pés tocar o chão. O guarda puxou uma corda que prendia a trava da polia. Ele enrolou a ponta solta do cabo em um gancho na parede perto do canto do galpão.

Quando os dois homens se viraram silenciosamente para sair, uma maldição ficou presa na garganta de Alo e emergiu como uma explosão estrangulada. Infelizmente, a crepitação era inteligível, por pouco.

— Seu filho do demônio.

Um dos guardas girou sobre os calcanhares e deu dois passos rápidos à frente, em seguida, bateu a coronha de sua arma de partículas carregadas na canela de Alo. Alo gritou. O sádico levantou a coronha da arma para dar tratamento semelhante à outra perna, mas seu parceiro disse:

— Melhor não.

O bandido cruel se aproximou do rosto de Alo e com um sorriso de escárnio cerrado disse:

— Tenha um bom dia.

Alo perdeu a consciência e não tinha ideia da passagem do tempo. Ele tinha uma vaga lembrança de alguém enfiando alguns pedaços de comida em sua boca e esguichando água em sua garganta, mas não tinha certeza de que isso realmente tivesse acontecido.

Ele recuperou a consciência quando caiu no chão quando a tensão no cabo que segurava seus braços no alto foi subitamente liberada. Seus ombros latejaram de dor. Ele foi levantado e arrastado para uma cela que não havia notado antes, no outro lado da sala. Seus algozes o amarraram com abotoaduras de plástico na porta da cela. Ao colocar o peso sobre os calcanhares, a dor dos pés atingiu a parte inferior das pernas e latejava na canela ensanguentada.

Os soldados de Serefim jogaram quatro ou cinco baldes de água por todo o corpo nu de Alo. O cheiro de sua urina e fezes dissolvidas era nauseante. Quando ouviu outros salpicos de água, percebeu que seus três camaradas também estavam amarrados às portas das celas.

Pela primeira vez em dias, alguém falou com ele. A voz era calma, quase baixa, mas a ameaça escorria de cada sílaba.

— Onde encontraremos a escória do Oprit?

Alo tentou olhar para o inquisidor. Ele conseguiu apenas inclinar a cabeça para o lado. Por um momento ele não conseguiu falar. Ele tossiu duas vezes e resmungou:

— Quem você quer dizer?

O homem cambaleou para frente e deu um tapa violento na boca de Alo.

— Onde estão escondidos os vermes do Oprit Robia?

— Em Realta-Gorm.

O torturador pegou a arma de partículas carregadas do coldre de ombro, colocou-a na testa do homem que estava à direita de Alo e disparou a arma. Alo engasgou quando Rohan desabou.

O terror tem um jeito de focar a mente. Uma enxurrada de pensamentos invadiu o cérebro de Alo. Pelo que sabia, ele havia dito a verdade. Ele tinha certeza de que o major Anso teria ordenado aos combatentes do Oprit Robia que abandonassem seu esconderijo na caverna de gelo no momento em que soubesse da emboscada do malfadado grupo de ataque. Eles teriam recuado para Realta-Gorm 4.

Compreendendo isso, Alo se perguntou por que a tortura durou tanto tempo. Ele e sua equipe teriam revelado a localização da caverna de gelo em meio dia se tivessem sido questionados. Eles viram Rhea, a piloto de sua nave, escapar da captura com sucesso. Eles tinham certeza de que, com o dispositivo de camuflagem ativado, a nave conseguiria retornar ao esconderijo. Eles também sabiam que o protocolo era abandonar, em vez de defender, esconderijos em Ghrain-3. A missão do Oprit nunca foi adquirir e defender território. Não havia valor estratégico em perder vidas protegendo um esconderijo que poderia ser facilmente substituído.

Alo e seus quatro camaradas foram torturados durante dias, quando tudo isso poderia ter acabado em questão de horas. E agora um dos seus tripulantes estava morto. Ele teria vomitado se houvesse alguma coisa em seu estômago.

Ele cuspiu sangue no chão.

— Posso mostrar em um mapa a localização do nosso esconderijo na caverna de gelo.

Seu torturador curvou os lábios, chutou o prisioneiro morto de Oprit e disse:

— Eu me perguntei se você precisaria de motivação adicional.

# QUARENTA E CINCO
ENFURECIDO

A CRENÇA de Alo de que o Major Anso ordenaria o abandono imediato do esconderijo estava correta. O que ele não sabia era que um vídeo de sua tortura estava sendo enviado em uma transmissão digital criptografada para o orbitador. O Grão-Mestre Elyon assistiu à agonia dos soldados Oprit com uma fascinação macabra. A tortura macabra era um processo longo e demorado, e Elyon sempre ficava entediado depois de assistir por dez ou quinze minutos.

 O que o Grão-Mestre não sabia era que uma quinta coluna estava ativa nas fileiras do Serefim Presidium. Se o tivesse feito, teria ficado chocado com o quão alto nas fileiras essa resistência se manifestou. O Administrador Trace teve acesso a todas as mensagens criptografadas do Serefim Presidium. Quando viu os vídeos de tortura na superfície do planeta, ele convenientemente "esqueceu" de fechar o vídeo na tela do comunicador montado na parede quando saiu de seu apartamento uma manhã. O pessoal do serviço de alimentação do Torus-1, que veio arrumar a louça do café da manhã, não deixaria de notar.

O Major Anso recebeu a primeira transmissão clandestina de seus soldados sendo abusados no momento em que o último dos paletes de equipamento de gravidade zero do esconderijo da caverna de gelo estava sendo empurrado a bordo das naves Oprit Robia 4-D. Inicialmente, a cor sumiu de seu rosto, então ele corou de fúria quando viu Alo, algemado e indefeso, dar um soco tão forte que o sangue espirrou por todo seu corpo nu enquanto ele caía no chão.

Vendo as contorções faciais de seu comandante, a capitã Rhea perguntou:

— Major, você está bem?

Incapaz de falar, Anso apontou o dedo para a tela do comunicador. Rhea se inclinou para ver as imagens. Ela engasgou e colocou a mão sobre a boca aberta. Quando alguns dos soldados viram os olhos horrorizados do piloto se arregalarem, eles também se juntaram à multidão para dar uma olhada na tela do major.

Depois de um momento, Rhea gritou:

— Esses bastardos!

O grupo assistiu ao vídeo de Alo rolando de bruços e soprando sangue pelo nariz. Eles viram dois bandidos de Serefim puxarem Alo e colocarem um capuz preto sobre sua cabeça. Enquanto observavam os algozes arrastando Alo para fora da sala, Rhea agarrou o antebraço de Anso e perguntou:

— O que vamos fazer a respeito?

O major, tremendo de raiva, deu um tapa na boca com a mão aberta e depois arrastou-a pelo queixo.

— Isso muda as coisas... Não sei o que fazemos a respeito, — ele apontou para a tela do comunicador com o dedo indicador, — porque não sabemos onde eles estão.

Ele tirou o boné e bateu com força na coxa.

— Trey!

— Estou bem aqui, senhor.

Anso se virou e encontrou seu especialista em tecnologia olhando para a tela.

— Veja se você consegue rastrear a origem desta transmissão.

Trey disse:

— E se eu tentar descobrir onde eles estão detidos?

— Correto. — Anso passou o dedo acima da cabeça em um movimento circular. — Todos os demais, terminem de carregar esses paletes nas naves. Precisamos sair daqui a quarenta minutos.

Enquanto os soldados Oprit recuavam para empurrar a última carga pelas rampas das naves, Anso chamou Josell de lado.

— Você ajudou a instalar o piso e as divisórias de privacidade, não foi?

— Sim, senhor.

— Você sabe como os dispositivos incendiários são acionados?

— Eu sei. Instalei-os sob as tábuas do piso, — respondeu Josell.

— Sim, pensei ter visto você fazendo isso. Quanto tempo você levará para armar as bombas?

— Senhor, usamos apenas quatro circuitos. Posso deixá-los prontos para disparar em dez minutos.

Anso bateu no ombro de Josell. Ela se virou e correu para dentro da caverna.

O Major Anso pediu a atenção dos seus quarenta e dois combatentes.

— Gente, como todos sabem, recebemos um vídeo horrível. Eu presumi que nossos camaradas capturados seriam mantidos na prisão do orbitador. Eu estava errado. Eles estão na superfície do planeta e estão sendo torturados.

Ele olhou para o chão, chutou uma pedra e tossiu tentando limpar o nó na garganta.

— Francamente, teria sido muito difícil tê-los deixado no brigue do orbitador. Mas não há nenhuma maneira em um inferno congelado de deixá-los em um campo de tortura.

Vários dos soldados gritaram.

— Tudo bem, a Tenente Josell está acionando os dispositivos incendiários na caverna. Quero que meia dúzia de vocês dê uma olhada rápida para ter certeza de que tudo o que estamos deixando na caverna são as tábuas do piso e as paredes divisórias... Elas vão queimar.

— Pilotos, vocês não precisam fazer uma verificação completa antes do voo. Vamos subir nossas naves nessa elevação, — Anso apontou para o sul.

Um dos combatentes disse:

— Senhor, isso não fica nem a um quilômetro de distância.

— Está correto. Vamos nos proteger atrás dos dispositivos de camuflagem dos nossos amigos Beag. Assim que pousarmos, certifique-se de que todos os dispositivos estejam operacionais. Depois disso, Josell abrirá o buraco. Enquanto isso, Trey continuará tentando localizar nossos camaradas. — Virando da esquerda para a direita, o major esticou o queixo. —**Não** deixaremos este globo gelado até recuperá-los.

Desta vez todos os soldados gritaram. Muitos socaram o ar.

# QUARENTA E SEIS
## A AVALIAÇÃO DOS BEAG-LIATH

UMA NAVE de assalto Serefim fez várias passagens sobre a área de desembarque em frente ao esconderijo da caverna de gelo. A tripulação da Serefim não conseguiu ver, nem os sensores da sua nave conseguiram detectar, as naves 4-D camufladas de Oprit Robia a menos de um quilometro de distância.

Vendo a fumaça saindo da entrada da caverna, o capitão da nave falou no microfone do capacete.

— Senhor, parece que os terroristas foram alertados. Este lugar parece estar abandonado. Eles atearam fogo em tudo o que havia dentro da caverna.

A bordo do orbitador, o Brigadeiro Migael irritou-se.

— Droga! Como eles sabiam que estávamos vindo? — Migael olhou ao redor da sala para os rostos desapontados de seus oficiais, nenhum dos quais queria fazer contato visual com seu general furioso. — É possível que esta seja apenas uma instalação isca e nossos cativos tenham mentido para nós sobre a localização de seu verdadeiro esconderijo?

— Suponho que isso seja possível, senhor, — respondeu o comandante do esquadrão a bordo de um dos Serefim PT-24.

— Precisamos inspecionar a área. Se o solo não estiver muito congelado, as pegadas devem contar a história.

Migael respirou fundo. —Tudo bem, vá em frente e pouse. Distribua suas tropas, mas presuma que os inimigos ainda estão presentes. —

Enquanto as naves se posicionavam para pousar, Migael retirou o microfone e esfregou o rosto com as duas mãos. Ele estava grato por Elyon não estar no Centro de Comunicações e Monitoramento T-Taxiarch. A última coisa com a qual ele precisava lidar eram as exigências espúrias e mal concebidas do Grão-Mestre.

Os dois PT-24 e a nave de assalto pousaram quase simultaneamente. A nave de assalto pousou com seu conjunto de armas avançado alinhado com a entrada da caverna. Os soldados em ambos as naves de transporte fecharam os zíperes de seus macacões de combate, verificaram suas armas e prenderam as tiras de queixo dos capacetes. Quando o comandante do esquadrão deu a ordem, vários soldados saíram da nave do meio e assumiram posições defensivas ao redor das três naves.

Nada se mexeu. Os soldados não viram nem ouviram nada que indicasse a presença de hostis. Depois de alguns minutos vigiando a área, o comandante falou ao microfone:

— Brigadeiro Migael, parece que não tem ninguém aqui. Vamos dar uma olhada.

— Prossiga, comandante.

— Ok, quero todos, exceto os pilotos, fora das três naves. Permaneçam sob suas respectivas naves em formações de defesa. Precisamos mapear e fotografar as trilhas antes que alguém comece a vagar pelo local. Depois de obtermos as fotos, cada um de vocês receberá áreas para inspeção adicional.

— O que você está procurando? — Um dos policiais perguntou.

— Isso depende, — respondeu o comandante. — ... Depende do que descobrirmos com as pistas.

De seu ponto de vista próximo, o major Anso e os combatentes Oprit Robia observaram o esquadrão Serefim. Vários dos combatentes de Anso estavam tão furiosos com a tortura de seus camaradas que estavam ansiosos para disparar uma saraivada de tiros – de preferência explosões letais.

— Esperamos, — disse Anso com firmeza. — Esperamos e observamos. Matar aqueles pobres recrutas não nos informará onde Alo e sua equipe estão detidos. Se começarmos a atirar, poderemos assinar suas sentenças de morte.

Ao ouvir a advertência do major, até o mais belicoso dos combatentes entrou em modo de reconhecimento. Cerca de trinta minutos depois, eles observaram todos os soldados Serefim emergirem de debaixo de suas respectivas naves e se alinharem na frente do comandante. A julgar pelas gesticulações do comandante, parecia que os soldados estavam recebendo instruções sobre como proceder com uma busca na área.

Depois de alguns minutos, os combatentes do Oprit perceberam um zumbido elétrico estranho e grave. De repente, todos os três pilotos saíram das naves do Serefim Presidium. Eles correram gritando e acenando para que seus companheiros soldados se afastassem das naves.

A tenente Josell disse:

— Senhor, acho que o inferno está prestes a explodir.

Anso lançou um olhar perplexo para a tenente, pouco antes de o inferno começar. O zumbido grave foi substituído por sons altos de metal estalando, rangendo e quebrando. Primeiro, as pernas das naves Serefim ruíram. Os cascos das naves colidiram com o solo e continuaram a dobrar e desmoronar como se gigantescos pés invisíveis estivessem esmagando as naves. Eles se achataram como uma lata de alumínio sob uma bota pisoteada.

Muitos dos soldados Serefim gritaram enquanto corriam várias dezenas de metros e depois se abaixaram e se cobriram. Em três minutos, os dois transportes PT-24 e a nave de assalto eram grandes formas ovais de lixo achatado.

— Major Anso, acho que os Beag-Liath contribuíram, — observou Josell estoicamente. Ela era a pessoa mais calma do local.

Impressionado, Anso só conseguiu murmurar:

— Acho que você está certa.

— Suas ordens? — Perguntou a tenente.

Anso observou a cena por apenas alguns segundos.

— Ok, escolha três soldados. Quero que eles coloquem blasters sônicos fora da barreira e coloquem todos no chão.

— Sim, senhor.

— E Josell, temos certeza de que não queremos ninguém morto.

— Entendido, senhor.

A Tenente escolheu três soldados em quem ela confiava que não fariam algo combativo e estúpido, como ativar um blaster sônico para matar em vez de atordoar. Alguns minutos depois de suas naves terem sido destruídos, os soldados Serefim se levantaram e começaram a serpentear na direção da destruição insondável. Josell virou-se para seus atiradores e disse:

— Fogo!

Em questão de segundos, todos os soldados Serefim estavam semiconscientes no chão.

— Vai! Vai! Vai! — Major Anso gritou. Os combatentes do Oprit saíram da proteção do dispositivo de camuflagem e desceram a encosta em direção à caverna de gelo.

Enquanto isso, o Brigadeiro Migael e sua comitiva no toro T-Taxiarch ficaram chocados demais para dizer qualquer coisa por vários segundos. Então, num instante, a sala explodiu em uma cacofonia de balbucios enquanto todos começaram a falar ao mesmo tempo.

As câmeras das naves Serefim foram destruídas, sendo que algumas câmeras dos capacetes continuaram a transmitir em ângulos estranhos a partir das posições deitadas dos soldados caídos. O Grão-Mestre Elyon entrou na sala bem a tempo de ver o que pareciam ser soldados Oprit se materializarem do nada. Foi uma visão tão surpreendente que ele ficou momentaneamente mudo. Seus olhos se arregalaram e seu queixo caiu enquanto observava os acontecimentos inexplicáveis na superfície do planeta. Ele finalmente respirou fundo quando viu os combatentes do Oprit amarrando seus soldados com zíperes nos pulsos e tornozelos. Ele gritou um raio de vitríolo, exigindo explicações.

Não houve explicações a serem oferecidas. Migael lançou um olhar de advertência para todos na sala. Seu significado era claro: *mantenham a boca fechada!*

Momentos depois de todos os soldados Serefim terem sido protegidos, uma nave Beag-Liath suspensa desligou seu dispositivo de camuflagem. Todas as pessoas conscientes presentes no local ficaram estupefatas ao ver a enorme nave deslizar para um pouso suave. As câmeras do capacete não captaram isso e os observadores a bordo do orbitador não perceberam esse novo desenvolvimento até que minutos depois um dos Beag-Liath apareceu.

O Grão-Mestre Elyon engoliu em seco e disse:

— O que... está... acontecendo?

---

Ainda atordoado com a destruição das naves Serefim, o major Anso examinou a cena em frente à caverna de gelo. Ele acenou para que Trey e Josell caminhassem ao lado dele enquanto ele se aproximava cautelosamente do grupo de Beag-Liath que havia emergido da nave. Um dos Beag parou na frente do trio e colocou a mão no peito de Anso, logo abaixo da fúrcula supraesternal. Em seguida, repetiu o gesto com Josell e Trey.

Assim que a saudação abreviada foi dispensada, outro Beag deu um passo à frente e estendeu o equivalente a um foliopad. O primeiro Beag pegou o dispositivo e abriu uma imagem tridimensional do planeta e apontou para um local ao norte de uma enorme península no lado sul do maior continente de Ghrain. O Beag então apontou para Anso e tocou no local na tela. Repetiu esse gesto algumas vezes.

Trey disse:

— Acho que eles querem que nós fossemos para lá.

— Concordo. — Anso ergueu um dedo, esperando que o Beag entendesse o gesto de espere um minuto. Ele convocou os pilotos da frota para se juntarem ao grupo. Quando o último apareceu, Anso apontou para o foliopad. O Beag estendeu-o para os pilotos verem e apontou para o local.

— Parece que eles querem que nós fossemos para aquele local. Você pode encontrá-lo? — Anso perguntou aos pilotos.

O trio trocou olhares duvidosos. Um dos pilotos disse:

— Não sem coordenadas de posicionamento global.

O Beag pareceu entender e evocou uma série de símbolos na tela. Em seguida, apontou para os símbolos e depois para a nave Beag-Liath. Ele fez esse gesto algumas vezes e depois apontou várias vezes para frente e para trás entre os pilotos Oprit e a nave Beag.

A capitã Rhea disse:

— Eles vão nos levar até aquele local.

O Beag olhou para ela, assentiu e surpreendeu-a ao estender a palma da mão voltada para cima. Quando ela bateu nele, a meia dúzia de Beags virou-se quase ao mesmo tempo e correu em direção a nave. Da mesma forma, os pilotos do Oprit viraram-se e começaram a correr em direção às suas naves.

Anso disse:

— Tenente, vamos trazer nosso pessoal a bordo.

# QUARENTA E SETE
## LIBERTAÇÃO

DEPOIS QUE ALO revelou as coordenadas do esconderijo da caverna de gelo de Oprit Robia, a tortura tornou-se bem mais passiva. Os três sobreviventes estavam deitados no chão de madeira tosca de celas separadas. Eles receberam bastante água e uma escassa porção de comida de gosto desagradável, mesmo assim permaneceram nus e sem roupa de cama. Pontadas de dor percorriam seus joelhos, quadris, costas e ombros cada vez que se moviam.

Um quadricóptero de seis lugares, um transporte P-12 e três veículos para terrenos acidentados foram colocados em uma clareira atrás do barraco onde os prisioneiros de Oprit Robia estavam presos. O estado de consciência deles era tal que nenhum deles percebeu o zumbido grave. Sendo que quando os Beag-Liath lançaram todo o poder de sua tecnologia nos veículos do Serefim Presidium, o clamor estridente tirou Alo e seus camaradas do estupor.

Os três homens se levantaram agarrando-se à cerca de cabos interligados que isolava cada cela. Não havia janela para ver o que estava acontecendo, mas a quantidade de energia produzida para esmagar todos os veículos também abalou os prédios de madeira próximos. As vibrações eram tão violentas que os harmônicos das tábuas flexíveis dividiram a parede posterior da célula intermediária.

Duff, que talvez tenha ficado um pouco menos ferido pela tortura do que seus camaradas chutou a madeira lascada com o calcanhar com toda a força que pôde. Duas das tábuas quebraram o suficiente para ele ver o que estava acontecendo atrás do bloco de celas.

Quando viu o esmagamento dos veículos em câmera lenta, tudo o que conseguiu dizer foi:

— Meus deuses!

— O que você vê?! — Alo resmungou.

— Eu... Eu não sei. As naves... Os RTVs... Estão simplesmente sendo esmagados.

— Esmagados? O que isso significa?

— Não sei! — Duff exclamou em partes iguais de medo e confusão.

Nesse momento, dois soldados Serefim invadiram a favela da cela. Eles destrancaram as portas das celas e as abriram.

— Saia!

Após dias de tortura, Alo e seus companheiros ficaram intimidados demais para entender o que estava acontecendo.

Um dos soldados acenou freneticamente com a mão em direção à porta aberta do prédio.

— Droga, saia! Saia daqui e corra!

No fundo de sua mente, Alo se perguntava se isso poderia ser uma armadilha. Tentar escapar poderia ser a desculpa que os capangas do Presidium usariam para matá-los. Ele já estava preocupado com a probabilidade de sua execução. Ele não conseguia imaginar que lhes seria permitido viver e contar a história da sua tortura e sofrimento.

O estalo alto da estrutura do quadricóptero afastou os pensamentos paranoicos de Alo. Ele olhou para seus companheiros, que também não haviam saído de suas celas.

Com um movimento lateral da cabeça em direção à porta aberta, ele indicou que era hora de ir.

— Me siga. Quinze metros, não mais perto. Se eles atirarem em mim... — Ele olhou suplicante para os dois soldados Serefim.

— Isso não é uma armadilha. Nossos rapazes estão muito chocados com o que está acontecendo lá atrás. — Os soldados apontaram para as tábuas quebradas na parede da cela. — Mas você precisa correr. Agora! Esconda-se na floresta.

Duff olhou para baixo e gesticulou em direção ao seu corpo nu.

Os soldados não tinham roupas extras. Ambos deram de ombros e um deles acenou novamente para a porta aberta. E novamente disse:

— Droga, vá!

Com Alo na frente, os três soldados sobreviventes do Oprit cambalearam nos ligamentos hiperestendidos das pernas ao longo dos oitenta metros de terreno aberto entre a prisão e a linha das árvores.

A vegetação rasteira arranhou Alo quando ele entrou na cobertura densa. Ele se virou para observar seus homens cambaleando em sua direção e notou um soldado Serefim emergir entre dois prédios, quase cem metros à sua direita. O homem ergueu uma arma e mirou. Antes que ele pudesse disparar um tiro, um laser vermelho claramente visível vindo de algum lugar acima caiu na lateral do pescoço do suposto atirador. O homem agarrou-se, largou a arma de partículas carregadas e caiu de cara no chão. Seu corpo estava rígido como um tronco. Ele não gritou nem gemeu. Alo estava longe demais para ouvir o gorgolejo sufocado do homem.

Quando seus companheiros se aproximaram, Alo apontou para um arbusto espinhoso e disse:

— Tenha cuidado aí. — Ele apontou para a perna, onde gotas de sangue escorriam de dois arranhões profundos.

Duff se agachou ao lado de Alo e disse:
— Precisamos de roupas.
Olhando para o salto sangrento que Duff usou para soltar as tábuas de sua cela, Alo acrescentou:
— ... E sapatos! Não conseguiremos ir longe nesta floresta sem eles. — Ele olhou em volta e disse: — Eu me pergunto onde estamos. Esta vegetação é muito mais exuberante do que qualquer outra em SWA-7 e SEE-2.
— E é muito mais quente aqui, — acrescentou Duff.
Os sons estridentes do outro lado do acampamento pararam. Cada um dos veículos do complexo prisional foi esmagado em discos de lixo com um metro de espessura. Lentamente, os soldados Serefim começaram a emergir dos esconderijos por toda a instalação. Atordoados, a maioria vagava sem rumo.
Então, de repente, uma pequena nave triangular apareceu no alto.
— Beag-Liath... Eles acabaram de desligar o dispositivo de camuflagem, — Alo sussurrou.
Vários soldados Serefim ergueram armas e apontaram para o céu. Tal como o seu camarada que tentou atingir os prisioneiros fugitivos do Oprit, estes pretensos atiradores foram abatidos quase instantaneamente. Impressionado, Duff disse:
— Como isso é possível? Eles apenas eliminaram os soldados apontando armas.
— Eles devem ter algum tipo de avaliação de ameaças visando a tecnologia, — respondeu Bezal, o outro prisioneiro sobrevivente.
— O que nós fazemos? — Duff perguntou.
Alo se agachou e disse:
— Esperamos... Esperamos e vemos o que acontece a seguir.
A estranha nave Beag-Liath fez um pouso rápido e firme na borda oeste da clareira coberta de grama. Dois dos soldados

Serefim que entenderam a situação, lentamente colocaram as armas nos ombros. Eles foram imediatamente alvejados por lasers emitidos por pequenas fendas na borda chanfrada da nave. Num piscar de olhos, eles se juntaram aos outros soldados Serefim, deitados no chão com bocas espumantes e corpos rígidos se contorcendo espasticamente.

Baixinho, Bezal disse:

— Uau, parece que nossos amigos não vão tolerar resistência.

Apenas meia dúzia de soldados Serefim permaneceram de pé. Todos ergueram as mãos vazias e, de frente para a nave Beag, cambalearam para trás em direção aos prédios.

— Mas parece que os Beag vão deixá-los ir embora se não forem ameaçadores, — observou Duff.

Antes que os soldados ambulantes chegassem aos abrigos de madeira, a frota de naves Oprit Robia 4-D pareceu se materializar dos éteres diretamente acima. Mesmo compreendendo a tecnologia de camuflagem Beag-Liath, Duff ficou impressionado com o aparecimento repentino da frota. Os soldados Serefim não estavam familiarizados com dispositivos de camuflagem. Eles estavam aterrorizados. Um dos soldados caiu de joelhos e gritou para que os outros fizessem o mesmo.

Os dois soldados que libertaram Alo, Duff e Bezal das celas da prisão espiaram a floresta densa. Sem pensar muito, Alo estendeu a mão por cima da cobertura da moita e acenou com a mão para frente e para trás duas vezes. Ele poderia jurar que os dois homens quase sorriram. Quando um deles se deitou de bruços, ele fez um sinal de positivo para os fugitivos.

Tudo ficou estranhamente quieto no campo de horrores do Presidium. Essa calma foi quebrada no momento em que as naves Oprit Robia pousaram e vinte e dois caças partiram. Eles se espalharam pela clareira, desarmando os debilitados soldados Serefim e algemando seus pulsos e tornozelos.

Alo, Bezal e Duff cambalearam e saíram para a clareira. Um dos combatentes do Oprit ergueu os olhos e viu os seus camaradas torturados. Ela respirou fundo e exclamou:

— Olha! — Ela e seu parceiro saíram correndo para prestar ajuda aos três homens espancados, machucados e sangrando.

A câmera da nave capitânia da frota Oprit fez uma panorâmica para ver para onde as duas mulheres estavam indo. No momento em que Anso viu seus soldados tropeçando no campo, ele gritou para o piloto:

— Abra! — Ele desceu a rampa correndo e abraçou cada um dos soldados.

Mesmo antes de alguém falar, um médico chegou com cobertores e envolveu os soldados nus com eles. Anso passou por baixo do braço de Alo e, agindo como estabilizador guiou-o de volta à nave.

— Rohan? — Anso perguntou.

Alo olhou para seu comandante e balançou a cabeça.

— Esses bastardos... **Esses bastardos!**

# QUARENTA E OITO
## NÃO TÃO TONTO AGORA

DEPOIS QUE O major Anso viu Duff, Bezal e Alo instalados na enfermaria da nave, ele chamou Trey.

— Quero que você destrua cada instante do vídeo de tortura que recebemos. Obtenha fotos de cada um dos bandidos Serefim.

Trey olhou fixamente para o major e disse lentamente:

— Tudo bem.

— Eles são criminosos, — continuou Anso calmamente. — Estamos detendo **todos** os torturadores e levando-os para Realta-Gorm para serem julgados. — Ele estreitou os olhos. — Ou talvez os entreguemos à Diretoria de Lei e Ordem para serem julgados por Domhan Siol.

— Eu vou cuidar disso. — Trey se virou e desapareceu nas entranhas da nave.

Em uma hora ele havia isolado fotos de quatorze soldados trabalhando no complexo prisional. Meia dúzia de imagens era bastante nítida e os torturadores eram facilmente reconhecíveis, sendo que as imagens de vários outros perpetradores eram demasiado granuladas para serem identificados.

Batendo com o dedo na tela do foliopad de Trey, o Major Anso disse:

— Sabemos que aqueles seis torturaram, abusaram e humilharam nosso povo. Eles mataram Rohan. Quero eles confinados imediatamente. E também não vamos deixar nenhum dos outros aqui... Devemos dar uma pausa aos próximos soldados Serefim designados para trabalhar em um campo de tortura.

— Você consideraria estabelecer um tribunal para julgar os acusados? — A Tenente Josell perguntou. — Se forem considerados culpados, os perpetradores poderão ser executados aqui e agora. Você pode apostar que o pessoal lá de cima está assistindo.

— Não. — Anso balançou a cabeça. — Isso seria um tribunal de paródia. Seria uma perversão da justiça e deslegitimaria o que estamos tentando realizar.

A capitã Rhea estava ouvindo a conversa.

— Major, acho que não é apenas uma questão de legitimidade. — Todos se viraram para olhar para a piloto da nave. — A pequena nave Beag-Liath ainda está parada no campo. Nenhum membro da tripulação desembarcou, mas é seguro presumir que estão monitorando tudo o que está acontecendo.

Anso franziu a testa.

— E seu ponto é?

— Não temos ideia de como os Beag percebem a noção de justiça. Eles consideram claramente o comércio de escravos imoral. A partir disso, podemos presumir que eles têm escrúpulos e um código moral. — Ela fez uma pausa e olhou para as seis pessoas ouvindo. — Eles podem ter uma visão muito sombria da execução. Eles podem até intervir.

— Obrigado, capitã. — Anso esfregou a nuca. — Eu nem tinha pensado no Beag-Liath. — Ele parou por um momento e depois se virou para a tenente Josell. — Vá verificar Alo, Bezal e

Duff. Veja como eles estão. Deixe-me saber se você acha que eles são capazes de rever um desfile dos nossos prisioneiros de Serefim.

As naves 4-D da frota Oprit não estavam equipadas para lidar com detidos. O major Anso decidiu converter uma das naves em uma prisão. Os seis homens que Trey conseguiu identificar no vídeo foram detidos e acusados de abuso e tortura. Eles foram escoltados para salas separadas a bordo da nave de prisioneiros. Suas amarras de plástico com zíper foram removidas e substituídas por algemas de metal. Eles foram então algemados a colunas aparafusadas com cabos de trinta centímetros presos a cada tornozelo.

---

O momento do regresso de Elyon ao Centro de Comunicações e Monitorização não poderia ter sido mais inoportuno. O Brigadeiro Migael tossiu e cruzou os braços quando o Grão-Mestre invadiu e viu o que estava acontecendo no complexo prisional na superfície.

A tela foi dividida, mostrando várias visualizações de câmeras ao mesmo tempo. Um quadrado mostrava os veículos destruídos. Outra câmera fazia uma panorâmica do exterior dos prédios desocupados. A câmera focada no interior da prisão mostrou a parede lascada na parte de trás da cela central. Sendo que o painel de tela que chamou a atenção de Elyon, Migael e dos outros oficiais foi à visão da clareira gramada com mais de uma dúzia de soldados Serefim prostrados e uma nave de formato triangular de aparência estranha. Ao contrário das cavernas de gelo, nenhum Beag-Liath emergiu da nave atracada.

Quando Elyon viu seus soldados sendo detidos e transportados a bordo de uma nave Oprit Robia 4-D, ele percebeu imediatamente o que o major Anso tinha em mente. Ele bateu com o punho na mesa.

— Por que diabos ainda não atacamos?

O Brigadeiro Migael pigarreou.

— A nave Beag-Liath não partiu. Temos certeza de que foi algum tipo de armamento Beag que demoliu nossos veículos. Nós, hum, não achamos que um ataque seja prudente.

— Prudente! — Elyon quase gritou. — Aqueles terroristas do Oprit estão detendo seus soldados. Ordene que seus malditos covardes ataquem.

Migael entendeu que quando o Grão-Mestre estava irritado, não adiantaria resistir. Embora seu estômago se revirasse com a ideia de perder mais naves, o Brigadeiro entendeu que não havia nada a ser feito a não ser cumprir a exigência de Elyon.

---

Quatro cadeiras foram retiradas do refeitório do complexo e colocadas na estreita varanda em frente à prisão. O Major Anso escolheu este local pelo seu simbolismo. Ele designou Trey para ser o documentarista de vídeo. Além de filmar o processo, Trey tirou uma série de fotos das minúsculas caixas de tortura onde os combatentes do Oprit ficaram detidos por mais de um dia, das paredes onde foram pendurados com apenas a planta dos pés tocando o chão, das celas da prisão e as manchas de sangue nas tábuas do chão. Trey também tirou uma fotografia do cadáver rígido e frio de Rohan deitado ao lado da arma do crime do torturador Serefim.

Alo era o mais fraco dos três sobreviventes devido ao espancamento e à perda de sangue. Mas quando Josell explicou o que Anso tinha em mente, Alo insistiu em participar na identificação dos seus agressores.

Com um movimento da mão, Anso pediu que cada um dos funcionários do centro de tortura desfilasse, um de cada vez, diante dos três sobreviventes. Se duas das vítimas de tortura concordassem que uma pessoa tinha participado em atos de tortura, Anso acreditava que os tribunais de Realta-Gorm considerariam que a confirmação da identificação seria "motivo probatório" suficiente para a detenção. Ele entendeu que isso não garantia uma condenação, mas neste momento ele não se importou.

As três vítimas de tortura sentadas na varanda ficaram exasperadas com o processo. Eles foram atormentados por diferentes equipes de torturadores e, portanto, só conseguiram concordar com a identidade de cinco pessoas. No entanto, dois foram os homens que abriram as portas da prisão permitindo-lhes escapar e definitivamente não estavam entre os brutos que torturavam.

Quando o último soldado Serefim foi levado embora, os médicos ajudaram Alo, Bezal e Duff a voltar cambaleantes para a enfermaria a bordo da maior nave Oprit. O major Anso resmungou:

— É quase como se eles soubessem que poderiam ser responsabilizados... Como se evitassem intencionalmente ser vistos por mais de um prisioneiro.

— O que implica algum sentimento de culpa, — observou Trey. — Não acho que deveríamos descartar nenhum deles até tentarmos melhorar o vídeo de tortura que recebemos.

— Esperamos que o vídeo possa ser usado como prova corroborativa. — Anso olhou para a sombra do alpendre onde os soldados Serefim presos estavam detidos. Ele baixou a voz e perguntou: — Se os dois homens que ajudaram nossos rapazes a escapar forem mocinhos, como vamos lidar com isso?

Com um leve aceno de cabeça, Trey franziu a testa.

— O que quero dizer é que se os seus comandantes souberem que abriram as celas da prisão, podem já estar em perigo. Oferecemos para levá-los conosco? Ou apenas os libertamos junto com aqueles que não podemos acusar?

— Ah, entendo, — disse Trey lentamente. — Só porque não temos provas para deter alguns deles, não significa que eles não sejam culpados com o pecado, e se alguém souber que aqueles dois libertaram nossos rapazes, bem...

— Exatamente. Eles podem ter alvos nas costas.

— Espere um minuto. Espere um minuto. Se eles realmente forem mocinhos, poderão ser testemunhas valiosas em qualquer julgamento de tortura em Realta-Gorm.

Um sorriso de lábios apertados brilhou no rosto de Anso.

— Você está certo. Podemos colocá-los sob custódia protetora e colocá-los em uma sala separada na nave. Para todo o mundo, — Anso apontou para o céu, — vai parecer que eles também estão detidos.

— Se forem colaboradores do Oprit, podem não querer abandonar a missão e ir para Realta-Gorm. Mas, dadas as circunstâncias, você não precisa dar-lhes escolha.

Anso e Trey saíram da sombra da varanda e caminharam lentamente em direção à nave 4-D. De repente, uma enorme nave Beag-Liath apareceu diretamente acima. Assustados, eles olharam para cima e viram duas naves de assalto Serefim se aproximando em alta velocidade.

Os instrumentos da nave Beag provavelmente "viram" as naves de assalto, e o piloto do Beag se revelou para evitar uma colisão. Também é provável que o piloto do Beag tenha superestimado as capacidades da nave Serefim e esperado muito para desligar o dispositivo de camuflagem. Nem o treinamento dos pilotos Serefim nem as tecnologias das naves de assalto estavam à altura da tarefa de fazer correções de curso em frações de segundo.

As naves de assalto que se aproximavam rapidamente fizeram manobras evasivas radicais e, ao fazê-lo, esbarraram uns nos outros em uma colisão lateral. Eles espiralaram em direções quase opostas. Uma das naves começou a dar cambalhotas no ar. O chão tremeu quando caiu a menos de um quilômetro de distância.

A segunda nave tombou num longo arco ao redor do terreno limpo do campo de prisioneiros. De alguma forma, o piloto conseguiu endireitar a nave e apertar o botão para estender os pés de pouso segundos antes da nave fazer um pouso forçado. Os pés não estavam totalmente estendidos e as escoras de apoio quebraram como galhos secos. Isto foi seguido pelo gemido do metal retorcido quando a nave desabou de barriga.

Anso assobiou e girou o dedo em círculos sobre a cabeça.

— Quero que pelo menos uma dúzia de caças cerquem aquela nave. Atordoe qualquer um que sair.

Esse apelo à ação parecia muito mais interessante do que ficar vigiando uma dúzia de prisioneiros algemados. Pelo menos vinte combatentes pegaram nas armas e dispararam em direção ao lado sul do complexo. Se eles esperavam um pouco de emoção, ficaram desapontados. A estrutura da nave de assalto estava tão torcida que a escotilha ficou inoperante. Ninguém poderia sair.

A tenente Josell aproximou-se lentamente da embarcação de assalto e bateu algumas vezes no casco. Duas pancadas de dentro responderam. Ela parou na frente da câmera da nave e ergueu seu comunicador, que exibia o código de contato do dispositivo. Em segundos, seu comunicador vibrou.

— Tenente Josell aqui.

— Este é o capitão Romack. Eu sou o piloto.

— Capitão, você entende que vocês são nossos prisioneiros?

Após uma breve hesitação, Romack respondeu:

— Sim, entendemos. Tenente, nossa escotilha de saída está bloqueada e inoperante.

— Você não consegue sair?

— Está correto.

— Você se machucou?

— Alguns solavancos, mas nenhum ferimento grave. Obrigado por perguntar.

Josell olhou para baixo e esfregou a ponta do nariz com a palma da mão aberta.

— Capitão, qual é a sua situação aérea?

— Nossas bombas de ar não estão funcionando. Temos ar engarrafado suficiente para durar pelo menos duas horas. Provavelmente mais algum tempo.

— Ok. Vou verificar com meu comandante se nossos mecânicos estão aqui para abrir alguns buracos de ar.

— Que tal abrir a escotilha? — Capitão Romack perguntou.

— Eu não tenho certeza. Meu Major pode querer deixá-lo lá dentro para aguardar o resgate pelas forças Serefim.

Após uma longa pausa, Romack disse:

— Eu entendo... Contanto que você possa ter certeza de que temos ar.

— Eu prometo que não vamos deixar você sufocar.

— Obrigado, tenente. Uma última coisa, você sabe a situação da nossa outra nave?

— Não, senhor. Não ouvimos nada deles. — Agora Josell fez uma pausa por vários segundos. — Mas capitão, devo avisá-lo de que pareceu uma colisão violenta, não um pouso forçado.

— Droga.

A capitã Josell selecionou quatro soldados para ficarem de guarda.

— Agora todos vocês me ouviram dizer ao Capitão Romack que eles são nossos prisioneiros. — Ela balançou um dedo. — O que significa que se eles descobrirem uma maneira de escapar, não serão prejudicados, a menos que comecem a luta. Mas se algum de vocês tiver coceira nos dedos no gatilho, vá embora agora. Vocês não querem ser acusados de agressão. Vocês não querem se juntar aos torturadores Serefim em um julgamento em Realta-Gorm.

Todos no Centro de Comunicações e Monitoramento do orbitador ficaram em silêncio atordoados depois de assistir à colisão desastrosa da nave de assalto. A primeira nave se desintegrou em milhares de pedaços ao colidir com um grupo de grandes árvores. Nenhum membro da tripulação de três pessoas poderia ter sobrevivido.

Os observadores observaram os mecânicos de Oprit Robia abrindo vários buracos do tamanho de um punho no casco da nave que havia feito um pouso forçado. Eles observaram enquanto cada um dos soldados Serefim que trabalhavam no campo de prisioneiros eram algemados com algemas de metal e carregados a bordo de uma nave Oprit Robia 4-D Initiator. E, finalmente, observaram o lançamento dessas naves a caminho de Realta-Gorm 4, onde os torturadores seriam levados a julgamento.

Não querendo admitir, ou talvez incapaz de reconhecer, que a sua ordem de ataque tinha sido um erro de cálculo desastroso, Elyon atirou uma cadeira vazia para trás enquanto se virava e saía da sala. Ele não disse nada a ninguém.

# QUARENTA E NOVE
## RECRUTAS E RECRUTAS

*~Ramuell~*

AS AMBIGUIDADES morais de autorizar uma força armada a começar a "eliminar" os nefilim estavam afetando Azazel e eu. Nenhum de nós estava dormindo bem e Azazel estava com muita indigestão. Por outro lado, o pragmatismo de Semyaza parecia protegê-lo da angústia ética.

— Seus recrutas chegaram em três naves Iniciadoras 4-D ao longo de vários dias, — explicou Trace. — Esperamos que todos eles chegassem antes de hospedá-los no hotel Toro de Simulação Atmosférica do Ghrain-3.

— Hotel? Hmm... acho que as acomodações são de duas estrelas, na melhor das hipóteses, — brincou Semyaza.

Trace sorriu, mas nem Azazel nem eu estávamos com humor. Azazel disse:

— Trace, queremos agradecer por facilitar isso... Uhm, não sei como chamar isso.

Trace olhou para a câmera e a preocupação marcou seu rosto.

— Também não sei como chamamos isso. Compartilho suas dúvidas sobre toda essa maldita coisa, mas todos nós sabemos que é o que deve ser feito... Ok, tenho mais uma coisa antes de encerrar. Ramuell, um amigo em meu planeta natal contatou sua avó.

— Você!?

— Sim, eu só queria ver se ela tinha alguma ideia que pudesse excluir a necessidade de matar os nefilim em vez de infectá-los com os vírus RNA.

— E...

— Quando ela entendeu a situação, Kadeya foi mais agressiva do que eu esperava. Ela me entregou um longo e-mail, que vou encaminhar, mas queria conversar com vocês três antes de enviar.

— Indo direto ao ponto, ela não apenas apoia nossa decisão de controlar a propagação da mutação do gigantismo, eliminando os nefilim na periferia de seu habitat, mas também acha que precisaremos expandir o esforço.

Curiosamente, não fiquei surpreso com a opinião da minha avó.

— A atitude dela evoluiu. Suponho que as circunstâncias forçaram uma mudança de atitude em todos nós... Você sabe, o trabalho dela e nossos melhores esforços para castrar medicamente os nefilim **foram** bem-sucedidos, mas os vírus simplesmente não funcionam rápido o suficiente.

— Isso é quase exatamente o que a Dra. Kadeya disse em seu e-mail. — Trace estendeu as mãos e encolheu os ombros. — Nós fazemos o melhor que pudemos.

Semyaza ergueu a mão até a metade.

— Gostaria de fazer uma sugestão. O treinamento dos nossos soldados de infantaria deve começar durante a sua aclimatação de 120 dias. Ramuell, minha pergunta é: quem devemos enviar para cima?

Inna teria sido minha primeira escolha, mas eu tinha quase certeza de que Trace não sabia de seu envolvimento com o transporte de armas Beag-Liath. Mandá-la para o orbitador seria muito arriscado.

— O que você acha de perguntar a Vapula e Samael?

Azazel bateu na mesa com a mão aberta.

— Ei, é uma boa ideia!

— Você não precisa parecer tão surpreso.

Todos, incluindo Azazel, riram.

— Você sabe o que quero dizer, — Azazel continuou. — Tanto Sam quanto Vapula tiveram muita experiência com os nefilim.

— E eles trazem para a mesa uma compreensão científica e estratégica do problema, — concordou Semyaza.

— Ok, vou fazê-los começar a trabalhar nisso.

Trace esfregou o nariz com os nós dos dedos.

— Uhm, vocês, senhores, deveriam saber que além da nova equipe do Projeto Nefilim, haverá muitos outros rostos novos no orbitador.

Azazel disse:

— Ah?

Tentando parecer indiferente, Trace continuou:

— Sim. A Serefim Security está trazendo um grupo de novos recrutas.

— Realmente... E qual é a tarefa deles? — Semyaza perguntou.

Acenando com a mão com desdém, Trace disse:

— Tenho certeza de que são apenas tropas substitutas.

Neste ponto, percebi que Trace acreditava que alguém poderia estar monitorando nossa conversa. Sabendo que não tinha habilidade para esse tipo de conversa de gato e rato, me calei e deixei a conversa para os profissionais.

— Não seria estranho que a Serefim Security precisasse de

um número tão grande de substituições ao mesmo tempo? — Azazel perguntou.

— Sim, estranho. — Trace falou lentamente. — Mas não consigo pensar em nenhuma outra razão para o influxo de recém-chegados.

Azazel estava agora no modo jogo completo.

— Sim... Sim, suponho que você esteja certo... Então, de onde vem a maioria dos recrutas?

Trace fez uma expressão de inocência natural.

— Ah, acho que todos eles vêm de Froitas para nós... pelo menos acho que está certo. Suponho que alguns possam ser do mundo natal.

Semyaza bateu na mesa com a mão aberta.

— Tudo bem, pessoal. Tenho algumas pessoas esperando para me ver. Vou ter que sair.

Trace disse:

— Sim, eu também. Senhores, obrigado pelo seu tempo. Ramuell me avise quando Vapula e Samael vierem aqui para começar o treinamento.

— Sim, senhor, avisarei.

No segundo em que nossa tela escureceu, me virei para Azazel.

— O que diabos foi isso?

— Isso significa que os rumores que ouvimos sobre a confusão de Serefim com Oprit Robia e Beag-Liath são verdadeiros.

— E eles estão se preparando para ir para a guerra?

— Antes de irmos para lá, vamos esperar e ver se eles trazem mais de duas naves de assalto para substituir as que naufragaram, — respondeu Azazel. Ele recostou-se na cadeira e olhou para o teto. — Se eles trouxerem um esquadrão de novas naves, saberemos que estão se preparando para a luta.

— Contra quem? Não creio que nenhuma tropa Oprit esteja em Ghrain-3 neste momento.

Azazel soltou um longo suspiro.

— E meu jovem amigo, o fato de você saber mais sobre as idas e vindas do Oprit do que o Brigadeiro Migael provavelmente será um problema.

# CINQUENTA
## VÍDEO CONDENATÓRIO

HÁ MUITO TEMPO, Anotas-Deithe havia promovido uma "Pax Planeta" em Domhan-Siol. A guerra como meio de resolução de conflitos foi uma relíquia descartada do passado distante do planeta. As últimas armas de guerra em Domhan Siol foram fabricadas antes da produção da primeira nave 4-D Initiator. Simplesmente não havia capacidade industrial para produzir ferramentas de destruição em massa.

Portanto, as naves de assalto do Serefim Presidium tiveram que ser construídas na órbita do Ghrain-3. Eles estavam equipados com uma impressionante variedade de armamentos, sendo que não tinham 4-D Initiator, o que significava que estavam confinados ao Ghrain-3. Os militares Serefim também não tiveram acesso aos dispositivos de camuflagem Beag-Liath. As forças do Brigadeiro Migael estavam em clara desvantagem, dada à tecnologia implantada por Oprit Robia.

Migael entendeu isso, sendo que o Grão-Mestre Elyon argumentou que suas deficiências tecnológicas poderiam ser superadas taticamente por uma vantagem numérica. Utilizando peças pré-fabricadas importadas de Froitas, as naves de assalto eram relativamente fáceis de montar na ausência de peso do espaço.

Seis novas naves de assalto foram acrescentadas à frota quando a coorte de novos recrutas Serefim completou a sua aclimatação de 120 dias. Como Azazel previu, as forças do Presidium estavam se preparando para uma guerra.

Depois da companhia do Major Anso ter partido com os prisioneiros do campo de tortura Serefim a reboque, apenas quatro combatentes do Oprit Robia regressaram a Ghrain-3. A tarefa deles era encontrar um local e começar a montar um novo esconderijo para a base de operações de Oprit Robia. Para misturar as coisas, eles estavam explorando outros locais além de cavernas. Tirando uma página do roteiro de Beag-Liath, o grupo de reconhecimento até considerou a possibilidade de um esconderijo subaquático.

Entretanto, os Beag-Liath pareciam continuar a sua política de não realizar intervenções diretas, exceto em apoio a uma operação Oprit Robia. Desde o dia em que destruíram meia dúzia de veículos Serefim, nenhuma atividade Beag foi detectada em Ghrain-3.

Elyon e Migael queriam uma guerra, mas não encontraram ninguém para lutar.

---

Quando quatro dos soldados que trabalhavam no campo de prisioneiros entraram no orbitador vindos de uma nave 4-D que acabara de chegar de Froitas, a tecnologia de reconhecimento facial disparou alarmes no escritório do Serviço de Inteligência Serefim (SIS). Um oficial de segurança próximo da Serefim foi alertado e levado às pressas para Torus-2 Port-4. O oficial de segurança entrou trotando e parou.

— De onde diabos você veio?

Todos os quatro homens levantaram-se do banco. Um deles apontou para a porta do porto onde estava atracada a nave Froitas.

— Mas aquela nave acabou de chegar de Froitas! — Exclamou o oficial do SIS.

— Sim, senhor. Foi daí que viemos.

— Mas não é onde estivemos, — acrescentou outro homem.

O confuso oficial balançou a cabeça.

— Bem, suponho que devo dizer bem-vindos de volta. Como vocês podem imaginar, a chegada de vocês criou um grande rebuliço no SIS. — Ele se virou para as agentes de identificação e verificação atrás do balcão e disse: — Vou levar esses homens comigo.

Uma das mulheres franziu a testa, embora estivesse aliviada por o problema estar sendo tirado de suas mãos.

— Nenhum deles tem qualquer forma de identificação. Eles nem sequer têm comunicadores ou foliopads.

O oficial do SIS bufou:

— Sim, tenho certeza que não. — Ele bateu na bancada de forma tranquilizadora. — Não se preocupe. Nós cuidaremos disso a partir daqui.

---

Três dias depois, o Grão-Mestre Elyon convocou Razel, o chefe do Serviço de Inteligência de Serefim, e o Brigadeiro Migael ao seu escritório. Trace considerou uma bênção mista não ter sido incluído. Ele obteria um relatório detalhando o interrogatório dos quatro funcionários do campo de prisioneiros que retornaram com Razel. No entanto, o fato de não estar presente privou-o de qualquer nuance que pudesse ter percebido na reação de Elyon ao relatório do chefe do SIS.

Elyon permaneceu sentado atrás de sua mesa quando Migael e Razel entraram em seu escritório. Sem troca de conversa fiada, ele começou assim que seus subordinados tomaram assento.

— O que vocês descobriram?

— Nada muito surpreendente.

Migael olhou de soslaio para o colega.

Razel estendeu a mão e disse:

— Agora espere um minuto, deixe-me terminar. Obviamente, o regresso dos nossos soldados, especialmente de onde regressaram, foi uma surpresa. Mas grande parte do resto da história é exatamente o que esperávamos. Uma coisa é certa: eles estão dizendo a verdade. Suas histórias são notavelmente consistentes.

— Eles não poderiam ter ensaiado um monte de mentiras? — Elyon perguntou.

— Eles poderiam ter feito isso. Mas os nossos interrogadores são hábeis em descobrir inconsistências. Eles saberiam se alguém estivesse mentindo. — Chefe Razel balançou a cabeça. — Não, eles estão dizendo a verdade. Além disso, eles não têm nada a esconder ou a ganhar mentindo.

— Novamente, o que sabemos? — Elyon solicitou.

— Já sabíamos que as tropas do Oprit detiveram todos os funcionários do nosso centro de detenção. — (Razel brincou com o eufemismo enganoso ao se referir ao campo de tortura desta forma.) — Suspeitamos que eles seriam levados para Realta-Gorm. Eles foram. Todos eles passaram por extensas entrevistas. Também foram mostrados vídeos do tratamento do prisioneiro do Oprit enquanto estava sob custódia no centro de detenção.

A expressão calma de Elyon se transformou em um olhar duro.

— Como em sete infernos?

A postura do chefe do SIS não cedeu.

— Nós tivemos um vazamento. O sinal de vídeo que estava sendo transmitido da superfície para o orbitador foi interceptado. Ou alguém aqui retransmitiu o vídeo para as forças Oprit Robia no planeta.

— Quem foi? — o Grão-Mestre exigiu.

— Não sei. Estamos pesquisando nossos registros de transmissão e nossos arquivos de retransmissão de satélite de comunicação. Até agora, não encontramos nada.

Migael pigarreou.

— Mas você vai encontrar alguma coisa, certo?

— Sim, nós vamos.

Elyon bateu na mesa com a palma da mão aberta.

— Eu vou enforcar os traidores pelos órgãos genitais na cozinha principal para que todos possam ver.

Razel ergueu o dedo indicador.

— Senhor, saberemos se a transmissão do planeta foi interceptada ou se foi retransmitida do orbitador. Mas as chances são quase nulas de conseguirmos identificar o perpetrador.

— Por que não?

Razel piscou lentamente.

— Porque quem fez isso é sofisticado. Se o Oprit Robia ou o Beag-Liath conseguirem interceptar os nossos sinais de comunicação entre o planeta e o orbitador, tudo o que saberemos é que eles têm essa capacidade. Ao passo que, se alguém aqui está traindo a nossa confiança, sabe como criptografar mensagens e ocultar sinais de comunicação.

— Então, para que serve todo o dinheiro que gasto com vocês?

Os olhos do Chefe Razel fixaram-se no rosto do Grão-Mestre de forma quase desafiadora, mas ele não respondeu à pergunta. Foi Elyon quem desviou o olhar primeiro. Ele acenou com a mão para Razel continuar.

— Em Realta-Gorm, nosso pessoal recebeu advogados de defesa. Dentro de um undecim, todos os funcionários do centro de detenção foram formalmente acusados de crimes e detidos para julgamento. — Razel limpou a garganta. — Com licença, eu falei errado. Todos foram acusados, exceto os quatro que nos foram devolvidos. Eles foram libertados quando os tribunais de Realta-Gorm determinaram que não havia provas de que tivessem cometido quaisquer crimes.

— Bem, vamos dar uma de valentão com eles! — Elyon realmente cuspiu no chão ao lado de sua cadeira. — Com que autoridade aqueles idiotas moralistas de Realta-Gorm acusam e julgam qualquer um do meu povo? Merda... Eles foram sequestrados de Ghrain-3.

Razel fez uma careta e disse:

— Senhor, se tivéssemos permissão para fornecer defesa legal para nosso povo, esse seria o caso que nossos advogados pleiteariam.

Migael fungou.

— E isso não vai acontecer, não é?

— Não, não vai. Na verdade, acredito que se mandássemos alguém para Realta-Gorm, ele provavelmente seria detido e levado a julgamento também.

Elyon se voltou contra Migael.

— Quanto tempo levaremos para montar uma missão de resgate?

Surpreendido por esta reviravolta no pensamento de Elyon, Migael enrijeceu e falou hesitante.

—Bem... uma operação militar dirigida a outro planeta... uh, eu não sei... Há questões logísticas a serem consideradas...

O Chefe do SIS veio em socorro de Migael.

— Grão Mestre, uma missão de resgate não é uma opção.

A expressão de Elyon transformou-se em pedra.

— Nossa inteligência sobre Realta-Gorm é muito boa, — continuou Razel. — Eles têm um conjunto de satélites que detectaria nossas naves 4-D no momento em que chegassem. Digo "naves" porque precisaríamos de pelo menos meia dúzia das nossas maiores naves para transportar praticamente toda a força que temos disponível no T-Taxiarch. E se nossas forças chegassem sem o elemento surpresa, nunca seriam autorizadas a desembarcar... Pelo menos não vivas. — Razel balançou a cabeça. — Os problemas logísticos com qualquer tipo de esforço de resgate são simplesmente intransponíveis.

Elyon bateu na mesa com as duas mãos.

— Droga!

— Senhor, tudo isso é uma questão de mensagens.

— O que quer dizer? — Elyon rosnou.

Levantando-se na cadeira, Razel inspirou profundamente e exalou lentamente.

— Em primeiro lugar, a prisão de cada um dos funcionários do nosso centro de detenção envia a mensagem de que o Oprit considera ilegais as técnicas aprimoradas de interrogatório.

Ele ergueu a mão e começou a marcar cada ponto nos dedos.

— Em segundo lugar, designaram a cada detido um advogado para demonstrar fidelidade aos padrões da justiça Domhaniana. Em seguida, libertaram quatro dos seus detidos quando foi determinado que não tinham provas para apresentar queixa, o que foi um aceno à Direção de Lei e Ordem.

Apontando para o quarto dedo, Razel continuou:

— Agora é aqui que fica realmente interessante. Eles poderiam ter trazido os homens libertados diretamente para Ghrain-3 e deixado-os em algum lugar da superfície do planeta. Em vez disso, optaram por levá-los para Froitas. Eles querem que saibamos que eles podem contrabandear de e para Froitas à vontade.

— O que significa que eles podem estar espionando nossa fabricação de equipamentos militares lá, — interveio Migael.

— O que significa que eles **estão** espionando a fabricação de seus equipamentos, — corrigiu Razel. — E finalmente eles providenciaram para que os quatro homens fossem transportados para uma nave de transporte oficial sem quaisquer documentos de viagem.

Elyon estreitou os olhos.

— O que significa...?

— Eles querem que saibamos que têm colaboradores no Froitas.

Colocando os cotovelos sobre a mesa, Elyon agarrou os lados da cabeça com as duas mãos.

Só então o comunicador de Razel vibrou.

*Eu sei que você disse para não interromper, mas isso é urgente. -AA*

*Tudo bem. Acho que estamos quase terminando. -Razel*

*Você pode não ter terminado ainda. -AA*

Razel viu que Elyon estava carrancudo para ele.

*Abra este link. -AA*

O Chefe do SIS abriu o anexo e pela primeira vez durante toda a reunião começou a suar.

*Quem viu isso? -Razel*

*Todo mundo! Milhares de flashdots foram distribuídos por todo o orbitador nas últimas horas. -AA*

Olhando para seu colo e esfregando a testa, Razel analisou mentalmente suas opções. Dada a ampla distribuição do vídeo, só havia uma coisa a fazer: abordar o assunto de frente. Ele olhou para cima e disse:

— Temos um problema.

Depois de assistir apenas alguns minutos dos arquivos de vídeo, o Brigadeiro Migael saiu correndo do complexo de escritórios do Presidium, trotou pelo corredor circular e mergulhou no tubo de transporte de gravidade zero que o levaria até o toro T-Taxiarch na extremidade oposta da estação orbital. Ele esperava limitar a exposição de sua tropa às informações contundentes do vídeo. Ele chegou tarde demais.

Quando Migael apareceu no lobby de segurança do T-Taxiarch, todos tentaram desajeitadamente esconder seus comunicadores e foliopads. Migael respirou fundo, assumiu a postura mais ereta e caminhou pelo corredor que levava ao seu escritório.

No momento em que ele desapareceu de vista, todos retiraram seus comunicadores e pelo menos uma dúzia de conversas começaram simultaneamente. Os soldados Serefim tiveram reações bastante diferentes aos vídeos contrabandeados para a nave pelos colaboradores de Oprit Robia.

Cerca de um terço deles ficaram horrorizados com as cenas de tortura perpetradas pelos seus colegas soldados.

— *Nada sobre isso está certo! Tenho certeza de que não me inscrevi para o serviço de tortura.*

—*Eles podem me jogar na prisão, eu não me importo. Nunca vou aceitar esse tipo de tarefa.*

E talvez o mais preocupante para os policiais que ouviam as conversas fossem comentários como, *"Eu atirarei em qualquer um que eu vir torturando um prisioneiro".*

Outro terço dos soldados pode ou não ter acreditado que a tortura era justificada, mas ficaram furiosos ao ver os seus camaradas sendo julgados algemados em Realta-Gorm 4.

— *Que direito têm esses terroristas do Oprit de nos julgar?*

— Então, e se nossos interrogatórios fossem um pouco duros? Eles merecem isso!

— Da próxima vez que eu atirar em um daqueles bastardos do Oprit, minha arma com certeza não será atordoante.

Os soldados restantes não tinham ou não estavam dispostos a expressar opiniões fortes. Muitos apenas deram de ombros. Alguns disseram coisas como:

— Seguimos ordens. Às vezes as pessoas vão se machucar.

Foi este último grupo que mais incomodou o Brigadeiro Migael quando lhe foram comunicadas as reações das suas tropas.

— Sabemos exatamente qual é a posição daqueles que se opõem aos interrogatórios agressivos. Nunca os designaremos para centros de detenção de funcionários.

— Também entendemos o grupo entusiasmado, vamos nos vingar. Infelizmente, eles nos forçam a desativar as configurações letais de quase todas as armas das nossas tropas. Mas ao longo de muitos anos, tive milhares de cabeças quentes sob meu comando. Eles vão esfriar em breve e voltaremos ao normal.

Migael desviou o olhar entre os três coronéis sentados ao redor da mesinha de seu escritório.

— Mas aqueles que não dizem nada... Simplesmente não podemos prever como reagirão sob estresse. Seus sargentos terão que descobrir maneiras de atrair esses soldados, e isso não será fácil. Na verdade, será impossível com alguns soldados. — Ele balançou sua cabeça. — Droga. Este é um carnaval de merda real. Não saberemos em quem desse grupo podemos confiar.

---

Os primeiros arquivos mostravam cenas gráficas da tortura dos prisioneiros do Oprit. Havia um arquivo mostrando o ataque brutal de Alo por um interrogador. Houve um pequeno trecho do assassinato de Rohan. Outro arquivo mostrava os veículos Serefim sendo esmagados pelo Beag-Liath. Houve várias horas de vídeo mostrando a prisão de todos os funcionários do campo de tortura, seus interrogatórios e julgamentos subsequentes.

Chefe Razel sabia que os vídeos eram condenatórios. Ele também entendeu que fechar o portão depois que os equinos saíssem não adiantaria muito. Assim como Migael, Razel também se reuniu com sua equipe de liderança ao retornar ao seu escritório, mas a conversa foi bem diferente.

— Não estaríamos vagando neste cercado cheio de esterco de bisão se aqueles idiotas não tivessem autorizado o interrogatório reforçado.

— Você está certo, — concordou Razel.

— Não havia como você impedir isso? — Perguntou Pen, chefe da unidade de análise.

Razel olhou para ela por um momento e depois recostou-se na cadeira.

— Eu trabalho para o Presidium por prazer do Grão-Mestre. Mas quer saber, tenho pelo menos três ofertas de emprego no mundo natal.

Vários dos olhos de seus subordinados se arregalaram. Percebendo como seu comentário deve ter soado, Razel acenou com a mão.

— Não, não, pessoal. Eu **não** estou planejando sair. — Ele estreitou os olhos. — Mas se não conseguir dissuadi-los desta loucura de tortura, duvido que Elyon continue satisfeito com o meu serviço.

Meio brincando, sua assistente administrativo perguntou:

— Se você aceitar um emprego na Domhan Siol, você vai contratar?

Razel olhou para ela e depois examinou as expressões dos outros na sala.

— Espero que não chegue a esse ponto... Sendo que se acontecer, e se algum de vocês quiser se juntar a mim, encontrarei uma maneira de fazer isso acontecer.

Elyon ficou chocado ao saber que Oprit Robia poderia ter apoiadores em Froitas. Se ele tivesse conseguido escutar a conversa entre os líderes do Serviço de Inteligência Serefim, teria ficado mais do que chocado. Ele teria ficado assustado.

# CINQUENTA E UM
## SEMENTES DE DESCONTENTAMENTO

*~Ramuell~*

— VOCÊ ACHA que a panela está fervendo aí em cima? — Azazel apontou para o céu noturno.
— Acho que a maioria das pessoas no orbitador está bastante abalada. — Ipos fez uma pausa e fez uma careta. — Suspeito que mesmo entre aqueles que desprezam Oprit Robia, há um grande grupo enojado com o vídeo de tortura.
— Como já ouvi você dizer mais de uma vez, Ipos, "esse não é o jeito Domhaniano".
Azazel bufou:
— Sim, mas ao longo das décadas tenho visto a noção do que significa ser Domhaniano se desgastar aqui em Ghrain-3. Principalmente entre os executores do Presidium. Vamos entrar, estou ficando frio. — Enquanto Ipos e eu seguíamos Azazel em direção à cúpula da cozinha, ele continuou: — Nós três os vimos matarem o Rarus e sabemos que não foi acidente. As armas de ambos os soldados foram preparadas para matar.
Ipos grunhiu e desviou o olhar. Ele tinha visto Rarus ser

assassinado em Blue Rock Canyon anos atrás. Testemunhar um assassinato não é algo que alguém esqueça.

— Sim, lembro-me de pensar que algo deu terrivelmente errado. Parece-me que as coisas continuaram, como você disse Azazel, a se desgastar. Sinto que o Presidium está se distanciando daquilo que nós, Domhanianos, valorizamos.

— Eles fizeram um acordo com uma série de demônios quando começaram a vender escravos. Depois de fazer esse tipo de compromisso... — Dei de ombros.

Ipos estava num estado de espírito contemplativo.

— Ram, podemos estar fazendo um acordo semelhante.

Fiquei intrigado.

Ao passar por cima do banco da mesa de jantar e sentar-se, Ipos disse:

— ... Com o elenco de personagens que vamos mobilizar para eliminar os nefilim no interior. — Ele encolheu os ombros: — Mas não estamos fazendo isso com fins lucrativos.

Azazel voltou para a mesa com um bule de chá e três canecas. Ele ouviu o comentário de Ipos e acrescentou:

— Não, de fato não estamos. Estamos fazendo isso porque não temos outra escolha.

— E mesmo entendendo isso, achamos isso terrivelmente desagradável, — acrescentei. — Na verdade, me sinto como um de nossos felinos de estimação... Preciso lamber minha bunda para tirar o gosto da boca.

Ipos riu. Azazel revirou os olhos.

— Voltando ao assunto em questão, — continuou Azazel, — Semyaza não tem uma boa noção de como as tripulações do orbitador estão reagindo aos vídeos. Todos nós já os vimos, e tenho certeza de que todo mundo lá em cima também já viu, mas qual é a conclusão deles?

— O que você está pensando?

— Acho que você, Ramuell, deveria agendar uma visita com

sua nova equipe no G3AST. Não será de admirar que você verifique os recrutas.

— E enquanto eu estiver lá...

— E enquanto você estiver lá, poderá sentir a moral geral e como as pessoas estão reagindo aos vídeos bombásticos.

— Ok... E também posso começar a requisitar os suprimentos que nossa nova equipe precisará.

Ipos se animou.

— E com esses suprimentos, você pode incluir um estoque saudável de armamento.

Azazel piscou para Ipos.

— Talvez um pouco mais de poder de fogo do que seus homens realmente precisam.

---

No passado, minha primeira parada ao chegar ao orbitador teria sido no laboratório para ver a vovó ou na biblioteca para ver Lector. Eles já se foram há muito tempo. A avó está de volta a Domhan Siol há vários anos e não tenho certeza de onde Lector está. Pelo que sei, ele pode estar em Realta-Gorm. Não me surpreenderia se ele fosse adicionado a Oprit Robia. Se a Chefe Melanka ainda estivesse viva, não há dúvida de que estaria trabalhando para Anotas-Deithe, mas Elyon a assassinou há mais de uma década.

Se alguém tivesse me dito naquela época que meu confidente no Orbiter seria o administrador-chefe do Serefim Presidium, eu teria rido alto. Hoje, no minuto em que fui liberado pelos agentes de identificação e verificação do porto, fui direto para o escritório de Trace.

Assim que cheguei ao portal de acesso ao transporte de gravidade zero, Trace emergiu do tubo.

— Olá, Ramuell. — Ele ofereceu a palma da mão.

— Trace! Eu não esperava que você viesse me conhecer.

— Está com fome? — Ele perguntou.
— Agora que você mencionou isso, suponho que sim.
— Tenho desejado o sabor de casa e há um café neste toro que serve comida excelente. Culinária das terras altas do noroeste. — Ele me lançou um sorriso de olhos arregalados. — E eles importam cerveja daquela região.
— Oh meu Deus!
— De fato...
Quando chegamos, um garçom nos acompanhou pela área de jantar principal até uma pequena sala privada com uma única mesa redonda e assentos para seis pessoas. Apenas dois lugares foram definidos.
Olhei para Trace com o canto do olho.
Ele limpou a garganta.
— Achei que poderíamos ter um pouco mais de privacidade do que encontraríamos no Torus-1.
Jantamos e bebemos algumas cervejas.
— Os montanheses do norte engarrafam a melhor cerveja em Domhan Siol.
— Exatamente, — Trace concordou enquanto pousava sua garrafa.
Para Trace, esta era a refeição do jantar. Para mim, era apenas meio-dia. Ele não tinha pressa de retornar às suítes do Presidium, e eu estava recebendo uma bronca. Fiquei com medo de que puxar meu bloco para fazer anotações pudesse prejudicar sua franqueza. Aumentei um pouco minha concentração.
Depois de quase duas horas de comida e conversa, Trace enfiou a mão na bolsa e tirou um envelope lacrado.
— Você poderia fazer a gentileza de entregar isso para Azazel? — Ele olhou para mim com seriedade. — Não é relacionado ao trabalho. É muito pessoal e quero evitar olhares indiscretos.

— Ele permanecerá fechado e invisível enquanto estiver sob meus cuidados.

— Obrigado, meu amigo. Não devemos nos encontrar novamente enquanto você estiver aqui nesta viagem. Mas se acontecer alguma coisa, — novamente ele enfiou a mão na mochila. Desta vez, ele pegou um comunicador do tamanho da palma da mão, — envie uma mensagem de texto para mim neste dispositivo.

— Então realmente temos uma situação secreta aqui?

— Não... É mais como fumaça e espelhos. E é aconselhável ser cauteloso.

---

De acordo com Trace, quase todos no orbitador estão com raiva. Alguns estão apenas perturbados, outros estão furiosos e não parece ser uma distribuição normal da curva em forma de sino. Há um grande número de funcionários em ambos os extremos do espectro que estão enlouquecidos. Num extremo estão aqueles que pensam que as tropas Serefim deveriam atacar e ocupar Realta-Gorm 4, acreditando que "isso ensinaria a esses punks hipócritas uma lição de humildade".

No outro extremo estão aqueles que acreditam que os líderes dos serviços militares e de segurança Serefim deveriam ser todos presos, julgados e exilados em Time-4 para cumprir penas de prisão perpétua. Há aqueles, neste grupo, que questionam privadamente a liderança do Grão-Mestre Elyon. Alguns chegam ao ponto de defender sub-repticiamente a sua remoção.

Parece que os extremistas não comunicam entre si, exceto para lançar insultos através das nossas plataformas de mídia interativa. Eles não tentam se entender. Eles se tornaram isolados e só falam com outras pessoas que compartilham seus pontos de vista. A câmara de eco resultante amplifica o seu extremismo.

Se Oprit Robia pretendia semear a desconfiança e o descontentamento na missão expedicionária Ghrain-3, encontrou o melhor método imaginável. Se de fato essa era a intenção deles, quem teve a ideia de inundar o veículo orbital com vídeos de tortura e julgamentos foi um gênio. Ou isso ou uma sorte incrível.

---

Azazel olhou para a caixa aberta de armas.
— Isso não é exatamente o que eu esperava.
— Podemos conseguir mais, — expliquei. — Sendo que o Trace foi bastante inflexível ao solicitar apenas uma pequena quantidade de armamento em cada requisição. Ele disse que colocar uma única caixa em cada pedido passará despercebido.
— Quem ele está preocupado em ser notado? — Ipos perguntou.
— Não sei. É uma loucura lá em cima. As pessoas tomaram partido e se entrincheiraram. Os extremistas de cada lado não se comunicam, exceto para gritar uns com os outros. Então, para responder à sua pergunta, acho que Trace está preocupado com todos em geral e com ninguém em particular.
— Não admira que Semyaza não tenha conseguido uma boa leitura do que está acontecendo lá em cima, — observou Azazel.
— Certo, porque ele provavelmente estava conseguindo tomadas muito diferentes, dependendo da fonte. — Apontei para as armas. — Tenho boas notícias sobre nossos suprimentos. Trace me disse que vai garantir que o Projeto Nefilim receba um quadricóptero P-6.

Ipos inclinou a cabeça e sua juba de leão encaracolada caiu.
— Isso não é uma boa notícia, é uma **ótima** notícia!

— Sim, pensei que você ficaria feliz.

— Claro que estou! Então, o que você achou dos meus recrutas?

— Estou impressionado. Eles são inteligentes e gentis. Acho que eles se encaixarão bem com o resto de nós. E acho que consegui convencê-los de que a loucura que está acontecendo agora não tem nada a ver com o Projeto Nefilim... Que devemos permanecer acima dessa briga.

Azazel sorriu.

— Embora não estejamos.

— Eu sei. Mas neste momento, eles não sabem disso e não lhes será bom entrar na política de como lidamos com Oprit Robia. Eles estão sendo pagos para lidar com os nefilim, não para resolver a questão do comércio de escravos.

— Mmm, eu concordo, — disse Azazel. Ele se levantou para sair e depois olhou para Ipos e para mim. — Só espero que seu projeto possa manter esse foco.

— Mas você teme o contrário? — Eu questionei.

— Eu não tenho certeza. — Ele estreitou os olhos. — Ramuell, você sabe onde seus pais estão agora?

— Eu... Eu acho que eles estão de volta ao mundo natal.

— Se for assim, talvez vocês **possam** se concentrar apenas nos nefilim.

Azazel acenou por cima do ombro enquanto saía da cúpula da cozinha.

# CINQUENTA E DOIS
## CAÓTICO

*~Ramuell~*

PELA PRIMEIRA VEZ na minha vida, tenho sido **péssimo** em manter meu diário. Nos últimos quatro undecim, não fiz mais do que meia dúzia de entradas. Todos os dias recebo um aviso pop-up no meu foliopad: *Diário de Ramuell – xx dias desde a última entrada.* Eu poderia usar a desculpa de que tenho estado muito ocupado, sendo que eu sempre estive ocupado. Não, acho que algo mais está acontecendo que causou minha reticência em registrar os acontecimentos da minha vida. Minha avó Kadeya ficaria horrorizada com a minha indolência.

Parece que grandes mudanças estão em curso, sendo que não tenho uma boa noção de como essas mudanças se irão desenrolar. Por um lado, Ipos provavelmente estava certo ao se preocupar com nossa estratégia para matar nefilim encontrados na periferia de seu alcance. Embora todos os envolvidos no Projeto Nefilim compreendam porquê é que isso deve ser feito, essa compreensão não parece mitigar as nossas respostas emocionais. Podemos ter feito um acordo com algum demônio.

De um ponto de vista puramente pragmático, este empreendimento tem sido razoavelmente bem-sucedido até agora. Nossas equipes de eliminação encontraram nefilim perdidos em alguns clãs. Todos esses indivíduos foram abatidos. Relatos da equipe de campo indicam que outros membros dos clãs sempre se alegram com as mortes dos nefilim.

Felizmente, não encontramos mais bandos itinerantes de nefilim espalhando DNA (e terror) entre outras populações de sapiens e neandertalis. Talvez o grupo que encontramos há quase um ano fosse um grupo atípico.

Nos dois kuuk desde a implantação, nossas equipes eliminaram quarenta e sete nefilim no SWE-2 ocidental e central. Eu me pergunto sobre a diferença entre matar nefilim e vender híbridos sapiens como escravos. Em que nos diferenciamos dos magnatas gananciosos do Serefim Presidium? Sei que a resposta está na própria pergunta. A nossa motivação para eliminar os nefilim não é a ganância... Mas o que estamos para fazer ainda parece ser terrível.

Esse sentimento terrível é mais pronunciado entre alguns membros da nossa equipe do que outros. Estou preocupado com a Vapula. Ela viu em primeira mão os horrores que os nefilim causaram e apoia o objetivo do Projeto Nefilim de eliminar a mutação do gigantismo. No entanto, posso ver que ela está atormentada pelos nossos atuais esforços de erradicação.

Eu sei que outros membros da equipe do projeto também estão incomodados com o uso de armas para matar os gigantes, mas a Vapula e eu tivemos (no passado) uma conexão que agora parece quebrada. Não, quebrada não é a palavra certa... Parece que nos perdemos. Eu me envolvo com ela na esperança de encontrar o respeito mútuo e, para ser honesto comigo mesmo, a centelha de sexualidade que caracterizou nosso relacionamento anterior. Verbalmente ela responde apropriadamente, mas quando olho em seus olhos eles parecem vazios. Esse vazio me deixa com uma sensação de vazio.

Eu sinto falta dela.

---

A situação lá em cima tornou-se caótica. O Grão-Mestre Elyon tem eliminado seus detratores com uma insensibilidade calma e perspicaz. Dezenas de funcionários foram demitidos do serviço na Missão Expedicionária Ghrain-3. Alguém poderia pensar que isto resultaria numa rebelião aberta entre as bases, mas o Presidium tem sido sábio sobre a forma como essas demissões são tratadas. Juntamente com avisos de rescisão, as pessoas recebem enormes pacotes de indenização. Duas ou três vezes os valores habituais para aquisições de contratos. Aqueles que fazem alarido sobre as suas demissões são escoltados por agentes de segurança Serefim para fora dos seus apartamentos e para dentro de naves 4-D a caminho de Domhan Siol. Eles não recebem qualquer tipo de indenização pela demissão.

Quase todos os críticos de Elyon optaram por partir voluntariamente com uma pequena fortuna a reboque. Os poucos que reclamaram de suas demissões foram expulsos com poucos indícios de problemas. De uma forma ou de outra, os depreciativos do Grão-Mestre desapareceram.

Também houve um expurgo entre as fileiras militares de Serefim. Embora o número de soldados dispensados do serviço não esteja nem perto do da força de trabalho civil, teve um impacto descomunal na prontidão tática.

Semyaza e Ipos explicam a situação assim:

A força das tropas Serefim sempre esteve bem abaixo do ideal. Com pouco mais de mil soldados, não conseguem projetar simultaneamente uma presença militar significativa nos onze campos da sede da área de estudo científico, em dezenas de satélites e locais de escavação, em várias instalações de produção de alimentos, em mais de vinte minas e em algumas dezenas de operações de apoio e transporte mineiro.

Os militares táticos dos Serefim sempre compreenderam esta limitação e, portanto, confiam num modelo de "prontidão focada", sendo que o Grão-Mestre Elyon e alguns do seu círculo íntimo não partilham esse entendimento. A saber, a desastrosa ordem de ocupar todas as sedes de Estudos Científicos na superfície do planeta há tantos anos.

Além da dispensa recentemente forçada de quase cem soldados, outros 143 soldados estão no final do seu contrato de serviço de sete anos. Há alguns kuuk, Trace nos informou que o Brigadeiro Migael convenceu o Presidium da necessidade de dobrar o tamanho da força. No entanto, os seus recrutadores quase não encontraram entusiasmo entre a população de Froitas. Parece que algo alterou a opinião pública em Froitas sobre o comércio de escravos do Serefim Presidium. Talvez tenha sido a chegada da mutação do gigantismo entre os escravos sapiens, ou talvez tenha sido o motim da Ilha 9-K, só não sei.

A velha guarda do Presidium considera os colaboradores de Oprit Robia em Froitas um pequeno grupo de encrenqueiros e vagabundos. Mas o fato do Presidium não poder sequer recrutar mil e duzentos recrutas da população de mais de três milhões de Domhanianos em Froitas disparou o alarme entre os oficiais dos serviços militares e de segurança Serefim.

# CINQUENTA E TRÊS
## UM CRIME SEM DANOS

*~Ramuell~*

— VÁRIOS KUUK ATRÁS, quando Danel e eu compartilhamos nossa suspeita de que os perpetradores poderiam ser de Domhan Siol, Trace nos provocou sobre sermos detetives e exigirmos provas... Pelo menos acho que ele estava brincando. — Rebecca sorriu e encolheu os ombros. — Suponho que ele esteja certo, nós amamos evidências. É por isso que perseguimos nossas suspeitas até Domhan Siol, mas nossas suspeitas estavam erradas.

Azazel colocou os braços sobre a mesa e se inclinou para frente.

— Então, vocês não sabem de onde vieram os perpetradores?

— Ah, nós sabemos. As pessoas que infectaram o Clã do Rio Tk-2 com a mutação do gigantismo vieram de Froitas.

— O que!? — Fiquei atordoado.

Danel fez uma careta.

— Sim... E esse fato encerra a investigação. Devido ao nosso acesso limitado ao Froitas, nunca saberemos quem eles são. Discutimos isso com Liam e Sean e eles não autorizarão uma investigação naquele planeta.

— Vocês entendem por que, não é? — Azazel perguntou.

— Sim, entendemos, e as preocupações de Liam são legítimas, — respondeu Rebecca.

— O que ainda assim torna tudo frustrante para nós, policiais de campo, sendo que se nossas brincadeiras em Froitas de alguma forma desencadearam uma guerra civil entre os planetas Domhanianos... — Danel encolheu os ombros. — Não temos escolha a não ser deixar os bandidos livres.

Azazel disse:

— Por mais improvável que possa parecer uma guerra interplanetária, Liam tem bons motivos para ser cauteloso. A Diretoria de Lei e Ordem perseguiu muitas das "gentalhas" que agora vivem em Froitas, fora de seu planeta natal. Eles agora podem ser vistos como maus jogadores no Domhan Siol, mas são a aristocracia de Froitas. Se os agentes da Lei e da Ordem fossem pegos bisbilhotando, bem...

Danel coçou o queixo por um momento e depois disse:

— Então fiquemos longe de Froitas. Mas acontece que uma pessoa ou mais pessoas de Realta-Gorm também estiveram envolvidas.

Mais uma vez, fiquei chocado.

— Você só pode estar brincando!

Rebecca disse:

— Não, não estou brincando. É por causa de seus pais que sabemos que alguém em Realta-Gorm forneceu DNA nefilim aos perpetradores.

— O que significa que Oprit Robia estava envolvido.

— Hmm, isso pode implicar o envolvimento de Oprit, — respondeu Rebecca. — Mas não temos evidências conclusivas. Há muitas pessoas no Realta-Gorm que não são afiliadas ao Oprit Robia.

— O que sabemos é que uma nave 4-D de Realta-Gorm se encontrou com uma nave 4-D de Froitas. A nave de Froitas saltou então para Ghrain-3. A assinatura energética dessa nave corresponde à chegada e partida 4-D mais recente do rio Tk-2.

— Como você sabe disso? — Azazel perguntou.

— Conseguimos extrair essas informações do banco de dados de chegadas e partidas de superfície não identificadas/anômalas.

— Vocês são bons!

— Claro que somos! — Rebecca respondeu levianamente.

Danel olhou para mim e depois se virou para Azazel.

— Veja o que eu tenho que aguentar o tempo todo!

— Oh, pobre garoto, — brincou Azazel. — Posso dizer que seu relacionamento está sofrendo terrivelmente.

Rebecca piscou para mim.

— Então, qual foi o papel dos meus pais?

— Realta-Gorm possui o conjunto de rastreamento por satélite mais sofisticado de qualquer planeta Domhaniano.

— **De longe** o mais sofisticado! — Danel interveio.

— Na verdade, — Rebecca concordou. — Eles rastreiam cada pedra que entra na órbita do planeta. Seus pais providenciaram para que acessássemos esse banco de dados... O que é surpreendente quando você pensa sobre isso. Seria de se esperar que Oprit Robia fosse mais reservado sobre suas idas e vindas, mas os gerentes de dados foram muito receptivos.

Danel olhou para mim.

— O que significa que eles não sentem que têm nada a esconder ou que seus pais têm muita influência.

Azazel mexeu em sua área de trabalho por um momento.

— Então o que faremos a seguir?

— Como **você** gostaria de proceder? — Rebecca perguntou.

Azazel franziu a testa.

— Com cuidado. Muito cuidado. Se você perseguir isso e acontecer de um agente de Oprit Robia ter facilitado à transferência do DNA nefilim e se seus pais, Ramuell, tiveram contato com essa pessoa...

Danel olhou para mim e interrompeu Azazel.

— O que é bem possível.

— E se for esse o caso, — continuou Azazel, — Elyon e seus comparsas irão distorcer essa informação de forma a fazer parecer que também somos colaboradores do Oprit.

De repente, senti calor.

— Então o que **deveríamos** fazer?

— Você gostaria da minha recomendação? — Perguntou Rebecca.

Azazel e eu gesticulamos simultaneamente para ela prosseguir.

— Isso vai contra meu treinamento e todos os meus instintos como detetive da Lei e da Ordem, sendo que acho que não deveríamos considerar fazer nada. — Ela olhou para cada um de nós. — O Clã do Rio TK-2 não pode transmitir o DNA nefilim. Pela incompetência dos criminosos, temos um crime sem danos reais. Considerando que fazer uma prisão poderia, como você disse, Azazel, implicar Egan e Althea, o que pode ser muito ruim para vocês dois, assim como para Semyaza.

— Você provavelmente está certa, — disse Azazel depois de pensar por um momento. — Mas não acho que você possa simplesmente encerrar o caso e salvar o arquivo. Acho que você precisa fazer seu relatório para Liam. Ele então precisa compartilhar o que é apropriado com os líderes do Oprit. Eles precisam saber que têm um canhão solto no meio deles.

— Concordo. — Danel gesticulou em direção a Rebecca. — E já discutimos isso. Acreditamos que o compartilhamento dessas informações com Oprit pode ser conseguido com a ajuda de Althea e Egan.

— Falando em compartilhar informações... — Rebecca enfiou a mão no bolso da jaqueta, tirou um envelope flashdot e me entregou. — Uma carta de casa.

— Da mãe e do pai?
Com um sorriso gentil, Rebecca disse:
— Não foi lida por ninguém.

# CINQUENTA E QUATRO
## CARTAS DE CASA

OLÁ, meu querido filho,
Espero que você se encontre bem. A última vez que vimos você, estávamos saindo de Ghrain-3 para recrutar Rebecca e Danel. Não posso acreditar que seis kuuk se passaram desde então!
Fizemos um desvio a caminho de Domhan Siol. Marjean, uma dos líderes do Oprit Robia, nos convidou para Realta-Gorm 4. Acontece que alguns dos híbridos sapiens recentemente resgatados eram portadores da mutação do gigantismo. Ela queria nossa ajuda para montar uma instalação para testar todos os híbridos que agora vivem na reserva no hemisfério sul de Realta.
Montar o laboratório não foi tão difícil, sendo que montar um sistema para encontrar e testar todos os sapiens espalhados pela enorme extensão de terra onde vivem agora, bem, fizemos o nosso melhor. Seu pai fez a maior parte do trabalho pesado. Enquanto ele iniciava o projeto, fui até Domhan Siol.
Como você sabe, vi o secretário Liam e Sean e fiquei com Rebecca e Danel. Sabemos tudo sobre as descobertas da investigação e estamos curiosos para saber como as pessoas do seu lado irão querer proceder. Escreva para nós!
Fiquei com a sua avó enquanto estava em Domhan Siol. Ela tem

uma linda casa com um pequeno lago atrás da propriedade. Fica a apenas alguns quilômetros de Nexo de Mando, sendo que é bastante rural. Estranhamente, e por total coincidência, fica a apenas alguns lotes a leste da "casa segura" para onde fomos levados depois de deixar o hospital há tantos anos. Nós contamos essa história para você, não foi?

Kadeya deixou claro que quer que voltemos ao mundo natal e vivamos com ela. Na época, eu não via isso à vista. Voltei para Realta-Gorm depois de passar três undecim com mamãe.

Seu pai começou bem nos protocolos para identificar todos os sapiens que precisavam ser testados. Ele também encomendou todo o equipamento de laboratório de que precisaríamos. Assim que cheguei lá fui trabalhar na organização do laboratório. A maior parte do tempo, eu fiquei em Saorsa, mas o seu aventureiro pai fez várias viagens para o sul.

Devo contar-lhes uma história que, em retrospecto, é bastante engraçada, embora não fosse na época. Existem muitas espécies de Aves em Realta-Gorm. Elas variam em tamanho, desde o tamanho do seu polegar até mais de dois metros de altura. A maioria das espécies maiores não voa, mas existem algumas espécies de pássaros enormes que voam. Eles têm envergadura de quatro metros!

Um dia, a curiosidade do seu pai superou o seu bom senso, o que acontece com frequência. Nesta ocasião, ele esteve perto de pagar um preço muito alto! De qualquer forma, ele só teve que escalar uma árvore gigante de Adan. (Algum dia você deve visitar Realta-Gorm. A vegetação que cresce à luz da estrela azul é impressionante!) A árvore crescia na margem de um lago, ao pé de um penhasco vertical.

Ei, seu pai acabou de entrar. Vou deixá-lo contar a história para você.

---

Olá, Ramuel,
Então sua mãe quer me envergonhar com uma história sobre

*minha tolice. Suponho que deveria, a título de autoproteção, escrever esta parte da carta.*

*Ok, de volta à árvore. Eu ainda não estava na metade do caminho e já conseguia ver um longo caminho através de colinas gramadas salpicadas de arbustos e árvores baixas. E se eu subisse um pouco mais? Quanto mais eu poderia ver? E um pouco mais alto, e um pouco mais alto ainda? Subi até um galho onde poderia ficar em pé em um galho sólido e segurar um galho paralelo logo acima da minha cabeça.*

*Dali pude ver um rebanho de pelo menos uma centena de pequenos bisões de pelo curto. Eles estavam sendo perseguidos por uma matilha de seis caninos selvagens. Fiquei fascinado com a forma como os caninos trabalhavam para separar um bezerro do rebanho. Eles fingiam ir em uma direção e depois voltavam rapidamente. O grupo inteiro coordenava seus esforços. Fiquei maravilhado com a inteligência deles.*

*Finalmente, eles separaram um animal do rebanho e o perseguiram. Perdi-os de vista por alguns segundos e deslizei o máximo que pude no galho. No momento em que os caninos se aproximavam para matar, um barulho estridente me assustou e quase perdi o equilíbrio. Na verdade, perdi o equilíbrio, mas consegui segurar o galho superior.*

*Os gritos ficaram mais altos, mas eu estava determinado a ficar de pé antes de olhar. Consegui, mais ou menos, e então espiei à minha direita. Eu havia me afastado tanto nos galhos que estava a apenas três ou quatro metros da face do penhasco. Lá, em uma caverna rasa que não era visível do chão, vi dois olhos vermelho-escuros olhando para mim por cima de um bico curvo, laranja brilhante e de quinze centímetros de comprimento. A ponta parecia afiada como um anzol.*

*Quase me caguei. Comecei a voltar para o tronco da árvore, mas meus pés continuavam escorregando como se as solas das minhas botas estivessem escorregadias com fezes de pássaros. Nesse momento, o grandalhão decidiu apressar minha partida. Com um salto poderoso e um primeiro bater de tirar o fôlego das suas asas de três metros de comprimento, o enorme raptor explodiu do seu ninho e mergulhou na minha cabeça. A asa do pássaro afastou minha mão do galho como se eu não tivesse força alguma.*

*Eu estava me debatendo e agarrando qualquer coisa que pudesse alcançar. O que agarrei foi uma das patas escamosas do pássaro. Num instante, que só poderia ter sido alguns centésimos de segundo, vi o tamanho das garras do pássaro. Eles eram enormes e poderiam facilmente passar completamente pelo meu ombro e provavelmente até por uma coxa.*

*Eu me soltei e caí. Minha vida não passou diante dos meus olhos, apenas o pensamento de que eu estava muito alto na árvore para sobreviver à queda. Bati em um galho que me fez girar de cabeça e vi que estava indo em direção ao lago. Mais uma vez, tudo isso aconteceu em frações de segundos, o que me deixa maravilhado com a rapidez com que o cérebro pode funcionar. Suponho que haja mais do que um pouco de verdade no velho ditado, "A Energia Focada Altera a Realidade" (FEAR).*

*Sem saber a profundidade da água, não quis entrar de cabeça. Tentei dar um salto para frente, sendo que já faz um século desde que mergulhei em uma piscina. Minha execução não estava à altura do desafio, ou melhor dizendo, meu cérebro marcou um compromisso que meu corpo não conseguiu cumprir.*

*Minhas costas atingiram a água com um estrondo. Disseram-me mais tarde que o barulho era tão alto que várias pessoas no acampamento acharam improvável que eu tivesse sobrevivido à queda, mas nem perdi a consciência. Minhas costas doíam como se eu tivesse levado um tapa com uma toalha recém-tirada de água fervente. É claro que meu diafragma sofreu um espasmo e eu não conseguia respirar, sendo que meia dúzia de pessoas estavam ao meu redor em segundos, puxando-me em direção à margem.*

*Eu sobrevivi. Estou mais velho e mais sábio? Eu estou mais velho.*

*Agora eu sei que esta história parece absurda demais para ser verdade, sendo que eu tenho provas. Eu estava usando um pequeno comunicador preso ao pulso. Suponho que quando agarrei o galho da árvore devo ter acionado a câmera. Iremos anexar a foto resultante.*

---

*Uau! Que história, hein? Concordo com a autoavaliação do seu pai – mais velho, mas não necessariamente mais sábio. (Não podemos deixar de amá-lo de qualquer maneira, podemos?).*

*De volta à sua avó. Como mencionei, não acreditava que voltaríamos para Domhan Siol e dividiríamos a casa de Kadeya tão cedo. Mas quando estávamos quase terminando de configurar o sistema de testes sapiens, Imamiah, Nanzy e Marjean foram até a reserva dos sapiens para se encontrar conosco. Elas têm muitas preocupações sobre a substituição de veteranos experientes em Ghrain-3 por pessoas subqualificadas do mundo natal. Mas o que realmente faz soar o alarme é o esforço, por mais fraco que seja, para duplicar o tamanho da força militar Serefim.*

*Eles estão certos de que o aumento do efetivo das tropas pressagia outro desdobramento em todo o planeta. Eles estão preocupados com a sua segurança e com a segurança de todos que trabalham no Projeto Nefilim. Eles argumentaram, difícil de refutar, que nossa presença em Realta-Gorm poderia colocar você em perigo ainda maior... Você sabe, culpa por associação.*

*Acontece que o Serviço de Inteligência Serefim sabe o nosso paradeiro... Não importa para onde vamos! Permanecer em Realta serviria à narrativa da liderança do Presidium de que estamos colaborando com uma organização terrorista. Mesmo que o SIS soubesse o que estávamos fazendo em Realta-Gorm, Elyon e os seus comparsas ainda alegariam que estávamos sendo cúmplices da agenda militar de Oprit Robia.*

Quando li esse parágrafo, percebi que mamãe estava sendo cautelosa com o que escrevia. O fato é que os meus pais ajudaram no esforço de alforria de Oprit Robia ao negociar uma aliança com os Beag-Liath. Ela deve ter temido que o flashdot com sua carta pudesse cair nas mãos de agentes Serefim.

*E se somos terroristas aos olhos de Elyon, você é um colaborador por associação. Por isso o Oprit Robia nos mandou para casa! Isso mesmo, estamos de volta a Domhan Siol, morando com Kadeya e adorando!*

*Sean designou um pequeno destacamento de segurança da Diretoria de Lei e Ordem para vigiar a casa. Eles também nos seguem para onde quer que vamos, o que é chato, mas conhecemos os policiais e eles **tentam** respeitar nossa privacidade. Não tivemos nenhum incidente e não senti nenhuma ameaça. Ainda existem alguns jogadores ruins dentro do Anotas-Deithe, mas sabemos que eles estão sob controle. Os bandidos do Conselho Empresarial e Industrial podem ser um pouco mais ameaçadores porque são menos previsíveis. Francamente, seu pai e eu não estamos tão preocupados com nossa segurança. O dano que poderíamos ter causado a eles quando Beag-Liath nos trouxe de volta a Domhan Siol pela primeira vez já foi feito. Já não somos uma grande ameaça, especialmente porque a maioria dos maus atores do Conselho Empresarial e Industrial estão no Froitas.*

*Às vezes, sua avó fica sentimental e deseja que você pudesse estar aqui conosco. Ela sempre se segura e diz algo como: "Eu sei que Ramuell não vai deixar o projeto até que sua missão seja cumprida, mas sinto falta dele". Ninguém entende melhor do que Kadeya a importância do seu trabalho no Ghrain-3. Mas eu também gostaria que pudéssemos estar todos juntos.*

*Nós te amamos além das palavras.*
*Mãe e pai*
*p.s. Estamos anexando algumas fotos que você vai gostar.*

Abri os arquivos de fotografia no flashdot. A primeira foto era uma imagem ligeiramente desfocada da mão de um homem segurando uma perna de pássaro implausivelmente grande com escamas laranja brilhantes. Logo abaixo da mão de papai havia enormes garras em formato de gancho, mais ou menos do tamanho de anzóis usados para capturar os maiores peixes de água salgada do mundo.

A segunda foto era de uma jovem (provavelmente com cerca de trinta anos) saindo das ondas em uma praia de cor coral. Ela está olhando de lado, flertando coquetemente com a lente da câmera. A legenda diz que ela é minha prima. (A irmã do papai é a mãe da menina.).

A outra foto é de meninos gêmeos. (Filhos da irmã da mãe.) Eu acho que eles estão no final da adolescência. É uma foto espontânea. Mamãe sabe que não sou muito fã de tirar fotos encenadas. Os meninos parecem estar envolvidos em uma conversa animada. Um está rindo e o outro finge estar irritado.

Desde o dia em que embarquei na nave do Iniciador 4-D com a Avó, raramente senti qualquer pontada de saudade de casa, e essas não foram mais fortes do que o bater das asas de uma mariposa. Mas uma marreta de saudade bateu em meu peito quando olhei aquelas fotos dos meus primos, primos que nunca conheci.

Cheguei à idade adulta mais jovem que a maioria e não chorei desde que Alicia foi morta. E, diabos, eu era apenas uma criança de 70 anos naquela época. Mas como prova de que sou filho da minha mãe, hoje as lágrimas brotaram dos meus olhos e escorreram pelo meu rosto. Não houve soluços, nem respiração ofegante, apenas lágrimas. Lágrimas que caíram uma após a outra naquelas imagens brilhando tanto na tela do meu foliopad.

# CINQUENTA E CINCO
## MENSAGENS ENVIADAS E RECEBIDAS

— ISSO CERTAMENTE TORNARIA isso muito mais fácil, — observou a capitã Rhea, — se os Beag-Liath compartilhassem suas armas esmagadoras.

O major Anso ergueu os olhos da tela da câmera da nave.

— Sim, seria. Mas não acho que isso seja provável.

Rhea voltou-se para o major.

— Por que você não acha?

— Parece-me que eles só compartilharão conosco tecnologias obsoletas.

A carranca da capitã se aprofundou.

— Se fosse eu, só compartilharia armas contra as quais poderíamos nos defender. Eles certamente terão uma maneira de detectar nossa presença, mesmo quando tivermos seus dispositivos de camuflagem ativados. Da mesma forma, eles provavelmente fortaleceram todos os seus componentes eletrônicos para torná-los imunes às armas EMP.

— Ahh, entendo onde você quer chegar. Eles não confiam em nós.

— Como podemos saber? Mas acho que não é que eles não confiem em Oprit Robia, mas sim que simplesmente não confiam nos Domhanianos em geral. — Anso coçou a lateral da cabeça. — O que é sensato, quando você pensa sobre isso. Poderíamos ter um traidor entre nós que poderia compartilhar suas tecnologias com o Serefim Presidium. Nesse caso, o Beag-Liath poderia estar enfrentando armas de sua própria concepção.

— Bem, sem a arma Beag esmagadora, teremos que colocar pessoas no terreno para estabelecer comunicação. — Rhea continuou estudando a tela. — Estamos no alto há tempo suficiente para ver algum tipo de atividade. Acredito que o campo de tortura esteja abandonado, mas sempre que pousamos uma nave em território hostil, há algum risco. A questão é: será que a mensagem que enviamos ao destruir o campo de tortura do Presidium vale esse risco?

— Eu não tenho certeza. — Anso chupou os dentes. — Mas acho que se perguntássemos a Alo, Duff e Bezal, eles diriam: "Caramba, sim, vale a pena o risco".

A capitã encolheu os ombros.

— E nossas ordens são: "se possível, queime tudo".

— Onde você vai nos deixar? — Anso perguntou.

— Eles removeram os destroços de seus veículos esmagados atrás desses edifícios. Eu vou pousar lá.

---

O objetivo da missão era enviar a mensagem de que a tortura não seria tolerada. O major Anso não se sentiu confortável com as suas ordens e divulgou as suas preocupações. Ele temia que esta operação não contribuísse em nada para o avanço da luta do Oprit contra o comércio de escravos. Devido à sua reticência, ele teve liberdade para usar seu julgamento. Ele autorizaria a demolição do chamado "centro de detenção" do Presidium apenas se acreditasse que isso poderia ser realizado com risco mínimo.

Muitos dos quase sessenta combatentes Oprit Robia que regressaram recentemente a Ghrain-3 não partilhavam das dúvidas do seu comandante. Eles não queriam ver nada além de cinzas onde ficava o campo de tortura. O Major Anso compreendeu esta atitude entre as suas tropas e essa consciência pesou na sua decisão final. Ele também entendeu que o capitão Rhea estava certo, não existe operação sem riscos.

Anso inclinou-se sobre o ombro de Rhea e olhou pela janela da nave. Ele fez uma careta e disse:

— Ok, capitão. Leve-nos para dentro.

Ele reuniu seu esquadrão de oito pessoas no arsenal da nave.

— Ouçam, pessoal. Nossas ordens são para demolir a merda desta instalação. A razão pela qual estamos fazendo isso é, entre aspas, "enviar uma mensagem". Portanto, se é uma mensagem que queremos enviar, devemos fazê-lo corretamente. Nessas caixas, — Anso apontou para duas caixas presas ao convés, — temos seis dispositivos explosivos Kt. — Os olhos de todos se arregalaram. — Podemos nivelar o local, mas se quisermos que os olhos no céu testemunhem uma conflagração, então lhes daremos uma conflagração. Vamos configurar quatro dispositivos, um em cada quadrante.

Todos os oito soltados gritaram. Lasha e Erta riram como se Anso tivesse contado uma piada. Turel e Batra trocaram fortes palmadas comemorativas. Josell e Saran foram mais moderados. Eles apenas sorriram com a excitação de seus camaradas. Anso não pôde deixar de sorrir também. Ele pensou, *"Caramba, se eles precisam fazer isso, é melhor se divertirem".*

O antro de diversas conversas encheu a sala. Anso pigarreou e o esquadrão voltou sua atenção para ele.

—Todos vocês foram treinados no uso de dispositivos Kt, mas acho que já faz um tempo. Tenente Josell, se não me falha a memória, você teve experiência prática com esses monstros. Isso está correto?

— Sim, senhor. Há um ano, usamos alguns em um projeto de construção em Realta-Gorm.

— Aposto que funcionam da mesma maneira em um projeto de **destruição**. — Anso riu. — Por favor, revise com seus companheiros de equipe os protocolos de manuseio e armamento antes de vocês deixarem a nave. Elana e Trey, depois que vocês terminarem o curso de atualização, quero que vocês dois peguem um dos dispositivos portáteis de camuflagem e caminhem pela periferia do complexo. Precisamos ter certeza de que nenhum hostil está escondido lá fora.

— Você acha que isso é provável? — Elana perguntou.

— Não, não acho, — respondeu Anso com uma confiança que não sentia. Ele simplesmente não conseguia se livrar de suas dúvidas sobre esta missão. Dúvidas que se transformaram em uma espécie de pressentimento.

---

Meia hora depois, Elana estava na parte inferior da rampa da nave.

— Está claro. Eles estão aqui desde que resgatamos nosso povo...

— E detiveram todos eles, — Trey zombou.

Elana sorriu.

— Parece que eles esvaziaram seus suprimentos e muitos equipamentos, mas ninguém está aqui há vários dias.

Anso disse:

— Obrigado, cabo... É melhor prevenir do que remediar.

— Idem para essa noção, — Trey concordou.

A apreensão fez com que o Major Anso fosse ainda mais cauteloso do que o normal. Ele despachou quatro equipes de dois soldados. Uma pessoa colocaria e armaria o dispositivo explosivo Kt enquanto a outra ficaria de guarda com uma arma de partículas carregadas e um blaster sônico portátil de reserva. Em dez minutos, todas as quatro equipes haviam configurado seus dispositivos e estavam voltando para a nave.

O som da explosão reverberou pela porta aberta da nave.

— Que diabos! — Capitã Rhea gritou.

O rosto de Anso ficou pálido enquanto o sangue escorria de sua cabeça. Seu estômago roncou, mas ele superou a sensação de que poderia desmaiar. Ele pegou sua arma que estava pendurada atrás de um assento e desceu a rampa. No momento em que atingiu a terra, ele mergulhou de bruços e varreu a área. Ele não viu nenhum combatente e não ouviu nenhum tiro sendo disparado. Uma fina nuvem de fumaça subiu do quadrante noroeste do complexo.

Ele se levantou e viu Elana e Trey trotando agachados na parte de trás do prédio de madeira que costumava abrigar as celas da prisão. Anso assobiou. Os dois soldados se agacharam no canto do barraco e acenaram para o major avançar.

Anso correu atrás deles.

— O que aconteceu?

— Não sabemos...

Só então um grito agonizante veio da área gramada perto das caixas de tortura onde seus camaradas haviam sido amontoados não muito tempo atrás.

Trey rastejou até a esquina e levantou-se apenas o suficiente para ver por cima das tábuas de madeira da varanda. Ele murmurou:

— Ah, não. — Ele se endireitou e gritou: — O que aconteceu?

Saran estava de joelhos ao lado de Erta. O corpo despedaçado de Turel estava caído a poucos metros de distância. Lasha estava por perto com as duas mãos sobre a boca. Ela baixou as mãos e gritou:

— Kit médico! — Então ela se dobrou e vomitou.

Quando Trey se levantou e correu em direção a seus companheiros de equipe, Anso gritou:

— Pare! Parem todos! Fiquem onde estão. — Era uma mina. Ele deu um tapinha no braço de Elana e fez sinal para que ela corresse de volta a nave para pegar o kit médico.

— É seguro? — Ela perguntou.

— Temos andado por todos os lados lá atrás, mas se você puder, tente pisar em nossas pegadas.

— Certo, volto em um segundo.

Quando Anso voltou para a área aberta, viu Josell e Batra contornando um prédio na extremidade leste do complexo. Ele se levantou, acenando com as duas mãos e gritou:

— Fique aí. Não se mexa! Esta área foi minada.

Mesmo falando baixinho, Anso ouviu Josell:

— Ah, merda! — Ela gritou: — Eles estão bem?

Saran estava apertando o cinto na coxa de Erta. Sem olhar para cima, ele gritou de volta:

— Erta precisa de ajuda, **agora**!

Trey gritou:

— E Turel?

Saran olhou para o corpo de Turel e depois para Lasha. Eles apenas balançaram a cabeça.

Anso cerrou os dentes.

— Droga, droga, droga.

Enquanto Elana se aproximava com o kit médico, ela sentiu a angústia de seu major.

— Você está bem?

Anso pegou o kit de Elana, apertou seu ombro e virou-se para seus soldados caídos. Ao seguir cuidadosamente os rastros deixados por Saran e Lasha, ele gritou por cima do ombro:

— Trey, siga-me. Pise onde eu passo. Precisaremos levar Erta para fora. Elana volte para a nave e prepare a enfermaria.

— Analgésico e sedação?

—Sim, senhora. Certifique-se de verificar o guia farmacêutico para saber as dosagens corretas quando administradas em combinação.

— Entendi. — Elana se virou e trotou de volta para a nave.

Trey colocou as mãos em concha na boca e chamou Josell e Batra.

— Vamos tirá-la daqui. Vocês encontram Elana na nave.

Cada centímetro do corpo de Turel foi dilacerado. Embora não houvesse possibilidade de ele ter sobrevivido à explosão, Trey se ajoelhou e tentou encontrar o pulso da carótida. Ele sabia que não haveria nenhum. O sangue não escorria de nenhuma das feridas.

Saran cortou as calças da perna de Erta. O ferimento era muito pior do que Anso esperava encontrar. Saran perguntou:

— Devemos dar uma chance a ela?

— Não, aqui não, — respondeu Anso. — Vamos levá-la de volta para a nave antes que ela recupere a consciência. A cabo Elana está preparando a enfermaria.

Enquanto Anso e Saran enfaixavam a perna ferida, Trey examinava o terreno.

— Senhor, há um raio de explosão de trinta metros. Não há minas lá. Então temos um caminho bem trilhado ao redor do segundo prédio a oeste. Se a carregarmos dessa maneira, não acho que haverá minas com que nos preocupar.

— Muito bem, vamos fazer isso. — Anso olhou para Trey e depois olhou para Lasha. Ela não se moveu e parecia estar apenas ligeiramente consciente do que estava acontecendo ao seu redor.

Trey fez uma careta e então murmurou silenciosamente:

— Ok. — Ele foi até Lasha e a pegou pelo cotovelo. — O Major Anso e Saran vão levar Erta de volta a nave. Você quer me ajudar a reunir as armas e o kit médico?

Lasha olhou para Trey. Seus olhos estavam vidrados, mas ela registrou o que ele havia dito. Ela se aproximou e pegou a arma de partículas carregadas de Erta. Trey pegou o kit médico e caminhou rapidamente até a frente do grupo.

— Lasha, siga-me. Não saia do caminho. — Ele olhou para ela e ela começou a andar letargicamente.

Enquanto o esquadrão amarrava Erta na maca da enfermaria, Trey e Batra voltaram para recuperar o corpo destruído de Turel. Foi um dever horrível e os dois homens não falaram até se aproximarem da nave. Batra disse:

— Precisamos embrulhá-lo e colocá-lo no compartimento de carga. Não queremos que os outros o vejam.

Eles colocaram o corpo no chão e Trey subiu a rampa. Ele voltou alguns segundos depois com um saco de plástico.

Rhea puxou Anso de lado e falou baixinho.

— Se houver alguma chance de salvar a perna de Erta, precisamos levá-la ao doutor **agora**.

— O que é? Cerca de três horas de voo?

O piloto olhou para o teto, calculando a velocidade e a distância.

— Não vou nos levar à altitude. Se voarmos dez mil metros em linha reta sobre o mar, chegaremos à ilha em duas horas e meia.

Anso voltou-se para a maca.

— Elana, sedada por três horas, não mais.

— Sim, senhor, entendi.

Quando a nave subiu um quilômetro acima do solo, Josell acionou a detonação dos dispositivos Kt. O esquadrão lotou a cabine do piloto para assistir à explosão gigantesca. Uma enorme coluna de fumaça e detritos disparou em direção ao céu e só se transformou em uma nuvem em forma de cogumelo quando atingiu mais de mil e quinhentos metros de altura. Ninguém aplaudiu e apenas Anso falou.

— Bem, enviamos nossa maldita mensagem ao Presidium... E eles nos enviaram a deles.

# CINQUENTA E SEIS
## RAIVA

IPOS INVADIU O ESCRITÓRIO.
— Ram, temos um problema com a equipe do SWE-2.
— O que foi agora?
Ipos deslizou uma cadeira ao lado da minha, colocou seu videocomunicador na minha mesa e fez a ligação. A cabeça de Samael preencheu a tela.
Dispensando qualquer conversa fiada, Ipos disse:
— Sam, conte a Ramuell o que está acontecendo.
Samael disse:
— Eles detiveram e algemaram Vapula.
— Quem a deteve?! E que merda eles estavam pensando?
— Ram, simplesmente não sabemos. Não faz sentido. Vapula desceu até lá com as mãos para cima. Tudo o que ela queria fazer era explicar a situação do clã sapien.
— Ela estava armada? — Ipos perguntou.
— Sua arma de partículas carregadas no coldre era claramente visível.
— O que devemos fazer, chefe? — Inna perguntou. Estando fora do campo de visão da câmera, não sabíamos que ela estava ouvindo.

— Ah, olá, Inna. Você está bem?

— Estou bem... Só preocupado com a Vapula. Acho que temos que ir buscá-la.

— Talvez devêssemos, — respondeu Ipos. — Mas comece do início e explique o que está acontecendo.

— No início... Você quer dizer desde a primeira vez que vimos a nave Serefim? — Inna se aproximou de Samael e agora podíamos ver os dois na tela.

— Sim, — Ipos respondeu.

Samael acariciou a boca e o queixo.

— Ok, estávamos voando em um padrão de busca no quadricóptero quando vimos o reflexo do sol na nave deles. Ele havia caído em um local plano, no fundo de uma ravina rasa.

— Que tipo de nave? — Ipos perguntou.

— Um PT-24.

— Grande o suficiente para sequestrar a maior parte do clã, — observei.

— Isso mesmo, — confirmou Inna.

— Mas sabíamos que esse clã carregava a mutação do gigantismo, — explicou Samael. — Matamos cinco membros nefilim há vários undecim. Marcamos alguns membros e voltamos para obter amostras de DNA de acompanhamento.

Inna bateu com força o dedo indicador na mesa.

— Foi isso que Vapula foi explicar aos soldados Serefim.

Tentando levar a conversa adiante, eu disse:

— Então você viu a nave do ar...

— Isso mesmo. Aterrissamos no topo da encosta, logo acima da localização deles.

— Eles viram seu sobrevoo ou seu pouso? — Ipos perguntou.

Samael respondeu:

— Não estávamos tentando nos esconder... Então, sim, eles devem ter nos visto.

Ipos resmungou e disse:

— O que significa que eles sabiam que só poderia haver quatro de vocês em um quadricóptero P-4. Eles sabiam que você não tentaria resgatar o sapiens.

— Isso mesmo. Então, por que eles a teriam levado? — Eu me perguntei em voz alta.

— Ramuell, você usa a palavra certa, — interrompeu Inna. — Eles a **levaram**. Não foi um "olá, senhora, sente-se para tomar uma xícara de chá". Eles apontaram armas para Vapula, fizeram-na cair de joelhos, arrancaram a arma do coldre e algemaram seus pulsos atrás das costas.

— Estou perplexo.

Ipos olhou para mim com uma expressão sombria.

— Chefe, esses bastardos torturaram os prisioneiros de Oprit Robia. Quem sabe o que eles estão pensando? Pelo que sabemos, eles decidiram que Vapula é uma espiã do Oprit. — Ele olhou novamente para a tela do videocom. — Quanto tempo levará para reunir o resto da sua equipe?

Samael respondeu:

— Inna já ligou para eles. Eles estão no novo quadricóptero P-6. Na velocidade máxima, eles chegarão ao solo aqui em menos de vinte minutos.

— E eles virão armados até os dentes, — acrescentou Inna.

Ipos virou-se para mim e disse:

— Os soldados Serefim não têm ideia de que podemos superá-los em armas.

— Samael, eles já fizeram alguma coisa para reunir o clã? — Perguntei.

— Não, eles ainda estão na nave.

— Bom, então temos algum tempo. Prepare sua equipe, mas aguarde nossa mensagem. Vamos analisar isso para Azazel... Ver se ele quer apresentar uma reclamação oficial à Serefim Security.

— Esses caras são pistoleiros contratados por paramilitares, não pela Serefim Security, — observou Inna.

— Sim, isso não vai importar de qualquer maneira. A segurança simplesmente nos ignorará. Mas contar a eles com antecedência que você testemunhou a detenção de Vapula nos dá alguma cobertura caso as merdas caiam no ventilador.

Ipos disse:

— Ramuell, precisamos deixar claro para eles, sacerdotes da segurança, que se o maldito PT-24 tentar sair, não vamos permitir que eles sequestrem Vapula.

— Eu acho que você está certo. — Voltando-me para o comunicador, eu disse a Samael e Inna: — Mantenham seu pessoal no lugar até receber uma resposta nossa.

— E se eles tentarem voar?

Ipos olhou para seu colo e depois para mim. Ele encolheu os ombros. Suspirei e disse:

— Serei esfolado antes de deixá-los levar Vapula pela segunda vez. Se você ouvi-los acionando o antigravitacional, dispare um PEM.

A expressão perpetuamente divertida de Samael foi substituída por uma expressão dura como pedra.

— Sim senhor! Eles não vão voar hoje... Pelo menos não com a Vapula a bordo.

---

Azazel queria que eu fosse com ele na ligação para o escritório de Segurança Serefim. Fiquei surpreso ao ver que o tenente com quem conversamos realmente levou nosso relatório a sério.

— Farei o que puder para afastar os cães. Quanto tempo eu tenho?

— Não sabemos disso, — respondeu Azazel. — Isso nunca

deveria ter acontecido, então eu diria que as tropas traficantes de escravos se tornaram rebeldes. Quem sabe o que eles podem fazer a seguir?

O oficial de segurança da Serefim desviou o olhar e balançou a cabeça. Ele perguntou:

— E seus pessoal vão ficar de pé?

— Não se a nave tentar lançar com meu pessoal a bordo, — respondi.

O oficial assentiu.

— Eu entendo... Uhm, vou ver o que posso fazer. — Ele olhou para nós por um segundo e acrescentou: — Senhores, sem promessas.

— Entendido, — respondeu Azazel. — E obrigado, tenente. — Ele estendeu a mão e apertou o botão para desconectar o videocom. Não sabíamos que vários demônios do inferno já haviam se soltado na borda oeste da região SWE-2.

---

Inna saltou do assento no quadricóptero.

— Droga, eles acabaram de ligar os motores! — Ela pegou o tubo de lançamento do compartimento de arrumação atrás das portas do helicóptero e carregou um dispositivo explosivo EMP. Agachando-se e colocando o tubo firmemente no chão, Inna mirou em um ângulo de 60 graus sobre a vala.

Samael ouviu o quadricóptero P-6 do Projeto Nefilim se aproximando. Ele apertou o ombro de Inna.

— Espere um segundo! — Ele se virou e viu que o helicóptero estava bem fora do alcance do pulso eletromagnético. Ele afrouxou o aperto e disse: — Deixe-os voar.

Pop. O projétil traçou uma linha fina de pequenas faíscas e explodiu a poucos metros diretamente acima da nave de transporte PT-24. O circuito eletrônico da nave fritou instantaneamente. Os motores antigravitacionais zumbiram por mais alguns segundos antes de silenciarem.

A rampa de saída da nave também foi desativada pelo pulso eletromagnético. A rampa teve que ser baixada manualmente por meio de um mecanismo de cabo e polia. Isso levou quase três minutos. Durante esse tempo, o quadricóptero pousou logo além da vista da nave Serefim. Samael acenou para que seus seis membros da equipe se posicionassem atrás dos densos ramos de grama de dois metros de altura e folhas grossas que salpicavam o topo da encosta.

Quando a rampa de saída bateu no chão, oito soldados Serefim emergiram. Como quase não havia cobertura natural para se esconder no fundo da drenagem rasa e seca, os soldados se espremeram atrás dos suportes de pouso da nave. Todos usavam capacetes cinza que cobriam a cabeça inteira com escudos transparentes sobre o rosto. Samael ficou intrigado. Ele nunca tinha visto esse equipamento antes.

O último soldado que desceu a rampa cutucou Vapula com uma arma. Ele a manteve na frente, usando seu corpo como escudo. Quando chegaram ao final da rampa, o soldado ergueu a arma do meio das costas de Vapula e colocou-a na nuca dela.

Samael puxou o binóculo da mochila e olhou a cena abaixo.

— Oh, não! Essa é uma arma de projétil sólido.

Inna estava deitada de bruços ao lado de Samael. Ele passou-lhe o binóculo.

— O EMP não afetaria isso. Essa arma está operacional.

Samael apertou o nariz.

— Nós derrubamos todos eles com uma explosão sônica. Depois iremos até lá, pegaremos a Vapula e fugiremos rapidamente.

— Marc, — Vapula chamou calmamente. Ele estava deitado

a menos de dez metros de distância. — Dispare dois tiros atordoantes em campo amplo.

Marc levantou o polegar para ela e empurrou o cano de seu blaster sônico através da moita de grama. Ele apertou o botão do gatilho duas vezes em rápida sucessão. As pernas de Vapula se dobraram embaixo dela. O soldado Serefim deu um passo rápido para o lado. Ele agarrou Vapula pelo pescoço quando ela caiu, empurrou o cano da arma contra sua têmpora e soltou uma risada maldosa.

Inna percebeu que os capacetes usados pelos soldados Serefim os protegeram das explosões sônicas. O soldado ainda mantinha Vapula sob a mira de uma arma. Inna temia que um tiro atordoante com partículas carregadas ainda pudesse permitir que ele disparasse um projétil através do cérebro de Vapula. Ela mudou sua arma de atordoar para matar. Sem saber se o capacete também poderia fornecer proteção contra partículas carregadas, ela apontou para a garganta do soldado.

Inna era a melhor atiradora que Samael já conheceu. Antes que ele tivesse tempo de processar o que estava vendo, Inna apontou sua arma de partículas carregadas, respirou fundo e disparou três tiros rápidos. Os dois primeiros pegaram o captor de Vapula na garganta. Quando ele cambaleou para trás, sua arma apontou para o céu. Convulsionando, ele disparou um tiro selvagem e soltou o pescoço de Vapula. Ela desabou, batendo o rosto no chão. Ele caiu para trás, o capacete batendo na rampa da nave. Ele se contorceu várias vezes e depois morreu.

Os soldados Serefim que se abrigavam atrás dos suportes de pouso correram tolamente para fora de seus esconderijos para prestar ajuda ao comandante do esquadrão. Inna gritou:

— Fogo! Todas as armas de partículas, fogo!

Em alguns segundos, mais três soldados Serefim foram abatidos. Os cinco soldados restantes caíram no chão e se posicionaram para responder ao fogo. Tal como os seus capacetes, as armas dos soldados também eram uma nova tecnologia. As coronhas ocas das armas continham três dúzias de projéteis esferoides que podiam ser disparados de forma semiautomática. Os soldados Serefim, imobilizados, lançaram uma fuzilaria de projéteis letais em direção ao topo da colina. Embora extremamente imprecisos, dado o grande número de tiros disparados, alguns acertaram o alvo.

Quando Inna ouviu gritos de seus companheiros, ela se forçou a se acalmar. Em vez de disparar tiros aleatórios, como faziam seus companheiros de equipe, Inna mirou um soldado Serefim após o outro. Com uma pontaria cuidadosa, ela colocou mais três fora de ação. Se Inna esqueceu, como ela afirmou mais tarde, de voltar para a configuração de atordoamento, ou se ela disparou tiros mortais intencionalmente, só ela saberá.

O campo de batalha ficou quieto tão abruptamente quanto explodiu em um pandemônio. No instante em que o último tiro foi disparado, Samael levantou-se de um salto e desceu a colina em direção à nave avariada. Ele caiu de joelhos ao lado de Vapula. Quando ele pressionou os dedos no pescoço dela, verificando o pulso, Vapula abriu os olhos. Ela já havia sido atingida por uma explosão sônica, mas saber o que esperar não diminui de forma alguma o efeito debilitante da onda de energia.

Inna acenou para Marc segui-la em busca de seus companheiros feridos. As chances de ser atingido pelas imprecisas munições esferoides teriam sido mínimas, não fosse o grande número de tiros disparados pelas armas semiautomáticas. Quando os projéteis atingiram o alvo, seu tamanho e velocidade resultaram em ferimentos enormes.

Jon conseguiu sair do emaranhado de grama alta e estava deitado sobre o lado esquerdo. Ele imobilizou o braço direito com a mão esquerda, segurando o cotovelo firmemente contra o tronco. Marc se inclinou perto o suficiente para ver a clavícula quebrada e o músculo subescapular terrivelmente destroçado. Marc largou a arma e saiu correndo em direção aos quadricópteros.

— Precisamos do kit médico! — Ele gritou por cima do ombro.

Usando sua multiferramenta, Inna cortou a camisa de Jon. Ela amassou a roupa e usou-a para aplicar pressão no ferimento, na esperança de estancar o sangramento prolífico.

Embora Jon estivesse à beira do choque, ele permaneceu consciente.

— Quão ruim é isso?

Inna engoliu em seco.

— Uhm, você está ferido, meu amigo. Quando Marc trouxer o kit médico, estancaremos o sangramento. Como está a dor?

— Uma onda de dor incandescente, apenas por alguns segundos. Mas está ficando ruim de novo.

— Aguente firme, Jon.

Marc e o médico da equipe correram de volta para a pequena clareira. O médico puxou a mão de Inna e a camisa encharcada de sangue do ferimento. Ele olhou para o ombro de Marc e cerrou os dentes.

— Continue aplicando pressão.

Ele puxou uma seringa autoinjetora do kit médico e injetou a dose máxima de uma combinação de sedativo/anestésico nos músculos do estômago de Jon. Segundos depois, os olhos de Jon tremularam e seu queixo caiu. O médico tirou uma garrafa de água do cinto e irrigou a ferida aberta.

— Ok, pessoal, vou precisar da sua ajuda. Temos que sentá-lo para envolver o braço contra seu corpo, mas primeiro, deixe-me fazer isso. — Ele tirou uma lata de aerossol de desinfetante/coagulante sanguíneo do kit e borrifou generosamente a ferida com a substância em pó. Ele então entregou a Inna um pedaço de gaze e disse: — Continue pressionando. Farei um curativo adequado assim que imobilizarmos o braço.

Quando terminaram, Inna levantou-se e disse:

— Vou pegar uma maca.

Enquanto ela trotava de volta do quadricóptero, ela ouviu um gemido atrás de um grande ramo de grama. Ela largou a maca e correu em direção ao som. Inna tinha visto algumas coisas ruins em sua vida. Ela achou que o ferimento de Jon era grave. O que ela viu deitada na grama foi muito mais horrível.

Alguns minutos depois, Marc ergueu os olhos e viu Inna arrastando a maca. Seu rosto estava tão branco que parecia que ela tinha sido polvilhada com farinha de trigo.

— Bons deuses, o que há de errado?

Inna respirou fundo.

— Doutor, preciso que você venha comigo.

Ela conduziu o médico de volta para onde Ruth estava inconsciente. Um dos projéteis esferoides atingiu a maçã do rosto, arrancando a maior parte do lado esquerdo de seu lindo rosto. Seu olho pendia fora de sua órbita. Sua bochecha estava destroçada e dentes podiam ser vistos pendurados frouxamente em pedaços de sua mandíbula quebrada. O médico largou o kit, respirou fundo, caiu de joelhos e puxou outra seringa de sedativo/anestésico do kit médico. Ele puxou a camisa de Ruth para cima e empurrou o autoinjetor nos músculos do estômago, logo abaixo da caixa torácica. Inna ficou congelada olhando para sua amiga ferida.

— Ina. Ina! Você precisa ajudar Marc a levar Jon de volta aos quadricópteros. Coloque-o no P-6 e volte aqui com a maca.

Ela balançou a cabeça, mais como um estremecimento, e disse:

— Certo! Uhm, voltarei o mais rápido possível.

O médico observou Inna ir e depois voltou-se para Ruth. Ele entendeu que voltar "o mais rápido possível" era a coisa certa a fazer, mas também sabia que faria pouca diferença. A concussão provavelmente causou hemorragia intracraniana maciça. Ele poderia manter Ruth confortável. Ele não poderia mantê-la viva.

Enquanto isso, os membros restantes da equipe do Projeto Nefilim desceram até onde a Vapula estava em frente à nave PT-24. Imediatamente começaram a verificar o estado dos soldados Serefim e ficaram chocados ao descobrir que quatro dos nove estavam mortos.

Nenhum dos cinco soldados atingidos por tiros de choque ficou ferido. Começava a garoar uma chuva miserável e gelada. A equipe do Projeto Nephilim removeu os capacetes dos soldados, ajudou-os a se protegerem sob a nave e deu a cada um deles uma garrafa de água.

Quando Samael viu alguns membros de seu esquadrão tirarem pulseiras com zíper dos bolsos, ele disse:

— Pessoal, precisamos tirar todas as armas deles. Vou ativar o farol de alerta de emergência da nave, mas não temos ideia de quanto tempo pode demorar até que uma equipe de resgate chegue. Se um urso das cavernas ou um gato com dentes longos aparecer... Simplesmente não podemos deixar essas pessoas algemadas.

Samael subiu a rampa e entrou na nave. Ele não tinha certeza se o piloto havia permanecido a bordo ou não. Não encontrando ninguém, ele ativou o farol de alerta e voltou para a porta quando seus companheiros terminavam de colocar os corpos dos soldados mortos de Serefim em uma fileira. Ele voltou para a nave e pegou algumas lonas do armário de suprimentos. Ele os jogou para Buer, que cobriu os cadáveres sem palavras.

Samael levantou Vapula e ajudou-a a subir a encosta em direção aos quadricópteros. Apenas alguns comentários silenciosos foram trocados enquanto os outros recolhiam as armas do soldado Serefim e alguns capacetes modernos.

Enquanto o grupo subia tristemente a encosta em direção aos quadricópteros, Baur murmurou para Samael:

— Matamos aqueles homens.

Olhando para frente, Sam respondeu:

— Eu sei. E haverá algum tipo de inferno a pagar.

Ele não sabia nem metade disso.

Só então Inna desceu a encosta. Ela arrancou um projétil sólido Serefim de um de seus colegas e continuou caminhando em direção ao PT-24.

— O que está acontecendo, Inna? — Samael perguntou.

Ela não olhou para trás. Ela não respondeu.

Inna sempre esteve no controle de suas emoções. Ninguém se lembrava de tê-la visto furiosa. Com a chuva pingando do chapéu e escorrendo pelo rosto, ela tirou a arma de partículas carregadas do coldre e colocou-a na testa de um dos soldados Serefim. Ela estendeu a sólida arma de projétil e perguntou:

— Como isso funciona?

Todos os olhos dos soldados Serefim se arregalaram. Eles estavam desarmados e enfrentando uma louca armada.

Inna cerrou os dentes.

— Como diabos isso funciona?

Ela virou a arma para o lado e disparou uma partícula carregada a poucos centímetros da orelha do homem. Ele engasgou e apontou para trás do protetor de gatilho.

— Esse é o interruptor de segurança. O botão na parte inferior da coronha ativa o botijão de gás comprimido. Então tudo que você precisa fazer é apertar o gatilho.

Inna virou-se, saiu de debaixo da nave e disparou um canhão de projéteis. Ela disparou até que a arma estivesse vazia, destruindo totalmente a antena de comunicação da nave. Sem olhar para os soldados assustados amontoados abaixo da nave, Inna subiu a rampa e disse:

— Talvez você queira se mover.

Ela entrou na cabine, abriu o painel de acesso do painel de

controle, puxou um dispositivo incendiário de sua pochete, acionou o mecanismo e jogou-o dentro. Ela correu de volta pela rampa. Um segundo depois, uma densa coluna de fumaça branca saiu pela porta da nave, seguida por um forte barulho.

O queixo de Samael caiu.

— O que...!

Vapula olhou para o líder da equipe.

— Sam! Você tem que fazer alguma coisa.

— Certo. Certo. Buer vá buscá-la. Se ela resistir, atordoe-a e algeme-a.

Antecipando a onda de concussão da explosão, Inna desceu da rampa e mergulhou de bruços. Ela lentamente se ajoelhou e pegou a arma sólida de projétil.

Aproximando-se com cautela e falando com calma, Buer disse:

— Inna. Deixe a arma no chão. Eu atendo.

Quando Inna olhou para ele, Buer viu em seus olhos que ela estava apenas alguns pontos acima de catatônico.

— Você pode ir até os helicópteros?

Sem responder, sua cabeça caiu para o lado e ela começou a subir a encosta cambaleando.

Quando Baur se virou para segui-la, um dos soldados Serefim reuniu:

— Ei, e nós?

Buer olhou para trás, tirou o boné e encolheu os ombros.

— Bem, eu diria que você tem sorte de estar vivo. Ah, e eu ficaria fora daquela nave até que o fogo se extingue.

Quando Buer chegou ao topo da colina, encontrou dois de seus companheiros chorando e todos os demais brancos como bolas de algodão. Ele lançou a Samael um olhar de que diabos está acontecendo. Samael fez uma careta e, levantando a cabeça, apontou o nariz para três pessoas amontoadas atrás de vários tufos de grama alta.

Buer se aproximou e viu Marc prendendo a alça da maca na

barriga de uma pessoa. O ferimento era tão horrível que Buer nem reconheceu o amigo. Ele se virou em direção a Samael.

— Quem?!

— É Ruth.

Buer olhou para Inna no caminho. Arrastando os pés, ela caminhou lentamente em direção aos quadricópteros. Agora ele entendeu, e com essa compreensão, algo no fundo de seu peito se partiu em dois.

# CINQUENTA E SETE
## A SORTE ESTÁ LANÇADA

AZAZEL CORREU pelo campus SWA-7 até a enfermaria assim que ouviu o quadricóptero retornar. Ele não chegou a tempo de estar com Ruth quando ela morreu. O médico puxou o lençol para permitir que Azazel visse o corpo. Ele surpreendeu a todos na sala ao caminhar até a maca e estudar o rosto mutilado por pelo menos meio minuto.

Não demonstrando nenhuma emoção, além de um longo suspiro, ele se virou e perguntou:

— Como está Jon?

— Acabamos de colocá-lo em uma nave em direção ao orbitador, fortemente sedado, é claro. Um cirurgião está agendado para vê-lo assim que ele chegar.

— Bom. Avise-me assim que receber uma atualização. — Azazel saiu da enfermaria e caminhou lentamente de volta ao seu escritório. Quando ele abriu a porta, a luz de chamada recebida do videocom começou a piscar.

Embora calmo por fora, ele era um caldeirão de fogo crepitante por dentro. O pobre do Trace não tinha ideia do que Azazel tinha acabado de ver ou que sua ligação daria vazão à fúria de Azazel.

— Eu não fui incluído na reunião, mas de acordo com o Chefe Razel, os demônios escaparam de suas amarras, — explicou Trace.

Azazel bufou:

— Posso imaginar a porra da reação de Elyon e Migael, mas não tenho certeza de qual seria a opinião do Serviço de Inteligência.

— Eu também não tenho certeza. Como todo figurão do serviço de inteligência que conheço, o chefe Razel não mostra a mão que segura. A questão é que ele é muito mais inteligente do que a maioria. Tenho certeza de que ele nutre dúvidas, sendo que eu não sei quais são. — Trace parou por um momento. — Quatro soldados mortos e uma PT-24 destruída... Vai haver uma investigação e não poucos uivos para cabeças rolarem.

— Droga, não há como nosso povo deixar os traficantes de escravos sequestrarem e torturarem Vapula... E se isso irritar alguém lá em cima, eles podem mijar em um tigre das montanhas! — Azazel passou a mão pelo cabelo. — Acabei de voltar da nossa enfermaria. Ruth já estava morta quando cheguei lá. Trace, metade do rosto dela foi arrancado por uma daquelas armas de assalto demoníacas que os capangas Serefim carregam. Não vi Jon, mas entendo que seu braço direito está pendurado por alguns pedaços de carne e tendões. Eu diria que a equipe de Ramuell teve seus motivos.

Trace pigarreou e disse:

— Talvez sim. Mas a resposta deles será vista como exagerada e atrairá muito escrutínio. O que, por sua vez, quase certamente colocará em risco o Projeto Nefilim.

— Então, se eles tirassem a equipe de Ramuell do mercado, como diabos eles lidariam com os nefilim?

Trace olhou para a tela do videocom, engoliu em seco, mas não disse nada.

Azazel olhou para trás por um momento. Então seus ombros caíram e ele inclinou a cabeça.
— Caraca, Cara! Você só pode estar brincando.
— Não, eu não estou. Já existem aqueles na hierarquia do T-Taxiarch clamando pela opção de erradicação total. — Trace fungou. — Azazel, você precisa sair na frente disso. Conduza sua própria investigação e tenha um relatório em mãos antes que Migael e seus comparsas coloquem um na mesa. O seu relatório incluirá uma recomendação de intervenção militar. Milhares... Dezenas de milhares de sapiens serão massacrados.

---

*~Ramuell~*

Não importa o que façamos a nossa investigação será vista como tendenciosa e assim será. Tendenciosa porque todos nós vimos vídeos do campo de tortura de Serefim... Vídeo do que eles fizeram com Alo, Duff e Bezal. Até vimos vídeos e lemos sobre os testes no Realta-Gorm.

Sugeri a Azazel que talvez pudéssemos convidar Danel e Rebecca para voltarem e conduzirem uma investigação forense. Ele rejeitou essa ideia, apontando que os agentes da Diretoria de Lei e Ordem não atenuariam a percepção de parcialidade porque estou, pelo menos nominalmente, ainda sob a proteção de Sean e Liam, embora eu sinta que esse manto está desgastado.

Azazel também me alertou para não entrar em contato com Trace para obter ajuda. Ele teme que todas as nossas conversas entre a superfície e a órbita estejam sendo monitoradas, então liguei para Semyaza. Ele concordou em enviar alguns dos seus seguranças para o SWA-7 para conduzir a investigação, sendo que eu não creio que o envolvimento do NWA-1 vá conferir muita credibilidade à investigação.

Tenho certeza de que toda essa situação vai ficar ainda mais feia. Encaminhei Inna para o centro de saúde mental a bordo do orbitador. Ela e Ruth eram bastante próximas. Não consigo nem imaginar como deve ter sido para ela. Mas sei que ela ficou traumatizada e realmente precisa de intervenção clínica. O que não estou dizendo a ninguém é que um diagnóstico psiquiátrico a protegerá de represálias severas. Ela pode ser mandada para casa, mas é improvável que seja encarcerada.

A questão é que, ao tirar Inna da linha de fogo, provavelmente coloquei a mim mesmo, Samael e Vapula na mira dos Serefim.

---

— Afastar os terroristas do Oprit já é suficientemente mau, agora temos de combater os traidores dentro das nossas próprias fileiras! — Elyon se irritou. — Por que diabos eles estavam interferindo com suas tropas?

O Brigadeiro Migael já sabia a verdade sobre o assunto, mas entendia que o Grão-Mestre não estava com disposição para considerar os fatos. Ele pigarreou e disse:

— Vamos conduzir uma investigação completa. Iremos descobrir como o pessoal do Projeto Nefilim conheceu nosso esquadrão no SWE-2.

— E até que a investigação seja concluída, quero que todas as viagens do Projeto Nefilim sejam suspensas.

Se eles estivessem se reunindo na sala de conferências, Razel poderia ter ficado de pé e andado de um lado para outro teatralmente. No entanto, eles estavam no escritório de Elyon, sentados em frente à sua mesa enorme. Razel apoiou os cotovelos nos braços da cadeira e levantou-se o mais alto possível.

— Grão-Mestre, devo aconselhar cautela nisso.

Elyon fez uma careta.

Aparentemente não intimidado, o chefe dos Serviços de Inteligência Serefim continuou:

— Meu conselho não se baseia em informações específicas ou em qualquer tipo de preocupação de segurança, mas não creio que a equipe do Projeto Nefilim represente uma ameaça.

— Temos quatro soldados mortos que argumentam que esses bastardos são uma grande ameaça.

Razel mordeu o lábio, com raiva de si mesmo por ter falado mal.

— Sim, senhor, eu entendo. Você está certo. Obviamente, o Projeto empregou pessoas formidáveis em combate. O que eu quis dizer é que não temos informações acionáveis que me levem a acreditar que eles planejam qualquer tipo de atividade ameaçadora.

Tamborilando os dedos no braço da cadeira, Razel organizou seus pensamentos.

— Aconselho cautela por três razões. Primeiro, o projeto representa o nosso único esforço para abordar sistematicamente o problema dos nefilim. Suspender suas atividades, mesmo que temporariamente, poderia atrasar nosso cronograma para erradicar os nefilim em vários anos.

Elyon olhou para Migael e disse:

— Então vamos matar todos eles e repovoar aquele continente com sapiens limpos.

Migael não discordou e não apontou as complicações logísticas. Na verdade, sua expressão indicava interesse em explorar essa opção.

Razel disse:

— Isso **pode** ser possível. Não tenho informações suficientes sobre como esse tipo de campanha pode se desenrolar para fazer qualquer recomendação. — Ele levantou dois dedos. — Mas acredito que há uma segunda razão para sermos cautelosos. Mesmo que a Diretoria de Lei e Ordem esteja ocupada com Domhan Siol, eles podem ter uma visão negativa de desconsiderarmos o acordo que fizemos com Sean para não interferir no Projeto Nefilim... Particularmente à luz do fato de que a mutação do gigantismo foi transportada para fora do mundo.

Elyon soltou um bufo exasperado.

— Se o filho do diabo de Egan e Althea pensa que está protegido, ele tem uma surpresa reservada.

Trace olhou para baixo e esfregou os cantos dos olhos com o polegar e o indicador.

Razel não vacilou com a belicosidade do Grão-Mestre. Ele olhou para Elyon e disse:

— Senhor, o seu comentário aponta para a terceira razão pela qual devo aconselhar cautela. O professor Egan e a Dra. Althea foram em algumas ocasiões hóspedes de Liam e Sean.

Elyon enrijeceu.

— E por que estou ouvindo sobre isso agora?

— Nós rastreamos o paradeiro deles há muitos anos. O local onde eles dormem em qualquer noite não teve influência em nenhuma de nossas atividades e nunca justificou a inclusão em um briefing de segurança. — Razel sabia que esse comentário exagerava a verdade, dado o trabalho do casal nas reservas sapiens de Realta-Gorm.

Elyon olhou para o Chefe dos Serviços de Inteligência por vários segundos.

A tensão na sala era densa como seiva de árvore. O Brigadeiro Migael não queria encerrar a confabulação com um tom tão amargo.

— Antes de encerrarmos, gostaria de compartilhar nossa nova estratégia de realocação e treinamento de sapiens. Acredito que o nosso plano tornará as intervenções do Oprit muito menos problemáticas e aumentará o nosso número de sapiens comercializáveis.

O semblante severo de Elyon suavizou-se. Ele gesticulou para o brigadeiro prosseguir.

— Prevemos implantar simultaneamente uma dúzia ou mais de transportes em todo o alcance conhecido do sapiens. Quando possível, naves de assalto acompanharão os transportes. Oprit Robia não saberá nossas áreas alvo e eles não poderão interceder em tantas missões simultâneas e sincronizadas.

Os olhos de Elyon brilharam.

— Certo... Não pode estar em todos os lugares ao mesmo tempo.

— Isso mesmo, — disse Migael entusiasmado. — E há algumas outras vantagens. Caçaremos grupos mais isolados, geralmente grupos de forrageamento. Esses grupos geralmente contam com seis a dez híbridos sapiens.

A testa de Elyon franziu.

— E isso será lucrativo?

— Na verdade, mais ainda. Implantaremos uma dúzia de missões a cada três dias. Acreditamos que seremos capazes de realocar pelo menos setenta sapiens em cada implantação. E, — Migael balançou um dedo, — teremos menos problemas.

— Como assim? — Trace perguntou.

— Primeiro, teremos menos reações negativas dos benfeitores na superfície. O desaparecimento de alguns indivíduos pode ser explicado como resultado de algum evento catastrófico.

Elyon ergueu o queixo e sorriu.

— Esperto.

— E as festas de coleta muitas vezes não incluem os machos ou fêmeas alfa do clã, que ocasionalmente têm sido problemáticos. — Migael recostou-se na cadeira, triunfante.

Elyon bateu com a mão na mesa.

— Excelente! Quero adicionar um ajuste. Sempre que encontrarmos grupos com nefilim, devemos pegar os sapes que quisermos e despachar todo o resto.

Migael não pareceu compreender as implicações da sugestão do Grão-Mestre.

— Isso pode ser feito. E assim que levarmos os novos estagiários aos locais de trabalho designados, faremos testes de DNA e abateremos qualquer espécime que contenha a mutação do gigantismo.

Trace e Razel trocaram um olhar penetrante. Elyon não percebeu ou optou por não reconhecer a preocupação deles. De qualquer forma, a sorte estava lançada.

# CINQUENTA E OITO
## CHORE "HAVOC" E DEIXE ESCAPAR OS DEUSES DA GUERRA

OPRIT ROBIA ESTABELECEU o seu novo centro de operações numa ilha ao largo da costa oriental do maior continente do hemisfério sul de Ghrain-3. No passado, eles usavam cavernas como esconderijos, mas desta vez escolheram um cânion de fundo plano. Suas estruturas e naves foram obscurecidas sob a cúpula protetora produzida pelos dispositivos de camuflagem Beag-Liath. A instalação era invisível aos olhos do Serefim Presidium no céu.

Um dia, eles receberam informações de um colaborador a bordo do orbitador de que na manhã seguinte um esquadrão paramilitar Serefim estaria caçando na costa de um mar estreito na extremidade leste da NWA-1. Eles planejaram "colher" uma dúzia ou mais de híbridos sapiens.

Os traficantes de escravos consideravam esta área um local favorável para os sapiens porque ficava ao sul da cordilheira Nefilim. Os sapiens desta área nunca cruzaram com os neandertais e, portanto, não poderiam ser portadores da mutação do gigantismo.

No passado, a estratégia de interdição de Oprit Robia era desativar a nave auxiliar Serefim com uma arma EMP antes que qualquer sapiens fosse abduzido. No entanto, esta abordagem tornou-se recentemente menos bem sucedida porque os soldados Serefim estavam sendo equipados com armas de projeteis sólidas semiautomáticas. Sem componentes eletrônicos, essas armas eram imunes às detonações de pulsos eletromagnéticos.

Em duas ocasiões, quando um EMP desativou sua nave, os soldados Serefim simplesmente apontaram suas armas para os sapiens reunidos e os retalharam com os projéteis esferoides de alta potência. Os combatentes do Oprit que testemunharam esta tática rancorosa ficaram horrorizados, mas as suas opções para prevenir a atrocidade foram limitadas pelas suas próprias regras de combate.

---

A capitã Rhea havia pilotado sua nave 4-D a pouco mais de uma hora do esconderijo de Oprit Robia na ilha quando os sensores da nave captaram a assinatura do transporte Serefim. Ela pairou em baixa altitude diretamente acima do sequestro em andamento. Rhea olhou por cima do ombro para Anso e disse:

— Não se preocupe. Estamos totalmente camuflados. Ninguém pode nos ver.

Anso e Josell se espremeram na cabine do piloto. Eles espiaram a tela que ampliava a atividade abaixo. Os soldados Serefim reuniram quatorze sapiens perto da nave de transporte.

Josell disse:

— Eles estão usando aqueles malditos capacetes que silenciam as ondas de choque e explosão sônica.

Anso zombou.

— E se colocarmos nossos blasters na potência máxima, isso confundirá os usuários de capacete e matará os sapiens.

— Existem apenas quatro soldados, — observou Josell. —

Poderíamos eliminar todos eles com armas de partículas carregadas ao mesmo tempo em que disparamos um EMP.

Anso virou-se para o piloto e perguntou:

— Quão perto você pode nos pousar?

— Algumas centenas de metros... Talvez menos, — respondeu Rhea.

— Ok, leve-nos.

— Josell, prepare seus soldados. — Anso lançou-lhe um olhar severo. — E Tenente, por mais que eles prefiram o contrário, apenas tiros atordoantes.

— Entendido. Não vamos matar ninguém hoje. — Com um leve sorriso, o tenente acrescentou: — Caramba, sou o pacifista simbólico de Oprit Robia. Espero que nunca mais matemos ninguém.

A nave encapuzada pousou invisível e inaudível não muito abaixo da nave de transporte Serefim, que estava parada no topo de uma colina suave. A encosta estava coberta de pequenas pedras e grama curta. Não havia nada que interferisse nos disparos de partículas carregadas do caça Oprit.

No momento em que o esquadrão de seis pessoas estava pronto para descer a rampa da nave, a capitã Rhea disse:

— Uh, oh! Esperem um segundo, pessoal. Chefe, você precisa ver isso.

Anso voltou para a cabine e olhou para a tela que Rhea estava batendo com a unha. Ele se virou e imediatamente ordenou:

— Soldados, afastem-se.

Intrigada, Josell perguntou:

— E aí?

Anso acenou para que ela avançasse. Ela se inclinou para dentro da cabine e viu uma nave de assalto Serefim voando em círculos lentos ao redor do PT-24 pousado. O telêmetro no canto superior esquerdo da tela indicava que a nave de assalto estava a pouco mais de quatro quilômetros de distância.

— Eles não podem nos ver, — observou Josell. — Ainda poderíamos fazer isso funcionar. Disparamos o EMP e disparamos nossas partículas carregadas simultaneamente. Os sapiens ficarão apavorados ao verem as cabeças compridas tombando inconscientemente. Eles correrão tão rápido que veremos apenas rastros de poeira.

— Isso pode funcionar. — Com a mão esquerda, Anso apertou os lábios e o queixo. — Ok, vamos escutar por alguns minutos antes de seus soldados atirarem.

Do lado de fora da rampa de saída da nave, o cabo Elana desenrolou um microfone parabólico. Os olhos de Anso se arregalaram no momento em que o dispositivo de escuta foi ligado. Um dos soldados Serefim estava conversando com o sapiens. Ela não era fluente no dialeto do clã, mas suas habilidades linguísticas pareciam bastante funcionais. Juntamente com subornos de frutas e nozes, ela logo fez com que o bando de sapiens se mudasse para embarcar na nave auxiliar por vontade própria.

A tenente Josell disse:

— Cara, gostaria de saber o que ela está dizendo.

— Eu também, — concordou Anso. — Mas posso imaginar a essência.

Enquanto ela carregava o tubo de lançamento com uma bomba EMP, Josell fingiu uma imitação piedosa do provável discurso do traficante de escravos.

— *O grande e poderoso deus do céu precisa da sua ajuda. Ele ficará feliz e abençoará você e sua família. Você sempre terá um lugar quente e seco para dormir e nunca mais sentirá falta de comida.*

Anso sorriu.

— Isso é muito bom... E provavelmente muito perto de certo. — Ele se virou em direção a nave e gritou: — Capitã

Rhea, acione os levitadores. Queremos sair daqui assim que isso for feito.

— Sim, senhor, — veio a resposta ecoada de Rhea lá de dentro.

Josell olhou para sua equipe e perguntou:

— Vocês já escolheram seus alvos?

— Sim, — respondeu Elana.

— Ok, ouçam. A cabo Elana dá o primeiro tiro e todos os outros disparam imediatamente em seguida. Eu direcionei o tubo para colocar o EMP diretamente acima do PT-24. Eu sei que vocês são todos atiradores, mas se por acaso errarem, atirem quantos forem necessários. Todos os soldados Serefim devem cair. Caso contrário, eles poderiam atirar nos sapiens.

Elana mirou no líder do esquadrão Serefim. Seu tiro acertou o alvo. O homem dobrou a cintura e caiu com força, primeiro o capacete, no chão rochoso. Os outros combatentes do Oprit também atingiram a sua presa, mas dois dos soldados torceram-se para o lado quando o seu comandante gritou e caiu. As partículas carregadas atingiram um braço ou ombro. Tiros de choque nas extremidades raramente eram debilitantes. Foi sua grande infelicidade não terem sido derrubados pela rajada original.

Todos, inclusive Anso, atiraram novamente. Os corpos dos soldados sofreram espasmos e contorceram-se descontroladamente quando múltiplos ataques de partículas carregadas causaram a despolarização simultânea de vários milhões de neurônios.

Anso cerrou os dentes, sabendo que aqueles dois soldados estavam quase certamente mortos. Ele só se permitiu um instante de arrependimento. Ele se virou para Josell, que ainda estava ajoelhada perto do tubo de lançamento do PEM.

— Tenente?

— Ele explodiu, senhor. Seus eletrônicos estão cozidos.

— Muito bom.

O bando de híbridos sapiens havia reunido sua inteligência e estava batendo em retirada para o norte. Anso disse:

— Tenente, parece que você estava certo. Não demorou muito para que os sapiens decidissem que este não era o lugar onde eles queriam estar.

Josell havia se levantado e agora estava ombro a ombro com seu comandante.

— Tenho certeza de que eles estão confusos... Até mesmo traumatizados, mas pelo menos estão vivos e livres.

— Sim. — Anso fungou: — E não precisamos carregá-los em uma nave 4-D e enviá-los para uma reserva de Realta-Gorm.

Uma sombra passou por cima. Elana murmurou:

— Ah, não... — Em segundos, a nave de assalto Serefim fechou a brecha e diminuiu a velocidade para pairar cerca de quatrocentos metros atrás do pequeno bando de sapiens em fuga. O cabo começou a gritar: — Desvie o olhar! Tape os olhos!

Um clarão, brilhante como um sol em miniatura, iluminou todo o céu logo ao norte dos caças Oprit. Um momento depois, a onda de concussão derrubou todos os cinco caças e balançou violentamente a pequena nave 4-D. Anso ficou deitado no chão por vários segundos tentando sacudir as teias de aranha. A próxima coisa que ele percebeu foi que estava estendendo a mão para pegar a mão estendida da capitã Rhea.

— O que aconteceu?!

A cor havia sumido do rosto de Rhea.

— Senhor, eles os mataram. Eles mataram os sapiens e voaram para longe... Se estivéssemos mais perto do que quer que fosse aquela explosão, ela também teria nos matado.

Josell semicerrou os olhos, tentando focar os olhos no Serefim PT-24 desativado e sua tripulação. Dois dos soldados atordoados estavam sentados e outros dois estavam de pé, embora com as pernas bambas.

— Anso, eles deixaram seu próprio povo também. Como eles poderiam simplesmente deixá-los aqui?

— Acho que o piloto da nave de assalto percebeu que usamos uma arma EMP e não correríamos o risco de pousar, — respondeu Anso.

— Ei! Preciso de ajuda aqui!

Anso e Josell se viraram para ver Elana ajoelhada ao lado de um dos soldados. O soldado Ren segurava o rosto com as duas mãos.

— Ele não desviou logo o olhar, — explicou Elana.

— Que maldição foi essa? — Josell perguntou.

— Haverá tempo para perguntas mais tarde, — disse Anso com urgência. — Precisamos colocar todos a bordo e sair daqui.

Só então eles ouviram alguém gritar:

— Lá estão eles!

Josell e Anso se viraram para ver que dois soldados Serefim haviam saído de sua nave avariada e apontavam armas para eles. A explosão derrubou as antenas transmissoras de camuflagem – elas eram visíveis!

Josell gritou:

— Ah, merda! Vamos lá pessoal. Vamos!

Os caças Oprit pegaram suas armas caídas e os dispositivos de camuflagem e correram para sua nave. Anso agarrou o soldado cego pelo cotovelo e guiou-o pela rampa. Assim que eles entraram, Anso levantou a voz:

— Estamos prontos para ir?

Naquele momento, um projétil esferoide sólido fez um barulho alto quando bateu na rampa de fechamento.

— Eu certamente espero que sim! — Capitã Rhea respondeu.

Felizmente, a detonação da bomba não desligou os motores em marcha lenta. Rhea direcionou energia para os levitadores antigravitacionais. Houve um atraso momentâneo antes que produzissem repulsão magnética suficiente para erguer a nave em direção ao céu.

Rhea se virou e olhou para Anso. Ela murmurou um silencioso:

— Uau!

Quando a nave atingiu nove mil metros de altitude, Rhea nivelou-se e pilotou a nave num círculo de trinta quilômetros de largura. Ela tinha o dispositivo de camuflagem da nave ativada, mas não tinha certeza se ainda estava operacional. Rhea esperava que os múltiplos sistemas de matriz sensorial de sua nave encontrassem a nave de assalto Serefim. Ela queria colocar os olhos no inimigo antes de ir para o esconderijo na ilha. Embora a sede do Oprit estivesse camuflada, Rhea queria ter certeza de que não levaria uma raposa ao galinheiro.

Quase dez minutos se passaram antes que o radar detectasse a nave de assalto Serefim pousando perto da nave auxiliar PT-24 desativada. Rhea começou a ficar preocupada. Ela disse baixinho:

— Ah, aí está você.

Girando o assento do piloto para ficar de frente para a cabine de passageiros, ela disse:

— Encontrei a nave de assalto. Eles não estão nos seguindo. Nosso dispositivo de camuflagem está funcionando. Podemos ir para casa.

A cabo Elana ergueu os olhos de seu companheiro.

— Quão rápido você pode nos levar até lá?

— Posso nos colocar no solo em pouco mais de uma hora.

— Bom. Não temos nenhum injetor de corticoide no kit médico. — Josell deu um tapinha no ombro do soldado. — Então, dei a ele o dobro da dose normal de inibidor de inflamação não esteroide. Isso pode deixar Ren com o estômago azedo, mas vai ajudar. Ainda assim, devemos levá-lo ao Doc o mais rápido possível.

Deixando cair o queixo quase no peito, Ren disse:
— Eu deveria ter desviado o olhar. Não entendi o que você estava dizendo... Só não sabia o que estava acontecendo.

Elana disse:
— Claro que não. Não há como você perceber isso.
— Cabo, posso dar uma palavrinha? — Anso apontou para a área de armazenamento da nave.

Elana estava ajoelhada ao lado do assento do soldado Ren. Ela se levantou e caminhou até o major. Josell se aproximou e se juntou a eles.

Anso perguntou baixinho:
— Ele vai ficar bem?
— Acho que sim, senhor. As retinas foram queimadas pelo flash, mas não estamos a meio mundo de distância e podemos chegar à enfermaria rapidamente. Doc será capaz de tratar isso.
— Então Elana fez uma careta. — Ele vai ficar muito infeliz. Seus olhos parecerão como se alguém tivesse derramado areia neles, mas essa sensação passará em alguns dias.
— Você acabou de dizer a ele que não havia como ele entender o que estava acontecendo. Bem, a tenente Josell e eu também não entendemos. O que é que foi isso?

Elana tocou os lábios e olhou para trás e para frente entre Josell e Anso.
— Senhor, esse foi um dispositivo de fusão acionado por antimatéria.

A boca de Anso se abriu.

Josell perguntou:
— Como diabos você sabe disso?
— Pura... pura... sorte, — respondeu Elana. — Acontece que vi um artigo científico obscuro escondido em um briefing de inteligência que recebemos da Autoridade Central Oprit Robia alguns kuuk atrás.
— E... — Anso insistiu impacientemente.

— E... Nossos bisbilhoteiros do Serviço de Inteligência descobriram que vários grupos de Domhanianos têm tentado fazer engenharia reversa do dispositivo de pulso eletromagnético Beag-Liath. Uma área de pesquisa levou ao desenvolvimento de uma bomba de reação nuclear segura.

Anso se encolheu.

— Segura!?

— Sinto muito, essa foi uma escolha idiota de palavras. — Elana balançou a cabeça. — Eu disse "segura" porque uma bomba de fusão pura não emite a radiação letal produzida pela fissão. O que é tão fascinante é como o dispositivo é acionado.

Elana havia se retraído em sua vacilação de amante da ciência.

— Eles usam um mecanismo catalisador de antimatéria para... — Ela notou Josell revirar os olhos. — Oh... Muitos detalhes, hein.

— Sim, uhm... Talvez durante o jantar algum dia, — Josell respondeu.

Anso abaixou a cabeça para esconder um sorriso, recompôs-se rapidamente e olhou para Elana.

— Graças a Deus, alguém lê todas as coisas misteriosas dos briefings em casa. E obrigado por pensar tão rápido. Você salvou visão de muita gente hoje. — Ele empurrou o boné para trás e enxugou a testa. — Cabo, quero que você escreva o nosso relatório. Embora não tenham conseguido produzir um dispositivo de pulso eletromagnético, o Presidium transformou em arma uma tecnologia recém-descoberta. Precisamos compartilhar todos os detalhes do que acabamos de testemunhar com nossa equipe de liderança e nosso pessoal no Realta-Gorm. Este dispositivo nuclear pode ser um divisor de águas e, nesse caso, precisamos de um novo plano de jogo.

Eles logo descobririam que o Beag-Liath concordou com a observação "revolucionária" de Anso. Os Beag não acharam graça. Minutos depois que a nave de assalto Serefim pousou perto do PT-24 desativado, uma nave Beag-Liath se desvendou e esmagou ambas as naves Serefim em pedaços irreconhecíveis de lixo.

# CINQUENTA E NOVE
## DERROTA TÁTICA

O COMANDANTE da nave de assalto relatou aos seus superiores no orbitador que o PT-24 provavelmente havia sido desativado por um dispositivo EMP. Poucos minutos depois, quando ela informou que a tripulação do PT-24 também havia sido imobilizada e que os sapiens estavam fugindo, os oficiais do Centro de Comunicações e Monitoramento do T-Taxiarch se amontoaram.

— Comandante, este é o coronel Kabel. Você acredita que a nossa nave e soldados foram atacados por Oprit Robia?

— Sim, senhor. Não conseguimos ver os caças Oprit, mas algo desligou o PT-24 e, segundos depois, os nossos soldados estavam caídos no chão.

— Sim, Oprit Robia usando seus malditos EMP e dispositivos de camuflagem é a única coisa que faz sentido. Mantenha sua posição por um minuto.

O Coronel consultou seus subordinados. Quando voltou a ficar on-line, disse:

— Comandante, acreditamos que a melhor maneira de ensinar a Oprit Robia que estamos falando sério e parar de interferir em nossas operações é eliminar o sapiens.

— Tudo bem, — respondeu o comandante da nave de assalto, hesitante.

— Você consegue ver os sapiens e eles são fáceis de atingir?

— Sim, senhor, isso não é um problema.

— Você tem suas ordens, comandante. Coloque tudo no feed de vídeo.

— Sim, senhor.

O flash de luz branca da pequena bomba de fusão sobrecarregou momentaneamente a câmera da nave de assalto. Quando foi reiniciado, a lente estava focada nos restos fumegantes do sapiens carbonizado. Todos os policiais do Centro de Comunicações e Monitoramento ficaram paralisados com o que viam na tela de vídeo. Um deles assobiou baixinho, mas não houve gritos de comemoração.

O Coronel Kabel acreditava ter acabado de testemunhar o primeiro uso de uma bomba de fusão em combate. Ele grunhiu.

— Acho que isso pode fazer os terroristas do Oprit hesitarem.

Todos continuaram observando enquanto a nave de assalto se preparava para um pouso suave. Eles viram a tripulação da nave trotar para prestar ajuda aos soldados que se recuperavam lentamente e que haviam sido atingidos por armas de partículas carregadas e depois abalados pela explosão nuclear em miniatura.

Quando Kabel viu o comandante e o piloto saindo correndo da nave de assalto, ele se inclinou em direção à tela e disse:

— Agora, o que está acontecendo?

A câmera da nave fez uma panorâmica automática em direção ao céu e focou em uma nave de aparência bizarra pairando no alto. O Coronel levantou-se de um salto.

— O que...?

De repente, o vídeo piscou e as imagens foram substituídas por uma tela verde-acinzentada. O coronel Kabel sabia a resposta à sua pergunta antes que todas as palavras saíssem de sua boca.

— Lance naves de resgate agora! — Ele gritou. — E alguém encontre o Brigadeiro Migael!

Ele desabou na cadeira, colocou os cotovelos sobre a mesa e enterrou o rosto nas mãos.

---

O ataque Beag-Liath surpreendeu todos no T-Taxiarch, incluindo o Brigadeiro Migael. Os líderes militares Serefim nunca tinham pensado na forma como o Beag-Liath poderia responder à implantação de armas de fissão nuclear.

Algumas horas depois das tripulações das naves encalhadas terem sido recuperadas, o Chefe Razel e um punhado de analistas dos Serviços de Inteligência Serefim reuniram-se com Migael e o seu corpo de oficiais. Razel ofereceu uma observação especulativa.

— É possível que o ataque de Beag não tenha sido uma resposta ao uso de um dispositivo nuclear.

Migael recostou-se na cadeira e estendeu as mãos.

— Então o quê?

Razel gesticulou em direção a uma de seus funcionários.

— A analista Pen tem algumas ideias.

Ela pigarreou e disse:

— Sim, obrigada, chefe. É difícil para nós entendermos como os Beag-Liath pensam, por isso devemos ter cuidado ao atribuir motivos Domhanianos às suas ações. Mas parece claro que o seu cão nesta caçada é uma preocupação para os híbridos sapiens. Especificamente, aqueles que realocamos para trabalhar em nossos setores de serviços.

Pen olhou ao redor da sala e viu expressões duvidosas nos rostos dos oficiais militares de Serefim. Ela sabia que precisava agir com cautela em relação à ética e à moralidade do comércio de escravos.

— Dado que os Beag quase certamente têm defesas contra as nossas bombas de fissão, o nosso armamento provavelmente não os preocupa tanto quanto as nossas táticas.

O Coronel Kabel entendeu onde isso ia dar. Ele se afastou da mesa cerca de meio metro, cruzou os braços sobre o peito e inchou como um sapo. Pen olhou para ele e rapidamente desviou o olhar. Ela respirou fundo e se virou para seu chefe. O Chefe Razel ficou tão indignado com o que considerava uma tomada desenfreada de vidas inocentes que não teve confiança em si mesmo para falar. Ele gesticulou para Pen continuar.

— Não estou dizendo que alguém fez algo errado hoje. — Suas palavras desmentiam o fato de que ela acreditava absolutamente que era errado bombardear os sapiens em fuga. — O que estou dizendo é que, dada a resposta de Beag-Liath, precisamos conversar sobre a nossa estratégia global.

O Brigadeiro Migael tamborilava ritmicamente os dedos sobre a mesa. Todos se voltaram para ele.

— Talvez devêssemos. Mas, não esqueçamos, se os malditos terroristas do Oprit não tivessem interferido, não teria havido necessidade de matar nenhum sapes.

*Sapes... ele apenas os chamou de sapes!* Tudo o que o Chefe Razel pôde fazer foi não gritar: "Suas cabeças estão tão cheias de merda"! Ele soltou um suspiro forte e disse:

— Parece que dois de nossos soldados foram mortos com armas de partículas carregadas, sendo que antes de prepararmos uma lista de opções para consideração do Grão-Mestre, precisamos receber e estudar o relatório analítico final. — Ele empurrou a cadeira para trás da mesa. — E preciso de algum tempo para pensar sobre tudo isso. Sugiro que adiemos por enquanto. Quando nos reunirmos novamente para discutir nossa resposta, caberia a nós abordar a questão estratégica abrangente que a analista Pen levantou.

Razel não esperou que alguém concordasse ou discordasse de sua sugestão de encerramento. Ele se levantou, pegou seu foliopad e comunicador, virou-se e saiu da sala.

# SESSENTA
## NA MIRA DO ALVO

*~Ramuell~*

— EU NÃO ENTENDI toda aquela coisa de camuflagem e adaga. — Semyaza torceu os lábios para o lado. — Bem, não no início, de qualquer maneira.

— Tive a mesma experiência da última vez que estive lá. Trace não queria que fôssemos vistos juntos no Torus-1.

— Ramuell, acho que minha experiência foi elevada ao próximo nível. Trace nem me deixou encontrá-lo no orbitador.

Azazel se inclinou para frente, colocando os braços cruzados sobre a mesa.

— Então, onde vocês se conheceram?

— Para começar, seu convite parecia mais uma convocação. Era uma nota manuscrita entregue por um tripulante da nossa nave de abastecimento. — Semyaza ergueu um dedo. — E fica mais estranho. Quando cheguei ao orbitador desembarquei no Porto-4 no Torus-4. Fui recebido por uma jovem que eu não conhecia. Ela me acompanhou até Torus-4 Port-6. Não havia agentes no balcão de Identificação e Verificação e o foyer estava escuro. Ela acenou para que eu passasse pela porta aberta diretamente para uma pequena nave auxiliar. Trace era a única pessoa a bordo... Sentado no assento do piloto.

Azazel se encolheu.

— O quê? Eu não sabia que Trace era piloto!

Semyaza balançou a cabeça.

— E nós o conhecemos há décadas.

— Me faz pensar que outros segredos ele está guardando.

Semyaza apontou para meu foliopad.

— Seu banco de dados pode não ter memória suficiente para armazenar todos os segredos daquele homem.

— Estou feliz que ele esteja do nosso lado, — murmurou Azazel. Ele bufou e acrescentou: — Pelo menos espero que esteja.

Semyaza riu.

— Ele deve estar. Voamos até um de nossos telescópios em órbita. No caminho de ida e volta, ele compartilhou os detalhes do que está acontecendo.

— O que é? — Eu insisti.

— Ram, esta informação é principalmente para você. Trace não sabia como entregá-lo com segurança, então sou seu mensageiro.

— Ah, ah. Parece que estou na mira.

Semyaza me estudou por um momento.

— Ele pensa que você está.

---

Pelo que Trace disse a Semyaza, parece que Elyon agora agrupa Oprit Robia e Beag-Liath como sabotadores e terroristas. Elyon acredita que eles estão trabalhando em sincronia entre si, o que não é verdade. Mas dada a sequência de eventos que levaram à destruição da nave de assalto Serefim e do PT-24 há um ano, tenho certeza de que é impossível desiludir o Grão-Mestre dessa noção.

Aqui está o que Azazel e eu descobrimos com Semyaza: O Grão-Mestre Elyon, o Brigadeiro Migael e o Chefe Razel se reuniram recentemente para discutir sua estratégia de sequestro de sapiens. (Trace não estava presente nesta reunião. Presumo que tenha sido Razel quem compartilhou os detalhes com ele.) O Serefim Presidium começou a implantar simultaneamente pelo menos uma dúzia de naves de transporte para procurar e capturar pequenos bandos de híbridos sapiens. As naves de assalto costumam acompanhar os transportes. Estou certo de que esta estratégia terá mais sucesso em escapar de Oprit Robia.

Elyon está ciente de que os sabotadores do clã do rio Tk-2 eram radicais de Froitas. De acordo com Trace, o Grão-Mestre está furioso com esse desenvolvimento, sendo que é impotente para fazer qualquer coisa a respeito. Penso que a impotência e a megalomania são uma mistura perigosamente volátil.

O Grão-Mestre está desapontado e aparentemente até se sente traído pela resposta anêmica aos esforços de recrutamento dos militares Serefim em Froitas. Eles recrutaram poucas pessoas até agora. Pelo que entendi, alguns recém-chegados ao T-Taxiarch são, na verdade, de Domhan Siol. Não sei quantos podem ser.

Começo a pensar que Elyon e Migael não descobriram muito com a desventura que precipitou o seu banimento para Froitas. Uma implantação em todo o planeta para proteger as instalações de superfície requer muito mais tropas do que as que têm atualmente disponíveis. Eu discuti isso com Ipos. Ele acredita que seria necessária uma força de pelo menos 3.500 pessoas para criar um nível de controle de estado policial sobre todos os postos avançados de superfície. A Ipos está convencida de que algumas das operações mineiras também teriam de ser ocupadas porque o Presidium não goza de tanto apoio entre os mineiros como estes poderiam acreditar. Isto pode ser particularmente verdade após a ampla distribuição dos infames vídeos de tortura. No entanto, o Brigadeiro Migael tem como alvo uma força de apenas dois mil soldados. Quando chegarem a esse número, acredito que teremos mais uma briga. Pelo menos por enquanto, Elyon é como um vulcão expelindo vapor e fumaça, mas ainda não em plena erupção. Ele espera ação, mas exige apenas planos de retaliação. Trace postula que ataques de retaliação terão como alvo três entidades.

Oprit Robia – As queixas do Grão-Mestre com Oprit Robia são extensas: a detenção e o julgamento público do pessoal do centro de tortura. A distribuição de milhares de flashdots com vídeos dos torturadores em ação. As suas interdições contínuas e muitas vezes bem-sucedidas de realocações sapiens.

Beag-Liath – Parece que Elyon entende que qualquer retaliação dirigida a Beag-Liath é um empreendimento de alto risco. No entanto, ordenou ao Brigadeiro Migael que desenvolvesse um plano para demonstrar que o Serefim Presidium pode defender-se e pode ser um adversário formidável. (Trace deu a entender que o Chefe Razel, chefe dos Serviços de Inteligência Serefim, considera isso uma missão tola.)

Projeto Nefilim (eu em particular) – Elyon não confiou em nós nem um pouco desde seu retorno ao poder. Ele sempre zombou do jugo de "não interferir no Projeto Nefilim" que a Diretoria de Lei e Ordem lhe impôs. Em duas ocasiões, o pessoal do Projeto envolveu-se em conflito direto com unidades paramilitares de Serefim. A primeira ocasião foi apenas uma briga, embora o líder do esquadrão Serefim tenha tido que engolir um pouco de orgulho. O encontro mais recente resultou na destruição de uma nave de transporte Serefim e em várias vítimas, incluindo quatro mortes.

Trace sabe dos nossos esforços para fornecer equipamentos e suprimentos para o Projeto Nefilim continuar nossa missão sem o apoio logístico do orbitador. Não creio que ele esteja ciente da extensão dos nossos esforços, nem do quanto escondemos no cume fly-it-out. Isso é bom porque ele disse a Semyaza que planeia redobrar os esforços para nos abastecer com equipamento e armamento. Ele já providenciou a transferência de outro quadricóptero para o Projeto. Estou emocionado com isso!

Finalmente, Trace enfatizou para Semyaza que o Grão-Mestre pintou um alvo nas minhas costas. Trace tem certeza de que estou em perigo considerável. Acredito que ele também esteja. Se os seus esforços em nome do Projeto Nefilim forem descobertos, bem...

# SESSENTA E UM
## UM DIA RUIM NO COMÉRCIO DE ESCRAVOS

ACONTECE que o Major Anso acertou em cheio quando previu que o lançamento de bombas de fissão pelo Presidium seria uma mudança de jogo. Não foi tanto a tecnologia em si, sendo que foi mais pela forma como os paramilitares de Serefim usaram as armas que mudou a dinâmica da guerra. Sempre que as equipes Oprit conseguiam interromper os raptos em curso, as forças Serefim simplesmente matavam todos os sapiens cativos com bombas de fissão ou armas convencionais.

Anso foi chamado de volta a Realta-Gorm 4 para se reunir com o conselho de liderança de Oprit Robia. Após a tortura de seus combatentes, muitos membros do conselho tornaram-se muito mais belicosos. Dizer que os relatórios que estavam recebendo do Ghrain-3 pulverizaram combustível naquele incêndio seria um eufemismo. O massacre rancoroso de sapiens inocentes foi simplesmente, uma ponte longe demais.

O major passou dois dias partilhando relatórios e discutindo a situação com os líderes de Oprit Robia. Para o próximo undecim, ele se reuniu com uma equipe de estrategistas militares. Eles usaram uma série de estratégias diferentes, todas muito mais agressivas do que as táticas que Anso e os combatentes Oprit haviam empregado anteriormente.

Anso retornou a Ghrain-3 com Nanzy, Imamiah, o vereador de Oprit Robia, Rael, e uma dúzia de caixas de dispositivos altamente explosivos propelidos por foguete. O Presidiam aumentou a aposta. Oprit Robia planejou aumentar ainda mais as apostas.

---

O esquadrão Oprit de oito pessoas montou uma série de dispositivos de camuflagem em torno de sua nave 4-D. Escondidos à vista de todos, eles olharam para uma paisagem árida salpicada de grama e arbustos ocasionais na altura dos joelhos. Eles estavam observando uma unidade de soldados paramilitares Serefim cercando uma dúzia de sapiens.

— Senhor, os soldados não estão usando os capacetes.

— Isso é surpreendente, — respondeu o major Anso. — Isso pode tornar as coisas um pouco mais fáceis. Cabo coloque um EMP sobre a nave de transporte.

— Sim, senhor, — Elana respondeu.

— Capitão Davel, assim que o EMP detonar faça com que seus soldados atordoem todos com explosões sônicas.

— Tem certeza de que não queremos apenas derrubar os soldados com tiros de partículas carregadas?

Anso empurrou o capacete para trás e esfregou a testa.

— Não. Da última vez que tentamos, tivemos que dar um segundo tiro e acabamos matando alguns de seus caras. Como eles não estão usando esses capacetes, os blasters são a coisa certa... e mais seguros.

— Ok. E a nave de assalto? — Davel perguntou.

— Quando eles descobrirem o que está acontecendo, farão um sobrevoo. Derrube-a com um foguete.

Davel estreitou os olhos e estudou a cena.

— Tudo bem, já que os soldados e os sapiens estarão todos próximos uns dos outros, a nave de assalto não disparará uma de suas bombas e correrá o risco de matar os seus.

Anso olhou para o capitão com ceticismo.

— Ahh... Entendo... Não sabemos disso, não é? Ok, vou acertá-los quando eles se aproximarem.

Segundos depois da detonação do EMP e das explosões sônicas incapacitarem os soldados Serefim, a nave de assalto fez uma curva abrupta. Os canhões da nave dispararam uma salva de munições explosivas. Foi uma chuva de tiros selvagens, na esperança de um golpe de sorte na nave Oprit camuflada. Claro, se eles disparassem granadas suficientes que cobrissem terreno suficiente, não era uma questão de sorte, era uma questão de tempo até que uma das munições encontrasse o alvo invisível.

— Merda! — Davel ergueu o lançador de foguetes no ombro.

Embora sua linha de fogo fosse quase perfeita, o alcance do foguete não era. Ficou aquém. O rastro de fumaça do foguete deu ao artilheiro da nave de assalto um alvo.

— Correm! — Anso gritou. — Dispersem-se!

A sempre cautelosa capitã Rhea vinha sentindo um formigamento no sexto sentido há vários minutos. Ela já havia ativado o antigravitacional. No instante em que viu o que estava acontecendo, Rhea lançou sua nave camuflada no ar algumas centenas de metros e voou pelo menos um quilômetro de distância antes de colocá-la de volta no chão.

Os caças Oprit, aparecendo de repente como num passe de mágica, correndo em todas as direções, devem ter confundido a tripulação da nave de assalto. O que eles fizeram a seguir foi inexplicável. Eles tinham visto o rastro de fumaça revelador do foguete que Davel havia disparado, mas em vez de recuar diante da ameaça de foguetes adicionais, eles dispararam pelo menos meia dúzia de granadas contra os combatentes Oprit em pânico.

Foi uma grande infelicidade para eles que o capitão Davel não tenha entrado em pânico. Ele recarregou, respirou fundo e lançou outro foguete. A nave de assalto havia se aproximado a oitocentos metros. Ele oscilou quando o míssil atravessou sua barriga. Um segundo depois, uma ruptura aberta apareceu e chamas brancas saíram do buraco. Dois segundos depois disso, a onda sonora chegou aos ouvidos de Davel. Foi assustador.

Os antigravitacionais da nave perderam força e ela tombou de ponta a ponta. Quando bateu no chão, dividiu-se quase completamente em duas. Todos os soldados do Oprit gritaram, exceto Nanzy. Ela ficou deitada no chão gemendo enquanto o sangue se acumulava em suas pernas.

Embora seus ouvidos estivessem zumbindo por causa da explosão, a tenente Josell sentiu a agonia de sua compatriota. Ela correu e caiu de joelhos e viu onde um fragmento de granada havia rasgado o tendão da coxa de Nanzy.

— **Preciso de ajuda aqui!**

Elana, embora a quase cem metros de distância, foi a primeira a compreender o que havia acontecido. Ela pegou o comunicador do cinto.

— Rhea, traga a nave de volta aqui! Precisamos do kit médico!

— Entendi, — foi a resposta sucinta de Rhea.

Josell soltou a tipoia de lona da arma de partículas carregadas e prendeu-a na parte superior da coxa de Nanzy.

Elana chegou e começou a cortar a perna da calça de Nanzy. O tecido desfiado ainda estava escorrendo muito sangue. Quando Anso correu, Elana jogou a perna da calça para ele e disse:

— Pressione isso contra a ferida... Com força. — Ela então sentou-se de bunda, colocou os pés contra a pélvis de Nanzy, agarrou o torniquete e puxou-o ainda mais forte.

Nanzy não havia perdido a consciência. Ela intercalou chupando os dentes com gemidos baixos.

— O quê!? Você veio de Realta-Gorm para tentar arrancar sua perna? — Embora parecesse uma provocação, Anso estava na verdade tentando determinar o estado de espírito de Nanzy.

Com os olhos bem fechados e os dentes cerrados, Nanzy disse:

— Sim, e você está pagando as contas médicas, idiota.

Anso fez sinal de positivo para Elana. Ele disse a Nanzy:

— Rhea está trazendo o kit médico. Vamos lhe dar uma chance e tirá-la daqui rapidamente.

Quando se levantou e olhou em volta, Anso viu que a tenente Josell estava cuidando de alguns outros soldados com ferimentos leves.

Rhea trotou e colocou o kit médico aos pés de Anso.

— Suponho que uma nave de resgate Serefim já tenha sido enviado. A localização do orbitador é de oitenta graus WNW, o que significa que eles podem chegar aqui em menos de uma hora.

— Tão cedo? — Anso se virou e gritou: — Tenente, traga todos a bordo. Temos apenas alguns minutos.

Ele se virou para Davel.

— Capitão, pegue a maca da nave.

— Sim, senhor! — Davel correu para a nave e subiu a rampa.

Cinco minutos depois, os dois homens sedaram Nanzy e amarraram-na à maca. Enquanto eles a arrastavam em direção a nave, Davel disse:

— Senhor, gostaria de ver a nave de assalto abatido para descobrir que tipo de dano nosso foguete causou.

— Não temos tempo. Rhea me disse que é possível que a nave de resgate Serefim chegue aqui em menos de uma hora.

Davel acenou com a cabeça:

— Então acho que você deveria deixar para mim e a outra pessoa, um dispositivo de camuflagem.

— O quê!?

— Devíamos ter alguém aqui para monitorar os sapiens. Quando eles despertam, não queremos que eles permaneçam atordoados e intimidados.

— Ugh, eu não tinha pensado nisso... Depois dessa tempestade, temos certeza de que não queremos que a nave de resgate os leve para um campo de escravos.

— Chefe, com alguns foguetes e uma arma de partículas carregadas, ficaremos bem. Podemos afastar-nos algumas centenas de metros e ativar o dispositivo de camuflagem. Os soldados Serefim nunca vão adivinhar que ainda estamos aqui.

— Eu não sei. É terrivelmente arriscado.

— Também é arriscado deixar os sapiens sozinhos, — rebateu Davel.

Eles subiram a rampa da nave e pousaram a maca. Dois dos soldados começaram a prendê-lo com grampos embutidos no chão.

— Capitã, ela vai ficar bem? — Um dos soldados perguntou.

Rhea girou o assento do piloto e disse:

— Sim, não deve ser um voo de volta difícil.

Anso apontou a cabeça em direção à porta ainda aberta, fazendo sinal para que Davel o seguisse pela rampa.

— Ok, se fosse qualquer outra pessoa, eu provavelmente diria de jeito nenhum, mas você está certo, devemos garantir que os sapiens se recuperem e fujam em segurança. Quem você quer que fique com você?

— Seria melhor deixar Trey se ele estiver disposto. Mas ele não deve ser coagido.

—Coagido? Não, ele ficará emocionado.

Trey e Davel tinham acabado de inspecionar a nave de assalto Serefim destruída quando a nave de resgate do orbitador começou sua descida. Momentos antes de pousar, eles se afastaram do local do acidente e ativaram o dispositivo de camuflagem.

— É improvável que eles nos tenham visto, mas vamos nos afastar um pouco mais, só para garantir, — sugeriu Trey.

Tornados invisíveis pela barreira, os dois homens caminharam quase trezentos metros até o topo de uma encosta suave. Desse ponto de vista, eles tinham uma excelente visão de toda a área. Os soldados Serefim atordoados haviam recuperado o juízo e circulavam em torno de seu PT-24 desativado. Da mesma forma, o grupo de sapiens se recuperou e deslocou-se cerca de quatrocentos metros para o norte. Infelizmente, eles pararam e pareciam confusos sobre o que fazer a seguir.

— Por que eles não estão fugindo? — Davel preocupado.

— Não sei. Você acha que eles ainda estão confusos com a explosão sônica? — Trey perguntou.

— Isso é possível, eu suponho. Também é possível que eles estejam intimidados... Talvez tenham medo de ofender os deuses do céu.

— Merda! Eu gostaria que eles saíssem daqui.

— Especialmente considerando isso. — Davel apontou para quatro tripulantes da nave de resgate caminhando em direção a nave de assalto abatido. — Isso pode ficar feio.

Os soldados Serefim subiram em ambas as metades do casco dividido da nave e encontraram os corpos mutilados dos três tripulantes. Quando os soldados reapareceram, eles voltaram para sua nave. Seu comportamento era combativo.

Trey disse:

— Tenho um mau pressentimento sobre isso.

Os soldados Serefim ficaram amontoados por vários

minutos. Davel assistiu à confabulação através de seus binóculos.

— Eu gostaria de poder ler lábios.

— Isso não adiantaria muito. A maioria deles está de costas.

Davel riu.

— Sim, suponho que um amplificador de som seria mais útil.

Quando a reunião terminou, três soldados começaram a caminhar em direção ao grupo de sapiens. Eles se aproximaram a cinquenta metros, puxaram blasters sônicos dos coldres e dispararam pelo menos uma dúzia de tiros. Nenhum dos sapiens poderia ter sobrevivido. Os soldados nem se preocuparam em ir até lá e verificar o sapiens abatido. Eles guardaram as armas, viraram-se e trotaram de volta para seus camaradas.

Trey e Davel ficaram horrorizados. Trey pegou o lançador de foguetes, mas Davel agarrou o antebraço do amigo.

— Por mais que eu queira, não podemos. O rastro de fumaça do foguete nos denunciará... Eles começariam a atirar na nossa direção. Ainda podemos ter algumas horas antes que uma de nossas naves retorne para nos buscar.

Os ombros de Trey caíram.

— Droga, você está certo. Por que diabos eu trouxe essa maldita coisa em vez de um blaster sônico?

De repente, uma explosão tirou os dois homens do seu torpor.

A fumaça saía pela porta aberta da nave de resgate Serefim.

Davel e Trey se entreolharam com os olhos arregalados.

Alguns segundos depois, uma nave Oprit Robia revelou-se cerca de duzentos metros a sudeste do grupo de soldados Serefim. Três pessoas em frente a nave Oprit soltaram uma saraivada de explosões sônicas. Trey ficou de pé, correu até o dispositivo de camuflagem e desligou-o.

— Se eles não podem nos ver, eles podem atacar esta área.

Dois dos soldados Serefim não foram derrubados pelas explosões sônicas e começaram a correr para se proteger atrás do PT-24 desativado. Davel pegou a arma de partículas carregadas e disparou dois tiros. Um fluxo de partículas carregadas encontrou seu alvo, o outro errou. Quando a soldada viu seu companheiro cair, ela também mergulhou no chão. Davel disparou novamente e errou novamente. A soldada puxou sua arma e apontou para Trey e Davel. Desta vez Davel não tentou ser um atirador. Ele desencadeou uma série de quatro tiros. Pelo menos um deles acertou. A soldada largou a arma e teve convulsões por vários segundos antes de ficar imóvel.

O silêncio surgiu tão abruptamente quanto foi quebrado pela explosão do foguete. Na verdade, não foi totalmente silencioso. A nave em chamas estourou e estalou.

Davel ergueu o binóculo em direção a recém-chegada nave Oprit Robia. Três combatentes trotavam em direção ao grupo de soldados Serefim atordoados. Não havia dúvida de que a mulher escultural liderava o caminho.

— Uau! Esse é a Imamiah.

— Realmente! Quem mais?

— Não consigo distinguir os outros.

Trey ficou de pé.

— Quem quer que sejam, é melhor irmos até lá e ajudá-los a proteger aquele bando de bandidos.

À medida que se aproximavam, Trey disse:

— Fico feliz em ver você aqui tão cedo.

Imamiah fez uma careta.

— Tínhamos acabado de sair da nossa nave quando vimos esses bastardos assassinando os sapiens.

— Queríamos eliminá-los, mas calculamos que demoraria uma ou duas horas até que os reforços chegassem. Como você chegou aqui tão rápido? — Davel perguntou.

— Rhea conseguiu nos contatar alguns minutos depois de

decolar. Ela nos deu suas coordenadas. Embarcamos e lançamos em dez minutos. — Com os braços na cintura, Imamiah fez uma careta para os soldados incapacitados. — Por que diabos eles mataram aqueles sapiens?

— Vingança, — respondeu Davel.

Imamiah pareceu confusa.

— Quatro deles tinham acabado de inspecionar a nave de assalto destruído. Eu o derrubei com um dos foguetes que vocês trouxeram de Realta-Gorm.

Imamiah olhou para os destroços e ergueu as sobrancelhas.

— Eu não esperava que os foguetes fossem tão destrutivos.

— Uau, foi devastador. — Davel balançou a cabeça lentamente. — De qualquer forma, voltando à sua pergunta, quando os quatro soldados retornaram da inspeção da nave acidentada, eles se encontraram com os outros por vários minutos. Então três deles foram até o sapiens e...

— Sim, — Imamiah interrompeu. — Nós testemunhamos a decisão dos bastardos. — Ela observou a cena por um momento. — Ok, devemos algemá-los no pulso e no tornozelo. Sua nave de resgate estará aqui em breve. O que você acha de queimar suas armas?

Trey e Davel trocaram um olhar. Davel disse:

— Na verdade, isso funcionaria... E poderia enviar uma mensagem.

— Falando nisso, Imamiah, você tem algum sinal de emergência em sua nave? — Trey perguntou.

— Eu não tenho certeza. Presumo que sim.

— Tudo bem, enquanto vocês cuidam das armas, vou perguntar ao piloto. Se ele tiver um, vou configurá-lo e inserir uma mensagem no sinal.

— Uma mensagem? — Perguntou Imamiah.

— Curto e gentil, — explicou Trey. — O assassinato será punido.

— Sim, isso é bom. — Ela se inclinou e pegou uma das

armas sólidas de projéteis Serefim e entregou-a a Trey. — Leve isso para a nave. Nosso pessoal em Realta-Gorm precisa ver isso.

Os combatentes do Oprit esconderam o resto das armas do Serefim e uma granada incendiária disparada remotamente dentro do PT-24 desativado. Minutos depois, como as outras duas naves Serefim no local, a nave de transporte tornou-se uma bagunça insolúvel.

---

— Desta vez eles pagam! — A cor da pele de Elyon indicava que a sua pressão arterial estava perigosamente alta. — Alguém lá embaixo sabe onde os terroristas do Oprit estão escondidos. O Projeto Nefilim está infestado de ratos traidores. Comece detendo e interrogando esse grupo. Então siga em frente a partir daí.

Olhando para o Brigadeiro Migael, Trace perguntou:

— Qual é a sua atual força agora?

— Temos cerca de mil e setecentos no T-Taxiarch e mais alguns soldados implantados em vários locais da superfície, — respondeu Migael.

— Você projetou a necessidade de dois mil soldados para realizar uma ação em todo o planeta, correto? — Chefe Razel perguntou.

O brigadeiro mexeu-se desconfortavelmente na cadeira. Ele não quis responder à pergunta.

— Eu não dou a mínima para um bovino! Mil e setecentos terão que servir. Não vamos deixá-los escapar impunes destruindo as nossas naves. Eu quero que algo seja feito! — Elyon estava quase gritando.

Trace e Razel se entreolharam do outro lado da mesa. Ambos haviam registrado que a preocupação de Elyon era com as naves perdidas, e não com os soldados mortos. Razel disse:

— Se é isso que vamos fazer, e dado que não temos o número de tropas necessárias para bloquear todas as nossas instalações de superfície, peço uma operação cirúrgica.

Elyon olhou feio para o chefe dos Serviços de Inteligência Serefim. Ele ficou mais uma vez irritado com a cautela de Razel. O Grão-Mestre queria uma ação ousada e agressiva, mas sabia que sem os números necessários para projetar uma demonstração de força esmagadora, uma implantação em todo o planeta seria arriscada, talvez até condenada.

— Que monte de porcaria. Nossos **amigos** de Froitas adoram compartilhar as frutas, mas não conseguem nem alguns milhares de recrutas para proteger o pomar! — Elyon deu um tapa na mesa. Seu pesado anel de ouro fez um barulho alto. — Eles são inúteis!

Migael falou hesitante:

— Uhm, talvez uma, bem, talvez como sugeriu o Chefe Razel, uma ação direcionada.

— Vise o menino de ouro e sua equipe... E todos os outros nas áreas onde o Projeto Nefilim está ativo, — interrompeu Elyon. — Eu não me importo se tiver que arrastá-los até aqui, um de cada vez, para um interrogatório aprimorado. Garanto que os terroristas do Oprit estão escondidos entre aquele bando de traidores. Quero que Oprit Robia seja encontrada. Quero-os esmagados, totalmente esmagados.

Razel limpou a garganta.

— É possível que não seja apenas a Diretoria de Lei e Ordem que esteja protegendo o **menino de ouro.**

— Significa o quê? — Elyon exigiu.

— O que **significa** que os Beag-Liath também podem estar preocupados com o bem-estar de Ramuell, — explicou Razel.

Trace achou que o tom de Razel era um tanto paternalista. Elyon não pareceu notar.

— Foda-se o Beag-Liath. Encontre o esconderijo do Oprit e

destrua-o! — O Grão-Mestre quase derrubou a mesa quando deu um pulo e saiu furioso da sala.

# SESSENTA E DOIS
## COM CORAÇÕES APERTADOS

*~Ramuell~*

PARECE que estamos no fim da nossa corrida. Estou triste com esta reviravolta, mas não estou surpreso. Trace tentou encontrar uma maneira de me tirar de Ghrain-3 com segurança, sendo que isso nunca iria acontecer. Suponho que se Oprit Robia quisesse me levar embora, eles poderiam ter feito isso, embora eu não fosse. Pelo menos não ainda.

Nos últimos dois dias, o Grupo dos 12 tem se reunido no cume fly-it-out, acima da Escavação #421. Desenvolvemos um plano para continuar o trabalho do Projeto Nefilim usando as pessoas que a Ipos recrutou de Domhan Siol como nossos representantes no terreno. Eles são boas pessoas. Eles são competentes e com a nossa orientação conseguirão fazer isso.

O comunicado de Trace deixou claro que, embora eu seja o alvo número 1, vários outros membros do G-12 também devem se esconder. Mil e duzentos soldados Serefim estão sendo destacados para SWA-7, SEE-2 e NWA-1. Eles estarão nos caçando, sendo que nós sabemos que não passaram pelo protocolo de aclimatação de 120 dias. Se for esse o caso, eles ficaram revezado de ir ao planeta e voltar a estação em poucos dias e não serão uma força muito eficiente. Isso deve tornar mais fácil escapar da captura.

Outras centenas de soldados foram designados para o interior do SCA-3 e SWE-2. Meu palpite é que os quadros estarão no negócio de "realocar" sapiens para alimentar os mercados de comércio de escravos.

Em muitos aspectos, a missão do Projeto Nefilim permanece a mesma. Erradicação da mutação do gigantismo. Mas em vez de uma única missão, agora se transforma em meia dúzia de mini missões. Dividimos, entre aqueles de nós que vamos nos esconder, alguns dos equipamentos e suprimentos que armazenamos no cume fly-it-out.

Azazel e Semyaza vão sofrer muito com nossos desaparecimentos abruptos, embora eu não esteja muito preocupado com eles. Sua influência, tanto aqui quanto no mundo natal, é como os escudos térmicos de uma nave. Não acredito que Elyon ordene a sua detenção. Ele estaria arriscando a intervenção da Diretoria de Lei e Ordem. No entanto, essa carta pode ser a mais fraca da nossa mão. A situação em Domhan Siol é tão complexa e instável, quem sabe se o Secretário Liam poderia novamente enviar uma frota para assumir o controlo do Projeto Ghrain-3? Suponho que Migael poderia enviar naves de assalto Serefim para saudar qualquer frota que chegasse do mundo natal, mas isso seria estúpido. Caso a frota da Lei e da Ordem voltasse armas contra o próprio Orbitador, não haveria maneira de se defender contra esse tipo de ataque. Não, não creio que o Grão-Mestre Elyon ou o Brigadeiro Migael arriscariam uma conflagração apenas para prender alguns diretores de áreas de estudos científicos, mesmo que isso significasse que eu escaparia por entre seus dedos.

Ontem à noite, o Grupo dos 12 sentou-se ao redor de uma

grande fogueira. Muitas histórias foram contadas sobre os primeiros dias do projeto. A alquimia da memória estava em plena exibição. O grupo me lembrou repetidamente que eu era apenas uma criança naquela época. Levei uma surra, mas foi tudo muito divertido. Compreendemos que muitos de nós talvez nunca mais nos vejamos. Nós rimos, nos abraçamos, choramos e nos retiramos com peso, com o coração pesado.

---

Vapula me abraçou ferozmente. Com as duas mãos em meus ombros, ela me segurou com os braços estendidos.

— Ram, vou sentir sua falta. Sim, vou sentir muito a sua falta.

— Tivemos algo especial, não tivemos?

— Sim, sim, tivemos. Ah, eu sabia que nunca poderia substituir Alicia, mas isso não importava nem um pouco para mim. Além disso, tenho algumas décadas de idade mais velha para você.

Isso me fez rir.

— Alicia também era algumas décadas velha demais para mim.

Os olhos de Vapula dançaram.

— Sim, suponho que ela era, hein.

— Vapula, isso foi há muito tempo.

— Foi, e ela sempre será seu primeiro amor.

— E você é meu segundo.

Vapula me abraçou novamente.

— Cuide do seu filho, meu amigo.

Ela se virou e caminhou em direção ao quadricóptero que esperava. Eu sei que ela sentiu que eu a observava, mas ela não olhou para trás. Enxuguei meus olhos molhados, caminhei e montei no veículo para terrenos acidentados atrás de Ipos.

Quatro horas depois, terminamos de instalar uma antena

parabólica de comunicação e enterramos meus baús à prova d'água cheios de suprimentos em um local bem secreto.

Para Ipos serão "discretas" em vez de realmente se esconderem. Ele não precisa desaparecer completamente porque o Presidium não está procurando por eles. Eles nem sabem que ele está no Ghrain-3. Precisamos mantê-lo assim para que ele possa coordenar as atividades do Projeto. Ele também transportará os retrovírus congelados para aqueles de nós que estão escondidos e reabastecendo nossos suprimentos.

Ele me pegou nos braços, bateu nas minhas costas algumas vezes e disse:

— Isso não é um adeus. Entraremos em contato com frequência. Caramba, você vai ficar cansado de ouvir minhas reclamações e gemidos.

Ele me ajudou a colocar minha mochila pesada e por vários minutos me observou descer a trilha em zigue-zague em direção às cavernas do Clã Crow em Blue Rock Canyon. Ele gritou:

— Ei, você com certeza vai morar em um lugar feio, mas alguém tem que fazer isso. — Ele gargalhou, tirou o chapéu e acenou. Um segundo depois, meu amigo estava fora de vista além da borda do cânion.

Ao colocar um pé na frente do outro, uma sensação de tristeza e saudade tomou conta de mim. Eu sabia que Ipos estava certo, nossa despedida não foi um "adeus", o que foi uma bênção. "Adeus" era suficientemente difícil.

---

Até onde sei, a última vez que o Clã Crow viu um Domhanian no cânion foi quando Owan, Inna, Lilith e eu viemos nos despedir de Ru Ta. Não sabemos como a morte de Ru Ta impactou o clã. A sua ausência pode ter tido um efeito dramático na dinâmica do clã.

Ele era o alfa do clã e seu líder de fato. Ele também era um pacifista. Quando visitamos no passado, raramente vimos qualquer tipo de agressão ou hostilidade entre os membros do clã. Da mesma forma, o povo Crow não se envolveu em conflitos entre clãs, a menos que fosse atacado. Acredito que os bandos nômades próximos raramente viajam pelo Blue Rock Canyon, mas quando o fazem, parece que o fazem sem conflito. Pode ter sido esse o caso por causa da influência de Ru Ta. É possível que eles não sejam mais tão pacíficos.

Caminhando pela trilha ao sul, me peguei ruminando sobre que tipo de recepção poderia receber do Clã. Perguntei-me quem teria surgido para substituir a liderança de Ru Ta. Como eles viam os Domhanianos? Eles me receberiam para um longo prazo ou eu seria tratado com hospitalidade como um convidado e depois seria mandado embora? Se o clã não decidisse me adotar, aonde eu iria me esconder das forças de segurança de Serefim?

Cerca de dois terços do caminho para dentro do cânion, parei por alguns minutos, tirei minha mochila e bebi meio litro de água. Também tirei meu blaster sônico do coldre e o escondi na mochila. Eu programei para a configuração de atordoamento de campo amplo. Embora eu não esperasse um problema sério, se fosse recebido com extrema hostilidade, uma explosão impressionante me daria tempo de recuar para um local seguro.

O fim do verão estava próximo. O ar tinha um frescor maravilhoso e as árvores e a grama pintavam o fundo do cânion em muitos tons de verdes e amarelos vibrantes. Deleitei-me com a beleza ao me aproximar do final da trilha, mas no fundo da minha mente, temia o frio intenso do kuuk à frente. Esta seria a primeira vez que tentaria suportar um inverno Ghrain-3 sem edifícios aquecidos de forma elétrica. Eu entendi que poderia ser uma provação difícil.

Quando eu ainda estava a uns quatrocentos metros de

distância, vi um pequeno contingente de sapiens emergir do bosque à beira do rio. Eles estavam em um prado coberto de grama exuberante. Parecia que pelo menos um dos sapiens tinha visão boa o suficiente para me reconhecer. Eu podia vê-los gesticulando e ouvi sua conversa. Alguns deles olharam para a trilha e iniciaram uma onda lenta e rítmica que começava na cintura e se estendia até a ponta dos dedos estendidos. Soltei um suspiro feliz de alívio e tentei imitar a saudação deles da melhor maneira que pude. Vários membros do clã riram do meu esforço desajeitado.

O grupo seguiu em frente e me encontrou no final da trilha, não muito longe das pedras onde Rarus havia sido assassinado pelos soldados Serefim anos atrás. Havia seis membros do clã na festa de saudação. Um homem idoso, pelos padrões sapiens, estava no centro. Shiya, radiante, estava à sua direita.

O homem deu um passo à frente e bateu no peito com a mão aberta.

— Dahl. — Ele sorriu e acenou com a cabeça e a maior parte do tronco. Ele estendeu a mão, bateu suavemente em meu peito com a ponta dos dedos e disse: — Ramuell.

Fiquei emocionado por ele ter lidado com a apresentação. Nós nos conhecemos, mas já fazia muito tempo e eu não tinha certeza do nome dele. Quando ele se virou e gesticulou para seus companheiros, Shiya pulou para frente. Ela me agarrou em um abraço firme e balançou para frente e para trás. Eu ri. Ela recuou alguns centímetros, estudou meu rosto e depois acariciou lentamente meu queixo com as duas mãos.

Shiya se virou e fez o mesmo gesto aberto que Dahl fez para os outros recepcionistas. Achei engraçado que eles se adiantaram e ofereceram a mão voltada para cima para um toque de palma Domhaniano. Eu não tinha certeza se o Clã Crow havia adotado a saudação Domhaniana ou se palmas voltadas para cima estavam sendo oferecidas a mim como um título honorífico.

Quando o grupo se virou e começou a voltar para o bosque, Shiya pegou minha mão e me puxou. Ouvi atentamente o que estava sendo dito e fiquei satisfeito por ter entendido muitas palavras e frases. Com tempo suficiente, eu seria capaz de dominar o dialeto Crow. Naquele dia, a dúvida que eu tinha era se eu teria ou não tempo suficiente.

---

Uma grande fogueira estalou e estalou no centro do acampamento ribeirinho do Clã. Quatro jovens embrulhavam peixes recém pescados em grossas folhas de capim do rio e dois adultos os colocavam nas brasas à beira do fogo. Por mais primitivos que fossem, os sapiens sabem e entendem muitas coisas.

Há mais de mil anos, quando os Domhanianos começaram a estudar espécies em Ghrain-3, observou-se que três espécies de hominídeos dominavam o fogo. O consumo de carne cozida resultou num cérebro aproximadamente 20% maior e num intestino 20% menor do que as numerosas espécies herbívoras de primatas que não cozinham no planeta. Provavelmente não teríamos realizado melhorias genéticas neste planeta se não tivéssemos encontrado usuários do fogo.

Quando tirei minha mochila e a coloquei no chão, uma mulher se aproximou com um dos peixes cozidos. Com um movimento de cabeça, ela me sinalizou para sentar em um tronco próximo. Ela colocou o peixe ao meu lado. Estudei-a por um segundo e percebi que ela era bem jovem. Claro, todos os membros do clã são jovens pelos cálculos Domhanianos.

Ela bateu no peito com a mão aberta e disse:
— Sinepo.
Imitei o gesto dela e disse:
— Ramuell.

Um sorriso conhecedor brilhou em seu rosto. Ficou claro que seu pensamento tácito era: "Sim, eu sei quem você é".

Shiya, que não havia se sentado, gesticulou em direção à refeição e disse:

— Coma, coma.

Quando retirei as folhas, encontrei um peixe de corpo estreito, com cerca de quarenta centímetros de comprimento. Não havia sido eviscerado, mas a carne se desprendeu facilmente dos ossos. Quando dei uma mordida, Shiya ergueu um dedo e disse:

— Espere. — Ela foi até outro tronco no lado oposto do fogo e voltou com uma pedra plana que continha uma variedade de sementes de grama esmagadas. Ela pegou algumas pitadas e borrifou a mistura no meu peixe. As sementes adicionaram um sabor parecido com uma mistura de erva-doce e endro. O peixe não era salgado e eu não tinha certeza se o clã não usava sal ou simplesmente o evitava para esse tipo de cozimento.

Embora eu fingisse não notar, os membros do clã não se envergonhavam de observar cada movimento meu. Não houve olhares furtivos. A maioria deles apenas olhou. Quando terminei, coloquei o peixe de lado, sorri para os cozinheiros e disse no dialeto Crow:

— Bom. — Esfreguei minha barriga. —Obrigado. — Eu não sabia como dizer: "Eu estava com fome".

Duas crianças pequenas se aproximaram da carcaça de peixe descartada e a pegaram timidamente. Um deles abriu a cavidade abdominal e retirou as entranhas. Com o indicador e o polegar, ela retirou a matéria fecal do intestino. Depois, rasgando o globo de órgãos em dois, ela entregou metade para a criança mais nova, que jogou a cabeça para trás e engoliu o que claramente considerava um tratamento especial.

Claro! Essas pessoas evitam a fome, evitam a inanição, comendo o que está disponível. Eles nem sonhariam em jogar fora uma fonte tão rica de proteínas. Olhei para cima e encontrei o olhar de Shiya. Sorri com minha nova compreensão. Ela piscou para mim... Ela realmente piscou!

---

Estou com o Clã Crow há três anos. Ninguém sugeriu que eu fosse embora... Pelo menos ainda não. Pelo contrário, eles têm sido bastante hospitaleiros. Estou satisfeito por eles não estarem me tratando como uma espécie de deus do céu. Há uma certa deferência, com certeza, sendo que não é de forma alguma veneração.

Ficamos a maior parte do tempo no acampamento ribeirinho. Os sapiens têm um talento incrível para prever mudanças climáticas. Tivemos duas tempestades e horas antes de elas chegarem, os membros do clã empacotaram seus pertences e se mudaram para as cavernas no lado norte do cânion.

As cavernas estão localizadas em uma plataforma de cinco a seis metros verticais acima do fundo do cânion. Tem cerca de dez metros de largura e serve de alpendre e parque infantil. As cavernas usadas como alojamentos são bastante cômodos.

Os membros do clã me forneceram peles grossas como cama. Fico feliz por essa cortesia, pois não queria usar meu saco de dormir e colchão de espuma. Devo ser cauteloso com as tecnologias que utilizo.

Só por estar aqui, exponho o Clã Crow a itens e ideias que **afetarão** sua evolução cultural. Não posso evitar isso, mas posso ter cuidado. Por exemplo, não permiti que ninguém me visse usar um spray desinfetante/pesticida nas peles de dormir. Sei que o uso desses produtos químicos pode ser quase antiético, mas coçar por causa das picadas de pulga sem parar é provavelmente mais do que eu poderia suportar. Este primeiro ano vai ser bastante difícil!

Conheci o povo Crow pela primeira vez com Azazel, Owan, Rarus e Samael não muito depois de minha chegada em Ghrain-3. Ficamos nas cavernas do Clã por vários dias durante uma forte tempestade de verão. Naquela época, como agora, os membros do clã adoravam me ensinar o vocabulário de seu idioma. Dois membros do clã parecem ter assumido como missão melhorar minhas limitadas habilidades de comunicação. Anbron, uma garota à beira da adolescência, e um jovem chamado Maponus são meus professores.

Dahl e Shiya assistem as minhas aulas de idiomas à distância. Eles sorriem de forma encorajadora e às vezes riem dos meus fracos esforços, mas não intercedem. Eu ponderei sobre essa dinâmica fascinante. É quase como se uma divisão tácita de trabalho tivesse atribuído aos meus dois jovens amigos a responsabilidade de melhorar minhas habilidades linguísticas.

Suponho que não seja exatamente correto dizer que Shiya não oferece ensino de idiomas. Ela frequentemente me leva em passeios para coletar comida, lenha e outros "suprimentos" para os estoques comunitários do clã. Quando estamos fora, ela geralmente fica quieta. Seu movimento através de árvores e arbustos e em terreno rochoso é quase silencioso. Quando ela fala, é quase sempre para me ensinar a palavra para alguma coisa ou para me mostrar como alguma coisa é feita, como fazer macarrão com peixe debaixo da margem de um rio. Ela me ensinou essa habilidade há alguns anos, mas eu definitivamente precisava de um curso de atualização. Estou aprendendo muito com essas pessoas gentis e de bom coração.

Felizmente, adquiri vocabulário suficiente para explicar que estarei saindo por vários dias, mas pretendo retornar. Amanhã Ipos vai se encontrar na margem sul com um quadricóptero. Faremos um movimento em uma fatia de SCA-3 para coletar amostras de DNA. Então iremos mais para o leste e, por mais que eu odeie isso, despacharemos seis nefilim que foram vistos muito além de seu alcance normal. Não há dúvida de que os brutos gigantes estupraram mulheres sapiens em dois clãs diferentes. Os descendentes resultantes desses acoplamentos serão portadores da mutação do gigantismo. Nós infectaremos esses clãs com retrovírus que causarão esterilidade entre a progênie nefilim.

---

Por capricho, Ipos decidiu caminhar comigo pelo Blue Rock Canyon quando voltamos do SCA-3. Estávamos de bom humor, tendo tido bastante sucesso na nossa missão na região selvagem central do continente.

Mais ou menos na metade da trilha, sentamos em uma pedra para descansar. Ipos disse:

— Vai ser muito mais lento, você sabe.

— O quê?

Ele riu:

— Desculpe... Isso foi meio enigmático, hein. Quero dizer, com tantos funcionários do Projeto escondidos, vamos levar muito mais tempo para encontrar clãs com nefilim.

— Suponho que você esteja certo, mas você e eu tivemos um bom sucesso nesta missão.

— Sim, nós tivemos. Sendo que isso foi muito melhor do que a maioria dos nossos esforços ultimamente.

— Faremos o que for necessário. De qualquer forma, tenho certeza de que Trace descobrirá uma maneira de fazer com que o Presidium cancele a caçada a mim e aos outros em breve.

Uma expressão duvidosa apareceu no rosto de Ipos. Ele fungou e mudou de assunto.

— Você está ansioso para ver seus amigos do Clã Crow?

— Sim, eu estou. É surpreendente o quanto senti falta deles nos últimos dias.

Não contei isso a Ipos, mas enquanto estávamos no interior,

pensei muitas vezes na despedida de Shiya. Pouco antes de eu começar a caminhada pela trilha do lado sul, ela segurou minha mão entre as suas. Ela apertou com uma força surpreendente e balançou meu braço para frente e para trás várias vezes. Ela olhou para mim com uma expressão assustadora, depois se virou e, sem falar, foi embora. Não tenho certeza do que pensar do que quer que ela estivesse me comunicando.

A maior parte do clã nos encontrou a meio caminho entre o rio e a base da curta trilha que levava às cavernas. Fiquei surpreso, talvez até alarmado, ao ver três estranhos entre nós, mas a vivacidade da saudação de todos me tranquilizou. Eu apresentei Ipos. Vários membros do clã se lembraram dele. Alguns se adiantaram para oferecer a palma da mão voltada para cima. Ipos lançou um olhar surpreso em minha direção.

Dahl apresentou nossos visitantes. Mesmo com a minha compreensão imperfeita, estava claro que os três homens eram presenças bem-vindas. Depois de nos instalarmos, Shiya e Dahl vieram e sentaram-se comigo e com Ipos. Eles sabiam que eu não tinha entendido quem eram os visitantes do clã. Desta vez eles explicaram mais devagar e com mais detalhes.

— Ok, acho que entendo o que eles estão dizendo. Esses homens são primos de vários membros do Clã Crow. Eles são de um clã que mora a alguns dias de caminhada ao norte daqui.

— Ah, — Ipos assentiu. — O clã que percorre as florestas cerca de trinta quilômetros ao norte.

— Eu penso que sim.

— Nós os infectamos pouco depois de eu voltar para Ghrain.

— Isso mesmo e não houve descendentes nefilim. Nossos esforços foram bem-sucedidos.

Ipos sorriu.

— Até agora, pelo menos.

Estávamos sentados na borda em frente às cavernas com as pernas penduradas na borda. Dahl grunhiu enquanto se levantava. Quando ele se levantou, ele se inclinou para o lado, parecendo ter torcido o quadril. Ele ergueu a mão aberta e disse:

— Espere.

Ele voltou carregando uma sacola feita com algum tipo de estômago de animal. Ele se ajoelhou e colocou a sacola entre mim e Ipos. Dahl lambeu um dedo, enfiou-o no saco e recuperou-o com uma substância granular dourada. Ele enfiou o dedo na boca.

— Hum.

Dahl gesticulou, instando-nos a fazer o mesmo. Olhei para Ipos e disse:

— Tudo bem.

A bolsa estava cheia de sal. Ipos e eu sorrimos para Dahl e também dissemos:

— Mmm. — O sal dissolveu-se na nossa boca, mas os minúsculos grãos de areia não. Shiya e Dahl riram de nós quando cuspimos várias vezes tentando tirar a areia da língua e dos dentes. Shiya me entregou uma vasilha de tripa de animal cheia de água.

Depois de nos observar enxaguar a boca, Dahl tirou do saco um filé de peixe seco ao sol. Eu não entendi todo o vocabulário, porém o meu domínio limitado do dialeto Crow, juntamente com os gestos de Dahl e Shiya, deixaram claro seu significado. O Clã Crow trocou quatro sacos de peixe salgado e seco por um saco de sal.

— Isso é importante, — observou Ipos. — Aposto que sei o que você escreverá em seu diário esta noite.

— Que é?

— Que esses clãs fazem negócios que sejam mutuamente benéficos, — respondeu Ipos.

— Você está certo sobre isso. Você sabe que é mais

surpreendente para mim é que eles estabeleceram um valor para os itens comercializados que é quase certamente baseado na quantidade de trabalho necessária para produzir os produtos. Um saco de sal para quatro sacos de peixe.

— Na minha primeira noite aqui, eles me serviram um peixe. Shiya polvilhou sementes esmagadas, mas não havia sal. Eu me perguntei se eles ainda não estavam usando sal, mas depois de alguns dias percebi que sim. Foi usado com muita moderação, o que me fez pensar que provavelmente era muito valioso, mas eu não tinha ideia de como foi adquirido. Que eles o obtenham através do comércio, em vez de forrageamento, é, como você diz, muito importante. Aposto que os nossos antropólogos culturais nos diriam que este tipo de negociação baseada no valor é uma das pedras angulares da evolução social.

Ipos perguntou:

— Devo baixar suas anotações em meu foliopad e levá-las à Dra. Lilith?

— Caramba, sim. Eu não tinha pensado nisso. Ela ficará emocionada e saberá o que fazer com tudo isso. Então, como está Lilith?

— Hmm... Ela está bem, eu acho.

— Isso não parece muito convincente.

Ipos franziu a testa.

— Bem, a saúde dela está bem. Ela fica muito ocupada e isso é bom porque acho que ela está sozinha.

— Sozinha?

— Sim, com metade do G-12 escondido e todos os outros no campo ou na NWA-1 a maior parte do tempo, o SWA-7 é um lugar muito mais silencioso. — Ele notou minha expressão desanimada e acrescentou: — Ela fez uma viagem para a Escavação 421 e voltará para lá em breve. Designei Samael para acompanhá-la quando ela estiver fora.

— Sim, isso é bom. Eles são amigos. Esperançosamente, os

cães Serefim serão cancelados e todos nós poderemos voltar ao trabalho no SWA-7 em breve.

Esta foi a segunda vez que fiz esse comentário e pela segunda vez, Ipos olhou para mim como se eu tivesse enlouquecido.

# SESSENTA E TRÊS
## FESTA DO XIXI

*~Ramuell~*

POUCOS DIAS depois da partida de Ipos, os ventos mudaram de sul para oeste. Suponho que vento seja a palavra errada, pois as brisas diárias começavam tarde todas as manhãs e continuavam até o pôr do sol. Esse ar fluía através da grande camada de gelo glacial que cobria as altas montanhas, cerca de mil e duzentos quilômetros a oeste de Blue Rock. Nossa casa no cânion ficava mais fria a cada dia. Abandonamos o acampamento ribeirinho e nos mudamos para as cavernas.

Duas mulheres do clã confeccionaram um traje de couro e pele para mim. É surpreendentemente confortável, sendo que eu temo que as roupas dos sapiens não sejam suficientes para me manter aquecido durante o frio que está por vir. Os Domhanianos evoluíram em um mundo muito mais quente e não estamos preparados para os invernos de Ghrain-3.

Ultimamente temos nos ocupado pescando e usando o sal recentemente adquirido em filés secos. Também estamos arrancando tiras de carne de veado magra de um cervo que os caçadores conseguiram matar.

Esta tarde, dois membros do clã retornaram em um frenesi de excitação. Pensei que talvez estivéssemos correndo algum tipo de perigo, mas percebi que eles estavam mais tontos do que com medo. Depois que a comoção diminuiu, Shiya explicou que amanhã nos juntaríamos a um grupo em uma caçada de um dia inteiro. Não tenho certeza da nossa presa pretendida, mas tenho certeza de que será uma aventura.

Ao amanhecer, ouvi o grupo de caça murmurando do lado de fora da caverna. Arrastei-me para fora das peles da cama e fui direto até a borda para aliviar minha bexiga. Fiquei confuso quando me virei e vi Shiya parada por perto. Ainda não renunciei às minhas sensibilidades Domhanianas sobre modéstia e decoro. Sensibilidades que são ao mesmo tempo implausíveis e irrelevantes dentro de um clã sapien. Se Shiya notou meu rubor, ela não entendeu o que isso implicava ou não achou que fosse digno de comentário. Ela estendeu um saco aberto e, com um aperto, me incentivou a pegar um punhado de frutas secas e sementes quebradas. Prevendo que haveria pouco mais para comer durante várias horas, peguei dois punhados. Ela riu e se virou enquanto eu jogava um punhado na boca.

Os caçadores guardavam todo tipo de ferramentas em sacos de grama trançada. Vi facas cônicas de osso, chifres com pontas afiadas e cabos esculpidos, um par de machados de mão e duas lâminas arredondadas de pedra apoiadas em tiras de couro endurecidas com resina de árvore. Todos no grupo de caça carregavam uma lança com a ponta de um chifre presa em uma das pontas.

Eu não sabia para onde estávamos indo nem quão longe seria a caminhada. Embora eu tenha tentado limitar a exposição do clã à tecnologia Domhaniana, não há como meus pés serem resistentes o suficiente para suportar uma longa caminhada com os sapatos de grama trançada que os membros do clã usam. Talvez eu esteja me exercitando por nada. Quando saí com minhas botas de caminhada, ninguém pareceu se importar nem um pouco. O burburinho de excitação na borda em frente às cavernas não tinha nada a ver com o meu calçado.

Nosso grupo de caça de seis pessoas começou a caminhar pelo desfiladeiro. Tal como acontece com a maioria das atividades físicas, os sapiens estabeleceram um ritmo que parecia consciente da conservação de energia. Em algum nível, talvez intuitivamente, os membros do clã parecem compreender a ligação entre a ingestão calórica e o racionamento de energia. Depois de cerca de uma hora e meia, Maponus acenou para o grupo parar e descansar perto da margem do rio. Comemos uma carne seca salgada e bebemos água do rio.

Sentados em círculo, o grupo realizou o que percebi ser uma sessão de estratégia, embora eu só conseguisse entender trechos da conversa. Pelas gesticulações e olhares penetrantes de nossos dois líderes, percebi que os animais estavam logo depois da próxima curva e a alguma distância da parede do cânion.

Nesta seção do cânion, as paredes são um conjunto de saliências em degraus quebradas por encostas rochosas cobertas por grama na altura dos joelhos. Três plataformas rochosas verticais ascendem do fundo do cânion até a borda. Cada saliência tem cerca de vinte a trinta metros de altura. Senti a adrenalina percorrer meu estômago só de pensar em caçar mamíferos grandes e potencialmente perigosos em um terreno tão perigoso.

Fiquei animado e um pouco aliviado quando os animais apareceram. Nossa presa era um pequeno rebanho de equinos. Eles são grandes o suficiente para serem perigosos, especialmente na base traiçoeira da encosta íngreme entre o primeiro e o segundo penhasco, mas não são tão intimidadores quanto uma manada de bisões ou elefantes.

Maponus convocou uma segunda sessão estratégica

improvisada. Desta vez, Shiya tentou garantir que eu entendesse. Eu não entendi. O grupo riu dos meus fracos esforços. Após sua terceira tentativa de explicação, Shiya riu também. Ela disse:

— Ficaremos juntos. — Ela segurou os dois dedos indicadores lado a lado, indicando proximidade.

Polo, um dos membros mais velhos do clã, com pelo menos trinta anos, e Sinepo continuaram descendo o desfiladeiro. Eles se posicionaram no fundo do desfiladeiro logo abaixo do rebanho que pastava. O resto de nós subiu por uma fenda estreita no penhasco íngreme na base da primeira plataforma. Os equinos nos viram emergir e vários contraíram os ombros e as crinas. Embora nervosos, eles não se intimidaram com a nossa presença.

Shiya me conduziu encosta acima até um ponto no segundo penhasco. Ela apontou as pegadas dos equinos. O rebanho de oito animais desceu até a plataforma através de uma fenda entre as lajes de pedra. Fiquei maravilhado com o quão íngreme foi à descida. Eles são claramente uma espécie que anda por ali de forma segura. Shiya explicou que nosso trabalho era evitar que os animais escapassem de volta para o próximo local.

Com lanças preparadas, Maponus e Raku se aproximaram do rebanho. De repente, os dois homens começaram a gritar, a agitar os braços freneticamente e a saltar para a frente e para trás. Em uníssono, os equinos se assustaram e começaram a galopar em direção ao outro extremo da plataforma. Eles foram cercados por um precipício sem saída. Quando os primeiros animais chegaram à saliência, entraram em pânico e zurraram alto. Resistindo e saltitando, eles se viraram e dispararam em nossa direção.

Com o que parecia uma calma estudada, Maponus e Raku deram vários passos para o lado. Os equinos se espremeram em um rebanho mais apertado e correram entre os dois homens.

Shiya começou a pular para cima e para baixo. Ela arrancou a capa e a girou em círculos acima da cabeça. Seguindo seu exemplo, tirei meu chapéu e acenei enquanto gritava para os animais que atacavam.

O rebanho virou para a direita e correu de volta pelo desfiladeiro na base do segundo penhasco. Primeiro Raku e depois Maponus ficaram atrás dos animais em fuga. Correndo o mais rápido que podiam pelo terreno rochoso, os dois homens começaram a gritar. Quando os equinos se aproximaram da beira do penhasco que descia até o fundo do cânion, os gritos do caçador tornaram-se maníacos. Quando o rebanho começou a se curvar novamente para a direita, Maponus e Raku cortaram a curva fazendo uma curva fechada para a direita. Eles correram em alta velocidade pela encosta íngreme. Raku prendeu o pé em alguma coisa e caiu bem forte. Em menos de dois segundos ele estava de pé novamente, ainda avançando em direção aos animais que agora corriam a menos de dois metros da beira do precipício.

Quando Maponus atacou um dos equinos com sua lança, o equino recuou tentando evitar a arma. Um animal mais jovem, logo atrás, tentou desviar da égua em pânico. As pedras na borda cederam e caíram debaixo dos cascos do jovem equino. Seu zurro soou como um grito quando ultrapassou a borda.

Em sua segunda investida, a ponta da lança de Maponus encontrou a barriga da égua empinada. Raku avançou contra o animal. Logo atrás de seus traiçoeiros cascos dianteiros, ele a empurrou com toda a força, e toda a sua força foi necessária. A égua cambaleou. Quando todo o seu peso caiu sobre a perna traseira esquerda, os ossos da falange quebraram. Ela escorregou pela borda e segundos depois caiu no chão do desfiladeiro. Polo correu até o animal mortalmente ferido e enfiou a lança no olho e no cérebro. Sua miséria terminou em um instante.

Quando Shiya viu o segundo equino passa a borda, ela

correu ao meu lado, agarrou-me pelo braço e me puxou para longe da fenda na face do penhasco. Nós nos escondemos atrás de um arbusto e observamos os seis equinos restantes passarem pela abertura até o próximo desfiladeiro.

A brutalidade da caçada me deixou um pouco enjoado. Shiya, por outro lado, ficou de pé rindo. Ela levantou os braços sobre a cabeça e gritou para Maponus e Raku. Eles se viraram e imitaram seus gritos de comemoração.

Tirei minha bota do ombro, joguei água no rosto e tomei vários goles. O que me parecia bárbaro foi motivo de comemoração entre meus companheiros. Claro que foi! A carne que acabamos de obter significaria a diferença entre a fome e ter reservas de alimentos adequadas para o longo inverno que se avizinhava. Ou talvez significasse apenas que o Clã Crow não teria que comer tantos ratos. De qualquer forma, pude ver que meus amigos estavam emocionados e isso me ajudou a me livrar das minhas dúvidas Domhanianas sobre usar a violência para tirar a vida.

Quando Shiya e eu chegamos ao fundo do cânion, Sinepo já havia usado uma das facas afiadas de pedra para cortar as veias jugulares de ambos os equinos. Polo balançava a pata dianteira do animal menor para frente e para trás, como se estivesse remando um barco. O sangue jorrava do pescoço cortado a cada movimento.

Shiya falou com Sinepo por um momento. Eles olharam para Maponus, que assentiu. Sinepo se virou e saiu trotando de volta pelo desfiladeiro em direção às cavernas do Clã Crow.

— Sinepo pede ajuda, — explicou Shiya.

— Ahh, temos dois animais, não apenas um.

— Ei! — Ela sorriu. — Muita carne!

Raku cortou vários ramos de vinha das árvores na margem do rio. Enrolamos três fios de videira em comprimentos de cerca de três e cinco metros. Shiya usou a faca pontiaguda e uma pedra para abrir um buraco na pele entre o tendão e o longo osso metacarpo na parte inferior das patas traseiras dos equinos. Ela então ampliou os buracos com uma das lâminas afiadas de pedra. Em seguida, ela passou os fios mais curtos de videira pelos buracos e amarrou as pernas com força.

Polo e Maponus confeccionaram cinco arreios usando cordas de videira mais longas. Amarraram dois nas patas do animal menor e três na égua maior. Eu estava fora do meu alcance e não pude fazer nada além de ficar fora do caminho e observar.

A certa altura, ri de mim mesmo por pensar que seria muito mais fácil arrastar os animais se os eviscerássemos. É claro que os sapiens não estripariam os animais. Tudo o que havia nas entranhas dos animais teria alguma utilidade. Então, no momento em que tive esse pensamento, fiquei chocado ao ver Raku pegar uma das lâminas de pedra arredondadas e abrir a parte inferior do abdômen da égua. Ele tirou o estômago e os intestinos. Com alguns cortes rápidos, ele cortou o reto logo acima do ânus. Começando pelo estômago e descendo, Raku espremeu toda a matéria fecal. Fiquei chocado com o quanto ele foi capaz de purgar. Eu estimo que ele aliviou nossa carga em pelo menos cinco a sete quilos.

Quando Raku terminou, Shiya nos levou até o rio, onde lavamos as mãos e os braços. Ela então abriu a sacola de comida. Cada um de nós pegou um punhado de sementes quebradas e frutas secas. De outro saco, Shiya tirou um único pedaço de peixe seco para cada um de nós.

Sentados à margem do rio, comemos a refeição do meio-dia. Nosso ânimo estava elevado e eu estava muito orgulhoso de minha capacidade de acompanhar a conversa. Meu vocabulário é muito limitado para poder contribuir, mas eu estava entendendo muito do que era dito.

Quando terminamos de comer, todos nós bebemos um longo gole de água do rio. Maponus pegou minha vasilha pequena e esvaziou a água, o que me fez perceber que o arraste de volta para as cavernas seria difícil. Precisávamos perder cada grama possível.

Para isso, reunimos as ferramentas, embalamos e deixamos no meio da calçada. Eles são valiosos demais para serem descartados e alguém do clã retornaria para recuperá-los.

Os predadores seriam capazes de sentir o cheiro do sangue das nossas matanças. Por isso não abandonamos as lanças. Os arreios ajustam-se aos nossos ombros, deixando as mãos livres para carregar as armas.

Polo, Raku e Maponus assumiram a liderança arrastando o equino maior pela trilha desgastada ao lado do rio. Shiya e eu seguimos arrastando o animal menor. Não foi um trabalho fácil, mas nas áreas lisas e mais planas não foi tão difícil quanto eu esperava. Sendo que foi difícil quando tivemos que atravessar pedras rochosas ou pequenos riachos que desaguavam no rio.

À medida que caminhávamos, Shiya fingia tropeçar e cair em mim intencionalmente. Não estou habituado a um trabalho físico tão pesado, e os olhos da minha jovem amiga dançaram quando a sua provocação tornou o meu trabalho um pouco mais difícil. Nossos companheiros à nossa frente riram da brincadeira de Shiya. No entanto, a certa altura, o solavanco dela quase me fez tropeçar no rio. Com isso, Maponus parou e lançou um olhar duro para Shiya. Ele fez um comentário de três sílabas e Shiya pareceu decepcionada. Quando ele se virou, Shiya me cutucou com o cotovelo e me atacou sarcasticamente. Eu ri, mas daquele ponto em diante a travessura dela cessou.

Uma hora depois, as cordas das videiras haviam se cravado dolorosamente em meus ombros e eu estava cambaleando de cansaço. Shiya parou de repente e soltou um assobio suave. Todos os outros pararam imediatamente, tiraram os arreios e pegaram nas lanças em posturas defensivas. Depois de apenas alguns segundos, meus companheiros riram e se endireitaram.

Meia dúzia de membros do clã marchava em nossa direção, todos sorrindo amplamente.

Depois de alguns minutos de conversa animada, nossos reforços penduraram os arreios nos ombros e continuaram de onde havíamos parado. Eles puxaram por cerca de vinte minutos e nós nos revezamos. Essa rotação aliviou consideravelmente a carga e cerca de duas horas depois, avançamos pesadamente para a clareira abaixo das cavernas do clã.

Depois de tomar uma bebida no rio, fui até as cavernas. Sentei-me à beira do precipício baixo e observei a animada atividade abaixo. O clã parecia uma colônia de formigas. Cada pessoa conhecia a sua tarefa. Eles paravam e se comunicavam por alguns segundos. Em seguida continuavam com seus próprios negócios – muito parecidos com formigas.

Diverti-me ver como os assassinos dos Crow recaiu sobre o rebuliço. Eles desfilaram entre os sapiens como membros conhecidos do clã. Suponho que sim. Os pássaros às vezes brigavam uns com os outros por causa de um pouco de farelo, mas fora isso, todos coexistiam pacificamente.

Alguns membros do clã se ocuparam em decapitar os equinos. Outros estriparam os animais e várias crianças levaram as entranhas ao rio para lavar. Seis adultos trabalharam na remoção cuidadosa das peles, o que parecia ser a mais tediosa de todas as tarefas.

Quando as peles foram removidas, Shiya acenou para que eu descesse do meu lugar na borda. Vários homens se esticaram e prenderam as peles em covas rasas no chão. Anbron recuperou as bexigas dos animais que haviam sido removidas e reservadas. Ela entregou os órgãos a dois jovens do clã. Fiquei surpreso quando desamarraram a uretra e drenaram a urina do lado da pele que foi esticada. Todos aplaudiram. Se isso foi surpreendente, o próximo ato foi chocante. Cada pessoa do clã se reunia em círculos e, de pé ou agachada, aliviava suas bexigas nas peles.

Com um gesto sutil, Shiya me convidou para participar da festa do xixi. Pude perceber que essa atividade tinha duas funções. Primeiro, a amônia ureica quebraria o tecido que tinha de ser meticulosamente raspado das peles, mas talvez o mais importante seja o fato de esta ser uma cerimônia de união. Se eu fosse me tornar um membro de pleno direito do Clã Crow... Bem, deixei cair minhas cuecas. Enquanto urinamos, todos aplaudiram novamente, desta vez ainda mais alto.

Água foi derramada sobre as peles para misturar e dispersar as poças de xixi. Pedras que haviam sido aquecidas em uma fogueira próxima foram colocadas sobre as peles para chiar a mistura água/urina. Em poucos minutos, as gorduras dissolvidas começaram a congelar na superfície da água de resfriamento.

Naquela noite, o clã comeu finas fatias de fígado e coração assadas em pedras escaldantes e temperadas com talos de cebola selvagem. Esta foi à primeira vez na minha vida que comi qualquer tipo de víscera. Eu estava faminto e devo admitir que o fígado estava delicioso. Os corações estavam mastigáveis e na minha opinião, não tão saborosos.

Vários membros do clã dormiam do lado de fora. Shiya explicou que os catadores poderiam tentar fugir com a recompensa do clã. Levei minhas peles para fora e dormi sob as estrelas também. Tive um *sen* notável e acordei de madrugada com uma sensação de bem-estar.

# SESSENTA E QUATRO
## PESCA NO GELO

*~Ramuell~*

PENSANDO COMO DOMHANIANO, fiquei imaginando como tanta carne poderia ser preservada. O Clã Crow sabia o que estava por vir, e eu também deveria saber. Seis dias depois da nossa caçada bem-sucedida, os ventos mudaram novamente. Num único dia, a brisa fresca do oeste transformou-se num vento uivante do norte. A primeira tempestade do inverno soprou um ar gelado através dos gigantescos blocos de gelo glacial, apenas algumas centenas de quilômetros ao norte de Blue Rock Canyon. Durante a noite, os pedaços de carne congelaram.

Depois de alguns undecims, a poderosa corrente do rio, sufocada por pedaços de gelo, diminuiu para um fluxo lento. No SWA-7, as pessoas costumavam fazer comentários como: "Há um toque de outono no ar esta manhã" ou "Parece que o inverno está chegando". Essas declarações agora parecem arrogantes ao extremo. As temperaturas diurnas permanecerão abaixo de zero por pelo menos 170 dias consecutivos. Não me preocupo mais por não estar preparado para o inverno. Eu sei que é esse o caso. Já estou vestindo camisas de microfibra por baixo das roupas do clã. Nada no Toro de Simulação Atmosférica Ghrain-3 pode preparar os Domhanianos para os invernos extremos deste hemisfério.

---

Decidi que é impraticável esconder o foliopad dos membros do clã. Devo manter meu diário atualizado e francamente, preciso do estímulo intelectual para usar a biblioteca de foliopads para leitura e pesquisa. Uma noite, eu estava lendo um romance quando olhei para cima e vi Shiya se aproximando com seus olhos brilhantes e sorriso envolvente.

    Ela sentou-se de frente para mim na minha cama de pele. Aprendi que existem certas convenções sobre observar uma pessoa ou entrar em seus aposentos "privados" dentro de uma caverna compartilhada. O fato de Shiya se juntar a mim, espontaneamente, foge às normas geralmente aceitas, mas por algum motivo, esses costumes não parecem se aplicar ao nosso relacionamento. Ninguém no clã parece pensar duas vezes em nosso vínculo incomum.

    — Amanhã vou pescar. — Shiya apontou para o desfiladeiro. — Longa caminhada. Você vai comigo? —

    Sua expressão não deixou claro que sua última declaração foi uma pergunta ou um pedido. Quando respondi afirmativamente, ela bateu palmas exuberantemente.

    — Vamos cedo depois do nascer do sol. — Ela se levantou e foi embora com o que poderia ser melhor descrito como um passeio atrevido.

    Shiya deve ter percebido que eu precisava que o dia esquentasse um pouco antes de partirmos para sua pescaria. Logo depois que o sol atingiu o fundo do cânion, ela me entregou um saco de tripas com um pouco de comida e alguns tipos diferentes de lâminas de pedra. Ela também me deu um saco vazio de grama trançada. Ela carregava equipamento idêntico. Caminhamos em um ritmo rápido, mas não exaustivo.

As trilhas de vários quilômetros de subida e descida do cânion das cavernas do Clã Crow são bastante desgastadas e fáceis de caminhar. Andamos até o local com um bom tempo. Antes do meio-dia chegamos a uma área onde o cânion se alargava consideravelmente. Shiya seguiu na frente por um pequeno canal lateral que estava seco, exceto por algumas poças congeladas.

Através do gelo podíamos distinguir dezenas de peixes, nenhum com mais de trinta centímetros. Eles nadaram até aqui durante a cheia, provavelmente durante o escoamento da primavera, e ficaram presos nessas poças quando o nível do rio baixou. Logo a água congelaria. Nenhum desses peixes sobreviveria ao inverno. Nossa tarefa era óbvia. Estávamos aqui para colher esta captura enquanto ainda estava acessível e antes que o peixe morresse.

Shiya procurou na margem a pedra de gelo perfeita. Ela voltou, saiu da margem e bateu a pedra do martelo no gelo. Três golpes fortes depois, ela rompeu e a água espirrou para fora do buraco. O cardume de peixes quase não se assustou. Sem dúvida que a sua letargia foi provocada pela privação de oxigênio e pela água gelada.

Shiya tirou o casaco para não o molhar, enfiou a mão na água gelada, pegou um peixe e jogou em mim. Ele caiu fracamente e eu consegui facilmente agarrá-lo e colocá-lo em um de nossos sacos de grama.

— Abra um buraco aí. — Shiya apontou para perto do banco. — Coloque água no saco.

Ela percebeu que manter o peixe ensacado molhado manteria a carne fresca. Eu não teria pensado nisso.

Shiya pegou outro peixe e jogou-o, e outro, e outro. No início, ela ria cada vez que pegava um, mas depois da primeira dúzia a excitação diminuía e era apenas mais um trabalho a ser feito.

Depois de enchermos o primeiro saco, fizemos uma pausa e sentamos na margem sob o sol forte. Uma brisa começou a soprar, mas a orientação oeste-leste do cânion nesta seção nos protegeu do forte vento norte que provavelmente soprava em rajadas nas bordas do cânion.

Shiya apontou para o saco cheio e me deu um tapinha no joelho.

— Comemos peixe esta noite. Não peixe seco, está muito frio.

Eu entendi. Tentar secar e salgar o peixe seria inútil. Eles congelariam, assim como os pedaços de carne equina.

Pouco mais de uma hora depois, penduramos as duas sacolas pesadamente carregadas nos ombros e começamos a caminhada de volta às cavernas. Cada saco continha de vinte e cinco a trinta peixes pequenos.

A trilha se alarga perto do acampamento. Shiya diminuiu a velocidade e eu caminhei ao lado dela. Ela olhou para mim e sorriu, mas apenas com os olhos. Ela estendeu a mão e pegou a minha, segurou-a por vários passos, apertou-a e depois soltou. Carregando o jantar mais que suficiente para todo o clã, caminhamos lado a lado até a saliência em frente às cavernas.

# INTERLÚDIO 4
## PORTO RICO – JULHO DE 2021

— NOS ANOS SEGUINTES, a vida se estabeleceu em uma espécie de rotina, — explicou o almirante Cortell. — Os dias de Ramuell com o clã foram passados caçando, coletando, curtindo couro e fazendo ferramentas de pedra e osso. Todas as noites ele trabalhava algumas horas registrando suas experiências de vida com o clã e suas observações sobre a escalada da guerra entre as forças do Serefim Presidium e a coalizão Oprit Robia/Beag-Liath.

O almirante apoiou os antebraços sobre a mesa e inclinou-se para frente. Ele olhou para os saleiros e as pimenteiras por um momento, depois se recostou e disse:

— Não precisamos entrar nos detalhes cotidianos do que aconteceu nos próximos seis, sete, oito anos. Acho que deveríamos apenas atingir os pontos altos e resumir o resto. O que você diz?

— Concordo, — respondi. — Se a vida dele caiu na rotina, o quanto os leitores vão querer saber sobre curtimento de couro?

Cortell sorriu.

— Engraçado você usar isso como exemplo. Você sabia que eles descobriram que transformar o cérebro do animal em uma pasta e espalhá-lo nas peles era o golpe de misericórdia no curtimento de couro?

Carla torceu o nariz.

— O quê!?

O almirante olhou para ela e riu.

— Não, é verdade. Depois de terminarem de desmanchar e lavar e de desfazer e lavar repetidas vezes, eles espalharam uma pasta feita com o cérebro do animal por todo o interior da pele. Os óleos do cérebro são absorvidos pelo couro cru, tornando-o flexível – quase aveludado. É extraordinário como as roupas de couro eram confortáveis.

— E você consegue realmente se lembrar de como eram as roupas na pele de Ramuell? — Carla perguntou.

Os olhos de Cortell se arregalaram.

— Isso é muito confuso. Se essas são as memórias de Kadeya, **e se são**, como é que posso me lembrar das sensações de Ramuell? — Ele passou os dedos pelos cabelos brancos e finos e se virou para mim. — O que está acontecendo aqui?

— Almirante, não tenho ideia. Todas as suas memórias Domhanianas são tão implausíveis que desafiam a crença de qualquer pessoa razoável.

— Significa que vocês dois não são razoáveis. — Cortell deu um tapa no braço da cadeira e riu.

— Suponho que não... Sendo que vimos dois parafusos de titânio numa mandíbula fossilizada. O que quero dizer é que não podemos explicar razoavelmente como suas memórias antigas são possíveis, e o fato de você poder se lembrar das sensações de Ramuell não é mais estranho do que o resto das memórias de Kadeya.

— Suponho que você esteja certo.

Karla encolheu os ombros.

— O que nos deixa sem nada para fazer, a não ser seguir em frente.

— E assim faremos. — O almirante levantou-se da cadeira: — Mas primeiro, vamos fazer um bule de café.

*O almirante Cortell continua sua história:*

# SESSENTA E CINCO
## IPOS TRAZ AS NOVIDADES

*~Ramuell~*

NO FINAL da tarde de ontem deixei o clã e caminhei pela trilha do lado sul. Acampei em nossa clareira favorita, perto da borda. Ouvi o barulho do motor de 70cc movido a hidrogênio da moto para terrenos acidentados muito longe. Ipos gostou da alegria do indisciplinado RTV de duas rodas. Certamente é mais o estilo dele do que os pesados cavalos de carga de seis rodas. Momentos depois de desligar o motor, ele entrou em nosso pequeno acampamento com uma quantidade modesta de suprimentos e uma infinidade de notícias de cair o queixo.

— Ramuell, se a situação ainda não foi para o inferno, já está na metade do caminho.

— Com Oprit Robia?

— Não apenas Oprit, mas sim, eles também. — Ipos caminhou até a borda e olhou para o abismo. — Nunca deixa de me tirar o fôlego. Provavelmente parece comum para você agora.

— Dificilmente. Bem, suponho que de certa forma a área ao

redor das cavernas não parece mais tão impressionante, mas sempre fico impressionado com a vista da borda do cânion.

— Os sapiens veem isso?

— Eu não tenho certeza. Acho que eles apreciam o que veem, mas isso é incrivelmente lindo para eles? Isso, eu simplesmente não sei.

— Ei, Ipos, você está com fome? Posso fazer um café da manhã para você?

— Não. Eu peguei comida na cúpula da cozinha antes de sair do SWA-7... Parei e comi no caminho para cá. Mas eu trouxe um pouco de chá e adoraria uma xícara.

— Ok. E enquanto faço isso, me dê as novidades. Mesmo que seja ruim, preciso ouvir.

Ipos tirou o boné e passou a mão pelos cabelos grossos e cacheados.

— Sim... Sim, você precisa.

Ele sentou-se no tronco que usamos há muito tempo como sofá de acampamento.

— Eu digo que o Oprit é um problema e eles são, mas para ser justo, eles são instigados de todas as maneiras pelos mil e setecentos soldados Serefim posicionados aqui. Todos os dias os malditos soldados apresentam alguma nova provocação.

— Para qual finalidade?

— Ram, eles nada mais são do que bandidos armados do traficante de escravos e não fingem mais o contrário.

— O que explica por que, depois de seis anos, ainda estou escondido. Achei que alguém teria intervido e cancelado a caçada há muito tempo.

— Eu não acho que isso vá acontecer tão cedo. Na verdade, as coisas pioraram. Antes da implantação na superfície de Serefim, e antes de vocês terem que se esconder, as operações de Oprit Robia eram principalmente de caça e bicadas. Eles resgataram alguns sapiens aqui e ali e os enviaram para a reserva em Realta-Gorm. Eles evitavam sequestros sempre que tinham oportunidade, mas no geral, as missões do Oprit eram pouco mais do que ataques de roubo e fuga.

Ipos jogou um pedaço de pau na fogueira.

— Agora, os caças Oprit conduzem missões de assalto completas. Eles destroem as naves Serefim em todas as oportunidades. Eles são muito menos melindrosos em matar soldados. Eles até atacaram operações de mineração e fugiram com trabalhadores escravos sapiens.

— Caramba!

— Eh. — Ipos ergueu a mão num gesto de espera. — Agora, pelo que sei, o Oprit só está invadindo locais industriais quando recebe relatos de que sapiens estão sendo abusados.

— Eles estão sendo usados como escravos. Isso não é abusivo o suficiente?

— Sim, mas por abuso quero dizer coisas exageradas – espancamentos, restrições com rédeas curtas, negação de comida, água, sono como punição. Embora o desprezo do combatente do Oprit se concentre sobretudo nos soldados Serefim, ouvimos outro dia que meia dúzia de Domhanianos foram mortos num tiroteio numa instalação mineira. Essa missão deve ter dado errado.

— Hmm, imagino que os sapiens das instalações industriais estejam sendo enviados diretamente para Realta-Gorm?

— Sim. Eles são carregados em naves 4-D e nunca mais pisam em Ghrain-3.

— E a resposta do Serefim Presidium?

— Atire para matar à primeira vista. Sempre que veem uma nave ou caça Oprit descoberto, eles explodem, sem fazer perguntas. Eles estão até tentando atingir naves camufladas usando aquelas malditas minibombas de fusão nuclear. — Ipos afastou o bule da beira do fogo e encheu nossas xícaras. — Sabe, me surpreende que o Presidium não tenha encontrado o esconderijo do Oprit. Eles devem ter escolhido um elegante.

— Você sabe onde é?

— Não. Não ouvimos um pio, — respondeu Ipos. — E foi o quê? Mais de sete anos?

— O que significa que Oprit Robia está fazendo um excelente trabalho gerenciando a inteligência.

— E eles não estão deixando ninguém ser capturado.

— Oh meu Deus! Eu não tinha pensado nisso. Eles dão pílulas suicidas?

Ipos encolheu os ombros.

— Não ouvimos falar de nenhuma captura desde que esses caras foram levados e torturados há muito tempo.

— Cara, parece que a guerra deu uma guinada.

— Você ainda não ouviu a metade. A razão pela qual você está se escondendo... Talvez não a única razão, mas a grande razão, é porque sua mãe e seu pai facilitaram aquela aliança entre Oprit Robia e Beag-Liath.

— Sim...

— Bem, não tenho tanta certeza de que o Beag e o Oprit ainda estejam na mesma página. — Ipos acenou com a mão. — Não, isso não está certo. Seus objetivos podem permanecer os mesmos, mas acho que os pequeninos cinzentos podem ter perdido a paciência. Ou, pelo menos, eles podem não ter mais certeza de que o Oprit terá sucesso.

— Diga-me.

— As naves Beag estão desativando as naves Serefim quando eles pousam ou perto do solo, usando algum tipo de tecnologia EMP. Dessa forma ninguém morre. Mas se as naves Serefim armarem as suas armas, os Beag destruirão as naves visadas. Quero dizer completamente. Matando todos a bordo.

— Há algum tempo, Semyaza me levou a um local ao sul do quartel-general da NWA-1, onde o Beag havia destruído uma nave de assalto Serefim. Também não foi destruído por uma daquelas armas antigravitacionais. Foi molecularizado. Nada restou. Todas as plantas foram queimadas e o chão chamuscado num círculo de cerca de quinhentos metros de diâmetro. Não consegui encontrar um único pedaço de material que pudesse ser identificado como vindo da nave de assalto. Nada!

— O que significa que os Beag estão brincando conosco e não começamos a entender os brinquedos que eles podem trazer. Os Beag estão tentando demonstrar ao Presidium que, se não consertarem seus hábitos, todo tipo de inferno poderá cair sobre os traficantes de escravos.

— Ah, Ram, aqueles caras no orbitador são muito egoístas e provavelmente muito estúpidos para entender a mensagem.

— Não parece que a mensagem seja muito sutil.

Ipos grunhiu.

— Você, meu amigo, subestima o poder da ganância e da estupidez.

— Hum. Então, o que mais você tem?

— Simessa é meio que uma boa e má notícia. Lilith se foi.

— O que você quer dizer com Lilith se foi!?

— Sinto muito, Ram. Isso parecia horrível. Ela está bem, não está morta, apenas se foi. Alguns de seus colegas no orbitador encontraram uma maneira de tirá-la daqui. Agora ela está de volta ao Domhan Siol. Ela se sentiu péssima por ter ido embora sem falar com você primeiro, mas Azazel disse a ela para entrar naquela nave e sair daqui. Ele disse, e posso garantir que ele estava certo, que outra oportunidade de escapar do Ghrain-3 provavelmente não surgiria novamente por sabe-se lá quanto tempo.

— Sentiremos falta dela, mas estou feliz que ela tenha escapado.

— Sim, ela é uma boa pessoa. E depois desta missão, ela merece algumas décadas de paz.

— Você está certo sobre isso. Espero que ela possa encontrá-lo no mundo natal. Talvez ela se conecte com a sua avó.

— Ei, eu não tinha pensado nisso. Elas fizeram amizade antes de Kadeya partir.

Ipos me estudou por um longo momento.

— Okaaayy... Você tem outra coisa em mente.

— Sim, eu tenho, uma pergunta, na verdade. Ram, você está vendo menos nefilim?

— Na verdade, estou. Nesta área, não vejo tantos como há uma década.

— Uh huh, Lilith descobriu o porquê. Antes de partir, ela passou muito tempo com alguns clãs que costumavam ter nefilim. Os sapiens desses clãs deram uma bronca nela.

— Boas notícias ou más?

— Sim e sim. — Ipos passou a mão grande pela boca e pelo queixo. — Boas notícias, não há tantos nefilim, mas não é só por causa dos nossos vírus. Agora, isso não está exatamente correto. Os vírus estão funcionando de uma maneira realmente inesperada. Você e eu vimos como os nefilim atormentam seus companheiros de clã. Lembro-me de quando Kadeya, Samael, você e eu passamos vários dias observando os monstros. Kadeya perguntou se vimos sapiens revidar ou até mesmo matar um nefilim.

— Sim, eu me lembro disso. Ela se perguntou por que os sapiens não se uniram e atacaram os nefilim.

— Certo, eu também me perguntei sobre isso. Pareceu-me estranho que os sapiens não se defendessem. Bem, isso mudou.

— Como assim?

— Lilith descobriu que à medida que os vírus enfraquecem os nefilim adultos, os outros membros do clã se tornam mais ousados. Eles começaram a revidar. Eles se aproximam sorrateiramente e batem na nuca dos nefilim, matam-nos durante o sono, esse tipo de coisa. Eles até começaram a matar os jovens assim que as características do gigantismo apareceram. Uma coisa levou a outra. Quando uma mulher é estuprada por um nefilim, o bebê é cortado e sangrado antes de respirar. — Ipos franziu os lábios e acrescentou: — Eles estão até envenenando mulheres que foram estupradas.

— O quê!?

— Não o suficiente para matar a mulher, apenas o suficiente para abortar o feto.

Nosso fogo estava quase apagado e o dia estava quente o suficiente para que não precisássemos acendê-lo novamente. Olhei para as brasas desbotadas.

— Sabe, Ipos, nós, Domhanianos, não somos muito bons em prever consequências. Caramba, o problema dos nefilim existe como uma consequência inesperada de nossa sujeira com o DNA sapien. Então, projetamos outros vírus de RNA para corrigir o erro dos nefilim e esses vírus também funcionaram... E novamente, de maneiras inesperadas.

Ipos assentiu.

— E suponho que por mais horrível que isso seja, torna nosso trabalho mais fácil.

— Talvez... Mas qual é o resultado evolutivo de um comportamento sapien mais agressivo? Teremos que projetar outra correção do curso retroviral? E outro? E outro? E onde tudo isso termina?

# SESSENTA E SEIS
## ESCALA DE MARIPOSA

*~Ramuell~*

TEM ESTADO EXCEPCIONALMENTE QUENTE nos últimos undecim. Chuvas fracas caem intermitentemente quase todos os dias. Shiya voltou de uma caminhada de coleta de alimentos com cerca de uma dúzia de cogumelos grandes e de cor acastanhada. Já vi membros do Clã Crow comê-los, então presumo que não sejam tóxicos e nem alucinógenos.

Shiya ficou entusiasmada com esta descoberta e me contou sobre um lugar onde uma grande quantidade provavelmente estava crescendo por causa do período de chuvas. No dia seguinte partimos em uma caminhada para coletar os fungos comestíveis.

Caminhamos pelo cânion por algumas horas. O rio estava cheio por causa das chuvas, tornando a travessia do rio praticamente impossível. A trilha das cavernas começava na margem esquerda do rio. A primeira travessia ocorre num ponto onde uma falésia íngreme desce de uma altura de pelo menos oitenta metros direto para o rio. Sem equipamento de escalada, a face rochosa não é escalável. Na verdade, eu seria incapaz de escalá-la mesmo se estivesse devidamente equipado.

Shiya nem se incomodou em olhar para o penhasco. Ela torceu a boca em um sorriso torto e entrou no rio. Quando a água atingiu a altura dos quadris, ela caiu de costas, apontou os pés no rio abaixo e deixou a poderosa corrente levá-la embora. Embora isso tenha me assustado um pouco, corri para segui-la para não perder onde e como ela sairia do rio.

Ao posicionar meu corpo em ângulo de balsa e usar o nado de costas, não foi difícil ficar a vinte metros da margem esquerda. O rio fazia uma longa curva em torno da falésia e, não muito longe baixo no rio, alargava-se e desacelerava. À esquerda havia um longo banco de areia coberto de pedras de rio. Vi Shiya nadar em direção à praia fluvial e se levantar a cerca de dez metros da margem. Não tive problemas em replicar sua saída da água, embora sem sutileza. Ela sorriu, mas não riu quando tropecei e cambaleei nas pedras escorregadias em forma de ovo que cobriam o fundo do rio. Eu estava congelando e fui direto para o ponto de sol que podia ver a menos de cem metros rio abaixo.

O sol, brilhando através de uma fenda na borda, aquecia uma fatia considerável do chão do cânion. Entrando no calor brilhante do sol, escovei um arbusto. Uma profusão de mariposas voou dos galhos frondosos. Eu não pensei nada sobre isso na época.

Shiya deitou-se em uma margem gramada e rolou esmagando as folhas. Quando ela se levantou, ela tirou suas roupas de couro. Apontando para mim, ela disse:

— Tire a roupa.

Agarramos as pontas de cada peça de roupa e as torcemos em pequenas cordas apertadas, tirando a água do couro macio. Depois que as roupas ficaram tão secas quanto possível, nós as penduramos sobre arbustos ao sol. Ao fazê-lo, milhares de mariposas explodiram novamente de seus locais de nidificação.

Elas giravam ao nosso redor em um frenesi selvagem. Suas asas esvoaçantes faziam cócegas em nossa pele nua. Tirei-as do cabelo de Shiya e ela as afastou do meu.

Sentamo-nos na grama que Shiya havia amassado. Minhas pernas estavam estendidas na minha frente. Shiya sentou-se de pernas cruzadas de frente para mim, com os joelhos roçando minhas coxas.

— Como você sabia que poderíamos flutuar ao redor do penhasco e sair do rio aqui?

Falando sua versão do Domhanian Standard, Shiya explicou.

— Ru Ta ensinou natação para crianças Crow. Quando o rio enche, ele vem com crianças de quatro anos para este lugar, mostrar como nadar em volta das rochas.

— Isso é um grande truque.

Shiya entendeu meu idioma.

— Sim. Ru Ta é um Crow inteligente. — Ela parecia melancólica. — Ele se foi. Agora eu ensino natação para as crianças.

À medida que a manhã esquentava e nossas roupas secavam, as mariposas emergiam dos arbustos e voavam à toa por todo o chão do cânion. Shiya começou a acariciar suavemente com as costas dos dedos os pelos dos meus braços estendidos.

Apontei para uma cicatriz grossa de cerca de quatro centímetros de comprimento na lateral da coxa esquerda.

— Como você conseguiu isso?

Ela olhou para onde eu estava apontando, empurrou o cabelo para trás da orelha e riu.

— Eo. Eu, jovem, subi em uma árvore. Um corvo voando para fora do ninho, me assustou. Eu caí. Bati no galho. Corte fundo. Mulheres embalaram folhas e lama por cima. Os adultos não me deixaram correr e brincar durante cinco dias. — Ela ergueu a mão mostrando todos os cinco dedos. — Fiquei brava! — Ela riu novamente, então pegou minha mão e apertou-a contra a cicatriz.

Comecei a acariciar a parte interna de suas coxas. A pele ali era incrivelmente macia e suave. Olhei para cima e a vi olhando para mim. Ela estendeu a mão e puxou meu rosto em seu pescoço. Comecei a beijar delicadamente a pele logo abaixo da linha do cabelo, atrás de sua orelha esquerda. Quando respirei profundamente, percebi exatamente o que estava acontecendo. O choque fez com que eu me afastasse e me sentasse direito.

Como Azazel explicou há muitos anos, eu estava reagindo à poeira levemente alucinógena de escamas de mariposa das asas esvoaçantes. Eu não estava tendo alucinações, mas me senti maravilhosamente eufórico. Isso, juntamente com o miasma de feromônio que Shiya secretava, teve um efeito afrodisíaco avassalador. Mesmo que o cientista em mim entendesse isso, essa compreensão não mudou o que eu estava sentindo naquele momento.

Shiya começou a acariciar e lamber levemente meu pescoço, ombros e músculos peitorais. A essa altura minha ereção era óbvia. Ela me empurrou de costas e montou em mim. Abaixando-se, ela empurrou minha ereção em sua vagina aveludada, suave e surpreendentemente quente. Eu estava perdido em uma explosão de sensações.

Enquanto ela balançava para frente e para trás, percebi seus gemidos profundos e baixos. Não tenho ideia de quanto tempo isso durou. Pareceu muito tempo. Talvez não fosse. Lembro-me de quando minha libertação começou e também parecia continuar indefinidamente. Quando acabou, Shiya deitou-se no meu torso. Seu pequeno corpo era musculoso. Ela cavalgou várias vezes de forma agressiva, então senti os músculos de seu estômago ficarem tensos. Um gemido emergiu de algum lugar profundo em seu âmago. Isso durou algum tempo, então ela pareceu relaxar e simplesmente derreter-se em mim.

Depois de vários minutos, ela rolou e deitou-se de lado,

com a cabeça apoiada no meu ombro e uma perna jogada sobre a minha. Este foi um comportamento pós-coito decididamente nada Domhaniano, mas tirei dele um profundo conforto.

Já estávamos deitados juntos há um bom tempo quando Shiya se levantou e olhou para o rio cheio. Ela suspirou e deu um tapinha na minha pélvis.

— Vamos colher cogumelos agora.

Sentei-me, olhei para o rio e pela primeira vez percebi que estávamos presos nesta praia.

— Como voltamos para as cavernas?

Ela jogou a cabeça para trás e riu.

— Vá buscar cogumelo. Depois suba até o topo... Caminhe de volta pelas cavernas pela trilha do sol. — Os membros do clã chamavam a trilha até a borda norte do cânion de trilha do sol porque o sol brilhava nela durante todo o inverno.

Shiya foi até nossas roupas quase secas, pegou minha túnica e jogou para mim. As mariposas continuaram a enxamear e eu continuei a me sentir levemente eufórico, mas a urgência da excitação sexual havia sido saciada.

---

Menos de um quilômetro adiante no cânion, viramos em um cânion lateral de fundo plano. Um fio de água corria em torno de pequenas pedras. Penhascos íngremes e brancos erguiam-se precipitadamente a algumas centenas de metros do chão do cânion até uma saliência de cume de cor azulada. Algumas centenas de metros acima do cânion chegamos a uma infiltração pantanosa cercada por árvores caducifólias. Shiya presumiu corretamente. Os cogumelos cresciam em profusão ao redor das raízes de cada árvore. Enchemos dois grandes sacos de grama com pelo menos cento e cinquenta fungos maduros e rechonchudos. Shiya ficou encantada.

Caminhamos por cerca de uma hora até onde o cânion

lateral terminava abruptamente em uma fenda estreita. Olhei para cima e fiquei um tanto intimidado, sendo que havia muitas garras e apoios para os pés nas rochas irregulares. A fenda provou ser uma subida muito mais fácil do que parecia aos meus olhos destreinados. Cerca de vinte minutos depois de iniciada a subida chegamos a um declive suave que subia em direção ao topo do planalto que formava a borda norte do Blue Rock Canyon.

Enquanto caminhávamos em silêncio, minha mente repassava nosso acasalamento espontâneo. Foi quase exatamente como Azazel descreveu. Fiquei um tanto envergonhado com meus impulsos. No entanto, se eu senti vergonha naquele momento, isso não teve nenhum efeito perceptível na minha resposta sexual. Agora eu tinha que admitir que nutria sentimentos por Shiya que não eram apenas de amizade. Suponho que também sabia que ela escondia um certo desejo reprimido por mim. Esses sentimentos, alimentados por um coquetel de feromônio e alucinógenos, foram extraordinariamente poderosos... Convincentes, na verdade.

Quando chegamos à borda do planalto plano, minhas reflexões foram varridas num instante. Os sons dos mecanismos antigravitacionais de uma aeronave nos assustaram. Puxei Shiya para trás de um arbusto enraizado sob uma grande pedra. Através da folhagem cerosa, observamos uma nave Serefim se acomodando em seu trem de pouso tripé.

Vimos seis sapiens tropeçando desajeitadamente perto de onde a nave havia pousado. A nave deve ter acertado os sapiens com um agente tranquilizante. Shiya colocou a mão sobre a boca como se quisesse conter um grito. Olhei para sua expressão horrorizada. Ela disse:

— Cousin!

Claro. Estávamos alguns quilômetros ao norte de Blue Rock Canyon e esses sapiens eram membros do Clã Cousin. Eu pude ver a luta interna de Shiya. O instinto lhe disse para correr até lá e resgatar seus amigos Cousin. O bom senso disse-lhe para permanecer escondida. Agarrei seu antebraço para tranquilizá-la de que a decisão de ouvir o bom senso era a melhor.

Shiya foi sequestrada quando criança, mas nós a resgatamos e o Clã Crow na batalha da Autoridade Portuária. Ela não tinha ideia do que teria acontecido com eles se não tivéssemos conseguido. Ela não conseguia imaginar a indignidade de uma vida de escravidão. Enquanto observava o desenrolar da cena, agonizando com o destino que sabia que aguardava seus parentes, fiquei chocado e mortificado com a explosão que destruiu a nave do traficante de escravos. Nenhum dos soldados Serefim a bordo da nave poderia ter sobrevivido.

Momentos depois de a poeira baixar, uma nave Oprit Robia apareceu e pousou algumas centenas de metros ao sul da coluna de fumaça. Vários caças Oprit saíram da nave e desceram a rampa. Eles carregavam kits médicos e trotavam rapidamente em direção aos sapiens incapacitados.

— Com que diabos eles foram acertados?

Shiya respondeu à minha pergunta retórica com uma expressão totalmente perplexa. Ela não poderia ter entendido os efeitos dos tranquilizantes e que os combatentes do Oprit estavam correndo para fornecer antídotos.

Todos os sapiens estavam agora de quatro, arfando. Ao observar as quatro pessoas correndo para oferecer ajuda, pensei ter reconhecido o homem atrás. Tirei um binóculos portátil da bolsa de cantiga de estômago de animal pendurada por uma alça em meu ombro. Tirei as tampas das lentes e dei uma olhada.

— Eu serei amaldiçoado. — Estudei o capitão Davel por um momento. Ele parecia bem.

Fiquei tentado a sair do nosso esconderijo e ir falar com ele, mas sabia que isso seria imprudente. Se algum dia ele fosse capturado, poderia ser torturado e forçado a revelar minha localização. Essa linha de pensamento durou apenas um momento. Explosões de terra e pedra começaram a explodir ao redor dos combatentes do Oprit. Olhei para cima e vi uma nave de assalto Serefim disparando duas armas de projéteis sólidas montadas externamente. Cada tiro explodiu como um trovão.

Ver as entranhas de dois soldados Oprit arrancadas de seus abdomens foi demais para Shiya. Ela deu um pulo, obviamente com a intenção de resgatar seus parentes. Eu ataquei e agarrei-a pela cintura e joguei-a de volta para trás da pedra. Quando caímos no chão, vi dois foguetes disparando em direção à nave de assalto. Ela pegou fogo e caiu no ar mais de um quilômetro ao norte.

Os foguetes não foram disparados do solo. Eu não tinha dúvidas de que uma nave Beag-Liath camuflada havia intervindo. Momentos depois, uma luz branca ofuscante irrompeu da nave acidentada. Uma pequena nuvem em forma de cogumelo subia em direção ao céu. Uma de suas bombas nucleares de fissão havia detonado. O que Ipos me disse estava correto. Esta guerra assumiu um novo nível de barbárie.

Olhei novamente para ver se Davel havia sobrevivido e o vi se recuperando desajeitadamente. Ele cambaleou para verificar seus camaradas caídos. Dois deles foram partidos em dois pelos projéteis Serefim. O quarto soldado Oprit estava de pé e mancando muito na direção do aterrorizado grupo de sapiens, alguns dos quais começaram a chorar.

Quando comecei a colocar os binóculos de volta na bolsa, Shiya estendeu a mão e exigiu:

— Eu posso ver.

Balancei a cabeça e coloquei as tampas das lentes. Ela ficou de pé e me repreendeu enquanto cortava o ar com a mão aberta. Não entendi as palavras que ela falou, mas seu significado era claro. Quando desviei o olhar, ela com naturalidade enfiou a mão na minha bolsa e retirou os binóculos. Com os polegares, ela tirou as tampas das lentes e segurou a luneta voltada para o olho. Teria sido divertido em outras circunstâncias, mas no decurso de cerca de dois minutos havíamos testemunhado talvez uma dezena de mortes.

Peguei e virei. Depois de apenas dar uma olhada na lente, ela afastou os binóculos do rosto, segurou-o com o braço esticado e olhou para ele com desconfiança.

— Por que algumas pessoas são pequenas e outras grandes?

— Você vê essas pessoas. — Apontei para Davel e os seis sapiens. Tocando na ocular, eu disse: — Isso permite que você os veja de perto.

Ela olhou para os binóculos com cautela e o empurrou.

— Vou ajudar os Cousin.

Sua declaração foi apenas isso: uma declaração. Não foi um pedido e, nos últimos anos, aprendi a saber quando não havia razão para discutir um assunto com Shiya. Eu fiz uma careta.

— Ok. — Levando um dedo aos lábios, eu disse: — Mas você não deve contar a ninguém que estou aqui. Eu vou esperar por você.

Ela assentiu decididamente, levantou-se e trotou em direção ao sapiens que agora estava sendo administrado por Davel e outro soldado Oprit. Ao passar pela nave Oprit, surgiram mais dois caças. Eles pararam e observaram com espanto enquanto ela passava correndo, sem lhes prestar atenção alguma.

Com meus binóculos, observei Shiya se aproximando de Davel e de seus parentes que vomitavam. Ela se ajoelhou e falou com cada um deles. Davel a observou com atenção, mas não pareceu perceber que ela era de outro clã, embora fosse óbvio que ela não havia sido acertada. Ele inclinou ligeiramente a cabeça, disse algo aos seus companheiros e continuou a administrar os primeiros socorros aos sapiens.

Os combatentes do Oprit passaram muito tempo cuidando de um dos olhos do sapiens. Shiya ficou de quatro e observou atentamente seus cuidados. Depois de alguns minutos, ela se levantou e trotou de volta ao nosso esconderijo.

— Não disse nada sobre você. — Ela pegou um dos nossos dois sacos cheios de cogumelos. — Os Cousin logo precisam de comida.

Quando Shiya se abaixou para mostrar os cogumelos a um dos Cousin, ele tentou se levantar. Ela acenou para ele, deu um tapinha gentil em sua bochecha e entregou-lhe a sacola. Vendo isso, Davel tentou interagir com ela. Ela fingiu não entender uma palavra do Padrão Domhaniano, embora fosse surpreendentemente versada em nossa língua. Ela estendeu as duas mãos numa perplexidade exagerada, virou-se e foi embora.

Ela se sentou ao meu lado com as costas apoiadas na pedra e soltou um suspiro longo e perturbado.

— Os olhos de Puku estão muito vermelhos, não consigo ver.

Tenho certeza de que a mulher devia estar olhando para a nave acidentada quando o dispositivo nuclear detonou. Na maioria dos casos, a cegueira instantânea é temporária, e eu disse a Shiya que meu pessoal poderia ajudar Puku a enxergar novamente. Eu esperava que fosse esse o caso.

— Seu amigo está muito triste. — Pensando na cena horrível, lágrimas brotaram de seus olhos. — Seu pessoal, dois, corte meio a meio. — Ela passou a mão diagonalmente pelo torso. Realmente horrível.

— Achei que algo estava estranho. — A voz veio logo além do mato.

Assustados, Shiya e eu nos levantamos. Quando ele deu um passo à frente, reconheci meu amigo.

— Davel! — Percebendo que nosso artifício havia falhado, gaguejei. — Nós... Uh... Eu não queria colocar você ou eu em perigo, avisando que eu estava aqui.

— Sim, eu posso entender isso. Sabíamos que você estava

escondido, mas não tínhamos ideia de onde. Suponho que deveríamos ter imaginado que você estaria com o Clã Crow. Você está com o Crow, não está?

— Sim. Estou morando com o Crow. Este é Shiya. Somos amigos há... Bem, conheço Shiya desde que ela era uma garotinha. Ela estava entre aqueles que resgatamos na batalha da Autoridade Portuária.

Shiya deu um passo à frente e ofereceu ao capitão Davel a palma da mão voltada para cima. Ele sorriu e bateu no estilo Domhaniano.

— Estou feliz em conhecê-la, Shiya.

No padrão Domhaniano ela respondeu:

— Triste seu povo, dois, mortos.

Davel olhou para trás, para onde seus camaradas colocavam os dois soldados eviscerados em sacos para cadáveres.

— Droga. — Ele balançou sua cabeça. — Está ruim, Ramuell. Muito ruim.

— Eu sei. Ipos manteve-me informado, mas esta foi a primeira vez que vi a nova guerra com os meus próprios olhos. — Dei um tapinha no ombro de Davel. — Essa é uma das razões pelas quais você **deve** manter nosso encontro em segredo de **todos**.

— Sim. Quando os segredos são compartilhados, eles deixam de ser segredos.

— E se um soldado Oprit for capturado...

— Entendo. Não capturamos ninguém há vários anos, mas sabemos que esses bastardos recorrerão à tortura. — Davel balançou a cabeça lentamente. — Não se preocupe, nossa reunião não estará no meu relatório. Não direi uma palavra sobre ver você.

— É mais seguro para nós dois se você não fizer isso.

— Uma coisa que preciso lhe dizer: seu projeto está fazendo grandes progressos com os nefilim. Nossos batedores raramente os veem mais. Já faz mais de um ano desde que qualquer uma de nossas missões de resgate encontrou um.

— Sim, continuamos nossa missão. Estou preso nesta área, mas o Ipos me mantém informado sobre como estamos nos saindo em outros lugares.

Um dos soldados do Oprit gritou:

— Capitão, onde você está?

— Ei, eu tenho que ir. O T-Taxiarch já terá lançado as naves de resgate. Precisamos embarcar os sapiens e pular alguns quilômetros daqui. Vamos acionar os dispositivos de camuflagem e cuidar deles até que se recuperem.

— Os Cousins não estão feridos? — Shiya perguntou.

Embora seu domínio do padrão Domhanian estivesse longe de ser perfeito, Davel percebeu o quão articulada ela era. Ele pareceu momentaneamente irritado, depois olhando para nós dois, uma expressão de compreensão tomou conta de seu rosto. Ele disse a Shiya:

— Eles ficarão bem. Nós os ajudaremos.

Shiya fez um sinal de positivo com o polegar para cima, o que o fez rir. Ele tirou a camisa da calça e contornou a beira do arbusto, fazendo muito barulho para colocá-la de volta. Ele disse pelo canto da boca:

— Eles vão pensar que eu estava aqui fazendo minhas necessidades. Foi bom ver você, Ramuell.

— Fique bem, meu amigo.

Shiya pegou nosso último saco de cogumelos e pegou minha mão.

— Nós vamos agora. Não é bom caminhar, trilha do sol, escura.

# SESSENTA E SETE
## FOGO NO CÉU

*~Ramuell~*

QUANDO VOLTAMOS de nossa aventura de coleta de cogumelos, Shiya com naturalidade moveu suas peles de cama para perto das minhas. Fiquei surpreso, mas não desapontado com sua decisão. Na verdade, estive mais feliz durante o último kuuk do que em qualquer momento dos últimos anos.

As pessoas do Clã notaram que nosso relacionamento havia "evoluído". Ouvi alguns comentários, mas não houve risadinhas ou provocações nas nossas costas e nada de julgamento foi dito. Os membros do clã simplesmente aceitaram e talvez até esperassem esse final. Não tenho certeza, mas talvez em algum nível eu também esperasse que isso acontecesse.

Embora nosso relacionamento tenha mudado, Shiya e eu continuamos realizando nossas tarefas diárias como sempre fizemos. Shiya emergiu como uma dos líderes do clã, enquanto eu tenho sido inflexível em permanecer em segundo plano. Tomei a decisão consciente, quando comecei a residir com o povo Crow, de que não permitiria que as circunstâncias me empurrassem para um papel de liderança.

Embora essa decisão tenha sido boa, eu não previ que as "circunstâncias" incluiriam uma guerra crescente nos céus.

---

A luz prateada do amanhecer estava penetrando na caverna. Eu tinha acabado de apertar minhas calças de couro quando um clarão ofuscante e um rugido ensurdecedor percorreram Blue Rock Canyon. Em questão de segundos, artigos soltos foram aspirados estrondosamente da boca da caverna. O fato de a explosão não ter produzido uma onda de compressão me deixou perplexo. Cambaleando em direção à frente da caverna, vi nuvens de poeira e detritos fervendo em direção ao céu.

A cobertura em frente à nossa caverna foi arrancada de suas bases. Quando espiei lá fora, vi as estacas quebradas girando em direção ao céu. Eu podia apenas ver os escombros voando explodindo em chamas enquanto subiam nas cristas. Segundos depois, o calor da combustão espontânea me perseguiu de volta para dentro. Com falta de ar, mas incapaz de encher os pulmões, percebi que o oxigênio estava sendo queimado tão rapidamente, a várias centenas de metros de altura, que eu estava sufocando. Essa consciência se transformou em terror. A última imagem que vi antes de desmaiar foi Dahl cambaleando em minha direção com sangue escorrendo das orelhas.

Não sei quanto tempo fiquei inconsciente. Quando me mexi, me senti vazio. Meu peito doía e eu não conseguia ou não queria me mover. Ouvi um farfalhar em outro lugar da caverna e percebi que não era o único sobrevivente. Caí num sono agitado.

Na próxima vez que acordei, alguém me ofereceu uma vasilha de tripa com água. Meus olhos estavam cobertos de muco e cinzas. Ao abri-los com os dedos, percebi uma luz amarelada filtrada pela boca da caverna. Rastejei até a entrada e vi que milhares de árvores que outrora cobriam o chão do cânion não eram nada além de tocos fumegantes. As cinzas caíam como neve e envolviam tudo com vários centímetros de morte cinzenta. A visão me fez vomitar.

Então ouvi gemidos e vozes. Quando Kalor pediu ajuda, ouvi várias pessoas correndo para a entrada de suas cavernas. Eu sabia que respirar grande parte das cinzas que caíam quase certamente causaria doenças. Pelo que eu sabia, poderia ter sido uma explosão radioativa.

— Fique em suas cavernas! — Eu gritei. — Fiquem em suas cavernas até o céu parar de cair.

Shiya chegou à entrada da caverna e iniciou uma chamada tentando determinar quem estava ferido, qual a gravidade dos ferimentos e quem estava ileso. Através deste processo, ela inferiu quem do Clã estava desaparecido, morto ou talvez ainda inconsciente. Ela também perguntou sobre os estoques de comida e água. Ao fazer isso, Busasta subiu no meu colo. Agarrei a criança, apertei-a com força e comecei a chorar.

Shiya e eu dividíamos esta caverna com Busasta e seus pais, Sinepo e Maponus. Dahl também morou conosco, mas quando Shiya se sentou ao meu lado ela disse baixinho:

— Dahl morreu.

O garotinho se sentou em meu colo e Shiya começou a jogar palmas com ele enquanto começava a recitar meticulosamente as informações da chamada. Maponus e Sinepo envolveram o corpo de Dahl em uma de suas peles de dormir e o colocaram perto da entrada da caverna. Eles se sentaram ao nosso lado.

Quatorze membros do clã não responderam aos chamados de Shiya. Três das cavernas não tinham água potável. Era impossível saber sobre reservas adequadas de alimentos, uma vez que não tínhamos ideia de quanto tempo poderia durar o nosso sequestro – quanto tempo as cinzas cairiam.

Fui até o fundo da caverna e desenterrei o baú à prova d'água que havia colocado em um buraco raso sob nossa cama.

Os membros do clã sabiam da existência desse baú, mas era motivo de pavor supersticioso, que eu nada fiz para dissipar. Pela primeira vez em muitos anos, vesti meu traje de voo tecido de fibras metálicas. Embora não seja tão seguro quanto um traje para materiais perigosos, seria melhor do que apenas usar minhas roupas de couro nas cinzas que caem. Também desempacotei meus óculos de proteção e um respirador.

Esse traje assustaria os já traumatizados membros do clã, então usei o traje de voo justo por baixo das roupas do clã. Eu tiraria o capacete no momento em que entrasse em cada caverna.

Por pura sorte, Shiya e eu reabastecemos o abastecimento de água da nossa caverna na tarde anterior. Tínhamos três estômagos de búfalo cheios e quatro sacos de tripa com pouco mais de dois litros cada. Peguei as tripas e corri de caverna em caverna, sem saber o que esperar e horrorizado com o que encontrei.

Três corpos estavam deitados na frente de uma caverna. Talvez eles tenham entrado em pânico e corrido para o calor intenso segundos após a explosão, ou talvez estivessem do lado de fora e não conseguissem voltar para o abrigo. As pontas dos dedos das mãos e dos pés derreteram. Um líquido rosado escorreu de suas extremidades chamuscadas e se acumulou no chão. Eu esperava que eles tivessem perdido a consciência imediatamente, já que provavelmente se passou pelo menos meia hora antes da morte.

Seis pessoas estavam dentro daquela caverna. Dois estavam inconscientes. O calor extremo queimou seus corpos. As bolhas haviam estourado e a pele pendurada em seus rostos, peitos e pernas parecia musgo pendurado em galhos de árvores. Eles tinham apenas algumas horas de vida. As outras quatro pessoas não sofreram ferimentos físicos, mas ficaram tão traumatizadas que não responderam.

A maioria das outras cavernas era muito parecida com a

nossa. As pessoas ficaram atordoadas, fisicamente doentes e, em vários casos, quase catatônicas, mas ilesas.

Encontrei Anbron na última caverna segurando a filha no colo. Folhas de pele estavam descascando do corpo da criança. Como eu, Anbron perdeu a consciência. Ao acordar, ela percebeu que a bebê estava desaparecida. Em pânico, ela saiu correndo descalça da caverna e encontrou o corpo quebrado e queimado de sua filha ao pé da saliência rochosa, cerca de quatro metros abaixo.

A bebê estava morta há várias horas. Peguei a mão de Anbron e toquei a artéria carótida de sua filha. Lágrimas rolaram dos olhos de Anbron e ela exalou um gemido de desespero doloroso. Envolvemos sua filha morta em uma pele e levei o minúsculo cadáver para a caverna da cripta do Clã, cerca de quinze minutos acima do cânion. Quando voltei, carreguei Anbron, cujos pés estavam gravemente queimados, para a caverna da irmã dela, que ficava ao lado da nossa.

Ao retornar para nossa caverna, tirei as roupas largas do clã com bastante facilidade, mas quando tentei tirar o traje de voo as minhas mãos tremiam tanto que não consegui segurar o zíper. Embora ela nunca tivesse visto um zíper e não pudesse ter imaginado tal dispositivo, Shiya se aproximou e, após apenas um breve momento de inspeção, segurou a aba e abriu o zíper do terno da gola até a virilha.

Ela pegou minha mão e apertou-a suavemente contra seu útero em gestação e manteve-a ali enquanto eu descrevia o que havia encontrado nas outras cavernas. Embora eu acreditasse que a maioria dos membros feridos do clã sobreviveria, não havia como explicar a Shiya que, se as cinzas que caíam fossem radioativas, nenhum de nós estaria vivo em um kuuk. Milhares de anos se passariam antes que as pessoas deste planeta sequer contemplassem a ciência nuclear.

Depois de guardar meu equipamento de volta no baú e enterrá-lo novamente, Shiya e eu espalhamos as peles da cama por cima. Deitamos e Shiya passou os braços em volta de mim. Enquanto as imagens de nossos amigos queimados e cheios de bolhas passavam pela minha mente, contemplei nosso próximo passo.

---

Logo após iniciar meu exílio com o Clã Crow, Ipos me trouxe um estoque de equipamentos e suprimentos do esconderijo que havíamos "liberado" do orbitador nos vários anos anteriores. Enterramos duas caixas impermeáveis debaixo de uma pedra enorme, a poucos quilômetros das habitações na falésia. Entre esses suprimentos, eu tinha um Detector de Partículas de Radiação. Mas se as cinzas caídas fossem resultantes de uma reação de fissão termonuclear, recuperar o dispositivo seria uma marcha mortal. No entanto, durante a minha visita às cavernas, vi muitas queimaduras, mas nenhum sintoma de síndrome aguda de radiação. Talvez uma viagem ao meu tesouro fosse segura.

Se o Serefim Presidium ou o Beag-Liath tivessem detonado um dispositivo com baixo rendimento de radioatividade, quanto mais cedo partíssemos, maiores seriam nossas chances de sobrevivência. Mesmo que não houvesse radioatividade na precipitação, o enorme volume de cinzas contaminaria o rio, mataria os peixes e envenenaria o solo. Tudo no chão do cânion havia queimado e não havia dúvida de que a floresta nos planaltos acima das bordas do cânion estava dizimada. Não haveria lenha para cozinhar e inundações repentinas rugiriam pelo solo coberto de cinzas quando as neves do inverno nas regiões altas derretessem.

Enquanto ouvia a respiração rítmica de Shiya, um pensamento continuava rondando minha consciência. Parecia um enigma que alguém havia explicado, mas não conseguia lembrar a resposta. A ideia era como uma mariposa voando pela periferia da minha visão. Eu simplesmente não conseguia encontrar uma maneira de me concentrar naquela coisa que eu sabia, mas não conseguia lembrar. Entendi algo que explicava a explosão, mas essa compreensão estava um pouco além do alcance da minha memória.

Isso era altamente incomum. Eu só havia experimentado a incapacidade de recuperar informações algumas vezes na minha vida. Achei a sensação perturbadora, principalmente dadas as enormes repercussões possíveis. Sem a resposta, eu poderia tomar uma decisão mal-informada com resultados catastróficos.

Algum tempo depois, acordei assustado e sentei-me ereto. Foi um iniciador 4-D! A ativação de um iniciador na atmosfera comprimiria quantidades incalculáveis de matéria no fluxo de neutrinos. Muito mais matéria do que poderia ser espremida no portal interdimensional. A matéria, assim comprimida, ficaria superaquecida e explodiria, literalmente incendiando o próprio ar.

Meu próximo pensamento me enojou. Talvez isso tenha sido minha culpa. E se o Serefim Presidium tivesse sabido da minha presença na recente batalha na borda norte? E se eles estivessem procurando por mim e achassem que eu estaria escondido com o Clã Crow? Poderia uma nave Serefim ter engajado um Iniciador 4-D na atmosfera para escapar de um ataque de Beag-Liath?

Quanto mais eu pensava sobre isso, mais acreditava que provavelmente foi assim que a explosão ocorreu. Também decidi que provavelmente não era o alvo. Era mais plausível que o Grão-Mestre Elyon tivesse ordenado um ataque aos clãs nesta área como vingança pela destruição das duas naves Serefim e pela morte de mais de uma dúzia de soldados. Isso estaria de acordo com o modo de pensar de Elyon. Ele consideraria matar dezenas de sapiens como uma forma de ensinar a Oprit Robia e aos

Beag-Liath que interromper seu comércio de escravos tinha um preço.

Se essa fosse sua estratégia, parecia que os Beag-Liath estavam um passo à frente dele. Eles deviam estar monitorando a área. Quando uma nave Serefim apareceu, os Beag-Liath estavam preparados para derrubá-la do céu. É possível que quando a nave Beag foi revelada, o piloto Serefim entrou em pânico e ativou o Iniciador 4-D da nave, desencadeando a conflagração que destruiu a casa do cânion do Clã Crow.

Resolver o enigma aliviou meus temores sobre a exposição a doses letais de radiação. Embora fosse improvável que morrêssemos devido à radiação, ainda precisávamos deixar o Blue Rock Canyon. Os animais de caça desapareceram, a vegetação foi reduzida a carvão e cinzas, os peixes morreram e o solo e a água foram envenenados. Passariam décadas até que o cânion voltasse a ser habitável. Só tínhamos comida e água suficientes armazenadas nas cavernas para durar alguns dias.

― Shiya, tenho mais duas caixas. Como aquela debaixo da cama. Partirei quando o sol estiver alto para trazer coisas que precisaremos.

― As pessoas queimadas melhorarão em dois dias. Saímos do cânion no terceiro nascer do sol. ― Mesmo que seu comentário tenha sido prosaico, a tristeza nos olhos de Shiya tocou meu coração.

― Sim, devemos partir logo.

― Eu vou com você para a caixa?

Eu não tinha pensado nisso, mas na verdade precisava da ajuda dela. A exposição de Shiya à tecnologia Domhaniana já era exagerada e não havia mais ninguém entre os membros do clã que eu gostaria de me ajudar nessa tarefa.

― Eu vou com você? ― Ela insistiu.

— Sim. Você vai comigo.

Shiya assentiu.

— Sinepo ajuda pessoas queimadas. — Olhando para o cânion carbonizado, ela acrescentou: — Talvez alguns animais mortos, já cozidos. Maponus e Kalor olham.

— Isso é uma boa ideia. Não sabemos quantos dias devemos caminhar para fugir do queimado. Precisaremos de comida.

Ela apontou para o céu.

— Eu vou com você quando o sol está alto. — Ela deu um tapinha no meu braço, virou-se e entrou na caverna onde o fogo da cozinha estava sendo aceso com os poucos restos de madeira não queimada que os membros do clã haviam reunido.

---

Ao subirmos um pequeno cânion lateral, fiquei surpreso com a dizimação. O calor que subia pela drenagem estreita deve ter se intensificado, provocando uma fila de tornados de fogo. Com o salto da bota, abri um buraco em algum solo macio. Todos os organismos vivos com pelo menos dez centímetros de profundidade foram queimados. Imaginei que mesmo os animais que se enterraram muito mais fundo provavelmente teriam sufocado.

Eu nunca tinha visto nada parecido. Os incêndios florestais em Domhan Siol nunca foram tão intensos devido à alta umidade da atmosfera. É simplesmente implausível que os incêndios no mundo natal sejam quentes o suficiente para esterilizar o solo.

Quando chegamos à pedra onde Ipos e eu enterramos meu esconderijo, Shiya e eu usamos as mãos para cavar o solo e a pedra que escondia as caixas. Eram recipientes impermeáveis e bem fabricados, mas não eram resistentes ao calor. Pelo menos não nas temperaturas de alto-forno do inferno que carbonizou este pequena lateral do cânion.

As próprias caixas estavam deformadas em estranhas contorções. Quando finalmente os abri, não fiquei surpreso ao ver que quase tudo dentro estava arruinado. Todos os componentes eletrônicos derreteram. O Detector de Partículas de Radiação era inútil. Curiosamente, as rações alimentares de emergência embaladas em papel alumínio sobreviveram ao cozimento. Coloquei todas elas em nossas malas. Mesmo que eu não gostasse da ideia de expor os membros do clã ao que eles considerariam o maná dos céus, eu não deixaria essa preocupação atrapalhar se enfrentasse a fome.

# SESSENTA E OITO
## ATÉ NOS ENCONTRARMOS NOVAMENTE

OLÁ, *Ipos,*
   *Se você está lendo isso, significa que você e o povo do SWA-7 sobreviveram à explosão catastrófica. Você não pode imaginar o quanto espero que seja esse o caso! Se você estiver vivo, tenho certeza de que em breve virá me procurar, preocupado com o que poderá encontrar. Decidi que deixar essas caixas no final da trilha ao sul permitiria que você soubesse que estou bem. Acredito que esta carta manuscrita é a maneira mais segura de se comunicar com você.*
   *A explosão ocorreu antes que a maior parte do Clã Crow estivesse fora da cama, então a maioria de nós sobrevivemos. Houve, no entanto, vários feridos e algumas mortes verdadeiramente horríveis. Estou com o coração partido em compartilhar que Dahl estava entre os que morreram.*
   *Shiya e eu recuperamos essas caixas de suprimentos. Como você pode ver, eles não se saíram bem no calor intenso – nada aqui no cânion se saiu bem.*
   *O Detector de Partículas de Radiação está arruinado e irreparável, mas nenhum de nós apresenta sintomas de síndrome de radiação aguda. Presumo, portanto, que a explosão não foi uma detonação nuclear. Mesmo que não sejamos irradiados, não*

sobreviveremos durante muito tempo no meio desta dizimação – as nossas reservas de alimentos e água são muito limitadas.

Partiremos o mais rápido possível, mas não vou compartilhar com vocês para onde planejamos ir. Estou tomando essa precaução caso alguém que não seja você recupere essas caixas e esta carta.

É possível, embora eu tenha decidido que não é provável, que eu seja a causa deste desastre. Vários dias atrás, Shiya e eu nos deparamos com uma batalha feroz alguns quilômetros ao norte do cânion. Duas naves Serefim foram destruídas e mais de uma dúzia de tripulantes Serefim mortos.

Após a batalha, encontramos um de nossos velhos amigos. O homem que pegou em armas com Oprit Robia. Não estou dando o nome, mas tenho certeza de que você sabe de quem estou falando. Se o pessoal do T-Taxiarch soube do meu paradeiro, pode ter enviado uma patrulha para me encontrar e deter (ou matar). Acredito que uma nave Serefim acionou um Iniciador 4D na atmosfera para escapar de uma ameaça hostil. Acho que a ameaça foi provavelmente Beag-Liath e não Oprit Robia, mas não sei por que penso assim. Parece-me que uma explosão causada por um Iniciador 4D é a explicação mais lógica para este nível de destruição.

Eu mantive a antena dobrável de comunicação via satélite no baú enterrado debaixo da minha cama. Os suprimentos naquela caixa não estão danificados. Entrarei em contato com você quando chegarmos ao nosso destino e ao mesmo tempo eu tenho certeza de que é seguro. Tenho certeza de que você se lembra do código que você e eu criamos há todos aqueles anos para transmitir secretamente coordenadas de posicionamento global. Quando eu entrar em contato com você, a mensagem será apenas com os números das coordenadas de acordo com nosso código secreto. Os olhos no céu não conseguirão extrapolar a localização nem saberão de quem você recebeu a mensagem. No entanto, se o Serviço de Inteligência Serefim interceptar minha mensagem, eles estarão vigiando você. Tome cuidado! Você pode ter que esperar um pouco antes de vir me ver.

*Até nos encontrarmos novamente, saiba que você sempre carrega consigo meus melhores votos.*
*Seu amigo.*

# SESSENTA E NOVE
ÊXODO

*~Ramuell~*

A CAMINHADA para fora do Blue Rock Canyon foi um trabalho árduo para o Clã Crow. Três membros do clã tiveram que ser carregados devido aos ferimentos graves. Acampamos na planície imunda e cheia de fuligem perto do início da trilha. Oito membros do clã retornaram ao cânion para recuperar uma segunda carga de nossos escassos pertences.

Shiya e eu tropeçamos e cambaleamos, resmungamos e gememos puxando o baú pela trilha íngreme. Ela voltou às cavernas em busca de nossas peles de cama e de toda a miscelânea que pôde carregar. Fiquei para trás, aparentemente para cuidar das queimaduras das pessoas, mas na realidade, esperávamos que a minha presença tivesse um efeito calmante no grupo traumatizado.

Subi a colina baixa a algumas centenas de metros da borda e fiquei horrorizado com a vista. Pelo que pude ver, tudo ficou enegrecido pela explosão e pela tempestade de fogo. Numerosas colunas de fumaça subiam em direção ao céu ao longo de toda a borda oposta do cânion. Respirei fundo várias vezes tentando acalmar minha ansiedade. Eu tive que me forçar a mostrar uma cara otimista para os membros do clã.

Algumas mulheres conseguiram acender uma fogueira com carvão que recolheram dos tocos de árvores de madeira dura queimadas. Eram cozidos tiras do cervo que Maponus e Kalor encontraram e que havia sido morto pela explosão. Suponho que se eu estava otimista sobre alguma coisa, é que encontraríamos mais animais mortos ao longo do nosso percurso. Eu acreditava que a comida provavelmente não seria o nosso problema, mas a água era outra questão. O riacho mais próximo ao longo de nossa rota para leste normalmente demorava quatro dias de caminhada, sendo que com o nosso progresso retardado por causa de feridos e a quantidade de equipamento que transportávamos, sem dúvida levaríamos cinco ou seis dias.

Era impossível saber se o riacho ficava além da queimada. Caso contrário, a água poderia estar demasiado contaminada para ser consumida e eu não tinha um filtro de água no meu baú. Os membros do clã sabiam onde algumas fontes estavam localizadas ao longo do caminho. Só podíamos esperar que eles estivessem borbulhando água potável.

---

Na manhã seguinte, vi Shiya olhando melancolicamente para o cânion. Aproximei-me e fiquei ao lado dela.

— Você vai sentir falta da sua casa?

— Eo. É uma boa casa. Mas não pensando nisso.

— No que você estava pensando?

— Nos corvos.

Cada corvo foi vaporizado pela explosão incandescente. Shiya suspirou.

— Sinto falta dos corvos.

— Haverá mais corvos em nossa nova casa.

— Eo. Mais corvos. Mas eles não são nossos corvos... E nós não somos deles.

---

Marchamos para o leste durante três dias, permanecendo perto da borda do cânion e mantendo um olhar atento à fumaça dos incêndios contínuos à distância. Todos os dias caminhávamos de cinco a sete quilômetros carregando os membros do clã feridos e o máximo de equipamento possível. Assim que terminávamos de montar o acampamento, um grupo voltava ao acampamento da noite anterior para recuperar um segundo carregamento de pertences.

O ritmo do nosso progresso me distraiu, mas parece não incomodar nem um pouco o povo do clã. Eles aceitam nosso ritmo lento e tedioso como o que deve ser feito para a sobrevivência do clã. Os sapiens não parecem fazer planos de longo prazo para si próprios, mas sim seus objetivos são coletivos e multigeracionais. *O que precisamos fazer para garantir que nossos descendentes conseguirão sobreviver?* Para esse fim, a sobrevivência pessoal e a procriação são da maior importância. Se isso significa que mudar para uma nova casa exige um kuuk, ou dois, ou três, que assim seja. Esta jornada é sobre a sobrevivência do clã e a sobrevivência das gerações que ainda estão por nascer.

Hoje uma das crianças encontrou várias dezenas de ninhos de Otis. Todo o rebanho, assim como os nossos corvos, foi dizimado pela explosão. Além dos ovos, não encontramos nenhum vestígio dos pássaros. Fiquei surpreso ao ver que os ovos foram queimados, mas não destruídos. Reunimos sessenta e sete ovos ao todo. Pesando mais de cem gramas cada, é uma recompensa notável e nos garante comida suficiente para vários dias.

Eu ouvi alguns membros do clã discutindo sobre a

primavera que deveríamos encontrar. Eles temiam que o fogo pudesse tê-la secado. Os sapiens viram a água ferver e desaparecer como vapor, por isso a sua preocupação era lógica nessa perspectiva. Embora eu entendesse que uma combustão atmosférica não afetaria a hidrologia subterrânea, compartilhei a preocupação dos membros do clã sobre uma fonte de água. Estamos nos últimos sacos de vasilha, não mais que oito ou dez litros.

Quando chegamos ao topo, ficamos chocados ao ver o Clã Cousin acampado na fonte. Vários Crows gritaram e pelo menos uma dúzia de Cousins veio correndo para nos cumprimentar. Foi um reencontro alegre. Os Cousins estavam vindo para ver se algum membro do Crow havia sobrevivido à conflagração. Eles estavam caçando bem a leste da explosão e saíram ilesos. Eles nos disseram que a linha de fogo que podíamos distinguir pelas nuvens de fumaça ainda estava a cerca de dois dias de caminhada.

Os Cousins encontraram o reservatório da nascente cheio de cinzas. Eles romperam a barragem e drenaram a água contaminada. A piscina estava sendo reabastecida há várias horas e agora estava quase cheia até a metade com água limpa e fria. Isso também foi motivo de comemoração. A alegria do grupo diminuiu quando Sinepo recitou os nomes dos membros do clã Crow que haviam perdido a vida. Não houve lamentos, mas o clima ficou sombrio.

Depois de compartilharmos uma refeição farta de ovos e raízes cruas, vários de nós partimos na jornada de volta ao acampamento da última noite. Esta foi à primeira tarde em que fiz a viagem de ida e volta. Pouco mais de três horas depois, fui arrastado de volta ao acampamento carregando nossas peles de cama e uma sacola pesada cheia de bugigangas.

Eu estava exausto e meus pés doíam. Tendo decidido limitar a exposição dos Cousins à tecnologia Domhaniana, tirei as botas e usei as sandálias de tecido que me foram dadas por uma das mulheres do clã. Mesmo acolchoada com forros de pele, a caminhada foi como andar em cestos de grama.

Uma ameaçadora cobertura de nuvens apareceu enquanto estávamos indo e voltando. Os Cousins montaram abrigos usando a face rochosa atrás da nascente como parede posterior. Sendo nômades, carregavam varas e peles justamente para esse fim.

Durante a noite a temperatura caiu e caiu a neve pesada e úmida de uma tempestade do final da primavera. Dado que tínhamos comida suficiente e uma fonte ilimitada de água doce, os mais velhos decidiram que deveríamos nos esconder em nossos abrigos improvisados pelo resto do dia.

Quando partimos no dia seguinte, o solo lamacento e o piso escorregadio diminuíram ainda mais o nosso ritmo. Levamos três dias para chegar à borda leste do queimado. A neve extinguira os incêndios latentes e cruzar a linha de fogo era como atravessar um véu. O momento em que pisamos em um solo que não estava coberto de fuligem e cinzas foi motivo de comemoração. As pessoas cantavam e dançavam suas pequenas danças. Shiya e eu largamos o baú e rimos. Caminhamos apenas mais setecentos ou oitocentos metros antes de montar um acampamento no início da tarde.

Foi uma noite alegre em torno de fogueiras construídas com madeira de verdade em vez de carvão. Percebi que alguns membros do Clã Crow temiam que nunca conseguíssemos escapar do incêndio, embora os Cousins nos garantissem que a vida continuava normalmente no Leste.

No final da manhã seguinte, encontramos uma manada de cervos enormes. Vários tinham pelo menos dois metros de altura na altura dos ombros. Seus enormes chifres em forma de mão parecem tão pesados que os pescoços dos machos se esforçam para mantê-los em pé e, neste início do ano, os chifres ainda não estão em tamanho real. Os chifres são tão grandes que não consigo imaginar a sua finalidade. Isso me faz pensar se estou vendo uma má adaptação evolutiva.

Os sapiens conhecem esta espécie, mas Maponus me disse que esses cervos raramente são vistos. Sem dúvida, o fogo os expulsou de seu local normal, e simplesmente nos deparamos com esse rebanho. Vários homens discutiram a ideia de matar um dos bezerros, mas desistiram. Já estamos sobrecarregados com coisas que devemos carregar. Carregar algumas centenas de quilos de carne que realmente não precisamos seria imprudente.

Naquela noite, uma dos Cousins teve um trabalho de parto problemático. Várias mulheres caminharam com ela até certo ponto do acampamento. Atendê-la era um trabalho estritamente feminino. Nenhum dos homens sequer considerou vagar em direção à área de parto. Em vez disso, ficamos no acampamento ouvindo gemidos e gritos ocasionais durante a noite.

Ao nascer do sol, Shiya voltou ao acampamento para pegar mais vasilhas de água. Ela me chamou de lado:

— Nona com dois bebês. Um entra no caminho, Depois outro entra. Não está aberto para sair.

— Eles ficarão bem?

Shiya me lançou um olhar preocupado de "quem sabe".

À medida que a manhã avançava, uma sensação de agitação tomou conta do acampamento. Os bebês choravam, as crianças brigavam, os pais repreendiam duramente e quase todo mundo andava de um lado para o outro ansiosamente.

Ao meio-dia, eu estava convencido de que esse parto não iria dar certo. Apenas ocasionalmente ouvíamos os gemidos baixos de Nona. Finalmente, um bebê recém-nascido gritou. Todos explodiram em aplausos. Sabendo que os gêmeos estavam prestes a nascer, esperei ansiosamente para ouvir um segundo lamento, que nunca veio.

Uma dos Cousins entrou no acampamento carregando um

bebê limpo. Ela foi direto para Anbron e entregou-lhe o recém-nascido rosado. Anbron, que felizmente ainda estava amamentando, começou a chorar, pegou o menino e colocou-o no peito.

As outras mulheres voltaram ao acampamento como um grupo. Shiya pigarreou e falou. Ela explicou que havia dois bebês, mas eles não conseguiam sair do caminho um do outro. Nona começou a sangrar antes do nascer do sol e estava fraca demais para fazer força. Quando ela foi dormir para nunca mais acordar, as mulheres abriram o canal do parto e retiraram os dois meninos. O primeiro menino chorou, sendo que o segundo não.

Graan, o ancião do Clã Cousin, levantou-se da rocha em que estava sentado. Não tive dificuldade em entender o que ele disse.

— Nona se foi e nossos peitos doem. Temos um novo bebê e nossos peitos riem e cantam. Iremos agora enterrar Nona e o bebê que não chorou. Nona dormirá sempre com o bebê nos braços.

Sem mais barulho, as pessoas saíram e cavaram um buraco com suas ferramentas rudimentares. Eles colocaram Nona na sepultura e aconchegaram o natimorto em seus braços. Pareceu-me que estava mais triste do que qualquer outra pessoa no túmulo.

Talvez minha resposta mais emocional seja porque nós, Domhanianos, temos vida longa e raramente encontramos a morte. Enquanto os sapiens vivem vidas curtas e perigosas. Eles veem a morte com frequência. Para eles, a morte é simplesmente parte da vida e devem continuar a sobreviver hoje, amanhã e no dia seguinte. Os membros do clã enterraram Nona, levantaram acampamento e partiram mais uma vez na jornada para o leste.

No dia seguinte, o ânimo do grupo melhorou. Estávamos

felizes por caminhar em terreno seco e não coberto de cinzas, felizes por respirar um ar que não estava cheio de fumaça.

No meio da manhã, Shiya e eu colocamos o baú no chão e sentamos nele para descansar um pouco. Virei-me para ela e perguntei:

— O que teria acontecido ao bebê se a filha de Anbron, Boite, não tivesse morrido no grande incêndio?

— Anbron dá leite a dois bebês, — Shiya respondeu com naturalidade.

— E o que teria acontecido se Anbron não tivesse leite?

Ela franziu a testa e falou lentamente em seu padrão Domhaniano pidgin.

— Bebê, morre. Se nenhuma mulher tiver leite, o bebê **sempre** morre. Anbron muito, muito feliz em dar leite ao bebê. Ela ajuda o bebê a viver. Ela ama o bebê. Mas Anbron muito, muito triste. Bebê, não Boite. Bebê, nunca seja Boite.

*E aí está. A sobrevivência do clã é de extrema importância, e a oportunidade de ajudar este bebê a sobreviver é uma alegria. Anbron cuidará do menino e ela criará um vínculo com ele. Ela vai amá-lo. Mas toda vez que ela o segura para mamar, seu coração se parte. Cada vez que ele mamar, lembrará Anbron do corpo queimado e quebrado de Boite.*

— O bebê vive e o clã vive.

Uma expressão sábia passou pelo rosto de Shiya. Ela se levantou, me ofereceu a mão e me puxou para ficar de pé. Pegamos as alças do baú e marchamos.

---

Há vinte dias que caminhamos na direção leste. Assim que saímos da escarpa norte acima do Blue Rock Canyon, o terreno tornou-se muito mais desafiador. Nosso progresso desacelerou para não mais do que cinco quilômetros por dia. Três vezes paramos em um acampamento para um único dia de descanso.

Hoje descemos de uma escarpa até um vale estreito e de fundo plano de um rio. Debaixo de uma grande árvore perto da margem do rio, dois jovens do Clã Cousins desenterraram um estoque de ferramentas de pedra que seriam impraticáveis para um bando nômade carregar. Deverão utilizar este parque de campismo regularmente nas suas viagens.

Enquanto os membros do clã estavam ocupados montando acampamento, Blanor, a fêmea alfa do Clã Cousin, e Graan se reuniram com Shiya e Maponus. Quando saí do matagal onde havia escondido o baú, vi Shiya caminhando em minha direção. O inchaço da gravidez era evidente em seu rosto. Uma onda de carinho e admiração tomou conta de mim.

Shiya, percebendo minha expressão, me lançou um olhar interrogativo. Eu não disse nada enquanto passei meus braços em volta de sua cintura. Ela enterrou o nariz na minha fossa supraesternal e disse:

— Ficaremos aqui alguns dias.

— Foi o que pensei quando vi aqueles dois homens desenterrando os machados de pedra. Quanto tempo ficaremos?

— Alguns dias. Graan e Blanor sabem quando é hora de sair. Diga que ainda há neve na montanha.

— Então vamos cruzar algumas montanhas?

Shiya se afastou do nosso abraço e encolheu os ombros.

— Shiya, estamos caminhando há muitos dias. Você sabe para onde estamos indo?

— Não. Os Cousins sabem onde cavar para um novo lar. Seguimos Cousins. — Shiya semicerrou os olhos em direção ao topo da colina que havíamos descido antes. — Eu vou com você até o acampamento de peles.

— Você não precisa. Eu posso conseguir tudo. Você fica aqui e descansa.

Ela deu um tapinha em seu útero em gestação.

— Não, sinta-se bem. Eu ando com você.

— Ok. — Eu sorri. Observando os membros do clã montando nosso acampamento, eu disse: — Ficar aqui por um tempo será bom para as pessoas feridas no grande incêndio. Eles vão melhorar. Talvez eles possam carregar algumas coisas quando partirmos.

Shiya sorriu.

— Eo, espero que hoje seja a última caminhada de volta antes do acampamento.

---

Esta manhã pendurei um de nossos sacos de grama no ombro e subi a encosta no lado leste do vale. Aparentemente, meu passeio era para coletar comida, mas eu só queria dar uma olhada.

Quando cheguei ao topo da colina, uma impressionante cadeia de montanhas cobertas de neve estendia-se até onde a vista alcançava, ao norte e ao leste. Eu me perguntei se Graan planejava nos levar através daquela cadeia de montanhas, mas decidi que isso não era provável. Mesmo para um bando nômade como o Clã Cousin, seria muito terreno para cobrir, e era improvável que eles precisassem caçar no terreno montanhoso que é mais difícil.

Procurei por mais de uma hora e encontrei um pedaço de arbustos de frutas silvestres, mas a fruta estava longe de estar madura. Quando ouvi o ruído característico dos mecanismos antigravitacionais de uma nave, mergulhei no mato para me proteger. Acontece que não era uma nave, mas três naves de assalto Serefim voando baixo e rápido, o que era estranho, extremamente estranho. Nunca tinha visto mais de duas naves de assalto juntas na superfície, e mesmo isso era raro. Na maioria das vezes, uma única nave de assalto era designada para acompanhar naves de transporte de pessoal ou de carga.

Preocupava-me que eles estivessem voando tão rápido em

uma formação abaixo dos sistemas de varredura por radar Domhanianos. Eles pareciam estar com pressa de fugir de uma briga ou entrar em uma. De qualquer forma, eu não conseguia imaginar como três naves de assalto voando juntos, provavelmente armados até os dentes, poderiam ser uma coisa boa.

O único posto avançado Domhaniano na área era uma mina de lítio acerca de trezentos e cinquenta quilômetros, quase a oeste. Essa instalação poderia ter sido atacada, exigindo o envio de naves de assalto? Se assim for, isso indicaria que a guerra esquentou ainda mais. Numa nota positiva, se os pilotos da nave de assalto tivessem visto o nosso acampamento, eles passaram sem alterar nem um pouco a sua trajetória de voo.

Na volta, parei em um riacho minúsculo e consegui pegar quatro peixinhos. Não eram muitos, mas pelo menos eu não voltaria de mãos vazias. Entre os caçadores/coletores isso era motivo de orgulho.

---

Todos precisávamos de descanso e a longa espera foi boa para nós, especialmente para as pessoas que ficaram feridas pela explosão atmosférica. As feridas da maioria das pessoas estão cicatrizando bem. Sem acesso ao meu laboratório, não tenho ideia se as pomadas que estão sendo aplicadas têm efeitos analgésicos significativos ou qualidades antibacterianas. Subjetivamente, parece que as misturas de folhas, gordura animal e lama ajudam com a dor. Talvez, ao selar as feridas, eles também limitem a exposição a patógenos que causariam infecções.

No entanto, duas pessoas têm feridas bastante preocupantes. A queimadura no pé esquerdo de Losgee infeccionou. Embora possa ser facilmente tratada a bordo do veículo orbital ou mesmo na clínica SWA-7, aqui temo que possa ser uma infecção potencialmente fatal. As queimaduras nas canelas de Kalor não são tão graves, mas também estão infectadas. Tenho quase certeza de que as infecções são bacterianas e não virais.

Em nosso segundo dia no acampamento, dois dos caçadores retornaram com um antílope de cabeça grande. Esses animais são bastante comuns nas estepes, mas são rápidos e difíceis de caçar. Este tinha uma perna traseira machucada, o que tornava razoavelmente fácil persegui-lo e matá-lo.

Presumi que o cérebro do animal seria usado para curtir a pele, como foi feito com os dois equinos que matamos no outono passado. Em vez disso, quando foi removido do crânio, Sinepo picou o cérebro e com água amassou-o até formar uma pasta espessa. Ela colocou-o num saco de tripas de animal e fez algo extraordinário. Ela levou a mistura para Anbron, que extraiu três ou quatro doses de seu leite materno em cima da mistura pegajosa. Sinepo fechou o saco e pendurou-o numa árvore durante quatro dias.

Ela recuperou a bolsa esta tarde. Um mofo verde escuro com um tom azulado cresceu na superfície da emulsão. Usando um pedaço de madeira liso e plano, Sinepo misturou rapidamente o molde na mistura. Ela tirou a pomada pegajosa do saco e espalhou-a nas feridas de Kalor e Losgee. Ela então envolveu os membros feridos com tiras de couro embebidas em água.

Independentemente da eficácia potencial das ministrações medicinais de Sinepo, estou mais otimista quanto à recuperação de Kalor do que à de Losgee. Parecia que suas feridas, embora maiores, provavelmente iriam sarar. Visto que a lesão no pé de Losgee formou um abscesso. Temo que ele possa estar enfrentando um ataque de septicemia.

Entre os Domhanianos, a septicemia seria quase

certamente fatal sem antibióticos, fluidos intravenosos e oxigênio. Não sei se o sistema autoimune do sapiens pode combater essa quantidade de envenenamento bacteriano do sangue. Mesmo depois de séculos de pesquisa, existem milhares de coisas sobre a biologia sapien que ainda não sabemos. Coisas que eu nunca teria considerado se não vivesse entre esses híbridos que tentamos criar à nossa imagem.

---

Ficamos no acampamento por oito dias e depois começamos a descer o rio em direção sudeste. Dentro de alguns quilômetros, o pequeno rio juntou-se a outro de tamanho aproximadamente igual. Na confluência, o vale alargou-se consideravelmente.

Comida e água fresca eram abundantes e a caminhada era fácil. Eu estimaria que percorremos cerca de oito quilômetros por dia. Um dia, as colinas de cada lado do vale desapareceram e o rio desaguava em outro rio muito maior. Os riachos combinados fluíam através de uma grande planície que se estendia até onde podíamos ver.

O céu azul profundo, salpicado de nuvens cúmulos, estendia-se até um horizonte além de nossa vista. Os sapiens optaram por acampar em um denso bosque rio acima da confluência. Eles quebraram os postes e as tendas de couro de animais que não usávamos desde a noite de forte nevasca, cerca de três dias antes. Blanor deve ter notado minha expressão interrogativa.

Ela se aproximou e apontou para as nuvens que se reuniam.

— Hoje à noite, amanhã, talvez mais dias, venha uma grande chuva.

A consciência ambiental e as habilidades de previsão do tempo dos clãs mais uma vez provaram ser acertadas. Algum tempo depois da meia-noite, Shiya me cutucou com o cotovelo. Ela sussurrou:

— A chuva cai agora.

O que começou como um tamborilar nos nossos abrigos marginalmente eficazes, tornou-se um dilúvio. Não estávamos encharcados, mas também não estávamos secos. A chuva torrencial diminuiu pouco antes do nascer do sol, mas continuou a cair implacavelmente durante o resto do dia e a maior parte da noite seguinte. Iniciar uma fogueira estava fora de questão. Comemos raízes cruas e alguns punhados de sementes torradas. Também comemos algumas tiras de carne seca e salgada. Não passamos fome.

Na manhã seguinte, uma névoa baixa encobria tudo ao nível do solo, mas o céu acima estava azul-claro. No meio da manhã, o sol havia dissipado a neblina e todos começaram a colocar roupas e peles de dormir no topo dos arbustos para secar. Tudo o que era feito de couro tinha que ser dobrado e amassado, amassado e esticado para evitar o endurecimento. Um saco cheio de gordura animal foi distribuído. Não havia o suficiente para um uso extravagante, apenas o suficiente para esfregar nas virilhas das calças. Caso contrário... Bem, a fricção dos órgãos genitais não é agradável.

Enquanto a maioria dos membros do clã descia até o rio inundado pela chuva e tentava pescar, eu saí com meu bloco para fazer anotações e atualizar meu diário. Shiya me encontrou em meu escritório improvisado entre um afloramento de pedras.

Ela se sentou ao meu lado e suspirou.

— Losgee doente. Acho que está muito doente.

— O pé dele está pior?

— Sim, pés ruins. — Ela tocou a palma da mão na bochecha. — E quente.

— Ok, vamos ver como ele está.

Foi como eu temia, na verdade pior. Mesmo na meia hora desde que Shiya viu Losgee pela última vez, ele ficou mais doente. Ele estava encharcado de suor e tremendo com o frio da febre. Verifiquei seu pulso, que estava rápido, mas não alarmante. No entanto, dentro de uma hora, sua frequência cardíaca disparou e ele começou a vomitar. Losgee não teve muito tempo de vida.

Ao anoitecer, um odor pungente emanava da tenda de Losgee. Shiya explicou que era o cheiro da morte. Isso não era algo que eu pudesse saber. Os Domhanianos recebem atenção médica muito antes de ficarmos tão doentes. Nós simplesmente não morremos assim. Quando nossas vidas chegam ao fim, somos levados à morte clinicamente. Achei perturbador testemunhar a crueza da morte natural.

Os membros do clã estabeleceram um rodízio de vigilância da morte. O costume não toleraria que o homem morresse sozinho. Eles queimaram cachos de ervas aromáticas que ardiam em vez de arderem. Durante a noite, Losgee perdeu o controle dos intestinos e da bexiga. A fumaça mascarava os crescentes odores desagradáveis.

Losgee estava morto ao amanhecer. Seus parentes o enrolaram em suas sujas peles de cama e o enterraram na terra amolecida pela chuva, algumas centenas de metros rio abaixo. Não houve marcação do túmulo e a cerimônia, se é que se pode chamar assim, foi simples e direta. Mais uma vez, fiquei impressionado com a aceitação prosaica da morte pelos sapiens.

Na manhã seguinte acampamos e começamos a caminhar rio acima ao longo da margem oeste do grande rio. Este vale, como aquele que havíamos descido alguns dias antes, era plano e firme. Não precisávamos mais carregar nenhum dos membros feridos do clã Crow e poderíamos ter caminhado mais a cada dia, mas os guias do Clã Cousins não pareciam estar com pressa. Nosso ritmo tranquilo implicava que tínhamos tempo de sobra para chegar ao destino pretendido antes que o tempo esfriasse novamente. Eu gostei desses dias.

# SETENTA
## OLHOS CEGOS – DENTES QUEBRADOS

*~Ramuell~*

A PLANÍCIE coberta de grama em ambos os lados do rio era o lar de milhares de pássaros que nidificavam no solo. A cada três dias, interrompíamos nossa jornada para o norte para coletar ovos e até mesmo capturar algumas aves. Ervas e sementes picantes também eram abundantes. Eu tinha gostado das frequentes refeições de peixe que comíamos no Blue Rock Canyon, mas gostei dessa mudança de culinária.

No nosso décimo dia acima da confluência onde havíamos enterrado Losgee, a água fluiu por uma curva e diretamente para a escarpa oeste do vale. Esta foi a primeira vez que fomos obrigados a atravessar o rio. Não choveu mais e o fluxo estava na altura dos joelhos. Manter nosso equipamento seco durante a travessia não foi um grande problema. Como meu baú era à prova d'água, Shiya e eu simplesmente o colocamos no chão e o flutuamos da margem para outra margem.

Era um dia quente e sentamos à sombra de três enormes árvores para almoçar. Shiya os ouviu primeiro. Ela se assustou, olhou para mim e apontou para o céu. Parei de mastigar as sementes e escutei.

— Ah, merda! Chame as crianças para debaixo das árvores. Certifique-se de que ninguém possa ser visto pelas pessoas do céu.

Enquanto Shiya conduzia os membros do clã o mais próximo possível dos troncos das árvores, fui até o baú para pegar meu binóculo. A essa altura eu podia ouvir os motores antigravitacionais de várias naves. Eles pareciam estar se movendo em nossa direção, mas ainda estavam atrás do penhasco a oeste.

Quatro naves de assalto Serefim cruzaram o vale apenas alguns quilômetros rio abaixo. Eles estavam voando no que deveria ser sua velocidade máxima. Eles estavam em modo de perseguição ou fuga. No final das contas, eram as duas coisas, embora eu suspeite que os pilotos não soubessem disso na época.

Depois de cruzar o vale, as naves de assalto fizeram uma curva suave para o norte e se alinharam em formação de ataque. Alguns segundos depois de passar pelas árvores sob as quais estávamos escondidos, a nave da frente disparou dois tiros de seu canhão montado na barriga. Desviei o olhar, temendo qual poderia ser o decreto. Meu medo era justificado. Um momento depois, duas bombas nucleares Serefim foram detonadas a não mais de cinco quilômetros a norte da nossa localização.

As próximas coisas que testemunhei aconteceram tão rapidamente que pareciam quase simultâneas. Primeiro, as explosões nucleares desativaram os dispositivos de camuflagem de três naves Oprit Robia. Eles ficaram instantaneamente visíveis e observei com horror enquanto dois giravam descontroladamente e explodiam com o impacto no topo da escarpa leste. Apenas um segundo depois, as outras naves de assalto Serefim atacaram a nave Oprit restante com uma saraivada de foguetes.

No mesmo instante, uma enorme nave Beag-Liath foi revelada quase diretamente acima. Não sei que tipo de armamento foi utilizado, mas todas as quatro naves de assalto Serefim foram vaporizados num clarão azulado. Não pude ver nenhum destroço caindo das naves destruídas.

Enquanto isso, a terceira nave Oprit Robia fez um pouso forçado, sendo que não explodiu. A nave Beag moveu-se naquela direção e pairou sobre o local do acidente. Embora eu achasse difícil imaginar, deve ter havido sobreviventes. Com meus binóculos, observei a nave Beag pousar suavemente. Pude ver membros da tripulação Beag descendo correndo a escada que descia abaixo da nave.

Nesse ponto, menos de um minuto após o início da batalha aérea, voltei minha atenção para os sapiens. Muitos gritaram de medo enquanto observavam o desenrolar dos eventos aéreos. Acredito que também posso ter gritado quando os dispositivos nucleares detonaram e a onda de concussão atingiu-nos com um estrondo.

Estranhamente, pode ter sido nossa sorte que muitos membros do clã estivessem assistindo ao combate aéreo, em vez de se encolherem e cobrirem os olhos. Eles agora sofriam da cegueira temporária causada pelas detonações nucleares. Eles, portanto, caíram no chão e não fugiram em pânico, quer queira, quer não quisesses.

Shiya estava entre os que ficaram cegos. Eu podia ouvir a voz dela chamando meu nome acima dos gemidos e das conversas temerosas de nossos amigos. Passei por cima de algumas pessoas e caí de joelhos ao lado dela. Quando peguei a mão dela, ela estendeu a mão e agarrou meus ombros e me puxou para um abraço, enterrando o rosto em meu peito.

Ela sussurrou como se mantivesse segredo:

— Os olhos não podem ver.

— Eu sei. Você verá novamente. Talvez hoje, talvez amanhã ou no dia seguinte. Mas tenho certeza de que você verá novamente.

Olhei em volta e vi que pelo menos uma dúzia de outros membros do clã também sofria de cegueira temporária. Não havia nada que pudéssemos fazer a não ser esperar que a natureza seguisse seu curso. Sabendo que panos úmidos e frios colocados sobre os olhos ofereceriam algum conforto, peguei a parca de couro macio que uma das mulheres Crow me dera e cortei a roupa em tiras. Pedi a duas das crianças ilesas que fossem molhar os trapos de couro no rio.

Quando elas voltaram, deitei Shiya e mostrei às crianças como colocar as tiras molhadas nos olhos fechados das pessoas cegadas pelo flash. Elas ficaram emocionadas por ter algo significativo para fazer em meio ao trauma e à confusão.

Com o pano frio no lugar, Shiya soltou um suspiro de alívio.

— Uau. — Quando peguei a mão dela, ela disse: — Bom para ajudar as crianças.

— O frescor faz seus olhos ficarem melhores?

— Eo. Sinto melhor rapidamente. Verei em breve novamente, eu acho.

Eu dei um tapinha em sua bochecha.

— Sim, acho que você vai.

Afastei-me algumas centenas de metros das árvores em direção a nave dos Beag-Liath que desembarcou. Novamente usando os binóculos, observei a tripulação Beag usar uma maca antigravitacional para içar quatro caças Oprit feridos a bordo de sua nave.

Quando a nave Beag decolou, não subiu muito. Ele pairou sobre a nave Oprit Robia acidentada por cerca de um minuto e depois disparou sua arma molecularizadora. Tal como as naves de assalto Serefim, a nave Oprit Robia pareceu vaporizar-se num piscar de olhos. Suponho que o Beag não queria deixar vestígios da batalha para que as gerações futuras encontrassem.

Eu nunca tive queimaduras de flash de luz, mas me disseram que parece que alguém derramou uma colher de areia em seus olhos. Embora não seja exatamente doloroso, a sensação é extremamente desconfortável. Havia uma dúzia de membros do clã bastante afetados.

Na manhã seguinte, com a ajuda de Shiya, consegui explicar que todos recuperariam a visão nos próximos dias. Pedi aos líderes que planejassem esperar pelo menos três dias antes de recomeçar a caminhada. A perspectiva de uma parada de vários dias não pareceu nem um pouco preocupante para eles. Três dos homens mais jovens deixaram o acampamento no final da manhã em uma expedição de caça. Ninguém se preocupou quando eles não voltaram ao pôr do sol.

Naquela noite, Shiya conseguiu abrir os olhos e ver. Contudo, manter os olhos abertos era tão desconfortável que ela preferia mantê-los fechados e cobertos com a tira de couro úmida. Na manhã seguinte, ela conseguia enxergar normalmente e abrir os olhos não era mais tão desconfortável. Felizmente, todos os outros também estavam lentamente recuperando a visão.

Ao meio-dia, os caçadores voltaram com um antílope a reboque. Os membros do clã começaram a limpar o animal. Eles cortaram a carne em tiras finas e penduraram tudo sobre uma fogueira fumegante. Enquanto isso acontecia, notei um dos caçadores segurando a mandíbula. Quando perguntei se ele estava bem, ele abriu a boca e apontou. Olhei para dentro e vi que seu pré-molar inferior esquerdo tinha uma pequena cárie e estava quebrado quase ao meio.

Perguntei o que havia acontecido e entendi sua explicação. Os caçadores encontraram uma nogueira e quebraram as cascas com os dentes em vez de usar pedras. Ele fez um comentário indicando que sabia que isso era uma coisa estúpida de se fazer... Sendo que os jovens são, bem, jovens. Dada à gravidade da fissura, eu não tinha dúvidas de que iria formar um abscesso e que a dor seria insuportável.

Na manhã seguinte, o queixo de Dorchal estava bastante inchado. Uma das mulheres mais velhas do Clã Cousin vasculhou a margem do rio e voltou com punhados de folhas diversas. Ela cobriu o dente com hortelã, o que pareceu oferecer um mínimo de alívio. A mulher disse a Shiya que não conseguiu encontrar nenhuma das plantas que procurava. Pelo que Shiya me explicou, tenho quase certeza de que uma das plantas é antibiótica e a outra é um agente anestésico bastante poderoso.

Embora não estivesse reclamando, ao anoitecer Dorchal estava claramente infeliz. Várias vezes durante a noite eu o ouvi gemer. Na manhã seguinte, seu rosto estava torto. Eu simplesmente não conseguia suportar a ideia de seu sofrimento. Os membros do clã sofreram traumas suficientes nos últimos dias. Tendo dois implantes dentários, entendi a agonia de um dente com abscesso. Danem-se minhas preocupações sobre a exposição dos sapiens às tecnologias Domhanianas, eu poderia fazer algo sobre isso.

Peguei minha multiferramenta, um sedativo forte e um frasco de antibiótico no baú. Shiya e eu explicamos a Dorchal que eu poderia remover o dente e a dor logo passaria. Ele não precisou ser convencido, o que indicava que ele estava de fato em agonia.

Shiya disse aos membros do clã que íamos tomar um chá e depois levaríamos Dorchal até o rio para consertar sua boca. Como eu não queria que ninguém visse a multiferramenta, Shiya explicou que eu usaria a magia do povo do céu e que eles não deveriam vir e assistir. Eles pareciam muito dispostos a obedecer.

Eu já havia esmagado um comprimido de benzodiazepínico de cinco miligramas e tinha outro pronto, se necessário.

Misturei a pílula em pó com um chá de hortelã-pimenta e casca de salgueiro que Shiya havia mergulhado em água morna. Quando ela deu o saquinho de couro para Dorchal, ele não sabia que seu chá havia sido enriquecido com uma droga poderosa. Nós três sentamos perto da fogueira bebendo de nossas respectivas sacolas.

Ficou óbvio em meia hora que Dorchal estava sentindo muito menos dor. Ele ficou bastante tonto. Mesmo assim, eu tinha certeza de que ele precisava estar um pouco mais intoxicado para a extração do dente. Agindo como se precisasse me aliviar, entrei nos arbustos e esmaguei outra metade de um comprimido. Quando voltei, peguei furtivamente o saco de couro de Dorchal do chão e despejei a droga em pó.

Shiya pediu a Dorchal que terminasse de beber o chá. Ela levou o saco aos lábios dele e derramou os últimos goles em sua garganta. Antes que ele desmaiasse, coloquei-o de pé e ajudei-o a cambalear até o rio.

Deitamos Dorchal em uma praia plana, alguns metros acima do nível da água. Shiya sentou-se e abriu as pernas. Arrastamos a cabeça do nosso paciente semiconsciente até à virilha. Ela pressionou as coxas firmemente contra as orelhas dele. Abri sua boca e enfiei um bastão curto entre os dentes do lado direito de sua boca.

Agarrei o dente quebrado com o alicate multiferramenta e tentei arrancá-lo. Ele quebrou ao meio.

— Tudo bem, — eu disse a Shiya. — Vou retirar uma metade e depois a outra.

Shiya parecia entender exatamente o que eu estava fazendo.

— Eo, — foi tudo o que ela disse e apertou as pernas com ainda mais força contra as laterais da cabeça do nosso paciente agora inconsciente. O dente quebrou novamente, mas consegui extrair os pedaços com bastante facilidade. Viramos sua cabeça de lado e enxaguamos o sangue de sua boca com água do rio.

Pude então ver a metade restante de seu dente. Saiu raiz e tudo com um único puxão forte.

Pressionei um pedaço de gaze no orifício sangrando e segurei-o no lugar com o polegar. Shiya ergueu um dedo e disse:

— Espere. Volto rápido.

Ela ficou de pé e correu até as árvores que abrigavam nosso acampamento. Poucos minutos depois ela voltou com uma bola de algum tipo de substância pegajosa.

—Isso é do caçador de insetos, aranha.

Teia de aranha! Brilhante. Coagularia o sangue que escorre da cavidade aberta na gengiva e na mandíbula.

— Há mais?

— Eo. Muitas aranhas nas árvores.

Eu sorri e ela piscou para mim.

Sentamos ombro a ombro observando Dorchal e ouvindo o ritmo melódico do rio. Coloquei minha mão na barriga inchada de Shiya. Era uma das horas mais tranquilas da minha vida.

Dorchal despertou enquanto lentamente ficava sóbrio. É claro que sua boca devia estar bastante dolorida, mas a dor lancinante de um abscesso no dente havia desaparecido. Ele abriu os olhos e esfregou cuidadosamente o queixo. Esperamos alguns minutos até que ele se sentasse por vontade própria. Em seguida, colocamos Dorchal de pé, colocamos seus braços sobre nossos ombros e o ajudamos a cambalear de volta ao acampamento.

Vendo o sorriso tímido de Dorchal, vários membros do clã ficaram de pé, jogaram os braços para o alto, começaram a balançar para frente e para trás na cintura e entoar:

— Ja, Ja, Ja! — Embora eu já tivesse visto isso várias vezes antes, a dança comemorativa sempre me fez rir, e fez de novo.

# SETENTA E UM
## POVO DOS DOIS RIOS

*~Ramuell~*

DEPOIS QUE TODOS RECUPERARAM A VISÃO, recomeçamos nossa caminhada. Durante vários dias desfrutamos de caminhadas fáceis no fundo do vale. No quinto dia, chegamos à outra bifurcação do rio e acampamos ali por duas noites. Saímos então do vale e entramos em uma pequena cordilheira. Nosso progresso desacelerou dramaticamente.

O aspecto mais difícil desta etapa da nossa jornada foi à descida muito íngreme para outro vale. Este era formado por dois pequenos rios que emergiam de cânions quase idênticos que descem de uma enorme cordilheira nevada ao nosso norte. Acampamos na confluência dos dois rios.

Naquela noite, os líderes do Clã Cousins reuniram-se em uma discussão que durou pelo menos uma hora. Depois disso, eles convidaram Shiya, Maponus e Sinepo para se juntarem a eles. Eu estava dormindo quando Shiya deslizou nas peles da cama ao meu lado.

— Está tudo bem?

— Sim, bom. Amanhã iremos para a nova casa na caverna.

Uma corrente de excitação estalou entre os membros do clã. Logo após o nascer do sol, todos estavam embalados e prontos para o nosso último dia de marcha. Percebi que todos os caçadores carregavam suas lanças prontas e me perguntei se algum tipo de combate estava iminente. Felizmente, não encontramos hostis, mas ficou claro para mim que os nossos líderes não tinham a certeza de que esse seria o caso.

Ao contrário do aglomerado de pequenas cavernas em Blue Rock Canyon, esta caverna era enorme. Havia espaço mais que suficiente para todos os membros de ambos os clãs.

— Como eles sabiam sobre esta caverna?

Shiya explicou:

— Muitos invernos passados, alguns Cousins encontram uma caverna. Muita neve. Deve ficar na caverna, esperar a neve derreter. Quando as flores chegam, os caçadores Cousins voltam para casa.

— Os Cousins e o povo Crow viverão aqui juntos?

Uma expressão melancólica apareceu no rosto de Shiya.

— Grande incêndio no céu e todos os Crows desapareceram. Os Crows foram para casa. Não há mais gente Crows. Agora um clã. Povo Crow e Cousins agora Povo de Dois Rios.

— Povo de Dois Rios... Isso é muito bom. Você está feliz?

Seus olhos se estreitaram em pequenas meias-luas. Ela se abaixou e deu um tapinha no útero inchado.

— Eo. Muito, muito feliz. — Ela acenou abertamente para as pessoas que já estavam ocupadas fazendo da caverna seu novo lar. — Povo de Dois Rios muito feliz.

---

Instalar-se em uma nova morada, mesmo que primitiva como esta enorme caverna dá muito trabalho. Shiya e eu reivindicamos um recanto um tanto privado na parede oeste, a cerca de quarenta metros da entrada da caverna. Cavei um buraco de um metro de profundidade para o baú que enterrávamos embaixo da cama. Antes de guardá-lo, removi a antena dobrável do satélite e meu comunicador.

Subi a crista curta e íngreme ao sul da caverna e coloquei a antena em uma clareira a algumas centenas de metros do topo. As baterias da antena e do comunicador estavam descarregadas. Eles levaram algumas horas para carregar com as células solares embutidas na antena. Quando consegui ligar o equipamento adquiri um satélite e enviei uma mensagem para o SWA-7.

*Cheguei em uma casa nova. Tudo está bem. Ligue – deixe mensagem.*

Os Serviços de Inteligência Serefim podem monitorar todas as comunicações de superfície refletidas nos satélites. Por essa razão, as nossas mensagens tinham de ser enigmáticas e sem nome. Esperei até meio-dia na esperança de receber uma resposta. Nenhuma veio.

Todas as manhãs eu subia até a antena na esperança de encontrar uma mensagem gravada. Depois de cinco dias eu ainda não tinha notícias do Ipos. Isso era preocupante. Imaginei três possibilidades:

1) O SWA-7 foi destruído na explosão e, nesse caso, meus colegas e amigos provavelmente morreram.

2) O SWA-7 foi abandonado. Azazel e Ipos podem estar no orbitador ou talvez tenham retornado para Domhan Siol. De qualquer forma, eu não conseguiria me comunicar com eles, pois não ousaria enviar uma mensagem ao orbitador. Se o pessoal tivesse sido retirado do quartel-general do SWA-7, perguntei-me o que teria acontecido ao pessoal do Projeto Nefilim que estão escondidos como eu estou.

3) Finalmente, era possível que Azazel, Ipos e os outros funcionários permanecessem no SWA-7, sendo que as suas comunicações estavam sendo monitoradas tão de perto que eles temiam revelar minha localização enviando uma resposta. Achei que esse era o cenário mais adequado, ou talvez apenas esperasse que sim.

No sétimo dia, fiquei emocionado ao ver o ícone de mensagem na tela do meu comunicador.

*Está tudo bem... Ufa!*

Eu respondi:

*Coordenadas?*

Três dias depois recebi uma resposta.

*Codificada.*

Ahh! Estou me comunicando com Ipos. Só ele saberia do nosso sistema de codificação para transmissão secreta de coordenadas de posicionamento global. Enviei a localização de nossa nova caverna para casa, somando quarenta graus e trinta minutos de latitude e subtraindo trinta graus e quarenta minutos de longitude.

Uma indecisão veio e novamente fiquei preocupado, quase doente. Nossas mensagens enigmáticas foram interceptadas? Teria Ipos sido detido? Ele estava agora andando de um lado para o outro na cela do veículo orbital? Na décima segunda manhã após a última transmissão de uma palavra do Ipos, encontrei uma mensagem.

*Reunião sobre o Fim do Projeto + 20.*

Embora tenha sido um divisor de águas na minha vida e na história do Projeto Nefilim, depois de todos esses anos eu não conseguia me lembrar da data exata do nosso último encontro. Na minha excitação, quase deixei cair meu foliopad, arrancando-o do estojo protetor. São dispositivos resistentes, mas não posso me dar ao luxo de ser descuidado e quebrar a tela. Provavelmente precisarei usá-lo por muitos anos.

Respirei fundo, sentei-me e apertei o botão liga/desliga. Assim que inicializei, abri meu diário e acessei o ano em questão. Levei apenas alguns minutos de rolagem para encontrar minhas anotações da noite em que o Grupo dos 12 sentou-se ao redor de uma fogueira no cume suspenso, relembrando os primeiros dias do Projeto Nefilim.

Lá estava! Nessa data mais vinte dias, eu receberia uma visita do SWA-7. Eu corri uma resposta.

*Meus olhos estão de olho no céu.*

# SETENTA E DOIS
## DESPEDIDAS

*~Ramuell~*

DESDE QUE CHEGOU aos Dois Rios, a barriga grávida de Shiya inflou como um balão. Suas costas doíam, mas o que parecia incomodá-la mais era que seu bebê estava virado do avesso. Ela deu um tapa no meu braço quando eu ri de seu constrangimento. O fato é que ela é tão fofa que as mulheres do clã não resistiram e colocaram as mãos em sua barriga.

No dia marcado, Shiya disse que queria subir o cume para ver Ipos. Eu não tinha certeza se isso era uma boa ideia, mas ela foi inflexível e eu cedi. Fiquei surpreso ao ouvir o zumbido de um quadricóptero em vez do zumbido dos mecanismos antigravitacionais do P-6. Suponho que a longa caminhada desde Blue Rock me fez pensar que nossa nova casa ficava muito mais longe do SWA-7 do que realmente é. Na verdade, estamos dentro do alcance de um quadricóptero.

Entrei na clareira para acenar para o helicóptero entrar. Shiya decidiu esperar na cobertura do arbusto e observar. Fiquei chocado e emocionado ao ver Azazel sair pela porta do passageiro. Ipos deslizou para fora do assento do piloto e com alguma fanfarra gesticulou para Azazel como se dissesse: "Olha quem eu trouxe comigo".

Corri até Azazel e ele me puxou para um abraço. Fazia vários anos que não nos víamos. Ipos ficou nos observando com um sorriso de orelha a orelha congelado no rosto. Azazel me empurrou com os braços estendidos e me olhou de cima a baixo.

— Já faz muito tempo, meu jovem amigo... Muito tempo.

Ipos se aproximou me deu um tapa nas costas, me puxou para um abraço de urso e bateu em minhas costas várias outras vezes.

— Estávamos muito preocupados por você não ter sobrevivido à explosão. Fui para Blue Rock assim que pude... E fiquei muito emocionado ao encontrar sua carta nas caixas derretidas.

Azazel pigarreou e acrescentou:

— Mas é um mundo perigoso e não tínhamos ideia de para onde você tinha ido. Suponho que continuamos preocupados até que **finalmente** ouvimos falar de você. Por que demorou tanto?

— Essa é uma longa história. — Arranquei algumas toras e acendi uma fogueira. — Vamos fazer um chá.

— Uhm, trouxe algumas cervejas, — disse Ipos. — Você gostaria de uma?

— Abençoado! Eu mataria por uma cerveja! Talvez não matar, mas uma bebida todas as noites no jantar é algo que senti falta como você nem imagina.

Azazel riu e voltou para o quadricóptero. Ele abriu a escotilha de armazenamento e tirou um pequeno refrigerador.

— Então vamos acender aquela fogueira e tomar duas. Estas são de uma cervejaria Domhanian Highlands.

— Realmente!

— Sim, apenas o melhor para o nosso Ramuell.

Acendi o fogo à maneira sapien. Coloquei um carvão quente carregado num chifre de bisão oco debaixo de um punhado de grama seca. Depois de alguns segundos, soprei levemente a grama fumegante e ela pegou fogo. Alimentei os pequenos galhos de chama e depois os gravetos maiores e em três minutos tive fogo suficiente para colocar alguns pedaços maiores de madeira seca. Eu disse:

— Voilà! — Ipos e Azazel aplaudiram em aprovação.

Quando me sentei no tronco, Ipos abriu uma garrafa e me entregou.

— Você realmente não precisava se preocupar tanto, eu tenho uma ponta de lança, — disse Ipos.

— Eu sei, estou apenas me exibindo. — Eles riram. — Então, o que está acontecendo no seu mundo?

Azazel me estudou por um momento.

— Acabou Ram.

— Acabou? O que você quer dizer?

— Elyon e seu grupo de criminosos se foram e estamos fugindo, — respondeu Azazel.

— Realmente! O que diabos aconteceu?

— Anotas-Deithe chegou com uma força de mais de dois mil Matzod. Nunca vi nada parecido. Em comparação, a Frota da Lei e da Ordem que derrubou Elyon todos aqueles anos atrás parecia uma flotilha de brinquedos para banheira. Trace permaneceu para supervisionar o descomissionamento de todas as instalações de Domhanianas.

— E sobre isso, — interveio Ipos, — nós, pessoal das áreas de estudo científico, não seremos um grande problema. Mas você sabe que as operações de mineração possuem milhares de quilotoneladas de equipamentos. Não temos ideia de como eles vão descartar todas essas coisas.

— Isso é verdade, — concordou Azazel. — Mas me parece

que o maior problema é que muitos dos mineradores não estão satisfeitos. Alguns são abertamente hostis, mas não são páreo para uma companhia de Matzod.

— Sim e o Matzod mostrou isso desde o início, — acrescentou Ipos.

Azazel tomou um gole de cerveja e jogou um pequeno graveto no fogo.

— Um contingente de mineiros decidiu emboscar a tripulação enviada por Trace para avaliar como encerrar sua operação. Em duas horas, um esquadrão Matzod chegou ao local. Dado o seu treino, estratégia e poder de fogo, subjugaram os mineiros rebeldes numa questão de minutos.

— O que eles estavam pensando?

— Eles não estavam! — Exclamou Ipos. — Ou isso ou eles são muito burros.

— Que bagunça, — respondi. — E o Projeto Nefilim?

— Acabou também, — respondeu Azazel. — Mas a boa notícia é que você venceu!

— Nós ganhamos?

— Sim, você ganhou. Quando foi a última vez que você encontrou um clã com nefilim?

— Isso... Suponho que tenhamos feito o melhor que podemos. Mas como a avó sempre dizia, nunca conseguiremos erradicar completamente a mutação. Ele **aparecerá** de tempos em tempos por milhares de gerações. — Ficamos sentados em silêncio por um momento. — E o que dizer da nossa equipe?

Ipos e Azazel trocam olhares preocupados.

— Temos notícias preocupantes. Não conseguimos encontrar a maioria dos seus familiares que se esconderam. Há mais de um ano, quando ficou claro que as coisas iriam para o inferno, Elyon contratou um bando de caçadores de recompensas.

Ipos olhou para baixo e cuspiu no chão.

— E parece que os filhos da puta fizeram o seu trabalho!

Olhando para o fogo, Azazel engoliu em seco várias vezes.

— Acreditamos que eles caçaram, capturaram ou mataram a maioria dos seus colegas. É por isso que temos sido tão cuidadosos em nossas comunicações via satélite com vocês.

— Não tememos os Serviços de Inteligência Serefim. Na verdade, o Chefe Razel tem sido uma das poucas vozes da razão quando a maré da guerra se voltou contra as forças Serefim. Acredite ou não, ele acabou sendo um dos mocinhos. Mas não sabemos ao certo se todos os caçadores de recompensas deixaram Ghrain-3.

Ipos engoliu o último gole de sua cerveja. Ele colocou a garrafa aos pés e disse:

— Então, Ram, estamos aqui para levá-lo para casa.

Só então Shiya emergiu dos arbustos e atravessou a clareira em nossa direção. Tanto Azazel quanto Ipos estremeceram um pouco quando a viram. Ela sentou-se ao meu lado com a coxa tocando a minha.

— Ipos, você conhece Shiya. Azazel, você conheceu depois da batalha pela Autoridade Portuária, quando ela era apenas uma criança.

— Oh meu Deus! Ela era a criança órfã durante o ataque Nefilim ao Clã Crow?!

— Sim, sou eu, — respondeu Shiya em dialeto Domhanian Padrão. Ela estendeu a mão, ofereceu a palma da mão voltada para cima e disse: — Bem-vindos, amigos.

Os dois homens ficaram surpresos e hesitaram um pouco antes de bater na palma da mão dela. Não tenho certeza se eles ficaram surpresos com as palavras domhanianas que ela pronunciou ou com seu estado avançado de gravidez. Provavelmente ambos.

Ipos estreitou os olhos e chupou os dentes.

Azazel apertou os lábios, mas seus olhos irradiavam bondade e compreensão.

— Então você não voltará conosco.

Coloquei meu braço em volta da cintura de Shiya e puxei-a com força contra mim.

Ipos assentiu lentamente.

— Mandaremos buscá-lo quando pudermos. — Ele ergueu um dedo: — Mas não sabemos quando ou mesmo se teremos permissão para deixar Domhan Siol.

— Uhh, sem permissão para sair de Domhan Siol? Eu não entendo.

Azazel respirou profundamente.

— A situação no mundo natal é confusa, para dizer o mínimo. A frota Anotas não veio realmente para depor Elyon. Ele já havia partido quando eles chegaram. Ele partiu porque os Beag-Liath revelaram seu verdadeiro poderio militar. Quando o fizeram, a guerra dos traficantes de escravos foi perdida entre dois undécimos.

— Eles acabaram de destruir a maldita frota do Serefim Presidium, — acrescentou Ipos.

— Sim, em nossa longa jornada até aqui, vimos uma nave Beag aparentemente vaporizar três naves de assalto Serefim.

— Foram instantâneos? — Ipos perguntou.

— Em um segundo eles estavam lá e no outro não conseguíamos ver nem um grão de destroço caindo.

Azazel disse:

— Isso é o que aconteceu em todos os lugares.

— Talvez possamos convencer os Beag-Liath a se livrarem de todo aquele equipamento de mineração que você mencionou.

— Uau, eu não tinha pensado nisso. Você pode estar no caminho certo, Ram. De qualquer forma, voltando à guerra, não temos certeza do que levou o Beag-Liath ao limite. Mas quando eles finalmente decidiram que já estavam fartos... Eles estavam fartos. Trace acredita que Elyon e seus gangsters temiam que o Beag pudesse direcionar suas armas para as naves 4D ou mesmo para o orbitador, então...

Ipos soltou uma risada sem graça.

— Devo ficar impressionado com a coragem de Elyon e Migael.

— Então, a situação em Domhan Siol? — Eu insisti.

Azazel tirou o boné e passou os dedos pelos cabelos.

— Elyon ainda tem muitos apoiadores nas fileiras do Anotas.

Devo ter dado a ele um olhar surpreso. Ele levantou um dedo e continuou.

— Embora a maré tenha virado contra os corruptos corporativos Anotas, Elyon e sua turma esconderam quantidades incalculáveis de metais preciosos em esconderijos por toda esta parte da galáxia. A riqueza deles é inimaginável.

— E eles podem usar isso para comprar muita devoção gananciosa dentro dos Anotas.

— Está correto. — Azazel fungou: — E não esqueçamos que isso já aconteceu antes e não apenas com Anotas.

— Portanto, resumindo, quando chegarmos em casa, poderemos ser detidos pelos partidários de Elyon, — acrescentou Ipos.

— Detidos sob quais acusações?

Ipos bufou.

— Tenho certeza de que os Elyonistas nos consideram traidores.

Azazel sorriu.

— Poderíamos ser acusados de traição, rebelião, colaboração com o inimigo e até mesmo insurreição.

Fiquei sentado em silêncio por vários momentos. Shiya não poderia acompanhar nossa conversa, mas sentiu problemas. Ela estendeu a mão e puxou minha mão para as dela.

— Porque o Projeto Nefilim interferiu nas abduções sapiens?

— Não apenas isso, — Azazel respondeu. — O fato é que

**temos** sido aliados de fato de Oprit Robia contra as forças do Presidium.

— E não colocando nenhuma culpa aqui, mas seus pais negociaram diretamente com o Beag-Liath. — Ipos fez uma pausa e acrescentou: — Ei, o Beag escolheu seu pessoal para puxar a alavanca do freio em todo o maldito negócio do comércio de escravos.

— ... Felizmente sim, mas posso ver como isso representa um alvo em suas costas.

— Bem, — Azazel falou lentamente, — não estou muito preocupado. Mesmo se formos detidos, eles não conseguirão manter as acusações. Também temos muitos aliados no mundo natal.

Eu ri.

— Sim! Liam e Sean vão tirar vocês da detenção em um dia. Ipos apontou para mim.

— É nisso que estamos apostando.

---

Antes de subir no assento do piloto, Ipos puxou a mim e a Shiya para um abraço coletivo.

— Isso não é "adeus", meu amigo.

Tirando aquele dia horrível em que os nefilim atacaram o Clã Crow há quase duas décadas, Azazel tem sido uma das pessoas mais estoicas que já conheci. Mas hoje ele não me abraçou e quando estendeu a mão para dar um tapinha na palma da mão, lágrimas brotaram de seus olhos. Ele tentou dizer alguma coisa, mas não conseguiu. Em seus olhos, pude ver o que ele estava sentindo algo de algum lugar lá no fundo. Da câmara de eco emocional do seu coração. Ele tossiu, virou-se e pulou no quadricóptero.

Vimos à decolagem e eu acenei adeus aos meus dois amigos mais próximos.

Shiya se virou e procurou meu rosto.

— As coisas estão ruins, Domhan?

— Sim, as coisas estão ruins em Domhan Siol.

— Você fica aqui?

— Shiya, eu fico com você.

Ela balançou a cabeça uma vez, pegou minha mão e nos levou de volta para a caverna.

# SETENTA E TRÊS
## FLORES DA MANHÃ

*~Ramuell~*

FOI um dos piores dias da minha vida.

Shiya e eu descemos o riacho para colher agrião. Estávamos na água, a apenas alguns centímetros de profundidade, colhendo as verduras nutritivas, quando Shiya gemeu alto. Olhei para cima e a vi cair de joelhos na água. Ela ofegou. Joguei minha bolsa na margem e percorri os quatro metros ao lado dela.

— Dói! Muito machucado!

Reunindo-a nos braços, tirei-a da água e cambaleei nas pedras escorregadias em direção à beira do riacho. Ela gritava a cada passo e se encolhia em posição fetal quando a deitei em uma grande pedra plana. As contrações vieram em ondas violentas e irregulares.

As contrações precoces são normais entre sapiens grávidas, mas eram muito fortes e dolorosas. Eram tão irregulares que acreditei que ela não estava realmente em trabalho de parto, mas não sabia o suficiente sobre o parto para ter certeza.

Embora eu tivesse certeza de que algo estava seriamente errado.

Deitei a cabeça dela no meu colo e vi a poça de sangue na rocha. Tentei engolir o pânico.

— Ah, não... Ah, não!

— Bebê machucado?

— Eu não sei, Shiya.

— Devo deixar o bebê bem.

Eu não sabia como "deixar o bebê bem". E, francamente, embora a preocupação dela fosse com o bebê, essa não era minha principal preocupação. Meu medo era por Shiya, não pelo feto que ela carregava. Naquele momento, eu teria negociado a vida do nosso filho ainda não nascido num piscar de olhos se isso significasse salvar Shiya.

Observei as gotas de suor se transformarem em riachos e escorrerem de sua testa. Eu estava indefeso e inútil enquanto espasmos de dor atormentavam seu corpo. Contorcendo-se para frente e para trás, seu cabelo ficou molhado e pegajoso. Por que, em nome de tudo que é sagrado, eu não estudei prénatal e parto? Eu tinha certeza de que minha enciclopédia foliopad continha megabytes de informações sobre o assunto. O que eu estava pensando?! Eu não tinha tido tempo para ler nenhuma das informações ao meu alcance. Enquanto observava o sangue escorrendo entre suas coxas, me odiei.

Algumas horas depois, a frequência das contrações diminuiu e não eram tão fortes. Logo estaria escuro e não tínhamos escolha a não ser voltar para a caverna. O corpo de Shiya, flácido de exaustão, caiu em meus braços quando a levantei. Parei e descansei apenas uma vez na caminhada de dois quilômetros de volta.

Quando entramos na clareira em frente à caverna, uma das mulheres viu as pernas ensanguentadas de Shiya. Ela gritou e veio correndo. Um minuto depois estávamos cercados por membros do clã frenéticos. Shiya foi levantada dos meus braços e empurrada para dentro. Eles a deitaram sobre nossas peles e forçaram a entrada de água em sua boca. Ela tossiu e cuspiu, mas o arrulhar insistente de suas companheiras do clã a encorajou a tentar novamente. Depois de engolir alguns goles, ela caiu de volta na cama. Ela não parecia mais sentir muita dor e estava flácida de exaustão.

Duas das mulheres mais velhas enxotaram todo mundo e começaram a limpar Shiya. Observei impotente enquanto elas massageavam suas costas e continuavam a lhe dar goles de água. Eu normalmente não abria meu foliopad na frente de outras pessoas do clã além de Shiya. No entanto, naquela noite, as minhas preocupações sobre a sua exposição à tecnologia Domhaniana ficaram muito atrás das minhas preocupações sobre a saúde de Shiya. Apoiado na parede da caverna sentei-me ao lado da cama, estudando os inúmeros artigos que encontrei sobre condições pré-natais problemáticas e parto.

O que aprendi não foi animador. Pelas minhas contas, Shiya ainda estava a uns quatro undecim do período completo de gestação sapien. Um bebê nascido tão prematuro em Domhan Siol quase certamente não teria problemas em sobreviver, mas aqui, sem acesso a tecnologias médicas neonatais avançadas...? Quanto mais eu lia, mais desanimado ficava. Olhando para trás, sei que estava tentando forçar uma educação médica de décadas em poucas horas. Nessas circunstâncias, quais eram minhas escolhas?

Quando desliguei o foliopad, cheguei a um diagnóstico pessimista. Eu acreditava que Shiya estava sofrendo um descolamento prematuro da placenta. Nesse caso, só poderíamos esperar que a placenta estivesse apenas parcialmente separada da parede do útero. Sem anestesia, uma sala cirúrgica estéril e um médico qualificado, a remoção cirúrgica do bebê não era uma opção.

Para aumentar meu desespero estava o conhecimento de que, se meu diagnóstico estivesse correto, esta seria uma condição que ameaçava a vida tanto da mãe quanto do filho. A única coisa que podíamos fazer era manter Shiya deitada, o que não era difícil. Ela estava muito esgotada tanto física quanto emocionalmente para sequer pensar em se levantar da cama.

Uma sensação de tristeza tomou conta do clã. Todos estavam tentando ajudar, trazendo comida e água para Shiya, além de tentar mantê-la limpa. Mas todos pareciam entender que estávamos a vendo ir embora.

No dia seguinte resolvi enviar uma mensagem para o SWA-7. Quatro vezes naquele dia subi até a antena de satélite e transmiti mensagens implorando pela tecnologia médica. Não houve resposta. Cheguei até a considerar enviar uma mensagem contínua, mas temia que os caçadores de recompensas ainda pudessem estar perambulando por Ghrain-3. Nesse caso, eles poderiam localizar-se em um sinal contínuo e, nesse caso, eu não estaria apenas colocando em perigo a mim mesmo, mas a todo o Povo dos Dois Rios. Eu não tinha dúvidas de que os caçadores de recompensas não teriam escrúpulos em matar todos.

Quando Shiya ficou inconsciente na tarde seguinte, saí da caverna e gritei. Isso foi um erro. Isso assustou os membros do clã e eles me mantiveram longe, embora na época eu quase não tenha notado. Saí correndo até o topo da crista baixa do outro lado do riacho.

Bufando e com a língua de fora, caí de joelhos ao lado da antena parabólica e comecei a recalibrar as configurações. Demorou cerca de um quarto de hora para adquirir um satélite diferente. Imediatamente, enviei uma mensagem para NWA-1.

*Semyaza – preciso de ajuda – envie tecnologia médica – por favor, apresse-se.*

Transmiti a mensagem repetidas vezes, pelo menos uma

dúzia de vezes ao longo de uma hora. Não recebi resposta. Minha dor foi esmagadora. Azazel disse:

— Acabou, — e de fato acabou. SWA-7 e NWA-1 foram abandonados. Meus amigos se foram – minha tábua de salvação foi cortada – eu estava sozinho.

— Não, droga! Eu não estou sozinho! Shiya está lá na caverna e precisa da minha ajuda. — Fiquei de pé e, embora estivesse escuro, comecei a trotar encosta abaixo. De repente, um conjunto de luzes de pouso brilhou no alto. Por um momento fiquei confuso – com medo de que os caçadores de recompensas tivessem rastreado meu sinal. Mas a nave que pairava no alto não era Domhaniana.

---

O primeiro dos quatro Beag-Liath que saiu correndo da pequena nave aproximou-se de mim com cautela. Os outros três recuaram ao pé da escada. Quando o Beag se aproximou do comprimento de um braço, ele estendeu a mão, oferecendo-me a mão voltada para cima para o toque de palma Domhaniano.

Estudei essa criatura de outro mundo e arrisquei:

— Meus pais me falaram sobre você. Você é amigo deles.

Os lábios do Beag se contraíram sutilmente, uma expressão que interpretei como um sorriso. Ele fechou os olhos e assentiu lentamente uma vez, reconhecendo o fato da minha declaração.

— Você está aqui para ajudar Shiya?

O Beag se virou e deu um sinal de mudança de mão para seus companheiros. Eles entraram em ação. Em apenas alguns minutos, eles carregaram três caixas em um palete antigravitacional. O líder virou-se para mim e fez um gesto que significava "mostre o caminho".

Os membros do clã ficaram surpresos, mas não com medo, quando viram os quatro Beag-Liath me acompanhando. Eu sabia das intervenções médicas dos Beag com o Clã Crow após o ataque Nefilim e estive presente quando os Beag se apresentaram na batalha pela Autoridade Portuária. A julgar pela reação do sapiens, presumi que o Beag também devia ter interagido com o clã em outras ocasiões.

Vários membros do clã se aproximaram e com expressões felizes bateram no Beag nos antebraços e ombros. Havia algo quase obsequioso na saudação deles. Depois de alguns minutos, o líder Beag fez novamente um gesto para que eu liderasse o caminho. Mostrei-lhes nossa cama, onde Shiya estava inconsciente, branca como giz e respirando rápida e superficialmente.

Eles rapidamente removeram as caixas do palete antigravitacional. Enquanto dois deles começaram a desempacotar o equipamento médico, os outros dois colocaram Shiya no catre, que depois elevaram até a altura da cintura. O palete seria a mesa de operação sem pernas.

Um dos Beag prendeu uma seringa a jato na coxa de Shiya e conectou uma bomba de pressão constante. Presumi que o fluido que eles estavam injetando era algum tipo de anestesia/sedativo. Saí do caminho dos médicos Beag e observei seus atendimentos a alguns metros de distância. Os membros do clã estavam curiosos, mas também com um pouco de medo. Eles se amontoaram na entrada da caverna e lançaram olhares preocupados em nossa direção.

Usando tecnologias de ultrassom e fibra óptica, o Beag examinou imagens em uma tela dividida. Nunca durante o processo de diagnóstico nenhum deles trocou uma palavra falada, mas ficou claro para mim que eles estavam se comunicando. Depois de cerca de meia hora, um dos Beag colocou uma viseira que estava presa por um cabo fino à câmera dentro do útero de Shiya. Eles então inseriram outro cabo que estava conectado a um dispositivo que presumo ter produzido um laser ou uma descarga elétrica, talvez ambos.

Observei na tela enquanto eles cauterizavam sangramentos e aparentemente recolocavam tecidos descolados. As habilidades motoras finas do cirurgião desmentiam sua mão absurdamente longa de quatro dedos. Quando finalmente o cirurgião fez uma declaração oral, deve ter sido uma instrução. Um dos outros Beag retirou o frasco de anestesia da bomba de pressão e anexou um frasco com uma solução diferente.

Talvez meia hora após a remoção dos instrumentos cirúrgicos, a respiração de Shiya tornou-se lenta e regular. O Beag recolocou novamente a garrafa na bomba. Parados ao redor do palete antigravitacional/mesa de operação, os quatro Beag estudaram Shiya cuidadosamente. Eles usaram vocalizações que pareciam um pouco com a nossa fala, intercaladas com cliques e latidos. Eles também usaram bastante do que parecia ser uma forma de linguagem gestual.

Depois de cerca de uma hora, o líder do grupo virou-se para mim, bateu palmas uma vez e estendeu a palma voltada para cima. Pelo seu comportamento, presumi que a cirurgia foi um sucesso. Presumi que o Beag-Liath tivesse salvado a vida de Shiya e de nosso filho ainda não nascido. Estendi a mão e bati na palma oferecida. Na minha alegria, dei um passo à frente e tentei oferecer um abraço. Os olhos do Beag se arregalaram ainda mais que o normal e ele se afastou dois longos passos. Percebi minha gafe e acenei pedindo desculpas. Os músculos tensos do rosto do Beag relaxaram visivelmente. Talvez tenha percebido que eu estava apenas sendo um Domhaniano emotivo, em vez de desajeitado.

Dois dos Beag baixaram o catre e colocaram Shiya de volta nas peles da cama. Os outros começaram a guardar o equipamento cirúrgico nas caixas. Levei nossos visitantes até a entrada da caverna, onde eles foram novamente tocados nos braços por muitos membros do clã.

Quando dei alguns passos para acompanhá-los de volta a nave, o líder me deu um tapinha no ombro. Com uma mão ele balançou o punho fechado e com a outra apontou de mim para Shiya. Eu ri de mim mesmo. Esses seres estavam explorando a galáxia, nem precisavam que eu lhes mostrasse o caminho para sua nave.

O que pensei ser possivelmente um sorriso apareceu no rosto do Beag. Quando se virou para sair, parou de repente e olhou para mim. Fiquei emocionado quando ele apontou novamente para Shiya e me fez o gesto Domhaniano de polegar para cima. Desta vez não havia dúvida de que meu novo amigo estava sorrindo.

Enquanto observava o quarteto partindo com seus passos curtos e rápidos, me perguntei por que eles haviam se interessado tanto pelo Clã Crow. Agora que pensei nisso, percebi que eles também eram conhecidos pelos Cousins. Vários membros do Clã Cousins também encontraram o Beag com a saudação de tapinhas no braço. Também me perguntei por que Beag-Liath parecia tão despreocupado em expor os sapiens à sua extraordinária gama de tecnologia. Não se preocuparam com os efeitos desse tipo de contaminação cultural?

Então uma compreensão me atingiu com tanta força que quase cambaleei. Aqui estava eu, julgando os Beag-Liath por expor os sapiens às suas tecnologias, enquanto nós, Domhanianos, usávamos nossa tecnologia para projetar geneticamente híbridos-sapiens. Esse pensamento me angustiava e eu teria ficado feliz em apagá-lo da minha mente. Eu só não queria pensar muito profundamente sobre tal coisa. Minha hipocrisia era de tirar o fôlego.

Voltei para a caverna e sentei-me nas peles ao lado de Shiya. Cerca de duas horas depois, suas pálpebras começaram a tremer. A pele de seu rosto parecia que sua temperatura estava quase normal. Ela estava com tanto frio enquanto estava morrendo horas antes da cirurgia. Ela abriu os olhos por um momento, mas não parecia capaz de focar. Isso aconteceu várias vezes nos minutos seguintes.

Falando suavemente, eu disse a ela:

— Shiya, você pode acordar agora. Acorde, Shiya. — Um minuto depois, seus olhos se abriram e ela estava lá.

— Muitas sensações. Muitos sentidos lindos. Bebê, não está machucado.

Estendi a mão e acariciei sua bochecha.

— Não, querida, não está machucado. Shiya também está bem.

— Sim, pequenas pessoas do céu vieram. Shiya bem. Querido, bem.

Ela se contorceu para libertar as mãos debaixo das peles, em seguida, estendeu a mão e acariciou a barba rala que crescia ao longo da minha mandíbula.

— Shiya ama Ramuell... Sempre ama Ramuell.

Lágrimas rolaram pelo meu rosto.

---

A última garrafa de líquido que Beag-Liath infundiu na coxa de Shiya devia estar carregada de nutrientes. A cor de sua pele voltou ao normal em algumas horas e ela teve força suficiente para se sentar. Com ajuda ela até se levantou e andou pela caverna, arqueando o tronco e segurando as costas com as duas mãos. Caminhando, ela disse:

— As costas doem muito. — Este foi um comentário estranho, dado o enorme sorriso em seu rosto.

Dois undecim depois, Blanor chamou Maponus, Dorchal e eu até onde Shiya estava sentada. Ela apontou para Shiya e nos disse no dialeto Crow que o bebê nasceria em breve. Blanor então nos levou até a frente da caverna e apontou para três árvores perto do riacho.

— Faça abrigo lá.

Dorchal recuperou as peles e os postes da tenda e os dois jovens escoraram um abrigo entre as árvores. Eu não fui de muita ajuda. Não só não sabia como construir o abrigo, como também fiquei completamente distraído com a notícia de que o parto era iminente. Maponus e Dorchal tiveram a gentileza de me pedir para fazer coisas que eles próprios poderiam facilmente ter feito. Para me manter ocupado, eles fingiram precisar da minha ajuda.

Os dois jovens cavaram um buraco raso sob o abrigo, que encheram com folhas e grama. Eles então colocaram uma capa de couro macio por cima da almofada improvisada.

Maponus explicou o propósito, embora fosse óbvio. Era para lá que Shiya viria quando o trabalho de parto começasse – onde nosso filho nasceria.

Na manhã seguinte, as contrações de Shiya começaram com intensidade e ela foi levada da caverna para o alpendre. Caía uma garoa e fiquei preocupado que ela pudesse estar molhada e infeliz lá fora. Segui o grupo de mulheres até o abrigo e, para minha surpresa, não só estava seco, como também aquecido por uma pequena fogueira acesa num anel de pedra mesmo por baixo da extremidade aberta da tenda. Logo fui enxotado e proibido de voltar.

Com expressões divertidas, a maioria dos homens do clã me encontraram na entrada da caverna. Dorchal disse algo que fez todos os homens rirem. Não entendi todas as palavras, mas o significado era claro: "Que tipo de idiota mete o nariz nos assuntos das mulheres"?

Nas horas seguintes, as contrações de Shiya tornaram-se regulares e fortes. Eu esperava que seu trabalho de parto fosse mais fácil. Os Beag-Liath conseguiram salvar sua vida. Eles salvaram o feto e provavelmente infundiram em Shiya hormônios que aceleraram a maturação embrionária. Mas eles não são deuses e não poderiam fazer milagres. A tecnologia deles é impressionante, mas não havia nada que pudessem ter feito para facilitar o parto. Isso foi apenas um trabalho árduo e cabia a Shiya fazer isso.

Tudo o que pude fazer foi andar pela entrada da caverna enquanto a ouvia gemer, reclamar e gritar. As mulheres do clã faziam turnos para cuidar dela, mas a verdadeira obstetrícia provavelmente duraria muitos milhares de anos no futuro dos sapiens. As mulheres do clã podiam fazer pouco mais do que tentar deixá-la confortável durante as ondas de dor que atormentavam o corpo.

Os minutos assustadores passaram como horas. Quando finalmente ouvi os gritos das mulheres e o berro do bebê, corri para a entrada da caverna. Maponus ficou sentado comigo a noite toda. Ele agarrou meu braço enquanto eu saía.

— Espere. As mulheres vão chamar.

A chuva fraca havia cessado durante a noite. O amanhecer crepitava com dezenas de tons de dourado, laranja e vermelho refletindo os raios do sol nascente na parte inferior das nuvens. Esta cena, tão única em Ghrain-3, nunca deixou de dominar meus sentidos.

Quando a placenta foi retirada e Shiya foi limpa, Sinepo gritou e acenou para que eu e Maponus nos juntássemos a eles. Corremos até o alpendre e vimos Shiya, exausta, mas feliz, segurando um bebê enrolado em uma pequena capa de pele de coelho. Quando Shiya estendeu a mão para mim, caí de joelhos ao lado dela.

— O bebê é uma menina. — Ela me entregou nossa filha e naquele instante me apaixonei.

Maponus e eu carregamos Shiya para a caverna. Sinepo nos seguiu com a bebê adormecida. No momento em que entramos, todos os homens do clã começaram a dançar. Shiya riu alto. A bebê assustada chorou.

Depois de acomodar mãe e filha, desci até o riacho para me lavar. Eu podia sentir o cheiro azedo do suor nervoso em meu corpo e permaneci muito Domhaniano para tolerar aquele odor por muito tempo. Um lindo ramo de flores roxas profundas abriu-se para o sol da manhã. Eu as colhi.

Quando entreguei o buquê a Shiya, uma expressão cativante apareceu em seu rosto. Ela disse:

— Enepsia.

Eu não conhecia a palavra e devo ter lançado a ela um olhar perplexo.

Ela apontou e traduziu para Domhanian Standard.

— Enepsy é flor... não, enepsy é flor da manhã. — Shiya olhou para a bebê dormindo na dobra de seu braço. — Nossa Enepsy. Nossa flor da manhã.

Ela passou a bebê para mim e retirou a faixa de pele o suficiente para expor as mãos de seis dedos de Enepsy.

Caro leitor,

Esperamos que você tenha gostado de ler *Êxodo Alienígena*. Reserve um momento para deixar uma crítica, mesmo que curta. A sua opinião é importante para nós.

Atenciosamente,

Gary Beene e Next Chapter Team

# AGRADECIMENTOS

Quando nos casamos, há dezenove anos, nem Carla nem eu poderíamos imaginar que nos tornaríamos autores. *Êxodo Alienígena* não teria se concretizado sem o apoio e assistência de Carla. Ela leu, editou e corrigiu cada página várias vezes. Quando ela me disse que eu tinha que abandonar pelo menos metade daqueles malditos advérbios, ela não apenas me soltou com a sugestão. Ela sentou-se e me ajudou a descobrir maneiras de reescrever frases que "mostrassem em vez de contar". Carla contribuiu tanto para escrever este livro que merece ser reconhecida como coautora. Quando apresentei essa ideia, ela me dispensou veementemente. Então, mais uma vez, aqui está ela sendo apreciada e reconhecida na página de Agradecimentos. Obrigado, Carla Beene.

Sherry Garcia (minha irmã de uma vida anterior) merece um grande obrigado. Ela releu *Êxodo Alienígena* para fazer uma leitura beta de *Êxodo Alienígena*. Sherry me disse para corrigir os títulos dos capítulos e, caramba, eu fiz! Ela também explicou pacientemente que só porque os Beag Liath são ambíguos em termos de gênero, não significa que "isso" seja um pronome apropriado. ("Isso é desrespeitoso, Gary".) Sempre que possível, consertei isso também. Como não fui capaz de preencher todas as lacunas que ela identificou no enredo, ela agora insiste em um Os Anjos do Éden - Livro 3. (Hmm, veremos...) Sherry, durante quarenta anos e talvez várias vidas antes disso, você tem sido uma das minhas pessoas favoritas. Obrigado, mana.

Tenho que agradecer muito ao meu amigo de infância, David Cutcher. Ele organizou uma apresentação eletrônica para Jerry McGaha. Depois de ler *Êxodo Alienígena*, Jer (pronuncia seu nome Jair) gentilmente concordou em ser um de nossos leitores beta. Com pós-graduação em cliometria, filosofia, história militar e museologia (incluindo treinamento no Museu Smithsonian de História Americana), talvez ninguém pudesse ser mais adequado para compreender as complexidades esotéricas de Êxodo Alienígena. Não creio que o fato de sermos ambos nativos do Novo México tenha alguma influência em seu feedback, embora não tenha certeza. O que sei é que a reescrita inspirada nas observações de Jerry tornou este livro melhor. Obrigado, Jer.

Eu nem sei como agradecer a Miika Hannila, CEO da Next Chapter Publishing, por estar disposta a arriscar meu primeiro romance, *Gênesis Alienígena*, e seu spin-off, Êxodo Alienígena. Mikka, acelerar Gênesis Alienígena para a produção de audiolivros e tradução para o espanhol foi um grande motivador para eu me ocupar e terminar este segundo livro da série Anjos do Éden.

Finalmente, a equipe do Next Chapter merece ser reconhecida e agradecida. Eles conquistaram meu respeito e apreço por pegarem meus rabiscos e produzirem livros atraentes, sofisticados e bem formatados. Obrigado, Next Chapter.

# SOBRE O AUTOR

Gary Beene cresceu em uma fazenda no sul do Novo México. Na Las Cruces High School, ele estudou corrida de 440 jardas e continuou esse estudo na faculdade com dez barreiras. Ele não era um bom aluno, mas conseguia correr com certeza. As pessoas costumavam dizer "Gary tem rodas!". Agora ele só tem pneus furados.

Gary mora e escreve em Santa Fé, Novo México, com sua esposa, Carla. Um gato e um cachorro contribuem com seus pensamentos para os esforços de escrita de Carla e Gary, andando pelos teclados de vez em quando.

*Êxodo Alienígena é o segundo livro da série Anjos do Éden.*

Êxodo Alienígena
ISBN: 978-4-82419-675-0

Publicado por
Next Chapter
2-5-6 SANNO
SANNO BRIDGE
143-0023 Ota-Ku, Tokyo
+818035793528

16 Agosto 2024

Milton Keynes UK
Ingram Content Group UK Ltd.
UKHW040307181024
449757UK00005B/382